稼穑记

JIA SE JI

颜良重 著

海峡出版发行集团 | 海峡文艺出版社

图书在版编目(CIP)数据

稼穑记/颜良重著. — 福州:海峡文艺出版社,
2025.4

ISBN 978-7-5550-3678-4

Ⅰ. Ⅰ247.5

中国国家版本馆 CIP 数据核字第 2025YV8253 号

稼穑记

颜良重　著

出 版 人　林　滨
责任编辑　蓝铃松
出版发行　海峡文艺出版社
经　　销　福建新华发行(集团)有限责任公司
社　　址　福州市东水路 76 号 14 层
发 行 部　0591—87536797
印　　刷　福州力人彩印有限公司
厂　　址　福州市晋安区新店镇健康村西庄 580 号 9 栋
开　　本　720 毫米×1010 毫米　1/16
字　　数　520 千字
印　　张　35.25
版　　次　2025 年 4 月第 1 版
印　　次　2025 年 4 月第 1 次印刷
书　　号　ISBN 978-7-5550-3678-4
定　　价　98.00 元

如发现印装质量问题,请寄承印厂调换

目　录

第一章　宣统三年

第一节　台风雨

宣统三年，夏。乌云被捅了一刀。

在戴云山深处的黄石村，天空被四周的山尖和乌云垒成一口锅，压将下来，村庄陡然矮了一截。锅下，墨云，浓厚饱满，似扬尘，又似火焰，一群群，翻着、滚着，赶着趟，一路推搡着，似乎在蓄积着巨大的愤怒，要来人世间发泄。

这乌云，女人说是神在天上走，男人说是鬼在天上走，老人却说那是人在山顶上走。正莫衷一是，天空又被另一种天空覆盖了。刹那间，雷电闪出一道匕首的亮光，拔地而起，瞬间划过天幕，捅破那久憋的胀痛和沉闷，让倾斜的天地找到了平衡的决口。就在风的呼啸中，雨，分娩下来，哗啦哗啦地哭响着。

雨过之处，撕开一道道口子，乌暗的天地，从一个角度亮起了极其苍白、令人眩晕的光幕。

自东南而西北随风狂泻的雨幕，景象有如一排排游走的竹竿，捧打过村庄的肌肤。黄石的土话说，这雨，是"竹竿摔"。倾盆的雨水不断汇集成激流，既而成湍流，终成洪流。湍流低吼的声音，起初在乌桕、油桐和芭蕉叶掩盖下的河岸里放纵地冲撞。很快，静静的金溪喧闹起来、愤怒起来。洪水从村庄的筋脉里喷钻出来，像一头怄气的公牛，在逼仄的村道上狂奔。

雨不能再下了，雨中的心都被灌慌了。可这场雨还是连着续着，从午后一直到傍晚，没有停下来的意思。仿佛有天大的冤屈、海深的仇恨，它让这个没有防备的村庄，起了恐惧心。

永宁堡内的两口石缸瞬间满溢。缸沿洁白的水瀑和檐水，失了文雅，在内院乱窜，急着从地底的管道滑溜出去。石板条的脾气，自古就是硬邦邦的，它把密集的檐水弹起来，廊沿、廊柱和木墙板都溅湿了。晴日里嫩嫩的苔绿，被流注的雨水剥落了去，看起来有一些欠缺。宁静的土堡，此时就剩下黑暗和雨打人间的闹杂。一时，堡内是谁也看不见谁，所有的耳朵都被雷雨声给捂住了。

堡主怀振兴大声喊着。

下人看见了主人在喊话，谁都不知道主子说什么。管家廖毛明白，他的主人肯定是要人去察看自家的苎麻地和席草地是不是过水了。苎麻和席草，那是主子的命根子，永宁堡不算大富人家，就靠几亩祖上留下的苎麻和席草地撑着过安稳日子。廖毛也没答话，先去给厅堂点了烛火和灯笼，又点了一根苎麻骨，去谷仓查看一番椽条望板是否漏雨，再去四围查看下水道石漏是否塞草、通畅。待确定堡内平安无事之后，他披上棕衣、戴上斗笠，要出门去。

拉开土堡厚厚的门闩，廖毛用力地把大木门往里拉开一条缝，侧身就要出门。这时，他看见了斜靠在门拱石柱下的两个人，浑身都湿透了。

是少爷。即使多年不见，廖毛还是能瞬间就认出少主人怀一北的。他火速把倒在门口的少主人背进堡，上了厅堂，又急报老爷太太，少爷流血受伤了，然后再叫厨妈帮着把堡门口另一个女子扶去下堂，候着。

顾不上洪水了。怀振兴催着廖毛赶紧去云林乡请郎中，又着太太赶紧去给他们换衣裳、煮姜汤。

太太刚刚叨念起儿子，曹操就到了。不过，这时邓太太的高兴劲却被儿子的伤势给一扫帚压了下去，她有些不知所措。她对这个孩子从小就宠，一棵苗，能不呵护着吗！这一去福州，几年不回家，如今赶上大风大雨回家来，却是这般模样，做母亲的想着就心痛。她没把住自己的情绪，嚎哭起来。

作为父亲，怀振兴心里是另一种不高兴。儿子和云林及县城几个宽裕家庭的孩子一起到了福州读高中，他本意寄望儿子能读出一点名堂，为永宁堡撑起腰脸，要知道在黄石村就他儿子这么一个高中生。可眼下，让他觉得有不祥之兆，读书人怎就落得这般狼狈？怎么就和流血瓜搭上了呢？他担心这个高中生儿子倒逆着给自己丢脸。

天气过于暴躁，乌云的脸色渐渐泛青变白。那种苍白，让村庄充斥着宿命的暗示。

怀振兴一时莫名心怒起来，对着太太喝道："都是你宠的，没死就好，别哭了。"

邓太太看见老爷的大嘴型张合着，知道是在责骂自己，她条件反射地止住哭，转身去催问廖毛怎么还不回来。

不一会儿，雨稍歇。扶去下堂的那个女子喝了姜汤，回了神。厨妈便来向老爷报告说，少爷带回来一个"钏阿赛"（漂亮姑娘）。怀振兴知了情，却不为所动，闭着嘴不说话。厨妈又去给太太说。太太听到这事，吩咐丫头照顾少爷，自己便去瞄那女子，问情况。

原来，此女子是福州人，叫卓越颖，福建省立第一中学怀一北的同学，来到玉田县城恰好遇上省府派来的部队在打战，结果怀一北受伤了。他俩赶回到黄石，又被一场大雨浇成落汤鸡。

事情被她说得很轻巧，好像打战受伤是家常饭，没有一点害怕的样子。邓太太可是张大了嘴巴，愣愣地听。她完全被打战受伤这件事铆住了神，浑然顾不上端详这女子的容貌。

卓越颖初来乍到，因为陌生而心生孤单，便问："一北呢？"

太太回了神说："没你的事，他正睡着呢。"

此时的卓越颖非常需要有人陪她说话，但她的问话却是关心别人。言语并不刚好，太太的一句回话扎扎实实地把她弹回来。她很吃惊，又不好再问，只拿眼去看土堡的天井，那是唯一的亮处。天上摔下来的雨，都装进了她此时受冷落的眼眶。

邓太太终于想起厨妈说的"钏阿赛"的事。潮湿成撮的头发遮盖不住卓越颖明亮的眼睛和白皙的脸蛋，样子十分干净，那眼神似乎带着刀刃，没些个胆子不敢正眼接她。眼前这女子应该是有个好出身，父母理应是知书达理的人。怀家的干衣裳并不合她的身段，雨水带来的冷气让卓越颖双手拽紧宽出的衣角，扎出饱满和粗细的模样。下人说漂亮，邓太太觉得没错，品相很好，只是腿长脚细，怕走不动黄石的坑洼路、担不起生活的担子，有点好看不中用的缺憾。

雨声中，邓太太一时偏了神，她已经把卓姑娘想象成自己的儿媳，在心里头进行一番品头论足了。姑娘抬头看雨的样子，楚楚可怜。邓太太恍惚看见了从前的自己，一阵酸意从喉咙到鼻头一路蹿上来，到了双眼，忍不住有了泪意。到底，太太还是来牵了卓越颖的手。这迟来的礼貌，似乎是经过深思熟虑后的决定。卓越颖觉得这乡下人家门道多，男人上厅堂管顾着去，女人却只能到下堂候着。自己第一次到这里，好歹也是客人，坐在昏暗的廊檐下，和那些晦暗的农具共处，顿显尴尬。黄石村迎接她的是狂风暴雨，永宁堡怕是也把她当作怀一北的下人对待了。当然，这并不重要，也许这是一种特殊的礼遇。龙在远方出现的时候，大家看到的也许是一条小小的蛇。正义也一样，它跋涉在宇宙天地之间，并不是每时每刻都能体会到它的存在。她的生命注定需要洗礼，正如雨，只有在万丈天空的滴落中才能找到自己，也革新了自己。在天，雨是飘摇不定的水气，继而凝成水珠，当它跳下了屋檐，冲出了沟渠，汇入江河湖海，它就成了这人间世界里真正的水。

太太把刚刚察看到的情况一五一十地说给怀振兴听，想让老爷拿个主意。怀振兴却还是那句话，没死就好，别的事过后再说。面对受伤的儿子，怀振兴心里纠结，他不相信此事会这么简单。

上府玉田县城光复后，这里就一直不平静。东边德化义军的队伍占领玉田，杀典史，烧教堂，逼得知事出逃。队伍便自行任命玉田知事，出榜安民，一时声威大振，革命浪潮波及周边县。之后，义军首领被省府李督军杀死在福州，散布于玉田、尤溪和德化的五营官兵纷纷要为首领报仇。有仇恨在心，必有战事。这些事，传得很快，怀振兴听过不下十次，听得让人心里起毛。此次儿子突然回家，必有原因。他怀疑，儿子参加了义军。

云林乡的郎中卢迪工来了。他去瞧了怀一北，并无大碍，只是皮外伤，疲劳加上淋雨，些微伤寒。他亲自去永宁堡后山上采了几味草药，给怀一北捣敷了。他又采了金线莲，加了生姜片，吩咐厨房去煮了，给怀一北喂下，消炎驱寒。

卓越颖和邓太太一起，守到了午夜。

翌日，怀一北醒来，开口说的第一句话就骂，这是什么鬼天气。

怀振兴听不惯这样的话，骂谁不好，却骂天。天降之物，都有灵气，别讨罪，折了自己。卓越颖觉得这里的人对大自然的赐予看得很重，并赋予神异的色彩。她告诉怀振兴，这是台风雨，每年这时候都要过来的。怀振兴没听明白，又问："这是什么雨？"卓越颖就再说一遍这是台风雨，是大风从台员那头的大海上把雨水吹过来的。以前，怀振兴就知道这是六月的雷公雨，现在这雨还和台员有关系了。不过，他相信，无论哪里来的，雷公雨一下，准有事。

虽是几年不见，现在怀振兴最想知道的不是儿子在外读几本书或者见多少世面的事，而是想证实自己心中的猜测，对儿子眼下的处境，他想弄一个明白。儿子醒了，他支开女眷们，就直入主题问话："我送你去读书，你倒好去学造反了？"怀一北一听这话，心想父亲已经猜透了事情的大略，便不再隐瞒辩解，忍下脾气，和缓地说："我不是回家了吗？"

儿子想用一句"回家"来搪塞正题，这让怀振兴更为不满。他再问，真去造反了？怀一北不再回答。怀振兴又问关于女子的事。怀一北照样只简单说那是同学，她父亲是福州桥南公益社的人，已经牺牲了。生前，很多人都跟着卓先生去造袁世凯的反。儿子的答话不中听，但怀振兴了解儿子的性格，问多了，少不了又要大吵一场，落得个父子不欢而散。他长叹道："先生不好好教书，才有你这么一个想造反的学生。算了，回家就好。回家了就好好在家待着，不要再捅出什么篓子来。"

还是问得不彻底，怀振兴依旧没弄明白，儿子在福州学造反，怎么突然就回到玉田来？

不说话，父子对坐了一阵子，卧室内空气都紧热起来。结果，还是怀一北主动满足父亲的疑问，实话相告这次回家是桥南公益社派遣的，他们回玉田来的任务是联络义军的，结果遇上省府派来的镇压队伍，还好有义军五营弟兄及时来救，他和卓越颖才得以死里逃生。

事实印证了怀振兴的猜想，他随即明确反对怀一北作为学生放下书本不读书而去闹革命。在怀振兴看来，革命就是那些好斗的人挖的坑，年轻人却把它当作坎坷的人生路执着地去走。年事稍长的都知道，老百姓去革命，那是因为肚子饿，死活就是一条命，不怕垫底当炮灰。永宁堡的人，三餐有福，怎么能去跳这样的坑呢？

睡久了容易迷糊，父亲问完事，怀一北才觉到浑身发软，伤口疼痛。他突然想起一件事，伸手去摸上衣的口袋，感觉不对，就喊母亲赶紧把他的衣裳拿来，口袋里有重要的东西，别浸水化了。

太太说，换了。她转身叫厨妈赶紧把少爷换下的衣裳拿来。

怀一北从湿透的衣裳口袋里掏出一个信封，交给怀振兴，郑重地对父亲说，你是村长，你一定要按知事说的去办。

怀振兴把灯展信，看完即大骂，你小子造反造到老子头上来了。

怀一北受伤回家来这个事，是大姐夫卢迪工告诉怀一民的。怀一民得知便提着米粉蛋过去看望。嘘寒问暖之后，怀一民出厅堂去跟怀振兴说话，他说时下天气和百亩苎麻地被浸泡、家里雇工林阿如被大水冲走至今还没找到尸体以及瓦坑那边又倒塌了瓦窑等等一摞子的事，需要村长知晓。

雷公雨一到，准有事。怀振兴对怀一民说的事不上心，嘴上应着，心里却想自家的地大概也烂透了，这儿子回来一冲，也顾不上去看。可还有更糟糕的事，怀石祖祠屋顶被风撕开了个大口子，香灰黑了几丈远，似乎出了怪异。

怀一民说："叔，你哥叫你去我家一趟。"

怀振兴感觉眼前暗了一下，来不及细想，便披上棕衣，戴上斗笠，往祖祠去，回头对怀一民说："你先回去，给你阿叔说我不久就过来。"

祖祠的情况正如怀一民所说，事关重大，堂兄怀振声叫他过去一趟，肯定就是这件事。在黄石，村长之所以成为村长，和怀振声有关。说到底，这个村长是怀振声让出来的，光复了，男人剪了辫子，保长跟着没了，这村里的事，就没个什么长来管，左右邻居自个叫村长了。肥水不外流，清水也不能外流，如果怀振声要当村长，就轮不到他怀振兴。让，除了礼貌谦虚，还有恩和控的意思。所以凡事村长都得问得堂兄同意或者从他那里得到指示，才好办。在怀振兴心里，当上人家让出来的村长，既有感恩，也有憋气。所以这些年，他一直蓄着老粗的胡须，想在堂哥以外的人群面前，增加一点沧桑和威严感。

怀振声住在铳楼里。铳楼是他曾祖建的，依山傍水，石墙为基，丈许，土墙结实高大，易守难攻，已有百多年的历史了。它不同于闽中土堡，规模小，独立在居家房子"仁恕堂"的边上，内里家杂物件，样样齐全。铳楼，有三层，底层堆放杂物，二层用来储存粮食，三层可以住居，遇到匪患，可以组织家人躲进去。铳楼冬暖夏凉，适合老人家起居，怀振声就喜欢住在铳楼里。大雨过后，黑瓦白墙的铳楼，棱角更加分明，就像一个端坐的精神矍铄的老人。

进了铳楼，怀振兴觉得暗，想点了油火盏，却被堂兄制止了。堂兄怀振声似乎更习惯暗着灯火说事，这样自在，免得各自察言观色、揣来摩去的。怀振声点了一筒水烟，咕噜咕噜吸起来。忽明忽暗的烟火，以及燃烧后飘散出来的旱烟味，让怀振兴觉得自己面对的是一个包裹自己、包围全村、不可亵渎的蝙蝠神。那烟筒的声音沉稳有劲，威望和胆识会呼吸出一种令人俯首又压抑的节奏与力道来。其实，怀振声也常有心事。他想事情光自己想，也许和村长、儿子或者其他人想的是同一件事情，就是不轻易说出来。家里的祖业交了儿子怀一民，村里的事交给堂弟怀振兴，有些事情就该晚辈他们去思考、去承担、去解决，自己要清闲到底。这也是长辈们到了五十岁以后通用的习惯，除非晚辈主动来恳求，才会给出自己的想法，而且这想法也顶多就是一个建议，最终的杀伐决断还是要小辈们去拿。这样做，是祖传。知天命的人，舍不得身外之物，还扯着身外之事，哪能乐享天年呢！再说一辈人终究是要老的，下一辈终究要取代上一辈，他们要成长，就得靠自己去磨练。背上的孩子，永远没有自己的路。为晚辈让路让行，使之尽快成熟起来，独当一面，也是为老的职责。

祖祠修复的事，怀振声是主动问了要怎么安排。照祖传规矩是按实丁摊派钱米。他说："祖祠的事与村长关系不大，但我想你懂得怎么做。"

堂兄这么说，怀振兴心里就有了底，无非是时间得抓紧。领了旨意，怀振兴特意问了这让人费解的暴雨天气，是不是有什么意思？怀振声没有正面说这其中有什么意思，却讲天命不可违，我们接受就是了，想多了，那会自找苦受。顺天意，这是当然的事。怀振兴觉得今天说话的氛围不错，又借机给怀振声说了自己儿子怀一北参加革命党，接受了县公署的任务，黄石村要在二十天内完成三百条草席和两百丈夏布等等一摞子的事。他还特别强调这是义军在背后撑腰的，不好得罪。"兄啊，我命歹，儿子革命革到他老子头上来了。"怀振兴还专门说明，不敢给亲人们添过多麻烦，县公署所征席布按行情略低一折，由永宁堡购买捐赠支援。

怀振声斜一下身子，把烟筒口上的火疙瘩磕在桌角上，又换上一口新丝，然后对怀振兴说："去做就是了，县公署的事就是我们的事，不管谁当知事。你若有心，出个成本钱，大家就会说你的好了。众嘴肥如粪，众目明如秤啊。你家一北不是去福州读书吗？怎么闹起革命了。年轻人的事，老辈不好过问，但平安最重要，俗话说朝中有人好做官，可我们怀家开居黄石以来尚未有得富贵领俸禄之人，没个领头帮衬，不成气候，一北独木难支，切不可年轻气盛，不知深浅，贪图功利，担心要摔跟头的，劝劝他，你永宁堡也是独苗啊。"说了一长串的话，怀振声咳嗽一声，理一理喉咙，又说："村长啊，席布这事还要和石老爷商量一下，他要是妥了，你这事就妥了。"

怀振兴便回说，知道了。他得了话心里高兴，毕竟堂哥他是支持的。然后，怀振兴又说他会和一民去处理好林阿如的事。怀振声回说，你费心了。

大多数的时候，怀振声的话总是很短，很沉稳，这是怀振兴最心惧的地方，每次请示都得去了杂念，滴水不漏地听，过耳不忘地记，用心地去揣摩。出了铳楼，怀振兴一阵轻松，像拉完一坨积日的粪便，每次都是这样的感觉。

他搓了一把山羊胡子，心里便琢磨起堂兄的话尾。回想怀振声的话尾也是他的习惯，听明白想清楚就好办事。怀一北这事算是成了。另外这些年，应该说有十年时间了吧，怀家和石家断了来往，如今遇到风卷祖祠的事，怀振声主动提出来要和石家商量，是不是坏天气给堂兄什么压力和暗中启发，让怀石两家的僵局有了松动、和好的迹象？事实上，怀振兴也知道，这些年，怀振声对石怀两家关系的冷淡无一日不挂怀，只是碍于面子，他找不到一个支点来撬动这个局面。

怀振兴去了石家，壮着胆与石振威说起天气、祖祠和儿子的事。石振威并不在意这些事，只说自家的席草地也都被淹了，没了收成，摊上这种天灾，也是不得已。不过石振威也不是那种胡搅蛮缠的人，最后他添了一句，修祠堂的事照着规矩办吧。至于县公署要征用三百条草席的事，石振威没有说话。最紧要的事，被搁置，怀振兴赶紧告知征用怀家两百丈夏布的事怀振声已经答应了。石振威这才带着怨气说，要人家的东西，总不能都用逼吧，再说打战的事，谁说得清楚什么时候分出个输赢？怀振兴说，官府的事我们黄石从来不含糊，振威兄可是要为黄石的平安着想。他还特地说明这事怀振声交代要和石家商量的。石振威看一眼怀振兴，还是没有吭声。他就是一个犟老头。

怀一北急着要回县城，怀振兴坚决不同意，父子俩为这大吵了一顿。邓太太也反对儿子回县城，她一直重复着这句话，那枪崽可是不认人的，我可是就你这么一个儿子。这时候，廖毛给老爷和太太进言，让少爷先结婚，等少奶奶有喜了，再由他，那时他恐怕哪里也不会去了。男人不都是这样吗？年轻时无牵无挂，无惧无畏，视死如归，要是做了人父，那可就瞻前顾后喽。哪个男人不是这点小心机。合计之后，由邓太太给儿子传达了家里的决定。

怀一北得知父母合计用结婚逼迫自己，心中暗笑，哪有这种荒唐事。他便装作很生气的样子对母亲说，我哪有空结婚，我的任务还没完成。不孝有三，无后为大，这道理我懂得，你们不就是想抱孙子吗。可是干革命它不适宜结婚。什么是革命？就是拿命去换自由和胜利！为什么要去参加革命，这是年轻人的信仰和使命，你们哪能懂呢！再说，我和谁去结婚啊。

邓太太又愣神了，其他大道理她都没听懂，就"和谁去结婚"这句听得清楚，她想难不成带回来的女同学不是相好的，这一光复真是把后生的事搞糊涂了，带回家的女人她可以不是媳妇。民国了，仿佛就剩下革命，其他什么都可以不要了。太太赶紧回头给老爷汇报去。

怀振兴断定儿子狠了心要去闹革命，自己要做的便是如何阻止或者破坏他俩如期完成任务。于是，怀振兴耍了个心眼，他直白地告诉儿子，你若是不结婚，县知事征用夏布、草席的事就免谈，让县公署来抓人，把黄石的乡亲们都抓去杀头。稍后，他又耐下心来，苦口婆心地劝说："秀才造反三年不成，你想闹革命，也不是三年两年就能闹成。再说，革命为了啥？李闯王也闹革命，他为什么？娶妻生子，你看他娶了多少老婆，生了多少孩子？学学人家，革命得有人，需要留下革命的种子、革命的后代啊，一代一代地革，最终才能成功。所以从长远看，结婚比革命更为重要。"

怀一北经不住这种无厘头的说教，就起了脾气顶撞说："我和谁结婚去？"

怀振兴接话："你的女同学若是不成，我请媒人帮你说一个去。邻村庠生张望昌的女儿就很合适，门当户对，我早有这个意思了，立马请个媒婆去说一趟。"

怀一北被堵得有口难辩，一气之下，索性把自己关进房间，不吃不喝过了两天。

第三天，怀一北却主动找父亲说要和同学卓越颖结婚，并严正地要求带媳妇进城买些衣裳，置备结婚用品。怀振兴自然一眼识破儿子的那点小心思，他要求结完婚后才把县府征用的物件送进城，而且媳妇留在家里，哪里都不能去，生了孙子再说。

几番较量无果，怀一北与卓越颖做了私密商量之后，无奈答应了父母的条件。

期限已经很紧，婚事说办就办。虽说六月天热，不适合操办，但事出有因，也就凑合着了。永宁堡前三里远的石头路、木板桥，全都洗涮、修葺了一番。路边过长的杂草，林下挡头的枝条，一一去了，一时间村子的路宽出许多来。堡内自然也要干干净净，更是一番张灯结彩。廖毛去了乡里请先生写了红联，又买了十几块布料以及胭脂粉墨，回来请陈四八照着新郎、新娘的身段赶制了新衣裳。邓太太从自己的箱底掏出了金银首饰，送去卓越颖的卧室，当年压箱底的银圆、金钏等宝物算是派上了用场，成祖传的宝贝了。酒席少不了鸡、鸭、猪、兔、糍粑、米果、粉面、姜椒、红白酒水，天气热，还专门做了"仙草"，泡在冷泉里，甚是消暑。因为时间紧，宴席菜品似乎简单粗淡了些。日子急，就撇开面子不讲究了。

炮仗的烟雾一起，佩缀着红灯笼、红对联的永宁堡，满面通红，自豪吉祥，幸福如山。

新娘卓越颖是从怀振声的"仁恕堂"出门的，沿着村道走一遭，她被热闹的锣鼓声、鞭炮声和热辣辣的太阳迎进了永宁堡。怀一北和卓越颖进了洞房，算是成了黄石村人眼里的夫妻。

喜宴照例是不含糊的，天井挂上了靛青色的麻布谷帐，遮了太阳。里里外外，摆了二十来桌。乡亲们提着米粉蛋，都来祝贺村长的喜事。云林乡的黄乡长也来了。黄乡长来贺喜，也不是什么低就，在云林乡，黄石是有分量的，为官的说什么也得要出面走一趟的。

永宁堡终于办了一场风光的喜宴。

怀一北着黑色袍子，挂着红花，一直在宴桌间穿梭，每桌敬酒，满头大汗的。卓越颖在洞房里熬了一天，浑身也湿透了。天色暗了下来，从后窗吹进来的几丝凉风，摇着红烛火，洞房似乎有了一点生动和凉意。永宁堡没有什么亲戚，因为是临时决定，也来不及通知娘亲，加上怀一北说自己是新时代的青年，婚事要简办，不闹洞房，所以也就省略了繁文缛节。

但邓太太是要见红的。丫环给少奶奶送去一块白布，却给顶了回来。无奈，这时节都到民国了，太太也就容忍了这事。

儿子结了婚，怀振兴松了一口气。但这些天，儿子没有再提回城的事，这倒让人不安起来，他担心儿子会不会又玩什么花样。于是，他赶紧吩咐廖毛时刻警惕，盯紧少爷，半天一汇报。廖毛得令，准时在晚饭后来汇报这一天少爷的行踪。这些天，怀一北精神头很好，早出晚归，无非去拜见两家老爷，到了石家的席坊和怀家的布坊，走走看看，没有什么言语，看不出什么特别的举动。怀振兴又想儿子到底是革命党，他关心的是自己的任务，得空去查看席布准备的情况，甚为正常。哎，男儿志在四方，既然自己承诺了，就让他去完成任务吧。

日子很快过了十天，草席和夏布都提前凑齐了，这让永宁堡的父子都感到诧异和感动。黄石人的行为做事还是有格局和胸怀的，他们嘴上不说，心里却是明白，支持革命的立场很明确。怀一北发自内心地感谢怀老爷、石老爷对他革命的支持。他想日后革命成功了，一定给黄石记功。眼下前方队伍在打仗，等着用这批物资，他得赶紧把物品送进城。儿子要去送物资，怀振兴却以为不急，期限还有些天，时限到了，县公署自然会派人来取，这也是他多年来应对官府征收物资的一个经验。你主动上解，会给官府一个错觉，任务给轻了，容易办到，下回肯定要加码。怀一北听父亲这么一辩，心里不痛快，便耐心劝解说，这不是什么摊派，是革命物资。干革命不容易，五营的兄弟躺在地板上，蚊叮虫咬，怎么能行呢？我们没有能亲自扛枪打战，总得为前方将士做点力所能及的事吧。再说，这军事物资和官府征用钱粮吃喝不一样。军事物资事关战局胜败，事关流血牺牲，要命着呢！

怀振兴本想问问清楚，这战士、那兄弟的，他们打战到底为了谁？为国，为民，还是为了其他谁？但在场这么多人，东一句西一句，怀振兴也被说迷糊，甚至都被说转了。他觉得为人也应该这样，就像看悲戏，那也得陪着流点泪水、给点掌声或者零碎银两。人家在前方打仗闹革命，做百姓的在家里看总是不好，不管哪一边，送点鹅毛，怎么说都有好处，谁知道以后谁家胜了呢！脚踩两只船，也许是最不容易被淹死的一种活法。于是，他就答应儿子提前送物资去，任务完成了再回家。同时吩咐廖毛跟着去，又交代自家拿钱出来付了两家物资的钱，免得落下话语不痛快。

行担准备齐了，怀振兴雇了十五个挑夫准备送了去。

临行，石振威却站出来阻止。他的说道也是不急，现在打战也不知道为谁打，谁输谁赢，最好先派个人去城里探听一下消息。石振威这关节眼上说了狠话，让进城的事一时受阻，怀一北心里很不高兴，他觉得这个犟老头纯心打结，打战的事，谁能知道输赢，况且干革命也不在于一城一池的胜负，革命首先要把人的心窝掀开，看清楚这个世界的黑暗，觉得需要每个人都自觉站出来革命，而不是躲着缩着认命。要不是长辈，他准会拿拳口相向的。永宁堡为何送他去读书，还有一个原因，就是因为怀一北暴躁的性格，在村里打小就因拳头得罪许多人。怀一北对石振威说，后勤没有保障，战准输，所以我现在得赶紧把这些急需的物资送出去，才能把这一战打赢了。告诉你，革命是要立场的，而且很记仇。你们为一己之利，百般阻扰，影响战事，日后会被算账的。

听到会被秋后算账，大家心里起了咯噔。这时，卓越颖也提出来坚决要和怀一北一同进城。这样事情似乎变得复杂起来。怀振兴化解不了僵局，就折中说，一切按照最安全的去想去做，越颖是不能去的，这是事先说定的，石老爷说的也在理，还是让廖毛先进城探听一下虚实，打战那也得打有准备之战嘛！

拗不过众人，怀一北只好按捺下自己，提出和廖毛一起进城探听消息。怀振兴看到儿子真是把革命当回事了，为了革命竟能改了自己的脾气，也就顺势犁田，勉强同意了。

县城很乱。廖毛和怀一北刚进了县城，便听到激烈的枪声。肯定是打战了，既然是打战了，就更需要草席和夏布了，这是战备物资。怀一北吩咐廖毛赶紧回黄石把东西运来，送到县衙去，自己就独自跑了。廖毛劝不住，心里又不踏实，思前想后，决定到南门怀珠花家去一趟，按照老爷们说的，问问虚实。怀珠花是黄石人，怀振声的二女儿，这娘家人有事造访，那就是走亲戚了。

好在街道不长，探听一下，就知道了怀珠花的家在南门。靠着城墙，房屋也是住久了，火燎烟熏的黑，像一堆斜而将倾的柴火垛搁在那。若不是邻居指引，廖毛不敢相信怀家女子嫁的竟是这等人家，夫婿好歹也是个领俸禄的人，怎么就没有把家庭理得体面一点。另外，虽说这里是县城，沿街的人家大抵如此，论面貌真个的比不上黄石来得精神。

见了面，廖毛很惊讶，他觉得怀珠花真是嫁错了人家，一张脸被生活的劳累拧出了皱褶，愁苦的神色写得十分清晰。说了来由，怀珠花也就把自己听到的情况约略说了："最近县城乱得很，知事换人了，现在是姚知事。那个林知事在石牌战败后，投靠闽南陈东华去了。听说姚知事和义军合不来，带着省里的部队四处在抓义军。"廖毛叹息道："我家的少爷这下危险了。"怀珠花是个女人家，她也只是从隔壁邻居那里听到一点，不知道真假。不过凭县城生活多年的经验，她告诉廖毛，赶紧去找人，找到了赶紧离开县城，乡下人、外地人被抓得厉害。这段时间，她还听大伯说省里派王团长来，这个团长因为没有对义军下手，就被以暗通义军的罪名杀了。省里再派姚团长、马团长来，这两个人像魔鬼，到处杀义军，奇怪的是，义军却是越杀越多。结果，省里只好把他们也召回去，再派个贾参谋来，这人天性狡猾，不硬打，用骗，让义军招安，上当招安到德化的都被杀死，据说死了好几百人。杀人就像踩死一只蚂蚁一样容易，想杀就杀了，大活人说没就没了，也不知道他们前世有多大的仇恨。

这一连串的事，让廖毛有些承受不住。事态变得太快了，就是唱戏那也得闹热一刻钟的后台，再上点下的折子戏。廖毛等不及吃上走亲戚的点心"米粉蛋"，就告辞赶紧去找少爷。七遮八掩，从小巷看大街，冷冷清清，没有怀一北的魂丝。廖毛只好趁黑赶回黄石，给主人报告去。听了廖毛有关县城形势情况的说道，怀振兴几乎昏死过去。卓越颖得知情况，也哭诉着要去县城找怀一北。怀振兴自是不同意，一北都不知去向，一个女人家还去，那不是明摆着又一个去送死。廖毛安慰主子说，少爷吉人自有天相，别往坏里想，如今最好的办法就是静静等着。

要出事了。怀振兴心里想这小子的命倒在其次，要是因为犬子的搅和，黄石的安宁保不住了，那真是出大事了。一时，他痛恨起革命来，这革命就是胡搅蛮缠、有理无理的搏斗。

卓越颖不愿意到左邻右舍去走动，怀一北进城的日子，她待在永宁堡里，即使全家都把她当作少奶奶供着，她心情依然闷闷不乐。她不喜欢土堡这过于厚实的门板和门闩。四方见窄的天空，似乎被屋檐拿捏住了，不能动弹。自己的身体也像是灌满了雨水，肿胀酸痛。无所事事，她只能走上土堡二楼的跑马道，对着朝外的瞭望窗，看看阳光下显得翠绿的黄石。外面的世界，无论怎么说，都比内里的精彩。但是内里的日子，肯定比外头的安稳。

十几个窗口看下来，一天就过去了。

林阿如的尸体最终在石家的席草田里找到了。这个老实的雇工，到怀家已十多年，为了保护东家的苎麻地不让洪水冲毁，跳进激流中，被洪水带走了。他静静地躺在田地里，一丝不挂，就像他刚来到这个世上的时候一样。大家看了都伤心，怀一民脱了自个身上的衣裳，遮上阿如的体面。

阿如的老婆吴氏，哭号着骂天气，诉说阿如的苦命和今后的日子不知道要怎么过。那种凄厉，竖人毛发。动情的哭丧，这是一个女人的本事。众人总是劝，吴氏只是不停地哭。从吴氏的哭诉里，众人知道林阿如没有父母，但顶上还有一个爷爷，七十多岁了。

怀振声当即决定暂时不告知林阿如的爷爷，白发人送黑发人，老年丧孙伤了心神，怕老人家一时扛不住，若是想不开一同去了，可再坏了一件事。对死者的丧事，他说林阿如是为怀家而死的，怀家就理当出面为他把丧事办了，让他入土为安。

怀一民问阿如的丧事在哪儿办。怀振声说："照规矩，阿如是要回老家去。可如今怕苦了他家的老人，还是征求一下吴氏的想法，放在黄石怀家的二厝办吧。"

苏树三照着少东家的吩咐去找先生选吉日吉时，找棺木，安排人手去做墓穴。少东家特地吩咐棺木要厚实的，别让人说笑。怀一民亲自去找吴氏说话。吴氏已经哭成泪人了，听到怀一民问办丧的事，一时没了主张，只说一切听老爷的。于是，阿如的尸体被抬到怀家次祖房的下场地，停放在临时搭盖起来的麻布棚下。吴氏和孩子林高炳穿了刚缝的孝衣，众女人陪着烧纸钱哭丧守灵。

一切都妥当办理。怀振声亲自到场，当众对林阿如的安置做了表态。他说："我决定把阿如葬在石崎山怀家坟地下方油桐树间，算是我怀家永久的雇人。他的妻儿，我怀家也不会亏待。吴氏已为林家育下一子，香火有续，算是有孝。日后吴氏母子愿意，就在黄石村住下，接来大公尽孝，我怀家匀出四分旱地两分水田归吴氏耕种，为嘉奖阿如的勇敢和忠心，救济十块大洋养家。"

怀一民当众兑现父亲的承诺。众人点头，吴氏拜谢。雇工们相信怀老爷的话，也为阿如感到欣慰，毕竟东家能把一个雇工放在心上，生前日子苦，死后还很体面。林阿如静静地走完人世间最后一段路程，在怀家先祖的身边躺下。这最后一段路程，走得体面，怀家把他当作自家人一样对待。出殡后，怀家请了众人吃红蛋喝酒。照规矩，大家尽管吃喝，但气氛不能热烈，毕竟是丧事，高兴是不合时宜的。

吴氏揣了十块大洋，少见的沉重，一时心生害怕，就把银圆寄存在怀夫人杨氏那里。当日，怀一民叫人在自家地里匀出的旱地上动工为吴氏搭建了两间土木瓦房，整出一块空地。几天后，吴氏就住进这两间新瓦房里，为夫守孝。从此，她成了黄石村的一员。

卓越颖破例去了吴氏的家。怀老爷能如此对待一个雇工，她是头一回看见，甚至被感动了，天下要是都能如此宽仁，就不需要革命了。她不太通方言，也只是跟吴氏握握手，表示安慰。好在廖毛能说会道，从中翻译，从天气到家常，说了好长时间。卓越颖发现吴氏没有名字，便问了其中缘由。原来吴氏是有名字的，叫"金鸾"，后来家里来了算命先生，掐了手指说这个名字太金贵，命里配不上。父母本来想给她改个名，算命的说，姓吴，方言"牛"，就叫阿吴。卓越颖听后，觉得这世间的苦有很多种，甚至连个名字，都有苦味在里头。她对吴氏说，你要取个自己喜欢的名字，其实金鸾挺好的。吴氏说，金鸾，不行，命理不行，我就是当牛做马的命，叫我阿牛，这样平安。

怀家、石家的夫人和麻坊里的老小姐妹，在头七、七七和百日祭日，都来陪着哭诉。吴氏就哭骂"台风雨"把阿如带走了。听到"台风雨"，众女人便停下哭声，问什么是台风雨。吴氏把永宁堡少奶奶说的告诉大家。于是，黄石人才懂得这是台风雨，也觉得永宁堡的少奶奶见多识广，不愧是读书人。

一切都了结之后，吴氏的心情也平静了许多。后来吴氏就选个日子，带着怀家赏赐的补品，回老家一趟看望林老大公，给老人家和儿子分别剪了一身新衣服，告诉林老大公林阿如被怀老爷重用，外出贩布，一时半会儿回不来了。老人家高兴，就夸奖孙子有出息，夸吴氏很孝顺。两年后，林老大公生病走了。怀家安排苏树三陪着吴氏回去处理了后事。有了自己的田地，吴氏就半天到麻坊做点工，半天打理自己的田地，日子就这样一天一天地过了下去，吴氏心里受的伤，也渐渐得到抚慰抹平。这是后话。

日子不消停，转眼两个月就过去了。怀一北依然没有消息，他像一块冰糖融化在沸腾的热水里，或者是一条泥鳅钻进大池塘里。但怀振兴和卓越颖却坚信怀一北在他的部队里。怀振兴多次派人出去打听，都没有头绪。卓越颖更是心急，怀一北不回来，就意味着自己出不去。不过，这段时间，永宁堡和黄石的草席夏布，让她的心情有些许的改变，城市的热烈、躁动，在乡村的宁静里，渐渐被安抚下去，就像黄泥土沉淀一样，远处的河流渐渐澄清，她对黄石也有了不少好感。

永宁堡种席草、种苎麻，时值季节，怀振兴带着一家人亲自收割料理。除了管家，没有另外雇工。廖毛边做活边解说，卓越颖就像一个徒弟，听着看着席草、苎麻从他们的手中渐渐变成席条、麻丝，晒干后储藏在阁楼上。长辈女人经常来看她，聊着许多杂碎的事，包括怀孕的事。这些个女人，对结婚生孩子的事很在意，每次都要聊问，以至于让卓越颖觉得她们是永宁堡派来探孕的。当然，卓越颖心知肚明，也就轻而易举拿些早已准备好的话题转移了去。卓越颖喜欢问席草和夏布的事，一段时间下来，她对草席和夏布也有了从未有过的了解。比如，原本以为就一张草席，不曾想还来得这么复杂，其中有好多门道和讲究，比如肥瘦、等级之说，从前是不知道的。

草席和夏布一样有肥瘦。席，肥者密不透光，瘦者疏而见光。布，肥者厚重，反之则轻薄。夏布还有四百扣、六百扣、八百扣、一千扣、一千二百扣之分。去了作坊，雇工们看她这个城里人谦逊地问事，就热情地给她一一答了。这也让卓越颖觉得乡村的人好相处，没有互相防备的劳累。

勤勉稼穑，衣食无忧。这是黄石人的信仰。一布一席，就是黄石人的经济生活。

卓越颖印象最深的是长辈邻居给她讲了历代的许多故事。这些故事归结起来，可以发现黄石人坚守的一个原则：忍。凡事能忍则忍，忍过去事情就化了，化了就完全过了。在黄石人看来，事情其实不在于解决，而在于过去，过去了就好了，自然解决。卓越颖问过怀振兴，黄石人咋就这么能忍？难道就没有忍不住的时候吗？怀振兴说，忍不住又能咋办？去造反？黄石人靠天吃饭，天不予人，反有何用，何况岂能反天！

古人说"蓬生麻中，不扶自直"。种麻之人，大抵都有直的性格。这段时间，卓越颖也了解到一件石家和怀家"不直"的恩怨矛盾之事，至今还过不去，主要是没有哪家能主动站出来化解它。

眼下，为县公署准备的战备物资终究没有送出去，留在了黄石。这事，卓越颖觉得过意不去，她对怀振兴说起过。怀振兴认为这不是什么事情，打战用不上，还可以拿去德化十八格做买卖。

石家、怀家也都打听到了席布不用送到县府，便来还了钱。怀振兴觉得既然两家都好心为自己减轻负担，也就收了钱，把草席和夏布还回去，免得人家暗想赚差价。何况到了年底，永宁堡正好也需要一些现钱花费。

怀振兴按规矩收了丁钱，选了吉日吉时，安排了木匠师傅把祖祠修缮好了。整理了场地，又安排一桌贡品，请来道士做了道法，祭祀祖宗，完事大吉。最后，他着人算了账，把账目写在红纸上，张贴公示。众人没有异议，算是修缮结束。

对祖祠修缮的事，怀振声的评价是：还算妥帖。

日子也就是在修修补补中走着，每一个今天和明天，仿佛都是对昨天的弥补。

夏天过去了，怀振声寄望在秋冬季能弥补一下夏季洪水带来的损失，不料今年的冷来得早，猝不及防就下了初霜，接着又是冷雨。雇工们说，今年这冷不一般，似乎就冲着皮肉来，一阵风，皱起几阵的鸡皮疙瘩。苎麻不比人有衣裳，自然顶不住冷，叶片被折腾得软不邋遢，翻了身，颜色变得霉黑。俗话说"头麻铁，二麻铜，三麻稻草蓬"，三季麻只能当作谷袋一类的脚料了。这让怀家更觉得不对劲，一场雷公雨折了一季麻，一场早冻又折一季，似乎冥冥中有一种天意，像是要惩罚黄石。与土地相依为命的人，命运脆弱如庄稼，他们敬天敬地敬鬼神，为的就是好天气、好收成。

怀一民盘着腿，坐在厅堂左侧的石臼木盖上，背靠着檐柱。这是他惯用的坐姿。下人们看见这种坐姿，知道少东家在想事情，就会主动躲开，给他留出个清净来。

怀一民是怀氏开基祖的第十五代孙，继承祖业，努力地做着靠天收成的农活。年底，他在回想着这一年的光景是如何被天气撕扯得鸡零狗碎的事情。他觉得自己变得敏感甚至是神经质起来，这些时间，他总是自觉不自觉地把家中、族里、村里一切不顺心的事集中起来，放在脑子里打磨，试图找到一种解释，在一种合理的解释中找到宽慰，为自己褪去几分恐惧。有时候，怀一民想是不是自己没事找事，自己身上似乎缺乏一种遇事不乱的稳劲。说实话，洪水和冰霜这么一闹，自己慌张，长辈也有些慌张，大家都不知道原因出在哪里。

下人们给了他清净，但他的心却清净不下来。他的身子倒是轻飘起来，就像散落在院子里地上的麻叶，经年晒干，只要有一阵微风，就能把它扬起来，飘过屋顶，坠落到院墙外哪个角落去，成土成泥。一条狗盘坐在石板上，专心致志地吃着一根骨头。狗的吃相让怀一民感到吃惊。

春稼秋穑，夏冬两季苎麻收割的季节，黄石村都鬼使神差地碰上暴雨和冷雨的天气。一百亩的苎麻地里，本来长得结实帅气、锄头柄大小的麻秆，被风刮砍后躺得平直。那风，简直就是仇人，抽了疯似的，在苎麻地里打转玩耍肆虐，把结实的麻秆咬着嚼着，撕来扯去，直到支离破碎。那些麻秆的碎片，像霰弹一样，每一粒都击中他的心口。那些被冻伤的残相有如魑魅魍魉，在怀一民的眼前狰狞地晃悠。好端端的麻秆倒伏成廉价的家肥，回头铺在秆头上。那些麻皮和叶片被扭曲时流出来的汁液，散发着浓浓的青味。日常里，这种青味，只有在雇工们刮青的时候才会有的，老天提早让这种丰收的味道，流逝在麻地里，化为一种无奈的痛苦和收获的虚无。邻居乡亲零散种植的一点，也同样逃不掉。一年下来，库存空空，来年的麻布，没了原料。

更让人揪心的是，怀石两氏的祖祠被袭击，祖祠后头的一棵大樟树也被吹断一段枝丫。这棵樟树是先祖盖祖祠的时候种下的，百多年的成长，让它成为樟树王，树头的心已经腐朽，掏出两张八仙桌大小、一层楼高的空洞，经常有松鼠、狐狸出入。怀一民的阿公说过，那些动物都是有灵性的，不可造次。于是，族人养成了祭树的习惯，特别是狐狸叼着鸡鸭进树洞的年份，要办一场祭树神的仪式，祈求树神行云降雨，化生万物。

因为天气，眼下已经生出许多说法。尤其是外姓人，话就说多了，比如，这些年，怀石两家可能做下什么坏事，老天看不过去，派雷神、水神显灵，折他几季的收成，给一点教训，警告两家的儿孙要行善积德。有的说天气也懂得世间的道理，富过了，就削你一点。世间像一段路，坎坷不平，贫富不均，需要上天不断地修正。也有人在骂老天不长眼，把地上的收成都给废了。还有人说，这是怀石两家祖宗显灵，告诉子孙别在祖房的龙脉上种植苎麻，开荒垦地，下粪引虫，祖宗难受。凡此种种，言语中隐蔽着因果报应的口水味，让体面的人家丢大了面子。

遇事被人说话，怀家还是第一次遇到。从前黄石村都像自家人，后来因为闹饥饿，移了不少外地人来。这些外来人，得到了怀家、石家的关照，给了地收了粮，有了糊弄三餐的口粮，大家都带着感激和气地过日子。如今，子女多了，嘴巴多了，尤其是税多了，日子就更紧了，那种安稳日子的好心情没有了，自然爱说长短宣泄不满的人就多了。

对于天气的事，大家说的话，怀家都认真地听着。黄姓衰弱的传说，怀一民是清楚的，动了土地的灵气，肯定要被惩罚。面对这种怪异的天气和众人的唾沫口舌，怀家人心里又是难受、尴尬，又是没底和无奈。涉及怀家风水的事，自然不可小视，怀一民从村里的流言中听出了建议，主动放弃祖房后山上的麻地，连麻根都挖了，原本的麻地荒在那里长草去。

怀一民意识到这种天气暗示，心里烦躁，便去铳楼找父亲说话。在家里，只有父亲对诡异之事能够找到一种合理的解释。他问："阿叔，您看这一年的歹运，到底有什么地方不得劲？外边人都传要改朝换代了。"

阿叔，是偏叫。儿子和父亲命里相克，就不能直呼爸，得改叫叔，也有改叫阿兄的。偏叫了，父子就不会直接相冲，避免相克出门庭的不幸来。天气对怀振声来说，这五六十年间见多了，怀家从来都靠天吃饭，老天对怀家也从来不薄，这份家业，说到底就是天给的。眼下，也就是一场贼雨乱冻的天气而已。他知道儿子对天气有了心思，就安慰说："囝，免愁太多，想多了，会少白头。要说今年的天气确实变得让人琢磨不透，但阿叔也遇见过，阿叔和你爷爷都难受害怕过。天气变幻无常，应该是正常的，不必听从外边的传言，小事说大了，会得罪天地人的。我想也就一年的事，你得扛住。我们务农的人，命如苎麻秆，虽然脆了点，但也可以点火照亮自己脚下的夜路。要过年了，工钱照时给了，别误了明年，这才是重要的。"

工钱是雇工们的命根子，迟给少给，都不是怀家做事的品德。再说，来年还得让他们来做工，欠了工钱，雇工不来了，那一百亩的地，怀家是无法料理的。怀一民应允了。其实，怀振声心里也在揣摩着天气的事，他要儿子过天把一起去趟阿公的墓。怀一民这才想起农历十二月都过了几天了，祖上的墓还没扫呢！在黄石村，扫墓不在清明，而是在冬至日前后十天和农历十二月。听到扫墓的话，怀一民心里已经明白了歹运的原因了，父亲总是很含蓄甚至很深奥地指点孩子们认识一些世间的道理。阿公（爷爷）的墓选在石崎山的中心，像一把太师椅，风水先生说，那是享受的命，阴穴种在这样的地方，子孙必定丰衣足食。百年五代的先祖，只有怀一民阿公的墓最让人称道，如今是不是祖墓漏邪了？

天气对黄石来说，就像眼睛对人一样的重要。怀家种植苎麻不是一天两天的事，节气、季节的活都有祖训。可是突然而来的坏天气，祖训没说，谁都不懂。面对这样的天气，人们只有承受，承受恶劣天气带来的后果，除此没有别的办法。当然，怀石两家的人心里头，都还藏着那个关于石场的传说。这个传说，像一枚钢针，永恒地别着某些特殊的天气。哪年哪月或者哪天，有人拿话扔过来，很容易就会被这枚钢针的锐利击中，让久远的伤口因为特殊天气重新流出血来。

不过，要说懂天气，还得是瓦坑的阮大六。瓦坑在黄石村的西北边，是一个小地名。那儿就住阮大六一户人家。阮家也是外来户，阮大六的祖辈在下府泉州、南安、安溪一带经商，因为生意上的过节，与人争斗，出了人命，被官府追捕，所以带着老婆逃到上府玉田来，后来就移居到云林乡，再定居黄石。初来黄石，阮家也是怀石两家的雇工，搭个草寮住在瓦坑。有一年，一路官军十来个人路过黄石，悄悄地在瓦坑驻扎了一夜，并把随身带来的银圆扎成三麻袋，寄存在阮家，说是等战打完了回来取。那一夜，官军们把阮家的草寮和阮家的先祖母都给占用了。第二天，官军开拔了，阮家先祖考因为这事吐血身亡了。好在先祖母次年生下一子，延续了阮家在上府的香火。官军给阮家留下了三麻袋的银圆。这银圆说是寄存，等打完战回头来取，可是他们再也没有回来，大约是战败了，队伍的人也死光了。几年之后，阮家因此突然有了家底积蓄，就放心使用钱财盖了院子，逐渐兴旺起来。但到了阮大六父亲这一代，家产大多被赌了出去。俗话说赌博无赢家，再多的财富也会赌得完。阮家终于又从富人沦为穷人。阮大六父亲的面子和日子都挂不住，就带着小妾流浪到外头，不知所踪。家里就只阮大六和母亲，守着阮家院子。

阮大六喜欢读书，识得许多字，却中不了功名。大家都说瓦坑风水不好，瓦坑就是做瓦片人的居所，养不起读书人。阮大六不但没有中功名，而且读书反被读书误，看得懂书，也仅仅是会看得懂书而已，他下不了地，对农活之事，几近空白。阮家的男人跑了，但日子还得过。阮大六母亲放下富人太太的行头，开始上山垦地种地瓜，下地犁田种稻谷。村里人可怜她，经常会顺便帮忙犁了地。瓦坑黄土质地好，有外村人来这里挖土做瓦片。阮大六母亲就去做工帮忙，赚点零用钱花费。阮大六还是读他的书。母亲舍不得孩子去做那些累活脏活，她希望儿子做个纯粹的读书人，因为阮家是大富人家，虽然家道中落，但门庭和男人的风貌不能丢。

有一年，阮大六母亲和那个瓦头一起被大水堵在窑洞里淹死了。阮大六很震惊，从得知母亲死于洪水之时起，就想着为什么会有一场突然的大雨制造一股大水淹死了母亲。村里异姓长辈出面把阮大六母亲的丧事简单办了。之后大家就担心阮大六往后怎么过日子。其实不用担心六月没太阳，母亲走后，阮大六就去学干农活，书少读了，日子也能简单地过着。但一件事，阮大六一直坚持着，他一直想着母亲和大水的事，后来就想出了天气的道理来。他成了村里唯一知道老天脾气的人。

去年底，怀一民去了一趟瓦坑，见到阮大六，就问最近天气如何。阮大六正儿八经地告诉他，明年黄石天气不好，你得小心。怀一民不以为然，一笑了之，如今阮大六的话却应了这一年的天气。

常人碰到阮大六，总是要开他的玩笑，你阿妈和那瓦头到瓦窑里去做什么呢？你先祖母一夜吃了十个土匪的棒子，真是厉害！对这些取笑，阮大六觉得被人侮辱，总是大发脾气，对人臭骂一通，俨然没有了读书人的斯文。这也成了阮大六心中一个公开的痛点。阮大六越生气，大家越高兴，这就是玩笑欺负人所要的效果。但怀一民对阮大六从来不说玩笑话，自从不听阮大六提供的天气预测劝告折了收成后，他对阮大六又多了几分尊敬。这个读书人虽是落魄，但就是不一样，他有一种先天的对天对地神秘的智慧的理解。

年关逼近，却反倒并不寒冷，白天里的阳光照样可以暖得你想脱去外衣。雇工们早就闲下来了，三五成群，坐在柴堆上晒着太阳，聊着闲话，等着东家散工钱。工钱花费还得照样给，干活的人，可不管老天的脸色和东家的收成，一年下来，雇工们可是实打实出了力气，正常年份活还顺手，这风雨冰雹一折腾，活还更难做，力气出得更多。当然，他们也只是等待，没有其他情绪，这东家是个讲信用的主，从来没有拖欠或者折扣工钱的事。

怀一民觉得，老天对自己不公平。阮大六说中了天气，但这天气也不是无缘无故地变，也许自己真有什么地方得罪了天公。今年的正月初九，祭天的贡品和往年一样丰盛，自己的虔诚更是一样，可是偏偏老天要惩罚自己、惩罚怀家，是不是还有别的原因呢？还好，他想石四方席草的损失也差不离。石家那一百多亩的席草，老天也没放过，一样像劈柴似的，碎末乱飞，一副惨相。这样想，怀一民心宽一些，因为在云林乡黄石村，要说收成收入和损失，也只有石家可以一比。这么想，老天还是公平的。

第二节　少奶奶

这种永宁堡少奶奶的日子，因为清闲而显得寂寞。卓越颖改变不了众人对她少奶奶的称呼，她心里觉得这事十分没谱。少奶奶，对怀一北来说是一种丢卒保车的策略，对卓越颖却是一份十足的尴尬。但对永宁堡和怀振兴来说，这是一种有效的紧闭和拘留。没有少奶奶这个封号，他们早就走脱了。眼下，两个留下一个，也让人放心一些。因为人丁少，永宁堡太清静了。如今，怀振兴已年近半百，该是养饴弄孙的时候了。怀一北读书没读出什么名堂，带个媳妇回来也是值得，永宁堡甚至期待着来年堡里还能得了一个孙子，丫头片子也行。

卓越颖有许多时间可以回想这段经历的离奇。她来到玉田，说到底是一种走出，这种选择是信仰使然。自己的父亲和哥哥们都为革命、为自由民主献出了生命。自己和怀一北来到玉田，是在延续着父亲和哥哥的事业和遗志。不料现在永宁堡的日子，又让她回复到一种凝滞的状态。她还必须选择走出，走不出黄石，至少要走进这个村庄。

她出门，廖毛必定是要跟住的，这是怀振兴的交代。卓越颖心里也明白，少奶奶就是生儿育女的人，但这不是她来玉田的任务。所以，她也就没给管家太多难堪，跟着也可用作向导。不过她发现这个永宁堡的管家能说会道，不但是奉承话，而且还有许多有关黄石的话题。廖毛对这个村子的上上下下左左右右前前后后了如指掌，说起来如数家珍、绘声绘色。卓越颖不知不觉被廖毛向导得起了兴趣，甚至觉得有些事是专门说给她听的。这些话题成了她寂寥生活的度日调料。

她问过廖毛怎么知道这么多，为什么要给她说这些。

廖毛一副下人相，并没有要在少奶奶面前显摆自己，他说其实自己也是听老爷们传下的，他讲这些事，没别的意思，就是为了给少奶奶解闷，少奶奶进了永宁堡，少爷却出去了，这样的日子长，难过，少奶奶应该趁这段时日对黄石村里的掌故多些了解，消磨消磨，往后还可以讲给下一代听。再说少奶奶是读书人，也喜欢了解这些事。所以，卓越颖就知道了黄石的来历。

黄石村在戴云山西侧的石崎山脚下，金溪河穿村迂回而过。南来的暖风，爬上山坡，把雨下在南边，可是南边的雨水却能绕过大山，流进北边的金溪河，滋养着黄石的地气。石崎山像一把三座位的靠椅，半圆形地拢着村子，三条椅靠，分开三个小村落。村中心有一座低矮浑圆的小山包。风水先生称：三龙戏珠。论风水是上好的品相，可惜龙气太重，不是一般人家承受得住的。

黄石，先前不叫黄石，叫石坑，因为村里的中坑、西坑和石崎山上，分别有一段圆形条状的大石头，石坑因此得名。这三块圆条石是有故事的，传说是蛇精犯乱，吃光了牲畜，然后要吃人。此事被玉皇大帝知道了，就派雷神把蛇精劈成三段，烧焦成了石头。从此，村里就平安了。蛇精的传说就被人惦记着，每逢下雨闪电，人们心里就在想着是不是又有蛇精作乱。传说的好处，就在于传说里顺带记住了这个地方。

后来有黄姓、宫姓和阮姓先祖迁居入住。

黄姓人家住居在中坑，是个石匠，在石岐山的一个山脊上凿石为生。石条、石柱、石板、石臼、石磨等等，纯色平细，雕镂手艺精湛生动。黄姓石刻手艺世代相传，渐有名气，后来人们顺口就把这个盛产石头的村子连同师傅的姓氏一块叫了，所以村名就叫成了黄石，表达黄姓人家雕出好石头的意思。而宫姓住在小山包寨尾山上，后世成了官宦之家，凭借任上的钱财，围山起厝，三妻四妾，繁华一时。对寨尾山上的宫家，人们最熟悉的就是五棵大荷树，荷树有多大多高，宫家就有多大多强的家底，所以说宫家，不说宫家，就说"五棵树"。

黄姓凭石艺渐有积蓄，娶妻生子，单传繁衍十世。而宫姓也是九代世单传，到十代就没了香火。宫老爷临终前，吩咐夫人女儿带着族谱，举家搬迁，另赘贤婿，养嗣子传衍，日后有力再回黄石，寻找"五棵树"，重振家业。宫老爷死后，黄石就剩黄姓了。

有一年，黄石来了两个年轻人，拜黄姓人家为师，学习石刻手艺。俩徒弟，一姓怀，一姓石。徒弟勤快有力，心灵手巧，几年的学艺，大有所成，梅兰竹菊、松鹤龙凤雕得细腻生动，雕刻技艺已经胜过黄姓师傅了。这时，师娘有了心思，担心黄家手艺旁落外人，就把自己的两个女儿许配给了两个年轻人。从此，黄石村就多了两个姓氏。

后来，一场突如其来的雷雨天气，师傅和他的儿子被雷电劈死在石场上，大雨带来了山洪，把师傅父子掩埋在长垄沟里。道人说这是黄家动了山神的筋脉，请雷神、水神来处置。再后来，师娘也走了，黄家的财产就分割给怀、石两个女婿了。怀石两家不敢再开挖山石，转而从事种植苎麻和席草。黄石停了石场，却多出了许多田地。

黄姓师傅不在了，但村名却留了下来。怀石两家的后生在石场上建了宫庙，供奉着土地公和水神、雷神，祈求风调雨顺，四季平安；又在山脊和长垄沟里广种树木，修复了开山凿石留下的疤痕。凭着苎麻和席草的种植加工，黄石这个靠石刻出名的村子，却成了麻布和草席产地村。渐渐地，来怀石两家帮工的人多了，有的人几代人都在黄石生活，也就成了黄石村人，姓氏人口也渐渐地多了起来，人们也渐渐淡忘了石刻与天气的往事。

而阮姓入住那是后来很久的事了。

卓越颖感觉到黄石对大雨天气很敏感。夏天的一场台风雨，在村里会衍生出许多言语，尤其是把怀家和石家的不和，归结成了黄石恶劣天气的起因。也就是说为何黄石遭遇大洪水，是因为怀石两家由亲而疏的变故导致的。听起来很愚昧，但这种归因，在这里似乎很正常。在福州，小孩都知道，六七月份，有十来场的台风雨漂洋过海来到大陆。雨成为一种原因、一种解释，这和廖毛说的黄石的历史来历有关。一场大雨，下在村庄，更是下在人的心里。在这里的半年来，只要下雨，就有人到宫庙里去烧香磕头。但卓越颖觉得很在理的一种说法是，民国一来，黄石村的天气再次变得让人无法琢磨。卓越颖问过，这话是谁说的？廖毛说，是怀振声老爷说的。

怀老爷的话说得好，这明摆着是在借事说理。远的说袁段黎，近的说孙督李督和孙大帅，再近就不好说了，也说不好，只是百姓心里真是什么都明白。卓越颖觉得黄石有些事不尽如人意，但事在人为，稼穑之事都能做好，还有什么事做不好的呢？好些天，她就琢磨一件事情。她想自己能否帮着黄石的怀家和石家疏通一下邻里不和的事情，让他们团结起来，和睦起来。至少在怀一北回家之前，她也许能够发挥一点作用，也是给自己寂寞的日子添加一点乐趣，或者说让善心给自己带来一些快乐。生活也许就是这样，路边的空洞会让人恐惧，没事做会坏了心情。

卓越颖对怀振兴说了自己的想法。怀振兴心里赞同，但嘴里却说："这事已经是二十年过去，你一个女人家解决得了吗？你就别掺和了。"

卓越颖却认为怀石两家本是手足，并无深仇大恨，仅为一点私心，起了嫌隙，都是碍于面子，苦撑一局糗事，只要有人从中调解，准会冰释前嫌。再说，这种家族的事，若一代不解，下代累积，真会积出百世冤仇，就像一个死结，随着岁月的推移，会越结越紧，最终成了死结。怀振兴看出卓越颖要帮着两大户人家说和的决心，就劝她做好永宁堡的少奶奶、做好女人的事，外边的杂事插手多了，让人说闲话，况且这事是村里最有权势的两大家，面子大、不好屈就的。卓越颖不以为然，这都是民国了，男人剪了长辫，女人松了裹脚，女人也可以到外边做事，何况这是邻里的事，做成了也是积德的好事。

年前，石老爷父子进城回来。卓越颖便不失时机去了石家问了县城的情况，其实她是想知道怀一北的情况。石振威也喜欢和读书人说话。卓越颖是永宁堡的儿媳，关键她还是省城福州的高中生，石振威愿意把前些天和儿子进城遇见的事一五一十地告诉她这个省城来的人。

石振威父子进城，本想采购点彩色纱，改进一下自家草席的品质花色，让草席在视觉上更出彩、更吉祥。不料进城就遇到部队攻打县公署，枪声大作，城里人都关了门逃到乡下去了。第二天县公署就被占领了，听说县公署的人也都纷纷外逃，太丢面子。石振威父子没敢去看打枪的现场，跑回到东门外，准备回家。儿子石四方却说来一趟县城不容易，躲天把时，战打完了，形势稳了，办完事再回去。石振威允了儿子的想法，就跑到下桥镇东桥头的东仙庙里蹲了一个夜晚。

庙里师父也在说匪患的事，城里来了南边的兵，乡下也得防着点。还好这次南军只打县衙，没有扰民。这年头，你打我，我打你，不知道何时是个了结？

卓越颖听说是南军，忍不住问是不是从广东打过来的部队。

石四方只听说驻军的连长姓高，他和刘知事统兵抵抗，却因寡不敌众都战死了。南边的队伍大家不认识。那夜，石四方说错一句话，把父亲和和尚师父都给气歪了。卓越颖心想，他一定是在佛门说了不该说的话。石四方只是临时有感而发，对和尚师父说，这世间要当和尚的少，爱打战的人却很多。谁打赢了，谁就是爷，谁就拥有财富，过上荣华富贵的日子。今个想来，佛门圣地，自己却拿世道隐讽庙门，长辈自然生气。

虽然石四方说不清楚南军的事，但卓越颖坚信玉田县城已经被再次光复。南军就是广东来的革命军。南军来了，怀一北一定会回到县城。她暗自有点激动起来，但眼下这对父子的事还未说完，她还得继续耐着性子听下来。

说到第三天，石振威团爸从寺庙里出来，观察着动静，谨慎地去了后街。没有了枪声，但行人也就只有几个，多数商铺还不敢营业，街道显得安静空旷。在这样的时候来县城，似乎不合时宜。好在是吴来妈的"义德商行"开了门。"义德商行"是手工织袜的，也有各色纱球，正是石振威要买彩色纱球的地方。进店问买卖，却是不肯卖，父子央求了半天，总算卖了一些，量不够也就添着点用吧。石振威谢过伙计。伙计说，您老也别谢我了，这世道不平安，大家都不好做生意过日子，老远来求几团线球，也不容易。石四方听了就觉得大地方的人连伙计都很会婉转说话。

买好纱球，团爸就去"复泰兴"酱油坊弄了两瓶酱油，然后坐进了"德安茶行"。"德安茶行"相当气派，宽敞的厅堂，摆得下十张八仙桌，楼上摆放许多品种的茶叶。据说茶行的林老板是三宝人，在省城、闽北、闽南开了许多茶号、茶行、茶庄和茶栈，制作买卖一条龙。在县城办起"德安茶行"只是在老家做个显摆，因为玉田茶叶销量还不大。眼下，硝烟未散，来喝茶的人很少。石振威父子要了一壶"铁观音"，一叠"唐茶点"，漫不经心地品尝起县城人高档次的生活。普通人进茶馆，只是拣个角落坐下来喝杯粗茶，这"铁观音",可是有钱有身份的人喝的。茶行伙计善于察言观色,嘴甜地问着父子俩从哪儿来,做什么生意。石振威却是语焉不详地搪塞过去。伙计又提醒他俩小心着点,如今的官军土匪可是分不清的。石振威父子谢了伙计的好意。这时,一个测字先生扛着招牌侧身进了茶厅,看见父子俩在喝茶,就凑过来说,时局乱乱,测字看相。

石家的年景也不好,暴雨洪水同样把石家的席草都打烂了。在这种时候,碰见测字算命一类的人,谁都会问一问命运之事、生计之事、年景之事,解解心中的迷惑和期望。

伙计拿了一块饼,正要挡去这位测字先生。石四方却挥手道,来,测一个。

测字先生说,写个字来。

石四方眼色给了父亲。迟疑一下,石振威写了一个"茶"字。

测字先生立马就开口解说了:"人在草木中。看你二人最近面相,必定被草木所累。来闲坐喝茶的人,必定不是卖茶之人。闻你身上无草药之味,必定不是贩药材之人。你们是做草席的吧。"

石振威父子对视一眼,简直佩服得五体投地。石振威却说:"那也未必,为什么我就不能是做木头的呢?"测字先生说:"天机之事,不由你说。近来你们被天机折磨,频遇坎坷,必有所求,必有所谋。"石振威愕然,忙斟了一杯茶递给测字先生,招呼坐下细说。测字先生右手在茶桌上点扣了几下,算是接了茶杯,但并未坐下。他说:"命运之事,不必细说,天机之事,不可点破。有动于衷给钱,不着边际白测。送你八个字:事在人为,人为在和。回去后抓紧广做善事,坎坷必解。"

石振威赶紧把八个字给记在心里,然后用手势暗示儿子赶紧付钱。石四方麻利地付了测字和茶水钱,石振威就站起来打算回家。

石四方不明白那测字先生的话语,就问父亲听到什么。可是父亲却说你不明白就好,别问那么多。石振威起身催着儿子打道回黄石。走前,想到借住了几天的桥头庙,石振威觉得觉慈和尚为人和善,得去告个别,顺便烧一炷香,添点油钱。

石振威跪在菩萨像下的蒲团垫上，掂香默默祈祷着，照例上完香后，添了油钱，就去抽签。他双手合着签筒，朝菩萨拜三拜，就摇了几圈跳出一签。捡起签，石振威请觉慈师父给解签。签诗曰：门内起干戈，亲仇两不和；朱衣临日月，始觉笑呵呵。

觉慈师父解签，此签中中，事有坎坷，只要肯去修复，来路还是平坦。

石振威请师父详细说来。觉慈师父说："同室操戈，兄弟不和。究其原因，为父母的处事不公，日积月累而起。因此家不齐、身不修就不能当上大事，得到高职。要厄去福来，必是积善之家，要时常行阴德之事才可以。只要事事小心，处处公心，遇厄也可无碍。谋望可成，唯须待时机。钱财可以获利。婚姻双方仍未有意结合。自身人情世故为治身之本。家宅慎防同室操戈，兄弟不睦。开业须防小人阻挠。迁居远不吉，近犹可。出行有危，但有贵人扶助。疾病急病有危。六甲须小心调理初生婴儿身体。行人在途中，有阻滞。诉讼有凶险，须提防。"

师父一番签解，让石振威大惊失色，测字、抽签两个事合在一起，那么合扣，一切都那么凑巧，似乎有一种暗中的力量在左右着他们的命运。石振威便把测字的事说与觉慈师父。觉慈师父提笔写了四个字送给父子：斗粟尺布。

石振威把觉慈师父的纸条递给卓越颖，要她这个读书人帮着解一解。卓越颖感觉到这个测字先生和觉慈师父在暗示一种关系，与和睦有关。她立即想到石家和怀家的恩怨之事。听到这里，卓越颖就说，近来黄石天气怪异，必有原因，四里邻居都在说三道四。

石老爷问，村里人都说这是台风雨，这台风雨和我们有关系吗？

卓越颖说："本来这雨是从台员过来的，过海进山，把大雨都倒到黄石的头上，自然有点奇异。石老爷进城遇见两位先生，算是有机缘。得到先生的点拨，更是心存善心才有的缘分。测字先生说出坎坷的原因在不合，觉慈师父为你解签化解：斗粟尺布。说的也是兄弟不和之事，这不是凑巧，是石家眼前切实要做的事。好在两家不是生意矛盾、不是宗祖相争，就是一点小事而已。"

石振威若有所思，就问接下来该怎么办。卓越颖说，解铃还须系铃人，一条绳子打上结，或者解开扣，才能成为一条真正的绳子，石老爷心里的绳子与谁有结，旁人可是不知。石振威有点惊骇，眼前这位永宁堡的少奶奶，也不是一般人，经她一点，自己豁然开朗。

年前的一个中午，石振威进了怀振声的铳楼。石振威以单膝下跪的方式试图努力去赢回昔日兄弟的情谊，以石家的低姿态得到怀家的谅解。怀振声对昔日兄弟石振威的这一跪，甚感惊讶，但心里却庆幸这一刻终于到来。他急忙俯身前去扶起石振威，吩咐看座、上茶，好好叙旧。一番寒暄热叙，两家老者达成一致。石家愿意从现有的土地里让怀家任意挑选一块作为宅基地。

石振威说："当年我骗了你。"

怀振声说："你骗不了我。当年你那点心思，我懂得！"

怀振声和石振威说的是田地抽签的事。说实话，怀振声说当初就知道被骗，那是假话。那时，石振威提议用抽签的办法，把祖上合作耕种的两百多亩地，两家分开分别专门种植苎麻和席草，更有利于经营。怀振声还觉得这个主意很好，种起来更省心省事，也能发挥各自的特长，把黄石的夏布和草席做出名声来。实践和时间都证明，这样的革新是正确的。

抽签就在石振威家里进行，兄弟间同意的事，没有必要请中间人，于是怀振声就随意放心地抽了一百亩苎麻地，石振威自然就是一百多亩的席草地了。当时怀振声抽了签，心里也没有什么不快。但抽完签没几天，石振威就在原先怀家想盖新房的地块上，召人动土挖地基，准备盖自己的新房。

石家盖房这事是长工苏树三来报告的。夜里，怀振声百思不得其解。看来，石振威是早在预谋盖新房的事情，抽了签就立即动工。那地块可是自己也有打算盖房的，父辈曾经说过那是个米斗型，助财地。因为没有抽到，怀振声心里总有一种被抢占的感觉，好风水的地块怎么就这么容易被石振威给抽了去，想来想去，他想到"假签"上。但怀振声觉得，自己当时没有验签，假签也只是可能而已。再说了，既然人家敢，自己已经抽了签，就得认下忍下，总不能无凭无据再吵闹抽签的事，反倒给人笑话瞧不起，所以之后怀家就不再计较这地块的事了。

怀家和石家，祖上是朋友兄弟，一起来黄石求艺，后来成了姨亲同门，携手创业，情同一家。祖上定下同一祖房，同祭祖宗、用相同字辈的规矩，让子子孙孙记住祖上那份兄弟之情。怀振声、石振威的父辈，都铭记祖上定下的规矩，共同经营种植黄石最好的田地，并在财富上崭露头角，除了村里的田地，他们还分别在京口、四十五都一带置了田产，收起田租，日子一天天好起来。到了怀振声和石振威他们，想把黄石的苎麻和席草种植更精细化，就分开经营种植加工，便于把夏布和草席买卖做得更好。可恨就因为一个"假签"，暴露了石家兄弟的私心，而怀家却忍屈在胸，两家都各自堵心碍面，少了来往，逐渐就疏远，十年后就不相往来了。

怀家并没有要什么宅基地，对怀振声来说，眼下他要的是释怀之后的一种轻松。怀振声起身过来伸手向着石振威。石振威伸手去握住了。

铳楼黄昏的黑暗之中，俩老人的手握在一起，紧紧地、久久地。一笑能泯恩仇，握手还似当初。二十年都能过去，还有什么过不去的呢！两家就和好如初了。怀振声有点激动地说，好。和好如初还不够，要胜于当初。

石振威主动提议正月拣个日子，请两家大小吃顿饭聚聚，让晚辈们在一起亲近，他说团哩孙（子孙）们和好，比我们老头和好更重要、更长久。怀振声比谁都懂得这个理，晚辈当然更重要。他说明年正月就做这个事，当着祖上的面，给后人一个榜样。至于饭，还是由他来请。既然石家主动伸出手，怀家也要有所表示，张罗酒菜请餐饭。

怀振声朝门外喊："点心端过来，再来瓮白酒。"

酒，特别是白酒，总是在肝胆朋友意气相投情感相悦的时候派上用场。怀振声用点心来招待石振威，是把他当作客人了，点心原本是要配一小碗红釉酒的。毕竟邻居十年没来往，现在好似离别十年又相逢的兄弟，自然要喝上劲的白酒。石振威吃着点心，心里就想怀振声的客气是在提醒自己，亲情走远了，如今又回来了。酒就在这样的时候，把情融了，让义更坚。石振威酒量不大，却有点好酒，半碗家酿白酒落肚，就恍惚起来，六七分的酒意会让人更想喝酒。俗话说，酒虫挑起来了。石振威频频举杯敬酒，嘴里不停地说："怀兄，现在我们又是兄弟了，喝。"

怀振声说："不是现在，一贯都是兄弟。"

"对，对，不是现在，一贯，是兄弟。"石振威酒醉言滞。

一来二往，半斤八两，在一个风和日丽的日子，两个老头在铳楼里醉倒了。

从地里回来，下人说老爷们都喝醉酒了，怀一民听后吓了一跳。他一边责怪下人没有伺候好老人，让他们喝过了，一边赶紧安置父亲躺下，喂些糖水、酸梅水醒酒。他又吩咐下人一起把石老爷裹上被子，背着送回家去。

那头，石四方也吓了一跳，用奇怪的眼神看着怀一民。这么多年不相往来的人，今天鬼使神差地喝醉酒，没有缘由，谁信呢？刚躺上床，石老爷就不停地说醉话了："怀兄，我们两家又和好了，喝。"石四方这才听出名堂，顿然释怀，他对怀一民说："麻烦你了。这老头，今天不知哪来的心情，喝多了。"石四方叫石家下人取来蔗糖水喂了老头。石老爷还是不断地说醉话："天气会好起来的、天气会好起来的。"

年底毕竟是年底，即使白天风和日丽，但晚风吹来的冷意还是十分明显。那些乌桕树、桃树、梨树光秃的枝丫，像是一无所有者的手，静静地梳理揉撮着风的头发，想让冬天的夜晚变得暖和些。而这一夜，在怀石两家的屋里、心里都感觉到来自天气变幻无常之后俩老人醉酒带来的温暖。

两家的和好，这是一种修复和改善，至少在怀一民的心里是这么想的。生活就像窗户纸，初贴时再新，也会有褪色破洞的时候，这需要人在恰当的时候补上漏洞，或者换上新的窗纸，你的窗户才会点缀出吉祥如意来。自己的十个手指伸出去都不一样长，兄弟朋友之间难免会有齿舌相碰的时候，重要的是心要宽，忍下或者放过。二十年的岁月已经被翻过去了。天气坏了收成，却把两家人的心给拢回来了，这也算是另一种收成。

怀一民去巡视了刚刚修缮好的祖祠，又去了自家的麻坊，关好门窗，已经是深夜，公鸡开始打鸣，此起彼伏的声音，嘹亮而绵长。

第三节　开春

怀一民和父亲去给阿公扫墓。如今，长在墓头已经快一年的草棵，依旧矮小新绿，就像长辈的发须有几分沧桑，却不显邋遢。墓门严实，坐姿端正，没有灵异之处。怀一民想这就是石崎山的好风水。

怀一民看见父亲瞻前顾后，上下左右，把自己父亲的墓巡查个遍，没有说话。没有说话，说明阿公的墓没有问题。祭拜后，父亲领着他，去了石太爷的墓，也是瞻前顾后巡查个遍，也没有说话，之后就回家了。

进了铳楼，父亲就吩咐一民爬上铳楼顶层，把石太爷的灵牌拿下来，重新摆放到怀家的厅头上。怀一民知道，这是要回归祖规了。父亲显得严肃正经，他掐香三大拜："兄弟不应该有隔夜的恨，我怀振声小肚鸡肠，一点小事记挂了二十年，请祖上宽恕，保佑子孙代代友好平安。"

怀振声不祭石家祖宗，已有十年了。这是他内心觉得最矛盾、最犯错的地方。如今石振威主动上门，冰释前嫌，重回规矩，终于除了一块心病。

怀一民派苏树三去找个先生问问樟树王被雷劈的事。堪舆先生的说法让黄石怀家石家的人听了感到宽心一些。先生掐了樟树王被雷劈的时辰，说树神被狐狸所惑，养尊处优，无所事事，长出多余的树枝，失去了庇护人间的灵性，所以雷神把它多余的部分给劈了，只是警醒树神勤于职守，黄石大可不必担心。至于那些狐狸，善于蛊惑人心，倒是要防，控制它的数量。先生还画了符，叫苏树三带回来，张贴在树洞里，如此这般准保无事。于是大家放心，料理了被劈的树枝，不再理会关于树神的传言。

村里已经有孩子在唱着过年的童谣了：廿四扫尘，廿五赶永春，廿六买肉，廿七请客，廿八过年，廿九清闲，三十守年，初一新年，初二开年……孩子的歌声表达渴望过年的急切心情，也许还有委婉提醒大人们给孩子准备新衣裳、压岁钱的意思。大人听了，知道年已经迫在眉睫了。

苏树三适时做了年前的准备，这是作为大户人家管家的职责和必备的能力。扫尘用的青竹叶把子已经结实地绑好了，浸水洗净，摆在谷架上晾干。

锣鼓铙钹也从礼货间里抬出来，擦拭干净，摆放在厅堂边，等待快乐和激情来敲打出沉寂了一年的金属响声。同时，也安排好了年货、衣布、鞭炮的采购清单和人员，碓好了做米粿、糍粑、炊酒和油糍的粳米、糯米，请好了屠夫、裁缝、写对联的先生和剃头客。差不多就绪，苏树三给少东家汇报了准备情况，请示农历廿六要杀哪头猪，问少东家还有什么吩咐。怀一民对这个管家很是放心放手，只要求他看着办，特地吩咐不去愁今年收成的事，把年货办妥帖、一切照礼数规矩就行。剩下的事情就是等待年的到来，一年的坏收成，并不能影响怀家什么，父亲说了要扛住，不要误了明年。怀一民也觉得这年还得好好过，过好年，是件为来年得劲的事。廖毛特意跑来和苏树三说话，看看怀振声家今年是怎么过年的。

农历廿四，苏树三把雇工们集中起来搞卫生。房前屋后清除杂草，清理水沟，屋顶除尘，清洗卧室，整理下埕院，擦拭桌椅，填实门外大路，使之畅通无阻。怀一民还专门交代除了留下一张像样的蜘蛛网，要把麻坊和织布坊里外都清理干净，别脏了明年的财气。雇工们就里外清理，一丝不苟。那把青竹叶把在所有屋顶上游走，扫下烟黑、蜘蛛网和一年中粘躺在屋顶的橡子、檩梁和墙面上的灰尘。所有的垃圾都集中到门外的路边，添点干草烧了，烧不了的，挖些新土，埋整齐了。

黄石村家家户户都在做卫生，一下村子干净整齐起来，也精神起来。那些不干净的东西随着焚烧的青烟飘向高处，成为虚无。到了腊月廿四，大家就不再下地干什么重活了，平时干活穿的衣裳也要脱下来洗洗干净，趁着腊月的太阳，晒掉与年俱来的附身晦气。

村长在这个时候会召集族人分头去修路，就是给黄石通往隔壁邻村的山界内的山路劈草修阶。这是一个传统，路修到哪里，山界就管理到哪里，祖宗留下的山界，年年都得通过修路去管护、去主张、去声明。年轻的，去连接处往回修，与年长的相向合道。

裁缝陈四八派自家的女儿把怀家老小的新衣服叠整齐了，送过来。付了裁缝工钱，怀夫人杨氏会检查几遍纽扣、糨糊斑点和线头之类的小毛病，拿剪刀修剪、拿针线缝实后放进柜子，与新纳的布鞋放在一起，成了新年的套装。

一些人被派进城采购鞭炮、蜡烛、香和纸等物品。在家里的，也没闲着，忙一天就炊出了两缸白酒、三槽的豆腐，这是过年必备的食品。烈味的酒香，豆腐的熟香，从厨房里飘出来，在空气中弥漫开来，装点起更浓厚的节日氛围。这一天，该买的年货都买齐了。童谣里唱的赶永春，是说到永春去采购年货，因为路远，如今大家就赶云林乡和县城就行了。农历廿五就过去了。

农历廿六，屠夫石路养三更天就来杀猪。怀一民决定要杀两头猪，一头全猪祭祀祖宗，一头安排着过年人口吃用、人情来往送年和正月零需的祭祀之用。今年还是有特别的地方。

石路养虎背熊腰，村里人说他就是天生的一个杀猪的料。他什么都缺，就是不缺力气和睡眠。有力气却不愿意帮助人，不是缺德，是因为懒。除了睡觉，其他事情都懒得做。当然，日子要过，让肚子不经常饿，杀猪的活还得做。特别是大户人家的活，还是勤快应酬。

怀家的两头猪，在他手里，天未亮就料理清楚了。一头全猪，褪了毛，白刷刷的，开膛趴在宽凳上。另一头猪被卸成几块，苏树三拿进灶间去过热水，七分熟，就用盐巴抹上，存放在二楼的竹晒盘里，供正月里吃用。

因为是过年用的肉，所以不请猪饭吃，只是照例把猪的肚腔里的剩血盛了出来，和塞喉咙刀口的干菜一起，煮出一碗"喉血菜"，再从猪身上个部位割下一些肉，煮一碗"十八刮"，杀猪的和家人一起吃。

净猪从下堂摆到厅上，雄壮地趴着，鼻孔插着香，嘴巴含着大红纸，很有威仪架势。

怀一民早上起床来，一切都已经妥当。付了工钱给路养，怀一民还赏他一瓶白酒、两封鞭炮。石路养高兴得直说客气话，当场就揭开盖子喝去半瓶的酒。那酒厚，半瓶下去，石路养就软去不少力气，恍惚着走了。他还得给别家去杀猪做事去，年底杀猪的活多。

白天剃头客石路生来剃头。石路生是石路养的大哥，因为小时候得了小儿麻痹症，落下拐脚的根症。兄弟判若两人，石路生瘦小羸弱。下不了地，干不了重活，石路生就去学剃头的手艺。全村几十户男人的头，就以干谷代工钱除给他料理，一年下来，也有几百斤的干谷可以度日子。廿六这天，惯例就到怀家石家给老爷、公子哥们剃头。怀家男性不多，加上长工苏树三，才四个，小半天就都理了。男人剃完了头，还要给女人的脸扑粉拔茸毛，费了不少时间。一地的毛发，清扫到门外，埋在菜地里。怀一民一样也赏他一瓶白酒、两封鞭炮，连同一年代工钱的干谷，装个袋子让他背回去了。

怀一民早早地安排苏树三陪儿子怀有福去给舅舅送年。杨氏疼惜儿子，啰唆地吩咐着要早去早回。农历廿七的中午，大姐、姐夫和外甥，二姐和姑姑、小表弟郑冠中来送年。一下，家里热闹起来，问候、递茶水、寒暄，来回去探望怀老爷，家里的秩序是无序零乱，却又温暖有余。怀一民想，今年的光景更需要亲戚回来捧场热闹，驱逐一下心中的辛酸晦气。

大姐夫是乡里的郎中，大家却叫他卢师傅，开个小小的药铺。这天来送年，没忘记给岳父把把脉，问问身体。大姐夫说怀老爷的身体棒着呢，没有什么问题。外孙卢跃也哄着外公高兴。

二姐说："阿叔，你得长命百岁哦。"

怀振声说："那太长，老人长寿，子女可是难受啊。"

二姐说："你尽管活出几百岁，没有人难受你。"

二姐夫是官人，家住县城南，人却在长汀当训导。因为是官人，常年在外，怀一民就知道佩服尊重他，名字不好问，就一直叫二姐夫，姓名就只有怀振声知道了。长汀路途远，每年都是二姐来送年。怀振声看到二女儿的劳累，三言两语中流露出心中藏着的怜惜，甚至劝她一起去了长汀。怀珠花总是乐呵呵地说："没事，忙点累点，那是命里的事。长汀远，也听不懂那里的话，就别去了。"

姑姑丧了偶，日子清贫着过，但是每年都要带着孩子回家来，认认亲戚。这个小表弟眉清目秀，比怀有福大那么两三岁。怀振声对这个没了阿叔的小外甥疼爱有加，妹妹送了年货，做哥哥的总是没有亏待她，给了郑冠中一个压岁红包，又特别吩咐怀一民准备一份管够的年货给姑姑带回去。穷人的孩子早懂事，郑冠中勤奋好学，聚贤里小学的校长十分喜欢他，像自己的孩子一样对待。郑冠中读书也努力，成绩可是头几名。怀振声听妹妹说了郑冠中好学上进、成绩名列前茅，心里就欢喜，夸外甥将来有前途。母弱出商贾，父强做侍郎。族望留本地，家贫走他乡。虽有古话在理，但怀振声却为妹妹主张，读书立家。家有贵子就像前头的一盏明灯，即使看不见脚下的路，却知道要走的方向。他还要怀有福好好看样，将来读书读出个名堂来。只是自己的孙子怀有福因为身子骨弱，还没有上学。

午饭照例张罗得很丰盛，一家大小亲戚坐在一起吃饭，就图个团聚。怀老爷心情好，就说要过年了，喝点酒，于是大家都喝了些酒。因为饭后各自要回家去，都有些路途，谁都不敢尽兴地喝。午饭后，各路亲戚都暖烘烘地回头去了。怀振声叮嘱妹妹在县城侄女家住一夜，不要急着赶夜路。又对怀珠花说，把姑姑留住一夜，歇一晚再回聚贤里去。怀珠花允了阿叔，与姑姑结伴回了。

傍晚，孩子和苏树三送年回来了。怀一民的孩子怀有福，才十岁，身子骨不强壮，走了挺远的送年的路，觉得辛苦，回家后就一屁股坐在长凳上不说话。夫人把他抱进厨房，喂吃的去了。孩子没多久又从厨房里出来，喊道："阿兄，要请先生来写对联了。"怀一民心里咯噔一下，要不是孩子提醒，还真把这事落下了，过年可不能没有对联装点的喜气，于是赶紧叫苏树三去请郭先生。

郭先生是云林乡上美小学的老师。做先生的，就是什么都懂什么都会，自然字也写得好。平日里上课教书，得空也会帮人看看风水。每逢过年，郭先生就忙着给人请着去写对联。廿七来怀家写，这是惯例。但还是要人去请，这是先生的脾气，懂字的人是要人尊重的。今年迟请了郭先生，等先生到时，已是快晚饭了。郭先生吃了点心，就说不吃晚饭，赶紧写字去。

一顿晚饭的工夫，郭先生写好了两堂的对联，一堂祖房，一堂"仁恕堂"，另加一副铳楼门联。"中官直谏；尚书政声"，"中官独能直谏；尚书卓有政声"，"元祐大恩主；明清九贵人"，这些都是祖传固定的联文，俗称大联，不曾改过。内容多数人看不懂，但似乎谁也不曾问。怀一民有一回问过，从郭先生那里大概知道歌颂怀家祖上名人的意思。

今年，怀一民决定门口的大横批要换，原来每年都写"布满三江"，揭示怀家做布，预示麻布生意兴隆。新年，要换成"开诚布公"，更适合长辈的心情。

于是，他就和父亲、郭先生商量，再写上两个横批：开诚布公，除旧布新。

怀振声认为一民所想甚合心意。郭先生也说，怀家生意门庭，却更重诚信为人，实在难得，换上更好。怀一民觉得，兄弟之情应该是诚实为首，父辈的和好，不是难得，而是失而复得。

苏树三也来说雇工们都擦拭好织机了，也请先生为麻坊写副对联。郭先生照常写上"手织银丝把新月，足踏玉板步青云"，横批"对我生财"。大家都喊好。然后苏树三着人去煮了地瓜粉糯糊，连夜就把两堂贴得红艳艳的。这红联一上柱，岁月就换新的了。

怀振声和郭先生很熟悉。怀振声对先生说，今晚是迟了，不然也给石家写一堂对联。郭先生听了这话，就说怀老爷吩咐，我就多待一些时间，就不知道石家要不要写？怀振声说："先生的字可是难求，谁会不要呢？我还想替玉龙、路生、路养他们也求你一副对联。"

郭先生没有推脱，信手就给怀玉龙和路生、路养各写了一副，然后去了石家写字。

廿八就过农历的大年了。因为家里有雇工，所以祖上定下规矩，早一天过年，下人们可以早一天回家去团聚。雇工们忙完一年的活，脱下泛滥着苎麻青味的衣裳，闲适地围坐在柴垛上，晒着年底的阳光，聊着过年的话题，等着东家的工钱和一顿好饭菜，然后就要回家过年去了。

怀一民亲手把每人的工钱发了，又请大家入席吃了年饭。怀老爷还亲自来给下人们敬了三杯酒，吩咐大家，若不嫌弃怀家，开了年就回来，只要有怀家吃的，就有大家吃的。怀家老爷的话语，每年都整得大家满面酸酸欲泪的。除了苏树三、丫鬟和厨妈等人，其他人酒足饭饱之后就散了回家去。热闹了几天的家，一下安静下来。怀老爷也嫌太静，就拉着孙子过来，教他们敲锣打鼓。鼓皮和铜钟的震动，充满张力和穿透力，与别家的钟鼓声混响在一起，村里似乎又暖蜜起来，过年的热闹劲越来越大了。

晚饭算是自家过年的饭。照例，厅堂的几桌上摆了祭祖的贡品，男性祖孙三代都掂香拜祖。怀振声特地加了仪式，跪拜石家先祖。三叩首后，怀振声说，石家先祖，晚辈不孝，因为一点小计较，这么多年躲祭你们，今天补上，祈请先祖原谅。说完，拜了九拜，把这十年的不孝补上了。拜完，他又回头给儿子、孙子交代说以后照规矩祭拜，不得有误。怀一民赶紧接话说知道了。怀有福还小不知道这些事。阿公摸摸他的头，说以后你会知道的，知道了就得这样去做。

怀一民领着怀有福和苏树三把灯笼挂了，并吩咐苏树三从除夕晚上开始要勤换烛火，一直到正月结束，让明年的日子红彤彤的。

之后，就举行祭祖的仪式。怀家和石家都抬了一头全猪来到祖祠，摆在几桌上，两头猪鼻插燃香，嘴含红纸，眼睛圆睁，双耳肃立，四肢平趴，尾巴斜竖，心肝内脏悉数存于肚下，竹盘承托，看起来算是威风的孝敬。其余人家上些较为小样的贡品，当然鸡鸭兔之类也是全只摆贡，至于糕点真是垒串堆积，琳琅满目。石家、怀家的子孙们，肃立在厅堂里。村长怀振兴念了祭文，两族人焚香祭拜，场面阔大，祖祠香气氤氲，一派祥和。

在年底料峭的天气里，大红的对联和灯笼，以及炮声映衬出不少的暖意。怀振声夸郭先生真是写一手好字，怎么看怎么舒爽。看完对联，怀振声对儿子说，你的儿子该去郭先生那里读书了。

这事怀一民早想过了，只是怀有福身体太弱，放心不下。如今父亲提起孙子读书的事，怀一民就下了决心。怀振声特地交代，开春雇个人专门送读书的。说完孙子读书的事，怀振声又吩咐安排两家吃饭的事，要求要按最尊贵的客人安排。"一起把村长叔叔也请来。"他怕怀一民忘记了。怀一民说："哦，已经安排准备了。"又问阿叔："您还有什么吩咐？"

农历廿九也不清闲，接着就是三十了。石振威起了个早，苏树三早等着他了。

苏树三问候石老爷："您早啊，昨晚睡得好吗？"

石振威拍拍胸说："托大家的福，睡得好啊。"

苏树三传了话，今天到怀老爷家吃午、吃晚。

石振威说，怀老爷说了算，你先回去回话，没多久就来。

没多久，石振威领着一家大小走进怀家的大门。"开诚布公"的门头横批，让石振威心有所动。

怀一民把石家大小接上厅堂，两家大小谨慎地互相问好一下，诸如"某某，你来啦""坐啊"等等，毕竟两家已经有十年没有来往了，一时凑在一起，还是显得有点生分。

怀一民把俩老人安排落座，其余同辈之人相邻比肩落座，恰好一桌。两家真像客人一样客气推让了一番。先上茶水、糕点。茶盅里被大块的冰糖占据着，茶匙搅不动，不仰着头喝不到茶水。

怀振兴来迟了。石振威见到怀振兴，便想到永宁堡的少奶奶。他对怀振声说："咱们兄弟的事，多亏了永宁堡的少奶奶，是她给我开的窍，既是吃饭，把她一起请来吧，也就多一双筷子。"

众人赞同。卓越颖第一次到邻居家里做客，因为她不熟悉乡村的习俗，有点紧张。

饭席开始上点心。先是米粉蛋，开口的青花瓷碗盛着冒尖的米粉，米粉中间还夹藏着新鲜的条肉，碗的两侧各摁一个红蛋。又上一盆豆腐清汤、一盆猪肉。这是客人初来时的点心。石振威看得出，怀家把自己当客人了，后头的午饭还有全席呢。于是他说："怀兄，您客气了，自家人，还这么丰盛做什么？再来个碗，刚吃了早饭，哪能吃这多的好饭菜！"

再来个碗，是约定俗成的客气事。吃点心，可别把端上来的饭菜一口气全吃了，那样显得客人没礼貌，像饿鬼一样。再来个碗，把点心夹一些出来，吃了。剩下的留回给主人，主人可以派给小孩或者下人分享。卓越颖本身就害怕大碗饭，看样捡个小碗吃了一点。

怀振声请大家别客气，能吃多少尽量吃。家里随便，没什么好吃的，要过年了，红蛋吃一个，走时运。他转身对怀一民说给他们夹一下。怀一民就新拿了筷子分别给石家大小夹了红蛋和一块肉放到碗里，顺手把蛋夹破，劝说吃掉。夹破了蛋，就得吃掉。这是主人的真心，红蛋不是摆好看的。

稍许，吃点心的事就结束了。点心是迎客，不在吃饱，过个规矩程序而已。

吃过点心，客人起身离座，到下埕院子或者后山等处去走走。间隙，下人收拾了桌面，又加了一张桌子，等着重新摆布午饭。

俩老人坐在备好的靠椅上，凑近聊天起来。

石四方和怀一民站在下间走廊上有说有笑。两位夫人进了厨房去了。卓越颖和怀一民的长女怀招娣随着杨夫人一起去内间。怀招娣喜欢卓越颖学生装模样，便亲切地牵着她的手问这问那。

石四方的大儿子石有才，没有同龄人，独自一人看着对联。二儿子石有旺和怀有福、苏树三的儿子苏四五差不多年纪，拿着鞭炮，到门外玩耍去了。

厨房准备差不多了，怀一民就招呼大家回桌吃饭。

午间吃的是全席饭。肉类有一盆猪脚包肉，猪心、猪腰、猪肚炖蛋，公鸡香菇，清炖鸭肉，熏兔，一条蒸鱼；主食类有一碟米粿，一盆糍粑，一盆油糍，一盆米粉，一盆炒面；汤类有莲子豆腐汤、萝卜丝汤、红菇汤，清淡一些，不像肉类中的汤油腻；还有两盘青菜以及一双红蛋、一些杂食，一瓶红酒，一瓮的白酒。糖蒜醋姜大样小样的凉菜都上了，即使皇帝光临也就请吃这些，算是黄石最高规格了。

午饭不像请酒时，中间有休息，而是事先准备好食料，接连不断地上，吃饱喝足，就算结束了。

下人收拾干净后，退了桌子，两家人重新在长凳上两列坐下。

石振威开口说："等待今天的相聚，已经等了十年了。承蒙怀兄宽宏大量，不计前嫌，真正待我石家如兄弟，我石家子孙向怀家致谢了。"说完领着石家大小向怀家鞠了一躬。

怀振声站起来说："石家怀家自祖上以来，就是兄弟，有福同享，有难同当。不曾想，这些年，生些嫌隙，得石老弟诚心缝合，我怀家感激不尽。"说完也领着怀家大小向石家鞠了一躬。子女们心中不解，只是按照长辈的吩咐照样子向对方鞠了躬。

接着，两家大小都掂了香，在怀石两家的先祖牌位前跪下，石振威和怀振声齐声道："先祖在上，我石某（怀某）不孝，兄弟生隙。今日面对先祖发誓，继承先祖训示，怀石两家，和好如初，有福同享，有难同当。若有不遵者，逐出家门。"全体三拜。一厅的人齐整地三叩首。然后，把香插在几案的香炉上，算是大家都遵了。

石振威又拿过一个酒杯斟满酒，举起来说："今天，我石某还有一事，当着先祖和众人，做个纠正。"顿了一下，接着说："按规矩，我团字辈是一字辈，我石某年轻时心胸狭窄，总在和怀家较劲，怀老爷孙子取名怀一民，我就想要超过他，就给儿子取名石四方。因为我阿叔走得早，没有长辈训斥我，背了规矩。今天，我把儿子的字辈改回来，叫石一方。我这杯酒喝了，向怀家致歉。"说完仰了脖子喝了酒，并叫过儿子焚香跪下，向两家先祖三叩首。

怀振声想石振威今天还有这份诚心，他情不自禁地湿润了眼睛，说起来吧。一边去扶起跪着的父子俩。

石振威说："一方，你记住自己名字了吗？"

石四方顷刻间成了石一方，石四方还真的没反应过来，听了父亲的问话，答道："阿叔，记住了。"

石老爷又问儿媳妇柳花，你也要记住，记住了吗？

柳花惊慌地回道，阿公，我记住了。

俩老人没有忘记其中的牵线人，专门斟酒敬了卓越颖，夸奖永宁堡有福气，得了一个新人。卓越颖说，从城里到乡下，算是长了见识，黄石长辈们的心胸，让她感动，祝长辈们身体健康，万事如意。

石振威说，要说心胸，给少奶奶见笑了，还好有你的点醒，这一切就过去了。

石振威伸手紧紧握住怀振声的手，动情地说，怀兄，感谢你的款待，差不多了。

客人说差不多，那就是要告辞的意思。怀振声挽留，说吃完晚饭再说。

石振威说，要过年了，家里还要收拾收拾，再说家里的锅灶都冷一天了，大年夜还得留火种吧。

听了石振威的话，石一方也附和说，晚饭就回家吃了。

怀振声说，这么说晚饭就算了。不过还有一事需要两家商议一下，村长也在，可以定夺下来。

怀振声要说的事，是想在黄石村里组织一支防卫队。他说："时下外边时局很乱，石老弟前段日子进城都碰上打战了。前些日子村里怀玉龙到德化、永春贩布回来，也说了德化那边土匪猖獗，抢粮派饷，沿途打劫，烧毁房屋。听狮子岩的住持说，德化有好几股人马，打来打去的。我就担心哪天，就跑到我们云林来作乱。尤床下来到云林、黄石，就半天的路途啊。黄石从来不与人为敌，但我担心被人给牵挂惦记上了。所以，我们得自己防备着点，组建一支黄石村防卫队。这事，本不是我们愿意做的事，也是被逼的啊，不知道石老弟意下如何？"

石振威听了，这是未雨绸缪的好事，当即表示同意。他建议正月找个时间好好商量一下队伍、人丁和份子钱等细节的事，尽快组建起来。天灾和人祸，都得对付。早对付，早安宁。

怀振兴听到这事，心里不禁佩服这位堂兄。这些天，他也在琢磨一种预感，和自己的儿子有关的预感。他担心儿子参加革命党，会给黄石带来不安。既然怀石两家长辈先提起这事，自己就没有必要起头，顺水推舟就行了。

石家大小和永宁堡的人都回去了。热闹散尽的时候，一天大约也就过去了。

吃完年夜饭，怀一民到麻坊和布坊去，放了好一阵鞭炮。他心里希望那些爆炸的炮花，能够驱走陈年的歹运和晦气。鞭炮那么一炸，结结实实的一声响亮，真是解气。有时候，释放心情就得靠个时机。过年的乐呵劲，真能新桃换旧符。放完鞭炮后，怀一民回到家里，亲自到厅堂查看烛火、灯笼有没有亮着，又到厨房查看当作"火种"的油楂油饼有没有放足。

杨夫人说："您放心，放了三块的楂饼当火种，保证明年火旺才旺人丁旺。"

怀一民深情地望着夫人，表情缓和地点点头。这样的表情，已经让杨夫人很满足。年景不顺，夫人能在心里为怀家祝福，怀一民真的受到感动。多年了，怀一民对夫人都没有好脸色，因为夫人把他的大儿子给弄丢了。

夫人杨氏，蚤卿草坑人。嫁入怀家二十年，只生了三胎。大儿子怀有义五岁时，杨氏带着回娘家走亲戚。孩子和杨氏哥哥的孩子年龄相当，表兄弟结伴出去树林子里玩耍，结果两个孩子都没有回来了，谁都不知道是怎么回事。娘家组织了一班人到山里四处寻找，还是不见踪迹。大家说要是被狼吃了，起码有血迹和剩骨头之类，大家分析最可能的是被土匪抢走了。后来又派人到德化、永春周边一带去打听，也没有任何消息。

杨氏吓得要去上吊寻死，被救下之后，精神变得恍惚。怀一民闻知此事，盛怒之下，要休了她，打算再娶一室，好在被父亲制止了。怀石两家都没有因为是大户人家而娶三妻四妾，而今孙子被劫了，杨氏有过，但非全责，休她并没道理，再说也坏了家庭秩序。怀一民忍过一时，也就过去了。结果杨氏受了刺激闭经了好几年，不能生育。五年后，她身体才渐渐恢复，生下女儿怀招娣。招娣，就是取下一胎抱上个弟弟的意思。结果，招娣不负期望，为父亲为怀家抱来一个弟弟，就是怀有福。所以怀一民是很疼爱这个女孩的。怀有福出生后，杨氏的肚子再也不争气了。怀一民经常为这事叹息，岁数渐渐大了，怀一民心里就觉得是自己的命，命中就只有两个半的孩子，那半个也不知道活没活着。

除夕之夜，杨氏带着丫头把新衣裳分别送到怀老爷和怀有福、怀招娣的房里去。怀振声照例给晚辈压岁钱，包括丫头、厨妈也有一份。怀一民和杨氏，带着子女，一起去给怀振声一份压岁红包，祝福老人家身体健康，长命百岁。

新年在不停的鞭炮声和钟鼓声中来到了人间。午夜，怀一民照例带着孩子放一挂鞭炮，迎接春节新年的到来。

早晨，大家都起得早，穿上新衣裳，图个吉利。祖辈说，初一睡觉，田地蹦了了。一年之计在于春，谁都不敢在初一的早上睡大觉，免得蹦了田地，坏了自家一年的收成。起床后，厨妈、丫头端来清水给大家洗脸，又端上冰糖茶给大家喝了，一年的吉利就全都齐了。

厅堂上摆了祭品，拜祭之后，就吃早饭。初一的早饭照例还是米粉蛋。厨妈懂得规矩事理，也给失踪的大公子怀有义摆了一副碗筷，表示家里的人丁包括这个不在家的男子，家里人都记挂着他。怀振声还亲自给空碗夹了米粉蛋，他心里坚信这个孙子还活在世间的某个地方，他和死去的祖宗们不一样，碗不能空着。而这事也只有长辈才能做的。这么多年谁都不愿意说怀有义的事，免得夫人郁结心气，但大家心里都记得家里有个男孩在外地。

这一年的新年过得热闹踏实。

初二开年。到了初三，隔壁邻居和外姓人家，都照例来拜年。怀家又热闹起来。怀振声不大见客，他宁愿躲进小楼成一统，寻点属于自己一个人的清静，少管楼外的春夏与秋冬。正月的这些天，他最喜欢看的是天。从铳楼的窗户往外看、往远处看，风和日丽，天高云淡，这让怀振声心情十分舒畅，在他心里没有什么比惠风和畅更重要的了。

怀振兴照例初三拜访怀振声和石振威。怀振兴在初三拜访之时，都会恭请怀振声出场主持祖祠十五上元节的出龙仪式，每每都被怀振声婉言拒绝了。怀振声不喜欢场面热闹的事情，他婉言说："你是一村之长，凡事你得去主张。我年纪大了，就不再掺和这些事了。"怀振兴坚持说："没有兄长出面，场面总是缺少点什么。既然兄长这么说，那我就做主了。"怀振声说："去做主吧，像点村长的样子。"

怀振声对这个堂弟村长的能力还是首肯的，就是有个毛病，时不时管不住身上的棒子，隔三岔五惹出点风流韵事来，让怀家的饭碗里经常盛上一条没洗干净的猪大肠，带点粪屎味。这话，怀振声当面骂过，怀振兴只是笑笑，有听没听都过了。

村长怀振兴正安排族人准备上元节舞龙之事。怀振声、石振威家里也都叫人砍竹、备纸，开始制作龙节。其间，初六是立春，各家各户祭拜了土地和天公。初七是人的生日，早上家里上了香就过了。翌日是初八，谷子的生日，这一天不煮米饭，初七就准备了全家一天的吃食，照例点上香，谷仓里点上烛火，小心照看着。初九是天公生日，这天不可怠慢。怀老爷吩咐要隆重地祭祀一回。凌晨怀家大小就开始忙活，摆齐了猪头和小三牲等贡品，焚香站拜，虔诚祈祷。初十是土地公生日，略输初九，却也一样祭拜。初十一至十五日，把自己的龙节装点起来。龙节的手艺可是要讲究。竹片编好后，糊好宣纸，糨糊干后，又画上桃花、牡丹之类的画，在龙节两头，写上"龙游四海，四季平安""一年光彩，六畜兴旺"一类的字，然后又给龙节均匀抹上一层松油，用楂饼火慢慢烤干。龙节显得通体发亮，那些字画光鲜无比。最后在竹节处，剪上齿型色纸或者飞碟、螃蟹等剪纸图案，细致贴上。傍晚就点上蜡烛，等待晚上开龙。

怀石两家虽然是大家，但男丁不多，所以龙节也不多。舞龙，还得请几个人帮忙。晚饭后，怀老爷亲自放了鞭炮，把自己的十节龙节送出家门，就回铳楼去了。不一会儿，铳楼里响起二胡的声音，大家都去看舞龙了，家里没有人听怀振声的弦音，自得其乐而已：来米索索米来米来多拉多拉多来来，米来，拉米来米来多拉多拉多索，嗦，米索拉多多索拉，啦，拉来哆嗦啦，嗦啦嗦咪来索拉多多来多多，来多来多来来多……这是一曲唢呐曲子，欢畅喜庆的情调。对于二胡，怀振声年轻时就喜欢上了，这么多年似乎把它丢了，正月里无人时，拉上一曲，奏出与唢呐完全不同的韵味来，悠扬了整个夜晚。

邓太太却热衷拔龙须的事。卓越颖问拔龙须做什么？

廖毛说，拔到黑龙须，来年就会生儿子。

卓越颖便笑了，拔根龙须还不容易？

廖毛却说哪那么容易，扛龙头的都是人高马大的，他们都在预防小媳妇偷拔龙须，举得高，又在走动，你想拔根黑须，难。不过拔到白须倒是不难，因为白须多啊。白须生女儿的！

卓越颖说："女孩也得生，天下没有女人，你们大男人亲自怀胎去。管家，你去拔一根给我。"

廖毛说："做媳妇的得亲自去拔，才准。"

卓越颖去看了舞龙，却不在意龙须。不过，舞龙的主事却是知道永宁堡的少奶奶需要黑龙须，怀振兴早在永宁堡的门前摆了"龙头贡"。邓太太拉着卓越颖去跪求，于是卓越颖就轻而易举地拔了一把黑龙须。但是，怀一北没有回家，即便拔光了龙须，巧媳妇也难为造孙之事。从去年年底到正月，卓越颖感觉到一种过日子的程序和模式，每天该做什么事，都是规定好的，千百年来，老百姓就是这么继承着过，享受其中的乐趣，悄无声息地消化着古老文化的滋味。这也许就是生活思想的来源。

在瓦坑，阮大六独自一人在做着自己喜爱的事情，自从母亲死在瓦窑里，他就死心塌地地思考天气的问题。他害怕出去凑热闹，最受不了的是人家的玩笑，比如阮家女人真有福气，阮家男人可就没有喽！笑的是阮家女人的不幸、男人的无能。阮大六至今未娶，不知女人的味道。他索性躲着，做他自己的事情，他没有研究的能力，只是用了书上记载的方法去预测天气而已。书上说，测月影，知年景。这事简单，只要适时坚持。所以这些年来的正月十五上元节，阮大六都一个人守在家里，等待月亮的升起。

明晃晃的月盘，在阮大六看来就是母亲的住所，母亲大概和那个瓦头一起去了月盘过日子。阮大六不恨那个瓦头，因为母亲去瓦窑帮工的那些日子，显得精神漂亮，家里的三餐也起色起来。母亲要做的事，阮大六都维护，因为在世上只有母亲是为自己好的。月盘起来了，大概也是母亲想儿子了。既然是母亲起来看自己，那就少不了焚香祭拜。然后，准备测月影。测月影，得在子时，月在中天。阮大六拿一根竹竿插在院中间，时辰到了，就拿绳线测量杆影长度，再用尺子量出尺寸，记在心里。这件事做完了，阮大六一年的任务就大致完成了。

日子按照规矩在飞快地走着，好像急切地要去一个什么地方。走在时间中的人，也得按规矩想着、做着。时间像一艘船，但在时间里过日子，可不是乘船，倒是走泥巴路、石子路，每一步都要提心吊胆的。正月出了上元节，等于年就过了。游龙赶走了凑热闹的山鬼，锣鼓收起来不敲了。家家户户男人的心头，重新被农活的事占据了。

正月十六，怀振声就在铳楼里召见儿子怀一民，催促安排怀有福读书的事。父亲口气很硬。他还特地交代让招娣和有福一起去郭先生那里读书，好有个帮衬，又吩咐苏树三找个老实人，专门送孩子们去读书。另外石家的小儿子、树三的儿子，问问要不一起去上学。出了上元节，也可以开学了，顺便带些东西去拜访一下郭先生。

怀一民喜爱这个女儿，招娣有机会去学堂，自然是最欢畅的事情。他没有话说，照父亲说的去办。石老爷和苏树三，也是同意让孙子、儿子去读书。当天，怀有福、怀招娣和石一方的小团石有旺、苏树三的儿子苏四五一起去郭先生的上美小学上学了。杨氏不放心怀有福，坚持要下人用竹轿椅抬了去。

第二天，怀振声又在铳楼里召见儿子怀一民。怀一民知道，这回肯定是组建防卫队的事。怀一民果然想得没错，怀老爷要儿子赶紧和石家商量关于防卫队组建的人马、分钱、守卫地点等问题，并交代一定要尽快向村长和云林乡长报告，获得乡里的批准。防备之事涉及兵事，获准了少了被问罪的麻烦。

开春，怀一民想去瓦坑一趟，这次是专门去的。怀一民心里想去问问阮大六关于今年的天气问题。专门问事，或者说是有事相求，自然不能空手，怀一民就提了两斤米粉、一包冰糖、几个鸡蛋，贴上红纸，算是见面礼。阮大六对怀一民的到来，还送了礼物，有点受宠若惊。因为怀一民在村里是有威望的人，提着东西上门来，让一个读书人感受到了尊重。

阮大六责怪怀一民客气，来我这里，不必这样。怀一民却说，见读书人，不得无礼啊。说完笑起来，他觉得自己这句话说得漂亮，像是读书人说的。阮大六却更加客气起来，百无一用是书生，你兄有事，呼一声就行，何来亲自光临？怀一民说，这哪行？见先生，就得亲自来。这是真心话，怀一民他可没有觉得读书人没用，甚至越来越觉得读书人有用。他说："去年若是听了你的预测，早做防备，我怀家就不至于坏了收成。"阮大六说："嗨，那些都是瞎猜的，你别在意。"怀一民说："天气一定是有道理的。人若顺天，人气和谐，自然会有好年景。大六你说说看，今年的年景会是如何？"

阮大六心里喜欢人家来问天气，这样读书人有面子，但是对怀一民这样的兄长，心里确实不敢虚夸，于是就客气地推说看天气纯粹是自己喜欢，没有胆子敢和谁说准年景的事。

怀一民嫌这些读书人不爽快。他说，天气的事，谁能说一百个准。你又不是神仙，只想听听你的猜测，猜测的事，哪有百分百准呢？免想多了，尽管说。

有了怀一民这个虚心，阮大六这才和怀一民详细说了自己对今年年景的猜测。怀一民好奇，忍不住要问阮大六是怎么猜测出这些事来的。阮大六笑而不语。怀一民说秘密是吧，我不会抢你的手艺，放心吧。阮大六说，不是秘密，是我心里没底。许久，阮大六口中念出一段歌谣来：一寸二寸年大旱，三寸四寸收一半，五寸六寸好年景，七寸八寸水来淹。

怀一民问："那今年是五六寸，还是七八寸呢？"

阮大六说："你得尽早做好准备，免得后悔。我听说永宁堡的少奶奶把六七月的大雨叫台风雨？是从台员那边吹过来的。"

怀一民"哦"了一声，心想今年难不成还有坏天气。他诚恳地说："大六，说实在话，我很佩服你，读书人读书能为乡里乡亲做点事，不像那些读书做官的人，倒过来苦了老百姓。"怀一民还建议阮大六往后研究深透一些，最好能猜猜每月的天气，那样更可以预防。他想，永宁堡媳妇说的台风雨，我也知道，但叫什么不重要，台风雨、雷公雨、黄石雨，不犯民作乱，好雨就行。

阮大六说："我是照着别人的方法去做而已。别人没有说怎么做，我就不懂得怎么做。"怀一民听了，觉得阮大六还是很朴实的人，不会吹嘘，不会夸夸其谈。这个人有才，像阮大六这么一个文弱书生，四体不勤五谷不分，却能有懂得天气的本事，算是老天有眼。他心里想今年阮大六的猜测是不是会准呢？俗话说，谋事在人，成事在天。宁可信其有，不可信其无。无论如何，自己还得想办法去做好防备。

走出瓦坑，开春的风，凉丝丝地吹，走在正月的天气里，怀一民觉得脑袋十分清醒。阔大的田野展现在眼前，怀一民不禁挺直了腰板，让风伴随着脚步，掠过黄石的大路，一年就真正开始了。

开春后，怀振兴的岳父邓老爷来走亲戚了。邓老爷成了怀振兴的岳父，事出偶然。村长年轻时在云林遇见县里的教谕，教谕造访朋友，路遇人家的恶狗扑咬，恰被怀振兴挡救，免了遍体鳞伤，怀振兴倒是烂了一身衣裤。教谕甚是感激，认为挡救有德，便把家中丫鬟自称养女的邓德莲允给怀振兴。怀振声年轻时，对这段奇缘倒是很赞同。后来大家都笑话怀振兴，请狗做媒人，不料却摊上官家的事。人家说的是羡慕的笑话，可是怀振兴心里却当真有点听反了，这事和这个教谕像一粒沙子踩在鞋里，陪伴着脚板难受了好多年。教谕后来调到沙县、延平等地，官不见大，后来又到了永安做了县丞。

邓老爷不常来，因为路途远。在黄石村尾，石有才遇见了邓老爷。村尾的路窄，石有才避在路边等候老人走过，并热情地问好，阿公啊，你要找哪家啊？邓老爷看见年轻人打招呼，就说："我要找振兴家的德莲。小阿哥，你要做活，你走里边吧。"石有才说："你是一北的姥爷，那是大客人，你走里边。"两人便让起路来。

邓姥爷心里揣摩，黄石村果然不一样，年轻人都这么有礼貌。

石有才说，你不常来，我带你到永宁堡吧。

邓老爷的到来让邓德莲激动得哭泣起来。父亲的到来就像漂流在海上的船只，找到了舵手，让人安心放心。怀振兴不在家，石有才赶紧帮着去把他找了回来。怀振兴就是这样，得空就去村里游走，和一班人啃着南瓜子过着日子。岳父的到来，让他有点意外，他赶紧吩咐了礼节程序。

石有才见到点心下锅，味道飘散起来，就起身托辞要先走。

邓老爷说："贤婿，这小阿哥，长得是恰到好处，神清气爽，是个好栋梁。"

怀振兴说："这是石老爷的长孙，将来一定是个了不得的人才。"

邓老爷心里喜欢这位小阿哥，便就拿出一串佛珠送给石有才。邓老爷说："小阿哥，这串佛珠，算是有缘的证物。"

石有才奇怪老爷的举止，推辞一番无果，便收下赠物，戴在手上，谢过老爷先行告辞。

村长的岳父来了，怀石两家都去了面子，怀一民和石一方都作陪吃了饭陪了酒。席间，邓老爷又说起黄石年轻人礼貌的事让他感动。石一方心里自是高兴，嘴里却说："本应该这样，只是书读得少，脾气如牛，怕是成不了气候，难得老爷高看。邓老爷才有福气，外甥外出求学，成人成才，这可是我们黄石头一回。"

邓老爷也高兴大家都夸怀一北，便也谦虚地说："全靠亲戚周全，怀一北这孩子也是精神。只是生性仗义，听说还参加了革命党，我怕坏了前程。当下，南方大闹革命，其实也没有什么不好，旧衣裳穿久了穿破了，总得换新的。但我还是不希望怀一北去参与，毕竟那是要命的事情。贤婿振兴也就这么一粒香火，今天没碰上，有机会还要劝劝他收了心回家来。"

怀一民说："邓老爷说得在理，世道如果像穿衣这么简单就好了。如今这年头，带兵的最吃香。我倒是希望一北这孩子能真正带好兵，不让人说闲话。再说，黄石若出一个带兵的长官，那得有多少威风和面子，有道是，不看僧面看佛面，哪路人不得对咱们悠着点。"

邓老爷说："这么讲也是在理呢！黄石子弟，都有仁义之心，长辈们就放心吧。"

卓越颖照例应付，见了外老爷，得了红包。

邓老爷来一趟不容易，又是亲戚高辈，住了小几天，免不了去了怀石两家，老人们聊了家常。

卓越颖弥合了怀石两家的关系，算是做了一件大好事。怀振兴觉得这儿媳妇真和常人不一样，除了城里人气质好，还会用脑子想事、处理事。这要是生为男人，一表人才、文武双全。要是怀一北能有这种聪明就好了。对村长怀振兴的赞誉，卓越颖一笑而过，她说只是利用了黄石人的性格和当下的天气，也没有什么特殊的能耐。

卓越颖对永宁堡的事并不上心，她最近一直琢磨石振威说的事，城里来了南军。她坚信自己的判断，如今县城回到革命军的手里，怀一北肯定也回到县城。于是，她严肃地和怀振兴说了要进城的事。结了婚想和夫君在一起是道理内的事，怀振兴拗不过，答应由廖毛陪着去，又吩咐廖毛进城先去怀珠花家里停留，问清情况再让少奶奶去办事。

果然，他们顺利找到怀一北。怀一北回城也才半个月，现在已经当上玉田县国民革命军连长，统领一百多号的人马。廖毛夸说，少爷吉人天相，我就说你会回来的。

怀一北说，别在县公署里叫少爷，那是老封建。

廖毛问："那要叫什么？"

卓越颖说："叫连长啊，怀连长！"

廖毛说不习惯。他问："少爷，这些日子你去哪里了？也不回家，让老爷太太担心呢！"

卓越颖也说想知道这事。怀一北就把两人领到办公室，一五一十地说了这些天的遭遇。那天，别了廖毛，怀一北就去县公署门口，却看不见革命军的影子，都是省府的部队。他想找五营的兄弟，却是无影无踪，到前街找人聊问，才知道五营的兄弟都被贾参谋诱降杀害了，剩下几个连长还长点头脑，没有上当，逃出去投靠了东部陈东华。怀一北得知情况，便义无反顾也去投靠了陈东华。前些天，怀一北得知南军光复玉田，便立即回城，顺利被南军接纳，因为桥南社的关系，成了革命骨干，当上了连长。

卓越颖说，我也要参加当地革命工作。

怀一北说，老同学要参加工作，我给傅团长说去，应该没问题。

廖毛听到少爷称呼少奶奶还是老同学，觉得蹊跷，就问："少爷，哦，不，连长，少奶奶要参加工作，那可不妥，咱家怀老爷可是等着她生孙子哦。"

怀一北和卓越颖听了，忽然大笑起来，搞得廖毛莫名其妙。怀一北告诉廖毛，怀老爷的孙子会有的，而且会有很多的。廖毛说，少爷连长要找个时间回黄石去一趟，好让太太放心。

傅团长让卓越颖留在军部做机要秘书。怀一北心里一时挺纠结。卓越颖也拿眼征求怀一北的意见。因为他们俩都觉得长官安排的岗位有点暧昧。怀一北瞬间就决定放弃，他对团长说，越颖是桥南社革命家的后代，没有打战的经验，但是宣传鼓动的事做得好，建议去学校当老师，把下一代培养成革命军的预备队，这事意义重大。傅团长咧嘴一笑，没有反对，卓越颖就去了小学堂做老师。

等到怀一北值空的时间，卓越颖倒是会主动邀约他去散步。前街、后街人多，白岩山和镇东桥是他们经常出入的地点。波光粼粼的金溪河水，往往把他们带回到闽江岸边的情景。流水清清澈澈，缓流或者疾走，都会把卓越颖的思念带到下游的家乡。怀一北也常拿"我住长江头，君住长江尾。日日思君不见君，共饮长江水"来揶揄她。卓越颖会接着后四句来回他："此水几时休，此恨何时已。只愿君心似我心，定不负同学意。"到了黄石他们成了仪式夫妻，事实上他们还是同学。有时，卓越颖会用娇嗔的眼神看着怀一北问："我像是你的妻子吗？"怀一北说："现在不像，等天下太平了，你就像了。越颖，有时候我想，真希望你是我的妻子。"卓越颖一脸调皮，笑而不语。怀一北说："你想做我的妻子，也不急，缘分到了，自然就是了。"卓越颖却正经起来，说老同学把玩笑开真了。

儿子当上革命军的连长，这让怀振兴多少感到放心和自豪，暗地里在怀振声面前也有了更多的底气。他希望孩子好好地当连长，像怀一民说的带好兵，别让人说闲话。不然真会因为革命坏了前程，毕竟自己只有这一炷香火种。儿子结婚大半年了，可是儿媳妇的肚子还是不见动静，邓太太为这事磨了多次耳根，廖毛也把村里四邻的风语如实传回来，这让怀振兴不自觉地给自己找了一块心病。有时走在永宁堡的跑马道上，他看见邓德莲，会有一股无名火窜腾起来。那不争气的肚子，折腾了大半辈子，就是没有好收成。儿媳妇的肚子要是那样，只怕要坏了永宁堡的命根。当了村长后，怀振兴家外尝腥，但那些破事总不是什么正事。

按照两家长辈商定的意思，组建黄石村防卫队的事情摆上怀一民和石一方的议事日程。石一方认为这防卫队的事应该由村长出面组建，防卫队是防村不是防家的。怀一民倒是觉得村和家都一样，村长的事，就是石怀两家的事，再说两家长辈都同意的，小辈就不用生枝多想了，现在就想想细节的事。怀一民这么一理，石一方便不再说什么，两人便细致地商量一些的细节事情。

怀一民提议石一方担任队长，原因是石一方个大力足，年轻时练过钩子拳，出门多，对外的事见识广，像个队长的样。石一方也没有推脱，想了想，又提议要招募一个副队长，为主负责日常训练和具体防卫工作。怀一民提议由石有才担任。石一方说，这孩子怕是担当不起。嘴头说着客气话，心里却是感谢怀一民的这个提议。怀一民以为年轻人要有个具体事磨砺一番，才能长大成熟，防卫工作是个好机会。他说："我家孩子上不了台面，要是老大还在，我还想荐上他呢。我看你就别再推脱了，你回去问问石有才的意见，给点压力，有才会接受的。"

队员的事，两人都一致认为可以从现有的雇工中挑选几个身体壮实的人来担当，一者不增加负担，防卫队月钱和雇工一样；二者这些雇工信得过，毕竟相处多年，对两家都有感情，忠实可靠。挑人的方式照席坊、麻坊招工的规矩，能吃三碗干饭的优先。防卫队的职责，就是驻守寨尾山。寨尾山在村中央，像个石磨心，地势便于监视两条进村路口，遇有匪情，便于通风报信。至于防卫队的费用，二一添作五，石家怀家各半。亲兄弟明算账，立下字据为凭，往后可以持久，省得子孙口角矛盾。

组建防卫队，不是小事，怀老爷说过，要报黄石村长和云林乡长批准。组建防卫队的报告这事，两人都提议请郭先生来写，顺便请他做个费用字据的中间人。郭先生被迎进石家时，抬头看见了门头上自己写的"风和日丽"的横批，心想这和往日的"席卷东南"比，温和太多了。想到怀家的"开诚布公"，郭先生觉得，黄石村这两家，今年的心思变了不少。

进了门，村长和怀石两家长辈老人早等候着了。一杯茶过后，郭先生便提笔写文书。偌大的事情，在先生笔下，就聊聊几行。先生写完就念给村长和众人听："呈三十一都云林乡黄民秋乡长，近闻邻县匪患渐生，时有滋扰，民心惶惶。今有黄石村民怀振声、石振威尽安民之责，自愿出资出人，组建黄石村自卫队十人，轮流值守进村道口，专于本村匪患防备、通风报信之用。涉及兵事，勿敢擅自做主，专此报告乡长大人，望予获准。报告人：石振威，怀振声。附黄石村自卫队队员名单（皆为可靠雇工）。民国五年正月吉旦。"

怀振声听完，先问怀振兴有什么意见。怀振兴表示先生所言极是。

村长这里算是通过了，其余人等还有什么意见？大家都没有修改意见，都说先生想得周全，一定能获准。石一方又请先生写下费用各半分担的字据，长辈在对方留存字据上签字摁了手模。村长和郭先生作为中间人也在两张字据上签字摁了手模，怀石两家各执一份。

石一方建议要抓紧，明天就和怀一民一起去乡里递报告。石振威替儿子征求怀振声的意思。怀振声默想了一下，认为做事妥当点，还是先礼后兵，给乡长带点礼，免生麻烦。两老人附耳商量一下，各自交代儿子带上五十块大洋。怀振兴不语。

半个月后，报告就有了结果。云林乡长回复："知悉黄石村村民尽安民之力，未雨绸缪，可嘉。但今本乡未有匪患，自卫队不宜持枪，只值守报信，免无匪扰民之事。三十一都云林乡乡长黄民秋，民国五年仲春吉日。"

石一方和怀一民，带着乡长的回复去找郭先生。郭先生看了回复说，准了，但不能配枪。两人明白了乡长的意思，配枪怕长了村人势力，日后成了云林之祸患。石一方就骂："这为官的，肠子就是弯，前怕狼后怕虎的，把我们黄石村都看成什么了？拿一支枪就能造反喽！我看官府太虚弱了。"

怀一民倒觉得准了就好。石一方还是认为没有枪怎么防卫呢？怀一民便劝道，乡长意思是本乡未有匪患，没有土匪，用枪干什么？石一方骂说，书读多了，鸟事也多。怀一民对石一方笑说，在先生的地方可不敢胡说读书的事。

郭先生招待了午饭。郭先生听说永宁堡的少奶奶到了县城小学堂当老师了，便顺口问起卓越颖的事。怀一民回说也是听廖毛讲的，大概不会错。怀一北打小骨头硬，适合带兵，女人吗当先生也合适了去。席间，大家聊起眼下的世道。郭先生以为一个朝代的建立，都需要打大战。袁世凯没有打大战，皇帝坐不稳，扔下许多乱子，让人无法收拾。民国讲革命，仅仅是把旧朝廷的命革了。现在，南军北军你争我夺，苦了穷人百姓。怀一民说，连天气都乱了。石一方也搭话，大战倒是没有打起来，这天气可是把黄石的安稳日子全打乱了。郭先生以为这种乱日子还会很长。

饭吃完了，话题也就结束了。怀一民和石一方两人顺便也看望一下读书的子女，吩咐孩子们要听先生的话，便回村了。

惊蛰快到了，种苎麻、种席草的雇工们陆续回来了。雇工们大多在怀石两家做活都是十年八年的，对种植苎麻和席草的季节都了然于心，节气到了，就回来了，免得东家主事挂心。人来齐了，两家主事便依惯例和今年的雇工人头情况，选了班头，分配了劳务。

席坊、麻坊都摆足阵势，雇工们也铆足劲头。今年，石家尝试了红线编图的技法，打出了龙凤席、送子席、福寿席、双喜席等等，大家都眼前一亮，盼望有个好价钱。怀家夏布，也想过尝试色线编图的技法，只是没有师傅，很难做到。怀老爷说，夏布多是买去做料，就不必费这等细工夫了。

今年多了一件事，石家怀家各选了四个壮实的男人，安排到防卫队去。做村里的防卫活，被选的八个人，觉得新鲜。石有才更是乐意，得了副队长的职位，就参加选人，配合长辈挑三拣四，选出最适合做防卫活的八个人。其余的各就各位，开始新一年的农活。

一切有条不紊，暖阳丽日、和风细雨，大家觉得脚下生风。天气没有什么折腾，人心也就平稳，于是大家断定今年的开春开得好，往后的日子将是绿草茵茵、平铺如毯的。

第二章　未雨绸缪

第一节　防卫队

防卫队设在寨尾山上，这里是不二的选择。寨尾山站在村子的中央，如石磨芯，有一种阔大的环周视野，苎麻地、席草田和全村的房屋以及进出村所有的路口尽收眼底。没有遮挡的透亮就是最安全的防护。

石一方叮嘱儿子要好好珍惜副队长这个位置，用心把事做好来，为石家长脸。石有才得了父亲的支持和训令，就放胆负责起防卫队的事情。他独自去了山上查看了地形和防卫队住所情况。这个名叫"五棵树"的地方，平时不常上来，站在山上，还真是有不一样的吐气爽眼的感觉，视野开阔，全村尽收眼底，察匪情、报匪情，都十分清晰方便。只是先前的房子破旧得厉害，四处颓塌。只有厚实的石板依然硬朗，固守着过去老主人家粗略的框架模样。老辈人都说这地方没有风水，是个绝后之地，一个人来这会觉得阴气太足。但石有才年轻气盛，又有刀枪助阵，不怕阴气鬼怪，他决心把这里搞成让人想来却没那么容易来得成、像部队营房一样的地方。

一番勘察之后，石有才粗略有了防备、营房修缮的思路。他请了木匠先把破旧的寨门、房屋的屋顶做了加固修缮，新刷了墙面，着人换上新瓦片，填埋了旧屋清理出来的垃圾，权且整出防卫队的办公地点，然后去宫庙那里请了一尊神，祀在厅上，镇一镇邪。房前被人占去种菜的地，及时通知菜主人，把实物收回去，整出一块练兵的操场。石匠在寨门前垒了一个垫高的站台，竖了一根旗杆，搭了一口大锅。一时，五棵树这个老厝地，焕发了青春。硬件齐备之后，石有才开始把队员分组，明确职责任务和纪律，一切进展得很顺利。他把防卫队员分成四组，每组两人，每天站在寨门前的石台上，重点轮流值守西、南两个方向进村的路口，并对值守的职责任务做了简明的规定，凡发现五人以上、身影不熟的情况，就立即报告。报告的方式，白天把红布挂上寨门的旗杆上，晚上点上一锅松明，向全村报信，碰到来不及的时候，就吹牛角号，或者扯嗓门大声呼喊。同时，还宣布了防卫队员的纪律，值守时间不许喝酒，不许打瞌睡，不许想女人，专心致志地盯着四面八方。情况、信号要准确及时，若有闪失，罚五十大鞭，玩忽职守或者故意不报，造成本村人员伤亡的，按重罪处置。

八个从前做农活的雇工，原本以为当防卫队员简单，听了规定和纪律，这才感受到防卫活的累。这不是简单的看门，值守活不好做，纪律很严，那五十大鞭，可不是小事，弄不好会丢了性命。石有才看出大家的心思，便对这种管理形式和纪律做了解释，他从长辈们的想法说起，长辈老爷们说了，民国的天气越来越怪，天气一怪，收成就怪，没了收成，肚子饿了，人也就怪，人一怪，就生匪气，所以时下各地匪患不断，说不定哪天土匪就到了黄石，烧杀抢掠，那怎么能行呢？所以，请大家一起来防卫。当防卫队员，就像当兵，这里就是部队，队伍必须要有规矩，没有规矩的队伍，那就是土匪。所以防卫队的纪律是必要的，这叫规矩，也叫丑话说在前。没有规矩就会误事，当然只要大家认真值守，这些规矩它就是钉在墙上的画、踩在脚下的泥。都说拿着棍子打草走路的人，永远不会被蛇咬，为什么？因为有防备嘛。规矩是为不规矩的人定的，挨打的总是不三不四的人。你们从前农活都能做得好，相信大家做防卫也照样可以做得好。

听了副队长的话，队员们觉得这个石家大公子挺有两下子，说来说去，比来比去，捏着道理的话都总能说到心里去。

石一方虽是队长，却不常来寨上。他的用意是让自己的长子独立行事，但在背后，石一方还是为儿子做了历练铺垫的事。比如他在家里悄悄地教儿子"钩子拳""白鹤拳""咏春拳"。作为队里的管家，没有真本事，那是难服众的，身上有了拳术，多了一项技能，自然就有了威信。他想让儿子多攒点本事，像怀一民说的磨砺一番，早点能够独当一面。石有才悟性好，半个月就把三套拳的套路学会了。俗话说，师傅带进门，修行靠个人。仅仅掌握套路远远不够，真正掌握拳术，还得坚持练习，烂熟于心，做到随心所欲，那才是真正会打拳。他躲在寨里，把从父亲那里学到的招数，天天上百遍地练习巩固。有了钩子拳的招法，石有才心里多了几分自信。高兴时，石有才会适时地当着队员的面耍几招，让大家看看副队长的风采。

队长不来，副队长就被人称呼为队长了。千古一理，石有才也应答得很顺溜。

几个挑选出来的壮汉，住上寨尾山，整日只用眼睛盯着，便觉得闲慌，经常无聊得互相抓虼蚤虱子，甚至有人跑到几棵大荷树上掏鸟窝。后来日子久了，有人就问队长，哪里有土匪？撤了算了。有人说这通风报信的事，不需要力气，老人孩子就可以了。

石有才对这样的言语很生气，他觉得这是对防卫队的蔑视，按这样的意思，老爷们的主张也是错误的。他把自己的想法说给队员们听。大家听到涉及老爷的事，便哑口了。石有才借机劝说大家别泄劲，要忍过这段疲劳期，眼下更要集中注意力，看紧点，误了事，你得去跳潭。

年轻的少东家讲话一本正经的，大家就不再多说话。反正，在作坊干活和在寨尾山上干值守，一样赚工钱。一天，屠夫石路养提着一支鸟铳，急匆匆跑到石一方家里，吓了众人一跳。

石一方板起脸喝问石路养："什么事？"

村里有了防卫队，石路养也想参加。他说，这铳，防卫队用得上，说着就举起枪，眯着眼瞄准起来。石一方赶紧上前把枪管托高了去，呵斥他别在家里玩枪，动了手指走了火，出人命大事。石路养憨憨地笑着，以为自己献了枪，进防卫队就没问题了。可石一方却说自己说了不算，进防卫队的事得去问问有才怎么看。石路养就嫌石一方故意阻扰，心想：你不是队长吗？怎么要问有才呢？

石一方看透石路养的心思，嫌他多心。"防卫队的事，就有才说了算，谁不想进防卫队，谁就别去找他。"石一方把话挑明了。石路养二话没说，转身一溜烟就跑上寨尾山，去找石有才。

结果，石有才因为石路养带了支鸟铳来，就同意他加入。石路养嘀咕着，早知道，就不该去绕大人的圈子。石有才给了两个条件，一是值守不得带枪，这鸟铳归队长掌握；二是值守时间不得睡觉，没有值守的时间好好睡觉。石路养略有不愿意，不过想到能进防卫队，自己也就不好说什么了，便认了这两个条件。石路养进队，为的是提高一下自己的地位，一个杀猪的，谁也没有把他放在眼里，当上防卫队员，那可是村里的重要人物，人前人后的那种得意劲头，有面子，心头爽。

石路养的加入，防卫队有了十个人。

春暮夏初，黄石村一派翠绿。北边是宅基地，靠着石崎山，绿树成荫，那条山脉养育了黄石人的生命，呵护着黄石人的命运。西边是怀家的百亩苎麻地，鸟瞰，百多亩的地也不大，重要的是苎麻地正微风起浪，绿色的风情正等待初季的收割。在苎麻地边上，有通往石燕坑村的路口。东边是石家的席草田，席草已经长得半人高，墨绿的颜色，让人欣喜。南边是全村的稻田，也是绿意盎然，有通往云林的路口。村子就是这样，四方皆得顺畅。

石有才站在寨尾山上，环视四周，黄石村的土地一目了然。这时，他心里有一种自尊和骄傲，真是站得高才可以看得远啊。当了防卫队的负责人，担负起保卫村民的大事，比蹲在自家的席草坊里舒坦多了，如今石路养又献上一支鸟铳，握在手里，更有一种不曾有过的威风。枪这个物件真是怪，有它没它，人真变得不一样了。儒美堂过去也是旺盛，恐怕不止一支鸟铳。石有才私下叫过石路养回家去翻一翻，再找一支铳来，但终究没有找到第二支。因为献了枪，石路养在石有才心里有了地位，枪都舍得，还有啥不好说的呢？这样的人可以做兄弟。此时，石有才觉得若是郭先生站在这里，可能又要吟诗了。吟诗他石有才是不会了，但他觉得寨门那里要是请先生写上一副对联，红艳艳的，挺合适。恰当的时候，他想托一民叔向先生求一副。生活在自己营造的"兵营"里，石有才心里却非常羡慕怀一北能在县城里带兵。他想象着怀连长八面威风的样子，经常不自觉地站在寨上巡视起黄石的四至，看着看着，就有了一种将领的感觉。只可惜，自己没能像怀一北一样去省城读书，没读多少书，见不得那大世面，只能屈在这小山上，做一村之事。这些天，他一直揣摩枪的事，几天揣摩下来，就是想不明白，自卫队为什么不能持枪？没有枪，凭什么去防卫呢？没有枪，哪能像部队呢？没有枪，兵也不像兵，难怪防卫队员会发牢骚，产生岗位倦怠。当然，有的时候石有才也会想，这黄石是怀家石家祖先住居的地方，凭什么他乡异人可以来抢劫呢？世间人各自劳作收获、各自安好，不行吗？但现实就是这样，容不得你问为什么？最终，他决定向父亲提出这个持枪防卫的问题。

石一方没有同意自卫队配枪的事。原因有二，一是乡长的命令，二是置枪会惹麻烦。石有才对父亲的意见很失望。石一方的想法是最好不要用到枪，等附近真有匪患了，再配上枪。石一方对儿子的建议没有私自做主，但心里却很想支持石有才的想法。他当即去和怀一民商量，商量之后，决定从村民手里借两支鸟铳，给了防卫队。石一方反复交代，不到万不得已，不能开枪，即使土匪来了，也不能乱杀，鸣枪赶跑他们就好了。石一方说："儿子，你一定记住，这些话都是石老爷、怀老爷交代我说给你的。"

石有才心里不以为然，但嘴里还是顺从应下来。寨尾山上有了三支鸟铳，也算是加强了力量。石有才将那支鸟铳还给石路养，它可是儒美堂的传家宝。父亲借来的一支自己背着，另一支放在寨里公用。闲时，石有才会背起火药罐和铅弹袋，围腰扎一条红布条，手握鸟铳，挺挺胸，自得神气。每天下山回家，他总是铳不离手。许久的日子，石有才心里都在想，这些个长辈怎么就这么害怕枪呢？

快端午节了，怀玉龙外出贩布回村，带回一个消息。他说四十五都、四十六都、聚贤里、黄认团等地都遭受土匪洗劫，死了上百人，烧毁房子几十座。这个消息惊骇了许多小孩妇女，她们白天都不敢出门。石有才听了，倒是喜出望外，便把怀玉龙带给父亲，当面把这个消息说给石一方听听。

石一方问："真的吗？"

怀玉龙说："死人烧房的事能乱讲吗？城里人传，现在不但有东部德化土匪，东北部尤溪土匪还更强大。那几个靠近尤溪、德化的乡村，倒霉死了，日夜都要躲土匪。家里但凡有点值钱的，那土匪一嗅就知道，准时准点地把你抢了去。没钱就抓人，逼你交赎金。我听说，被抓的人都被割了耳朵，土匪派人把血糊糊的耳朵送回来，告知家人拿钱换人，有人两只耳朵都被割了。"

怀玉龙边讲边伸手摸了自己的双耳。石一方说："你的耳朵还在。"

怀玉龙讲得有板有眼、有声有色，这是他的本事。怀玉龙和怀一民同辈，却是年纪最小的一个。洪福堂那边留不住壮年人，怀玉龙小时候就死了父母，留下他孤身一人。怀振声念着同宗，生活上给了接济和关照，送去读了两年书，安在麻坊里帮工。到了二十岁时，怀家派他跟着去德化十八格帮衬贩布，忙的季节还让他租住在十八格，照看生意。在怀振声的威慑和调教下，怀玉龙变得乖巧、活络起来，对闽中麻布市场行情如数家珍，慢慢地，怀家的布多数由他去贩卖销售了。因为外出多，走的地方多，怀玉龙也就成了村里的消息树、讲古人。大家都说他的嘴唇薄，短命鬼一个，但是说话却是有特长，东西南北的故事一篓三筐的，经他嘴里出来的消息那绝对是左邻右舍从来没有听过的。怀玉龙知道大家爱听他的故事消息，经常坐在水尾亭上招来一班人胡吹，消磨他的寂寞。怀振声知道怀玉龙讲故事说消息也掺杂着别的用意，三不离四提醒他，牛皮贪吹，故事贪讲，人家的钱财和女人贪骗。若是骗了，断他的腿。怀玉龙是惧怕怀振声的，这位老叔一开口，他就低头满口"不敢不敢"的。

石一方把这些消息告诉父亲。石振威说最好和怀振声商量一下。怀振声对这些消息，不置信否，只说派个人到县城探听一下。石振威觉得有理，就叫石一方去一趟县城。

石一方刚要动身，怀一北回来了。这趟是一队人马、三顶轿子摇摆着进村的，真是此一时彼一时。寨尾山上一下就发现情况，防卫队员赶紧在木杆上挂起红布。乡亲们纷纷从田地里赶着回家，收拾吃的、用的准备上山去躲着。

怀一北和卓越颖进村后便下轿步行，他们想回味一下一年前回村的感受。今年没有狂风和暴雨，迎接他们的是和风丽日，河水清澈潺潺，泛着粼光，田野肥绿，太阳稍大了点，但是心情很舒畅。卓越颖走过那段透着光亮的石头路，一时不明不白心头有点堵。从福州到玉田，从去年到今年，这段路真的很长。潮思如涌，她看一眼怀一北，心头如天一样茫然。

先头勤务兵来报告说，连长家里大门紧闭，村里都没有看见人。怀一北对陪同前来的乡长说，乡亲们当他是土匪来了。卓越颖心里想从前的官和兵都让老百姓害怕，习惯了，看见拿枪抬轿的，就跑去躲起来。她想着就把它说给了乡长听，乡长听了藏不住有多尴尬。

还是石有才眼尖，他看见了怀一北，知道没有危险情况，赶紧把红布扯下来，然后自己跑着下山去迎接他心目中的偶像怀连长。

当晚，永宁堡请客。怀家、石家父子和防卫队石有才都来作陪，好不热闹。

没多久，石一方有点酒热，便向乡长问起外乡土匪抢劫、烧房子的事。黄乡长表示有听说，但我们云林乡还是安全的，没有匪患，大家不必惊慌。石一方又问怀一北有没有这些事。怀一北很直接地说有，小股土匪在靠近尤溪和德化地界的乡村犯乱作恶，县府也在筹集枪支，准备设立团练总局，好有个预防，对付这些作贼的土匪，保护老百姓。

怀振声问："南军不是有部队驻在县城吗？"

怀一北明白怀老爷问话的意思，便解释说驻军是保护县城和县府的，对付周边的小股匪徒不是职责所在，也是鞭长莫及，等总局成立了，各地成立分团，便可以解决匪患问题了。然后，怀一北不失时机地向乡贤们宣传了革命党的民主自由的主张。

石有才听了怀一北的话，很有感触，他说，无官无匪最自由。

因为座上有乡长，石振威赶忙打断孙子的话语，急着解围说，无匪是好，无官可是不行。

怀一北对石振威笑着说："在家里说话不要有忌讳，大家心里对官匪有看法，那是正常的事。不能说一句不尊的话，就为难老百姓。那是封建思想、帝王做派，要打倒的。"

黄乡长赶紧接话说："那是，那是。"

怀一北对村里的防卫队很感兴趣。他吩咐乡长，防卫队还要壮大队伍，不仅保卫家乡，需要的时候可以参加革命队伍，同天下有识之士一起去保卫"民主和自由"，作为一乡之长，可要大力扶持。

乡长附和着说，这是分内事。石有才听得入神，他想要是防卫队能像县城的部队一样，自己起码也是个连长，那可是神气了。于是他斗胆对怀一北说："一北哥，什么时候你把我们的防卫队收编去了才好。"怀一北听了这话，顺口就答应了，行啊，你是个有志气有理想的队长，好好训练，收编的那一天，很快就到了。怀一北的话有如神助，让石有才疯喜，他斟了酒满满地敬了怀连长一杯。怀一北认真地把酒喝了，然后斟满酒回敬一杯，像是以酒签约似的。

怀振声能体会年轻人内心的想法和做事的风火，但是拿自己的人去队伍里打战革命，他不赞成，那是拿生命当儿戏，哪家没有老小，一个壮劳力死了，就是一个家庭塌了，好比一根柱子烂了，屋子撑不住是要塌下来的。黄石子弟素来靠天靠地吃饭，和庄稼打交道，与战事不沾边，所以才有安宁的日子过。说完，他问怀振兴怎么不说话？

怀振兴被点名，只好对防卫队和革命的事表个态："依我个人之见，现如今这革命还不成熟，先按照乡长批准的做，往后的事往后再说吧。"谁都知道，短短几句话，怀振兴这是在应付。怀振声在场的情况下，他只能这样骑墙居中的态度，把桌面的话题和上一层泥。

大家都说对，于是就不再说革命打战的事，专心喝起酒来。

倒是老辈忍不住又说话了。怀振声说："依我看，这安稳日子就是自由，有规有矩就是民主。拿着枪来争去抢，谋财害命，哪是什么自由和民主呢？衣食无忧，平安顺利，那才是老百姓需要的幸福日子，当官的也好，从军的也好，要为这样的日子着想才对。"

怀振兴赶忙接着说："对对对，哥说的对。"

怀一北听了也接话说："老伯，安稳日子就是自由，你说得一点不错，但是安稳日子不会从天而降，你看如今这世道，日子还得端着枪去争取。再说，像咱黄石这么安稳的地，哪里去找？天下仅此一处，外边多是乱着去。我们不能想一己之安宁，要想天下之安宁啊。有了天下的安宁，黄石才会有长久的安宁。天下乱，黄石的安宁迟早也是保不住的。至于民主，是要有规矩，但这个规矩不能是老爷们定的，而是要让老百姓来定，当官的要按照老百姓定的规矩去做事、去管理社会。"

怀振声说:"你的上半句话,我同意。但后半句的事,历朝历代,未听说过,但愿将来会有这样的自由和民主。将来到什么时候,我们这些老头恐怕是看不见了。"

怀一北说,只要全民齐努力,这样的社会、这样的日子很快就会到来。老伯身体硬朗,一定会看得到的。说完,怀一北举杯敬了一杯酒。怀振兴担心儿子又和小时候一样,对看不惯的事、听不对路的话起了争吵,赶忙附和说,革命的事慢慢来,先喝酒,先喝酒。

这酒要喝到一定程度,人就有自由的感觉了,心不虚了,吐真言了,敢情也是民主的表现。邓太太看见大家酒兴不错,便出来劝少喝点。她心里是想让儿子不喝酒,赶紧去做点生孙子的事。黄乡长却不理邓太太的心思,直劝怀连长衣锦还乡不喝够酒那怎么行呢?应当一醉方休。黄乡长推杯换碗,连续敬了怀一北三大碗酒。于是,这一夜大家都有了十足的醉意。

第二天回城之前,怀一北带着浓浓的醉意视察了寨尾山的防卫队,并赐给石有才一支短枪,他以怀连长的名义,肯定了石有才的领导才能。石有才突然想起寨门对联的事,便斗胆提出来,让怀一北连长赐字。这个想法倒是新鲜,他站到哨台,放眼四野,便吟出一联:四面云山收眼底,万家灯火系心头。黄乡长首先叫好,接下来大家跟着叫好。等来了纸笔,怀一北写下这联,石有才着人贴了寨门去。黄乡长提议请匠人刻了牌匾,让怀连长的诗文永远激励云林的百姓。石有才想鼓掌,看一眼几位长辈,似乎有些不耐烦,便及时停了下来。

怀连长衣锦还乡,给石有才很大的鼓励。当然,在怀振声和石振威心里,怀振兴的脸色应该是红润了不少。但从言语中听得出来,怀一北的心思不管怎么说还是为民的。江山代有才人出,但愿年轻人的所作所为能流芳百世。

第二节 狐狸

自从听到风水先生说要控制狐狸的事,石一方心里就开始谋划如何控制狐狸的事情。先祖把动物也当作祭祀崇敬的对象，和风水先生所言极为矛盾，如何解决，除了贴在树洞的纸符，石一方私下交代石路养，重点侦查狐狸出没的地方，若是发现成窝，就下手端了。当然要搞明白是什么色彩的狐狸，白狐、红狐，要报告，不可妄杀。

石路养接到这样的"秘密"任务，开始不愿意，他担心自己被狐狸所害，狐狸精可是神仙，五十岁能变化为妇人，百岁为美女、为神巫，能知千里外事。万一伤了百岁狐狸精，别说完成任务，连自己小命都难保。石路养为这事头疼了好些天，他甚至觉得狐狸就出没在寨尾山上，因为这里很久没有人居住了。他经常想狐狸是不是就住在那五棵树上，树上有喜鹊的窝巢，有小松鼠来玩耍，不知道有没有狐狸的身影。那松鼠会不会是狐狸变的呢？想到狐狸是神仙，石路养害怕，于是他就找石一方求情能不能另找他人。石一方很认真地说："就你了，你最合适，你是杀猪的，狐狸就怕像你这样带刀的人，大胆去抓，准保不出事。若是能成窝端了，我奖你酒喝。"

石路养推不掉，得了令，就认真起来。他四处打听并交代女人家，要是有哪家的鸡鸭被狐狸咬了偷了，赶紧来报告。狐狸是喜欢鸡鸭的，深更半夜它会潜伏在鸡窝边，等主人睡熟了，悄悄地咬走一只或者几只，没有一点动静。夜里，鸡是瞎眼的，看不清眼前的狐狸，脖子被咬断了，还以为是同伴做下的事呢。但血流和鸡毛，是石路养破案的最好线索。但，好久了，鸡鸭们都平安无事。

怀一民提议二月份举行祭树神仪式。石家表示反对，因为风水先生说了，树神被雷劈，是树神有错，不必祭祀。怀一民说，树神被劈之后，自然警醒，知道人间疾苦冷暖，此时祭祀，树神定能保佑五谷丰登。怀振兴最后支持怀一民的想法，并亲自主持了祭祀仪式。

仲春吹起了"上水风"，樟树这些天纷纷扬扬掉了满满的落叶，树神似乎瘦了一圈，新叶初出，倒是有了几分精神头。村民扎五色彩旗于老樟树下，家家户户以鸡、猪、鱼"三牲"供奉神树前，献上公祭品大全猪。由村长怀振兴带头烧香，报本境社主，宣读祭文，以祈得到树神的保护。村民下跪祈祷，敬酒鸣炮，恭候树神恩赐。然后由巫师仗剑烧纸，绕着神树转圈唱经念咒。二道鸣炮，村民纷纷磕头再次祭拜一番。仪式后由村长将全猪肉分给每家摊款男丁。各家拿了猪肉回家，合家吃了，就安心了。

石路养做事就是这样，他接受和认可的事情，就一定得做出个结果。抓狐狸，他就像一定得抓出几只来。祭树神过后，他选择在五棵树下多日守候，却始终不见狐狸的踪影。然后他换个地点到樟树王的树洞里守株待兔，因为狐狸总是喜欢把美味带到树洞里品尝。石路养带着杀猪刀和鸟铳，自黄昏时刻就进了树洞，找个可以搁身的地方，斜靠着等待。几个夜晚下来，石路养腰酸背痛，没有发现狐狸的踪迹。但是当他想放弃的时候，却偏偏来了声响。

这声响从祖祠的小路上传来，渐渐近了，再近了，最后进了树洞。月头的夜晚，没有月光。喜欢在暗中出没的，准没好东西。两个人的声音，一个女人，一个村长，话语亲密。

石路养头懵响一下，到底谁是狐狸，女人还是村长？

要不是熟悉村长的声音，鸟铳就响了。枪握在手里不停颤抖，他心里慌得很。黑暗对他们不曾造成什么影响，村长和女人很是镇定，不慌不忙地做着该做的事。两人都发出愉快和类似劳累的叫唤声。当村长操起裤子瘫坐在树洞边时，石路养忍不住从斜靠的树槽上掉下来。石路养"啊"的一声，几乎把村长的胆子都吓破了。村长低声喊："谁？"

石路养上气接不下气地说："叔，是我，路养。"

听出是石路养的声音，村长一下镇静了，就反骂着石路养吃饱撑的，盯起叔的梢了。石路养辩解自己不是盯梢，赶紧如实把石一方队长吩咐抓狐狸、自己都在这里守了几夜晚的事说了，没想到碰上村长叔了，纯粹是凑巧，凑巧。

村长带着责怪的口吻问："哪来的狐狸？你们这些人整日疑神疑鬼的。"石路养急于摆脱尴尬的局面，便说："叔，你忙啊。"说完就起身要往洞外走去。怀振兴却叫住了石路养："别急着走，这洞里还真有一只狐狸，你抓抓看。"石路养岂敢抓叔的狐狸。他说洞里黑，什么也没有看见。"叔，你说了，哪来的狐狸？没有的！"

村长说："没看见，就看看吧。"

石路养本以为推脱一句没看见，解了尴尬，自己即可一走了之，没想到村长却反着来叫自己把狐狸看清楚，这安的什么心？石路养害怕起来，吞吞吐吐地说："我，我看不见，真的，没看见。"

村长却不依不饶："男人不用看，闭上眼睛，摸摸蹭蹭就知道了狐狸是什么样。"村长一手抓过石路养的鸟铳，顶得石路养不得不屈服了。接下来，石路养按照村长的引导，最终和村长一样喘着粗气疲软在黑暗里。

村长轻笑着说："还抓吗？"石路养说："我被狐狸抓了。"

村长骂道："给我滚。"说完用鸟铳顶着石路养的后背。石路养即刻凉了下身，说："叔，还我枪，我就滚。"

村长说："你也得了便宜，往后嘴巴要紧些，知道吗？"石路养说："嗯。"

石路养走出树洞，觉得自己就是一只夹着尾巴逃跑的公狐狸，回头看看那枝被雷电劈断的树枝，似乎明白了一些什么。在一个风清夜黑的晚上，自己放下了鸟铳，被母狐狸剥夺了贞洁，被狡猾的村长叔叔私了了。

立秋前，石一方只身去县城，按父亲的意思，想看看城里的形势。那天，他才出村三十里，在漏风架就遇上了一队官兵。石一方赶紧躲到林子里。从密林的缝隙里，石一方细数一下，有二十一个兵，个个扛着枪，着黑色的衣服，还绑了腿。石一方第一个感觉就是土匪，遇上土匪了，土匪要来抢劫了。石一方来不及细想，就返身从漏风架的小路一路狂奔回家。进村就喊，土匪要来啦，土匪要来啦。防卫队听到叫喊，立即挂起红布，同时跟着大喊，土匪来啦，土匪来啦。这是防卫队第一次发现真实情况并及时通风报信。

怀振声、石振威和怀振兴得知这个消息，立即着手防卫布置。村长立即通知全村人员时刻准备撤往山上，家里值钱的东西要么带在身上，要么寄存在石怀两家的铳楼里。又通知寨尾山的防卫队时刻警惕，土匪进村就报告，同时做好撤下山的准备，各自归位去重点守卫两家的铳楼。

石怀两家立即把库存的草席、麻布和席草、麻丝集中搬进铳楼，避免被土匪火烧。席坊、麻坊立即停工，女人准备躲避上山，男人护送好女人孩子，并适时关闭席坊、麻坊的大门。怀一民吩咐苏树三立即抄赤岭岬小路去学校，来得及就把读书的几个孩子接回家，来不及在外安排躲避。苏树三应允去了。一切布置准备停当。俩老人又嘀咕了一阵，然后把俩儿子叫到面前，吩咐一番。

等待土匪来的时间，像走夜路，特别长。结果，土匪没有来，倒是云林乡长和两个下属来了黄石村。寨尾山的值守迅速报告，有三个陌生人进村了。结果石一方、怀一民组织一班人盘查上黄乡长。

"不知乡长大人光临，有失远迎。"石一方嘴里说得客气，但语气却并不客气。

黄乡长说："免客气，到你们家铳楼里说话。"乡长看起来是一副惊魂未定的样子。石一方、怀一民心里就都明白了，乡长一定被土匪吓坏了。在怀家的铳楼里坐下，乡长失了体态，忘了磕茶沫，仰嘴就大口地吞水，甚至把茶盖都抖地上碎了。怀老爷吩咐重新上茶。丫头又去端上一杯新茶来。

"怀老爷，还得借你家住几天。"黄乡长吐着茶叶末，抖着咽喉说话。

怀振声说："乡长大人乐意住多久就住多久。乡长驾临，黄石深感荣幸。"

黄乡长叹息："唉，时局混乱，身不由己。那土匪，真是土匪。烧杀抢掠，样样能干，真是丧尽天良。云林自古安宁，不曾料到，被土匪抢得一干二净。几个舍不得牲畜的人，结果赔了小命。作为一乡之长，无能为力，真是惭愧啊！"

石振威问："土匪走了吗？"

黄乡长说："不知道。情急之下，他们把我拖着走了。兴许土匪还坐在我的办公桌上呢。哎，我怎么这么背呢？来了云林就碰上土匪。"

怀振声说："到了黄石，乡长大人就不办公了，好好歇息几天。这里的事由我们扛着。"说完吩咐下人在铳楼的二楼打理住宿，请黄乡长歇息。然后对石振威说："我猜想，今晚土匪必来黄石，我们得按计划早做准备。"

凌晨，夜深人静。公鸡打鸣的声音此起彼伏。要说好夜晚，这样的夜晚就是最好的。公鸡们能感知时间的离去和到来，却不知邪恶的来去。黄石村的人彻夜难眠，仿佛没有等到土匪的到来，不甘心睡觉一样。从前来匪的事都是有惊无险，这回怕是真的了。因为恐惧，每一次遇到匪情，都会被看作是第一次的事，都会让人觉得心里动静特别大。

终于村里犬吠声大作，大家倏地紧张起来。黄乡长自然是睡不着，听到外边狗叫的声音，立马从床上跳起来，抓了衣裳，就跑出铳楼，往山上去了。怀振声劝说都来不及。犬吠声越来越近，大家知道要来的已经快到了。

寨尾山没有燃火，其实也没有必要点火了，全村都做了准备。

果然一路人马打着火把，像是喝醉酒一样，晃晃悠悠地朝村子走来。大家都第一次清清楚楚地看见什么是土匪的样子，这种景象就像那年的台风雨带来的洪水，吊在心里，一辈子也忘不了。

在水尾亭，土匪遇见了一张大纸条。火把照亮纸条的内容，上书："黄石恭迎远道而来的客人，村民胆小，请手下留情。怀石两家已为兄弟备下微薄礼物，请笑纳。"

匪首看罢，内心蹊跷，却当场大笑，他倒想看看是村长给的礼物重还是乡长给的礼物重。匪首一挥手，一队人马继续前进，朝着有灯火的石家去了。

石家灯火辉煌，却空无一人。厅堂上准备了两桌酒菜。兄弟们站在桌前发愣。匪首上前观察一番，又发现酒瓮下压一张纸条，上书："放心吃饱喝足，几案上有银圆二百，请笑纳。手下留人、火下留房。留得青山在，再来不空手。"

读罢，匪首又哈哈大笑，手一挥："兄弟们，喝！"

几瓮的好酒落肚，匪丁们卸了体力，开始斜步起来了。匪首见弟兄们荤开得差不多且担心中计生事，就喝令："小酒量，别喝了，走。"

本来怀家也准备了礼物，土匪们竟然放弃了。匪首拔出短枪朝着铳楼"嘭嘭嘭"来了三枪，不知道是啥用意。铳楼里的人目睹了这场景，等土匪出了村，还在喘着粗气。铳楼里的空气，像一个大气囊，说声爆就立马会炸的。只有石老爷、怀老爷还算平静。

犬吠声渐渐停下来，长辈吩咐到铳楼顶楼漏窗烧一块干牛粪，白色的烟升腾在早晨潮湿的空气中，一弯一曲的，倒像是吉祥的炊烟。山上的人知道，可以回家了。麻秆被点起来，黎明前的黑暗被烧成一洞一洞、一片一片，一条一条的亮色。

天蒙蒙亮时，狗又叫起来。一村的人瞬间嘈杂忙乱起来，以为是土匪来打回马枪。结果，大家看到的是石路养，他扛着一支枪，雄雄壮壮地进村来。

石路养直接到了石家，上了厅堂，看见狼藉的饭桌，顺手抓了块猪肉吞了，又提起酒瓮想喝口酒，却是空了，骂了一声"抱你阿姐"。然后他朝着铳楼里喊："石老爷，我搞到枪了。"

铳楼里得到证实是石路养，石一方开门出来，吃惊地看着他。石路养手握一支结实的步枪。清晨的露水粘在他头发上，一粒一粒，十分饱满。石路养满身是血。石一方虽心里明白十之八九，却忍不住急切地问石路养："怎么回事？"

石路养哈哈笑着，说了昨晚的夺枪的事。昨晚，来石家的土匪返回后，石路养跟着走了三十里路，终于逮到一个机会。一个匪丁喝高了酒，醉得厉害，在卅都暗桥岩掉队了，死猪一般靠在路边的石头上睡觉。活该他要死，他的兄弟竟然顾不上等，摇着队伍朝德化方向回去了。石路养毫不客气就把他宰了，简单得跟杀猪一样。把尸体推到河里去，这枪就归他了。还有子弹，石路养说，摸遍了那头猪的口袋，也就这五发。"我看土匪也没什么可怕的！"

原本石一方想跟石路养说你闯大祸了，转念又想这事既成事实，该来的肯定要来，说了也是白说，说多了倒是坏了年轻人做事的一股劲。于是，石一方追问："土匪没追回来？我担心你石路养这一杀，又把土匪给招回来，长辈的心思全白费了。"

石路养一本正经地说："我泅水到河对面，蹲在林子里待了好久，没看见土匪回来找兄弟。暗摸摸的，谁知道谁没回家。我观察了身后无人跟踪，才回村来的，这事没人看见。"

"把枪交给石队长，我奖励你一支酒！"石一方说完就去拿了一支上好的白酒，给了石路养。

石路养一手接了酒，一手还握着枪，舍不得交出来。

石一方看着这个年轻人，心里泛起从来没有过的喜爱的感觉。从前他就是个好吃懒做、十分嗜睡的家伙，如今却能勇敢地去夺枪，他身上有一种天生的正义感。眼下，这个年轻人是劲头有余，就缺一个长辈来雕他的脑瓜子。说实在，现在石路养的胆量让人佩服，要是自己的儿子有这样的胆量，那就更欢喜了。另外，路养的两次献枪和土匪那骄傲地打在铳楼土墙上的三枪，给石一方很大的启示，防卫队确实需要枪。

黄乡长等到天亮了才回来，他在山上蹲了一夜，疲倦的样子像剔去排骨瘫桌的净猪，让人觉得可怜也可笑，一乡之长竟然就这个样子。只有村长怀振兴板着脸陪着乡长说着安慰宽心镇静的话。

听说石路养得了枪，长辈和乡长们都来石家看枪。怀振声说："路养勇敢可嘉，但不该杀了人家。每个人都只有一条命，杀了就没了。人为匪，也有不得已的时候，并非个个是天生杀人越货，有的也就为了几块养家糊口的钱。人家酒醉，若是趁机夺了枪，让他好好睡，便是一桩好事。如今，就担心匪徒因为人命，又起歹心。"

怀振声在说话的时候，其他人却争着都要把枪摸一把，端一下，瞄一眼。这真正的枪，对黄石村的人来说，还是新媳妇坐轿头一回。大家都说枪是枪，铳是铳，两样东西不可比。

黄乡长说："倒是宰了干净。枪，真是好东西。"

石振威和怀振声几乎同时说："东西比枪好。"

黄乡长听了，尴尬地笑着："也对，也对。"

石一方听了气堵，好不容易让乡长切身感受到枪的好处，却活生生被长辈给摁回去了。防卫队配枪是要乡长首肯的。长辈总是善于用银圆、酒肉这些柔软的东西来化解事情的冲突矛盾，所以防卫队配枪的事情，已失良机，眼下就不宜当面再提了。

第三节　配枪

白天，郭先生来了黄石村。大家关切地问学校有没有被抢被烧。听到先生说学校平安，学生们也安全，大家就放心了，甚至觉得土匪还算有规矩，至少没有动孔圣诗书之地。

大家又把昨晚的遭遇以及长辈的精心准备、妙计和石路养的胆识给先生说了一遍。

石有才说，路养比土匪还霸气。

众人笑了。怀振声说："不好把路养和土匪比，这小子恐怕也是一时发了脾气才做下这等事，偶尔为之，称不上豪气和霸气。再说，人都要做人之父母、人之子女，打杀之事不是什么霸气和胆识，杀人和被杀都是罪孽苦痛之事。人不比畜生，会记仇的。菩萨劝人总说放下屠刀，就是这个理。我们黄石人，不能卷进打打杀杀，把务农的事做好了，就是平安顺利了。"

石振威听了，好生不好意思。他拿眼眨了一下孙子，又巴一下嘴，提醒他不要插话，更不要说浑话。郭先生转而啧啧称赞说："不战而屈人之兵，是为上策。黄石村长辈以柔克刚，礼宾待人，遭匪而无半点损失，真是让人匪夷所思。"郭先生又说听了昨晚的故事，现在想写几个字送给黄石。

大家立马备上笔墨纸砚。郭先生写下四个字："仁义黄石。"

黄乡长说："写得好，我也赠黄石四个字。"提起笔写下："金布翠席。"

大家一起喊好。怀振声微笑着说："感谢先生，感谢乡长。"

郭先生今天来黄石，两个用意，一是给怀石两家报个平安，学校和孩子都没事。二来看看黄石遭遇匪患的情况。眼下的情况看来，两头都平安。听了黄石人的话语，题了字，郭先生自然觉得没有白来，收获很多。对先生所为，两家人都大为感动。吃过午饭，先生回学校去了。黄乡长也说既然已经没事，他也回去，赶紧收拾一下烂摊子。长辈们挽留了几回，黄乡长还是执意要走。

怀振声目送郭先生和乡长远去，就说做人要学郭先生啊，教书之人能懂人心世道。石振威微笑颔首。怀振声对石振威说："先生的字我留着，乡长的字你留着。"石振威说："也别留在我们家里，我看还是挂在祖祠里吧。"怀振声当即表示同意，并吩咐怀一民着人去裱了，挂起来。

正说着，石有才全副武装地走到俩老爷面前，欲说又休的样子，问候一声："老爷。"

石振威说："石队长，什么事，讲啊。这样子羞羞答答的，哪有队长的威风？"

自家阿公开口了，石有才一下胆子大起来，就开口说："我有想法好久了，不敢说。今日我直说了，我们防卫队要加人配枪。"

俩老人相视一下，给石有才使个眼色，鼓励他继续说。石有才知道老爷要他当着大家的面说出理由来。他便继续说："昨晚的事情，长辈处理得妥当，郭先生都称赞了。但我心里总觉得不是个长气的事。土匪不会次次都这样放过我们黄石的。下次，换一拨人，还会这么讲仁义吗？但是，如果我们自己有人有枪，那就不一样的胆量。防卫队七八个大男人，只负责老人小孩女人都会做的事，他们天天都在消磨时间长身体，骂唧唧的。我这个当副队长的也没干劲。"

听了孙子的话，石振威说："凡事能化了过了就好，事情梗着僵着过不去，它还是没解决的事情。土匪的事，都说了东西比枪好吗。匪人行事，也有规矩，他们无非是钱米二字，不必把它和枪弄在一起。他端着枪，你端着枪，是肯定要出人命的。先生说仁义黄石，连土匪都理解到了，你们还不明白吗？"

石有才以为自家的老爷只说出一半对的道理。他说："我这还有一半的道理，老爷们听听。这枪打死人固然是不好，但这枪好比家里的粮食，囤着满仓，心里踏实不是？这枪，好比两位德高望重的长辈爷，坐在家里，会让别人心里掂量掂量，不是？"

"家里有粮，心里不慌。有才说的有道理。年轻人这么一比，也让我开窍不少。"怀振声说着看一眼石振威，"我想，人就不增加了，每个队员配上一支鸟铳吧。往后要是匪情严重了，再说配枪的事。枪，是个威慑，你孙子有见地、说得对。所以，防卫队即使配了鸟铳，那也不能随意开枪，起到震慑作用即可，石队长你还得定个用枪的规矩。"

石一方队长沉默着不说话。石有才瞥一眼父亲，说："还是怀老爷开明，按怀老爷说的办。"

怀振声说："老人家没有力气，不喜欢枪。年轻人在长力气，就喜欢斗。但你永远记住，东西比枪好。给你鸟铳，不是叫你去打人。要吃蔗糖自己种去熬去，可不能从别人糖缸去抢。"

石有才答："知道了。"

石一方没想到自己不敢提及的事情，儿子竟然轻而易举地解决了，不仅是隔代亲，好办事，儿子他是抓住了进言的好时机。

半个月后，石一方就把八支新铸造的鸟铳张罗回来，发给防卫队员。两支借来的，就还回去。石路养的那支"汉阳造"就正式归了石有才。石一方要求儿子，平时除了值守，其余人员要有计划安排用枪训练，要组织人员到村里出入道口勘察地形，演练防卫。

得了枪和队长的要求，防卫队一时忙碌起来，大家觉充实了许多，至少有一支鸟铳随着身上，无聊时可以比画比画，走在村里，感觉邻里的眼中有不少的羡慕。尤其那些个女人，经常挤在一起，朝着队员说笑，说把枪给她们摸摸。要不是石有才队长镇着，这些队员早就和泥巴一样，凑上去一阵黏糊了。

一段时间下来，防卫队在两个出入口举行实弹演练。按照土匪进村的路径，防卫队共同研究防卫打击的假想方案，定位射击点，在进村入口路上插上代表土匪的靶牌，进行假想防卫。实弹训练，提高了防卫能力和针对性，队员热情高涨。

但是，演练经常枪声大作，整得村里一响一响地发颤，抖着怕。开始时，村里人以为土匪进村来，就上山躲着。于是，有人就到石老爷面前提议，别打枪了，土匪没来，全村人的魂都被枪声打光了。

石一方就下令防卫队停止实弹演练，改为每月举行一次，其余时间为空枪演练。实弹训练时间通知村里人，并请大家去观看，免得惊扰。石一方的决定得到石振威的夸奖，一者让村里人放心，二者还可以省了不少费用。每天的实弹训练，花费可不是小数。

这一规矩被定下来，每逢单月实弹演练，黄石村老小都来围观，像过节一样。郭先生自然被邀请来，几个上学的孩子得了机会，也跟着回家来观看打枪。有组织的打枪训练，这在云林还是头一回，邻村知道了，那些较为悠闲的人家也都赶来凑热闹。一时，似乎多出了一个节日。

第一次演练观摩，由队长石一方主持。副队长石有才不愧为防卫队的管家，枪法最准，装枪药最快。石路养也不差，演练时不但打靶子板，还抓住时机炫耀一把，把一只飞来送死的麻雀打了下来，赢得最多的喝彩，只是手脚不够麻利，装枪药比石有才慢得多。

后来云林黄民秋乡长听说训练的事，也说要来参观。乡长光临的实弹训练，改由村长怀振兴主持。防卫队员的表现可圈可点，黄乡长十分高兴，有了遭遇匪徒洗劫的惊悚经历，黄乡长甩干了透水的脑子，极力支持黄石村防卫队实弹训练，并奖励一百块大洋，以资鼓励，希望有朝一日，黄石的防卫队也能保卫云林乡。

石振威说："多谢黄乡长的支持与鼓励，当初我们向乡里报告时说过了，我们这支防卫队只在黄石村里，专用于本村匪患防备、通风报信之用。假如要扩大防卫范围，怕是担待不起，力量也不足。要真是遇上匪患，我们的防卫队不及时或者防卫无效，不是折了乡亲的性命。乡里应当要考虑组织一支乡级的防卫队或者保安队，更为妥当。怀连长说过，县署要组建民团的，乡里可以效仿的。"

黄乡长说："石老爷所言极是。要是乡村两级都有自己的防卫队，我看就不怕土匪侵扰了。倒是遇有情况，各村的防卫队联合起来，力量就强大了，消灭几个匪徒更不在话下了。"

村长说："乡长英明。若是用得上，黄石自当出力。"

石一方听了村长的话，心里有气，就赌气说我们村长财大气粗，自然会为乡长出力的。

村长自觉尴尬，石家人就是这样的一个刚性脾气，说话让人不舒服，没有怀家人的言语斯文。石振威听到儿子拿话刺激村长，怕生出怨气，就说："云林的事，也是黄石的事，乡里的保卫有黄乡长谋划，用不着你们烦恼。我们黄石不给乡长添麻烦就算好了。"

云林遭匪、黄石来匪，这两件事为人津津乐道，这也让大家都真实地感受到时局的混乱和内心的恐惧不安。从前都是听说的事情，如今都变成了现实。

石有才倒是喜欢这两件事，有了匪患，自己的防卫队地位提升了很多，防卫队的装备也好了不少，村里人的心里有了不安，对防卫队的活自然也就多了不少支持。对防卫队来说，训练更自觉了，谁都知道，好枪法，能保命。

一段时间来，乡亲们都在夸奖防卫队。人家云林被抢了，到了黄石却手下留情，恐怕土匪是怕防卫队。也有人夸起怀石两家，说坏天气让怀石两家重归于好，其实早该和好了，要不这次黄石该要遭难了。又有人给怀一民、石一方建议，防卫队多弄些人，力量再大些。乡长也说，乡里有患，黄石的防卫队要去保护云林，大家就说何不借机扩大队伍，让黄石在云林摆上老大的地位。

怀一民就大家的建议，征求石一方的意见。石一方说，这些人就知道说，却不知道防卫队真正的作用。若是要扩大队伍，就怕遭嫉妒，遭急眼，恐怕就有人要来灭防卫队了。枪的火候，要掌握好度，文火时，是自保，有利；若是大火，就成别人的威胁，不说土匪，县府也不愿意的，这事长辈肯定不同意。怀一民说长辈虽然在经历匪患之后，思想有所改变，但是两家长辈一贯的做法是很难改变的。老爷们都说东西比枪好，什么意思？最好的办法不是打打杀杀，而是化干戈为玉帛，如郭先生所说，不战而屈人之兵。石一方说，既然如此，就不必问了。告诉众人用枪对付枪，是个办法，但不是最好的办法，不适合黄石，我们黄石从来讲究仁义行事，这才是真正的好办法。怀一民就去做建议人的思想，劝说，大家都去防卫队，谁来种粮食？女人孩子喝西北风去吧！在理的话，只一句，就噎了众人家的嘴舌。

怀振声和石振威也听多了夸奖，就像嘴边的蜜多了就腻，想想这些夸奖，心里就会摇头，世间事要人人都明白，还是真难。于是，两人就商量，让防卫队坚持轮流值守，改单月一次实弹训练为半年一次，平日队员得空就回到两家的坊里或者给村里人家地里帮帮忙去，防卫农事两不误，免得闲得无聊，浪费枪药。

石有才对两家的老爷做出的决定感到吃惊，心里有不小的抵触，但是不好抗命，只好不管对错先照办。石有才按照两家老爷说下的话，自己就去把队员值守定下来，并安排人对应帮忙几家人手劳力不多的人家。怀振兴对这样的决定也是感到奇怪，好端端的防卫队怎么就做起干农活的事？只有那些被帮忙的人家说起防卫队的好处。听到这么多人夸防卫队帮干农活，石一方父子才明白，好事光摆架子不行，还得帮人做实事，这样才会为人所称道。

第四节　秋后廊桥

两家的雇工都在卖力地干活。

怀家的麻坊里，陈年的麻丝一捆一捆地浸入水池。草木就是有些奥妙，那些被太阳晒干、晒直的麻丝，洁白挺直，浸水后逐渐柔软泛青，却能重新透出青草的味道，这得有多大的隐忍。在苎麻的生命里，柔韧还是干脆，水在默默关注着。浸泡好的麻丝，在女人的膝盖上平躺着，接受女人纤细的指甲撕开，又被糨糊揉线搓接起来，然后盘曲在竹织盘上，重新晾干，过浆连接之后，经过穿筘、刷布、梳理经纱，再上浆，最后将上浆经纱置于织布机上，即可纺织了。这个过程说起来，三行字，做起来一年难停手。

梭盒左右飞动，织布机"咿哦咿哦"不停地响，麻布就在女人的呵护下一寸一尺一丈地长。

黄石村纺两种苎麻布，"半腿"和穿布。

半腿是方言，说的是不加纱，专门用于布袋一类生产用品，质地硬，空隙大。方言说"尚"，瘦的意思，经纬之间的密度小。"半腿"布，宽四尺，长可达二十至四十丈。穿布，宽两尺。用于衣服着装，加有棉纱，质地较柔软，密度较大，结实，方言称"肥"。一匹麻布下机，拿去晒干，再卷成圆柱筒状，装进麻布袋，便可以去贩卖了。

怀家麻坊，一年可以织出五百多匹。除了二月二，忌讳织布，传说蜈蚣会从头上掉下来，得停工一天，其余的日子都不停息，所以女人一年到头，总有接不完的丝线，织不完的布，忙得很。

麻布的交易市场很多，四十八都和德化赤水、十八格等地较为集中。麻坊的男人们做完苎麻收割和去皮、刮青的事，就要担布去贩卖。也有布贩子来村里收购的，只是挑三拣四价格低。黄石的麻布，更多的是自己挑出去贩卖。怀玉龙就是怀振声专门指派去贩布收钱的人。多年贩下来，黄石的麻布，因为布肥、尺头足，在各个集市都享有名气。怀玉龙和闽南商人混多了，讲了一口顺溜的闽南语。回村来，他经常卖弄一段闽南话，大家就叫他"下府人"。

眼下就到大暑了，二季苎麻可以收割了。节气中的事物，就算太阳最拼命了，它从早到晚散发着光和热，让一年的气温走向极端。男人们磨好了麻刀，等待东家下令。收麻就像打一场战，利索、细心最关键。下刀要快，所谓快刀斩乱麻，刀慢了，会伤麻蔸，影响下季生长。向阳的先割，老麻种、肥地、避风背阳地，麻株成熟较迟，可以后收。收麻还要随砍秆，随收麻，随种耕，随追肥，紧锣密鼓。砍麻的、收麻的、松土的、追肥的，几拨人，一鼓作气。俗话说，苎麻不怕肥，种在粪堆里最好。

一百亩麻地收割下来，男人们要丢一半的气力。过去是不论麻秆长短，整齐放到，拿根竹刀剃了麻叶，扎成捆就行。但在怀老爷这里，还得分长短大小，便于剥皮刮青分等级，这些都是种植规矩，一步都不能偷吃省去，累就累在这些程序和要求上。

大暑前后，是个危险的季节。晴雨风，似乎吵着架，赶着来的，天气要么旱死，要么涝死，要么倒伏死。刚刚挑水浇地，就来了大暴雨。排了涝泽，接连大旱。去年就是一场大风和冰雹，夺走了一季的汗水。今年大家心里都替东家担心着，不知道是旱涝还是风雹？怀家早就烧了"伏香"，祈求大伏平安。现在就等着好天气的到来了。

节气后五天，兔子还在耷拉着一只耳朵，突然间就来了一场暴雨。天空像是嫉妒或者是委屈一样，抹黑着脸，接着一阵大哭，眼泪就倾盆而下了。这些委屈的泪水，掉进夏天干渴的热锅，土地滋滋作响，瞬间粉尘如烟、热气如雾。也许你把它看作一次甘霖，但是当土地喝饱了雨水，就把持不住自己了。瘫软的土地，随着那绝色女子一样的雨水，哗啦哗啦地崩溃。一下子，黄石村的河水就黄了、浑了。那些凑合在一起的雨水，像被赶出家门的不孝子，脚步混乱而且匆忙，方向不明，脾气暴躁，只管冲撞、冲撞，再冲撞。

有了阮大六的提醒，今年怀一民做好了准备，大雨来临之前，他把自家的雇工都召集起来，疏通了河道以及苎麻地的沟渠，疏浚导水。最重要的是，千万不能再出人命了。

今年的这场暴雨对石家的席草没有构成威胁。一季的席草在小暑就收割了，那些丰满粗壮柔韧的春草，分条晒干之后，捆在石振威的席仓里，安稳地躺着了。

石家的雇工也不少。灌水割草，排水追肥，分条干晒，匀长补短，捆扎储藏，工序不少，但比起苎麻，倒是省事多了。石家雇工五组十人，专门打草席，两天可以打出十条来。一个月下来，就有百把条的草席可以上市。草席也有肥瘦之分。草料粗壮柔韧，打的用力结实，草席就肥，否则就瘦。买草席的人，最简单的办法就是把草席张开，对着太阳看，见光的就瘦，价钱低。石家在草席的编制上花费了心血，不断求新求变。石振威想出了席边绣红线的做法，增加温暖感，被人喜爱。后来石一方又尝试用漆在席中间画"囍"，画鸳鸯、寿星、贵子图案的法子，适应不同用途人群的需要，备受青睐，销售畅通。

草席、麻布成了黄石的招牌。

立秋过后是草席和麻布的畅销期。收成季节用布量大，秋后到年底各家喜事多。今年，石一方想和怀一民一起去一趟德化十八格。过去都是怀玉龙去的，石怀两家已经有十年没有一起去贩布席了，怀石两家的长辈对这事都同意了。

石有才得知父亲和怀叔要出门，也有了想法。他找怀一民建议，德化路上恐怕不安全，要不要带上防卫队的人。怀一民说："不用。防卫队不出村，出了村，就会被误解成强人，反倒生出是非来。"

石有才又去找父亲石一方，说自己也想去贩布。石一方问："你做你队长的事，去十八格做什么？"

石有才说："我其他若不会，让我去看看德化的乡里，长点见识，总可以吧。"

这石家的孙辈眼看就要长成男人了，被两辈人宠着、护着，很少走出村里，自然是憋气，想出门再正常不过了。怀一民看在心里，就开口帮腔，同意跟着去，长长见识也好，路上好歹多个帮手。石一方便无话。

十八格路途遥远，出发之前，先得准备一下货物、行装，积攒一点体力。两家都吩咐下人，把一百张草席绑好穿担，把五十匹麻布装袋系紧穿担，准备好草鞋、竹筒水壶和干粮，然后好好睡觉，备足体力。

石有才要出门，便把防卫队的事情交代给石路养，并吩咐别整天打瞌睡，把眼皮撑开，按规矩，盯紧了路口，三五天就回来，若出事就剥他的皮。石路养很想尝尝负责人的滋味，高兴得很，满口应承下来。他说，你不放心我，要不我跟你去，路上也有个照应？

石有才都差点去不了，何况石路养，当然用不着。石有才说："两家老爷的为人就足够路上平安了，别在这里乌鸦嘴。你的最大作用就是我不在这里的时候顶得住，知道吗！也就是说，我在考验你的能力。"几句话说得石路养只有"那是那是"服从的份。

石有才对出门的事显得很兴奋，也很慎重，跟着父亲出门，要有长子的样子。所以，他特地去找了爷爷石振威。"阿公，阿叔答应我一起去十八格了。"石有才这是来请教的。

石振威说："第一次出门，高兴吧。"

石有才有点小抱怨："阿公，我阿叔好像不太放心我。要不是一民叔叔，我还去不了呢！"

"你阿叔第一次跟我出门，我也是这样。"石振威口气平缓。

"阿公，你得教教我。"孙子看起来很谦逊，但做爷爷的心里也明白，其实孙子是在卖乖，他想通过爷爷的力量摁住父亲，实现他自由出门贩布的目的。

出门的经验靠学，不是靠教。出门碰见的都是陌生人，不像家里。与人交往最重要。怎么和陌生人打交道？要学。朋友相待，陌生人就是朋友。碰到困难呢？靠朋友相助。相抢做不成生意呢，和气才能生财。石振威问："路遇劫匪，怎么办？"

石有才心里有想法，知道说出来阿公不会同意的，干脆沉默。

孙子，怎么和陌生人成朋友？石有才还是低着头沉默。

碰到困难，不是只懂得沉默，要想办法解决困难。但是说起来容易，做起来难啊。石振威点了一筒水烟，安慰孙子说："没关系，和阿叔、怀叔出门，少说话，多看多听，手脚勤快些。出门在外，管好自己的拳脚，脾气随和些，祸从口出，说话不能由着性子。要是真遇到难办的事紧急的事，自己看着办。但有一条，命是最要紧的事，懂得吗！不得与人拼命。"

石有才点点头。爷爷让他早点去帮忙父亲备事，石有才便告辞出门，心里觉得长辈就是把自己当着孩子看，都不放心。吸一口气，自己感觉胸部在鼓胀，从鼓胀的胸脯传导出来的力气，迅速到了手脚，不禁握紧了拳头，绷直了双脚。抬头看看空空的天，仿佛自己就是一只飞鹰在翱翔。

母亲柳花忙碌着，准备着丈夫和儿子出门的行装。换洗的衣服折压得结实，用一个干净的靛青小麻袋装好。又吩咐厨妈备足一天半的干粮炒饭团、油糍和腌肉片，用洗净的芋头叶片分类包裹起来，装进另一个靛青小麻袋。再亲自去炒一包饭汤椒盐花生仁，准备放在儿子的衣袋里，路上随时可以掏着吃，解乏解饿。母亲柳花对儿子的首次外出很重视，这是一次长大成人的标志。这次出门若能帮助男人做些事，就很快被长辈信任。她相信儿子能做事，防卫队的事她觉得做得很好，村里老小当着她的面夸了许多次。

她来到儿子的房前。门关着，儿子不在。她就站着等，一等就是几个时辰。石有才看见母亲在等他，老远便问："阿婶（偏叫），什么事？"

"来，阿婶给你说个事。"柳花牵着儿子的手进了房间，在床沿坐下来，

"你明天要出门了，这第一次出门，对男人来说，太重要了。你记住，出门不像家里。听你阿叔的话。少说话，多看多听，手脚勤快些。管好自己的拳脚，脾气随和些……"

"行了，阿婶。"石有才打断母亲的流水话，"你这些阿公都给我交代几遍了。"

"别嫌，还有饿了要吃饱。别乱跑，跟紧阿叔。早点回来。"柳花不管儿子的烦，就管说她需要说的，竹筒倒豆子，倒光了才放心。最后还不忘吩咐，明日出门，今晚一定要睡好。

石有才真嫌长辈们啰唆了，蹲在家里总有人要教他这样那样，索性出了家门，跑到水尾亭去乘乘凉。家里本不太热，被人开导说教多了就愈发热起来了。

水尾亭，其实也不在村尾，也不是河流的尾巴，它架在寨尾山与石崎山右脉的交接处，是一座风雨廊桥，桥头树一座亭子。这地方，先祖取过宅基地，但因山势逼仄，来水湍急，邪风满贯，所以建廊桥抵挡，又建亭子镇邪，后来又种出了一大片树林，把来水和风口遮盖得严实。到底先祖还是放弃了这块地，废了近百年，开了荒，就成了水田，石家种上席草了。除了乘凉，这里少有人来。廊桥下，河水成潭，清澈见底。但是过于荫蔽，只有孩子们会在这里下河摸鱼捞虾。

石有才一人走在树林里，凉爽了许多。树冠遮盖下的林间空气，和阳光暴晒下的就不一样，有点像泉水的味道，凉中带甜，呼吸起来，真实畅快。这些凉气，冲着身子表皮来，三下五除二就把汗水口给关上了，脑子似乎懂事起来，除去了许多烦心事。一树林先祖种下的树，长得双手环抱不得，比铳楼还高。荷树居多，粗壮通直，冠高阔大。樟树，开裂的树壳，厚实坚固，整齐美观。还有两棵特别的树木，两棵桂花树。据说是哪代先祖娶亲，先祖母带来的树种嫁妆，过门后种在这片林子里，后来的亭子就靠近这两棵树而建。树种当嫁妆，算是稀少，但后人回想这段姻缘，觉得这样的嫁妆有别样的味道。先祖如树，随岁月而长而大而老而去。一粗壮一柔细，后人见树如见人，时常会缅怀起先祖幸福恩爱的婚姻。

石有才走进廊桥，看着西北方，是错落有致的石姓、怀姓人家的房子，透亮的阳光下，显得更为黝黑。两个铳楼的墙体，高大清白。往西南方向就看不见什么了，两山交错，遮去了石家的百亩席草田。石有才想躺在廊椅上，却有山蚊子来恼，就站起来。忽然听到桥下有女人的声音。俯身在廊桥的栏杆上往河下一看，两个女人在洗澡。河边的石头上放着几件粘着麻皮刮青时弄脏的青色衣裤。有才这看的一眼，却被两个女人的眼神对看上了，一时羞愧难当，急忙缩了身。

"有才，你做什么事呢？"女人朝着桥上说话。流水也没能挡住这朝上走来的话语。

这话说得石有才直想跑，明摆着是说偷看女人洗澡的事。他尴尬地说："我不知道你们在桥底。"这会儿被女人的话堵得难受，心里想走开，可双脚却不太听话。

"想看就看吧，你也该是男人了。"桥下的女人又朝上放话。

石有才不敢再搭话，眼睛却不由自主地从栏杆缝隙中瞟出去，一眼就抓住两个女人浸在水中仍然清晰的白皙的腰肢。这一眼，就像放枪时从山坳间传导回来结实又回转扩大的枪声，一颤一颤、一绕一绕的，倏地麻痹了自己的毛发和肢体。他不由自主地双手猛一撞紧，身上的骨头咔嚓咔嚓地响。一股热流如洪水般冲向下体，无中生有地长出一根棒子来。脚步已经移出去，棒子直挺挺地顶着麻布裤子，碍着身子直不起来。石有才第一次体会到女人的厉害，会让男人弯着腰逃跑。石有才一跑，引来桥底下女人的一阵大笑："还是一个小青瓜。"那声音听出来，是林阿如老婆吴氏和洪福堂怀玉龙堂嫂寡妇蒲楂娣。吴氏的身材不知道，也许是那个刚刚看见的白皙的那个，蒲楂娣可是个大腰大臀大奶的女人，连说话的声音都是大大咧咧的，村里人都号她是"扎姆公"。

跑，只有跑，才能摆脱。穿过那片树林，正出廊桥，急急忙忙地撞上一个人，抬头一看，是怀玉龙，眼神脸色诡异得很。

"急什么？"怀玉龙问。

"有鬼。"石有才脱口而出，也不多搭话，径直跑回家。跑出一段，石有才发现底下的棒子已经倒下，站直了身子，好受多了。他觉得，这女人比土匪还可怕，自己作为防卫队队长，见了女人却要跑，而且跑得这么难看。怕就怕了，心里却喜欢，这又不像土匪。怕土匪是因为土匪有枪，会要人命。这女人比枪还厉害，要人心。人要是心不在身上，那就是鬼了。

石有才突然想起：怀玉龙到底是去水尾亭做什么事？放消息、讲故事，还是另有所图？石有才想回头去看看，但还是怕桥下的场景，终于放弃了脚步。

秋后，日子忽然短了许多。太阳从寨尾山顶上去，回到天上，太阳的身后是一片阴暗跟着走过村庄。天黑下来，石有才也就回家去了。

第五节　十八格

想躲开长辈的啰唆，寻个清静，廊桥回来后，却惹了一夜的烦恼。临行前，石有才被两个洗澡的女人搅扰得彻夜难睡眠。

"一个小青瓜"，到底是什么意思？听那口气，肯定是嘲笑自己。小青瓜的事想不明白，石有才很自然地就想到大奶白臀的事。闭上眼睛，那些白色及其形状十分诱人，模模糊糊，飘忽不定。石有才在睁眼闭眼的反复中被一种焦灼的火堆烧烤着，身体若置之一口大锅里面，仿佛想一次，就是添一把柴火，越想火越旺……

清早，母亲来敲门，催促石有才起床。母亲喊道，阿叔叫你吃饭，准备出门了。

叫了几遍，石有才蒙眬恍惚中感觉有人叫起床，吃了一惊就一骨碌爬起来，似乎忘了昨夜的事，草草穿戴一下，急忙去灶间吃了早饭，生怕落在后面，误了出门的时辰。

石一方在厅堂里，燃上一炷香，拜了祖宗。见石有才吃好了早饭，石一方便叫他去问问怀一民准备好了没有，要是好了，就早点出门上路。

村长怀振兴对怀石两家重新一起出门去贩布席很重视，他亲自为这趟出行准备好了简单而热烈的送行仪式。

八仙桌摆在水尾桥的中间，彩布幂桌，桌上贡果品庶馐以及夏布一丈、草席一张。点上蜡烛、焚上香。村长主持，念祝文："各路路神，祖考、祖妣在上，今日怀石两家子孙，继承祖业，发扬光大，夏布草席，闻名遐迩，祖宗宏德，浩浩荡荡。昌隆兴盛，后代努力，旺季销售，出门在即，三江四海，生意通达，前路遥遥，逢凶化吉。礼归旧俗，祖德垂仪。十三房头，集成一统，祈求各路路神、先祖来食来格，保佑黄石子民，出门一帆风顺，平安来归。尚飨。"

念完，村长把祝文焚进香炉，又敬献了酒水。

石一方和怀一民上前焚香三拜，默祷先祖神灵保佑出行平安。十三支响铳已经装满火药，吉时到了，村长下令：行头出行，一路安平。

砰砰砰，十三声铳响。挑着麻布、草席的队伍起身出发。

路线还是按照祖上常走的路去走。出了黄石地界，就经过京仙、太平桥、石半岭、飞龙格、石岭头、碳山崎、三角坪，最后到上春十八格。这是最近的路，也是比较安全的路。邻乡邻村的，人头多有熟悉，不会有什么麻烦。

到了太平桥，走了小半的路程，过了桥，就要到德化的地界了。这时间，大概到了吃午饭的时候。照例，过路的人会在桥亭上停下脚步，吃个午饭，喝点水，补充恢复一下体力。更重要的是，边吃边等其他前往十八格的贩子。到十八格的除了贩卖草席、麻布，还有茶商、笋商、药材商，牛羊贩子、农具贩子等等，大家都会在太平桥用午饭，心照不宣，等着一起结伴前行。大家各自摊开芋头叶片，手抓着炒饭团、油糍和腌肉片，有滋有味地吃起来。黄石两家人才吃个半饱，就有药商、牛贩等人马凑在一起了，互相打过招呼，差不多时候，就一起前行。

戴云山的陡峭和广大，在德化中西部展示得最充分。出了太平桥，挡在面前的就是石半岭，看上去不高的山，够你走半天。它像一尊弥勒佛，端坐着，要过他的肩膀，得盘上几十弯。上了肩，还得下它的背，又得几十弯。孙猴子要是来这里，恐怕也没有那么容易几个跟斗就转过了山去。过了石半岭，飞龙格、石岭头、碳山崎，像三个强人兄弟，还等在后边。翻过一座座大山，你才能远远地看见戴云山的主峰，黛青色的峰尖，在蓝天白云之下，悠远神圣。古时的官道，历经千年的磨砺，显得沧桑老气，也许人海里看见的是商人的财富或者官帽的脸面，只有那些吃紧在土里的石块，才能理解生活的两面，石面上是那样滑溜光亮，却照见了多少过往客商的艰辛和疲惫。

十八格就镶嵌在戴云山中的一个小村落。村落虽小，却是一个心脏，主宰着闽西北通往闽东南的咽喉。它的周边连着尤溪、玉田、永春、永泰、仙游等大大小小的村镇，所以成了一个集贸商地。石有才经常听长辈说起十八格，那口气是很自豪的那种"去过十八格人生没白活"的口气，自己终于能到十八格去一趟，心中也是感到自豪和窃喜。

怀一民、石一方空手、空肩，没有担负，所以可以不时与其他的贩子攀谈，互相问问家乡、种植、生意和各自父母子孙的事，走着还轻松。走长路，这种聊天是必要的解乏，也是了解生意信息、交朋结友的重要途径。怀玉龙常走这条路，自己做主，走走歇歇。石有才也无担负，跟着父亲身后，听着聊天，许多时候觉得很无聊。他记住阿公说给他的话，多听少说，父亲和怀叔与人聊天时，他不敢插话，他也无法插话，面对陌生人他还不知道从何说起，缺乏与人深入友善交流的本事，他还无法驾驭自己的表达。于是，石有才就经常伸手把裤袋里母亲备下的花生仁，一粒一粒地掏着吃。碍于长辈的面子和阿公的交代，他只能耐着性子慢慢地跟着，有时候会抬头看看天，看看天气。

天气相当不错，充足的阳光从密林高处照射下来，树林过滤了大半的热量，路面也显得明亮一些。这样的天气，把大家心中对环境的疑虑打消了许多，按照经验，强人土匪总是会在黑咕隆咚的地方埋伏下来，等待路人的到来。身边的挑夫挥汗如雨，脚步沉重缓慢。

石有才忽然有了一个想法，对石一方耳语："阿叔，你看大家挑得辛苦，走得慢，何时才能到呢？"

石一方说："会到的，你急什么？"

"阿叔，你看后边那些牛贩子。"石有才指着后边的人马说到。

往后看去，十来头牛慢悠悠地走着。石一方说："人家的牛、关你什么事？"

"想快点到，不如跟人家说说，把我们的草席担子让牛背着走，给人家点工钱。"说出自己的想法，石有才很是得意，他期待着父亲采纳并称赞他的点子。

"尽想这些歪门邪道的，人家哪会愿意，那要上市的牛，比新娘子还珍贵，吃的是糍粑、红糖稀饭，走慢了也舍不得抽鞭子，他们会舍得给你背东西？傻团。"石一方对儿子的怪异想法不以为然，但想到儿子第一次出门，遇事有想法，也是好事。一番数落之后，为父心里觉得不妥，又对石有才说："团，有力气帮着挑一程，下人还感激你。你花钱叫人家的牛去背，下人们还不答应呢！牛赚了工钱，下人的工钱就没了。你看，还是缺根筋，少磨炼。"

石有才这下体会到了多说话的难堪劲，他没有料到自以为好办法的事情，在父亲看来却是歪门邪道。不过，他觉得父亲说的有道理，牛累了不精神，不精神的牛到了市里，就没有好价钱了。看来凡事都不是那么简单，每一个表面的底下，都偷偷藏着许多看不见的道理，长辈经常说教年轻人还嫩看来不是故意的，自己往后还得学着点，看了正面还要看背面，想了一头还得想好另一头。

间歇间走，傍晚时分，一路人到了炭山崎。黄昏的炭山崎，被夕阳描绘得很美好。沐浴在五色云彩中的落日，有点酒后微醉的感觉。在丛林中穿梭，依旧有几丝凉意在后背的汗涔里升起。小腿肚绷得紧，步履开始维艰，原先拢在一起的队伍，已经自然稀疏开来，这情形就像怀老爷嘴里吐出来的烟圈，浓浓的一圈，渐渐地飘散成一团，最后稀疏成淡淡的烟云。疲惫，是走长路的人共同的感觉。这一队人马，已经疲惫得前呼难后应了。石一方看势，就跟怀一民建议，到前边村子头尾找个地方歇息等待一下，一起出门的人要有个照应。怀一民同意，叫来怀玉龙去看一下前边的地点。

下了炭山崎的长坡，前边就是三角坪了。怀玉龙已经选好休息的地方，在村头的松树林下。石一方观察一下地形，觉得是个休息的地方，就喊着挑夫停下来休息。少东家喊休息，大家是期待已久，挑夫纷纷把草席、麻布担子撂下，搁在干净的石块上面，各自散到路边的树头靠着休息去了。几个挑担的，身子一靠下，就发出震天的呼噜声。怀一民也感觉到，大家确实是辛苦了。石有才往前走出松树林，就看见前边贩药的人马靠在村子路边一户人家的谷架休息等待。后边的牛队，还没有看到影子，牛力气大腿脚却走不快，大概还需要一段时间等他们。石有才真正体会到了陌生人之间的一种默契，一种对规矩遵守的默契。

正在体会着这世间的温暖，石有才眼尖，发现树林子背后有了动静，看看挑夫们，靠着树头都睡着了。有几个男人，准确地说是几个十七八岁的小伙子，摇晃着悠哉的脚步，朝着林子走来。石有才很谨慎地等待着，心里揣测着：会发生什么事情呢？

一个光头先说了话："呦，贩货的。真好事，我正差一张草席呢！"

话音刚落，一个小伙子就凑到放在石块上的草席担子边，开始挑选起来。石一方、怀一民也发现了，赶紧走过来叫醒睡觉的雇工们。

石一方说："小兄弟，要买草席？"

光头说："买什么买？你占了我家的石块，没找你算钱，你还找我要钱啊？"小伙子的口气很硬，明摆着强要了。石有才怕长辈受委屈，就站到长辈前侧面，怒目圆睁地候着。

那光头对着石一方说："你这些上府猴鸟，这么小气，送张草席给我，会穷死你啊！你看你的眼睛，看什么呢？睁得眼球都要掉出来了。"说着却伸手拨弄石一方的领扣。

石有才见状一侧步，打掉了光头的手。光头受这一打，活跃起来，抢起拳头一挥，朝着石有才击来。父亲扯了石有才的后衣角，暗示他要冷静。石有才领会，背起双手，在光头出拳的同时，挺起胸迎接那击重拳，只听"嘭"一声，光头竟然一个趔趄，后退了两三步，被同来的伙伴扶住了。光头朝另一个小伙子嘀咕了两句，那个小伙子跑走了。石有才估计他是去搬救兵了。局面僵持着，石有才看着光头，五官的搭配不成比例，一副肉眼就能看穿的小恶赖，刚才那一拳，也没有几分力气，心里就平静了许多。

后面的牛队跟上来了。石一方说："小兄弟，要买就掏钱买一张，不然我们要赶路了。"光头怕吃眼前亏，没敢再说什么，只是跟着一队人马向村里走去。

就在药商等待的谷架旁，一队人马又被光头搬来的救兵挡住了。石有才当仁不让站在前头，和对方的救兵对峙起来。石有才眼睛扫了一眼，对方有五个人，没有拿枪，那些个腰身一看就不是练武之人，心里就放心了。他从口袋里掏出一把花生仁，一粒一粒地嚼着，也摆出一副无所畏惧的赖皮样子。这时候，他觉得阿妈的花生仁真是派上了用场，嚼着花生仁，那气势就是不一样。他顺手扔一粒出去，拿眼示意对方也吃点，完全是一副鄙视和俯瞰的架势。

对方有人接了花生米，又顺手扔落了地，用脚旋着踩碎它，这是怼架势来了。一会儿，对方一个人站出来，冲着石有才说："你刚才打人了？"

石有才又背起双手说："没有。"

这时，怀玉龙凑上来，用闽南话与对方说了一通。那人挥起拳头就要揍他，怀玉龙一缩，躲到石一方背后去了。那人重新挥起拳头朝着石有才挥来。石有才还是用刚才的那招，胸脯顶拳头，这回多了一脚，脚帮用力踹到对方的胯部。那人"哎哟"一声，就躺在地上了。第二个人正想冲杀过来时，背后传出一个女人的声音："好了，你们这群笨蛋。"

怀一民和石一方站上前来，对着人家作揖说话："德化的兄弟，我们是做小生意的，大老远来十八格不容易，请各位手下开恩，给路放行。"

石有才静静地审视起大声说话的女人，看她的腰身应该是个姑娘，看这架势，是这些喽啰的主子。她摆着不可一世的样子，双叉着手，绕过了怀一民和石一方，径直走到石有才的跟前。石有才不仅岿然不动，没有退缩，而且还大胆看起眼下的这位姑娘。这女子齐肩高，乌黑的头发，弹性柔软，眉宇宽阔，肉质细腻饱满，眼睛黑白清澈分明，眼神却充满凶气。她与水尾亭下的女人完全不同，她不会让人起棒子，但凶气之下，也有让男人神往的感觉。

这样的局面，石有才当然不能只顾欣赏一个年轻女子的容貌，他不会低头欣赏他平视的眼睛看不见的地方，他的双眼必须观察即将发生的甚至可能致命的动作行为。对女人，石有才内心告诉自己没有经验，得镇静，别让女人的妖媚给揪住了。他呼了口气，舒展一下胸腔，抖动一下双肩肌。

那女子又靠前一步，石有才的胸脯几乎可以感觉到女子呼出来的气息，凉凉地钻进领口里边。女子也十分大胆，一只手的指甲顶在石有才的胸脯上，由上而下划动着，来回几次。石有才对这种轻佻和傲慢，没有动怒，毕竟眼前是一个女子，而不是一个仇人，也没有生出被妖媚蛊惑的动静，这种一触即发的时候，妖媚失灵了。稳住阵脚，静观其变，忍着，切不可先手伤人，在人家的地盘，这是底线和规矩，也是长辈的教诲。

忽然，女子挥起右手，"嗨"的一声，朝着石有才的下腹捅去。众人大惊，石一方、怀一民都大喊"有才"！人马也跟着晃动起来。石有才自己也吓了一跳。但自己的下腹瞬间告诉自己，这个女子在作势。那只握着刀把柄的手重重地捅，却轻轻地着，刀柄顶着下腹，怪难受。这真是一个疯女子，能做出这等事情来。

"你的冷汗告诉我，你怕了。"女子说。

石有才确实冒出了冷汗，他第一次出门，没有遇见过这样实打实的场面。他低头碰上了女子的眼神，他发现女子的眼神已经没有了刚才那种毕露的凶气了，缓和多了。石有才心里八九分猜到了眼前这个女子的心思，低声地说："谢谢你把刀柄对着我。"

话刚出口，女子又猛地一捅。这回石有才感觉到了刀柄的力量，有些胀尿的意思。但他已经不再担心，返出右手轻轻地握住女子握刀的手，一阵一阵地紧握。那女子的脸色开始绯红，手微微颤抖。

石有才说："你的脸色告诉我，你惊了。"

女子一下退后一步，收了刀，对着身后的人说，这人还不是猴鸟，让路吧。

在场的人都愣住了，不知道这短短的时间里，这一对年轻男女到底发生了什么变故，半把刀子又入了鞘，紧张的气氛一下就缓和了。

石有才对父亲说，让大家赶紧走吧。

队伍给了石有才获救感激的眼神，静静地开始往前走动了。

石有才拱手对女子道谢。那女子只是微微一笑，朝自己人说："走，一起走。"光头等几个像护送一样跟着商队到了十八格。路上，石有才重新紧张起来，心里揣摩着："这女子到底想干什么？是不是前方还有他们更强大的同伙？"他一路走，一路不时观察他们的行为举动。事实上，一路同行，并没有欢声笑语，也没有摩擦起事，石有才只感觉到女子不时拿眼神悄悄窥探自己。

十八格，一个充满诡异眼神的地方。

第六节　黄花菜

晚饭时间，一路人马赶到了十八格。

怀玉龙熟练地在老关系户"顺和客栈"安排了住宿、吃饭，妥当了货物存放，又按规矩在客栈门前占了摊位。雇工们挤到两间房，铺位不够，有的睡在地板将就一个晚上。怀玉龙本想让长辈宽敞点，睡个单间，俩长辈都没有同意。石一方和石有才一间，怀一民和怀玉龙一间。石一方想和怀一民住在一间，就做了调换，石有才和怀玉龙住在了一间。

吃完饭，怀玉龙建议上街走走，多年没来，感受一下十八格夜晚的热闹。石有才从窗户往外看，街上熙熙攘攘，店门都点着高脚蜡烛，把街面照得通亮。小饭馆短工的吆喝夹杂着油香，满街飘荡。那些被拴在街尾的牛羊不时"咩咩""哞哞"地叫，不知道是饿了，还是烦了，或者是感觉到来日茫茫了。论理该回巢的时候，它们却站在异乡的街头巷尾，等待命运的安排。石有才去问了父亲，石一方说，算了，街道明天可以看，暗夜里是非多，晚上怕惹麻烦，看好草席麻布。父亲不同意，有才只好作罢，就和怀玉龙蹲在房里，就着昏暗的番油灯盏说话。

怀玉龙想起白日里的惊险事，就问有才："你和那女匪靠得那么近，都说些什么了？"

"哪个女匪？你不会是说拦路的那个女子是土匪吧？你常来十八格，以前没见过她？"石有才反问。

"你没看见她那架势，匪气十足。不管是不是匪，我问你，她与你说了什么？"消息树怀玉龙最关心的当然不是匪不匪的事，他想挖掘男女接触的细节问题，这才是谈资笑料。

"你都看见了，她拿刀捅我。我这铁皮，捅不进去。哈哈。"石有才边说边拍着自己的肚皮。

"我是问你，和她说了什么？"怀玉龙想知道。

"没说什么。"石有才故意卖关子。

"你摸她的手了？"怀玉龙问。

"不是摸，是移开她的刀。"石有才继续卖着关子，心里却想起白天和女子交手的那一幕，有点害怕，却也觉得有点刺激。

"那么容易就移开了？"怀玉龙刨根问底。

"你想知道，明天叫她拿刀顶住你试一回。你不知道，我会钩子拳，一钩就开了。"石有才笑着说。

"算了，那会出人命。"怀玉龙悻悻说，"你肯定摸她了，而且摸对地方，她舒畅了，就夸你不是猴鸟。不然，这里的人看上府人都是没见过世面的猴鸟。"

石有才觉得怀玉龙出格了，就起身抓住怀玉龙的领口，把他摔在客床上，用一只拳头顶在怀玉龙的小腹上。有才说，你想知道什么滋味，就是这种滋味。怀玉龙哇哇直叫尿要出来了。

这时，响起敲门声。

石有才放手去开门，堵在面前的就是那个拿刀顶自己下腹的女子。那女子一副精神焕发的样子，直着眼睛，微笑着。石有才一下就觉得尴尬，一时不知所措。怀玉龙看见白天那个女子找上门来，反应很快，赶紧拉开堵在门口的石有才，请女子进屋，一边不失时机拿眼睛扫这女子，心里称赞个不停。

"夹没（吃了吗）？"女子用闽南话问。

"夹了，夹了。"怀玉龙回答。

"没问你呢！"女子口气生硬起来。怀玉龙捅了一下石有才的后背。石有才明白过来，回说："吃过了。姑娘，白天的事，还得谢谢你。"

"好啊，那怎么谢我啊？"

石有才有些听不惯这样的大胆话语，一时又语塞了。

女子笑着说："算啦，简单点，感谢我就陪我去逛街。"

石有才从来没有见识过这样的泼辣，一时脑子觉得有些缺氧和空白，只懂得用手不停地去摸后脑勺。怀玉龙站到石有才的身后说，去吧。

"我父亲会打死我。"石有才说得让那女子爱笑。

那女子说："我看谁敢打死你？"说完一把就抓住石有才的手，不管三七二十一下了二楼上街去了。

怀玉龙赶紧随后悄悄跟着，一怕有才出事，二想揪点口水料。

走在十八格的街上，石有才东张西望，心里慌张得很，他还没有过这样的经历，况且是在他乡陪着一个陌生的女子在逛街走路。他老想着回头往后边看，好像感觉到父亲和怀叔他们在跟着看，背上刺痒刺痒的。那女子倒是大方，对石有才问这问那。石有才在不知不觉中把自己的名字、岁数、家人统统交代给她，好像和一个兄弟交心一样。

女子发现石有才心不在焉，她就朝着石有才的小腹重击了一下，唤起有才对白天相遇时情景的回忆。石有才瞬间打起精神顺从听着、走着，但心里还是一直在盘算：遇到事情怎么逃脱？

女子看出有才的心思，就郑重地对石有才说："石有才，你还有才呢！和姑娘家在一起都害怕。我告诉你，这十八格没有人不认识我，你知道我父亲是谁吗？"

石有才如实说不知道。女子说："猴鸟一个。我父亲是林头哥。"

石有才还是用摇头来表示不知道。女子说："德化军团第二团团长。头哥，懂吗？"

石有才大吃一惊，点头表示懂了。

"别怕，我父亲最疼我了，没人敢怎么样你的。"女子的话说得有意思，既体贴，似乎又动了几分情。石有才这回不是害羞和一个陌生姑娘走路的事，而是真害怕起这个背景深厚的女子来。团长的女儿，难怪这么泼辣傲慢，和团长的女儿夜游，令人兴奋更令人害怕，甚至有窒息的感觉。他不自禁越发地瞻前顾后，心里担心四周突然出现团长的人。眼前那么多商铺的门和窗，似乎都埋伏着人，端着枪，朝他的心口瞄准着。街道变得不平起来。

"林姑娘，上街呢！"一街道的店主都会十分热情地向女子打招呼。

"林姑娘，他们对你都很好。"石有才觉得缄默不是什么好事，就扯话说。

"你也叫我林姑娘，告诉你我的名字叫林舒洁，记住喽。"林舒洁正经地对石有才说。

"哦，好名字。毕竟是官军人家。"石有才尽量找话说，千万别得罪了"头哥"的女儿，坏了黄石这趟的生意。

"好在哪里？说来听听。"林姑娘问。

"我也说不出，只是听起来真是好听。"石有才嘴确实拙了些，不懂得对人伪装，便实话实说了。

"嗨，真不会说好话，多少人都说我长得比名字还好看，你说呢？"林姑娘一时调皮起来。

石有才总是无法轻松应对这样的挑逗，他心里有顾忌。他说："我和别人的看法一样，你长得比名字还好看。"

林姑娘笑了。她说："你这个人也是没有情趣，你不能说别人说过的话。算了，说点别的吧，听说，你家的草席做得好。"

石有才问："听谁说的？"

林舒洁说："连我哥都知道。我全家的床上铺得都是上府玉田的草席。我家的庄户夏天穿的衣服、收割用的谷袋都是你上府的麻布。"

石有才又问："怎么说连你哥都知道？"

林舒洁说："别问那么多，就是傍晚和你过不去的那个。"

石有才说："光头？"

林舒洁纠正道："什么光头，那是我哥。"

石有才说："对，你哥。"

林舒洁说："我哥命不好，小时候，发了一次高烧，就成现在这样了。"

石有才问："怎样了？"

林舒洁倏地转身正对石有才说："跟你一样，傻了。"

石有才怔在那里，一时想不出话语安慰，真是后悔自己的傻劲。

"小姐，头哥叫你去茶馆。"一喽啰从身后跑步赶上来报告。石有才觉得这是绝好的脱身的机会了，他深情地望一眼林舒洁，说："再见。"喽啰说："小姐，连他一起去。"

林舒洁就立马伸手牵石有才。石有才感觉晕眩一下，脑壳缺血了，本以为得来一个脱身的机会，没曾想张嘴之间就成虚无。这回可是真怕了，事情怎么会变得这样，和团长的女儿一起去喝茶，天方夜谭，一定是凶多吉少。石有才说："林小姐，我的冷汗告诉你，我怕了，你懂吗？"

林舒洁咯咯咯地笑起来说："怕就对了，走吧。不走，你也回不去。"林小姐使一个眼色，喽啰就掏枪顶住石有才的后腰。石有才想这回自己死定了，眼前这位林小姐惹恼了她爹，连累自己了。

怀一民按照父亲的吩咐，特地带了冰糖、饼干、柚子、芋头去拜访徐记店的徐老板，他是怀振声年轻时认识并深交的好朋友。徐老板得知来意很是激动，开口便问这么多年不见怀老弟，真是挂念啊。怀一民回说，这些年，父亲年纪大了，也就差小辈来往十八格，父亲身体还硬朗，有劳挂念，多谢徐老板对怀家生意的关照。

寒暄之后，徐老板谈起最近苎麻市场发生了一些变化。泉州、厦门那边开了几家纺织厂，需要大量的苎麻原料，不过需要加工成精麻，必须经过一些技术处理。如果怀家有意，可以介绍给厦门商人。这事若成，也好改变一下经营方式，或许是门好生意。眼下自己纺织的夏布费工成本高、质地也不如，只能在农村作为日用，生意比以前差很多。

怀一民并没有真正听懂什么精麻，也不知道需要什么技术，但他感觉这是一个好信息。他听得入耳，赶忙谢谢徐老板的指点，然后又聊了一些时间，便起身告辞，回了客栈。

怀玉龙暗自跟着石有才出去，他看得清楚石有才被喽啰顶着枪去了茶馆，自己就不敢再跟踪了。到这份上，就等于自己盯梢盯到丢失了石有才。

这回，他知道今晚的事情搞大了，那喽啰可是用枪把石有才顶着走的。他赶紧跑回客栈，急急忙忙敲开长辈的门，把石有才被抓走的事一五一十地报告了。石一方霎时红了脸，热血从脚底直向脑门，一下坐进靠椅上，说不出话来。

怀一民过来扶着石一方的肩膀说："一方，不要急，想个法子抓回来就是了。"说完，怀一民又朝怀玉龙说："你这里熟悉，赶紧去问问，到底怎么回事？"

怀玉龙在这里也没有可以和头哥说话的熟人，他只好去问问客栈老板。

怀一民说："等什么？快去啊。"

怀玉龙急匆匆下楼去问了老板，然后急忙回来楼上回话说，老板也不知道咋回事，不过同意尽力帮忙打听个究竟。

老板也是道义之人，出了趟门回来，就问："你们是来贩布席的，怎么得罪了林头哥呢？现在你的小弟被头哥抓了。"石一方听了这话，双眼似乎都要黑了，头猛地眩晕起来，不得不用双手撑在靠椅上。他开始后悔把儿子给带出来，头哥抓了石有才，怕是凶多吉少了。更恼的是竟然不知道为什么被抓了去。

怀玉龙求问，有没有办法捞回来？

老板说："难啊。头哥要做的事，在上春洋一带，谁都阻止不了，唯一的办法就是听天由命了。"

一时间，邻居围了不少人过来。里屋的人因为不知道咋办静默下来，倒是围观的叽叽喳喳起来。按照街上的人猜测，头哥抓人事出有因，一是年轻人打了头哥的儿子，二是头哥的女儿喜欢上打他哥的男人，还逛街呢！谁不知道在这块地盘上谁做主啊？怀玉龙听了心堵，石有才这回怕是到头了。

石一方从楼上下来，见着怀玉龙就问："有路吗？"

怀玉龙沉默。石一方对着店主又问又求，店主只是摇头。石一方想着这出门在外，无亲无故的，不明不白把儿子给搭上了，一时的火气和内心的苦痛一起来，又瘫软下地去了。怀一民、怀玉龙赶紧去掐了他人中，扶着他回房休息。

怀一民想，石有才这次出来，是自己帮腔的，自己若是不同意石有才出门，也不至于现在这样。他看到石一方好端端一个大男人都瘫软了，要是迟了，石有才有个三长两短，那不知道要怎样？回了黄石也是无法交代。于是，怀一民决定亲自去会会那个头哥。他问怀玉龙："石有才被抓到哪里？带我去会会。"

怀玉龙睁着眼愣了好久，那表情，是在描述抓到救命稻草又不相信稻草能救命的那种。他回说，在茶馆，好像。店主证实了怀玉龙说的地点。怀一民说着就走出客栈，回头又叫怀玉龙前边带路，朝着茶馆奔去。

再说，石有才惊魂未定，就到了茶馆。上了二楼，灯火通明。楼梯口列着兵。厅堂里一张八仙桌，坐着一个男人。石有才想那就是头哥了，硬着头皮行礼："晚辈上府玉田人，今日随父亲来贵地贩卖家杂……"

那头哥打断了他的话："早知道你是干什么的。我还去过你的家，朝你家的铳楼打了三枪。"

石有才差点没跪地，腿脚软得不行，眼前的这个男人是个土匪头子，就是去过黄石的那个头领，今日倒霉撞上他的枪口，看来是难过去了。石有才心想是不是石路养在半路埋伏宰了人家的一个兄弟的事情被发现，土匪找自己来报复呢？果真这样，这个石路养，真是害人不浅。

头哥就是林友四。头哥看着面前这个小男人的熊样，呷了一口茶说："小子，两句话就怕了，那还敢和我的女儿逛大街，嗯。"

石有才更是怕到心里去，这时全身有些发凉。他着急想解释点什么，又被制止了。头哥说："别解释，我看你没有那个胆量，肯定是我女儿拉你出来的。我都看见了，你还算老实厚道。哈哈哈。"

石有才只听到头哥的笑声，结实有力，如暗处的飞刀追过来，令他无处躲避，毛骨悚然。

接着，他听见林舒洁说话了："老橄（闽南语父亲），你到底啥事呢？还说是请人家来喝茶。"显然林姑娘感觉到父亲的做派惊吓了石有才，站出来解围了。

头哥叫女儿先出去，他说有话要和人讲。舒洁不肯，反倒坐近父亲的身旁，端起父亲的茶杯，仰脖就喝了茶水。头哥又哈哈大笑，然后说女儿不怕人家见笑，哪有这样的姑娘，风风火火的，谁见谁怕。舒洁听了这话，轻轻一撒娇，就出去了。

这茶馆就是一个土匪窝，面对荷枪实弹的匪丁，石有才觉得林舒洁才是自己人。林舒洁出去了，又只剩下他一个人，头皮开始一层一层地麻。

头哥朝喽啰使一个眼色，勤务兵立马过来斟了茶。头哥朝空位侧一下头，暗示石有才坐下。石有才不敢，还是站着。头哥说，小伙子，站着说话不腰疼啊。石有才赶紧移了椅子离桌子远点的地方恭敬地坐下。

头哥说："舒洁好像喜欢上你了，你没感觉吗？"

石有才说："没有。我只是感谢她。"

头哥说："我儿子给你添麻烦，我女儿给你解围。你是得感谢她。"

石有才即起身拱手言谢。头哥说："算啦，我儿子也不要你的草席，你也不要感谢我的女儿，扯平了。"

石有才说："长官，这是两回事。"

头哥猛地站起来，把短枪往桌上一摔，大吼一声："混蛋，再说两回事，我毙了你。"

团丁们刷地转身把枪对着石有才。石有才知道自己的不慎言语，得罪头哥了。面对强势的压力，石有才脑袋都要爆炸了，双脚像得了软骨病，总也撑不住自己的身体，那些枪就在指尖的一动之间，自己就会千疮百孔，死无葬身之地。

此时，楼下有人喊着有才的名字。石有才知道那是怀叔，怀叔来解救自己了。头哥听到声音，怒不可遏，放声吼着："谁个想死的？来这里吵闹我。"

团丁押着一个中年男人上楼来。石有才看见怀一民被人背缚着双手。稍微站稳，怀一民就说："头哥，得罪了。我们是黄石村民……"怀一民话没有说完，就被打断了，头哥说："你们尽说酸不溜秋的话，来我贵地做什么事，免讲，我知道。你是他老衲吗？"

怀一民只说："我是这位年轻人的叔叔。"有才父亲石一方气晕过去的事在这个时候就没说了。

"哈哈，真是凑巧。叔叔也是长辈，你敢来我这里出面要人，算你有胆。"头哥笑着说。

"不管后生哥如何得罪了头哥，头哥大人大量，还请手下留情，网开一面。"怀一民恳求道。

"网开一面，哈哈，我想毙了他。哼……不过那是刚才的事，现在我不想了。"头哥的话掷地有声。

石有才和怀一民听清了，绷紧的神经突然间就松弛下来，就像麻丝丢入水中浸泡一样，他想现在要是有镜子，自己的脸肯定是白刷刷的难看。但枪还顶着呢，脑瓜已经快空白了，心里猜测着不知道头哥玩的是什么把戏。在极度的惊恐中，还是林舒洁冲上楼来，再次解了围。

林舒洁说："老皴，听你的行了吗！"乞求中蕴含着气愤的口气，就女儿一句话，头哥挥手唤手下撤了枪，说黄石村的，听好了，卖完货物就赶紧走吧。

怀一民谢过头哥，抓过石有才，赶紧颤颤着下楼去。怀玉龙等在楼外，见状也赶紧过来扶持两人，回到客栈去。

事实上，怀一民和石有才是被团丁押送回客栈的。石有才进了房门就瘫软在床上，面如土色。怀玉龙紧跟着进门，看着石有才的样子，赶紧灭了灯，让他安静睡觉，然后安排怀叔和石叔喝点水压惊。

石一方看见怀一民回来，就问怎么样了？

怀一民告诉他，捞回来了，放心吧。

石一方看到儿子平安回来，十分感谢怀一民，心想要是没有他，石有才怕是要坏在德化了，真是这样，回到黄石不知道该如何向父亲交代。怀一民说，事情以后再说，今晚先睡好，明天卖了货物，赶紧回黄石去。俩人身子是躺下了，可是一夜难眠，一种后怕和息事后的虚脱，搅扰着闭目后的神经不断回想刚刚发生的一切，如此反复着。

第二天，怀玉龙早早安排雇工们摆摊贩布贩席。正直销售旺季，麻布贩子、草席贩子很快就把两家带来的货物订光了，虽然价钱不是很好。在这里卖布，不是一丈一丈地量着卖，而是几匹、十几匹谋了去，由二道贩子再去别地涨价销售。草席也有零售的，但更多的是统售。加上昨晚石有才被请去茶馆喝茶的事，石一方心里急，见个行情价，就抛售了去。

石有才吃完早饭，就推说不舒服，不上摊位，坐在客栈一楼，傻呆着。他害怕那个林舒洁会来找他，又不知道会再惹出什么麻烦来。但他最害怕看见的人，一早上也没有出现，这才稍微放些心。中午，怀一民的布匹都卖完了，石一方的草席也剩下三两床。

怀玉龙说，剩下一点，可以寄存在客栈，等下次来一起处理，或者请客栈老板代卖，给点中人劳务费就可以了。

石一方说："不用那么麻烦，剩下的草席，都是大铺床，看起来还是很肥，品相吉祥。我想昨日头哥公子说要我们送一张草席，就把这些给送了去。不论怎么说，人家头哥还是没有为难石有才。昨天的事，我也脾气急了，要是大点肚量，给他一张草席，权当买路钱，也许就没有这些事，老辈都说了东西好，我咋就临头给忘了。"

怀一民赶紧来安慰一方："事情不是已经平了吗，就不再去想了，往后我们出门小心点，吃小亏，就算了。玉龙，石叔说的事，你设法去办。"

怀玉龙就特别挑了三条好席，分别贴了一张红纸，他自己万万没那个胆子去送的，便请客栈老板把草席转交给林姑娘。办完事，怀玉龙就处理好账目，收齐了货钱，付了客栈钱，简单订了午饭和返途的点心干粮，准备返程回家了。这时，一团丁给石一方送来一封信和一袋黄花菜，说是头哥给的，嘱咐信到家以后再看，特产是回赠的礼物。

石一方一时又心跳起来，心想着这封信到底是什么意思呢？

怀一民此次出来，心中还有一事，就是想到十八格一带探听探听失踪儿子的下落，不曾想遇上头哥抓了石有才，便不好再拖延回家时间。自己的私事，只好先放下，等待以后再说。出一趟门，总算心惊肉跳又风平浪静地过去了。

回家的路，改了路线。由春美往东北，过狮子岩，再到尤床，经云林回到黄石村。狮子岩是春美陈氏、柯氏，玉田杞溪颜氏、陈氏、怀氏、石氏，大铭赖氏以及黄石怀氏、石氏因感念黄公、陈公救苦救难之德，于南宋宝祐年间创建。陈公的木座椅为明崇祯三年玉田县三十都羔助坂保信士刘升四偕男璲十捐赠。怀石先祖出资四百担谷子助建寺庙，寺庙也把怀石舍财弘扬佛道之举记录在砧基簿上，并立下规矩，凡是怀氏子孙路过，免费住宿接待。怀一民和石一方返途选择往狮子岩走，也是有意去寺庙重温一下先祖的积德善举，顺便烧一炷香，理顺一下出门遇到的事情。

一干人到了狮子岩，向住持说明来意。住持热情上茶，引领大家到殿里烧香拜佛。怀一民心里祈求自己的长子能够好好地活着，不论活在哪里，这是他唯一的心愿。石一方默默求着菩萨保佑石有才平安无事。石有才也跪拜黄公、陈公，闭上眼睛许个心愿，内心却闪现出林姑娘的身影，一时乱了方寸，便心虚得赶紧悄然收场。雇工们也陪着两家少东家跪下烧香，各自为自己的家庭祈求平安幸福。

石一方急着回黄石，怀一民理解他的心情，便没有久留，捐了油钱，就向住持告辞。住持说，黄石怀氏施主历来广积善德，必定家有余庆，山寺粗陋，不便强留，各位往后路过敝寺蓬门，定来住下。怀一民和石一方都谢过住持，领齐了一干人，回黄石去了。

第三章　黄石女人

第一节　五棵树

关于德化头哥回赠礼物的事，石家、怀家都把它当作大事来看。一个不讲道理的人，会讲礼，回赠一包黄花菜，真是礼深了，难以捉摸。所以，这事不是小事，更不能轻易把它当作了小事来对待。土匪行事诡异，这事着实需要思考一番，断个准信，不然可能会刚出虎口，又落狼窝。黄花菜是十八格的特产，送点特产，似乎有朋友亲戚来往的意思。也许石家送了一张草席，这是来而有往的回礼吧。若是这层意思，倒不是坏事，就怕没有这么简单，土匪说话隐晦，最怕内里还隐藏着别的什么深意，你若没有领会，或者领会错了偏了，礼物就会挖了一口陷阱让你跳。至于吩咐到家拆看的信件，大家心里都有点发毛。尤其是石有才，在经历十八格的惊险之后，他更想知道信里说的是什么，是不是和自己有关。这头一回出门，他的经历有点离奇、有点浪漫，甚至是很危险的。这种危险，先是自己一个人的，现在有可能是黄石整个村的。

大家聚在灯盏周围，只石有才一人坐在檐柱底下，背对着光。石一方把信拆了，一字不漏、细致地看一遍，脸色渐渐喜悦起来，然后，长长舒了一口气。

怀一民问："信上说什么？"

石一方说："这头哥，原来是前些日子来我家的那股匪徒的头，名叫林友四。信中说，他对上府黄石村怀家麻布、石家草席的名声，早已如雷贯耳。那日，因为打玉田县城，路过顺手端了云林乡，不料乡长逃到黄石，于是就追击到黄石。途中遇到黄石长辈的纸条，知道村里有了防备。到了路条指引的第一家，感受到黄石村人的胆略和仁义，既然黄石村要保护乡长，头哥就不想大开杀戒。得了面子，收了银圆，放了三枪，给乡长一个警告。"

大家也都跟着舒了一口气。原来那三枪不是给黄石而是打给乡长的。要是没有这封信，谁知道打枪是什么意思？土匪做事，就是多了那些暗嗖嗖的暗语，烦人琢磨。石一方继续说，头哥还很客气，信里说多有打扰，还说后会有期。

这句"后会有期"，又让大家拧着心紧张起来。对于土匪，最好是永远不要说再会。为什么他会说"后会有期"呢？大家讨论起来，是一般的客气话，还是留下话尾想再来打乡长，再来黄石？讨论的结果，自然是没有结果。也许只有等待未来的现实，才能解释头哥的这句话了。

信囊背后还有一张帖子，上书："黄石积善之家，不可造次。林友四。"

怀一民说，这是头哥给我们的路帖，往后我，我们凭这张路条，到十八格可以畅通无阻了。怀一民这样一分析，大家听了就有点受宠若惊的激动，都说这是老爷们的面子，往后到十八格，这帖子一现，犹如药到病除，一路畅通，就不用愁着强人打劫的事了。这真是善果心花，值得自豪。

到这里，大家真正感觉到这封信有善心，不会有之前人人都担心的危害和危险。此时的黄石村，像是吃了一颗定心丸。

怀一民说，这帖子要妥善保管好，至少日后二三十年用得上。然后，他又郑重交代，大家不要四处张扬路帖的事情，毕竟这是强人之允诺，若是被县府、乡公所知道了，难免哪天被当作把柄用了，倒是污了黄石的脸面，或会有小命之祸害也难讲。怀一民这么一解释，大家心里又有了纠结。还是石一方一句"别想多了，走着看吧"让大家从云里雾里的猜测分析以及担忧中走回现实中来。

石有才听了半天，终于没有说到有关他的事，心情自然就轻松了许多，转身过来看着众人。虽然他心里十分渴望信里能说到男女之事，可事实上没有，又有一点失望，但不管怎样，他还是流了满头的汗水。大家也都心照不宣，看石有才的汗相，知道他的心思。不过事情终于过去了，而且结果还算不错，没有惹出什么难堪或者乱子，也没有给黄石带来什么祸害。

此时，怀玉龙却发表了自己的见解，他说讲不明白，土匪也挺那个。怀一民问，哪个？怀玉龙不经问，一问就慌张，尤其面对怀家叔、公辈的人，于是急忙改口说是"仁义"。怀一民瞪了他一眼说，胡扯。本意怀玉龙想说石有才和林舒洁的事，在怀玉龙看来，这对男女还真是般配，可惜错生了父母，门不当户不对。石有才从旁捏了一把怀玉龙的肩胛肉，提醒他不要多言，要是搅了当前的结果，小身板担待不起。

怀玉龙反瞪了一眼。

怀一北得知黄石老家遭了土匪，而且就是那支扰乱县城的匪徒涉足了老家黄石，心中顿然有一种"太岁爷头上动土"的愤慨。这是常人都有的脸面自尊，但与老百姓不同的是，一个连长老家遭了土匪，自然不能没有行动，光觉得没脸或者动动嘴皮子骂人逞强，那是说不过去的。怀一北向傅团长报告老家遭匪的事，请示年底要回家一趟，并详细说了自己的想法，建议收编黄石村防卫队，扩充人马，扩大影响。能拉人入伙，壮大自己的队伍和地盘，傅团长自然乐意支持。他拨了三支枪和三百发子弹，交代怀连长好好武装一下老家的防卫队，增强防卫能力，特别要强化思想训导，使之听从本团长的命令，将来上头需要用的时候能派上用场。

怀一北带着武器弹药衣锦还乡，自是春风得意。这样，既给乡亲们一个很好的交代，也让村长父亲赚足了面子。黄昏的永宁堡金黄金黄的，它在村里的分量顿时加重了许多。

有了子弹，石有才十分得意。石振威看在眼里，却担忧在心里，他亲自交代石一方，这些枪和子弹要锁好藏起来，到该用的时候才用它，不是万不得已，谁都不许动枪弹。一时，石有才又被泼了一盆冷水。怀一北对长辈的意见没说什么，省着点子弹也好。他只希望防卫队加强训练，早日成为能为国家打战的队伍。石有才只想着自己能早日跟随怀一北进城去，到正规部队哪怕当个小队长也好。

怀振兴对儿子的心思似乎有所了解，便劝儿子自个儿当兵就好了，别把乡亲们往战场上拉，自个儿也赶紧找个机会从部队回家来，读了多年书，回家来当先生也好，继承祖业也好，总比扛枪打战好。怀一北不理父亲的劝说，反倒教训父亲，作为村长，眼光只看到黄石，黄石的日子是好过，但是全中国能有几个黄石村的日子，据内线消息，革命军已经在广东集结，准备北上，他们的理想可是救民于水火，打倒三大军阀，要光复全中国。

怀振兴以为要光复全中国，那又得出个皇帝，这世道遇见出皇帝的年份，都不吉利，那不都得死上一大批人。这是古理，哪朝哪代都跑不出这个框的。

怀一北嫌父亲没道理，现在的革命，不是为了出皇帝，民主时代的政府，是联合政府，是多党合作，民主选举产生的，根本上区别于封建社会的帝王世袭制度。说到底，男人的辫子剪了，皇帝也就死了，帝制再也不可能复活。但旧制度不甘心失败，还躲在角落里伺机搞破坏、搞颠覆，所以建立新秩序、形成新制度，自然要靠革命，与旧制度革命到底，彻底摧毁，斩草除根，革命是要有人牺牲的。当然，死人是不好，但是为了天下人的自由和民主去死，那叫死得其所。那宋朝的张横渠老先生怎么说来着，为天地立心，为生民立命，为往圣继绝学，为万世开太平。那么早的人就懂得这个道理，你这个一村之长，怎么能不懂呢！如今的天下，还有多少生民生活在水深火热之中。

怀振兴劝说不动，反被儿子训导奚落一番，很是无奈。什么张横渠，什么皇帝、制度，一堆乱七八糟的话语，一团乱麻。他每次和儿子的对话总是不欢而散，以致他认为读书真是件贻误终身的事情。儿子要是不去省城读书，就不会这样的，大地方总有那么多胡思乱想、不安分守己的人，自己不安分，还要带坏许多不懂事的孩子。世间人常说书中自有颜如玉、黄金屋，轮到自己的孩子读了书，既不见颜如玉也不见黄金屋，一眼能看见的就是狂躁、拼命，血腥和杀戮。谋生之路没走成，没命的事倒是给摊上了。怀振兴不由得叹息永宁堡的风水不济时运。

邓太太也跟着开始埋怨，送儿子去读书，等于把儿子送到战场上，迟早没有这个儿子。邓太太的心事比较简单，她就是要求儿子把媳妇带回家来过年，热热闹闹的、团团圆圆的、平平安安的。这多好啊，外头的事，管它谁做皇帝，永宁堡种点席草、苎麻就够一家的小日子了。怀一北说，尽量吧，如今时局变化快，谁也说不准能不能平安过年。邓太太说，孩子，让别人去变吧，你去掺和了，万一有个短长，永宁堡可就变天了。怀振兴也讨厌儿子每一句话都端着大道理，对家里人对父母都不肯说一两句细致暖心过小日子的好听的话，这也足见怀一北已经被革命掠了整个身心去了。

说年底，就到年底了。似乎怀一北前腿刚走，这下就到了该带着媳妇回黄石过年了，邓太太很期待。可是，回到黄石的，却是卓越颖一个人，看样子她的情绪还有点低落。

怀振兴叫邓德莲去问情况。卓越颖说现在城里情况又变了，南军和闽军谈判，玉田归还闽军管理，南军主动撤离南下去了。怀一北因为不是南军嫡系，被留下来。他担心自己和闽军合不拢，迟早要出事情，就先把卓越颖送回黄石，要是平安，就回来过年，要是有事就不回黄石，因为回来可能会牵连祸害到黄石。这是他不愿意做的事。怀振兴听得明白，这事从儿子回家来完成任务时就想到了，只是时间迟早的问题。两派相遇，如公牛打架，进退无常。儿子能想到黄石的生死，也算是懂了一层事。他赶紧派廖毛带了一些钱进城去，吩咐怀一北，要是出事了，到外边躲一躲，千万别回黄石来。

邓太太插话说，那就找表哥去。

廖毛知道怀老爷对这个表哥不待见，却只好说中和的话："老爷，要是万不得已，这也是办法。我想少爷吉人天相，自有出路。我早点去城里给他说说。"

可是廖毛进了城看到的是通缉少爷的布告。他想既然已经出了布告，少爷自然是跑了，跑了就安全了。他赶紧回身把消息报告给怀老爷。怀振兴沉思良久，吩咐廖毛隐瞒这个消息。怀振兴立即去了怀振声的铳楼，商量一下对策。然后又把卓越颖叫来，如实说了怀一北的事，他希望卓越颖暂时躲到怀振声家一段时间，预防县府来搜查抓人。邓太太发现了情况，呼号起来。怀振兴大声呵斥她，不懂事，就知道号哭，你哭得大家都知道了，万一有个钱鬼到县府这么一报告，你儿子连同儿媳妇就都死定了。

如此一说，邓太太这才若寒蝉噤了声。

鞭炮和锣鼓的声音刚刚起了过年的气息，就被县府派来的队伍给搅没了。

一队人马气势汹汹地进了村。寨尾山的防卫队发现不是土匪，而是官军，不知道怎么报告。石有才说，官军不是土匪，私下给怀老爷、石老爷和村长报告即可，不必惊动大家。

队伍直接开进了永宁堡，怀振兴接待他们。领头的是个姓宫的连长。怀振兴想一定是怀一北给他空出了这个职位，眼下这位连长是为了前任怀连长来的。难道革命就是这样革吗？像唱戏，你方唱罢我登场。要是革命像唱戏也好，他们自个找个台子唱。可是眼下的革命，总是牵扯上老百姓，要钱要粮不说，还要人。不过，不论心里如何不待见，饭菜还得好好招待。二层堡房都腾出来给当兵的住，宫连长住在四扇的西厢房。

安顿完毕，宫连长就开始说事，吃住冷暖都不要紧，眼下难办的事还得办。他问怀振兴："怀一北和他的媳妇在哪里？赶紧交给县府，县府有令，要抓捕这俩人，胆敢窝藏者，与革命党同罪。"

害怕的事情终于来了，怀一北和卓越颖的革命被县府看作是反革命行为，是有罪的。怀振兴说："不刚刚听说南方闹革命，怎么一转身革命就成有罪了？怀一北参加队伍，一心为保卫县府的安全，他是保护派，他不是革命派。再说，我那儿子媳妇都不在家，夏天回来一趟，和我大吵一架，就再也不回来了。"宫连长说："革不革命和对错的事，那是上头说的。我只是个当差的，身上有任务，当官的叫抓谁，我就抓谁，不能乱抓，也不敢不抓。你这个村长不老实，只说了一半的实话，儿子没回来我信，媳妇可是在你家。你家的好晚辈，这回可是给你添麻烦喽！"怀振兴一直苦苦解释，宫连长就是不理。他说："我这也是公干，这两个人抓不回去，我自己的脑袋就得搬家了。你说我与你无亲无故，我凭什么为你家的事去冒杀头的风险？你说是吗。"

廖毛从旁听了心里起毛，想溜出去把少奶奶转移了，却被士兵给拦了。宫连长说，这些天堡里的人一个也不许出门，谁要是想从官军的眼皮子底下溜出去通风报信，那就是自找的死。

第二天，宫连长留下看守的两个人，其余的都带上了寨尾山。石有才很热情地欢迎县府的来人。宫连长不说话，根本不把石有才当一回事，只顾自己前前后后去详细看了这座破落的防卫队营房，然后又到屋后看了五棵树。宫连长终于问话："石队长，这里叫什么地名？"

　　石有才遭遇了热脸捂冷屁股之后，对官军问话，就散了热情，只是平淡地答，寨尾山。

　　宫连长说，不对，这里应该叫五棵树。石有才还是冷淡地说，没听说过。

　　宫连长也说，没听说过就对了，多少年了，连地名都被人忘了。石有才听得一头雾水，这个带兵的怎么对黄石的地名感兴趣。回到防卫队营房，宫连长又问，防卫队有几支枪？石有才如实说了，有三支。宫连长阴阳怪气地说，这三支枪是怀一北送给你们的吧。石有才回说确实是怀连长送的。"怀连长现在去哪里了？黄石村借防卫之名，暗通革命党，私藏枪支，密谋造反，事实清楚，拿下。"宫连长一声令下，把石有才捆了。石有才来不及辩解就被捆结实了。宫连长一个手势，士兵就搜查起来，很快三支枪就被找出来了。防卫队的人和枪一起被押解到永宁堡。

　　接下来，队伍又去挨家挨户搜查。

　　怀一民看到了情况，赶紧叫苏树三回家通知怀老爷，让藏在铳楼里的卓越颖做好准备。卓越颖用眼神看着怀振声，镇定地征求一种避难的意见。怀老爷说："孩子，别怕。你往秘道里藏，他们找不到你的。"

　　一天下来，搜查果然没有结果。

　　宫连长似乎也不急，他分别去了石家和怀家，也不问怀一北的事，也不说卓越颖的事，却聊了许多黄石的地名，问了黄石的姓氏。这让人感觉他不是一位军爷，倒像是个修谱先生。怀振声隐隐感觉到，眼前这位军爷前世似乎和黄石有关。因为寨尾山上原先住的就是宫家，这是多么久远的事了。那时，石怀先祖还没有到黄石求艺呢。怀振声知道黄姓和宫姓的恩怨，就是不敢相信这么久了，竟然还会有宫姓后代回到黄石来，他担心这个宫连长不是来怀古念祖，而是来寻仇的。

宫连长又到怀振声的铳楼里来。这回切入了正题，聊的是寨尾山和五棵树的事。宫连长对五棵树说得头头是道，怀振声就断定宫家来人而且来者不善了。

怀振声说："五棵树的地名，先祖有传说过，因为久远了，现在年轻人都不记得了。"宫连长说："大家都忘记了。如果能记住那就好了。"怀振声说："我没有忘记。我没有忘记，那是因为我的先祖也没有忘记，一代代传下来的。"宫连长说："很好，先祖都没有忘记。你知道这种事那是浸透在血液里的事。"怀振声说："宫家和黄姓的事，对后来的怀家和石家来说，真不知道该怎么解决。"宫连长说："你们是黄家的女婿，如今黄姓也是没有了。这事儿孙不能不认吧。"

话说到这份上，父债子还，看来是福是祸都躲不过了。经宫连长这么一说，怀振声大致明白是怎么一回事。他说："你看你专门回来一趟不容易，这件久远的事情要结还是要解，你说一句话吧。要说子孙要认这件事，如今也就我可以代表认了。你把我捆了，与黄石其他人无关。你看怎样？"

"我相当佩服怀家长辈的气量和胆识。多少年了，我也打听到如今黄石的仁义之道。先祖受断脉之辱，你看该怎么补偿？"宫连长打着腔调说话。怀振声说："难得你能理解黄石人的为人之道。要说补偿，未必妥当。不过你想重振宫家基业，我也赞成。虽然有道不明的恩怨，毕竟先祖还是邻里，这么多年，黄姓已经绝嗣，宫家还有后福。我先祖的同伴能有后人回家来，也是黄石的幸运。你说句话，是在五棵树重建还是另择地盘肇基，我没有二话。"

宫连长说："这是我私下的事。如今黄石暗通革命党，这可是要杀头的。抓捕革命党才是正事。"

宫连长突然转了话题，他这是在悄悄地实施一个计划，这也是他几辈人交接下来的祖事，是他谋划、等待了多年的心愿。而这个心愿只有借助革命斗争形势才能得以实现，而且实现得漂漂亮亮、悄无声息、了无痕迹。所以，在紧要时刻，他得把抓人的事抬出来，就像秤锤一样，要拿捏好，压在刚好的几斤几两的秤花上，才能让对手不知不觉、心服口服地承担了该担当的重量。

怀振声听出话尾是乘人之危、一箭双雕的意思，当即表示宫家要是想重建五棵树的房屋，费用由怀家帮忙承担。宫连长一听，顺水推舟，就说怀老爷客气了。怀振声说："倒不是我客气，而是你毫不客气。我想闲话说多了无益。宫家祖上可有祖房样式传下来，回去看看族谱像图，我们按照样式先帮着备些木料，等选了动土吉日，叫上村里的人去助工。到竣工落水之日，宫连长回来入住即可，也为我们黄石增添荣耀。"

宫连长似乎已经无话可说，黄姓的女婿们能有这样的态度，也算是胸怀阔大。于是，他点了头，一桩久远的心愿总算起了头。怀振声顺势向宫连长提出放人的事。他说，连长大人大量，回到黄石重新是一家人了，你看是不是对黄石人，网开一面。宫连长知道怀振声说的是永宁堡里的人，放人这事自然可以是没问题，在永宁堡里的人，可以没有事，但是有一个女革命党必须交出来，那是县府要的人。怀振声说，你说的是永宁堡的少奶奶，她不是在县城里做先生教小孩吗？宫连长说，正是。怀振声说，她夏天回来过，但走了之后，没有看见她再回来。

宫连长听出怀振声和怀振兴说的一致，心里有了几分相信，但为了以防万一，他还是要求全村搜查。搜查的动静闹得越大，他越好对县府、对旁观者有个交代，最重要的是，还可以帮着隐瞒和隐藏一下自己的私事。甚至，他觉得自己的私事未办妥之前，这人还是不要逮着。人抓住了，就不好再回头来敲竹杠了。怀振兴也揣摩出宫某的伎俩，心里很是赞成。他斗胆对宫连长建议，有些事不要扩大化，年轻人犯下的错误，不要累及家里人村里人，家里人和村里人都反对他去参加革命的。再说，宫姓多年之后再回村里，往后大家还是要抬头不见低头见，也算是同乡里，网开一面也好，做个人情也好，对已捕的几个人，手下留情，宽大处理，日后都认宫家的好。

士兵们花了五天的时间把黄石村所有的房屋和山上可躲藏之处翻个底朝天，还是无果。宫连长找来村长问，会不会藏在苎麻地和席草地里呢？怀振兴回说，傻瓜才会跑进这些地方，要是人进了苎麻地、席草地，很容易被发现的。那苎麻和席草被人身体一挤压、踩踏，会倒成一路，苎麻叶子一翻，白花花的，大老远就看得见，好认。至于席草，疏不遮人的，连长不放心，尽可上寨尾山往下一看，就清楚了。宫连长似乎明白这个理，就挥手指示回撤。手下请示捆来的人如何处置。宫连长说那些人顶多被人蛊惑，一介村民，还能是革命党，抓了也无用，倒不如放了，赚点人情，积点德。

于是，石有才等人都被放了。

回城临行的时候，宫连长特意对怀振声说，怀老爷，你是德高望重之人，我十分佩服。怀振声知道他要的是老祖宗的房子才来给他告别的，与其说是告别，不如说是来逼事和提醒的。

卓越颖知道这回是怀振声救了她的命。从秘道里出来，她本想向怀老爷道谢，却不料怀老爷蹲在道口往里说："孩子，让你担心害怕了。"卓越颖顿时感动得瘫坐在秘道里，掉了几斤的泪水。

怀家的厨妈已经准备好了米粉红蛋，搁置在铳楼的厅里。卓越颖从暗道出来，怀老爷便将她请上桌，说吃个红蛋，压压惊，去去晦气。

怀振兴来了，卓越颖情不自禁地喊他老爷。怀振兴也听出这个儿媳的情感，从前经常硬着口气说村长你如何如何，眼前能喊他老爷，想必是黄石救了她的命，是真心实意地感谢的。这个媳妇直到现在似乎才有一点永宁堡少奶奶的感觉。怀振声借机从侧说，好在这个村长老爷未雨绸缪，早早把你藏到我家来，不然就被宫某人掠了去，早坏事了。卓越颖再次向怀振兴投去感激的目光。

回到永宁堡，邓太太也煮了红蛋给卓越颖压惊。卓越颖说在怀老爷家刚吃了。邓太太说家里的也要吃。卓越颖吃不下，又不好拒绝好意，就问吃一个行不行。邓太太心疼说吃一点也行，吃个蛋是解晦气，求走运。

卓越颖问，一北也不知道在哪里了。邓太太不经问，一问就大哭起来。怀振兴说："你哭什么？哭就能哭回你儿子？"卓越颖说："老爷，你别这么说，哪个母亲不是这样的。眼下要赶紧派人去打听一下消息，但愿一北能平安无事。"廖毛倒是充满信心，他说："少奶奶放心，少爷几次都能逢凶化吉，回永宁堡是迟早的事。"卓越颖说："别尽说这些没用的宽心话，赶紧去县城问问，才是正事。"

怀振兴也觉得很有必要。于是，廖毛就再次进城去了。但廖毛的探听，自然还是没有结果，和上次进城一样，少爷连个魂丝都打听不到。廖毛想少爷一定又投靠谁去了，这年轻人整日革命革命的，哪天才能做主呢？当兵的人也是苦，打赢了还要想到哪天打输的事。好在少爷朋友多，天无绝人之路，总有人纳他入伙。

怀振兴有了上次的经历，对儿子也就只好相信吉人自有天相，不去想他了。倒是对这个儿媳妇，他一时可怜她，便安慰说："安心等些日子，养好自己的身体，你们年轻人不是要革命吗，没有身体怎么革命呢！再说，这些天，怀老爷他们也为你担了不少心，你也得主动去走动，谢谢人家，说说中听的话。我终究要老的，永宁堡要靠你们年轻人。"

怀振兴冷不丁说出这句收尾的话，意在提醒卓越颖生儿育女才是女人最重要的革命事业。

第二节　说亲

十八格林大当家的信和黄花菜的事情渐渐过去。可是石有才心里老想起那个泼辣、傲慢甚至轻佻的像黄花菜一样新鲜鲜艳的女子。这是石有才人生以来遇见的最有感觉的女人。

石一方也发现儿子出门回来之后有些躁动。某夜，他和柳花做完事，想起石有才，就说团大了，该给他说门亲事了。柳花说她心里早就想抱孙子了，这事要尽快去张罗。石一方说，还真得快点，找个模样差不多的就行，我担心儿子会出什么事。柳花着急问会出什么事？石一方捏一把柳花。柳花当然明白，出门十八格之前，她就发现儿子被窝里的污迹了。男人这么一交代，她心里就盘算托人说媒的事。

石有才照旧管着防卫队的事，每天督促队员空枪射击练习，自己也更加勤奋地练习钩子拳。他心里还揣摩着能不能在春节的时候，举办一场射击表演热闹一下。不过，这事如果没有两家老爷的首肯，定然是做不成的。秋老虎绕过屋檐，照进走廊，把脚烤得很烫，石有才退到屋里，屋里的昏暗让他觉得憋气。一时被太阳逼得无路可走，石有才索性背着枪出门巡逻去。

漫无目的地走了一段，石有才渐渐清晰自己心中的方向，于是向着水尾亭走去。穿过树林子的时候，他端起枪，像寻找敌人一样，瞄了过去。然后走进桥亭，望望桥下的河里，没有人。那些清澈的流水，一波一波地走，没有人挽留它们。这时，石有才觉得，流水真实可惜了，那些女人怎么不再来洗澡呢，有了女人的流水，才是有生命力的流水。女人是水做的，水让女人知道什么是体贴和白净，女人则教会流水什么是柔顺与深情。潭水的波纹、击石的泡沫水花，没有女人的嬉戏和搅动，显得清癯寂寥，一个女人身段参与其中，流水会更富有生机和活力。但现在流水只是一段流水。

于是，石有才转了方向，朝着吴氏那两间新房巡去。门虚掩着，似乎没有人。念及林阿如的忠良，他觉得自己有义务特别关照一下吴氏母子。他走近屋檐下，想随手把虚掩的门关好。这时门里出来了蒲楂娣。

石有才打了招呼："嫂子在这呢？"

"哎哟，石少爷，你来啦。"蒲楂娣热情地把石有才让进吴氏的屋里，并从锡壶里倒了一碗温开水。递完开水，蒲楂娣就拿眼神热乎乎地看着石有才。石有才有些接不住，心想这些女人哪来的胆子这么骚劲。

"小兄弟，吴氏出去了。"蒲楂娣换了称呼说话。石有才说，没关系，我也是路过，看见这里门没关，巡视一下。"就这个事？"蒲氏斜低着头乜斜着眼问。石有才说，就这事。然后他又觉得蹊跷，就问："嫂子，你怎么在这呢？"蒲氏说："我给她看家。听说你这次出门遇到喜事了？"石有才一听，肯定是怀玉龙吹的牛皮："什么喜事，差点没命。"蒲氏说："人家姑娘那么大胆，你还是青瓜一个。看你真是一表人才，若和永宁堡的一北比一比，除了书读得少，其余都在他之上。"石有才害羞了，心想这些女人真了不得，什么事都知道、都敢讲。不过，讲到读书这事，倒是实在，自己佩服怀一北，就是因为他去大地方读过书，见多识广。蒲氏说："说你是青瓜，不生气吧？"石有才说："听不懂，生什么气。"蒲氏越发来劲："你不懂青瓜？"石有才认真地点点头。蒲氏抿着嘴，装模作娇羞样："我教你？"

说到这里，石有才觉得自己又一次掉进逃不掉的陷阱里，他本想说不得，到了嘴角吐出来的却是："嫂子关心我，尽管教。"蒲氏大喜，说："来，把手伸过来。"

……

蒲氏说，从今往后，你就是男人了，你该去找个暖被窝的女人。石有才一时觉得眼前这个女人真是好女人。蒲氏穿上裤子，去倒一杯水给有才。石有才一骨碌喝了，真是解渴啊。

吴氏推门进来正想退出门去。蒲氏赶紧说话："金鸾，别走，过来，把门关紧。"吴氏关了门，低头慌乱着。蒲氏对吴氏说："小兄弟不是青瓜，是个棒子。"蒲氏的话说得吴氏更是低了头。石有才紧张过后，镇定地坐下来，因为他现在已经是男人了，在下人面前，没什么可怕的。蒲氏说："小兄弟，我先走了。你再坐一会儿。"

石有才说，好。

蒲氏出门去。石有才回想着刚才从青瓜变成男人的畅快，一时又拿眼看吴氏。吴氏还是低头，没碰着有才的眼神。石有才开口说，小吴氏，蒲婶叫你金鸾？吴氏抬头，微微点一下头。石有才站起来，径直过去就把吴氏要了。

这个二十岁的男人的初次精气神，就这样被女人采了去。

傍晚，石有才回到防卫队，看见石路养也回来了，他正躺在矮凳上睡觉。

石一方和柳花商量了一个月，终于把石有才的女人锁定了：郭先生的女儿。

古话说，天上无云不下雨，地下无媒不成亲。提亲得请个媒人。村里那些个媒婆，虽是摇唇鼓舌、能说会道，瞒天过海、左右逢源，但遇上郭先生，怕是显得粗俗犯贱。一时媒人的事，让他俩焦灼。遇到难事，石一方总会请教父亲。这事一到石振威那儿，立马就解决了。媒人，怀一民。石一方顿时豁然开朗，姜还真是老的辣。先前怎么就想不到他呢？媒婆，媒婆，应该要想到媒公嘛！怀石两家和郭先生都有甚密的交往，郭先生对怀老爷更是兄弟挚友情谊，请怀一民出马，定然不会走偏。

这事怀一民先推后受答应下来。择了吉日，怀一民带着礼物到云林郭先生家去提亲。说明来意，怀一民自己先笑了起来。郭先生领会，也笑了起来。人在人海中，样样要精通。怀一民笑自己竟然做起这种事，郭先生也笑怀一民竟然也会做这种事。两人都觉得是缘分使然，本辈相识，下辈相亲，好事一桩。

郭先生，不是本地人，他从玉田第二期师范讲习所毕业，就随着校长郭英达到云林上美小学。上美是县公署前知事、劝学所长等乡贤创办的初小，校长一个，老师也一个，党义、国语、社会、自然、算术、工作、美术、体育、音乐课程一个人教到底。后来，校长回城里任职了，上美小学就郭先生一人扛着了。因为他人好，老实本分，又很少回家，快成了本地人，乡里村里的人都认识他。三四年前，他带了一个女儿来，却不见夫人。后来，大家才知道他夫人病逝了。郭先生只生育一女，取名郭凤，跟着郭先生来云林时，已是十四五岁了。若是其他家庭，早就对（嫁）出去了。先生是读书人，想法自然不一样，带在身边教她认字，字认得多了，年纪也跟着长了，如今已是待字闺中的出水芙蓉了。

郭凤见来客人了，就端来一碗热水，问了声客气话，然后悄声返出去。怀一民顺势就称赞郭先生教育得好，女儿文质彬彬，气质清雅，如此怕是石振威的孙子配不上了，又称自己初次做媒恐怕也要落空，让人笑话。

郭先生说："怀老弟如此，岂不逼我嫁女？哈哈。"

怀一民说："岂敢，我这是来求月中嫦娥、水中龙女、人中凤凰啊。"

郭先生说："一民，你是备足了课来的，一箩筐的好话，平日里可不见你这么能说话。其实犬女无非一民女而已，你们高看了。她幼随母亲学一点针线、家务，并无琴棋书画之能耐。近年随我识得几个字，略有长进。我只此一女，虽疼爱有加，却也不曾溺爱，正踌躇后半辈子该怎么过，你就来了。说实话，心里舍不得。再说，姑娘渐渐长大，成了我的好帮手，有时我出去一会儿，她还能帮我看看学生。"

"天下哪有舍得子女的父母？但是孩子终究要长大的，世之常情啊。我叔石振威为人你也清楚，石一方甚是熟悉，石有才年轻有为，依我旁人之见，也是般配。时下时局混乱，找个安稳人家，也是好归宿。若得先生允诺，算是石家十世修来的福气。"怀一民这是厚积薄发，把平日少说的话，集中在关键时候，变成一箩筐的好话实话。

末了，郭先生的意思，此事还得凤儿点头。怀一民说，先生的家风，那是自然，孩子的态度，麻烦先生问询一番。郭先生同意寻个时机问询一下，然后请怀一民去看看孩子们。说完，先生起个手势招呼怀一民参观他的学校。

怀一民这是第二次来到上美小学，第一次来问防卫队批复的事，杂事在心，倒没有心思记住学校的模样。这次，是来为后生哥提亲，心情自然是喜悦的，况且郭先生已经答应了这门亲事，就差郭凤了，先生叫参观学校，就轻松地走出里间屋。

学校展示在眼前。五间木房一字排开，西边折出的两间就是先生和孩子们的住处。初小就是两个年级，七八个学生。一块五丈见方的操场，边缘围着木篱，整洁有序。只是日子久了，木房显得黝黑陈旧，老气横秋。怀一民说，这学堂破旧了得修修翻新一下，要不，会把学生都教老了。郭先生摇头笑了。

操场小，却是空无一人。怀一民这才想起今天的提亲耽误了先生上课，忙说自己一时愚钝，不知上课时间，打扰先生，会不会耽误孩子们上课。

郭先生说："不会，我孩子帮着看班呢？你不去看一下孩子？"

怀一民点头，径直往教室去了。怀有福、怀招娣、石有旺正和郭凤凑在一起大声诵读着古诗。"桃花潭水深千尺，不及汪伦送我情""两岸猿声啼不住，轻舟已过万重山"，然后又诵"能稼穑则可以无求于人。无求于人则能立廉耻。知稼穑之艰难则不妄求于人。不妄求于人则能兴礼让。廉耻立，礼让兴，而人心可正，世道可隆矣"。

书声，就是不一样，如同鸟语花香。怀一民站着听了好一阵，不舍打断他们。

石有旺眼尖，看见怀一民，就告诉怀有福你阿叔来了。俩孩子十分吃惊，快步走出教室，抱住阿叔的腿。怀一民弯身问孩子们有没有听老师的话，有没有好好读书。孩子们都一一回答了。

怀一民说："你看，姐姐都成先生了。"

怀招娣说："阿叔，我以后也要当女先生。"

怀一民说："要当女先生可没那么容易，你得把郭先生的本事都学回去才行。"

郭先生、郭凤都点头笑了。郭凤说："招娣聪颖，日后做个先生，一定没有问题。只是读书要坚持，不敢中断。初小完，要去县城读高小。"郭先生接话说："以后还有初中、高中、大学，学无止境，学问深了去。"郭先生吩咐同学们再诵读几遍《三字经》，孩子们回到座位，立马响起琅琅的书声。

这种声音，怀一民喜欢听，因为听读书声不累，甚至很放松、很惬意。这里，比起自己读过的私塾好多了。

先生招呼郭凤过来一下。郭凤走到父亲身边，先生便把提亲的事问询了郭凤。郭先生说见过黄石村石家的大孙子，结实干练。郭凤低着头，忐忑不安，平时挺有主见的姑娘，一下被站在自己面前的婚事糊弄晕了，双手挤搓着，又搓自己的衣角，想到怀家来人提亲，应该不是随便人，爹的印象又不错，最终才说听爹的。

事情就这样讲下了。郭先生便去开了"庚帖"，具写女儿出生的年月日时。庚帖用长方形红纸竖写而成偶数："坤造丁未己未己酉戊辰瑞生。"然后把庚帖交怀一民。

吃了午饭，喝了点酒，怀一民就起身告辞。

怀一民将"庚帖"送至石家。石一方称谢，并将"庚帖"压在厅头祈桌中央，等待三天的"合婚"。三天里，石家家中诸事顺利，断定可以"合婚"。石一方又将石有才和郭凤双方的八字交算命先生合算，结果并无相克，是一份天合之作。

石有才知道父母为自己订下一门亲事，而且还是郭先生的女儿，心中暗喜。自从蒲楂娣吃了他的青瓜，告诉他从今往后该去找个暖被窝的女人，石有才真的渴望有一个属于自己的女人。这些天，他尽量待在寨里，不再去巡逻了。只是他有时会去麻坊走一趟，看一眼那两个引导他成为男人的人。吴氏、蒲氏也没有亢奋的表情，大概她们也知道这石老爷的长孙要娶亲了。

石家对这门亲事十分看重，一切都得按规矩行事。

提亲之后，接下来就是定亲了。因为和郭先生甚是熟悉，石一方就邀着怀一民，按照习俗带上冰糖、饼干、米糕、糖茶和定头钱，去和郭先生谈婚。礼数一样不缺，只是谈到定头钱，郭先生显露了教书先生的弱点，支吾起来。

倒是怀一民帮着郭先生论起聘金来。他说，先生培养一个女儿，功劳大了去，谈点钱也是情理，合乎规矩，依我看，凤儿的聘金可以随行就高，尽管说出来。说完，怀一民看一眼石一方，自个笑了。郭先生知道两人误解了自己的心思，其实先生难于启齿，不是聘金的事，他不想拿多少聘金，却希望石家能出点钱修修学校。但这个事又不好和婚嫁的事混在一起说，所以支吾了。石一方说："一民说得对，我也不是一般穷苦人家，日子过得去。先生知书达理，郭凤貌美贤淑，我不怕见笑，就三百大洋吧。"怀一民都吃一惊，郭先生更是张了口合不起来。既然石一方说了，就不好收回。怀一民说："先生，我看就这么定了。"郭先生眼圈有点红，沉默不语。石一方拿出定头钱一百块大洋，说了些安慰话，余下聘金娶亲时如数奉毕。

按习俗定亲后迎娶前，男方要送"三节礼"：中秋节、端午节、春节。礼品除米粉、猪腿、粳米、糯米外，端午节加送粽子百个；中秋节送月饼；过年送鸡及猪心肝全副。娘家要回礼：端午节为笔墨、纸扇、夏布；过年为裤料一件，布鞋三双（公公、婆婆、女婿各一双）。如今中秋刚过，石家嫌少了一节礼，就派石有才补上，因为是补，所以不送饼，就送鸡鸭各一只。送礼是长辈交代的事，石有才自己想早点相相未来的媳妇。

到了学校，拜见了先生。先生招呼石有才坐下，唤来郭凤上茶水，又吩咐煮点心。郭凤煮点心时，先生一直和石有才说话，问了些和以后生活有关的打算啊什么的。

石有才的心思只在媳妇身上，却被先生的话拉扯得连眼睛视线都不能移动，一时烦躁起来。郭凤煮好了点心，端上桌来。石有才乘机站起来，狠狠地看一眼，心中暗喜，自己的媳妇真是个好人才：品相端庄，相貌柔美，发辫结实精神。还来不及细看品味，先生招呼他坐下吃点心。于是，石有才又埋头吃干净了一大碗米粉蛋。他吃完抬头看，郭凤已经不在屋里了。

郭先生说："有才，早点回去吧。你是防卫队长，别误了正事。来日方长嘛！"

先生的话，似乎把石有才的那点爱看媳妇的心思和急切劲都点破了。他紧张得赶紧和先生说要回家了。

回到寨尾山上，石有才躺上矮凳，舒了口气。郭凤匀称又显丰满的样子，像风一样从四面八方吹过来，集中到他微闭的眼前。石有才觉得先生可恶，没让他看够。他心里就盘算着哪日再找个机会去偷偷地看，瞅个时间跟踪自己的媳妇，从背后冷不丁把她抱进林子里，亲死她。想着想着，一个黑影遮住了视线。

石有才睁开眼，石路养站在身边。"你静静地来，吓死人啊。"石有才骂道。

"哈哈，想媳妇了，队长？长得光滑吗？队长犯规了，值守的时候想媳妇。"石路养一连串的话很是露骨。光是漂亮观感，滑是触摸手感。"看样子，队长是只吃到点心，没看够人啊。"

石有才一骨碌坐起来问："你怎么知道？"

石路养说："主子，够兄弟我告诉你？"

石有才说："说个话，还要先讲兄弟。你我早就是兄弟了。"

这头洗耳恭听的时候，石路养却耷拉着脑壳，可怜兮兮地说："兄弟，我也难受啊！"本来石有才期待着学习一点谈情说爱的路数，没曾想却听石路养对着自己诉苦起来。石路养说："你也知道，儒美堂和洪福堂一样，公孙父子难同堂，我从小没有父母，和哥哥相依为命，若不是你家老爷接济，我早就饿死了。如今我兄弟俩都成大人了，哥哥落了病，我又穷得露裤裆，我家的香火怕是要断在哥俩手里了。"

石有才没想到石路养来这一出，但他的心思也是事实。他骂说，还香火呢，怕是想上谁了？

这一问，正中下怀。石路养不遮拦，就直接说想上吴氏了。

石有才暗暗吃了一惊，瞬间脑筋千万转，最后装作轻松说："嗨，你不嫌人家有孩子啊？"

石路养说："人家没嫌我就好了，我还嫌人去？队长，你能帮我说说吗？"

石有才有些慌，急忙说："我不是媒婆，说不了这种事。不然你叫堂嫂子说说？"

石路养一听这个建议好，说了声谢，转身一溜烟走了。石有才开嘴啐了一口，骂道，狗疯了。说完觉得不对，骂人似乎是在骂自己。太阳斜了，阴影渐渐上浮。石有才走出寨门，往西看一眼吴氏的那两间房子，若有所思地下山回家去了。

老人毕竟是老人，他们不再喜欢表面浮华。在老人的心里，已经没有自己的事了，他们最大的希望就是家族和子孙能平安地传承和生活下去。石振威对黄石村事情的变化，尽量往深里去思考。有一件事，一直让他感到担心，那就是礼物的事情。林友四的条子很清楚，作为回赠，为黄石村加了一层保护伞，至少德化的骚扰会抵挡得住。另一件礼物黄花菜，让人匪夷所思。黄花菜，不是简单的特产，一定另有寓意。如果赠送黄花菜的是一个亲戚，容易理解，可是赠送的人是能称霸一方的头哥，其中必有复杂的东西。这事石振威问了怀振声，怀振声也说不明白。

石路养听了石有才的建议，火急火燎去找堂嫂子。蒲楂娣听了堂小叔子的想法，先是不以为然，既而觉得有点道理，再想就觉得挺合适。吴氏自从走了男人，私下里和蒲氏走得近，因为她们都是没有男人的人，人以群分嘛，寡妇有寡妇的日子，同病相怜，也好有个掏心窝吐苦水的人。不过蒲氏还是没有把握，到底吴氏这些日子在想什么，没有摸透。她叫石路养不要猴急，先帮着做些活，渐渐感化女人，最终女人自己会倒向男人的怀抱。石路养只能听话，女人不是猪，他没有经验可以帮助自己做出正确的决定。对付女人，可不比对付劳力活，霸气和粗力不管用。

后来的一段日子，石路养经常找队里请假，说要去帮吴氏做活。石有才以为这家伙上手了，就爽快准了去。石路养要是成了，也可以免了自己心头的那点担忧。

从此，吴氏家里就多了一个大劳力，房子的墙壁糊上草泥浆，平整好看起来，柴火劈得齐整，堆成一排。田里的水也不用自己去看了，满灌满灌的。儿子的嘴里经常有炒黄豆、花生仁一类的零食在咀嚼。吴氏对石路养所做的一切都看在眼里，这个人高马大的男人，有过缘分，在那棵大樟树头里，村长和他前后把她当着狐狸吃了。不过那个暗夜里，石路养甚至和哪个女人做事都没看清，可是吴氏明白，村长把她和石路养都料理摆平了。憨厚的石路养过日子是个好依靠，但在心里，吴氏总觉得不来劲。一个天生媚心的女人在选择男人的时候，总是在选择自己幻想中的幸福，而不是选择一个佣人来家里做事，让自己闲着。尤其是已经从洞房里走过一遭的女人，幸福的感觉是最重要的，有了幸福感，再苦也能挺过去。石路养就是一个佣人的样子，除了默默地帮着做活，不会对吴氏说点什么能触动幸福感和快活劲的话，这让吴氏很失望。对女人来说，甜言蜜语比什么都重要。

如果石路养知道吴氏的心思，一定会一刀砍了蒲氏的头，因为她引导了一个错误的方向。

蒲氏的建议对一个寡妇来说，并不新鲜，也不管用。老实勤快只对姑娘的父母有用。事实上，石有才对吴氏来说最有感觉，他年轻有力，做事风火莽撞。她就喜欢那种莽撞。但是这事只能梦里琢磨，睁开眼睛她就明白，这只是稻田里的秕谷、山上的野果，不会有收成的。石有才是席草中最肥厚最柔韧的一支，是麻秆中最匀称最笔直最粗壮的一支，是黄石最让女人倾心的一个。这个男人，拥有过就是幸福，想要和石家的长孙过一辈子，那就等下辈子吧。石有才在吴氏身上练了棒子，莽撞的做派，让吴氏记忆铭刻。当然还有一个男人，他滑头却讲话好听，听他的话舒服，他有点流气却吸引人。他从不为她下地干活，经常挨在身边甜言蜜语，甚至动手动脚，吴氏也不觉得生气。他也莽撞也细心，知道女人的心眼，不时塞点手绢、手镜、发卡和各色毛线什么的，经常让吴氏喜不自禁。寡妇那种没人疼爱渴望被疼爱的感觉，经常被这个男人的小伎俩变幻成激动的泪水，流露在脸上，在那些寂寞的夜晚。寡妇爱风流，对路的风流就是美妙的歌曲、甘甜的乳汁、清冽的泉水、寒冬的暖意、夏日的树荫。所以，吴氏不能抗拒他，甚至有些时候，她喜欢拿这些性事来弥补自己凄苦的命运，填补许多个空洞的夜晚。

第三节　石家娶亲

石一方这里已经派人将双方的出生时辰和全家人的年庚送星家诹吉。因为来年无春，石家决定选在年前腊月的吉日，准备为石有才完婚。写好全红束帖后，又请媒人怀一民送去郭先生家，算是正式求娶。石一方一边紧凑地为儿子布置新房、置礼品、备花轿等。

郭先生那头，也没闲着，尽快为女儿备办嫁妆。嫁妆中必备子孙桶（马桶）一个、雨伞一把、灯一对、小种鸡一双、火笼一对（内装松明一把或木炭、火柴一盒、芋头一个、圆葱两株、姜等）、鞋盘一个（内放剪刀、尺各一把）。富家的嫁妆都准备"全厅面"，就是除锅灶外，其余样样齐全。郭先生是教书人，家里并不富裕，就为女儿备了普通的"一扛半"（"一扛"指一橱、被子和蚊帐，"半"为一箱或一柜）。对石一方来说，够了。一个先生，清贫注定就是他的命运。先生能有"一扛半"，算是明理而且爱面子的人了。

临娶的前一天，石家张灯结彩。而郭先生家，早早地忙碌了开，为迎亲筹备所有事宜。亲友陆陆续续来送米粉、红蛋、香皂、花粉、袜子等喜礼。

女家要请母舅、众乡亲吃"嫁饭"，并分发"阿赛糖""阿赛粿"。凌晨，按吉时给新娘郭凤行加笄仪式，俗称"上头"。旋在厅尾摆上供桌，焚香点烛，新娘穿上红色的嫁衣，坐在交椅上，脸朝厅尾，两脚踏在"七星斗"上（即米斗中点燃一盏七芯油灯，斗上置一块米筛），左右两旁站着童男童女，由舅母给她梳妆，童男童女也依次给她梳头三下，再把头发绾成一个髻，插上簪子、白花、红花，并说四句："今日梳妆绾髻是大人，郭家女子石家祖妈做到成，白花插在前，好子生在前。"舅舅向厅尾开新伞三下，谓之"出伞"，边开伞边说四句："郭姓阿使（女儿）到石姓做祖妈，人未去，心先去，传枝接叶，旺子旺孙。"然后将挂红的伞，头朝上放在厅头。

同时辰，男方开洞房，厅头、洞房点灯火。

娶亲的队伍上午出发。花轿、礼担、各种礼帖，由媒人随迎亲队送到女家。迎亲人数去时为单，回时必双。娶亲队伍到了，郭先生家照例在大门前鸣炮迎接。娶亲头人点了折香和蜡烛，照例将余下的聘礼大红包奉上，不等"嫌骂"，主动又添了聘金二十块大洋。女家收礼后，回拜礼帖。因为郭凤母亲仙逝，没有"哭担"这一折。哭担，意为女儿到夫家才会得到疼爱。郭凤的舅舅照例"开担"，并且有意"骂担"，嫌礼担欠丰厚（意为有骂，亲家越亲）。舅母在闺房里开始用线给新娘"挽面"，谓之"开脸"。之后郭凤由舅母搀扶依次辞拜灶神公、土地公，哭别父亲、亲戚朋友，谓之"哭嫁"。

郭凤照例哀哭起来："娘爸心肝是青心，无劝阿爸养我大，也无加养三五年。去到灶间无灶高，去到房间无橱高。一餐米饭也没煮，一件衣裳也没洗，样样针指也不学，样样世式都不懂。养我半上落下，无人高无人大。高的够不到，重的吊不起，生我阿赛没有用。若是生我是丁某，大兄能会担一担，我也会担一大头，担到爸母面前头。我实在不爱去，多住一时像一天，多住一天像一年，我实在不舍得，对大对小离开身。"

"阿姆、阿婶、姐妹啊，大大小小来找我玩，你们不要待我差。日间夜间做伙玩，今日分开实不舍。娘爸放我没顺路，你们要特地找我玩，有来有疼痛我，有来有思量我。大小身体照顾好，冷水不要落，山头山尾不要爬，保佑平安快乐啊。"

郭凤一路一路地哭着，这是姑娘们的本事，不会哭，可是命不好。

新娘要"饿嫁"。舅母代替仙逝的母亲交代婆家规矩。舅母陪哭着："囝——银贵！生你是阿赛，生你若是丁某囝，钱银对重也不舍。囝——银贵！平平是娘生，十个手指咬会痛。你去得乖哦，听公妈讲，大叫大走，小叫小听，大声叫你小声应。脚手要勤，嘴巴要甜。你入门要踏到正，做好媳妇中人疼，给公疼，给妈疼，给家中大小疼，给乡里厝边疼。"

父亲、众乡亲即送红包给郭凤。

出门吉时到了，新娘上轿，放下轿门，贴上轿符，轿起登程，鸣炮送行。郭凤就在上美小学出门，母舅随轿至大门外，父亲与她交换手巾扇。母舅锁箱橱，锁孔用红纸贴封，锁匙交给新娘。新娘分别给父亲和母舅送红包和一双袜。

婆亲队伍，快乐地往回走着。郭凤坐在轿子上，心情随着轿子上下起伏。照规矩，婆亲队伍路遇县老爷的官轿不必回避。若遇上另一婆亲队伍，两个新娘下轿互换银戒指或礼物。很顺利，婆亲队伍什么也没有碰上。花轿直到石家门前，等待吉时入门。

吉时一到，石家鸣放鞭炮。

轿夫头将"全婚"礼帖盒送至厅堂，并说吉语，以示天赐良缘。一对红灯置厅头祈案左右，寓意"添丁"。接着四名轿夫用手抬花轿至厅堂中。新郎身穿长袍马褂，头戴瓜子帽迎接新娘，用脚把花轿门帘踢起。"好命妈"搀扶新娘下轿。新娘脚踏米筛而出，走到厅头三拜祖先，谓之"拜堂"。"好命妈"讲：郭姓阿使做石姓祖妈，手抱五代孙，做得五代妈。又唱：手扶新娘拜厅堂，细看淑女配才郎；鸾凤和鸣昌五世，麒麟叶瑞万古长。

新娘拜后缓步退至灯梁下，面向宾客边拱拜边说：客公请坐。后即入洞房。"好命妈"将新娘的戒指脱下一个给新郎为表记，以防当晚歹徒乱婚。接着让新娘吃点心，鸡、鸭蛋各吃半个，留一半给新郎吃，意为同心同德，白头偕老。而在新娘入门前，石家公婆早已回避，意为使儿媳妇服婆家管教。

接下来就是石家母舅和舅祖在客厅行挂灯仪式。石有才两个舅舅分别提一只灯，细致地挂上房梁，然后唱四句。大舅唱：新灯挂起，宾客恭喜，今朝成亲，来年抱孙。二舅接着唱：双手点灯光灵灵，今日两姓结成亲；天上麒麟来送子啊，早生贵子读书郎。新郎向母舅及众客敬冰糖茶，以表谢意。石家婚礼主事以四句答谢母舅和舅祖：舅安四句讲齐全，大小听来四处传；舅安好语添贵子啊，来年出世一品郎。

酒宴开始，母舅坐首席，照例要推脱一番。坐上主位后，母舅唱：请我坐大位，生子双双对；伶俐又聪明，一定财丁贵。于是其余各路亲戚和邻居亲人各就各位，就开席。

酒过三巡，由媒人向新娘取锁匙交母舅开箱橱看嫁妆。母舅开了锁，得了橱中的红包、冰糖，边取边说吉语四句：手拿锁匙开橱箱，大家都来看嫁妆；衣裳针线样样全，夫妻和合好姻缘。看后将钥匙交回新娘。然后看担，母舅又唱：双手开担看担心，亲家美意值千金；天赐姻缘今日定，富贵荣华万代兴。

宴席继续，新娘向母舅、宾客依次敬酒。

晚饭后，新郎、新娘喝合卺酒，俗称"交杯酒"。饮后开始闹洞房。新娘郭凤被扶进洞房，坐在靠椅上。两个女孩帮新娘手扶着手遮眉目，做害羞状，等着客人来闹着看新娘。

鞭炮响起，婚礼主事唱：堂前鞭炮响连天，两姓结婚喜洋洋；敬请客公送房烛，麒麟送子入洞房。于是由母舅带领至亲依次送房烛、雨伞、馔盒等陪嫁品入洞房。接着母舅等排草席、叠被子、安放枕头、挂蚊帐等，都要说吉利话。

送烛人唱：花烛双辉入洞房，秦晋缔结永流芳；今宵帐内鸾交凤，来年桂子早飘香。

送馔盒人唱：一台馔盒正端庄，盛装八味均齐全；取出一品添丁喜，珍存余壁七品香。

送被子人唱：一条锦被新又新，二人相爱亲又亲；夫妻和合如琴瑟，来年出世玉麒麟。

送枕头人唱：一对枕头软又新，今宵枕上醉凤凰；同心同德天地久，夫唱妇随偕百年。

送镜人唱：宝镜团圆比月华，十分光亮照窗纱；才郎定是潘安貌，淑女赛过镜中花。

送子孙桶人唱：圆柴扁板，篾箍成桶；观音在座，子孙兴旺。

母舅排草席、叠被子、安放枕头、挂蚊帐分别唱了四句：一条草席两面新，鸾凤和鸣共一心；并蒂莲华相映美，蓝田玉暖日生春。铺了草席。唱：新做被单装新棉，今夜摆上新眠床；蓝田种玉千年好，宜家宜室最古长。装了棉被。安放枕头，唱：枕头灵真灵，越讲越精神；商量播好种，日后好收成。挂蚊帐，唱：挂起绫罗纱帐新，锦衾帐里映新人；一对鸳鸯相比翼，夫妻和合百年亲。陆续还有挂帐钩、掀蚊帐等仪式。接下来就是看新娘了。

新娘拱手站立，让人闹房。

主事的唱：房中烛火十分光，敬请客公看新娘；新娘长得怎样相，好品好貌传四乡。

客人依次唱着四句看新娘。客人要用四句努力赞美新娘的美丽勤劳孝顺，让新娘放下遮着眉目的双手，露出美丽面容让人看。比如："新娘穿着满身红，爸母生你真成人；雨水交欢生贵子，子孙赢得一大房。""看见新娘好身材，富贵兴旺一齐来；头身端正为是礼，嗯贪双手遮目眉。"

唱到火候，郭凤放了双手。众人起哄，说新娘真美，要新娘请糖敬烟。

折腾了半夜，终于要结束了。

主事唱起谢客四句：客公四句值千金，公妈新人记在心；等到来年天赐福，再斟薄酒谢客恩。然后再唱请客公出洞房四句：客公四句讲齐全，大小听来四处传；感谢客公情意好，烟茶恭请出新房。

于是，闹洞房的亲戚客人出了洞房，到厅堂吃点心。新娘又分别向客人敬献了茶水。客人还是要唱四句：新娘真正好礼貌，糖茶送到面前头；今日给你来添丁，下年公妈可抱孙。

主事吩咐端来点心给新娘。郭凤吃了点，新郎石有才把剩下的吃了。

亲人适时回家去了，亲戚客人分散住去，一时热闹一天的婚礼静了下来。小夫妻俩，关了窗户，闩了门，吹灯就寝。

石有才嘻嗦嘻嗦褪了衣裤，郭凤还是坐在靠椅上。石有才轻声说，来，困了。

郭凤说："你不说话，要生哑巴囝啊。"

"这不说了吗？"石有才笑出声来，顺手把郭凤从椅子上抱起来。

这是夫妻俩第一次这么互相体贴，石有才顿时潮起一种难以抑制的焦渴。郭凤身上有种温馨的气息，扑鼻而来，像玫瑰花香一样沁人心脾。在郭凤面前，石有才不禁想起林舒洁，两个女人不一样，在林姑娘面前，石有才总有一种压迫感、听从感，而郭凤却有一种被制服和随意自由的爽畅。石有才用力把她揽进怀里，抚摸她的脖颈、丰腴的肩膀和最富诱惑的胸脯，畅快自如。郭凤默默地接受了，她有点惊慌却也不反抗，到了出嫁年纪的姑娘，懂得如何让自己的身体说话，让自己的身体表达女性的柔情，融化或者软化男人强壮的肌肤，谋取自己一生的稳定和幸福。郭凤在他的怀里微微颤抖着身子，出气声变得急促起来，吞吐越来越粗。石有才自然懂得这洞房花烛夜，应该如何让自己的女人心花怒放。一切进展激烈又顺利，石有才和郭凤都得到如鱼得水般的欢畅和幸福的感觉。郭凤如痴如醉，缠着石有才度过了新婚之夜。

卓越颖也去了石家喝喜酒。她很是羡慕新娘子的喜悦和幸福，也见识了黄石娶亲的热闹和烦琐。在民间，烦琐之中蕴含了庄重和难得的约定，烦琐过后，就是喜气和幸福了。人家郭凤的婚是真结的，这个先生的女儿，命好，至少比她好。

翌日早，石家依风俗设宴请媒人。怀一民坐主位，娘舅至亲齐备作陪。新郎石有才手捧茶盘向媒人和母舅等敬冰糖茶。新娘则由"好命妈"陪伴，向众宾客敬冰糖茶。席上宾客以红包回礼。

石一方夫妇看见儿媳红扑扑的脸蛋，略带慵懒倦怠，满意地笑了。石振威也一改从来的严肃，整日乐呵呵的。柳花不失时机地检验了洞房的红水印，一片鲜红的血花，染烙在布单子上，像儿媳妇的笑脸，让柳花感到放心和自豪满意。柳花看着鲜花样的处子血，不禁深深地陷入美好的回忆之中，二十多年前，自己也是这样被娶进石家，在石家的床单上留下自豪的印迹，为石家生育了两个儿子。那个新婚之夜，石一方弄得自己死去活来。这样想着，柳花自觉脸色泛起潮红，还会感到害羞。女人啊，刻骨铭心的事滋养了她一生的记忆。

此后，柳花长了一辈，出门说话乐哈哈的，她想用自己的脸神告诉别人，儿媳妇是个正牌的新人。她石家门楣端正，顺风顺水，无可挑剔。

郭凤懂事，过门第二天就下厨料理家务，让柳花很是过意不去。对郭凤来说，过了新婚之夜，自己的角色就转换了，自己一生在石家怎么过，全凭自己的表现。孝敬长辈，这是父亲从小就教育的事情，往后还有许多事情需要付出努力。她主动找了婆婆说："婆婆，我阿母走得早，没教我什么，往后许多事情你得教我。"柳花说："别害怕，别担心，孩子，先生教你已经够了，你会做得很好的。"郭凤听到婆婆能有此言，也感到十分安慰。

石有才娶了媳妇，心思都在新婚上，防卫队的事淡了不少。白天黑夜，石有才都陪着郭凤说话做事，有时连白天都要抱着郭凤做上一两回。这事让石家的长辈都看到了，引起长辈的忧心。于是石振威想必须出面干涉，他叫来石一方说了这事。石一方又叫来柳花说了这事，要柳花给儿媳妇说些话，不要缠着郎君快活，要告诉石有才稍有节制，务些正业。

柳花照传，郭凤听了害了羞。柳花说："后生时都是这么快乐，也怪不得你，只是长辈们的看法你们要听，不然会给人感觉后生哥不懂事。往后，石有才缠你，你就跑到我这里来。"

郭凤害羞之后觉得自己委屈，为什么就不能和自己的夫君快乐呢？长辈不是爱要孙子吗？心里这么想，却也不敢不按照长辈的吩咐去说。夜晚，石有才又缠上郭凤，郭凤十分渴望这种缠绵。

郭凤记得长辈的吩咐，但她希望在石有才尽兴之后再说。待完事后，郭凤抱着有才的臂膀，耳语道，有才，往后你不可这样频繁，会伤了身体。石有才说，我壮着呢！郭凤听了心里却有了顾忌，她说："你太急，连白天都要，老爷们都看到了。你这个长孙，老爷们疼着呢，怕我坏了你的身体，特地叫婆婆来跟我说，要节制。最近你对村里防卫队的事情管疏了。往后少些，不然老爷们要怪我了。"

石有才听了有点窘态，答说知道了，但胸中的欲火却在不断蒸腾。那股欲火似乎要和长辈们对着干，越说节制越无法节制。

宴请那天，吴氏去送了米粉鸡蛋，喝了石家的喜酒。她看着郭凤高傲自信和满足的样子，吴氏心中不免自卑、伤心和叹气。她清楚地记得石有才是如何把她抱上床压着，一辈子也忘不了。今后，这种莽撞不再属于她，而是另一个女人独自享受了。看见郭凤满脸的笑容，吴氏就知道洞房后的每个日子，郭凤是怎样幸福地接受石有才的滋润，那个帅气男人的精神，回想起来会让女人发抖。吴氏坐在宴席上，摸着肚子，几回都差点落了泪。而蒲氏却是一贯的大大咧咧，没有丝毫的不快。蒲氏摆着大姐的气度和样子，似乎看到自己培养出来的小青瓜已经成熟，乐呵呵地收获了一箩筐的成就感。

郭凤转达了长辈的话后，石有才对防卫队的事情多了几分心思。白天他不敢躲在家里和郭凤温存，在长辈们看来，石有才收敛了很多，这种成效当然要归功到郭凤身上。她把长辈们的话当作话，传达到了，并且照着做了，这就是孝顺。石振威、石一方都在心里觉得郭凤很不错。

但许多时候，石有才还是把郭凤一起带到寨尾山上，得空就暗里温存一回。郭凤也渐渐认识了防卫队的男人们。防卫队的男人们也不是省油的灯，三不离四，起哄着要队长在寨里补闹洞房。石路养甚至唱起四句，请新郎新娘在寨里温存。这时的石有才，总是以严肃和队长的架子，把媳妇抱抱应付过去。但是郭凤觉得这里的男人粗野了点，但还真是男人的样子。自己的男人，结实精神，精明聪明，打心里庆幸。其实，新婚的男女最需要的就是这种厮熏的日子状态。没有性爱，一对顺受父母之命、媒妁之言的男女，缺乏沟通交流的途径，爱情就无从培养。

激情总有冷却的时候，加上长辈的吩咐，石有才和郭凤在明确怀孕之后，就少了许多房事。这时间，石有才多去寨里理事，而郭凤待在家里。待在家里，她就会时常想起了少女时候的美好，跟随父亲到上美小学，学习认字写字，学习唱歌，真是快活的日子。后来自己也会帮着父亲上上课，那班孩子和自己就像姐弟姐妹一样，听自己的话，好有成就感。自己从父亲那里学来的歌曲《送别》，在自己出嫁以后十分想念，似乎就是为自己告别少女生活而唱的曲调。怀孕期间，郭凤时常唱起："长亭外，古道边，芳草碧连天。晚风拂柳笛声残，夕阳山外山。天之涯，地之角，知交半零落。一壶浊酒尽余欢，今宵别梦寒。"

感伤又充满期待的曲调，是郭凤最喜欢的。新婚的疯狂，让她暂时忘记了忧伤，告别了少女时代，又不免渐起回不去的幽怨。

第四节　吴氏

又将是一年的年底。石家精心地准备着过年的事。石一方说，今年过年，有特殊的意义，一者家里添新人，二者明年石家又将添一丁，三者今年的收成顺利正常，可谓三喜临门啊。石振威接着儿子的话说，德顺，家顺，子子孙孙万代顺。听了老爷的吉利话，石家沉浸在平安顺利的喜悦之中，而年的到来，会倍增这种喜悦。

怀一民应邀做成一宗媒，心中甚是欢喜。人的一辈子至少要成人之美一次，如今自己完成了，也算是了却一件心事。但是心事还很多，似乎永远了却不了。比如，石一方娶了儿媳妇，想到自己的长子不知去向，经常暗自叹息。小团怀有福，身体又不好，更是倍添烦恼。同村同辈同龄人之间，往往就会暗地里这样比较着，较出个长短好坏高低来，结果自然是没有较出好坏输赢，就这么暗地一想，却较出个烦恼来。

几天前，郭先生托人传话，怀有福的身体一定要补补，或者就在家休息，不一定去读书，身体要紧。怀一民对先生关照怀有福的事很是感激，怀招娣说过先生养的小母鸡都是杀给怀有福吃的。这次传话来，怀一民把儿子的身体当作一块大心病了。人家石一方已经有孙辈了，自己的儿子还这样，最担心少年夭折，所以恼得厉害，有时候脑子像进了沙土，堵着疼。疼的时候，恨不得拿铁锤子来敲打。其实怀振声和杨氏都看到怀一民心中的抑郁，在家里，怀一民少了作为长子和夫君的话语劲，闷着过日子。杨氏不敢劝说，怀振声说过一两次，怀一民总是以没事不要紧搪塞过去。

怀一民挑个时候亲自去了上美学堂。郭先生说，怀有福身体确实太弱，沿着操场小跑半圈就要晕厥过去，如此要怎么办呢？十五岁的男孩，正长身体，家里要多多照顾孩子的口食。怀一民无奈地对先生诉说真不知道怎么回事，小子不缺吃不缺穿，就是身子骨强不起来。大姐夫是郎中，多次看了病，草药没有少吃，依然不见效。怀一民哀怨地对郭先生说是不是命中注定没有儿子？先生安慰别想七想八，身体就是身体，和命有啥关系？怀一民变得越来越信命，人生老将至，许多无解的事，最终都要归结到命。

此次来上美小学，怀一民记得父亲交代的事，黄石为学校捐了一百银圆和一些木料。捐款怀一民直接给了郭先生，木料等动工前才送来。怀一民转达了父亲和石振威的意思，尽绵薄之力，护孔孟之尊。郭先生自然千恩万谢。茶水之间，怀一民谈到德化头哥的礼物，并征询郭先生的见解。郭先生听说头哥赠送黄花菜，甚是惊异，问怀一民说："头哥有女儿吗？"怀一民说有。郭先生说："我猜测这头哥的女儿一定稀罕上石有才。"

怀一民内心明白却不好当对，只说应该没有的事。况且如今石有才已经和郭凤缔结良缘，再扯上德化的女子，就尴尬了。郭先生说，头哥的意思很清楚，就是通过特产黄花菜暗示石家男人忘记忧愁，别再思念人家的女儿。怀一民对郭先生的解释大惑不解。

于是郭先生就黄花菜的来历和风俗做了阐释。黄花菜，又名"忘忧草"，《本草纲目》名之为"疗愁"，它的花期很短，只有一天。郭先生说，头哥借用特产黄花菜暗示某种意思，石家千万要谨慎。怀一民听了郭先生的点化解释，甚是佩服。同时，心中暗暗吃惊，若是没有明白黄花菜的意思，也许石家怀家还会招来杀身之祸。石家的事也是怀家的事，怀一民记住此事一定要对石有才说清楚，当断则断，免生祸乱。

对自己的儿子，怀一民无奈之余，迫切希望先生能有应对之策。先生却说孩子身体的事，还要父母多体贴，岁数长了，也许会慢慢好起来的。怀一民觉得更加无助。

腊月的日子既忙碌也清闲，因为大家忙碌的都是和过年有关的事，不像平时忙碌的都是实打实的收成的问题，所以手头很忙碌，精神上还是很放松，谁都会觉得从事快乐的事情是不会觉得累和忙的。令人向往的日子，无非也就这样。

怀一民回到村里，第一件事就是把郭先生对黄花菜这个特殊礼物的理解，单独先对石有才说了。石有才的态度很明确，他说，怀叔放心，林舒洁的事我心中有数，不会给阿叔、给郭先生、给郭凤添麻烦的。

"你有这样的坚决，我就放心了。"怀一民说，"如今有了媳妇，该有这样的态度。门不当户不对，就是烂种子，不会发芽，没有收成的。"

年轻人能这样懂事，确实是一件好事。怀一民就觉得石家的长孙已经成人了，心中又想到自己的孩子，不免一阵哀伤。回家后，怀一民把这事也给父亲说清了。怀振声直夸说，还好有先生的睿智见解，不然着实让人担心，这事啊，清楚了，那就到此为止吧。

怀一民把捐款之事也向父亲做了汇报。他发现，上美小学已经做了修缮了。一民觉得应该是郭先生自己掏钱修的，当时又不好当面问这事。怀振声说："先生之德，做此事，完全合理，看来我们资助迟了。"一民说："先生一定是用郭凤的聘金钱，给学校做修缮的。云林，能有这样的人，真是有幸啊。"

郭凤怀着孕到永宁堡去走动。这事让邓太太默默生气，郭凤和卓越颖说话，她总要插话说，要当阿妈了，石家有喜酒喝了。卓越颖明白太太说话的意思，但她无法介意，自己就是个门面新娘。有时她想女人结婚生子也是幸福的事，郭凤腆着肚子，像只骄傲的母鸡，至少可以告诉别人自己会下蛋。卓越颖设想自己的那一夜和怀一北真成了夫妻，现在怕也是生了几个孩子了。闲在黄石，卓越颖觉得自己就是一只不会下蛋的母鸡，只长着肉度日子。命运就是这样，陷入玉田，又搁浅在黄石，她的未来似乎没有未来。

人到了当长辈的时候，就没有绝对的清闲和放心的时候。一家，一族，一村，总有鸡飞狗跳的事，长辈要理要论的就是如何让鸡鸭同食、猪狗成为兄弟。石有才这里的黄花菜刚让人放下心，吴氏那里就捅出个篓子来。

吴氏一个寡妇，本不该是下蛋的母鸡，竟然当着全村人的面，也腆出肚子怀孕了。长舌多嘴的人已经在沸沸扬扬地猜测吴氏的肚子里藏着谁家的种。

猜测的状态是可怕的，因为猜测是不定性的，哪家个谁，像谜语一样，谁都有可能会在长舌嘴里吞来吐去。口水的可怕，在于它让你没面子，让你捂着脸跳进它的水潭里，淹死自己，毁了一个人和一家人。林阿如为了怀家的田地，扑进洪水之中，留下吴氏被怀老爷关照着，如今竟有这样的事发生！怀一民、怀振声都很诧异甚至十分愤怒。因为，他们担心这事和自己的家庭、家族面子有关系，必须尽快出面解决澄清这件事情。吴氏的妇道已经不是最重要的，重要的是让吴氏有一个合理妥当的归宿，有了归宿，问题就不是问题，所谓的问题就能迎刃而解。

村长也发现了这个事，按照村规族规，寡妇无由而孕，是伤风败俗的事，是要沉井的。村长心里难受，是一连串的难受，不是因为自己有过几次，那不是什么事。关键是时间已证明不是他种下的，这种证明，足够打垮自己。这最让他丧了自尊，更加坚定自己的无能。再者，他感到丧气，永宁堡就是没有风水，没有福气，儿媳妇的肚子大不起来，倒是不该大的却大起来了。三者，吴氏毕竟相好过，还是担心她被处罚。他想，这个吴氏即使是外姓，族规惩罚不了，但村规和族规是一样的，沉井就要降临到吴氏的身上。

吴氏似乎没有恐慌，没有意识到大事来临的压力，与常日无异，照样大摇大摆，旁若无人。郭凤嫁入石家，她有过一阵失落，难受之后，又生一丝挺深的妒意。接下来，怀振兴加入了猜测的行列，是那个端枪抓狐狸的家伙吗？看吴氏的胆子，像是石家的人做下的，女人嘛，就是这样，拿自己的身体找靠山，找到了，喜欢显山露水，生怕别人不知道。她这样做，也谈不上狐假虎威，也就满足一点虚荣心而已。作为村长怀振兴必须执行村规，但又得十分慎重，重要的是必须保护吴氏。想到吴氏是怀振声亲自允诺她居住在黄石的，因为他的夫君林阿如是为怀家的田地去死的，有功于怀家。不看僧面看佛面，怀家的名声顶顶重要。所以，此事于规于己都要和怀振声商量一下，商量也许可以推卸或者达到保护的目的，不论保护的是自己，还是吴氏。

怀振兴去找了怀振声，说了吴氏怀孕的事。

怀振声说："我已经知道这个事，村长打算怎么处置？"

怀振兴说："吴氏是外姓，按村规是要沉井的。"

怀振声心里清楚，村长此番造访，是要给吴氏留有余地的，只要自己不同意，村长是不会执行残酷的村规。黄石虽有严厉的村规，但没有人触犯过。现在外姓的人出了问题，而且问题似乎已经集中到怀振声身上，一个风流女子的死与否，被简单化到自己的点头和摇头上。怀振声说："吴氏犯错是肯定的，但我还是要为她求情，毕竟阿如是对怀家有功的。村长，你看是不是可以把吴氏交由我来处置？"

大事化小，把执行村规的事降级为怀家门内的事，这自然是好办法。怀振兴说："老哥说话，自然是可以，但要服人服众，你看该如何处置？"

怀振声说："怀孕，自然有缘故。作为女人为人生子，是个道理，只是眼前要弄清楚吴氏为谁生育。"

怀振兴说："兄长真是仁慈，我明白你的心思和处置办法了。"

怀振声说："你能明白就好，村长能想通，其余的就没有想不通的了。我想安排合适的人，去找吴氏了解一下情况，问清孩子他阿叔是谁，这样问题就可以解决了。沉井很简单，但要让一个人活好来，可不是件容易的事。哎，这民国的天气，真让人心乱呐。"

怀振兴说："此法甚好，一嫁了之。不过最近村里口舌很多，哥，你得抓紧时间。"

怀振声说："会的，到时我叫一民给你回话去。"

吴氏也听到了人言，得知自己这样的犯忌是触犯了村规，还要沉井，一时就紧张慌乱起来。之前，她并不知道怀孕和沉井的关系，现在知道了，她再也不敢腆着肚子出门，整日躲在家里，胡思乱想。要是真得沉井，那是怎样的惨相？自己的孩子要是没了娘，今后该如何过日子？一想到这个结果，自己就后悔甚至痛恨蕴藏在内心的冲动和激情，后悔自己的那一点天煞的虚荣劲。女人活在世间，和男人不一样，男人可以拍拍屁股走人，留下一堆事情都由女人来承担。她想要是自己说出孩子的父亲，也许可以免去沉井的惩罚，但是真要是说出来，也许死得更惨，因为那是大户人家面子的问题，男人只是玩玩而已，没有真心，你给男人添了麻烦，男人就会翻脸不认人。这样细思，吴氏就越想越绝望，纵欲后的果报，来得这么快。

在危机四伏的时刻，只有石路养依然傻呵呵地来看她，帮她做这做那，这让吴氏感到安慰。她内心不喜欢甚至抵触的男人，在自己最困难、最难受的时候，来到了身边。吴氏一时竟同情起他来，这个五大三粗的男人，从前是个懒汉，自从去了防卫队，换了个人样，虽是穷人家，却有着尺宽的胸怀，或者说是责任感，敢于承担，乐意为女人遮风挡雨。女人，有时候就是这么矛盾，把内心分成两半，分别装着不同的男人，在有空的时候，或者有难的时候，拿出来对照着品尝使用。而石路养觉得这个时候，是他出击并最后捅破窗户纸取得胜利的关键，也是他值得自豪的成绩，一个光棍最爱展示的成果。对于这个成果，吴氏心里清楚，她只是可怜光棍男人，除了抓狐狸那次交易之外，在某一个夜晚，让石路养爬上自己的身体，释放一次精力，也仅仅是一次。

石路养静静地坐在吴氏的家里，微笑着不敢说话。吴氏劝说石路养别来这里，会受连累的。石路养不解地问，连累什么？吴氏说，按照村规，寡妇生子，是要沉井的。石路养说，别怕，要沉井，我陪你去沉。吴氏知道这不是假话，他敢说敢做，她被这个傻男人感动得落泪。若是孩子的父亲能在这时对她说这样的话，吴氏觉得沉井也不是什么可怕的事。真爱的没有结果，有果的无非是一段孽缘。

石路养安慰说："哭什么？选个吉日，找村长允了，我娶你。"

直打直的话语，没有缠绵的穿透力，却是让人觉得真诚。越是感到真诚，吴氏越是觉得对不住这种真诚。石路养也是一个青瓜，吴氏觉得吃了人家的青瓜，更不能伤了瓜藤，动了瓜根。吴氏想到阿如死后发生的这些事，快乐之中埋下了不幸的种子，真是作孽，犯了因果，快乐就像一阵风过去了，留下种子就要发芽了，她内心只能期望一种侥幸能够出现。

石路养虽是嘴里说不怕，心里却还是揪紧。那口水井，他挺熟悉。村里规矩的孩子是不喜欢到井边去玩的，井边有一棵大榕树，热天树冠遮盖着水井周围的鹅卵石，阴凉得很。石路养打小没有得到太多的父母教诲，无所畏惧，倒是常去井边，在树下躺着睡上一个长觉，比什么都好。小时候，怀振兴看见他，也会教训说这是人躺的地方吗？石路养不理解，这么凉快的场所，怎么就不是人躺的地。后来，他才知道这是专门惩罚女人的地。有一次，他想看看水井里边的情景，被自己的倒影惊吓掉了魂。但是，他似乎没有听说有哪辈的女人被沉井过，渐渐地，又不怕了。现在轮到吴氏要和井有关联了。吴氏有关联，也就是和自己有关联。他不自觉地就去看水井，他想把水井毁了填了，但似乎也不是办法。远看井口像棺材，他想到喂它一只肉鸡，大概这鬼井想吃肉了。

卓越颖看见石路养把一只鸡扔进水井。石路养知道卓越颖看见自己的举动，也感到难堪。石路养说："少奶奶，不瞒你说，这水井是吃女人的，我想水井是想吃肉了，就给它只母鸡吃，吃了鸡肉，它就好了，不吃女人了。"卓越颖单刀直入地问："你爱吴氏吗？爱她就娶她吧。"石路养说："那还用说。我也想娶，可是吴氏还没同意呢。眼下，吴氏怀了我的孩子，村长要沉她井，少奶奶，你救救她吧。"

一个大男人说出哀求的口气，卓越颖断定那是女人的幸福，要是怀一北有这样的态度，也许自己也会放弃许多事，径直做他的少奶奶去。有时候，革命者更渴望有普通人的生活。

第五节　石路养出走

怀振声手头堆积了三件事。第一件五棵树宫连长的事，已经准备下了木料，只等他回来选个吉日吉时动土。这事只能等，宫连长的枪口可是憋着子弹，稍不如愿，会毁了黄石。但第二件吴氏的事还没有处置好，第三件事就来了，永宁堡再次被县府的队伍包围，要怀振兴交出女革命党。

这天夜晚，县府的队伍静悄悄地来到永宁堡，先撒出包围网，然后再敲门。廖毛听到敲门声很无礼，便报告了怀老爷。怀振兴不明白为什么防卫队没有报告这个事。他从二楼窗口看到是扛枪的队伍，心里明白是为儿媳妇来的。他吩咐廖毛准备热水、桶木和鸟铳，准备防守。

县府的队伍不见开门，便不耐烦了，有人开始扬言要火烧永宁堡。怀振兴还是坚守，不开门。这样的坚守，事实上永宁堡已透露了一个信息，女革命党就在堡内。县府官兵他们便要动手用斧头砍门，硬闯进堡。怀振兴指挥家人从枪眼处还击，顿时黄石枪声大作。县府的队伍被鸟铳打退出来。这时，大家才知道村长家里藏了不少枪，怀振兴并不是一个纯草包，他为儿子早做了准备。紧接着县府的队伍就用火攻，第一波点起十多把火把，齐往土堡的大门处扔，结果被门上的水不费功夫就浇灭了。第二波火把改变了路径，它像飞檐走壁的高人，呼呼地往堡里去。一时，永宁堡火光四起。宁静黑暗的黄石变得杂闹起来，但永宁堡内的火也很快被扑灭了。

听到枪声，防卫队也已经组织起来，由石路养带队赶往永宁堡。石有才也从家里赶来。一时，防卫队就在永宁堡外的树林里和县府的队伍对峙干战起来。鸟铳射出的霰弹，撂倒了几个士兵。但是县府的武器立即还击，防卫队顶不住。石有才赶紧回头去取怀一北给的、确切地说是宫连长发慈悲留下的三把枪和石路养弄来的一把汉阳造，还有一箱子弹。按照阿公的说法，现在是到了该用的时候了。

卓越颖和怀振兴一起到二楼参与防卫，但是情况不妙。堡外小树林里的防卫队员被县府的火力压制得无法抬头。一会儿，就有三个队员死于非命。毕竟，防卫队是业余的，这头一次与人交火，肯定是要付出代价的。

卓越颖决定自己走出永宁堡，以此来保卫黄石人的生命。

怀振兴坚决不肯。卓越颖也是态度坚决，她说革命总是要有牺牲的，我不能因为自己的活着，让黄石人去死。她果敢地朝堡外喊话，别打了，我是女革命党，我跟你们走。

一时夜晚死一般沉静下来。

廖毛很不情愿地打开永宁堡的大门，卓越颖从容出了门去，走向县府的队伍，被绑个结实。

怀振兴跟着出来，想上前去求情。卓越颖说："老爷，我对不起永宁堡，给你们添乱了。临走我有一事相求，你放了吴氏吧，石路养等着她呢。"怀振兴没想到这个儿媳妇在这样的时候竟然记挂的却是吴氏的事，干革命的人，确有不同寻常之处。他赶紧应说："我知道了，你也别急，我们会再想法子去救你。"

队伍分两拨，一拨带人走，一拨掩护。石路养带着人从小树林里出来，无奈人已经被劫了，不敢追击。等石有才他们搬了家伙赶来支援时，一切都结束了。

眼睁睁看着县府的人把自己的儿媳妇带走，怀振兴感到十分痛心和无脸。他赶紧去找怀振声，恳求设法营救自己的儿媳妇。怀振声说，年轻人的事可真复杂难办。他建议怀振兴带着赎金去找云林乡黄乡长，请他出面赎回来。怀振兴连夜带了五百大洋去云林。黄乡长说，他也只能尽力而为，因为县府抓的是革命党人。如今，粘上"革命"二字的人，都不好办。

等黄乡长下决心进城去说情，却得知卓越颖已经被连夜解往省城福州了。怀振兴匀了一百块大洋感谢乡长跑腿出嘴，就垂头丧气地回村了。

卓越颖被抓的事，怀振声怀疑是宫连长干的。他想趁机报复黄石人，或者还有别的不可告人的企图，这是何等的卑鄙和无赖。宫家和黄石先祖黄氏结怨，如今却报复到怀家头上来，怀振声觉得实在忍无可忍。但是省城无论是路途还是人脸都显得十分遥远和陌生，看来卓越颖的命运只能她自己去承担了。

卓越颖被捕后的几个夜晚，黄石人都在悲叹，不论靠天吃饭、种地过日子的人，还是饱读诗书、忧民胜于己的人，遇到盗匪，一样没有办法。就是黄石有自己的防卫队，也是形同虚设、不堪一击。石有才病倒了，作为队长他觉得很无奈，他的防卫队力量单薄，技术粗糙，碰上正规军营里的兵，别说保护不了村民，连自己的命都难保，一次死了三个人。一时间黄石笼罩着沉沉的阴气与哀伤。

石一方出面安葬了三个被打死的队员。

眼下，吴氏的肚子，成了一个无法回避的挑战。这种挑战，和天气一样棘手，难以理清又不能不理清。怀振声想，吴氏的事情是不是和逃荒来的人有关呢？或者是和怀家的人有关，也未可说。这事，不论怎么回事，都是不体面的事。事情的关键是要平息它。赶紧找到孩子的父亲，把吴氏娶了去，免得生出更多的是非。

杨氏被派去问情况。杨氏知道平日里吴氏和蒲氏走得近，就去找蒲氏问。蒲氏却说不是很清楚。杨氏心想蒲氏还是知道一些，就是不好说出来。杨氏直接去问了吴氏。吴氏支支吾吾，说："我对不起老爷了，可我一个寡妇，日子难过，我哪扛得住？"

"谁个惹你了？"杨氏追问。

吴氏沉默不语。杨氏觉得，这里边的事打结了，弄不好涉及怀石两家的人，真是这样，该如何是好？

这边蒲氏赶紧去问石路养。石路养跟她提过吴氏的事，会不会是这小子做下的？结果，石路养很痛快地说是他的。蒲氏很吃惊，看不出来路养还真有本事。她问，你真上了？石路养害臊又嫌烦，说女人真是麻烦，这事也可以问得那么清楚。蒲氏说："怀老爷、石老爷和村长都过问这事了。你个胆大的，你去摸老虎屁股没人管，你去惹寡妇惹出事来了，在村里这事是不光彩的，你做了这事，迟早会被赶出去的。"石路养挺了挺胸说，我真心喜欢小吴氏，有什么不光彩的。

蒲氏说："那你自己去跟怀老爷说。"

石路养说："吴氏还没同意，我跟老爷说什么？"

蒲氏说："你都有种了，还不能说？"

石路养毕竟年轻，遇见这事还是没有胆子去长辈面前说。

杨氏给怀一民回了话。怀一民给父亲说，两路女人去问了话，都没有结果。怀振声要一民把村长和吴氏叫来祖房，当面说个清楚，有个了结。

吴氏被叫到了怀家祖房，怀振兴、怀振声和石振威端坐着，怀一民、石一方站陪着。怀振声说："吴氏，守孝，你做到了。眼前你肚子里孩子的事，当面给我说清楚，我也为你做主。"

怀老爷确实是个好人，处处为人着想，可眼前这肚子的事，让吴氏觉得很难开口，即使老爷就在现场逼着，还是很难开口。吴氏只看怀振声的脸，她想用哀求的眼神，表达内心的无奈。

怀一民看到沉默的局面，就劝吴氏说你一个寡妇人家，日子过得不容易，今天老爷叫你来说清楚事情，不是扯你的面子，而是要帮助你，为你做主，免得以后的日子难过，再说了孩子总是要出生的，孩子到了世上，不知道他阿叔是谁，也是难听。

吴氏心里始终也在盘算，她知道怀老爷的一片好意，怀一民的劝说始终没有说到沉井的事，这更让她感觉到安慰。只是这事确实难以启齿，说了只会给老爷添烦恼。正坐在靠椅上的怀振兴，表情怪异，不过这孩子和他没有关系，这村长是个有种不收的料。

沉默，僵持，不是怀家人要的结果。怀振声说，吴氏不肯说出个所以然，那就吊起来吧。

众手下把吴氏捆着吊起来。吴氏哭成了泪人，但她还是没有说出孩子的父亲。

甩起来，怀振声下令了。

众人准备把吴氏荡秋千一样甩起来，这样是会把孽种孩子甩出来的。"一、二、三，出去喽。"

吴氏挂在绳索上旋转着甩出去，前方是一根石头柱子，碰上了，一下就会夺去半条命，甩回来，后边也是一根石头柱子，一个来回，基本没命。

说时迟，那时快，石路养飞也似的冲进了怀家祖房，一手就挡住了甩将出去的吴氏，抱稳后，扑通跪下，大声说道："怀老爷，这孩子是我的！"

怀振声和怀振兴都很平静地看着石路养和吴氏，并等待吴氏的认可。石路养见吴氏不说话，就急着说，小吴氏，你说话，你对怀老爷说这孩子是我们的。

吴氏含着眼泪对石路养摇摇头。

石路养简直不敢相信吴氏的这个摇头，难道吴氏还有别人？石路养大喊起来："不是我的，那是谁的？"

吴氏一心窝的酸楚水，她不全是怕，有后悔、有委屈、有隐忍，杂七杂八的一大酱缸，终于忍不住大声哭起来。那声音，像戏台上被遗弃的糟糠之妻凄厉的哭诉，在场的每个人都能感觉到那高尖的声音里，饱含着什么。

听到这里，怀振声的心跟着紧缩起来，吴氏和石路养有染，却不是他的种，事情还很复杂。怀振声说，吴氏，别光啼，要说话。

怀振兴想起卓越颖临走留下的话，石路养在等着她，可眼下吴氏心里的并不是石路养，一时紧张起来，怕问多了，说出樟树头的事，把事情又引到自己身上来。

石路养走近吴氏，轻轻牵着吴氏的手，认真地问："真的不是我的？"
吴氏点头。

石路养瞬间有一股热血气流涌上心头，眼前发黑，晕了过去，歪在地上。怀一民赶紧过来捏了人中，扶起他。吴氏垂着头，哭诉着："路养，我心里知道你对我好。我是寡妇，不是黄花闺女，你对我好，我没有办法报答。你要，我就给你了，算是里外帮活的报答。我妇道人家就这么想。但这孩子真的不是你的，我不愿意骗你。"

怀振声觉得这话难听，就打断吴氏的哭诉："免讲那么多，你就简单明了直接说是谁的种。"老爷的语气坚定，咄咄逼人。

没有退路了，众多的力量逼迫着。吴氏的防线被石路养这么一冲击，出现了很大的缺口，大坝即将崩溃。吴氏嘶哑地说："是怀玉龙的。"

怀振声并不惊异，这个怀玉龙，不是什么好料，自己早就警告过他，不要利用嘴皮骗人钱财女色，不想真给犯上了。怀振声说："好，你说出来，我就为你做主。一民，去把怀玉龙叫来。"

怀一民去了。怀振兴缓了一口气说，卓越颖被抓时求我放了吴氏，她说怀玉龙在等着吴氏呢。怀振兴说出这话，自己也觉得对不住石路养，那夜石路养为解永宁堡之围，可是出了大力。可是眼下这事情，怀振兴不想自己陷进去，最好快刀斩乱麻，解决了事。

怀振声说："少奶奶知道这件事？这年轻人都被民国的自由给弄得不清楚了。不过，你永宁堡少奶奶也是心善，她这也是想救人的。"

怀振兴搓了一把胡子。

石路养放开吴氏，愣愣的神色，垂头丧气，一个粗壮的男人被这个意外的结果打击得软不邋遢。

怀玉龙贼溜溜地进来，见到怀老爷，就扑通跪下。怀振声正声道："怀玉龙，你今天当着祖宗的面，把你的媳妇和孩子领回去。今后好好过日子。"怀玉龙来不及把眼前的事情想清楚，只是全身发抖，又叩三个响头，说"谢老爷"。然后他起身把吴氏从吊架上接下来，扶着，一起拜谢怀家祖宗，拜谢怀老爷。

怀玉龙的举止态度，让吴氏觉得宽慰，至少他没有否认自己平日做下的床事，况且吴氏心中选择的那种幸福来源，就是像怀玉龙这样的人。现在，怀家老爷竟然这样为自己的幸福做主，真是意想不到，一时忘了刚刚被吊的恐惧，心里变得忐忑又高兴。

她现在才放心地看一眼端坐在楠木靠椅上一言不发的石振威石老爷。

吴氏牵了怀玉龙的手，感觉十分的冰凉。她发现这个平日里卖嘴皮花言巧语的男人，在老爷面前也是胆小害怕，心里涌起一份怜惜。这样的结果，吴氏觉得并不满意却乐于接受的，至少她可以躲过沉井的劫难。至于孩子的父亲以及其他的事，就让它烂在肚子里了。于是，过往的所有的秘密就这样埋藏在吴氏的心底。

石路养醒了过来，看见怀玉龙和吴氏手牵手站在一起，就明白怎么回事，又一股热血气流涌上心头，男人的面子、女人的欺骗夹杂在一起，点燃了巨大的羞愧和愤怒，这种愤怒瞬间转化成圆睁的眼睛，紧握的双拳。他从地上噌地站起来，挥起拳头朝着怀玉龙一拳打去，怀玉龙应声倒下。

吴氏迅速俯下身子去护怀玉龙。石路养又紧跟挥去一脚，重重地踢在吴氏柔软的臀部上。剩下的拳脚尚未发作，就被怀老爷喝住了。怀振声喝道，这里是祖房，不是你相打的地方。

怀一民急忙劝住石路养。石路养大声嗥叫："抱你阿姐，对我抢扎姆（女人）。今天我没带杀猪刀，不然我剃了你的排骨。"

怀振声说："石路养，长点出息。女人跟着孩子过，这孩子是怀玉龙的，你就别抢了。"怀振声的这个说法和道理，让石路养顿时清醒了许多，觉得自己要是再闹，更没有面子。于是，他一转身出了祖房去了。

怀振声对一民说，玉龙小子没有什么积蓄，拿点钱帮着把他的婚事办了。怀一民允了。怀玉龙和吴氏又叩头称谢。

石路养径直去了寨尾山，急匆匆地走，进门撞了石有才一个大趔趄。石有才见状不妙，就骂道，石路养，你吃错药了？

石路养不应，依然怒气冲冲的，进了寨堂，操起那把"汉阳造"步枪，背在肩上，就出了寨门。石有才诧异地看着，一时不知道怎么回事，也没敢阻拦。石路养下了寨尾山，往北上了石崎山，身影消失在黟黑的山头里。

晚上，郭凤在床上告诉石有才白天发生的事情，吴氏肚子里的孩子是怀玉龙的，白天怀老爷做主，吴氏随嫁孩子他爹。石有才一时松开抱紧媳妇的双手，感觉气有点堵。郭凤问怎么了。石有才怕露了心虚又把媳妇抱上，闭着眼睛想把媳妇整弄一回。

郭凤说："轻点，你忘啦，我大肚子了。"

石路养走了，却让石一方有点牵挂，毕竟是石家的堂亲。这个洪福堂的年轻人因为家境贫寒，波折到离家出走，石一方觉得自己心里有愧，再说路养心性刚直，脾气火爆，遇上如今的世道，在外难免惹事，一走未必就能了之。尤其是吴氏这事一出，石路养和怀玉龙肯定结上冤仇了，不知道什么时候又生出事情来，回头捣乱了黄石。

怀玉龙办了婚事，怀振声、怀振兴都觉得了却了一件事情。杨夫人把吴氏寄存的银圆还了回去，交代玉龙和吴氏，好好过日子，不要再惹出什么事端来了。怀玉龙心里也堵着，这好事来得不明白。他最害怕的是石路养，日后自己定有祸端。

第六节　大罗岩寻缘

放暑假了，怀有福、怀招娣都回家来了。怀一民暂时从烦琐的精神负担中挣脱出来。女儿精神气好，一到家就叽喳个不停，小鸟似的。可儿子就是不得劲，疲惫的样子，静静地坐在檐柱下的石臼盖上，一言不发。怀一民看得清楚，这孩子是没有身体劲头啊。他赶忙吩咐杨氏做点吃的喂孩子，心里却想着孩子将来的命运，不禁又伤心起来。

孙子去拜见了老爷。怀振声看见了孙子的身子骨，便叫怀一民找个先生算算怀有福的命。怀一民去年听了石一方进城遇到神算测字先生的事，心里揣摩着也进城去找这个测字先生测一测有福的命。正想着这些事，苏树三进来说，云林施老爷请怀老爷、石老爷去祝寿。

怀一民赶紧给父亲报告了这事。施老爷的寿宴不可不去，如今虽是回乡养老，早些年可是县公署的知事，虽赋闲在家，也是有头脸的人。如今来请怀家、石家，也是给了面子，看得起。俩长辈一合计，定下委派石一方和怀一民代表石家、怀家去送贺礼祝寿。两家分别备了贺礼、寿文和寿镜。

寿宴并没有想象中的那么排场阔气，但三桌酒席，相当讲究。客人多是县里学界有头有脸的人。

施同灿，号叔星，施冠珍之子，三十一都湖上人，秀才、廪生，官立两等小学堂教师、校长。宣统元年，县教谕改为"劝学所"，叔星被委任为所长兼视学。

廖逢明，号良甫，文江朱坂人，合邑公举请县咨送赴省参加福建师范学堂师范简易科学习。宣统三年任劝学所所长兼视学。官立两等小学堂、县立第一高等小学校、玉田县第一区县立均溪小学校校长。民国九年公举担任玉田县教育会会长。

吴元村，三十都人，省立第一师范完全科毕业。

还有全闽省立师范学校毕业生诸多人：方日中、吴一峰、田同井、张士龙、黄瑞龙、张书绅、张图南、朱俊、邱联登；福建省立中学毕业生诸多人：施勇纶、萧寅棠、章聿青、方璧光、曾敏惠；福建省立法政学校毕业生诸多人：张辉煌、高清风、郑夏龙、刘毓英、黄祥云、廖捷生等。

文人满座，高谈阔论，从魁城的一门三进士，到元代郭居敬的廿四孝和《百香诗》，再到明代的文人盛事，仿佛不是一次寿宴，倒像是一次文人聚会。怀一民和石一方算不得文人，无非一介农夫，半个生意人，施老爷能邀请他，真是让黄石脸上有光。只是自己口无珠玑，不便多说话，就管喝酒。施老爷精神矍铄，不时与客人朋友杯觥交错。

席间，怀一民结识了施同灿、吴元村，同是云林乡的才子，一位长者、一位后生。互敬了几杯酒，就谈起云林学堂修建的事情。同灿所长说，当初知事率众人创办上美学堂，也是为了云林子弟能上新学，将来有所作为，振我云林之文韬武略。而后学堂逐渐破旧，得黄石怀家、石家慷慨解囊，修葺一新，实在是善事一大桩，黄石素有仁义之心，果然不负其名。怀一民和石一方都表示无非尽微薄之力，要说尽力，郭先生才算得上，他能用女儿的聘金钱拿来修缮学堂，那得需要是什么样的善心呢。所长听后，也夸赞云林有此良善先生，实乃有福！

如此，两人又被敬了几杯酒。

吴元村得知怀石两家同是积善之家，更是称赞有余。

施老爷兴致很高，亲自每桌敬酒。怀一民和石一方举杯祝愿施老爷长寿百岁时，施老爷郑重地向文人们介绍了黄石村两位老爷的品行，又夸黄石的后生一代胜过一代，嘱咐一民、一方回去代向怀家、石家长辈问好。

　　晌午后，酒席渐渐散了。施老爷醉了，几桌的书生也差不离了。

　　吴元村说要回家，施同灿怕路上有闪失，挽留他再住一夜，醒了酒再走。吴元村说和大罗山的真定师傅约好了，得准时赴约。于是，同灿所长就征询怀一民，能否把吴元村送到大罗岩。怀一民酒量大，虽是喝了些，但在这种文人场合，还是很清醒，送人之事便允了。

　　宴席散去，大家都各自归了。

　　去大罗山十里路，但上大罗岩还得十里路。大罗山位于尤床和云林交界处，山上有寺庙曰大罗岩。明代时就有刘姓先人在山上创办了芝山书院，教书育人，名扬一方。山脚金溪河远道而来，绿水青山相互映衬，如链如黛。青山古寺，开门接纳八方香客，绿水岸边，书院闭门教学子。羔助坂的刘氏前人打造了一个美丽的人文氛围，在诵禅念经和琅琅书声的融会中倡导着一种文化的方向。据说尤溪朱文公还曾经到此讲学，难怪像吴元村这样的文人学子都爱上大罗岩去走一走，熏陶一下传统的气息。

　　上了大罗山，已是暮晚。远处的高峰还沐浴着最后一抹夕阳，村里的炊烟袅袅升起。若是没得上山来，岂能见到这样的空灵景象。法界与人间，差别就在高度。吴元村虽是酒意浓浓，却坚持登上山来，期间休息了几次。到了山门，真定师傅迎了朋友入寺。见醉，便先安排吴元村休息。因天晚了，怀一民也一起被留住了下来。

　　入庙哪有不烧香。怀一民想最近心里一直琢磨儿子的事，父亲交代去为小子算命测字，如今菩萨就在眼前，何不求一签？于是，自己去了大殿，掂香跪拜，摇得一签曰：愁眉思虑暂时开，启出云霄喜自来，宛如粪土中藏玉，良工一举出尘埃。

　　真定师傅问，求平安吗？怀一民点头。

　　师傅解曰：此卦阴阳和合之象，凡所谋皆吉也。所谓"得处无失，损中有益，小人逢凶，君子顺吉"。

怀一民又为大儿子求了一签，结果摇出来的是同一支签，心中大喜，赶忙跪在蒲团上再叩首。好签吉利，给人一种希望和期盼啊，但是说实在话，这和怀一民心中的希望还差很远，他希望自己的小儿子身体立马见好，更希望自己的大儿子能突然出现在眼前。毕竟孩子身体的事不是一日两日的弱，大儿子失踪已经十五年了，这样的奇迹能发生吗！

几只鸟扑棱着翅膀，回到寺前的大树巢里。怀一民看得真切，夜晚来临，鸟儿归巢。正想着鸟儿归巢的事，寺庙又来了一拨人。怀一民看不清什么人，只听见殿外真定师傅说，不知贵客驾临，有失远迎之类的客气话。怀一民猜想定是庙里的檀越主，或者是真定师傅的朋友。

不一会，真定师傅请怀一民一起去喝茶水。入座，怀一民看见刚才的朋友是一个个子不高却睿气昂扬、精明强干的男人。

真定师傅作了介绍，原来这个男人是二十九都五里林人，姓陈，陈老爷，与师傅相识多年。陈家也是积善之家。当年周师长被追杀，逃亡途中留住五里林，受陈家接济。周师长发达后，感激陈家昔日恩情，常有来往。陈家在二十九都月进斗金，平安生活。如今大罗山脚下有大片良田都是陈老爷的租地。今日收租而来，顺便上山看望真定师傅，住上一宿。

怀一民说，幸会幸会。随后做了自我介绍。

陈老爷也说，幸会，黄石麻商，儒雅敦义，早有耳闻。

一时惺惺相惜，以茶代酒，互为致敬，气氛十分融洽。

陈老爷说："进了庙，哪有不烧香？光顾喝茶说话，把这事给忘了。"

真定师傅领着陈老爷烧香去。怀一民便去看吴元村是不是酒醒一些。等吴元村醒来，晚饭迟吃了很久。寺庙里做了素菜，却上了酒。真定以茶代酒，举杯欢迎八方香客朋友，大家首杯饮尽。

吴元村对怀一民说："昔日朱文公在同安主簿任上回家北上，住在大罗寺，留下'寒竹风松'的墨宝，可见当日住持也是广交四方朋友。如今我们真定师傅大有昔日风范，今夜来的虽不是文公大师一类，却也是儒商善施檀越。"真定师傅说："元村说得好，今日有缘相聚在大罗岩，是佛祖善心。朋友远来，不亦乐乎！"又举杯敬酒。三巡过后，真定师傅说："今日另有一奇缘，不知当说否？"吴元村说："尽管说，四空之人，唯有善心，哪有不能说之事？"陈老爷和怀一民表示赞同。

真定师傅就开口说："陈老爷和怀兄弟，素昧平生，今日到此，尊拜菩萨，所求有异，却得一签。我心里甚是奇异，阿弥陀佛。"

吴元村说，这么凑巧。真定师傅说，非凑巧，因缘而已。

吴元村说，我也去求一签。

真定师傅微笑陪同。吴元村掂一签过来，请真定师傅解签。签曰：豹变成文采，乘龙福自臻，赤身成富贵，事事得振新。

读完，真定师傅拿眼疑惑地看着吴元村。吴元村问，有缘吗？

真定师傅说："此签有缘，但不是你之缘。得此签者将获佳婿，并因此享用荣华富贵。"

吴元村说："今日确实有缘，实话相告，我这签是下给陈老爷的。"

三签合一，四人面面相觑，感受着神奇的缘分。怀一民听到陈老爷会得佳婿，心里就观想祝贺美意。陈老爷听到会得佳婿，却在猜测佳婿将在何方。

吴元村也在想自己刚才的念想，怎么会不求自己，却替陈老爷求去呢？

真定合着手说："陈家有女初长成，二字憔悴无人问；怀家愁眉暂未开，翁婿相笑出尘埃。阿弥陀佛，这就是缘。既然菩萨有善心，大罗山有缘分，陈怀两家何不说出清楚，牵一姻缘，了一心事。"

就这样，陈老爷和怀一民用三杯酒为自己的子女定下了姻缘。

陈家女儿水莲，十八岁，待字闺中。怀家幺子怀有福十五岁，身子骨弱，冲喜是当务之急，嫌不得人家，况且女大三抱金砖。怀一民喜不自禁，腾出话头不说，只是敬酒。

当夜朋友相得甚欢。次日，大家作别。吴元村谢过一民相送。怀一民和陈老爷握手，相约年后拜访。吴元村说："黄石到二十九都，路途遥远，既然有缘，干脆朋友亲家做一回了却，本应该是真定师傅做媒，却是佛门中人，不宜热心世俗之事。他日，一民先到大罗山，我备好排船，顺流而下，诸事即可大吉。"陈老爷说，昨夜岩中定下子女姻缘，就无反悔，提亲定亲之事，路途遥远，亦可从简，我只恭候黄石长辈光临寒舍。

于是，大家都和真定师傅告别。真定师傅拉过元村说话，劝他少管闲事。

怀一民只身回到黄石。路上他遇见不少流浪下府的人，拖家携口，一路行乞一路走，时局的乱象从这些流浪人沉重疲惫的脚步就可以看得清楚。

路过云林，怀一民去看望郭先生，问起世道之事。郭先生说，如今世道真是不可捉摸，匪患横生，天灾不断。周边的匪徒，间歇犯乱，前些日子，周旅长、张团长侵犯玉田的乡村。听说后塘陈家丧母做功德，在土堡里设宴谢客。周部手下以为是招待东部陈团长，派兵围剿，不问青红皂白，烧了三十多座房子，杀了百十多人。血性一起，不可收拾，这帮人回头玉田村，又杀了三人，烧了十四座房子，途经和丰、和平村，又烧了近五十座房子。加上坊都、三十八、四十六、四十七等都连下暴雨，民舍、田亩淹没冲毁甚多，县城被大水浸没，街道水深两尺，北门城墙坍塌六十余丈。真是四处家破人亡，能不出门行乞流浪吗！

怀一民说："那县长他们都在做什么？县里不是有保安团吗？"

郭先生说："县长遇事就逃跑，保自己的命要紧，哪管一方百姓，周师长实力强大，凡事轮不到地方县长说话，再说如今县长个个都是熊县长，百姓面前八面威风，兵匪未到拔腿就跑。虽说是民国了，和皇帝爷那时候没什么两样，官都是买来的，赴任说白了就是赚钱来的。官如此，做小的也一样，谄媚讨好，极尽其能，三千宠爱集于县长一人，什么为民做主，都是官场玩弄的骗三岁小孩的把戏。如今世道昏暗，谁有枪有兵，谁就是'县长'。听说，城里的学堂也被部队占了，学堂被迫迁到城外的寺庙里去上课。容不下孩子读书的一张书桌，这样的世道，历史上有，现实还有，真让人痛心、搞不明白的世道。但愿将来不会有。"

郭先生说得怀一民心里一阵拔凉。他佩服先生的言语深度和正直为人，身处乡野却总能记挂大事忧世间民生。他担心这样的世道发展下去，黄石村的平安日子也不长久。先生是多好的人啊，世道竟能逼着他出口骂狗熊县长，这世道肯定是出大错了。

　　世道的事情多含冷意，说多了无益。郭先生便移了话题，问女儿的事。怀一民说，石家待见得好，郭凤又聪明伶俐，左右逢源，夫妻恩爱，明年先生就有外孙了。郭先生说，没了女儿在身边，总是觉得孤单。怀一民说，学校放假得空吩咐石有才来请先生去做客，到黄石一叙，排遣一下。

第四章　锁医新娘

第一节　南军

　　年前，大家都要请人杀猪，这才想起石路养在家的好。手艺人就像一块垫脚石，哪天搬走了，临了这个坎，腿脚不踏实。大家都在想，也不知道现在石路养怎样了？年关，杀猪的活只好走路请了隔壁村的屠夫来。别村的师傅总不比自家的石路养那么好使，一封炮、一罐酒就打发了，别村的既要工钱，还要一小份猪肠啊板油什么的。这一比较，石老爷就吩咐年后要派人去探听一下石路养到底去了哪里。在石老爷心里，他并不担心路养会饿死，而是担心石路养在外跟了不三不四的人，染上坏习惯，或者上山入错伙，到头来借势泄私恨，搅了黄石的安宁。怀石两家居黄石百多年，从来就是靠这种农业种植秩序在过日子，如今时局动荡，很容易让人从这种秩序中脱轨出去，动刀动枪的。凡事都得未雨绸缪，等到真乱了，要收拾起来，怕是难了。

　　小家也一样，石振威很注意观察孙媳妇郭凤的表现。家里来了新人，这就产生了一种新秩序。新人融入石家，秩序就稳定，否则就会有家庭乱象。郭凤确有先生的风范，对人彬彬有礼，友好睦邻，融洽婆媳关系，做事抢先勤快，和那些个雇工也能说上话，甚至还能亲手去尝试学着打草席的活。虽说是没事找乐，却也看得出，郭凤没有像柳花那样的少东家太太的架子，下人们都喜欢亲近她。石振威更是喜欢，孙媳妇要是能正经地管起这些闲杂事，起码可以让她知道家里有多少的事和活，心里有数，往后就可以帮助有才料理席坊，持家有方，把石家的祖业继承下去。家业的兴旺，女人的辅佐是看不见的作用。而衰败往往也是从女人的懒散、搅扰和不闻不问开始的。继承祖业的事，对石振威来说，十分重要。自己年纪大了，最近接连梦见死去的老婆来牵他的手。醒来，总是心口堵得厉害，大概老婆等急了，自己的岁数也差不多了。这样想着，石振威觉得日子多了几分哀伤和无奈。但他有一个信念，一定要看到自己的重孙出世。三代单传之后，石一方终于有了两个儿子，他希望石有才能认真点努力点生出一群儿子来，即使自己等不到、看不见孙子满膝绕，他心里也高兴。枝繁叶茂的春天，谁不喜欢呢？

怀一民把从郭先生那里听来的匪事给石一方说了，并提议要加强村防卫队的力量，干脆一起花点钱，给防卫队配上枪，以备应急之用。

石一方说，钱不是问题，黄乡长不是答应过给一百大洋吗，只怕两家长辈不同意。

怀一民笑着说，你就别老惦记着黄乡长的"口头钱"了，实事还得咱们自己办。过去黄石以仁义为怀，以和为上，让村里平安百年，如今时局变得太快，仁义不能丢，枪恐怕也不能少，现在时事甚至已经发展到需要拿枪来保卫仁义的地步了。

听了怀一民这么一说，石一方心情变得沉重。他以为，东部德化方面兴许不会有大事，如今尤溪那头时常侵犯玉田，形势十分凶险。过乡达里，都遭遇了土匪烧杀抢掠，难保哪天不来云林，到了云林，难保不到黄石。怀一民也觉得是这个理，常日里，我们只懂得防土匪，从永宁堡少奶奶被官军抓捕之事看来，还得多防一路人，官匪这是两路人。那夜为了救人，永宁堡开了枪，防卫队也参与其中，动了枪，双方都死了人。这事官军肯定不会放过，兴许不出几天，官军又寻个借口来惹事算账了。难办的是，若是遇上真刀真枪，即使有了防卫队，也是顶不住的，吃素就是吃素的，没有什么道理可辩。

两人商议一起去见两家长辈，把形势给说重些。意料之中的事，两家长辈都不同意配那么多枪，用枪只会加重仇恨。老辈认为即便土匪、官军来了，也只能是躲一躲，就让过去了。怀振声特地说到刚发生的事情，永宁堡这么一开枪，开了黄石流血的先河，从此又起一段新仇了，不值得，一仇百千年都难断啊。怀振声的感叹，自然是源于五棵树宫家的那段家事。

年照例地过，可是大家的心里却少了快乐，自然而然装进了不少担心和恐慌。年底的天气阴沉得厉害，湿冷的感觉无孔不入，仿佛要把每个人的身体都捆扎起来。

在县城，事情有了转折。东路讨贼军许总司令，委派第一支队司令陈东华进驻玉田县城，知事出逃，被闽军控制三年的玉田县重新回到南军的手里。但陈东华主事玉田县，有人不同意。这人就是周师长。如今陈东华借助南军的势力进驻玉田，对周师长来说，等于卧榻之侧鼾睡他人，孰可忍孰不可忍？周师长当即派手下张团长攻打玉田县城，陈东华力弱坚守不住，主动退出县城。后陈又率部反攻县城，地盘重新回到陈的南军手里。周部不甘心，又派周弟为旅长组织队伍攻打县城。两军对峙，激战数日。最终，陈部败退漳平。周部紧紧追赶，沿路烧杀抢掠，全县惊慌激愤。玉田城最终落入了周师长的势力范围。

怀振兴多次派廖毛进城去打听儿子和儿媳妇的消息。廖毛说南军打回来没几天又被周师长打回去了。南军、闽军好像不管顾什么，就忙着抢地盘，玉田人可是被烧怕害苦了。怀振兴心里很失落，因为儿子是南军的人，所以他心底是赞成革命党的，这种立场的变化就这么简单，从反对到赞成，它和信仰无关，只因血脉亲情的关系。他甚至经常把自己的这种立场说给村里人，鼓动大家亲近革命党。所以他对革命党没有力量占据县城，很是失望。要是革命党赢了，儿子和儿媳妇就能回来了。

年后，怀一民的大姐夫来做客。围坐在父亲的铳楼里，喝酒聊天。怀振声近来对时局挺感兴趣，就问卢迪工最近县城有什么新鲜事、大事。

卢迪工了解岳父的脾性，便把县城的新事物，尤其是兵事如数道来，因为兵事就是最大的形势。

怀振声啜着茶水、燃着烟，悠然地听着。

前些日子，永春人赵希望兄弟到县城后街开了一家西医诊所，这是新鲜事吧，洋医生从前没有过。他们不懂中草药，而是用西药和手术开刀治病。有些西药很神奇，真是药到病除。卢迪工进城去想进些中药，听说有洋式医生，就去看个究竟，于是互相认识了。听赵医生说城里来了广东的大部队，是广东革命军政府派来的，专门打福建中西部的北洋军阀孙大帅的，分散闽督府的精力。部队还在玉田县城成立了司令部，方司令、吴参谋长把周部都给收编了，地方武装成了正规军。不久又有南安的部队一千多人加入，还有北军叛变过来的彭团长带了六百多人开到玉田入伙。不知道什么原因，方司令的卫队旅内部出现矛盾，阴谋叛乱，被发现。那个彭团长刚来就想把自己的人马拉回湖南老家，被司令知道了，被就地枪决。

怀振声插话说："这哪是部队，和土匪没两样，还是想着自己的地盘，不管百姓死活。和平的时候，为官的满脑子政绩功劳，四处筹钱，私底下贪欲不敛，又是交不完的钱米。战事一起，溜的溜、逃的逃，留下一个烂摊子。真不知道，天下有哪个县城是宜业宜居了？"

卢迪工接话："谁说不是呢？这些人搞革命，就是端着枪，抢地盘。彭团长是湖南人，玉田的县长也是湖南人，那姚县长看不过去，就替老乡出气，以老乡关系，暗中煽动彭团长的部下反叛，投靠周师长。"

怀振声说，这下可有戏唱了。

"岳父说得准，大戏就在后头。没多久，彭团长的部下联合起来，突然袭击司令部，那方司令措手不及，仓皇逃走，参谋长当场被打死。结果你猜怎么收场？"

怀振声点起一筒水烟，叫女婿别卖关子。卢迪工说："螳螂在前，黄雀在后。周师长立即组织部队反扑收拾乱兵，彭团长的人变成师长的人了。随后又围攻南安来的人。南安来的部队人少，打不过周师长，就暗中求人请东部陈东华相救。结果得救了，也仅仅是头头跑到德化去，手下的兵都被周师长吃掉了。这个周师长可真厉害，坐收渔利，玉田这一战周部又壮大了不少实力。"

怀振声说，要说这世道，还是不要一个人壮大起来，周师长翅膀硬了，一定不是什么好事。卢迪工问："这怎么说？"怀振声说："好比你做郎中，全玉田只有你一个人行医，品行好百姓得利，品性坏，百姓可就遭殃。这一个县，比不得一个家，一家才七八个人，一县那得拿万来算人头的。一县百姓的命运寄予一人品行好坏之上，比赌博还悬呢。"卢迪工嫌岳父说笑："怎么把我比上了，我可是本分郎中。"怀振声说："本分就好，恐怕土匪就没那么本分喽。是你说的，好戏还在后头呢！"

怀一民听到这里，趁机插话又把加强防卫队的事给父亲说了一遍。父亲还是没有言语。怀一民觉得这事就算到此为止了。

怀振声又问："振兴那个儿子不是南军的人吗？"

怀一民说："都派人去打听了，没有见到怀一北回到县城。上回被县府通缉，这下也不知道他投奔谁，去了哪里。兴许，颠沛流离了几年，有可能累了，不想革命，皈依田园去了。"

怀振声说："自光复以来，革命的事多了，甚至是没完没了的革。从前觉得革命离我们远了点。如今黄石人也参与其中了，小到革长发、长袍的命，大到真刀真枪抓捕永宁堡的少奶奶。这一看，革命还真不容易，但愿怀一北每次都命大。还有，永宁堡那个少奶奶，如今也不知落到何处去了。"

怀一民说，年轻人有自己的路，曲折由不得我们爱的，别去老想着。卢迪工也来附和："谁说不是呢？岳父大人心善心宽，心里啊都装着这下一辈人，若是好年景，就不必牵挂这些事了。"

正月，怀一民照例要去一趟阮大六那里，问问一年天气的事。阮大六还是老办法预测着一年的天气，他说今年应该会风调雨顺。怀一民直接给了阮大六两块大洋。阮大六推说，这哪行？怀一民说，什么行不行，大六，你也老大不小，有合适的去说门亲。

"谁个男人不想女人，不想有个家？可是我阮大六这穷得叮当响，哪个女子要进门来呢？"阮大六说。怀一民安慰说："穷人可以找穷人嘛！哪天你去云林的大路上去看看，过路流浪去下府的人中，兴许就有要饿死的女人愿意跟你，不过你可不要嫌人家。"阮大六大喜，真要有，我就去等一年。

怀一民问，真愿意？阮大六说得坚决，真愿意。

于是，怀一民回头又给阮大六十块大洋，并郑重交代别像你阿叔那样吃赌了去，没找个女人回来，十块大洋你得还。阮大六接过大洋，手在发抖。对怀一民，阮大六真是以兄长对待，这次，他本想让怀一民看看那自家祖传的宝贝瓷公鸡，不料说到等媳妇的事，竟然给忘了。这件瓷器是阮家唯一的家传宝贝，父亲出走为什么没有带走，阮大六说不清楚，母亲说过那是先祖来上府时就带来的，很吉祥。阮大六并不介意这东西，有时候想是不是那些官军留下来的。真是这样，这件瓷器就带有不光彩的味道。但无论来历如何，既是宝就可以变钱，要是有了合适的女人，阮大六想把它变卖了用来娶亲过日子。他本想怀一民世面见得多，托他看看有没有买主，能不能值几个钱。

暮春的天气，时晴时雨，天气渐渐热了起来。怀石两家管不了时局的事情，照旧埋头去把苎麻和席草的事，按季节料理好，雇工们和往常一样做着管护、施肥、收成的事。这才是黄石的硬道理。

怀一民坐在石臼的盖子上吸着烟。过了一个春天，怀一民学会抽水烟了。杨氏和雇工们开始都很惊诧地看着他吸烟。怀一民说，抽烟好解闷啊。于是，大家就觉得吸烟也是大事，东家怕是遇见闹心的事情，再看就不奇怪了。吸着烟，怀一民觉得也并不能消愁解闷。望着这人间的四月天，体会到的更多的是哀伤。最是人间留不住，朱颜辞镜花辞树。公道世间唯白发，人到中年万事慵。但怀一民还有许多事情要他去起头，慵懒不得。他心里一直搁着去年赴宴送吴元村到大罗岩又偶遇尤溪陈老爷并定下一门亲事的事情，眼下该让它落地了。

他就起身给父亲说去。怀振声以为，既然双方都说下的事，为什么还不去提亲？这么大的事，一个人放在心里这么久？想独自吞了去吗？真是年岁越大，头壳越空。这样持家，哪能有救！

看得出，怀振声对怀有福的婚事很看重，甚至责怪怀一民揣着事不说不办，不是持家的样子。怀一民说，大姐夫刚好回来，不如一起去趟二十九都五里林，把怀有福的事办了。怀振声立马同意，他催着要一民赶紧去准备，还特地吩咐凡事要讲究些，别丢了面子，失了礼节。这喜事要赶紧，这事办下来，儿子也就卸下一块大心病，免得整日气息消沉，让人看得心疼。

这时，苏树三来报说，玉龙媳妇生了。

吴氏是老爷做主许给怀玉龙的，媳妇生了，他就来怀家报喜。怀振声说："洪福堂也该有新人了，树三，生的是团，还是阿赛（囡）？"

苏树三说："是阿赛。"

怀振声说："阿赛也好。树三，你赶紧准备礼物，叫杨氏去探望，另外念玉龙平日帮忙打理生意，送两块大洋去帮衬一下，叫个人帮忙做月里，别耽误了吴氏的身体。"

苏树三允了去。怀振声又对怀一民说："洪福堂可是邪门？你看帮他们去请个先生来点化一下，改改风水，我们怀家可是需要人丁的，如今也不论他哪一房了，就管姓怀的了。"

怀一民答应下来，可他特意说明没那么快办妥，眼下事情都捆在一起了。

这边石老爷派人去探听石路养的消息，也传回来了。石路养并没有走多远，上了石崎山，就被九漈村的李姓人家留做了赘子，有了媳妇，一身力气都花在七星洋的一片田地上。这样的结局甚好，石老爷也就放心了，入赘也不是坏事，这种拮据家庭，入得李家，也算是前辈子修德了，况且迟早都要带着子孙回家来的，一时大家都宽了心。对石振威来说，倒是石有才的媳妇，肚子见挺，不知道怀个什么货。香火的事，总会让他老人家忐忑不安，这种不安一直要维持到十月怀胎落地成型。石振威想把石一方叫来，吩咐他去看看郎中，把把脉，摸清楚孙媳妇肚子里的是棒子，还是印花。正想着，柳花进来。石振威就把这事给柳花说了。

柳花笑着说，老爷你是想重孙了，依我看，怕是重孙女了。

石振威问，何以见得？

柳花说，你看那郭凤肚子圆而不突，脸色日见粉嫩，长得比姑娘还好看，人家都说肯定生印花了。听柳花这么一描绘，有板有眼、有理有据的，石振威心里不痛快却不好说什么，便觉得听天由命吧，孙女就孙女。不过，石振威对柳花说："你这个当阿妈的，要教好媳妇，给我生几个棒子孙出来。我们石家什么都不缺，就缺男人。我有两个孙子，你得有四个、八个孙子，这才叫开枝散叶。"

柳花本想开几句玩笑话，不曾想老爷可是正经了。她赶紧回老爷说，记下了。

第二节　广豫票

怀一民一行提亲的人马，来回走了七天，终于回家来了。

吴元村义气，妥当安排了竹排船，来往顺风顺水。提亲定亲的事，按照约定一并办了。提亲的人对亲家陈老爷的爽快以及家境很是佩服，对怀有福未来的媳妇也是大家赞赏。怀一民到铳楼里去给父亲汇报提亲、定亲的事。怀一民说，未来的孙媳妇叫水莲，身体康健，面貌精神，入门定能冲喜。怀振声说，你满意就好，以后的日子，靠怀有福的命了，长辈尽力就行了。又吩咐杨氏今后要提起精神多管顾着点，别让孙子委屈了。

怀家也终于要办喜事了，这让怀一民长舒了一口气。这些日子的愁苦，就像黄昏的炊烟，渐渐地从心口散了出去，去了广阔高远的、靠近神仙的地方，微笑逐渐浮现在脸上，代替了内心的压抑。

从父亲的铳楼出来，石家来人报喜说家里添丁了。他赶紧吩咐树三备下礼物请杨氏去探望。

石家添丁的事，怀振声听了很高兴。他说，黄石添丁了。

一筒烟的工夫，石振威提着一瓮酒来找怀振声。怀振声能明白石振威的心情，两人就对着喝起来。怀一民赶紧吩咐炒个蛋、两个青菜、一碗酸菜汤，备上一小碟县城带回来的花生仁，给老人配酒。一会儿，石一方、卢迪工也来了。喜酒最宜多人喝，凑齐了便坐下来对酒。

石振威对石一方说："团，你那个媳妇，什么眼睛，还告诉我孙媳的孕相是个女胎，这不生个棒子出来了。"石一方回说："女人家懂什么事，信口胡说的，阿叔你也信？也许柳花正话反说呢！"石振威说，这张破嘴，让我睡不好觉个把月了，今后不许胡说，也不许反说。石一方说，回头我训斥她。

怀振声笑说："算什么事？还要训斥。得了孙子、重孙，高兴就行了。"说完，举杯敬了石振威父子三杯酒。石振威借机邀约说："怀兄，还有这位贤婿郎中，待满月酒，我们好好喝。"

第一时间，石有才赶去给郭先生家报喜。照例备了猪腿、猪心肝全副、鸡鸭、冰糖、什糖、米粿。柳花吩咐石有才报喜的担子一定要用肩挑着进门，这是规矩。

郭先生见石有才挑着担子来，知道郭凤生了儿子了，满心欢喜。郭先生是外地人，也就省了许多礼节，简单请女婿吃个午饭，然后把早已备办好的被子、褓褓、衣、帽、裙等十件，公鸡十只，蛋百个，老酒两瓮回送。郭先生吩咐石有才说，郭凤没了母亲，就请亲家母多辛苦替替月里。石有才说，请岳父大人放心，石家一定会照顾好的。

石家父子微醉，太阳下山前回家去了。卢迪工就给怀振声说起提亲路上的事。在云林通往周边县的路口、码头，乡里都加设了关卡，硬性收取过路费，每人一圆，挑担卖货的收取保护费，每人三圆，而且要"广豫票"。问了护卡人，护卡人说这是周旅长设下的，扛枪的人在如今的世道最大最狠，谁都拿他没办法，只有无奈，只能忍气吞声。据说周旅长还摊派给云林乡长一笔军饷一万现大洋，乡长急得团团转。

怀振声问，哪里的"广豫票"？

卢迪工说，那是纸票，据说是周师长发行的，在他的地盘里流通，十多个县，量不小啊。不过这次有银圆也可以，两块银圆兑换一元纸票。

怀振声说："除了周师长，还有谁能干这种事呢？这何止榨油！还榨血呢，真是狠啊，这比天气还狠的鬼怪怕是要来了。我说迪工，你一会儿说旅长，一会儿说师长，到底是什么长？"

卢迪工说："也是旅长，也是师长。有时一个人，有时两个人。有时候是兄，有时候是弟，形势变得快，官帽也忽来忽去的。反正不论啥长，都为地盘为钱财来去的。这大地方的人，可不像我们小黄石这么安分守己，人家都说了，心不狠，事干不大。可惜的是，大事都是坏事。"

石家的重孙子出生三天了。这第三天婴儿要沐浴，谓之"洗三旦"。亲人、亲友的女眷带礼物前来吃"三旦酒"。孩子没有外婆，柳花就亲手把菖蒲、艾、茶叶、盐、白石子七个（意为孩儿根基如石坚），放入锅内煮沸，熬了沐浴水，给孙子洗澡。然后用熟鸡、鸭蛋在婴儿身上各滚揉一次，边念

"鸡蛋头，鸭蛋面，三支须，四角脸，厅头座位有人敬"。婴儿穿好衣服后抱回床上，身上压一双有才穿过的干净布鞋，房门重关三下，以壮孩儿胆。仪式过了，酒席就开始了。怀振声出席了石家的"三旦酒"，石振威亲自陪着喝酒说话。

乡间就是这样，最融洽的时候就是因有喜而请酒的时候。冲喜真是实在的事情。

天气渐渐热起来，地里的苎麻、席草因为不通人事，长势都很好。今年，怀一民虽是再去问了阮大六关于天气的事，只是想法不一样了。怀一民觉得，天气是天的事，你知道了也改变不了它，重要的是要早做防备。所谓成事在天、谋事在人。在黄石大部分种植的是苎麻和席草，天气对苎麻和席草有什么影响，其实不问也知道，重要的是如何防止倒伏。防倒伏，先祖没有说，阮大六更是不懂有什么方法，这需要人去想去做。

在怀一民的提议下，怀石两家坐在一起，共同商议起如何防备恶劣天气的问题。石一方提议，为防备洪水冲毁田地，要抓紧梳理河道，在引水渠口加筑石头挡墙。长辈都点头表示同意。

怀振声问，水挡住了，那风呢？

一时大家都想不出什么好办法去抵御风害。

怀振声说，我想给席草、苎麻秆加个靠椅可能会好些。

大家不明白，便问怎么加靠椅。怀振声道出想法，他说席田、麻田，按三尺宽插一路细竹竿，纵横交错，即使风来，也不会被刮得伏在地上以致绝收。大家都说这个办法好。

怀振声说，往后还要在田地周围种上树，长大了就可以防风。种树的事，分两步走，先移种一些大树，明年再种一些树苗。多年以后，它们也就是一堵防风墙了。

第三个问题是冰雹。要防住天上掉下来的鸡蛋坨子，那和登天一样难。大家都在挖空心思想着。怀一民受到父亲"靠椅"的启发，就提出自己的想法，他说利用田地里的"靠椅"，三尺宽改插一根粗竹竿，通了竹节，另砍叶肥宽大油桐树枝、荷树枝等插在竹竿节口，冰雹季节可以抵挡一下冰雹的直接袭击。

大家觉得这样费事，不一定能顶得住，但也没有其他更好的办法。石振威说："没有更好的办法，就先这样定下来，分头去做，也许今年是个好光景。入夏我们黄石村喝了两场生团鸡酒，一男一女，这是好事，大家要尽心把祖业做好，为下一代创下好基业。"

怀玉龙的女儿先满月，接着就是石家重孙满月，真是喝上两场酒。常人在议论喜酒喜事的时候，怀振声却想着，要去石场的宫庙祭祀一回。

石家孙子将满月时，石一方选了吉日，喊来石路生给孙子剃头。满月那天，又举行"喊狐"壮胆仪式，请一个最亲的孩童背孙子，大人和几个孩童随后，手持竹竿边打边走边"噢噢"呐喊，绕房一周。满月，石有才去请了岳父和亲友喝"鸡头酒"。郭先生来了，学校放假一天，也把四个读书的孩子一起带回来。

石振威请郭先生给重孙取个名字。郭先生推脱一番，最终还是给取了名字，叫石良成。石振威听了解释，觉得挺满意，就给先生一个红包。

早餐，每个亲戚一碗线面、一碗鸡肉、一碗红酒。上午宴客，岳父坐首席，首席须摆一只全鸡，鸡头朝向主客。怀振声、怀一民以及亲人、亲戚都陪着。郭先生既是亲家更是一贯以来尊贵的客人，逢了喜事，自然把酒往醉里喝。郭先生几次想离席，都被亲人劝住了。郭凤看到父亲被灌酒，就出来挡，却也被敬了几杯酒。石振威见好，就发话请先生去躺下休息。

酒席闹了一整天。席间，大家趁着酒意，就拿怀有福说笑，要吃他的喜糖、爆米花。怀有福害羞，跑回家去。怀招娣乖巧，赶紧跟着去陪护弟弟。怀有福被取笑，很不解，就问招娣，阿姐，我哪有喜糖吃啊？怀招娣也不知道阿叔为弟弟定亲冲喜的事，只能说不知道，也许大家喝醉酒了，拿小鬼来说笑。"阿妹（偏叫），别理他们。"

杨氏看见怀有福和怀招娣走了，就跟着回家来。怀有福把同样的问题问了杨氏。杨氏说你阿叔给你找个姐姐陪你，太好哦。怀有福说："我有招娣姐姐就行了，还要招个不认识的姐姐来，做什么事呢？"杨氏笑儿子不懂事："不认识的姐姐来了我们家就认识了，她肯定比招娣姐姐更懂得疼你，免惊，憨团，多一个姐姐多好啊。"怀有福觉得母亲说得有理，就不再生气了。

怀振声说的"鬼怪"真的来了。

一天，石有才报告说黄乡长到了。石振威就吩咐人把怀振声一起叫来。乡长落了轿，腿脚未着地，手早已拱起，落了轿就迫不及待地说："黄石两位老爷，多日不见了，别来无恙啊。"

怀石俩老爷也拱手道："乡长驾到，有失远迎。"然后让入厅堂坐下。

怀振声和石振威两人只是端茶沏茶，不说话。

乡长只好开口，今日到黄石来，有一难事同二位老爷商量，还请出手相助。怀石俩老爷装出很吃惊状。怀振声说："乡长大人也有难事？既有，一定是天大的，恐怕我们小民是帮不上忙的。"黄乡长长一声叹："如今县城已经被周师长的人控制，县长回了老家。秀才遇到兵，有理说不清。周旅长没钱，就向乡里摊派，要我云林一万现大洋。你说我不吃不喝一辈子，也拿不出这个饷银。"

石振威故意问："哪个周旅长，就这么不讲理？"

黄乡长说："还能有哪个周旅长？他的上头就是那个他哥周师长。你不知道吧，他敢劫省督军的枪械弹药，与督府对抗。同时他又是三民主义的宣传员，与南军合伙，成为国民革命军北伐军指挥官，任国民革命军新编独立师师长，还兼任绥靖委员。北伐军北上走了，金溪、玉田周边十几个县就留给他了。他不造币收钱，谁还敢造币发财？"

听了乡长的抱怨，怀振声问，那乡长的意思是？黄乡长说，云林人口不过五千，均输只能征收到一半。怀振声说："那就把均输和因粮合着征收吧。我们黄石怀石两家也不能不给乡长面子，黄石出四千大洋，您看如何？"

话已至此，乡长本想给黄石摊派五千的念头就活生生地被摁回去，只好装着高兴的样子说好，心里却恨起这两个老狐狸。怀振声说，既然我黄石村已经如数交了饷银，乡长大人就得保我黄石四季平安哦。乡长说："如下时局混乱，作为乡长只能尽力而为。若是需要，你们黄石防卫队就去配上枪支吧。"说完就叫手下写了收据凭条，乡长签上大名，四千现大洋就算落入了官匪之手。

乡长和大洋一起走了。乡亲们听说上头来派饷，怀石两家把人头份钱都顶了，自然心里感谢。乡亲们能理解怀石两家，俩老人颇感欣慰。但是对未来，尤其是这个广豫票，他们心里都感到迷茫和无奈。

怀一民逐件办了父亲交代的事情。他先是请了堪舆为洪福堂架了罗盘。堪舆先生的红包，是怀玉龙给的，钱却是怀一民代垫的。然后，他与石一方一起去祭祀了石场的宫庙。父亲交办的事，做儿子的不能含糊。怀玉龙算是懂事，提了老酒、米粉和蛋，去了铳楼，感谢怀老爷。

第三节　醉在厦门

怀一民记着儿子的婚事。他已经托了几个人将怀有福和水莲的出生时辰和全家人的年庚送星家诹吉，选在秋后的吉日，准备完婚。他还是不放心，又亲自进城去请方家再看一遍，这才放心。怀振声从前交代说要去测字算命一下，怀一民就跑到"德安茶行"，可惜没有碰到那个测字先生，问了店小二，店小二说那个测字先生去年就死于非命了，如今多数人都没有好命。怀一民心里感觉有点异样，命运无常啊，不知道测字先生是否也能测出自己的命运。那小二也是说了一句大实话，乱纷纷的世道，几人会有好命运呢。时代一滴水，就能淹死一个大活人。生不逢时，个人的命算不准的，便也作罢。怀一民出了茶行，满城逛去。

这趟进城，怀一民算是开了眼界。城里办了一家林祥利雨伞厂，生产的油纸雨伞，美观大方，很稀罕，既实用，又奢侈。怀一民买了两把。然后他又到基督教会教堂去凑热闹，看了一场无声电影。没有声音，只看见人在张嘴，看不懂电影里的人在做什么事，但看电影很能消磨时间，而且能让人忘了烦恼。当然，看电影不应该是普通老百姓的事，花钱看电影，贵得不划算。第三件事，怀一民去看了玉田初级中学，他是想看看县城的学校都建成什么样子。看见学堂里有不少年轻学生，他就期盼自己的儿子能考到县里来读书。第四件事，怀一民看到城里人用毛竹管引水，通到各家各户，这也可以赚钱，叫着自来水公司。这水不稀奇，这收钱的自来水可是稀罕的新生活。

这些事回到黄石，都是大家爱听的事情，怀一民饶有兴致都一一说了。怀振声听得最认真，一切对他来说都是很新鲜的事物。听完这些事，怀振声问："城里有麻坊吗？"

怀一民说："没有看到。兴许往后我们可以到县城开一家麻坊。"

"这倒是个好主意，你说官匪打来打去抢地盘是为啥呢？为了自己的好日子。我们做生意，也可以做到县城去，去城里开坊子，算是拓宽一点地盘吧。县城要是有了工坊，咱们怀家做事的面就大了，比如学校的事，我们可以多多行善。"怀振声胸有成竹说话的样子，怀一民觉得不多见。但是父亲并没有沿着建麻坊的话题说下去，却顿了话，转而提醒说，回到家光顾着讲古（故事），正事赶紧去办。

怀一民回说知道了。所谓正事，就是儿子怀有福娶亲冲喜的事。当日赶紧着人写好全红柬帖，送到三十都，再请吴元村转送到陈老爷家，算是正式求娶。这头，怀一民吩咐苏树三精心准备娶亲的事。

眼前怀一民心里还有一事，那就是怎么给儿子说这个事情，儿子毕竟还小，若是不接受，可是尴尬了场面。夜里，辗转反侧。杨氏轻声地问他心里装着什么事。怀一民叹息不答。杨氏不久又问，怀一民不耐烦地说，娶亲的事要怎么对儿子说？杨氏听了，速手扳过一民上来，轻声说，已经说过解决了。怀一民压着杨氏略胖的身体没有什么感觉，急问怎么解决的。杨氏嗲起来，说等下给你讲，说完把怀一民扣紧了。杨氏只有在这个攒着点小功劳的时候才敢于对怀一民撒娇，这是难得的机会。怀一民知道杨氏那点心思，只好把事情草草做了，再问，你赶紧说，是怎么解决的？杨氏说，我告诉有福，给他再找一个姐姐陪他玩，他就高兴了。

怀一民问，团通啦？杨氏说，嗯，通了。

怀一民觉得不可思议，孩子不喜欢媳妇，却能够喜欢姐姐，这个主意真的管用。怀一民这才觉得杨氏还不可小看，找一个姐姐的借口，就把儿子说通了，有些事也只有女人才想得到。

苏树三听了怀一民说的用竹管引水的事，觉得城里人真是聪明，引导一股水，就能赚钱，这样做，在乡下地势崎岖，更是好引，城里可以，黄石也可以。于是，他向怀一民建议黄石也搞自来水，省去挑水的力气，城里公司收钱赚钱，黄石不收钱，给大家喝水方便就行。怀一民看着这个忠实的长工，能有这样的心思和心地，内心不禁感动。怀一民对树三说，我和石老爷说一声，两家一起做自来水，省些时间，大家也可以一起喝上自来水。

　　很快，怀石两家就尝试起自来水的事。石一方亲自去石崎山脚下勘察水源，选择在村头上游的龙潭取水。龙潭是先祖祈雨的地方，潭深水清，在潭尾边上的大石头缝上接管子。树三组织了几个雇工上山砍了上百根的成年老竹，架接起来，把清澈的水引到各家各户的水缸里。

　　水缸满了，就漫出来，一时黄石村每户家里都闹起水灾来。大家找了石一方和苏树三问多余的水怎么办。苏树三也没有想到这个问题。石一方开玩笑地说，把水缸打破掉不就行了吗？还是石振威出了主意，建议各家各户去打一尊石缸，缸沿留个缺口，把石缸置于灶间外水沟上，便于取水，又可把多余的水直接排到沟里去，或者直接把水缸放在沟上也行。

　　哗啦啦的流水到了家里，那些人口少的人家最欢喜，省得了挑水之劳累。蒲氏、吴氏和一些外来住家，都跑来感谢怀一民。怀一民说这事要说感谢，确实要感谢苏树三和石一方，是他们俩负责完成的。

　　说实在，怀一民心里清楚，是苏树三的有心和用心，促成一件大好事。苏树三在架管引水工程中表现出思考周密、能解决问题的能力。比如苏树三建议竹管不要沿河走，一者河弯路远浪费竹管，二者河道时常会发洪水，竹管容易被冲毁。还有设计了总管的竹子粗大，三五根竹管后挖一口小水池，便于沉淀和对接分管。怀一民表扬了苏树三。而石家石一方也在两根竹管对接口和牢固的设计上提出了巧妙的设想。

　　引水工程竣工后，怀振声请帮工的人吃饭喝酒，以示庆贺庆功。苏树三还得到两块大洋的奖励。怀振声说："好日子，不是天上掉下来的，要我们自己去想，去努力。我们怀家、石家日子好了，你们的日子也会跟着好起来。不过，要过好日子还真不容易，会遭人眼红，经常有人要来破坏，不让我们过上好日子。黄石这些年经历了许多事，往后可能还有更难的事，需要大家一起做，就像引水一样，管接着管，心连着心，水才能到家。"

雇工们听了很感动，每个人好像都有了一种主人的感觉，每个人就是一节流着清水的竹管。

怀玉龙已经准备好每年到十八格的事。这让怀一民想起徐老板说的话，他想要是黄石就卖精麻料，可以省了好多事。只是，这事情八字没有一撇。他去和父亲说了厦门商人要精麻料的事情。怀振声认为不是很妥当，只卖麻料，黄石的夏布就断了，做东家的是省事了，可那些个雇工怎么办？这些人可是几代人都跟着怀家过日子的。说到这些理，怀振声就劝说儿子，不要因为几个利头，把这么多人家的日子都断送了，别看那些是怀家的下人雇工，骨子里怀家的钱都是他们赚来的。

怀一民很理解父亲的想法，这是他一辈子做人的根本，老来要改那是很难的。但利头也还是要赚的。他给父亲建议说，要不然，夏布照旧，找个地，新开一片麻地，徐老板说得对，我们的夏布成本高、质地不如人家，只能农村做些日用，要想开源，还是要走新路子。如今，天下都在革命，我们生意人看来也得学着革命，多开几条路，不能吊死在一棵树上。怀一民还有一个想法，也对父亲说了。如今世道越来越不安宁了，四面都有匪患，我想了许久，匪徒们为什么大老远来黄石，无非看重黄石的夏布和草席，有利可图，苍蝇爱粪便，匪徒重钱财。黄石要平安，还得不张扬，最好能把麻坊、席坊办到外边去，利头换成银票存在外边的钱庄，这样就安全了很多。再说了，周师长管不到下府，到下府去，也许还能躲一躲那可怕的纸票。

这或许是一个两全的办法。怀振声默想了很久，最后同意儿子的想法。他说，这样也好，只是精麻料也需要成本，你得去和人家见一下面，知己知彼才好做事。不过，也不要把下府想得多好，上府有个周师长，下府就不能有个张师长。真要遇上这摊事，一定不要得罪钱财，记住让钱去抵命。

儿子的婚事很顺利，这让怀一民对事总是充满热情和信心，烟也少抽了。父亲说了要尽早和人家见面，商讨一下精麻生意的事，怀一民便见缝插针，去了十八格，请徐老板从中牵线。此时，十八格已经有了电报局，徐老板发了电报给厦门建福建硝皮厂股份有限公司，中国境内第一家机器制绳厂菲律宾打索厂的许文麻、王其华和民光布厂杨兆昆等老板。当日，厦门回电报邀请徐老板和怀先生到鹭岛一趟。

一路劳顿不必赘言。到了鹭岛厦门，见了厂方代表，怀一民就急着向他们介绍黄石苎麻的情况，提出了向厂方供应黄石苎麻的想法。厂方代表满脸笑容。徐老板知道怀一民的急切让他们站到了卖方的场子里去了。厂方答应先送十担作为试产品。

怀一民说，太少了。徐老板说，先这样吧。

厂方代表说，十担是少了点，但是我们对质量要求是很高的，只要苎麻质量合格，便可签订正式供货合同，那时量就大了。怀一民很高兴，以为这事就定下了，还好徐老板提醒质量合格没那么简单。怀一民便详细问了质量的问题。厂方代表说纱厂要的是经过脱胶以后的精干麻。

脱胶，对怀一民来说第一次听说。从前苎麻砍下来，就拿刮刀刮了青，晒干就成麻丝了。难道麻丝上还有什么胶？怀一民满脸狐疑。徐老板拉过怀一民的手，往边上靠，悄着声说，朋友，你这不是急了吧。心急，老祖宗都说了，吃不了热豆腐。山里人，就是踏实，有一说一，一点都不知道生意场上的明暗。

怀一民紧接着问，怎么脱胶？

厂方代表相视而笑。怀一民明白这也许就是商业技术秘密，同时明白徐老板一直提醒他急的意思，看来生意并不是一方愿意就能成的事。厂方派代表出来，接下来还有许多事要做，比如价格。但是技术问题没解决，就谈不上质量，没有质量就没有价格，甚至没有生意。

他觉得自己确实急了，这不像卖夏布，称斤量尺那么简单。自己的心急，似乎已经把主动权拱手落到了厂方手里。于是，他赶紧转了话题，对厂方代表说，各位辛苦，看在徐老板面上，晚上我请大家吃个饭，以表谢意。徐老板立即附和说，这就对了嘛，厦门遍地黄金，钱是赚不完的，肚子最重要，先吃饭，边吃边聊，这才是快乐做生意。徐老板内心对怀家后人的灵活，还是很赞许的。对事认真，善于发现问题，能想法子解决问题。生意场上，饭局是最重要的，没有酒就没有兄弟感情，也就没有生意可做。

在鼓浪屿一家高级餐厅的包厢里，厂方代表和几个技术人员，一边喝着法国红酒，欣赏着海边美丽的景色，一边听着怀一民诚恳地请教苎麻脱胶的具体办法。怀一民酒量不错，几轮的酒敬下来，大家都带上了酒意。终于，一位年长而又气态文雅的长者说出了正规的脱胶工艺。但是，他说高温蒸煮脱胶需要一种特制的锅炉，这种锅炉不仅价格昂贵，国内还无处购买。

怀一民刚刚涨起的希望，一下又落空了。他问，到底哪里可以买到这种锅炉？

技术员说，德国，你去一趟要一年吧。怀一民说，外国哪去得了，看来这事要黄了。

接着，这位技术员说，不过，根据我的经验，还有一种土办法，可以用来给苎麻脱胶。怀一民大喜，连忙站起身来，恭恭敬敬地向长者敬了三杯酒，请技术员说出这个土办法。徐老板也借机敬了酒，他说各位朋友，这次来厦门，匆忙了点，只给大家带一些瓷器，不过德化的白瓷也是和德国的锅炉一样，不好买啊。怀一民知道徐老板的暗中帮忙，用眼神表示了谢意。有了白瓷的助力，那位技术员终于说出土办法：硫黄火法熏制，并详细讲解了用硫黄脱胶的具体做法，还绘出了脱胶炉的图纸。怀一民认真地记着，技术员的每一句话、图上的每一条线，都刻在脑子里。他担心酒后，这些话、这些线图会消失、会反悔。所以怀一民又敬酒，直到把代表、技术员都放倒在桌下。

那一夜，海风、海浪陪伴怀一民醉倒在鼓浪屿。翌日醒来，已是中午。推窗向海，南风习习，退酒的惬意，妙不可言。窗外，一簇簇怒放的三角梅，红得耀眼，向远处看去，是云朵和海面交接的地，天蓝天蓝的。

徐老板来敲门，问询什么时间打道回府，要不要去市里街道逛逛。怀一民想了想说，我山里人打小不知道读书上大学是怎么一回事，就去看看厦门大学吧。徐老板说，也好，这所大学可不一般，是爱国华侨领袖陈校主创办的，往后有机会，把孩子往这里送，读完定有大出息。

第四节　穷媳妇

今年的天气来得正常。几场大雨，并没有造成什么损失，那些防倒伏的措施也起了很大作用。一些处在风口的麻秆、席草靠在竹竿上，不日就正起来了，又是一年好收成。田地周边也种下不少大树，明年就会长出新叶，到时这些树木就会是苎麻和席草的防卫队了。

怀一民从厦门回家后，立即按照技术员绘制的图纸，建起了一座土炉。又按照操作要求，买进了硫黄，开始熏制苎麻。经过几天反复多次试验，终于制作出第一批精干麻样品，果然质地轻柔，色泽均匀，远非粗硬的原麻可比。

几天来，炉子呼噜呼噜响个不停。怀振声搬了把靠椅一直看着，直到怀一民熏出精麻来。脱胶成功，怀一民很高兴，怀振声却没有露出笑容，也许他还在为厂方要求的真正的质量担心，或者是担心儿子走出新路，会放弃祖传的家业。

怀一民把十担精麻装好，带了十个人走下府，再到厦门，亲自将试产的麻品送到厂方。厂方代表很吃惊，个把月时间就作出精麻来。经过鉴定，各项技术指标全部合格，于是顺利签下供货合同。厂方按市场价格全部收下黄石的合格精麻，并且每次结清款项。这笔生意总算做成了。

从厦门回来，怀一民带了一台发报机，搁在父亲的铳楼里。生意来往需要这台机器，只可惜黄石还没有人会驾驭它。

儿子赚了大地方的钱，怀振声也换了心情。他叫杨氏弄一桌酒菜，他要请怀一民。父亲的酒喝下去，怀一民心里自然多了几分自豪。不过怀振声提醒儿子，合同是签了，还得抓紧考虑新开苎麻地，要不然货源跟不上，可要亏待了厂家。他说，减少自家麻坊的产量，匀出一批麻料，再到寨尾山新开几十亩地，新增一批，村里的地不多，建议动员全村的人把地都种上苎麻，到时分等统一收购来，弥补一下不足。

怀一民说，有阿叔的这三招，就够了。怀振声说，下一步，你去外乡看个地，把苎麻地移一移。咱们这里去厦门太远了，送起货来不方便。怀一民说，父亲说得是，我尽早去看，最好找个公路沿线的地，收割、运送便利些。

四月初一是刘公的生日，村里请了道士来做法事。石振威抱着重孙去看热闹，在场子里闲荡，展示着四代公的满足感。很多时候，他愿意坐在席坊的门口，让大家停下手中的活，来看他的重孙子，收获大家对他和重孙子的赞美。然后，他就给大家讲妈祖和草席的故事：有一天，妈祖林默娘搭乘摆渡过海，本是风平浪静，可船至中途，忽然疾风骤至，恶浪大作，船难前行。舟中之人，面如土色，呼号救命，吓坏艄公。林默娘却镇定自如，视若无事，她对众人说，不要惊慌，随手将刚从市井买来之草席挂于桅上，以席作帆。艄公看了，哭笑不得，对默娘说，草席焉能为帆？默娘淡然置之，顷刻之间，风鼓草席，竟如满帆，船行如箭，即达彼岸。见者无不惊叹，啧啧称奇！

乡村就是这样，处处有戏台，台上有戏，台下还有小戏。石振威说，林默娘后来成了渔民的保护神，大家别小看草席，它的神力可大呢。人一生都是在草席上度过的，有席就有家。然后又接着给大家说"龙凤席"的故事：传说李家街有个李幺妹很会编竹席。经她的手划出的篾丝光滑柔软，色泽生辉。她在席上织出的飞禽走兽、山水花草都有灵气，像活生生的一样。李幺妹二十岁那年，相中了心上人，两人私订终生。李幺妹决心打一床鸳鸯席作定情之物。她熬更守夜，精工细作，花了三七二十一天织成了鸳鸯席。席上那一对鸳鸯嬉戏在清溪碧草之间，寄托了李幺妹对未来幸福生活的甜蜜向往。李幺妹和陈石匠正入迷地欣赏细席，选"贡物"的县官就下乡来了。他一眼看中了李幺妹的手艺，强迫李幺妹拆掉鸳鸯织龙凤，以便献到皇宫去。李幺妹不从，被县官命人捆绑毒打。陈石匠责骂县官，竟被毒打致死。李幺妹叫天天不应，叫地地不灵，她反而应允了县官的指令，在监狱含着满眶泪、满腔恨编织起龙凤席来。织好后，她用锋利的篾刀刎颈自尽了。县官命人搬开死在草席上的李幺妹，洗去血污，就奔向京城进贡去了。在金銮殿上，皇帝和满朝文武大臣，一齐观看了那床龙凤席，赞不绝口，只见席上龙飞凤舞，祥云朵朵，真是巧夺天工，精美无比。献贡品的县官自然升官得赏，好不得意。谁知，当夜皇帝和皇后睡在龙凤席上都感到肌肤生痒，如有毛刺。忙叫宫娥掌灯细看，才在灯光的照射下看出席上的龙凤图案之间隐隐约约有字，细细辨认，竟是一首诗：拆了鸳鸯织龙凤，匹匹篾丝血染红；两条人命为席证，昭雪奇冤待天公！皇帝连夜召有司审问县官，将那草菅人命的县官杀了头。

石振威有关草席的故事还很多，每次根据不同的人，说不同的故事，让每个人都觉得石老爷的故事新鲜，没听过。每次听完故事，都会有人问，神仙的那张草席，是我们石家的吗？

石振威接了此问，就会站起来，舒一口气说，你们说呢？

怀振声还是不怎么出门，但是有雇工经常也要他讲故事，因为四代公石振威是经常讲故事的。怀振声拗不过，也给讲讲。他讲得最多的是后稷的故事。

有一个神话，说周代的先民后稷，名字叫弃，他的母亲叫姜原。姜原在野外发现一个巨人的脚印，心里很愉快，就去踩了这个脚印，因此而怀孕，整过了一年才生下个男孩。她认为不吉利，就要把孩子抛弃到山林里，赶巧那里人多，不能当众扔孩子呀，她又换个地方，把孩子扔在河沟的冰面上。可是被空中的鸟儿看见了，立刻飞下来用翅膀垫在孩子身下。姜原感到儿子很神奇，就抱回家把他养大了。因为最初想抛弃，所以给他取名弃儿。

后稷自幼就有抱负，游戏的时候也喜欢栽麻种豆，麻和豆子都长得很好。后稷长大了，更爱好农耕，教百姓干农活，使周代先民脱离那种逐水草而居的游牧生活，进入了定居耕作的农业时代。后稷懂得土壤的性能和庄稼的习性，百姓都向他学习。部族联盟的首领帝尧听说了，就推举他当掌管农业的负责人。古书记载了这个神话，说后稷从天上拿来百谷的种子播撒人间。

怀振声还爱讲黄道婆的故事。黄道婆出身贫苦，少年受家庭压迫流落崖州，以道观为家，劳动、生活在黎族姐妹中，并师从黎族人学会运用制棉工具和织崖州被的方法。后来重返故乡，在松江府的乌泥泾镇，教人制棉，传授和推广捍（搅车，即轧棉机）、弹（弹棉弓）、纺（纺车）、织（织机）之具和"错纱配色，综线挈花"等织造技术。她所织的被褥巾带，其上折枝团凤棋局字样，粲然若写。由于乌泥泾和松江一带人民迅速掌握了先进的织造技术，一时乌泥泾被不胫而走，广传于大江南北。当时的太仓、上海等县都加以仿效。棉纺织品五光十色，呈现了空前盛况。松江布有"衣被天下"的美称。后来松江人民感念她的恩德，为她立祠，岁时享祀，供奉黄道婆为纺织始祖。在黄道婆的故乡乌泥泾，还有上海，至今还传颂着"黄婆婆，黄婆婆，教我纱，教我布，两只筒子两匹布"的民谣。

当然，村里人也经常听两位长辈老爷说刘公放牛的故事。刘公因为父母双亡，回去象山舅舅家，在象山上放牛。少年刘公虽贪玩却有佛心，抱沙成山，垒石成塔，后来坐化成佛，护佑一方。

此时，怀一民正全力安排着新开苎麻地和儿子的婚事。

而在瓦坑，阮大六听了怀一民的话，做起了等媳妇的梦想。出了正月，阮大六就开始跑去云林的路上去看过路人。他带着地瓜作干粮，蹲在路边，目不转睛地盯着，从上午到晚上，一整天盯下来，眼睛都不会闭合了。开春后，雨水多，种了家里的田地，他就披上蓑衣，戴着斗笠，冷飕飕地蹲在路边，不放过每一个路过的人。初夏，天气热起来，他经常满身汗水，索性脱了衣服，搭在肩上，或者把衣服浸了水，遮在头上，把守着。但是阮大六还是没有看到像怀一民说的快要饿死的女人的样子。不但没有看到，反倒有人用奇怪的眼神审视他，有人还扔饭团给他吃，把阮大六当作了过路流浪的人了。不过阮大六有信心，怀一民说的话一定是不会假的，找媳妇需要耐心地等待，也许缘分未到，那个快饿死的女人还没有走到这里来。

卢迪工出诊回来，天都暗了，发现一个男人蹲在路边，就问了声："嗨，你做什么事？天暗了还蹲在这。"阮大六站起来，暗里看见卢迪工，好像很脸熟，就回答说："在等人。"

卢迪工也觉得似乎在哪里见过这个人，好像有点面熟，便问是哪个村的。阮大六说是黄石村的。

卢迪工哦一声："难怪，我岳父也是黄石的。你在等谁？"

听到是黄石的女婿，阮大六觉得亲近许多，但又不好意思说出在等谁，只好嘿嘿地笑着。

卢迪工说，现在世道不太平，暗晚还等人，不怕被人抢了。阮大六听到抢，就心虚起来，赶忙说不等了，回家去。

卢迪工想既是黄石的，也是亲戚了，还没有吃晚饭，就请阮大六去家里随便喝碗稀饭。阮大六这才感到肚子真饿了，嘴里说着这哪行，脚步却跟着卢迪工走了去。进了卢迪工家门，怀玉英一眼就认出黄石瓦坑的阮大六，便问怎么回事。阮大六更加不好意思，只是笑而不答。因为是初次到卢家，怀玉英虽没有特别招待，却给阮大六加了一个红蛋。桌上，卢迪工又问阮大六到底等谁等到这么晚。阮大六藏不住，就如实说了。卢迪工和怀玉英听了，都觉得好笑，可是这主意是怀一民出的，便不好说什么。但实际情况却是南辕北辙，如今这云林的大路，乡里设了许多关卡在收过路费，而且要广豫票，去下府的人都拐路避开了。卢迪工说，阮大六，你这样等，恐怕十年也等不到。

阮大六很吃惊，自己竟然不知道有这事，怀一民也没有告诉自己，这小半年白白浪费了时间。阮大六赶紧问，那现如今要到哪里去等呢？

卢迪工笑着说："这怀一民尽出这样的主意，你要等那种女子，得换条路，现在走下府的人大多从京仙太平桥那里去了。去京仙太平桥看看去吧。"阮大六便记下了。

卢迪工问，你都等多久了？阮大六说，快半年了。

卢迪工心里暗暗吃惊，这个落魄的富家子弟竟然有这样的毅力，如今虽是落魄，也是有责任心的人，成家立业，真是重担啊。吃完晚饭，阮大六就回黄石去了。

转眼就是三个月，就在怀家收割二季苎麻的时候，阮大六带回了两个女人。到家后，安顿女人吃点饭，阮大六就去找怀一民。怀一民看阮大六来自己家，心想肯定有事情了，于是就问阮大六，你不去等媳妇，来这里做什么？

阮大六说，我等到媳妇了，今天我带回来两个女人，花了五块大洋。

怀一民听了，差点被口水给噎了。怀一民问，两个？

阮大六说："是啊。我想石路生也还没有媳妇，顺便也带一个给他。不过，这钱还得石路生自己出，我来找你就是麻烦你问一声石路生的意思。"

怀一民简直不敢相信自己的耳朵，心里直夸阮大六能有这样的心怀。"你真是好心人，我马上叫人去找石路生说说，至于钱，就别说了。十块大洋，都送给你，那是当初说好的。"怀一民吩咐苏树三，赶紧去把石路生叫来。

怀一民把事情给怀振声说了。怀振声说，真是好事，赶紧备些吃的，让那两个挨饿的女人吃饱来，好愿意嫁在黄石，了了两个男人的婚姻大事。

石路生到了。怀一民说，路生，大六，树三，走，一起到瓦坑去。石路生来不及问什么事，就被带到了阮大六的家。阮大六牵着一个女人说，这是我的女人。

怀一民对石路生说："路生，你看看那个女人做你的媳妇，好吧？"

石路生一时缓不过神，眼前一个骨瘦如柴的女人，低着头，双手拨弄着破旧的衣角。石路生对怀一民说，这个给我做媳妇？

怀一民说："对啊，你不肯啊？这可是人家阮大六帮你给多等回来的。"

石路生说："好啊，好啊，肯的，肯的。"

怀一民说："肯，就把她牵回家去。"

石路生不顾太多面子，很听话地牵了那女人的手。女人也没有说话，顺从了去。

怀一民说，大六，路生，我们都是男人，男人要懂得疼爱女人。你们这个媳妇，挨饿久了，身子骨弱，还得过些日子再做媳妇。说完，怀一民叫苏树三把带来的米粉和几个鸡蛋分给他们。怀一民又说，你俩知道我说话的意思吗？

石路生和阮大六愣着没说话。怀一民骂道，老牛就想着吃草，告诉你们，你们得先把媳妇的身体养好了，再来折腾，懂吗？

阮大六和石路生都低下了头。

阮大六等回俩女人，还帮着石路生找媳妇，一时成了闲余的话头。杨氏、柳花和蒲氏、吴氏她们都去看了路上等来的媳妇，问了名字。阮大六的叫史香秀，陕西乾县人。石路生的叫田秀柳，江西赣州人氏。然后她们又笑劝俩男人可别猴急，瓜菜没大不能采。阮大六和石路生总是笑嘻嘻地看着众人，心满意足。

第五节　村客

宫连长回来了。宫连长现在已经不是连长而是周师长手下的团长了，乱世好当官啊。但黄石人不知道，还叫他宫连长。于是，宫连长手下就大呼小叫说，你们有眼不识泰山，他是我们宫团长。

怀振兴遭遇永宁堡匪事之后，心情淡定了许多，面对这些个人群，还能应付，团长就团长吧，不就是一句话吗。团丁说，那可不一样，团长一句话可让好多个连长去死呢，你懂吗？怀振兴便恭敬地称呼，宫团长驾到，有失远迎，恕罪，恕罪。

本以为宫某是回来盖房子的，没想却是要拉黄石的防卫队去尤溪入伙的。看来官大了，一个团那得缺多少人马。怀振兴说这事他做不了主，黄石的防卫队是怀家、石家出钱办起来的，再说防卫队是防卫村庄的，为何要去尤溪呢？

宫某说，这是卓参谋的提议。

怀振兴听到卓，便问哪个卓参谋。

宫某说："村长真是贵人多忘事，卓参谋是你家的准少奶奶啊。怎么样，听了不舒服，故意遮掩？"

说到永宁堡的少奶奶，现在是周师长的参谋，怀振兴几乎要晕过去。廖毛说，少奶奶在你队伍里？宫团长趁机赞起卓参谋说："永宁堡的少奶奶可不是一般的人，她被玉田县府抓了，在送去福州的路上，又被师长当作矿石给截了。少奶奶可是巾帼英雄，不怕死，一心要革命。你不知道周师长也是参加革命的。早年师长是义军首领的手下，现在队伍壮大了，更是要干革命。如今周部编制为东路军讨贼留闽第一师，辖两旅六营及炮兵营、独立营各一营，部队驻扎在金溪、玉田一带。革命者相见恨晚啊，你家的大少奶奶就这样留在部队里了。"

怀振兴听愣了。宫某说，什么永宁堡大少奶奶，那都是假的，很快她就要成为本团团长夫人了。

怀振兴再次感觉到心脏的喷动，哧溜哧溜，血流的声音异常清晰，若是有个小缺口，这心里的血不知要喷射多高多远。他不相信眼前的一切，因为他害怕被一对年轻人骗得了无痕迹。因为害怕脸上无光，所以他更深刻地感觉到这都是真的。

老半天的瞎扯后，宫某重新说回到防卫队的事。怀振兴坚持说要和怀老爷和石老爷商量。宫某说："归顺也很简单，今天就在这里把这事给定了，黄石的防卫队改名为玉田县讨贼军六营三连。别怕，队伍还是继续留守云林或者黄石，归县府统一指挥，必要时才调到外地。"

廖毛说："前次部队围攻永宁堡死了几个，现在防卫队没几个人了。再说归县府，防卫队就要吃饷银了？"

宫某说："好你个管家，还敢提围攻永宁堡的事。不过今天先不算这笔账，防卫队归顺讨贼军容不得商量，军饷也是由黄石出，人少了可以征兵嘛！活人还能被尿憋死？一个连的建置，招他百二十号人，当然要养得起，别着急，慢着来。今年先扩招八十个吧。那个石有才照旧为首管理这支队伍，因为人少，暂时不封连长了。往后队伍壮大了，别说连长，营长也是可以的。"

石有才脸色十分不悦。怀振兴担心石有才逞强，赶紧绕开话题，宫团长，什么时候请卓参谋回来一趟？宫团长回说："合适的时候，她会回来的。我看你就不要再幻想着你的儿媳妇了，要想抱孙子，赶紧给儿子找别的女人睡觉生去，再打卓参谋的主意，小心你的脑袋搬家。另外，告诉你，六营三连的连部还是放在寨尾山，你去给怀振声怀老爷说，从前为宫家备下的木料，按照原地基修起来，照样作为部队办公的场所。往后我若是有回来，也就住在连部里，免得时常打搅村长大人了。"

怀振兴说，团长大人言重，什么打搅，您来那是客气了。

怀振兴真是害怕卓越颖回到黄石来，真要是和那个宫团长一起回来，更是没脸。这时，他开始恨起不争气的儿子来，为了造反，什么事都可以骗，连结婚这种人生大事都拿来骗。他内心深处再次浮现一丝不祥的感觉，这儿子也是假的。

与其说是屈服，不如说是妥协。宫团长的房子照常照样建起来，寨尾山变了个样。按照宫团长的吩咐，挂了"玉田县讨贼军六营三连"的牌子，布置了连部办公场所。大家觉得憋屈，五个防卫队员也能叫连？如今做事的根据就是需要，需要什么牌子，就挂什么牌子。至于谁需要，明白人都明白，绝不是百姓的需要。怀振兴说，原来咋样还咋样，该干什么干什么，不要爱费嘴皮子。在怀振兴看来，无非是花钱买平安而已，挂个牌子能平安就挂着去。永宁堡与县府官军一战之后，怀振兴觉得自己见了世面，胆子大了起来，对子弹、死亡似乎没有那么害怕。但是现在他最放心不下自己的儿媳妇，这一抓、一劫，摇身一变成了师长的参谋，又将是团长的夫人，这让自己的脸没处挂了，也难猜测是否会给黄石带来祸乱。当兵的人，被子弹瞄着，一日有一日的想法，俗话说屁股指挥脑袋，卓参谋变反了也未可知。

石有才带着一个人到怀一民家来。石有才说，怀叔，你看谁来了？

怀一民站起来，看了半晌。那人说，好你个舅子，姐夫都不认得了？

怀一民大吃一惊，多年不见，真的会认不出自己人来，眼前这个姐夫，精神抖擞，穿着立领长衫马褂，很是飘逸，戴着黑色礼帽，不像一个官人，倒像是新式的读书人模样。怀一民赶忙问好二姐夫。二姐夫拍拍一民的肩膀，专眼看着怀一民说，多年不见，舅子长老啦，这些年肯定家里担子重啊。怀一民笑夸姐夫善解人意。

二姐夫问，岳父大人呢？

怀一民赶忙领着去见父亲，回头又吩咐上茶水、煮点心。上了茶水，怀振声说："好你个张立隆啊，你不是在长汀吗？得空回来啦。这么多年，把我这个岳父都给忘了吧！"张立隆回说："岳父大人，小婿怎敢忘记你老人家呢，只是路途遥远，事务繁忙，少得年年来拜见您，多有得罪啦。"

怀一民这才知道二姐夫名字叫张立隆。怀振声问，你还做训导吗？

张立隆说，那是从前的事了，时事变了，没有训导这个官帽子了，现在我就做教书先生。

怀振声说："哦，教书先生好，受人尊敬，我们上美小学的郭先生比云林的乡长都有名望。再说教书先生生活安宁，无需动荡。"

张立隆说："好一个郭先生，肯定是与岳父一样德高望重，我可比不了。岳父，这回我从长汀回玉田来，以后经常可以来看望您老了。"

怀振声问，回玉田来做什么事？

张立隆说，还是做教书先生，只是还没有被哪个学校聘上。

点心上来了，照例是米粉蛋。张立隆直夸好久没有吃到米粉蛋了，细妗（小舅媳妇）的手艺很不错，米粉炒得微干起香，这鸡蛋浸了红糟，酒入三分，色香俱全，好吃，好吃。

怀一民说："姐夫你这个教书先生，果然会说话。我看不是手艺好，是你多年不归，想着当年的味道了。"怀振声也说："这是好久没回家，吃出来都是想家的味道。"张立隆立马接话："岳父说的对，姜是老的辣，眼是老的毒啊。"说得大家都哈哈笑起来。

怀振声、怀一民也陪着吃了半碗米粉，又上了一壶米酒，三人对着喝起来。三杯落肚，怀振声因对当前的形势感兴趣，就向张立隆了解外地形势怎么样了。

张立隆乐呵呵地说，跟岳父大人喝酒聊天，这真是人生一大快事。来，杯酒话天下。外地如今都被革命大潮席卷，红了大半个天了，哪像这里这么安静，黄石可真是世外桃源啊。

怀一民听出了新奇，就问，天怎么就变红了？

张立隆回："老话，红云晴日。红色革命把天下的土地和人心变红了。"

怀一民说："不明白，革命还分青红皂白的吗？"

张立隆说："小舅子，简单地说，就要改朝换代了，要推翻一个压迫老百姓的政权，建立代表老百姓利益的新政权。现在啊，这边的政府被称为白色，那边的叫红色。红色要推翻白色反动统治。"

哦。怀一民似乎明白了。他身处黄石，日见苎麻，却不知道世道的色彩变得这么厉害。

怀振声问，长汀那里都变红了？

张立隆说，整个闽西都变红了。然后压低声音告诉岳父他都见到那边的大首长了。

怀振声赶紧叫怀一民关了铳楼的门，点起蜡烛，然后饶有兴趣地问，何时就红了？

张立隆说："岳父想听详细，我给你说来。当下，白色政府正在全力追杀红军，大首长就带领红军到了江西瑞金和福建闽西一带闹革命。你不知道，闽西一带，原来就有人闹革命，群众基础很好，老百姓很拥护，现在融入了红军这个大家庭了，建立了红色革命根据地和人民政权。我那长汀啊，就是根据地的一部分。"

怀一民问："振兴叔的儿子也在闹革命，你们和南军是一伙的吧？"

张立隆说："黄石也有人闹革命？真是好事啊。不过你说的南军，那是国民革命军，他们把北洋军阀打垮了，为民族的进步立下大功劳，却没能让穷人过上好日子。他们和红军可不是一伙的，简单地说，他们是白的。"

怀振声说："好你个教书先生，口无遮拦，一激动，嘴巴说出大白话了不是。"

张立隆说："岳父，这不都是自己人吗？"

怀一民问："红军穿红衣服吗？"

张立隆说："不穿红衣服，但戴红五星和红领章，举红旗。当然这些都不是最重要的，重要的是红军的心是红的，他们与广大老百姓的心连在一起，他们革命的目的全是为了穷人老百姓能够当家做主人，让老百姓有自己的土地，自己劳动，过上好日子。"

怀一民又问："根据地是什么地啊？"

张立隆说："舅子，怎么说呢，根据地好比一个家，自己的家，就是远离官府、远离土匪的家，属于红军和老百姓的家。红军就是组织穷人子弟建立工农队伍，造地主老财和反动政府的反，打土豪，分田地，让穷人翻身得解放，翻身自己做主人。"

怀一民说："哎呀，姐夫，你说得天花乱坠，穷人哪朝哪代能闹得成事呢？"

怀振声接话说："怕是要在长汀闹成了。"

张立隆说："岳父又说对了。红军进入福建，首先把国军陈部的几千人打趴下了。穷人的部队，那打战真是一个顶十个，那勇敢劲头，国军、土匪是根本无法比的。把国军打跑了，地盘就变成红色根据地了，就是红色的家、老百姓的家了。红军打土豪，分田地，所以啊，闽西的广大穷人都分到田地，自己种地，自己收成，地那可是百姓的命根子，他们都拥护共产党、拥护红军，他们乐意把孩子送到红军队伍里去，跟着共产党干革命去，解救天下所有的穷苦老百姓。简单地说，根据地里没有官军、土匪，没有地主老财，全是老百姓，首长和战士平等。其实啊，我们玉田也有党组织，只不过玉田白色统治环境不利，还没有成熟的斗争经验和自己的武装部队，更没有自己稳固的根据地，只能开展地下活动，但这是火种啊。"

怀一民听了姐夫一篓子话，最关心的是那边的部队怎么对待富人。他问："共产党只管穷人，要杀富人吗？"

张立隆说："共产党管穷人的日子，却不杀好的富人。富人自愿把田地分给穷人，自己自食其力的，共产党和这样的富人还交朋友呢！但投靠白色政府，仗势剥削人、压迫人的富人，那是要革他命的。"

怀振声问："何时玉田也会变红了？"

张立隆说："可能不要多久了。这里是红白力量的交界地带，从西边到玉田这个闽中的位置，很近的。红色，就像浪潮，一个汹涌，就打过来了。"

怀一民觉得姐夫没有解决自己心中的疑惑，又问："那你看我们家是富人吗？"

张立隆说："算，也不算。从财富上来看，咱家在云林和黄石自然算是富人。但谁不知道我们黄石村怀石两家的仁义之心，虽有财富，却是靠天吃饭，靠手艺赚钱，没有榨取穷人的血汗。咱家是要团结而不是打击的对象。

不过，岳父大人，你在京仙的租地，可以算不劳而获。我看那些租地寻个日子去把它分了他人，日后免得遭罪，也赚个好名声。"

怀振声听后，若有所思。

怀一民烦了这些事，就说姐夫难得回来，别都拿这些事情来说，革命革命，都要出人命。张立隆见好就收，问起怀家大小身体、年景收成等等。大家多年不见，聊得其乐融融。

虽说七月流火，可那炎热还像火一样，丝毫不减，一点也舍不得离去。在麻坊、席坊里，都得挥汗如雨。但过了七月，火气在夜晚渐渐褪去了锐气，至少下半夜可以让人在凉意中入睡。这时，大姐回来了，她说姐夫卢迪工被县政府调去了。怀振声初听吓一跳，赶忙问出什么事，有没有托人弄回来。大姐觉得好笑，却没有笑出来，赶紧解释说，县城最近发生死人瘟疫，据说死了很多人，县府把各乡的郎中都调去县城治病了。怀振声责怪说："你这个阿赛，讲话讲半句，我还以为迪工犯事了，被五花大绑吊着去呢，不过调去治理瘟疫，也是要命的事，迪工是郎中，自己应该懂得自保，死人瘟疫可不是开玩笑的，也不知道情形厉害不厉害。瘟疫可是会传染的，我们这里的人，也要管紧点，把道理说明白，不能随便就进城去，要是把病染回来，可坏了大事。"

怀一民便去了石家和永宁堡说了预防瘟疫的事。

一个月后，卢迪工深更半夜地跑回云林，又差老婆怀玉英到黄石，通知大家最近要小心，听说红军要来了。怀振声想，这红军真是神速，说来就来。他想到二女婿张立隆来时讲到红军滔滔不绝、眉飞色舞、了如指掌的样子，心中猜测这家伙可能和红军有关系。长汀已经是红色的了，在长汀教书的先生，能不被染红？若是真像张立隆所说，红军也不可怕。穷人的队伍，无非想吃想穿，要是真来了，给吃给穿就得了。当然，在怀振声心中，红军还是新生事物，难免有些忐忑，毕竟没有见过红军，不像土匪，没有时常见到，也能时常听到。来者都是客，这是世间普遍准确的道理。不论什么部队，他们打战夺地盘，老百姓的任务就是逃难，像怀家石家这样的，不管哪条道上的，来了，就管出钱出粮，即可避灾避难。

大家揪紧了心等了几天，并没有红军的影子。对黄石来说，红军是什么样子，谁也不知道。在这里，除了张立隆在怀振声、怀一民面前讲过红军，再也没有谁知道红军了。大家对躲避官兵土匪的事，见多不怪了。许多人心里还真想看看从来没有见过的红军，到底是怎么红。有人去问消息树怀玉龙红军是什么样的。怀玉龙也只能摇头说没见过不知道，外边也没有人说到过所谓的红军。在怀振声心里，他揣摩着的不是红军的样子，而是这支部队到底在为谁打战的事，若是像张立隆所说为穷人打战，怀家也许还会被打掉，毕竟自己不是穷人家。但不论什么部队，它都会来的，这是怀振声坚定的事。

事实上，红军已经来了玉田，然后又离开了玉田，红军队伍并没有到黄石村来。这件事是许久以后怀振声才知道的，而怀一民是永远都不会知道的了。

话说红军是从闽西那边过来的，队伍一路前进，占领了宁洋，攻陷漳平县，途经厚德进入武陵。然后派遣先头部队，从武陵经半路、大石、石牌、福塘至玉田城郊，在白岩山和守城的周部所属游次虎部队交火了。白岩山居高临下，但是离城墙距离太远，不好打。守军在城墙周围构筑了许多坚固的小碉堡，枪眼对着山脚下的田地平地。红军发起几次冲锋，都被守军火力压住了，伤了不少士兵，一时攻打县城受阻。部队首长审时度势，决定绕过县城，就下令停火不打了，并以前委司令员的名义写信给守城的部队长官游次虎，言明红军此次出击闽中来到玉田，只是借路经过，不想与当地驻军交恶。

参谋长派人送了信，得到的回复是不同意经过，但若是晚上撤退，守军就不追赶。

守军这是玩文字游戏，表面上看是挺强硬，实际上是心虚。迫于力量的对比，守军捎口信出来，请红军给他一个台阶下，免得被上峰责罚。于是，红军队伍就在傍晚放弃攻打县城，转向往南，到石牌老厝坪宿营。游部守军没有出城追击，还暗地里送回十几个受伤的战士。第二天，队伍继续前进，上山到了德化境内济屏乡内洋，休整一段时间，再辗转到永春福鼎村，最后再过漳平县城，回到连城姑田根据地。

这是红军在玉田打响的第一枪。黄石的人还是不知道红军是怎么回事，但县城的周部守军已经感受到红军的勇敢和机动智慧，能打则打，能不打就撤。守城的人觉得，红军似乎对围城、攻城并不上心，最用心的、最让守军头疼的是宣传鼓动工作，沿路的标语是铺天盖地，无孔不入，十分蛊惑人心，效率很高，三下五除二，很容易就把百姓的心给拿走的。还有，国军一直宣传红军青面獠牙的，——露馅，纯粹编出来的瞎话。这一亮相和比较，国军不打自败。所谓得民心者，得城池。县城守住了，但人心却被掏空了，守军担心迟早这县城也守不住。

虚惊了一场。怀一民大姐甚至觉得不好意思，专门再回娘家来说不对。还好父亲替女儿说话："迪工也是好心，不要往心里去，这等事也不是谁控制得了的。"又问："迪工在县城见到红军了吗？是什么样子的？"怀玉英不知道这些事。怀振声心里有些沮丧，他甚至希望红军能把县城的守军消灭干净，特别是那个下作的宫团长。

第六节　变故

收了第二季苎麻，雇工们日夜不停，把苎麻料理清楚。接下来，怀家就要娶亲了。

陈老爷把去三十都收租，造访大罗岩，偶遇三十一都麻商怀一民，攀谈甚和，在禅意之中两家长辈儿女婚姻大事以"父母之命"的方式定了下来的事情告诉了女儿水莲。

水莲知道这件事时，先是惊讶，接着就同意了。后来，怀家来人提亲定亲，水莲也不便多问，暗地里托母亲多探听探听，也是没有太多的收获。母亲只告诉她，男方比她年纪小三岁，身子骨不好。不过，水莲是有思想的，她对婚姻只有一个要求，那就是想要属于自己的男人，她不在乎穷富贵贱。至于嫁给小自己三岁的小男孩，而且还是身体不好的男孩，水莲心中存有遗憾，但认了之后，却也充满希望。病可以治，自己去冲喜一回也许就好了，至于年龄，女大三抱金砖，也是吉利，况且自己已经是二嫁了，谈不得那么多条件。

陈家家道富足。水莲排行老小，是母亲的掌上明珠。母亲是个女强人，是当地闻名的锁医，还会点穴术。从母亲四十岁生下水莲，到近六十岁的十多年间，水莲寸步不离地跟着，耳濡目染了"锁医术"和点穴功夫。母亲老了，也有意将自己的本事传给晚辈。在儿媳妇和女儿之间，母亲选择了女儿。儿媳因为出生富家小姐，惯常娇养享受，缺乏毅力精进。而女儿水莲，一者偏爱，二者女儿悟性好，性格果敢善良，更适合传承。特别是点穴武功，更需要传给有德之人，它不是欺负人用的，而是健身偶尔防身或者给人治病用的。再说女儿嫁出门，要在夫家立足，更得有一门手艺。所以，水莲对看锁的医术学得精到。母亲千叮咛万嘱咐，要护好自己的手艺，不可将"看锁病"的手艺传给外人，一代人老了，就按规矩传给自己最有悟性的儿媳妇。至于点穴，母亲也并不全部教授，只是几招防身和治疗病人的手法教给了她。这些本事，只有水莲和母亲知道。

十六岁，水莲初嫁。夫家是门当户对的殷实人家。只是夫君并不专情，娶了水莲，还要纳一门妾。从小被视为掌上明珠的她，哪受得了这般分享共有男人的羞辱。她自请先生，写下休书，决然放弃这一段婚姻，回娘家去了。母亲因为十分疼爱水莲，所以纵容了她的决定。家里人也就没有人再反对，水莲又重新过了两年姑娘家的日子。

秋天的日子很惬意。水莲出嫁的吉日定在秋天，而且就在眼前，心中忽然觉得有点哀伤，仿佛快要掉落的一片树片，不经意间，就离开树枝，飘了远去。这样的心情对水莲来说是很少有的，她的性格总是乐呵风火，很少去想这些儿女情长的事。娶亲的人一到，鞭炮一响，水莲觉得十八岁，该是真正出嫁的时候了。

嫁到三十一都黄石村，要从尤溪水路坐大竹排到三十都羔助坂，下了码头坐轿转山路进门的，挺麻烦挺坎坷的一百里路。迎亲的队伍很是热闹壮观。陈家准备的嫁妆，压得队伍沉重而缓慢。母亲担心路上遇上劫匪，还请周师长手下派了几个弟兄，护送到三十都地界。这是父母的面子，当年容留落难之人的回报。下了码头坐上轿，水莲心里很骄傲。

不曾料到，过了暗桥岩，却被一支像保安团的人马粘上了。水莲心里缩紧一下，这里山高水深，荒无人烟，就是马贼出没的地方，怕出什么事来。挑开帘缝看去，有二十多人，但人马也只是跟着，并没有抢劫的样子。队伍还在前进。

终于，有一个团丁，用枪管掀开轿子的窗帘，一副流口水的丑样，说了声，真铏（漂亮）。顿了一会儿，他又说，免惊，就是跟着喝杯喜酒。团丁说的是方言，水莲大致能听懂。听了团丁的话，水莲惊慌的心口有了稍许的平静，至少目前没有劫色的危险。从帘缝瞄一眼，一个年轻彪悍的男人骑在马上，水莲想大概这个人就是个团长了。

水莲挑了帘缝问："你们是从哪来的？你们团长叫什么？"

听到新娘子开口问话，团丁乐呵起来说，我们是县保安团的，今呢，是林副团长带兵。

水莲问，你们要做什么事？

团丁说，这得问头，也没什么，走走看看，碰到了再讲。

团丁这话好像藏着掖着什么不明的意思。这些人走走看看，遇见什么就做什么，太随心所欲了。水莲本想点了团丁的穴，教训一下，却想保安队人多有枪，斗不过却反坏了自己的喜事，也就作罢了。眼下只是催促迎亲人，加快脚步，赶紧进门，有事公婆那边的村长会去理会。

轿子依旧摇着，身后响起了团丁们看新娘的四句歌："看见新娘好人才，不贪双手遮目眉。头身端正为是礼，赛过南海观世音。"

另一又唱："房中烛光十分光，敬请客公看新娘。新娘生得甚样相，好品好貌传四乡。"

"一对花烛送兰房，才郎淑女配成双。来年必定生贵子啊，富贵荣华大吉昌。"

又有人唱起了情歌："阿妹出嫁莫伤心，鱼仔目汁流地塘。阿赛都是鱼仔命，地塘涨水两边漏。阿妹出嫁莫伤心，郎君干巴暗你想。今生无缘感君情，后世与你双拜堂。"

"一日离家一日清，心中挂意妹一身。出门受尽千般苦啊，好像孤鸟入寒林。有人做伙路上走，无人做伴枕边眠。心头有话没处讲啊，我哥暗想目头红。"

"路中相逢多情姆，只顾对歌无相问。请问娘子何处住，年方几岁叫何名。见面也有三分情啊，难得娘子一片心。真实名姓给我讲，做工回来谢你恩。"

"二八佳人七岁郎，轻脚轻手抱上床。郎是不认公妈面，你做仔来我做娘。"

唱着，唱着，就到了云林。小街上的人都出来看热闹。当发现迎亲队伍后边还有背枪的人马跟着，围观的人咂起舌头，都夸黄石怀家有面子，官军都请得出来护卫。有的说，这种事在云林若是排第二，绝对不会有第一了。

一路上，团丁们个个嘴巴流油，杂七杂八的方言，唱的都是羞人的曲，让水莲羞赧。

进了黄石村口，水莲就叫迎亲队伍停在水尾亭上休息。水莲挑帘一看，一队人马都进了桥亭。水莲琢磨，恐怕有危险，留点时间给村里人去报信，好让公婆家有个准备和应对。人马进了桥亭，真动起枪，也不方便，给自己留出躲避的空间。

团丁问，怎么不走了？

水莲吩咐轿夫回话，入门吉时还有一个时辰，迎亲队伍只能等在这里。

那个林副团长下了马，走着稳健的步子朝前来，官军的大头皮鞋磕碰在桥亭的木板上，发出重重的声响。水莲数着脚步声，判断着靠近的距离。团长靠近了轿窗，并没有掀开窗帘，只凑近说话："新娘子，祝贺你，祝你早生贵子。"

团丁们跟着起哄，要团长也唱四句、唱山歌。团长大声喝道，你们这帮乡巴佬，只懂得四句山歌，都给我闭嘴。

水莲并不理睬，自己静坐着暗暗运气，防备着这个傲慢的军官会做出什么无礼的事来。

早有小孩跑回去报告，新娘轿子后边有背枪的跟着。杨氏一听就晕了过去，旁人扶住。怀一民赶紧掐了太太的人中，太太复醒了。

石一方问石有才："防卫队在哪里？怎么没有报信。"

石有才说："今日队员都来等着喝喜酒，谁会知道有这种事？"

石一方厉声呵斥道，赶紧去把防卫队组织起来。

怀振声听见哄乱的声音，从铳楼里走出来，问什么事。

怀一民如实相告。怀振声说，免惊，带点酒水和大洋，走去会会。

怀一民吩咐苏树三赶紧准备好东西，一队喝喜酒的人随着怀振声赶往水尾桥。怀振声沉稳地应对，对着军官说，今日我黄石怀家喜事，不知官军驾临，有失远迎。林副团长走上前来，也是沉稳地对怀振声说，打搅了，我们是县里保安团，百姓有喜事，理当来保护，乡亲们别怕，我们弟兄们也是来喝喜酒的。这几句话说得怀振声一干人不知所措。林副团长又说，老人家，吉时快到了，请起轿吧。

轿子似乎很不乐意又重新颤抖起来，摇晃着前行。路边响起了锣鼓、唢呐的声响，氛围重新缓和热闹起来。到了怀家大院前，官军停了下来。林副团长吩咐手下在门外候着，没有命令，谁都不能擅自进门。手下齐声遵命。

照例行了风俗。新郎踢起花轿门帘，伸手就拉住新娘的手，问了声，姐姐好。

水莲听了差点笑出声来，这个小鬼郎君，竟然叫老婆是姐姐。柳花作为"好命妈"拉开新郎官，伸手扶出新娘，踏米筛，拜祖宗，口里唱着"陈姓阿使做怀姓祖妈，手抱五代孙，做得五代妈"。又唱："手扶新娘拜厅堂，细看淑女配才郎。鸾凤和鸣昌五世，麒麟叶瑞万古长。"新娘拜后缓步退至灯檩下，面向宾客边拱拜边说，客公请坐。后即移步入了新娘房。

接着新人吃点心。水莲第一次清清楚楚看清自己的夫君，显得瘦小的身子，个头和自己差不多，那脸神俨然就是一个小弟弟。水莲把剩下的一半叫怀有福吃时，这个小弟弟很有礼貌地说，姐姐饿了多吃点。水莲这下真咯咯笑了起来。新郎愣了，问姐姐笑什么。水莲笑而不答。

怀招娣挑开一缝竹帘，头探进去看新娘。水莲招她进门，对着怀招娣说，你才是姐姐，对吗？

怀招娣说："阿婶（妈妈）吩咐弟弟说给他找个姐姐陪他玩，弟弟才高兴答应娶亲的事。我弟弟不懂事，以后姐姐要多教导哦。"

水莲看着这个应该叫小姑子的女孩，也是瘦弱的样子，听她说话知道也是未明事理的人。正不知道说什么，又有邻居婆嫂姑姨陆续进到新房来嘘寒问暖，水莲赶紧给他们分了爆米花和冰糖。

酒席开始，众人上桌。怀振声吩咐怀一民，把团丁们请进来，安排两桌放在下埕院，让他们好好吃喝，别惹出什么乱子。怀一民照做。团丁们迫不及待坐上席，林副团长立即走下厅堂，吩咐团丁说，公务在身，不许喝酒。团丁们分秒一脸沮丧。

怀一民招呼苏树三赶紧上菜上酒，却找不到人。新郎怀有福说，树三叔去看自来水，刚才好像断了。一会儿，苏树三回来了，就开始上酒菜。

傍晚，女眷、亲戚、同村邻居们都陆续回头回家去了。老人喝了酒也睡去了。只剩下石家父子和防卫队、坊里的人。酒席也已经是要结束的时候了，可是那些官军团丁依然没有撤离的意思。

怀一民忍不住了，就上前对长官说："长官，感谢光临。今日酒席已经差不多了，您看……"

林副团长冷笑一声说："看来主人下逐客令了。"

怀一民吃了一惊说："不敢。今家有喜事，哪能给客人下逐客令呢？"

林副团长说："你已经下了，既然主人都说出口了，我也有一事，得传达清楚，还望黄石长辈支持。说着就拔出短枪，一脚踏在椅凳上，说是宣布本县县长的命令：最近时局欠稳，需加强县城防卫，特向云林乡黄石村征集青年男子二十名，充为县保安团队员，月钱十个大洋。"

在座的听了，都沉默下来。怀一民解释说："本村并没有这么充足的劳力，年轻男子更少。县长此番是否欠妥。"林副团长接话说："你胆子不小，敢指责县长不妥，就凭你这句话抓了你不冤，毙了你也可以。"怀一民心口一下热了起来，仿佛一股热流马上要涌突出来，但心思还是有，面对如此局面，不可硬来，只好忍下，并装起笑脸连忙赔不是。

林副团长说，在黄石，我也知道，怀石两家说了算，你们商量，二十人，一个都不能少。

怀一民说，长官我黄石本来人口就少，村里的男人多是雇来做工的人，二十人，不好找，要不，我们出钱代征？

林副团长说，钱有个屁用，有钱没人，保护得了县城吗？

怀一民深感无奈，又说能不能少几个人。

林副团长说，听说黄石村有自己的防卫队，训练有素，这些人就直接调到县里去吧！

石有才听了火冒三丈，大声喝道，凭什么？

林副团长冷静地抬起枪口，对着石有才说，你小子，火气大，我这枪也火气大，敢违抗县长的人，我答应，枪还不答应呢！

怀一民怕石有才冲动有闪失，一步挡到石有才身前，想再解释点什么。

"嘭"的一声，短枪真的不答应，一发子弹从枪口飞出来，又从怀一民的胸口穿进去。怀一民身体剧烈地抖动一下，软在石有才的身上。

枪声一响，团丁们一拥而上，端起枪把厅堂里的人围起来。林副团长说，都给我绑了。

一时间，厅堂乱了起来。林副团长又朝屋顶放了两枪，场面才安静下来。苏树三看到这个情景，赶忙招呼大家忍住，又赶紧跪下恳求长官，说我们都去保卫县城，说完，赶紧抱起怀一民，摁了血口，止不住，子弹透到后背去了。这一枪，怀一民为石有才挡下来，太突然，什么话也没有留下。

苏树三说，可如今我家老爷吞气了，总得料理完丧事才好去啊。

林副团长说："留着让村里人料理，你们今晚就进城去。谁敢再说话，我就毙了他。我这支枪说话，可不是吐口水，闹着玩的。"

杨氏见一民中枪，赶了出来，被招娣抱住了，一时号啕大哭起来，接着就晕倒在地上。

村里的人听到枪响，以为是土匪来了，鸟投林一样，都躲到山上去了。

林副团长挥起短枪，命令团丁押着被绑的男人们出发回城。

水莲面对这个场面惊慌失措。刚过门的新娘困在新房里，透过格子窗户，她看见并且听见外面发生的事情。看到男人们被绑起押走的时候，她的神经快要爆炸了。她觉得自己不能再犹豫了，自己的到来，让怀家遭遇这样的不幸，到底说不过去。于是，她踢开竹帘，走出新房，朝着林副团长喊道，你给我站住！林副团长听到又有人说话，立马拔起短枪，却看见新娘子，瞬间把枪收了，转身吩咐团丁们押着人先走，看紧别给跑了。那些个男人，就这样毫无尊严地走出了家门。天一下暗下来。水莲一下就看不见他们。水莲的眼前只有那个林副团长还站着。

林副团长凑近水莲。水莲明白眼前这个男人的心思，她准备着怎么制服他。林副团长果然毫无表情地把手搁在水莲的肩头。水莲一下挡了去。林副团长说，真是对不住，搅了你的大喜日子。

水莲骂道，别歹人假好心，你不是讲保安团要来保护百姓吗，还开枪打人？

林副团长凑近一步想把水莲全身抱住。水莲随即出手想卡了他的手穴。不料林副团长早有防备，用力一张双臂，挡了水莲的点穴手，翻个手腕把水莲的手死死卡住了。男人的力量让水莲不能动弹。林副团长一步一步把水莲堵向檐柱，撑开水莲的双手，这样让水莲所有的身体宝地都敞开在男人的面前。胸脯压过来，肚子贴过来，男人下身的棒子顶过来，一切明显地告诉水莲，一次失败的痛苦就要降临。

这时，怀有福不知从哪里钻出来，拿着一根棍子从林副团长的身后走来，喊着不许抱我的姐姐！林副团长听到身后有人，一脚后撤一步，侧一点身子，扬起一脚，就把怀有福横扫在地上。

怀有福摔在地上的声响很大。水莲慌了，以为怀有福也没了，她用头撞着林副团长的胸脯放声大哭起来："你个土匪，他是个孩子，身体不好，你这么黑心，会这样踢他，啊哦，啊哦。"一时愤怒得让她说不出话来。

林副团长说，你依了我，就不伤他。林副团长正对着水莲说话，地上的怀有福又爬起来一把抱住他的腿。林副团长放开水莲的手，往后退一步，又一把抓起怀有福，骂道："你小子真有福气，小小年纪就做新郎官。"一边回头看着水莲说："自己回房间，脱了，不然我毙了他。"

水莲感觉天地在旋转。无助的无奈，让她眼前一直要发黑。面对子弹和生命的较量，水莲没有别的选择办法。她只能啼哭着退回新房，解去新娘的着装，坐在床沿上，等待经受一次比死亡还痛苦的经历。

　　林副团长抓提着怀有福一起进了新房。水莲难堪，就哭道，放了他，别让他看见这样的丑事。

　　林副团长放了有福。林副团长用枪示意水莲躺下，水莲咬牙闭目躺了下去。林副团长又用枪示意水莲张开双腿，一场丑陋的快乐就在床沿边上演。

　　怀有福就躺在房间的地板上，水莲不知道有福有没有看着俩人的事情。她下了床，扶起怀有福，说没事了。怀有福没有应，大概是晕了。水莲看见怀有福的鼻孔出血，就去拿了新枕巾去擦拭。

　　林副团长说，新娘子，这个小男孩我也带走。水莲听了，断然说，不行，你这个畜生，他还是个孩子。这时候的林副团长已经不生气了，他和颜悦色地说："留着他在家里，以后你的日子不好过。你放心，我带他去治好病，病好了，我叫人带回来还你。"

　　水莲骂说，你没安好心。说着水莲把有福紧紧抱着护住。林副团长说："嗨，我不是好人，可现在我得了你的便宜，你我就是朋友了，朋友之间说话算数。再说，这样的男孩，病恹恹的，怎么做新郎呢？还不得饿死你？嗯！"水莲坚决不肯。林副团长却耐心而且无赖起来，说不肯我就抢抓，我说话算数，帮他治好病就还你。说完就扯上怀有福往外走。

　　水莲追出门，说他身子骨弱，走不到城里的。林副团长说，你放心，我背他。晕厥的怀有福就这样也被背进黑色的夜幕里。

　　一时，家里安静下来。该走的都走了，水莲觉得自己留下来，也是一场耻辱，正乱纷纷地寻思着怎么办。死，不是自己的性格，死，也是自己最好的归宿。回房翻出母亲亲手做的嫁妆"团背"，水莲想用将来背孩子的"团背"了结自己的生命。她恍惚地走出新房，准备去洗刷一下自己肮脏的身体，看见公公的尸体横陈在厅堂的地板上，婆婆和小姑子也躺在尸体的边上。她一时手捂着胸口发抖，不知所措。

　　怀振声被怀招娣叫醒，看见家里发生的一切，真是顶不住，一屁股坐在石臼上老泪纵横。等怀振兴、石振威等人知道事情赶来时，怀家已经陷入死一样的沉寂。还是怀振声开口说，别管其他的事，先把一民的丧事办了。

陆续来了不少人。怀玉龙因为不胜酒力，先回家睡了，逃过一劫。怀振声说："玉龙，你牵个头，把事情办妥帖了。"怀玉龙又去把阮大六、石路生等人叫来帮忙。

怀振兴不明白为什么没有叫他牵头办理丧事。怀振声不想把这事整大整热闹，只想一切赶紧过去，让情绪稳定下来，最重要的事情是找回被带走的男人们。

按理说怀一民的丧事，必须照理数办的，起码做一场三天三夜的功德。可缺了人手，丧事也就简单办了，只能等待日后平静，遇有合适的时候，再行补办一场。丧事后，一种迷惘和恐惧就再次笼罩在黄石人的心里。怀振声死了儿子丢了孙子，石振威丢了儿子和长孙，防卫队的人都被抓了去，两家的坊里的男人没剩几个。女人们哭成一片，浓重的悲伤压得让人喘不过气来。

怀振声交代怀玉龙把两家的作坊整理起来，不要误了季节，尤其是厦门供货更不能耽误，质量要保证，就让女人们多辛苦，多付一些工钱。这人命出了，要是麻坊再停了，怀家的命脉就要断了。然后，怀振声又和石振威说叫专人陪看儿媳、孙媳妇，走了男人，不要苦死女人。因为吴氏在大肚子临产，怀玉龙就叫蒲氏来怀家照看日常三餐。

石振威提议是不是去叫石路养回来一趟，帮着料理一些事情。怀振声表示同意。石振威便叫石路生抓紧去趟九漈村，请石路养回来暂时管理一下防卫队和石家席坊的事。

怀振声是咬着牙也要装出镇定的样子，自己要是乱了方寸，全村都会乱死了去。几天下来，他的脑袋时常有短暂的晕厥，这让他感觉生命的结束将在不久的时候。眼下他最放心不下的是他的孙媳妇，这个刚过门的新娘，遭受如此的打击，怕是扛不住。这些天，他都在开导杨氏和水莲，希望她们能相信黄石的男人都会回来的。

突如其来的变故，太太杨氏又受了刺激，一夜之间没了富家太太的神采，变得木呆胆小起来，狗叫一声都会让她大哭一场。一段时间来，她只会一门心思拜佛去了。也好，杨氏沉浸在佛场里，她的所想所愿交由菩萨去保佑，也许她会安心的。而水莲的内心简直就是昏天黑地的，她一直沉默不说话。她不说话，是因为她害怕和人说话。这里是她的新家，她还不熟悉，她害怕自己是扫帚星，出嫁三旦已回不了娘家了。有些起因和责任，一篮子的，她直往自己的心里去，所以不想出声。老爷和她说宽慰话时，她也咬着嘴低着头，眼睛早已经红肿，泪水也干了。她承受不住这样的变故，更承受不住来自内心的压力。在她心里，有一个结，总觉得这一切和自己有关，和自己的命有关，甚至感觉到了周围的人都这么看她。她的入门和到来，让黄石少了十来个男人，十来个家庭一夜间残缺不全。这种因果关系的自我枷锁，锁住了水莲所有的言语表情，她知道什么药也无法让她走出这样的心境。

郭凤过来时，更让水莲觉得愧疚，石有才是在她的喜宴上被绑走的。倒是郭凤大方，劝慰水莲说："怎么能怪你呢？要说也是你我的命该如此。"坊里的女人也经常来两家陪着说宽慰话。水莲其实害怕她们的到来，她害怕别人的眼光和话语，哪怕是不经意的微笑，仿佛也是暗藏着责怪。

怀玉龙暂时管起麻坊的事，有事就来请示水莲。水莲说，去问老爷。怀玉龙说，现在只能是你做主了。水莲说，我命里带邪。

怀玉龙把这事告诉怀振声。怀振声清楚孙媳妇内心的压力，需要耐心的劝慰。杨氏出现恍惚的神情，这个女人已经快要倒下了，失去两个儿子和夫君，遇上谁也经不住。水莲要是再倒下，眼下怀家就撑不住了。

这些天，不时有亲戚来吊孝，一拨一拨地应对，悲伤和恐慌双重重压之下，家里人都累得够呛。阮大六和石路生来烧了纸钱。阮大六嘴里念叨道，只恨自己不争气，一介书生，再无人会来给他面子了。石路生长跪不起。他俩感念一民的好，便和自己的女人留下来，帮前顾后。

怀振声虽是受了大打击，但毕竟沉稳，他知道此时比他还痛苦的有谁？他让怀招娣扶着，去看晚辈水莲。他劝慰水莲，鼓励她得替怀家扛住，嫁入怀家门，就是怀家人，家里只有她一个年轻人了。不要自责，如今天下太乱，这种事总是要到黄石来的，说到底谁都挡不住。他说："不是土匪来，就是官军来，前些日子听说红军还要来，这和你有关吗？我们黄石历来宽厚对人，却遭遇这样的不幸，对不住的不是我们，而是别人，只是这世道没有地方讲理去。孩子，别自己责怪自己，要说是我怀家对不住你，刚入门就让你这样受伤。"

这话把水莲从无头绪的杂念堆里拉了回来，她看见老爷伤神的脸色写满期望，一种无法拒绝的长辈的期望。水莲情不自禁地哭出声来："老爷。"

怀振声说："孩子，你要心宽，石家走了两个男人，柳花婶和郭凤也是苦，她能来看你，你也要常去和她们说说话，互相有个安慰。"水莲觉得老爷真是大量，苦时心里还有别人，她答应了。

石家也叫了郑氏来帮衬日常三餐。柳花整日都在以泪洗面，郭凤陪着。怀招娣带着水莲去石家，暂时让石家从哭声中安静下来。水莲说，我们女人只有哭，可是家里没有男人了，我们再光哭，解决不了问题，我们得想办法去找男人回来。柳花没说话。郭凤愿意和水莲一起去找男人。

石振威说，还是水莲心宽，点子好，我已经叫石路养回来一趟，出去探听一下去向。水莲问，石老爷，黄石是不是有什么过不去的仇人？

石振威听了，心里一震，嘴里却说没有。其实在瞬间他想会不会是怀一北他们惹下的祸根。再想，怀振声没有叫怀振兴出面办丧事，是不是也想到这一层。他想叫怀振兴去找找怀一北。

水莲心里也一直在盘算如何体面地化解这种困境。她想过回娘家去，请周师长替自己出气，这是完全可能的。但到了黄石，就使不得自己意气用事了，凡事有长辈计划，怕怀老爷不肯，再说请人出兵，免不了又打打杀杀，最终还是黄石伤不起。而且自己的父母年纪也大了，若是卷入这些纷争，晚年不得安宁，又是一桩坏事。思前想后，没有一条合适合理的路子，可以解开眼下的结扣，她感到十分的愤怒、无奈和纠结。

郭先生来看望怀石俩长辈，吊唁怀一民。看到两家的惨状，郭先生也不禁落泪。他吩咐女儿郭凤说，在这个时候，要更懂得孝敬公婆，和睦邻里，喂养好孩子。有才虽一时不在家，一个大男人不会出什么事。县府抓人，无非充军，不是正规部队，他们半路即可逃脱，也许三五个月就回来了。再说，石家素来仁义，如今虽受强人之辱，更应坚韧，若是坏了家业，断了传承，更是不值。

大家听了先生的话，心里好受不少。石振威出面感谢亲家先生宽仁之心，石家遭此不测，怕累了郭家女儿，亲家能如此教诲，甚感宽慰，能有如此亲家，是石家几辈子修来的福分。

郭先生去怀家吊唁，看望怀振声，说了一番安慰话。怀招娣问好先生后，就哭起来。郭先生说："难为了这孩子，如今家里这样，怕是回不了学校读书了，还是先照顾好阿妈和老爷，与弟媳同心料理家务。等家里安定下来，我带你去城里读书。时下，云林乡长跑了，学堂也开不下去了，我自己也得换个地方教书去了。"

怀招娣听了先生的话，啜泣不已，又去牵着先生的手。

石路养等到立冬前才回到黄石。石振威知道在来石家之前，石路养已经去看望过吴氏了，他心里还惦记着从前的女人。不过现在的石路养脾气缓和多了，为人也成熟了。他给吴氏送了些滋补品，说了几句客气话，就到石家来了。

石路养没想到自己走后的这段时间，黄石发生了这么多的事情。当石振威对他说了想请他回来黄石帮忙照管席坊，兼顾防卫队的事，石路养显得为难。如今他自己入赘李家，经手不少李家的事务，时间长了，怕是离不开。

石振威问李家是做什么的。

石路养只说经营药品山货，说完就从麻袋里掏出一条狐狸围巾，还有一个人参补品，说是孝敬石老爷的。石振威见状，心里八九分明白李家的生意不会小，路养撞到好人家了，便不再提回来帮忙的事。他对石路养说："你有眼前的日子，是你的命，要懂得珍惜。原本你回家来，也是客了，要喝几杯，如今家里这样没了心情，往后再补吧。"

石路养说，不客气，即使入赘李家，这黄石的事也还是我石路养的事。

之后，石路养去祭了怀一民，探望怀振声，送一些山货和补品给怀老爷。

石振威把水莲介绍给石路养认识。石路养看见水莲忧郁之下有一股刚烈之气，心里暗想怀家的未来就靠这个儿媳妇了。

水莲说，路养兄弟，你生意面广，识的人多，往后帮着打听打听这么多男人的去处。石路养说，这事自己倒是可以费些心，如果刚好还可以帮上忙。县城有李家的铺面，因为打战，关了很久了，要说消息一时倒是没有，不过水莲说的这事，一定记得，有消息就回来转告。说完，石路养又问起黄石苎麻、席草的经营状况。石振威说，席坊只能勉强撑着，怀家的麻坊和厦门签了合同，做精麻，倒是赚了些钱。石路养说，真是可惜了，刚有了局面，一民叔就看不见了。

石振威听了这话，自感难受，毕竟怀一民是为石有才挡了子弹的。石振威动情地说，怀一民是有才的大恩人呐，做了媒人，还挺身挡了子弹，石有才一生都无法报答的恩情。

石路养转了话头，说眼下人手不够，就缩小些规模，石老爷能不能腾出一些田地来种草药，由他来经营，也可以省些心思。石振威说，转种别的，怕是不在行，这份祖传的家业也舍不得丢弃。石路养说："如今形势一天一变，只有赚足大洋才是不变的道理。我要不是走出黄石去了他乡，兴许这次也逃不掉。再说，儿孙没了吃穿，祖宗还会怪你不开窍，凡事得变。我们黄石早前不是打石头的吗？好好的，就种上苎麻、席草，这就是变，而且变得很好。"

怀振声没有言语。石振威以为这事以后再说。倒是水莲觉得这个粗壮的男人倒有几分心细。眼下的世道，谁也吃不准明天会发生什么事。

之后，又有几路亲戚来慰问吊孝。

这时，怀一北和卓越颖前后脚地回到黄石来。

卓越颖被周师长收留，纯属意外，如今又做上参谋，更是想不到。她想，要革命没有队伍是不行的，她努力想把周师长的队伍转化成革命军。但是，滞留在尤溪，她不过是一个女士兵而已，日日消遣着奢靡的日子。因为宫团长是师长的忠实人物，周师长十分看重，便有意撮合他俩的人生大事。但卓越颖对此不冷不热，要说婚姻，她对宫某的看法很简单，他无非是一个军卒、为主子冲锋陷阵的马前卒。要说情投意合，还是怀一北让人有感觉。

游次虎在红军走后，带着队伍到永安西洋去，因为手下内讧起乱，折了势力。周师长就把卓越颖和宫团长一起派往玉田协助林县长驻守县城，这是师长有意安排的一步棋，一举两得。卓越颖也想趁机脱离一个死寂、动弹不得的环境，便愉快地再次来到玉田。半个月后，她听说了黄石遭劫的事，便择日回到黄石，想探望一下昔日她内心挺佩服、救护有恩的几位长辈。

而怀一北确实投奔娘家的亲戚去了，如今在永安县府保安团里做一个连长，算是真正带上兵了。石振威把心里的猜想给怀振兴说了，黄石的遭遇会不会是和怀一北有关。怀振兴把这事记在心上，就派廖毛出门去，四方打听，终于找到怀一北。怀一北听说家里遭难，卓越颖差点被抓，就想着回家来把事情料理清楚，要真是因为自己连累黄石，总得出面摆平一下。

没曾想，俩人就这样回到了黄石。分别三年，各自坎坷，同学相见，多了几分沉稳，兴许有出息做大事的，心里都不能有羁绊。怀一北和卓越颖只是相互打个招呼。他们的内心其实都在揣摩着对方，暗地里觉得都有许多感慨需要交流。

宫团长回到黄石，似乎对祖房的事并不上心，只是陪着卓越颖转悠，主次都颠倒了，看得出他和卓越颖的关系有些反常。怀一北从前可是他奉命要抓的人，因为逃脱没有碰上，所以他们之间并不认识。一行人凑在一起，到了石家和怀家，问候了两位老爷。大家对这些军爷的到来，显得拘谨，怕说错话又惹出什么事来，所以端茶喝水之后，便沉默了。

怀振声说，谢谢各位来看望一民，我感谢大家了。宫团长接话说，黄石遭难，我们卓参谋十分挂念。怀一北知道卓越颖也成了军人了，他说感谢卓参谋关心，敢问这位是？卓越颖说，这位是周师长手下的宫团长。宫团长还想再补充说点什么，却被卓越颖打住了，一副悻悻的样子。怀一北说，团长，幸会。宫团长问，您是？怀一北借机说给卓越颖听，说鄙人在永安县府保安团谋事，不像你家周师长门面那么大。卓越颖说，永安可不是小地方，门面也大了去。

石振威见大家只顾说话，怕起不和，便赶紧请喝茶。他的调和是因为他看见怀振兴一脸的不爽，要是怀振兴有个闪失，出言不逊，怕是要闹出刀枪相向的局面，不好收拾。他给怀振兴使眼色，告诫他要摁住气火。

卓越颖问，怀老爷，黄石此事您是怎么看的？

怀振声说如今世道就是这样，只是我黄石倒霉而已，强人不到黄石来，也要到别的什么地去。卓越颖说明这次的来意，就是想为黄石出气，要大家讲明事情的经过，好在往后查个水落石出。于是水莲明白这些人是周师长手下人，便开口说了事情的经过。卓越颖听了事情原委，便感到不解，县城的保安团并没有征人加人，肯定是被设了骗局。再说，保安团的人怎么也不会动讨贼军六营三连驻扎的地盘。她回头对宫团长说，这事你费个心，把黄石的男人找回来。宫团长笑眯眯地拍着胸脯说，包在我身上。

怀一北看在眼里，这对男女俨然没有了身份规矩，其中关系可不一般，霎时心里有一股醋意。怀一北接话对着宫团长说："有人动了你讨贼军的地盘，按理是你家的事。再说，你是当着卓参谋的面允下这件事，可不是开玩笑，要不然男人会在女人面前抬不起头。"宫团长趁机大声说起话："别说在玉田，在整个闽西北，没有周师长做不到的事。"卓越颖却说："永安，也是我们师长管辖的地盘。只是西边来了共军，为了安全起见，不想涉足，但也是兄弟县，要是路上不刚好，往后还靠连长多多关照。"怀一北回说，那是自然。

点心上来了，大家上桌坐下。宫团长被请到大位奉为上宾。怀一北坐在卓越颖的边上。卓越颖问，这些年，有何感受？怀一北说，良多坎坷和感受，现实和理想差距几万里。卓越颖点头赞同。她说，如今已经不革命了。怀一北也说，如今只是谋三餐，革命管它去了。说完俩人碰了一杯酒。宫团长看见他们碰酒，怒火胸中烧，起身提了一壶酒过来要敬怀一北，说尤溪敬永安的，谁不喝谁就是孬种。怀一北看一眼卓越颖，昂起脖子喝了。随即回敬了宫团长一壶。宫团长顶不住，就烂醉了去。

卓越颖吩咐手下把宫某背着去寨尾山照料，转身和怀一北探讨黄石遭劫之事。他们分析了玉田本地和周边的武装势力，逐个排除，还是猜不出是谁干下的事。最后从跟踪娶亲队伍的位置判断，有两种可能：德化的林友四，或者是尤溪的哪个无名小卒。

怀振兴看到儿子和卓越颖说得起劲，便过来把儿子叫到一边，把卓越颖和宫团长的事说了，劝他好自为之，弄不好会害了黄石村，另外怀振声老爷说了，这个宫某的祖上和黄石有关，三番五次回到村里来，怕是有祸事。怀一北并没有特殊的反应，他静静地回到位置，端起一杯酒敬卓越颖，并说祝你和宫某幸福。卓越颖莫名其妙，把酒倒在地上，对着怀一北骂道，小人之心。

宫团长夜里醒了酒，便起身找水喝。他问手下这是什么地方。手下回说这是团长的家。宫团长这才晕乎乎地想起黄石已经为自己重新建起祖宗的住所。烛火照耀下的柱子，黄艳艳的，像上了清漆。可惜没有红纸对联，要不更是喜庆。他本想要隆重地衣锦还乡，没料到醉了酒被抬回家来了。

卓越颖也住在山上，油火还亮着。

宫团长乘兴敲门，想和她说话。白天他被人用酒放倒了，心里憋屈。卓越颖在卧室里头大声说，迟了，有事明天再说。宫某吃了闭门羹，扬言要去毙了那小子。这时，卓越颖呼地开了门，端着短枪顶着宫某说，还嫌白天不够丢人。宫某说："你怎么老护着那小子，他是谁啊？"卓越颖说："别管他是谁，你知道强人来黄石抢走的人都是谁的？是我们周师长的讨贼军。别人在我们师长的头上拉屎拉尿你不管，竟管那些酸不溜秋的儿女醋意，你还是团长吗？你有责任把他们找回来，知道吗？"

寨尾山的夜风，摇曳着五棵树的烛火，这里的事，不知道是开始，还是即将要结束。宫某被数落得如煺毛的鸡，呆愣在那儿，似乎醒了酒，嘴里嘀咕着："我想怎么山上这么安静，三营的人都被拉走了。妈的，谁这么大胆？"

卓越颖说，你就是一壶醋，除了发酸，什么都不是。

宫某只好嘿嘿地傻笑着。

永宁堡的夜晚也不平静，怀振兴和邓太太联合给怀一北发话，要么真娶了卓越颖，要么断个干净，不然永宁堡真是丢人现眼，叫老爷们如何在人前活着。

　　义愤填膺的怀一北难以入眠。凌晨，他趁了酒劲，操过枪，悄悄溜出永宁堡，朝着寨尾山上去了。

　　不久，寨尾山响起了沉闷的枪声。

第五章　闽中土堡

第一节　看锁

怀振声像浸水的丝瓜络一样，突然晕厥，倒下，不说话了。这让水莲陷入六神无主的境地。在她心里，老爷是怀家的主心骨，老爷生病倒下了，如大厦之将倾，如何不慌张！她叫怀玉龙赶紧进城去把卢迪工请回来。卢迪工身上有县府的任务，走不脱，但他知道岳父的病不是来自身体，而是精神。他开了几帖中药叫怀玉龙带回，又吩咐怀玉龙去云林把怀玉英叫回去照顾她父亲。

石振威本想在重孙子满月的时候，请怀振声喝一杯酒，除一除郁闷的心情，不料他却倒下了。怀振声一病，加上门庭不幸，石家的满月酒也就没办了。

怀玉英照顾了个把月，有事回云林去了。老爷还是不见好转，水莲就下了决心，试着用自己的手艺帮助老爷康复。按照大姑丈的诊断，老爷这是急火攻心、神智被堵，紧要的是要疏通经脉，导火静神。虽然母亲没有教她医治此类病的药方，但是母亲说过一些去火的中药，在黄石就有现成的，苎麻根、席草根就是很好的清热解毒的草药。于是，每天早饭后，水莲就到铳楼里，帮老爷按摩，自己摸索创造出一套按摩方法：印堂穴、神庭穴、太阳穴、阳白穴、头维穴、百会穴、率谷穴、风池穴、风府穴，每日搓按梳理。再熬一碗苎麻根汤，喂着喝下去。然后给老爷翻身、擦洗。怀招娣每次都来帮忙，把老爷抬到楼外晒太阳。

躺在太阳下的怀振声，十分安详。太阳照亮他的每一根白发，皱纹横凸着他的思量。一个睿智的长辈，老时竟然这样，不禁令人慨叹这世事难料和人生无常，甚至令人慨叹善良太脆弱、好人没有好下场。只有水莲在默默期望，期望怀老爷哪天的康复，他是怀家不能腐朽不能倒塌的顶梁柱。

劳累了一辈子，他静静地躺着休憩。石振威和怀振兴都觉得这回怀振声恐怕是要走了，这个年纪加上这种病症，大限到了，也是正常。他们交代小辈赶紧准备后事。唯有水莲一直坚信她的怀老爷会回神的。绝望中的期望，往往就是救命的稻种。长辈和晚辈共同的期望，让生命的稻种得以再度萌发生机。

　　三月三那天，怀振声突然醒了过来。他张开眼睛，和太阳来个正对，光明十分刺目，眼前一片黑暗。阳光似乎不允许你看透它，怀振声重新闭上眼睛，开口说了一声，我倒回来了。

　　水莲和怀招娣听到老爷的说话声，很突然，像是被惊吓到一样，高兴得直哭。命，这次给她们一次如愿。水莲问，老爷，你看得见我们吗？

　　怀振声说："看得见，你早就在我心里了。孩子，苦累你了。"

　　老辈人可不随便说话，在怀老爷心里，他每天都在夸她的孝顺，就是说不出话来，今日他终于回来了，他知道是这孙媳妇给拽回来的，从大老远的阴曹地府奈何桥畔硬生生拽回来的。老爷这话说得水莲泪如雨下。水莲说，老爷福大命大，你把怀家从垮塌的边缘拽回来了。

　　怀振声还想坐起来，被水莲制止了。水莲说，老爷身子弱，不敢使劲，慢慢来，再过几天，就会起来了。水莲招呼怀招娣赶紧把老爷抬回铳楼里去，厨妈送来了上好的清明茶，泡着润喉提味。

　　怀招娣赶紧把老爷醒来的事去告诉杨氏，杨氏却只顾念经拜佛，无动于衷。她又去告诉石老爷。石振威赶来，握住怀振声的手，老泪纵横。怀振声孱弱地说，石老弟，有你在就好。石振威说，你回来了，我也不想走了，大家也一定都会回来的。说完问怀振声想吃点什么。怀振声摇头，又说，有你在就行了。顿了一会，怀振声问，今天是什么日子了？水莲说，恰好是三月三。怀振声问，有没有做"青饭"？石振威明白他想孙子了。他说，当下也没有人手去采乌稔叶，今年就算了。

　　出了三天，怀振声能坐起来了。水莲觉得老爷能坐起来，自己的压力就一下搬去一大半。怀老爷说，给你阿妈也做做手法。水莲说，做过了，不见效，她怕是入骨了。这杨氏丢了两个儿子，做母亲的，自然把事情往自己身上揽，神智伤到骨髓里去了，眼前又走了夫君，哪个女人能扛得住，也就由她去了。

怀振声戒了烟酒，粗茶淡饭养了一段，病康复得差不多了。但是，怀家另一个烦恼接着浮现出来。水莲的肚子渐渐大起来，跳也跳了，草药也服了，就是不见效。春暖三月，脱了两件衣裳，水莲的孕态日见日长。本该是一件喜事，来了这时候，却是无尽的苦水。刚卸去伺候长辈的压力，仿佛换个头面，压力又回来了，让水莲真实承受不住了。冬天霜雪犯下的错，让一片树叶承担所有的罪责，这不公平。怀振声看出水莲的心思，吩咐怀招娣去把石老爷叫来铳楼，他想为水莲解围。

他当着石振威的面对水莲说："孩子，你心里难受，大公我都看在眼里，疼在心里。今日我当着石老爷的面，把话跟你讲清楚，往后你就免再多思多虑了。"水莲抬起头静候老爷的话语。怀振声说："水莲，把孩子生下来。虽然他是仇人的人，但那不是你的错。生下来，我们怀家把他养好了，他就是怀家的后代。"石振威听了万分感动，赶忙从旁劝说水莲要听老爷的话，做你的母亲，外边人的嘴他来管。"这些年，黄石真是遇见灾了，要是自己人还要用恶毒的话语伤害自己人，制造人祸来，那我就对他们不客气了。"

水莲跪了下去，叩首道谢。

石振威扶起水莲。怀振声吩咐石振威，到时水莲生了，还得麻烦柳花她们，杨氏乱了分寸，做不了接生的事。石振威说，那是自然，百十里都要去接生，何况咱们兄弟，这些老婆娘要做的事你都想到了，你就把心放回心口里去吧。

"二月二，三月三，穿起新缝的大布裳，大的大，小的小，跳进南河洗个澡。洗罢澡，乘晚凉，回来唱段山坡羊。"怀振声不禁唱起儿时私塾先生教《论语》时唱的书歌，轻松和压力，总是一对孪生兄弟，心里的石头落地了，轻松就挽住你的手。

三月的春天，就像刚落地的婴儿，粉嫩、干净，那是令人羡慕的小生命，能给人以希望。

几经挣扎，水莲的儿子出生了。嘹亮的啼哭，划过黄石的夜晚。虽然没有特殊的营养，但柳花说，那一声啼哭，比别人响，将来肯定不一般。水莲不知道这个孩子的到来是福还是祸，总觉得是个错，就像是鞋内的一粒沙、指尖的一丝刺，痛在眼前，管不了将来了。因为情况特殊，就免了许多风俗和礼节。水莲觉得这孩子可怜，婆婆精神不好，对孩子并不在意，也无法正常替月子，母亲远在尤溪，更是不能分担在身边。还好有柳花、郭凤和蒲氏、吴氏她们轮流交替，自己的月子过得还算周全，应该不会落下什么腰腿毛病。

孩子"三旦"过后，啼哭不止。大家以为是奶水不足，把他给饿的。初为人母，水莲自己也不能意识到孩子的病状，还好麻坊里女人仔细，半夜听到婴儿啼哭，就赶来告诉水莲，孩子怕是得了锁病了。水莲恍然大悟。她仔细看了孩子的身体，心里就明白孩子得了"铁板锁"，肚子胀硬，消化不良，孩子真是得锁病了。

大家不知所措。水莲却请郭凤帮忙上山采集锁药。郭凤毕竟不纯粹是农家女，各色青草也认不全，水莲说的几种药草，郭凤压根没见过，自然采不全。水莲顾不得许多，就从月子房里出来，亲自上山去采"铁板锁"药，郭凤凑近陪护着。很快，水莲就采齐了诸如瓜子肉草、楂林草、剪刀草、青蛙草，捣碎敷在孩子的肚脐眼上，加上用灯芯草熏了几个穴位。当晚，孩子就能安睡了，肚腹也渐渐柔滑，用了三天锁药，病状就全部消失了，孩子也就生龙活虎起来。

女人们这才发现水莲原来还是个郎中，会看孩子的病。这事翌日邻居们知道了，没多久全村就都知道了，渐渐地就有看锁病的人上门来。

小孩的锁病，在水莲手里，那真可以说是药到病除。在乡亲们看来，水莲简直就是神仙下凡，孩子们的守护神，大家亲昵地叫她"尤溪妈"。之后三十都、三十一都全知道了，水莲就成了远近知名的看"锁"人了。

婴儿出身不久，常常会不好带，有啼哭、腹胀等症状，在戴云山一带管它叫"锁"。取门锁的闭合之意，上锁了，气血不畅，瘀滞沉积，自然得病；要是对症下药，症结打开了，气血两通，婴儿自然就会好带好养。而锁药，就在锁医的心里。

锁病的种类很多，比如有"钩脚锁"，婴儿出生几个月，甚至晬后，双脚总是钩交在一起，影响爬行。"黄锁"，脸色发黄。"红锁"，脚跟、臀部发红，大多因为母亲多吃辣椒过燥，通过母乳影响婴儿。"眯目锁"，孩子眼睛老是眯着，被眼屎黏缠着。"脖颈锁"，脖子经络不通，爱扭脖子。"泥鳅锁"，小孩总是嘴吐圆泡状口水，滑溜起泡。"柴条锁"，腰椎经脉不通，爱扭身子。"青肚锁"，粪便呈青绿色。"臭头锁"，头部烂疮，流脓，脱发。锁病上百种，不一而足。

家里添了孩子，免不了会碰上这锁那锁。新媳妇总是抱着孩子不知所措，疼惜婴儿，以泪洗面。而婆婆们却有经验，见婴儿哭闹，就大体知道孙儿一定是上锁了，得了锁病就要带孩子去看锁吧。

会看锁的人稀少，因为这种民间祖传的"锁医术"，不外传，家里只传女不传男，而且一代传授间隔时间很长，自然掌握技艺的人就稀少了。会看锁病的人，并不称呼她为郎中，就叫"看锁的"或者是她的名字加上辈分。也许是为了区分"大夫""郎中"正统的医生，显示出民间医术的特别之处。锁医，只坐诊不出诊，这也是规矩。据说，孩子出生不久，就有一个"狸猫姐"护着，锁医出诊到月子房，有邪气，行为不当，会得罪孩子的保护神，遭到不幸。当然古时候一个女人四村走动，也是不合规矩的。所以，看锁，得抱着孩子去找锁医。产妇未满月或者身体虚弱，不宜出门。看锁的事，大多由婆婆来完成。把孩子带出月子房，先得告知"狸猫姐"要去哪里做什么事、得多长时间。近的，几个时辰就回来，勿让她等急了。婆婆把孩子背在胸前，拿一把雨伞遮掩严实了去。孩子命小气弱，见不得天，所以要用伞遮着。路上也不要和人搭话攀谈，免得孩子受惊丢魂，又惹出别的病来。

有锁病，就有锁草。这是中医药典书籍、药店里买不到、找不到的。民间药方，都是口传心授，没有文字方子。那些锁医，大多也不识字，懂得采药捣药，却写不出药方子，也不愿意让人知道方子。虽然药钱是随人送的，也要毛把钱，积少成多，锁医的日子总比日常人好一些。

三十一都十里八村，大家没有听说别的灵验锁医，就水莲一个了。

家里少了劳力人手，水莲建议把远在京口、四十八都的田地卖了。怀振声对这个孙媳的建议感到高兴，她已不自觉地成为女主人了。所以，怀振声也就基本同意了，他说，四十八都的地可以卖了，但京口坂的地很肥沃，暂时还是留着。如今路上收费和强人多如牛毛，外出贩布也不安全，怀玉龙一人管顾不了那么多，麻坊的雇工也辞退了几个，还好怀一民生前留下个精麻坊，厦门商家诚信，要不怀家的日子将会越发难过。水莲自己拉扯孩子，用母亲教的手艺，为四邻乡里看看锁病，也挣些贴补，凑合着把日子过下去。

怀家的长孙按字辈取名怀良富，转眼一岁多了，壮实得很。因为出了变故，家里多是女人老人，晬酒也就没请了。孩子小名叫"林子"，招娣很不解，但是水莲爱这么叫。孩子会颠爬着，在家人的手里游串，稚嫩又调皮。杨氏不喜欢孩子，也许是带怕了。可怀振声却十分疼爱怀良富，经常带到铳楼里，大半天陪着玩。许多时候，石振威也会抱着重孙石良成过来，孩子们粘在一起凑热闹。

夜里，黄石的女人经常从睡梦中醒来，再难以入睡。醒来之后就想和自己有关的男人。柳花想着石有才和石一方如今不知道在哪里受苦。杨氏有怀招娣陪着，经常从噩梦中醒来，喊着一民儿子回来啦，整得怀招娣跟着害怕。郭凤看着孩子的睡眠，心里想着石有才，想着累了就睡着了，又想着醒来。

这水莲更是怕天黑，上了床，安顿了孩子，就有许多事情像蚊子一样嗡嗡嗡地扑向自己，黑压压的一团。许多时候，水莲很想去寻找自己未入洞房的郎君怀有福，但无从做起。她有时甚至想不起自己新郎的模样，那个十五岁身体柔弱的男孩，翻来覆去地想，最终觉得他就是自己的小弟弟，而不是自己的男人。相反，那个仗势欺人、粗鲁彪悍的有过肌肤孽缘的孩子的父亲，却显得十分具体清晰。一年的时间褪去不少对这个男人的恶感，一种命中注定的缘分和罪恶产生的结果，帮助水莲尽量想起他的好，因为孩子的存在，有了一份不多的、只能隐藏在梦之深处的好。甚至这点好，助长了一些不该有的想象、憧憬和希望。要是没有杀人，水莲甚至觉得这样的男人还真是好男人。即使是在自己不愿意被迫的情况下做事，水莲不得不承认体验了一次满足。但男女的快乐摆不上台面，只有在夜里，才能偷偷隐秘地回想。这种快乐不是幸福，而是一次阴差阳错的孽缘。当她早晨拖着疲惫走进怀家的日常生活，这些就变成不安分和丑恶的心思。这让水莲时常觉得燥和累，觉得苦。自己追求属于自己的男人，事实上，水莲已经接连破灭了自己的两段婚姻。来到身边的男人，还是无法属于自己的。还好有一个男孩的出生，虽是愁苦，却也替换了不少空虚。

倒是杨氏实在，整日在佛堂里诵经，有时候怀良富会颠着跑到奶奶的佛堂去。杨氏双手合十，嘴里念着，孽障，孽障。水莲亲耳听到过一次，她心如刀绞。

一天，一队人马抬着三顶轿子，到了黄石怀家门前。看架势是个有钱有势的人家，来这里却不知为何。落轿后，一位商人模样的男子走在前，打了招呼："尤溪妈在吗？"

水莲答应道："在哦。"

男子说，早闻尤溪妈大名，药到病除……水莲听声就知道是来看锁病的，便说免客气，孩子在哪儿，带过来看看。男子停下啰唆的客气话，转身向后，招呼说，马仔，过来。

名叫马仔的男孩，从第二顶轿子里下来，磨蹭着走到水莲跟前。马仔十二三岁，戴一顶极有品质的帽子，着装气派，一看就是大富人家的公子。水莲看到孩子的帽檐里渗出些许的黄水，她知道孩子是要看头了。做父亲的叫马仔把帽子脱了。男孩又磨蹭着，难为情。

水莲伸手牵着马仔，安慰孩子说，别怕，让我看看就好了，看好了，以后就不要戴帽子了。说完水莲帮着孩子小心摘下帽子，露出令人发怵的臭头来。水莲问，先生贵姓？

男子恭敬地回说，免贵姓林，三宝人。

水莲问，林先生，这孩子的病多久了？林先生说，大约七八个月了。水莲说，过久了，怕给耽误了。林先生神情一下紧张起来，满口恳求，央求尤溪妈给仔细看看，说看好了，全家感谢你，看好了，给你立碑磕头，给你盖庙烧香。

林太太听不下去，就拉扯丈夫的衣角，责怪他怎么这么说话，人家尤溪妈是活菩萨。林先生赶紧跟着好话说，活菩萨，活菩萨在世，我儿子就有望了。

水莲说，你们言重了，这也就是普通的病，就是拖久了。说完，她拿了根竹签卷了棉花球把孩子头上的黄脓水点干，然后回头进厨房拿了个铜盆，将盆底擦干，又到四扇房过道顶取下一块楂饼，走到下间走廊上，把楂饼点燃。一会儿，把铜盆倒扣在楂饼上，留一小缝隙等着。白烟从盆沿懒懒地冒出来，飘摇的形状把铜盆给带活了。一刻钟的工夫，水莲把倒扣的铜盆翻起来，用手指刮抠楂饼的烟雾熏在盆底上的墨色烟水，把烟水轻轻地抹在马仔的头上。这叫"楂饼烟点臭头"。照样，水莲去熬了一碗苎麻根汤，给孩子喝了。

水莲对林先生说，这么大孩子得的不是锁病，时间拖太久了，要点三五天应该就会干了。林先生随即便问，能不能让他住上三五天，等臭头好了就回去。水莲说，住在家里肯定是不方便。林先生皱了眉头，哀求地说，随便靠一个地方就行了。水莲说，你们富贵人家，哪能睡椅凳呢？不然多走几步路，宿在云林乡的客栈，当日来往于黄石，辛苦些。林先生很认真地说："讲实在话，我在福州过的是好日子。可这不是福州，随便拿张草席，凑合几天。只要儿子病好了，疼几晚骨头，没什么。我们一定不打扰你们家的老小。"林先生的执意让水莲很为难，她只好去问怀老爷。怀老爷说人家大老远找你来看病，就依他们吧，把下间房腾出来，其余的只好睡客厅椅凳了，蚊虫叮咬就管顾不了了。于是，林先生和他的随从就在厅堂边的长凳上住下，夫人和孩子在下间里安顿。

晚上，孩子第一次睡得安稳，白天点下的烟水，开始生效了。夫人激动得半夜爬起来摇醒林先生，告诉他孩子睡眠极佳。林先生喜得一夜无眠。第二天，重复点抹着。孩子精神气好多了，开始开口说话了。孩子总是喜欢瞪着眼睛看水莲，看着看着，就笑了。林先生一家真是看在眼里，甜在心里。一整个白天，全家人都在说活菩萨以及千恩万谢的话。

夜晚，月下西山，大家都睡了。

突然，村子骚动起来。这种骚动首先来自此起彼伏的犬吠声。值夜守山架的喊声传过来："土匪来啦，土匪来啦。"大家一齐惊醒过来。水莲爬起来，赶紧安排大家到就近的后头山小树林躲起来。谁也猜不到，土匪就冲着怀家而来。火把通明，一队七八个人，到了门口就喊："尤溪妈在吗？"

没人应答。

来人又大声喊道："免惊，我们是土匪，但今晚不抢钱不抢人，我们找尤溪妈看锁病来的，赶紧开门。"

还是没人应答。

又再喊："叫你免惊就免惊，别让老子等急了，绑你去看病。"

躲在铳楼里的水莲听得明白，土匪带孩子来看锁病，若是不去应接一下，今晚怕是过不去，于是忙大声应了："回来了，回来了。"

开了门，人马涌进了院子。水莲惊了五六分，侧身从下间廊沿上厅堂点上贩油灯，问，孩子呢？

一个匪丁把孩子从怀抱里仔细抱出来。水莲小心接了孩子。

匪丁说，这可是我们头家的孩子，好好看，看好了有赏。

水莲伸手摸了摸孩子的肚子，硬板得厉害，手稍微一压劲，孩子就哭起来。水莲心里便有数，孩子得的是铁板锁。水莲习惯性地问孩子多大了。那匪丁说，你别管他多大，赶紧看病。

一个带着短枪、一直没有说话的男人制止了匪丁，和气地告诉水莲，这孩子一岁多了，半个月前，突然就不舒服了，会吃不会拉，肚子肿得像南瓜，整日整夜啼着难受。水莲只哦一声，起身去拿了一个粪桶，又去取了一块"沙文"（肥皂），用刀把肥皂削成条状。

水莲问："哪个是父亲？来帮个忙。"带短枪的走了过来。

水莲叫那男人抱着孩子坐在椅凳上，脱去孩子的裤子。她轻巧地按摩了几个穴位，然后把肥皂条浸了温水，放在手心搓滑，再慢慢地将肥皂锥条缓缓插入孩子的肛门。几次浸润，几次插入。孩子明显感觉到被畅通的滋味，身体扭曲起来。那些温水里的草汁渐渐扩张孩子的肛门。一刻钟后，水莲轻缓地抽出肥皂条，一阵恶臭随即弥漫开来，接着就是洪水般的排泄，郁积在孩子肚子里半个多月的粪便顷刻间注入粪桶。那男人迅疾地抽出一只手去捂住鼻子。没等匪丁过来顶手伺候带短枪的，水莲已顺手给粪桶盖上一张粗纸，赶将提走了。

水莲又去端来一盆温水，替孩子洗了身子，净了粘在下身的秽物，穿好裤子。水莲轻抚孩子的肚皮，都起皱褶了。排了粪便，孩子一下就活跃起来，咿咿呀呀，手脚挥舞着舒爽的畅快，还朝着水莲咧嘴笑。

见此状，匪徒们也举起火把，"哦哦哦"大声地呼喊着，因神奇激发出来的兴奋，弥漫在火把照亮的夜间。带短枪的大声问道，好啦？水莲说，肚子里的秽物出来了，好了大半了，还要敷点药。说完，转身去揉了三剂锁药，吩咐孩子父亲按时敷在孩子的肚脐眼上，又拿了一把苎麻根，吩咐带回去每天熬一碗加点蜂蜜喂孩子喝，过两三天就好了。

孩子父亲十分感激，给水莲作一个揖，又一挥手，让匪丁拿上来一个钱袋，点了一百块大洋，请水莲收下。水莲说，不值那么多。带短枪的说，值，太值了，这孩子的病看了多少狗屁郎中，都没见效，就你这一个时辰就给看好了，不嫌少就收下。水莲知道这些路上的强人讲义气，若是坚持推脱，就是不给面子，怕又要惹出什么事来，于是就收下。她说，恭敬不如从命，我和这孩子有缘，我包个红包给孩子，祝愿他往后无病无痛，好吃好睡。

带短枪的十分感激，当即言谢："尤溪妈，托你吉言。"说着就抱着孩子给水莲作揖。水莲止住说，大当家的，免客气，若说感谢，不如往后多关照我们黄石村，大家日子过得紧，你们一来，觉都睡不好。带短枪当家的喊道，好说，弟兄们，都听着，就按尤溪妈说的，往后到黄石来就是走亲戚。

匪徒们举起火把大呼，听大当家的，往后到黄石来就是走亲戚。

水莲又对带短枪的说："你们还是早点回去吧，按时给孩子敷上药，我这地方小，落不下脚。再说你们在这，乡亲们只能在山上躲着呢！"带短枪的说，你们免惊，叫他们回来睡觉吧。水莲说，你们在，他们哪敢回家来？带短枪的说，你能保证我孩子敷了药就好尽了？水莲说，保证。带短枪的也是爽快人，说了声"好，后会有期"，一挥手，一队人马就出门出村去了。

林先生一家从山上回来，天已经快亮了。因为紧张慌乱一夜没合眼，大家都显得疲惫。只有马仔睡得好，让人给背下来。天亮了，大家一看马仔的头，干得差不多了。经历这一夜，林先生怕了，就想还是先回去。水莲表示同意，吩咐说带些苎麻根回去熬着喝，带点楂饼回去自己炮制，再点一两天，病就好尽了。林先生吩咐手下拿上一个系着红绸带的小陶罐，说这一百块大洋算是对尤溪妈的谢意。水莲极力推辞。林先生说这些天给怀家添啰唆了，治好了孩子的病，还要管三餐。水莲还要推辞。林先生说，你这地方也不安全，我这点钱，你就收下吧，你拿去再添点，往后建个土堡，防着土匪日子安稳些。

看得出，林先生是真心的，水莲就没言语收下了，但心里还是过不去。她对林先生说，你是好人，我就这点手艺，也帮不上什么大忙，太感谢你了。

马仔走了过来，抱住水莲的腿对父亲说说，阿哥（偏叫），我不回去，我要住在尤溪妈家。水莲微笑着轻抚马仔见好的头。林先生说："这团，懂得亲切了。马仔，以后我们再来看尤溪妈，好吗？这次先回去。"

怀振声越来越觉得儿子怀一民有眼光有福气，能定下这门亲事。水莲的手艺和为人，他看在眼里，支持在心里。这个孙媳妇和怀家一贯的为人处世范式如出一辙，或者说水莲为人做事已经完全融入怀家的样式，得到认可。她没有杨氏的太太架势，和麻坊里的雇工相处得很好。

她还很用心，对麻坊里的工序活和精麻的脱胶技术问得详细，雇工们都说，这位少奶奶像徒弟一样肯学。不久，水莲心中对硫黄、水的配比、火烧温度的控制、漂洗、烘干以及麻料等级、捆扎等就有了底。

怀振声坚信，水莲是怀家的希望，眼下的坎坷会被水莲慢慢铺平的。怀振声这样的坚信还有一个理由，那就是水莲配了许多安神的草药，让精神恍惚的杨氏也安静了许多，现在杨氏偶尔也会逗起孙子玩了。水莲用它的手艺和胸怀逐步调理怀家的创伤。而这些，石振威也是看在眼里，多次对怀振声说起过。怀振声说，黄石说厄运，却也不对，我们两家讨回的媳妇都是聪明贤惠的人，这是多么幸运的事啊，包括永宁堡的那个少奶奶，我看黄石有了这些个年轻善心的母亲，下一代准会有希望的。

第二节　李家

卢迪工在县城参加瘟疫抢救有功，被县长表彰了。表彰会在考棚二进的场院上举行。被表彰的郎中们站在场子上，林县长坐在考棚的厅堂上，四周站满了持枪的兵。说是表彰，更像是训话。林县长的讲话，粗言野语很多，因为有兵把持，大家心里紧张，根本没有听这个县长在说什么。卢迪工擦了好几把汗水，似乎被县长看见了。林县长说，大家不要怕，今天是表彰会，周师长爱惜民众生命，大家都是本县郎中，为自己的家乡出点力气，不算什么，可周师长却十分仁义，拿出奖金来奖励大家，大家都要懂得恩情、知道感谢，若是有不听从的，格杀勿论。

看来县长也是紧张，说起话来三句不离周师长，马屁拍得丝丝入扣。卢迪工心里暗骂，真是一派胡言。表彰会结束了，除了一张表扬红纸，当场把名单念完，就什么也没有了。周师长拿出的奖金大概被县长"格杀勿论"，吃去了。

卢迪工从考棚出来，走在后街的路上，惊魂未定。他走进赵氏兄弟的诊所，想看看有什么药品，可以买点带回云林去。可如今药品奇缺，诊所进了一点货，都被县长调去用了，县府买药，就记账，也不付钱，这诊所怕是撑不了几日，就要关门了。

卢迪工忍不住骂道："这世道真是不要脸了，这样下去，老百姓都要怎么活呢？"赵希望接话："谁说不是呢？你们看中医的，还可以自己采集些草药，我这西医，可是说完就完了。"卢迪工问："这城里也不见有中医铺？赵希望说，从前南门街有李家山货药铺，自从红军走后，就关门了，好像至今未开门。"卢迪工说："这样下去，郎中也都没法做了。"赵希望说："别说郎中，人家外地来的县长都不敢上任，你没听说，省府派了徐县长，不敢上任，又派冯县长来，仅仅七天就被逼走了，省府再派卢县长，也不敢来。真是闻所未闻，别人家花钱买官当，这里却是躲避不及？哼，一窝的熊官。天要这样，你能咋办呢？"卢迪工不解地问："那如今的县长是谁派来的？"赵希望说："这个草包是周师长的部下，是周师长的妻弟……"正说着，有人来看病了，赵医生即刻停了话语。卢迪工也起身告辞，回头准备回云林去了。

出了后街，卢迪工遇见了卓参谋。卢迪工壮着胆打了招呼。卓越颖看出这位郎中是云林的，当初自己和怀一北受伤时，请的就是他。卓越颖问，你是卢医生，这段时间辛苦你了。卢迪工说，得卓参谋惦记，三生有幸，做这点事是应该的，老百姓有难，治病救人，是郎中的天职。卓越颖想起来有样东西想托他带给黄石的长辈，就问，你是不是要回云林，我有件东西托你转交永宁堡。卢迪工说，没问题。于是，他随卓参谋到了县府去拿东西。

临行，卓参谋对卢迪工吐了苦水，她说对黄石怀家总觉得有愧疚，假媳妇的戏演得让长辈心疼，黄石人为了保护自己，牺牲了不少人，这欠下的是永远的债。当初是为了革命为了自由来玉田，如今事与愿违，看来要和玉田厮守终身了。卢迪工一时想不出办法安慰她，便临时起意代表黄石的长辈多谢卓参谋的关心，他说，这世事难料，参谋也不必太挂心。当年追求自由民主，如今追求安稳日子就好了，就像当郎中的总有治不完的病，遇到哪个病号，就治哪个吧。如若还要想治世道的病，那就是自寻烦恼。卓越颖点头称是。被郎中这么一说，她觉得自己不论是初出道的卓越颖，还是如今的卓参谋，都不容易，一时鼻头有些酸。看得出来，黄石也让她惦记上了，于是，她又问有没有黄石男人的下落。卢迪工回说，尚未有消息。你在县府，消息灵通，念在黄石长辈份上，多给打听。卓越颖说，那个宫团长和我怄气，不去做打听的事，往后若是有消息，我会托人尽快去告知的。

说到宫某，卢迪工说，那个宫团长你可得看清楚了，他与黄石似乎有前世之仇。

卓越颖看一眼卢迪工，眼前这个郎中把自己当作永宁堡的人了，担心起宫某的为人来了。她说，对这类人，你们也别说他的话，说多了传到他耳朵，又不知道要耍什么德行了，我自己会小心应付。

　　说到宫团长不愿意去打听黄石男人被抓的事，是有原因的。到黄石那一夜，两个男人因为强劲的醋意，怀一北提着枪突袭寨尾山，宫团长的腿吃了一发子弹，还好有卓越颖挺身挡住了怀一北进一步的怒火。怀一北走了，宫某一行也连夜回城里去了。从此宫某便和怀一北结上仇，发誓要亲手毙了怀一北。宫某原本和黄石就有宿怨，加上怀一北这一枪，打在腿上，却胜过打在心里。怀一北一时冲动，本想摆平匪事，却惹下另一桩麻烦事。

　　从县府出来，走到南门街，卢迪工碰到了张立隆，问起工作生计的事。张立隆说，自己费了许多周折，进了玉田初中当教师，还是本行。如今时局混乱，学校里也没得安静，学生们爱国热情高涨，都在声讨日本侵略东三省的行径。县初中组织了抗日救国会，出版《血钟》周刊，学生提出血债血还的口号，很是鼓舞人心的。

　　卢迪工问："那学生都不读书了？"张立隆说："怎么能不读书呢！书是要读的，读好书才能明白家国的大道理。不过如今国家有难，全民动员，学生总不能还是只埋头读书吧。"卢迪工点头称是，世道不太平，生意做不成，书自然也读得不安心。他问立隆，黄石遭匪劫，被抓了许多人，你知道吗？张立隆点头说知道，他也正四处打听下落。听说是保安团抓的人，他托校长去问了，县保安团没有增人的事，也没有林副团长这个人，怕是假冒保安团抓人贩卖到别处去了。卢迪工说，你是城里本地人，人头熟悉，这件事还得多费心思，好歹花钱也要赎回来。张立隆说，那是自然，只是当前下落不明，无处着手。

　　说到事情难办，卢迪工确有感受，他本想到城里开家中药铺，一时找不到合适的铺面，只能作罢。张立隆得知这件难事，便说铺面倒是有一个，而且挺合适，就怕开了也赚不到钱，还要折本。

　　卢迪工问，怎么说？

　　张立隆就给卢迪工讲了驻军林旅长、宫团长和林县长联手搞"月捐"的事。原本捐税是按年收的，林家头目认为年收一次，数目太少，满足不了军需，所以就改为月收一次，叫"月捐"。林家头目还觉得太少，又下令加倍征收。若是没有按时交，下月还要加收草鞋费、马夫费、招待费、伙食费等等，不交就杀人放火烧房子。张立隆举了个例子，你的药铺原本每年交一次一块大洋，如今要每月交一次一块大洋。现在又加倍了，每月要交一次二十四块大洋。这样算下来，一年你要比以前多交两百二十八块大洋。你说哪家受得了？所以很多店铺都关门了，有的跑到外地去了。

这么一听，卢迪工像被泼了一盆水，一时就没了开药铺的念头。张立隆建议要是想开药铺，南门街李家有个现成的铺面，从前也是经营山货药品的，如今被广豫票一折腾，听说去下府德化做，玉田的铺面关掉许久了。迪工，你知道这家铺面是谁的吗？

卢迪工说，不是李家的吗？张立隆透了底，是李家石路养的。卢迪工惊奇地问，是黄石那个大小子？张立隆就把遇见石路养、两人喝酒聊天以及石路养如今已经入赘李家，帮助李老板做起山货药品生意等等事情说给卢迪工。卢迪工听了，就夸石路养好命，有出息了。

相见甚欢，太阳就要落了西山。张立隆请卢迪工住下来，说晚上让你见个人。卢迪工问，见谁？张立隆说，郭先生。郭先生被教育科调回到城里的均溪国民小学了。卢迪工觉得难得遇上郭先生，便稍做停留。

晚上，三人去了前街的德安茶行。未进门，就有小工过来说，今晚不接客。张立隆不解，悄悄问出什么事不接客？小工压低声音说，楼上有几个大老板在商议事情，茶老板吩咐不接客。张立隆说，既然不接客，为何不关门？小工说，我们茶行还得靠客人，关门似乎不好，也许很快就结束了，要不然你们安静再等等。张立隆说，老板们在一起商议什么事？小工说，小的不知道，听说县长要发行什么票，大洋不能用了。郭先生说，我们回去算了，到我家吃点茶，实在。张立隆买了一泡茶，三人出门却去了南门张家。

张家就在金溪河岸边。若是没有泡茶，夜晚坐在河边的草地上，真有"风乎舞雩"的惬意。烧了热水，冲了茶，张立隆掀盖闻起来，铁观音的香味也弥漫开来。郭先生连说好茶。卢迪工闻惯了药味，对茶味不敏感。他说："你们是什么鼻子？见茶就说香。"张立隆笑道："读书人就是比郎中有雅致，遇茶即能闻香。"卢迪工说："我郎中就懂得治病救人，不懂讲什么雅致，不过闻香也会，药香而已。"郭先生说："人在草木中，本来是幸福的事情，如今看来人连草木都不如了，当下真不是遇茶闻香的时候。学堂里的孩子越来越少了，我的薪水都被欠了几个月了。最近听说要换纸币，校长说薪水还要再拖一个月，等纸币到了一起发。不知这些到底可不可信？"

张立隆是校董直接聘用的，倒没有欠薪。听到郭先生说纸币，卢迪工和张立隆都问，什么时候的事？郭先生说，应该快了。张立隆猛然想起，刚才德安茶行老板商议的一定是怎么对付纸币的问题。张立隆说："过去在长汀，红军也发行纸币，可红军的纸币发行，老百姓很欢迎，因为物价稳住了，人心不慌了。这里的纸币，是周师长发的，司马昭之心路人皆知，老百姓肯定不欢迎。"

说到红军，郭先生说，红军来过玉田，你们见过吗？卢迪工说没见到队伍，却见过负伤的红军战士，他包扎过一个，后来林旅长又把负伤的红军战士送回去了。张立隆说，他见过。红军战士戴红五星八角帽子，穿灰色衣裤，绑腿草鞋。红军可是穷人的部队，专门打土豪，分田地给穷人的。他们和白军的做派可是完全不同。郭先生自言自语地说，穷人的队伍，饿的穷的，起来造反，打土豪，分田地……他朝张立隆说，红军和土匪也不一样吧。张立隆说："自然是不一样，穷人饿得没命就上山落草为匪，但土匪是不为穷人的，土匪只管抢，不管穷富，劫富不济贫。红军只打迫害穷人的富人，只打反动部队，也打胡作非为的土匪。一句话，红军是保护穷人的队伍，是为穷苦百姓谋幸福的。前次红军经过玉田，听说住在石牌老厝、屏山内洋，所到之处，刷写了许多宣传标语，'打倒军阀，打倒土豪劣绅，打倒地主恶霸'，老百姓心中暗暗高兴。而且红军队伍纪律严明，自己垒灶煮饭，帮助农家打扫卫生，用了百姓的柴火、蔬菜，按价留下粮食钱。这哪儿去找的好队伍！"张立隆说得让郭先生和卢迪工不禁夸起红军来，这样的队伍怎么也不早点驻到玉田来。

郭先生问："早先黄石村村长的儿子不是也闹革命，不知道现在怎么样了？"

卢迪工回说："你说的是怀一北啊，还真不知道闹到哪里去了，今日南军，明日北军的，革命就像是抢菜地。抢到了，他们有吃有喝的，与老百姓没有半毛钱关系。"张立隆接话："怎么没关系？他们这么一闹，县城不安宁了，老百姓的日子不好过了，生意人把店铺关了，学校把场地让给当兵的做营部了，孩子们没学上了，扛枪的横行霸道，见谁他都是爷。你说政府咋就管不了这乱象呢！"

郭先生说："喝着好茶，本不该说这些揪心话的，可是忍不住就说了这么多。不过，这是在家里，要是别的场合，还是少议时事政治为好，隔墙有耳，祸从口出。"

一夜结束。第二天，卢迪工出了东城门，就看见城墙上出了县长通令，下令全县使用广豫汇兑庄发行的广豫纸币，违抗者格杀勿论。没有几个人围观这样的通令，因为县城里也没剩下几个人了。保安团的兵丁耷拉着帽子，抱着一杆枪曲坐在地上，样子好像睡着了，哪里有尽守卫和保安的义务。

卢迪工心里想着中草药，就想去见见石路养。于是，他出了城门往东，朝京口坂到下岬坑去了。九漈和下岬坑隔壁，人家不多，房屋都隐藏在密林里边，远看只有翠绿的山和树。走进了，才发现这个小山村，就在一条山沟里，几户李姓人家，悬挂在山腰上。

从村口开始，人就得在树林子里穿行，逼仄的山路弯弯曲曲领着你向前走，路却是清楚干净，只是有很浓重的阴森感。一个人走在这样的路上，很容易产生鬼怪之类的幻象，自己吓唬了自己。大约上了山腰，卢迪工被两个拿枪的人拦住了询问："过路人，找哪家的？"

卢迪工说："本人是云林乡的郎中，从县城回家路过，想趁机拜访一下石路养。"

拿枪的说："你找我石东家何事？"

迪工说："你东家是我的表侄子，郎中和药商总会有事要谈的。"

拿枪的就说："安静点，跟我走。"

一处院落，精神明亮地呈现在眼前。卢迪工觉得这山村真是赏心悦目啊。李家大院黑瓦白墙，格局完整、结构讲究，一看就是有钱人家。卢迪工觉得石路养真是撞上财神了。

拿枪的进院报告，石路养出来看见是表姑丈，就快步来迎，让进院内，唤声阿妹上茶水。阿妹端上茶水，石路养做了介绍，阿妹就问好一声，姑丈公。卢迪工见了侄媳妇，就夸路养有福气。石路养说，人的命此一时彼一时，刚好给撞上了。

　　不一会儿，又上了点心和酒。酒中，卢迪工话引正题，就问："你在城里的铺子怎不开了？"

　　石路养说："不敢开啊！如今我岳父生意都转移到闽南去了，听说玉田地界银圆用不了了，得用那个什么纸票？前段时间，我带货过仙峰太平桥，玉田县长设卡收钱，就要纸票，说没有纸票用银圆兑换，二圆换一元。我在想啊，这些纸票哪一天不用了，找谁去换回银圆呢？"

　　卢迪工听了觉得十分有理，就说，所以你不在玉田做生意了？石路养说，谁不想在本地做生意，人头路数熟悉，如今是玉田县长不让我们做生意了。卢迪工说，那下府闽南就不会用纸票吗？石路养说，也说不准，至少现在还用银圆，再说闽南地方大，势力也多，不是一个部队、一家土匪能说了算。石路养问卢迪工，此番来九漈不会没事吧？卢迪工说，无事不登三宝殿，想看看这里有没有什么中草药可以买点回去云林的铺里。石路养说，李家经营的多是山货，山上飞的、跑的，林子里长的、生的不老少，用来滋补的人参之类也有，就是治病的草药，没有。

　　既然没有，卢迪工就不再说草药的事，就说起黄石遭遇不测的事。这些事石路养都知道了，他猜想那股匪徒怕是德化西南地带的，因为十八格赤水一带的林友四，和李家很熟悉，问过没有做这单事，那就只有西南的龙爷了。龙爷为人凶狠，独来独往，不与周边的势力相互往来。所以要是他们做的事，大体没人知道。据说龙爷控制着德化西南和永春西部漳平一带，地盘势力不小。卢迪工经石路养一说，心都发怵起来，觉得黄石人怎么就这么衰啊。

　　石路养说，那一场大雨，永宁堡少奶奶说的台湾雨，真是足够让人怕上十年八年的。不过也许还有办法，但得慢慢来。卢迪工问，什么办法？石路养说，花大钱！卢迪工说，怕是找不着人去花了大钱。一时，两人无语。

卢迪工再找话题给石路养说郭先生调到县城均溪国民小学去了，张立隆到玉田初中当老师了。石路养摇头，觉得云林小地方留不住好先生。他又说那个立隆姑丈好像很活跃，小时候没见几次，他却能记住我，真是奇怪。卢迪工说，他是城里本地人，谁到了玉田的地盘，本地人会不知道？石路养觉得也是，可是听他说话总是觉得自己是幼稚的人，他好像挺喜欢红军的，总说红军保护穷人，是穷人的队伍。卢迪工说，常在河边走哪有不湿鞋，他在红区吃饭那么久，所见所闻多了去，当然会说红军好，玉田可没红军，往后说这话得谨慎哦。石路养说，谨慎啊，我是来这里才学到的。

一边，李阿妹努着嘴说，还不是我阿爸教你的。卢迪工和石路养哈哈笑起来。

卢迪工重新捡回红军的话题，要说队伍真是穷人的，那我也欢迎，总比那些官军、土匪强。我听张立隆说，红军到武陵坲，百姓很欢迎，自己垒灶煮饭，还帮人家打扫卫生，用了柴火、吃了青菜留下钱，要是真这样，我还盼着队伍永远驻在云林呢。听说到了县城，红军还打周师长的守城部队，周师长的手下真坑人，收月捐，烧房子，哪有保护穷人百姓的样子！这一比，红军就见好了。

石路养说，我如今不管官军红军还是土匪，我只管跟着李老爷做生意，谁保护我的生意，谁就是好队伍！卢迪工说，说起来也是这个理，不过你李家有实力，钱米替你撑场子，可以左右逢源、化险为夷，普通老百姓可就做不到了。

说到黄石，石路养说，怀有福那个媳妇不是平常人。卢迪工反问，我怎么没看出来？怎么个不平常。石路养说起前些日子回去黄石一趟，见过怀有福媳妇，忧郁的眼神之下，有男人的锐气和眼光。那些眼神，跟怀老爷差不多。可惜命运多蹇，初入怀家就遇上伤心事。石路养问，黄石那么多的良田，就种三样东西，是不是可惜了？卢迪工不解地说，怎么可惜了，不是种上苎麻、席草，几百年养活一村的人。石路养觉得，稻子是必须的，可是那席草和苎麻，费工费力不说，还不赚钱，划算吗？卢迪工说，生意有行，石怀两家肇基黄石就是从事这两项生意，你说他们不划算，那他们要种什么才赚钱？石路养说，种药材啊。卢迪工说，那是李家的祖业，人家种得有吗？石路养说，有啊，我回去种，我租他们的田地种药材，要不我和他们联合种，利头分成也行。卢迪工说，桥归桥路归路，怕是老爷们舍不得祖业，下不了决心。石路养说，过去不肯，现在应该要肯，如今黄石走了不少男人，怀石两家没有太多的精力去管理经营了，与其这样苦撑，不如换一步棋，轻松点赚钱过日子。

卢迪工看着眼前这位年轻人，不禁佩服起来，这岁月教人长大，从前的石路养可是只会杀猪卖力气的，如今懂得使脑子了，真是欺老不敢欺小啊。石路养说的自然有道理，他建议石路养，可与俩老爷谈谈具体怎么换一步棋走，长辈通了，事就成了，再说田地里都种些什么药材，也要合适的品种，乱种一气，准没有收成的。这些要事先让长辈心底明白有数，行事才更有把握。石路养说，种什么容易，竹子会长笋吧，你去愁得六月没太阳。石路养希望卢迪工回黄石跟俩长辈再试探一下，尽量动员老爷换种一下，若是行，来报个信。卢迪工说，谈是可以，但结果难说。

卢迪工从九漈来到黄石，看望了两家老爷，转交了卓越颖给俩老爷和村长的礼物，祭了怀一民，对杨氏、水莲说些安慰话，然后就找怀振声和石振威转达石路养的想法。石振威明确表示不同意。怀振声倒是说去问问水莲。水莲觉得紧张，从来没有家里的大事让自己主张的，这是第一次。怀振声说，就这件事，说说你的想法。水莲第一次见过石路养，就觉得他的心思还挺细的。她揣摩着老爷和石路养的想法，各有道理，要改变眼前的状况，的确要换一步棋走。于是，水莲说，是不是可以先把京口坂的田地拿来合作种药材，我们怀家出田地，其余事石路养去包，以地入股，收成后利头三七开或者四六开都行。以地入股，这可是新鲜事，年轻人就是敢想，也会想。怀振声对石振威说，试一试。

石振威经水莲一说倒赞成水莲的想法。怀振声想到张立隆的话，也想把外边的田地处理掉，免得哪天穷人的队伍来，把自己当作富人打了，心底更是同意水莲的想法。于是，怀振声叫卢迪工去和路养协议下来，这事很合适。

第三节　端午

玉田设立了广豫票汇兑玉田分庄。林县长很快就在全县各乡设立广豫票兑换处，强行要求流通使用。各地百姓不放心，兑换进度缓慢，于是县长就给各乡长摊派兑换任务。云林乡新任乡长宋起松有五千元的任务。

这天，宋乡长来到黄石村，绕过怀振兴，自行召集村民到石家祖祠开会，直接宣布县长的通令，即日起全县乃至整个闽西北内使用广豫票，黄石村村民五天内完成兑换金额五千元。长辈们想抗争，宋乡长说，黄石是云林财富集中的地方，过去黄乡长对黄石疼爱有加，隐瞒不少税捐，县长都知道这些情况，所以把黄乡长罢了。县长说既往不咎，但如今的纸票兑换，没得照顾，如数完成，如有违抗者，按照通令所说，格杀勿论，并咎既往。

怀振声和石振威互换了眼神，就点头允了，因为黄石再也惹不起事了，要是因为"莫须有"的由头，再杀几个男人，黄石就不成黄石了。宋乡长对黄石的情况事先备了课，他说，黄石人口不足两百，户数也少，我看怀石两家各出银圆两千，其余由各家完成。能者多劳，富者多孝啊。

没办法，两家人挑着两千银圆去兑换了广豫票，各拽着两千元的纸票，心里轻飘飘的，像是生了场大病，脚总是踩不着地。怀振声背过身骂道，这些官军早晚得自灭了。他清楚钱庄是靠存款来兑换的，如今却是动武强行兑换流通使用，内里必有阴谋。想到石路养不在玉田做生意，觉得很对，省得手里捏着这么轻飘的纸币，做噩梦，不踏实。今后的谋生之路，还真得换一步棋走。

不日，收到郭先生的来信，希望怀老爷能把招娣送到城里去继续读书。怀振声想这个先生真是关心人，可是怀招娣也是十六七岁的人了，还再读书，怕将来误了终身大事。郭先生信中说，本来女子不读书，可看到招娣的悟性、勤奋和决心，真是舍不得让她丢弃。怀振声想，虽然自己不主张女子无才便是德，但怀家以农为生，不需要读太多的书，眼下家里特别需要人手，走了一个人，等于撂下一摊事，又累了水莲这孩子了。可是招娣知道先生的意思，整日默默站在铳楼门口，那点心思，怀振声是知道的。怀招娣想继续读书，怀一民生前说过，她喜欢将来当女先生，这也是民国给女人带来的新生活。怀振声感觉很矛盾，他想到水莲，这事也让水莲去拿主意。

水莲却说："如今家里老人身体渐渐康复，人手不紧，田里、坊里的事怀玉龙也有了条理，招娣也帮不上多大忙。再说女孩也需要读点书，好管顾自己的一生。我虽没有进学堂，可从小在母亲那里学了手艺，如今可是派上用场了。招娣自己爱去学校，郭先生也主张，老爷您就成全她吧。"水莲这么一说，怀振声就同意了，并吩咐人去准备了被褥、蚊帐，新剪了衣裳，新做了木箱子，齐备了，就叫卢迪工把怀招娣接去郭先生那里读书。怀招娣打心里感谢水莲。

吴氏又为怀玉龙产了一子。怀玉龙来报喜时高兴得像孩子。他说，这孩子是水莲救回来的。吴氏怀孕时，老出血，水莲帮着熬药硬是治好了。其实，水莲用的还是苎麻根，加上莲子、淮山，就能止血清热安胎。怀玉龙专门为水莲送了一壶红酒、一对红蛋。

礼仪套路走完后，怀振声、石振威心中都有一丝极深的隐秘的不快和无奈的感觉。

怀玉龙酒量小，那天，喝了点酒就被吴氏架回去睡觉，所以躲过被绑被抓的一劫。如今在家和吴氏不停地折腾出后代来，这多少挫伤了怀家、石家人的私心。要是石有才在，第二个孩子也该折腾出来了。怀有福要是顺利冲喜，身子骨也该好起来了，身子骨好了，折腾个儿子出来也是正常的，一切都那么顺理成章，该多好。当然这也就是暗地里的一闪的心思，而现实就是这样，不管你穷富，并不赐予你公平的拥有，让人觉得无奈。这样想着，两家长辈都在寻思如何找回自己家的男人。

郭凤经常跑到寨尾山去，站在那块旗杆石上，小半天地望着远方。旗杆就像一处缝隙，那是光亮照进来的地方。石振威知道她想石有才。当新娘那阵子，石有才经常带着她上寨尾山，那段新婚的快乐幸福时光，镌刻在了某个地方，成了人生幸福的标志、标准以及哀伤的源泉。

水莲也经常向前来看锁的人问起土匪的事，可惜那些女人只知道养育孩子，不知道土匪那些事。但水莲比郭凤多了一个心事，除了怀有福，还有那个孩子的父亲。虽然老爷认了这个土匪的种子，但在黑夜的深处，水莲一直藏着那个男人。她有时候觉得自己应该嫁给那个土匪，甚至很喜欢那个土匪。有时候，她又可怜怀有福，那个身体瘦弱的小弟弟。她祈祷那个土匪能践行自己的诺言，把怀有福的病治好，再送他回家来。其实，水莲心里还是害怕怀有福哪一天被送回来。怀有福回来了，眼前这个小林子怎么办？是父亲，还是别的？怀有福病好了，长大了，懂事了，男人的面子就挂不住了，到时候又是一场伤心与尴尬事。她甚至已经想好了办法应对有福的回家。如果怀有福不容这个孩子，他就把林子送到尤溪娘家去寄养，自己和怀有福再生几个出来。想到娘家，水莲又生痛苦，三年了，该和怀有福回娘家了，可是怀有福还不知道在哪里，娘家怎么回呢？每个日夜水莲就这样被自己的思来想去煎熬着。

"重孙"已经会叫阿公了，这让怀振声每天都多了不少笑脸。水莲看到老爷认真地牵着林子在玩，有时心里感到一丝安慰，长辈能如此宽容，真是自己的福气。她期盼着怀有福回来之前，老爷身体一定要健康。要是老爷走了，这怀家今后怕是没有人会支持关心她和她的孩子了。

怀振声知道孙媳妇的心思，就经常给水莲说昨晚梦见怀有福了。水莲每次都会追问梦见怀有福在哪里。怀振声说，就看见人，地点没去过。说多了，水莲就明白老爷是在安慰自己，也告诉自己相信怀有福还活着，给她信心。

怀振声和石振威已经商量探讨过多次，最终梳理出思路，寻找被抓男人的希望在两个人，一个石路养，一个张立隆。这俩人，路子宽，胆大心细。他们都希望找个时间和机会把两人召回黄石，商量一下寻人的大事。

五月端午节快到了，石路生前来理发。过五月节，男人是不宜留长发的。蒲氏召集一班女人到地里去采艾草、菖蒲，挑了一挑回来，然后分给各家，各家女人把艾草、菖蒲叶插在每间房间的门扣上。水莲、郭凤她们玩得心情挺好。怀振声觉得应该趁过节，回拢一下心气，他召集了一班女眷，给她们说年轻时见过的五月五的习俗，比如文江河上赛龙舟，那惊天动地的架势，劈波斩浪的气势，真是鼓舞人心，武陵的斗牛会也是让人揪心激动，他说今年我们黄石也要捡回一些风俗。

大家看到怀老爷有好心情，便问，老爷要让我们玩什么？

怀振声说，赶蚂蚁、送蚊子、拜午时。

于是，大家按照老爷的吩咐，取了芋叶上的水来磨墨，午时，老爷在红纸笺上写：五月五日午时书，四海龙王进宝珠，孔子笔头千斤重，打死蚂蚁永无踪。每家拿一张回去贴在菜橱上，意为驱除蚂蚁。然后，老爷又组织大家把艾草点燃起来，把冒烟的艾草送至远处草丛里，边走边念：熏啊熏，熏上天，蚊虫不来脸腮边；熏啊熏，送蚊虫，蚊虫送去草丛边。

蒲氏又打来一桶清水，老爷说大家都来洗洗脸，冲冲脚，洗了午时水，一年不长疮、不长痱子。大家忙着洗脸冲脚。然后每人拿了三炷香，对着屋檐滴水处，拜三拜，心中默默祈求神明保佑一年全家身体健康、无病无灾。这怀石两家的女眷，免不了多了一份祈祷给了自己的男人。

怀振声的本意是让晚辈们在简单的仪式里，感受一下过节的快乐，传承这些老规矩，不曾想水莲、郭凤她们拈香祈祷，触景思人，竟流了泪水。

六月的天气，会热死人。古语说，六月做神仙。什么意思？因为天气热，什么事都难做，那就闲下来当神仙。其实对劳作的人，是不敢闲下来的，只是上下午出工的时间推迟了或者提前了，一句话"早出早归、晚出晚归"。得闲的石振威和怀振声经常带着重孙躲到金溪河边去。河边有高大的油桐树遮出大片的清凉。把孙子放到浅水里浸泡着，消暑。孩子在玩水，俩老人就开始猜测着六月六那天会不会下雨的事。传说六月六这天，长毛鬼晒毒药，这一天要是下雨，鬼药就被淋湿冲走，下半年病人就少。这是孙子们给带来的闲适，因为孩子，才有这样难得的放松的心情。回家的时候，他们会采下两张油桐树叶，倒扣在孩子头上遮凉。

今年的六月六偏偏是天晴，俩老人就不让孩子去下水了，而是拿着水瓢舀水浇石块。天不作美，那就人作吧，一瓢一瓢，也能让长毛鬼晒不成毒药的。一天下来，金溪河岸裸露的石块被俩老爷瓢泼了一遍，孩子也颠着脚步参与泼水，玩得很是快乐。

怀玉龙从厦门送货回来交差，给怀振声汇报了路上听来的事。玉田又来了一任县长，名叫岑华。这个县长初来乍到就有故事，他是带着省府给的"玉田县府印"的铜印来上任。驻军长官林旅长见新任县长来了却不见拜访，就寻思刁难，派人传话说旅部每天要二百银圆军饷，县府当及时送达。不料，岑华县长当场拒绝这个羞辱性的要求，同时惹怒了林。林旅长逼迫岑华交出铜印，滚出玉田去。岑华说，没有省府的命令，我不会交出铜印的。林旅长下令把县长收到监狱里去。岑华说，关县长要有长官的命令。林旅长当场就写了监押手令，把岑华关进监狱。事后有人吹风说关省府派来的人不妥，林旅长就再写一道手令，叫人把岑华放出来。岑华把两道手令当作证据，向省府控告林旅长。省府召见周部驻省代表，令其立即逮捕林旅长，送省法办。周部代表赶紧通风报信，林旅长连夜逃回老家，不久驻军也撤出玉田。

怀玉龙说这事外边传得很广，百姓欢呼雀跃。但是高兴之后却发了愁，林旅长一走，人们就担心那些广豫票会就成为一堆废纸。周师长没有在玉田驻扎部队，各地渐渐恢复银圆流通。不久，人们纷纷到分庄兑换银圆。分庄里的人说，没有周师长发话，现在谁也不能兑换。果然，兑换的事传到总庄，传达下来的命令是，最近发现太多广豫假票，有奸人从中作梗牟利，周师长宣布广豫票作废，停止流通。一时间，人们捏着成困的纸钱，如丧考妣，不知所措，几日下来，分庄就被团团围住，骂声、哭声乱成一团，混乱的局面从白天僵持到深夜。终于，有人把胸中的怒火点燃了，去钱庄放了一把火，烧了分庄。干柴烈火，瞬间，钱庄那么无辜地化为废墟。火势蔓延，邻近的住家、商铺的人救火不及，大火几乎要把整个东街都烧毁，均小和初中也受到牵连。

火烧掉的，可以重建。可纸票的废用，那可比火烧伤得厉害，它会扒去家庭一辈子的皮。

岑华县长出面组织人扑火，奋战到凌晨，才保住不到半条街。接下来又组织安置流离失所的人，初中的学生们积极冲锋在前，帮助百姓清理废墟，疏导到中山会场临时安置住宿。县府安排财政科并发动乡绅出资到永春采购暹罗米，救助供应。县府发布通令取消前任县长的月捐、赌捐和鸦片捐等等，生息于民。民众的情绪还是难以平息，接着县城的食盐、火油供卖处，因为随意涨价，商号从中渔利，又有上百人冲进去理论打砸，局面一时不可收拾。

郭先生和张立隆已经没有薪水可以领取了，他俩就在课余组织学生到赤岩一带开荒种田，过起亦教亦农的日子。学生走出校园，接触农事，兴趣大增。郭先生和张立隆都觉得开门办学效果很好。张立隆决定和寺庙住持商量，就把课堂移到赤岩寺。学校需要修补被火烧毁的部分，把课堂和学生移至赤岩寺，得到校长的同意。张立隆心里还有一个用意，就是让学生去读一读寺庙墙上的爱国诗句，增长一点对时局的看法。

第四节　攻占县城

张立隆在赤岩寺教学生抄写、背诵蔡公时传檄闽中、留宿赤岩寺数月留下的诗作，体会爱国诗人的视死如归的爱国主义情感，引导学生认识玉田县和赤岩寺的幸运，接纳了一位爱国志士。他还教学历代玉田文人才子尤其是松蹊《玉田赤岩庵记》吟咏赤岩的诗句。学生喜欢这样的课堂教学，感触很深，不仅能背诵蔡公时、松蹊老人的诗作文章，还从中模拟了许多的诗稿。"客中寂寞只裁诗，伴得诗朋喜不支。文字有缘同骨肉，金溪握别杏华时"等，都是学生的绝妙诗作佳句。同学还创作了歌曲《玉田秋曲》："金溪水啊，缓缓流，赤岩红影照孤舟，渔歌互答何处有，忍把浮生半日偷，南涧渡口分别酒，远离家乡让人愁。凤凰飞啊，歌声落，白岩山上月如钩，青山造就缥湘手，雕梁画栋西山楼，炊烟无意叶归所，玉田城内十分秋。"

秋天和寺庙的禅意十分契合，那景那情，即使是热血沸腾的青年学生，也能接受，因为赤岩的秋天是美丽的。赤岩的热闹，让许多市民也前来赏景瞻仰。一日，赤岩寺来了一位十分绅士的商人，银顶格的矿老板陈秉德。他带着孩子前来游览。郭先生接待了这对父子，并给他父子俩导游了赤岩的景致。入得寺庙，陈老板便烧香抽签。怀山师父问所求，陈老板说求平安。

怀山师父读签时，神情凝重。陈老板看见了，便问，师父如何？

师父说，近期财路不顺，恐有不测。

陈老板心中有数，财路不顺那是现实，眼下广豫票突然废止，给自己带来重大的损失，石牌乡为了完成任务，可是给他摊派了几万元的任务，一声废止，几万元的广豫票立马成了废纸。更要命的是时局混乱，县内锻炉炼铁厂停产过半，水路运输不畅，历经千难万险，矿石运到福州，一点微利还经常被拖欠。至于"不测"，他很渴望得到师父言明。怀山师父说，时局所致，如天机不可道，亦道不明。陈老板心里明白，可能会遇上强人乱中敛财一类的事，便问化解之法。师父说："人生际遇无常，坎坷终须遇上。既然要来，就挡不得。来了之后，自然化解。施主当广舍钱财，积善积德，厄运必然会解。众生怕果，却未能在因上断了缘起。"

正说着，陈老板的儿子插话问道，这是谁在墙上写字？

郭先生说，是一个爱国人士，他为了国家奔波到玉田，后回到山东，被杀害了，他的名字叫蔡公时。孩子说，爱国的人还被杀，官兵真是可恶。陈老板立马过来捂住孩子的嘴，告诉儿子在外别乱讲话。他自个站立着，若有所思。张立隆一直坐在边上看着、听着陈老板与师父的对话，这时他见缝插针说道："陈老板乃县里绅士，托家乡物产之福，积累家业。如今时局拖累，陷入坎坷，国家羸弱，百姓遭殃。不如听师父所言，舍财积善。我建议陈老板为蔡公时建一亭，以资玉田人纪念。之前，已经有昆山的木材商程老板认捐了一部分。"

师父双手合十，念道，阿弥陀佛。陈老板说，程老板也是难啊，木排摆到尤溪，也是难过地方关，就是有福州省城的大人罩着，也敌不过地头兵。说完，便爽快应允了。师父说，施主有此善心，蔽庙也匀点香火钱，合力鼎建，造一文化盛事。

张立隆表态，如今学校也不安宁，我也发动学生参加劳动，出工出力。陈老板觉得如此甚好，建一"蔡公亭"，为赤岩添一景致，也表鄙人一份心。

张立隆便请陈老板父子吃饭，一菜一汤一碟豆一壶酒。酒中，陈老板借酒浇愁，大表对时局的不满。张立隆在他断续的言语中听出了大概。此次到玉田城里，不是赏景，而为躲避而来。前段日子，矿山雇工罢工，周部又派人催缴课税，惹出矛盾，结果发动雇工把周部课税的人给打死了，抛尸在山谷里。此事非同小可，陈秉德知道此事闹大了，但又没别的办法摆平，便将错就错，把尸体掩埋了，当作没人来过，然后把雇工转雇给瓷商杨迪林老板，自己停了矿山开采，暂时躲避一阵。

张立隆安慰说，没事的，过一阵就可复工了。陈老板说，安慰话好听，干实事，谈何容易，开矿随时都有死人的危险，工难雇啊，一时难以找回这么多工人。

张立隆说，总会有人为生计来做工的，危险，就多加点工钱吧！

陈老板说："你们教书先生穷，但是旱涝保收，不像我们什么都得精打细算。雇工薪水无底洞，今天加了，后天就嫌少，还得加。"张立隆不同意教书先生旱涝保收的说法，他对陈老板说："你知道吗？我、郭先生都两三个月没有薪水了。真是一行有一行的苦水。"陈老板听了很惊讶，自叹："如今做什么事都苦、都难。现在我的雇工都转雇了，实话敢说，那些个都是别人抓来卖给我的。可没有那么凑巧方便就能再买上一批雇工。"这话又让张立隆大吃一惊，竟然有这回事，他心里立即想到黄石被抓的男人。他问，都是土匪强人抓来卖的吗？陈老板说，此事不好相告，各行有各自的规矩。张立隆就不再问，但心里有了想法，他必须去一趟八字桥瓷厂，黄石的男人一定在那里苦等着。

陈秉德的儿子玩了几圈回来，见大人还在喝酒聊天，便问可以散了吗？经这一催，陈秉德便起身告辞。

七月，学校已经放假，张立隆本想邀郭先生一起去一趟八字桥，看看情况，不想先生伤风生病，耽搁成行。怀招娣也没有回黄石去，留下来照顾先生。没几天，下起大雨，而且接连不断，护城河都满起来了，东门的石板街，已经水能没膝了。

傍晚，郭先生去诊所取药回来说，今天的街头好像多了许多人，而且面生，心里觉得奇怪。张立隆问，都是什么样的生人？郭先生说，从后街进来的许多人，头戴斗笠，身披棕衣，肩荷锄头、草耙等农具，也有小商贩模样，肩挑箱篓的，平时可是不见这样的人，一天里突然多了出来，怕是有事了。张立隆想，肯定是自己的队伍来了。说完，张立隆想叫郭先生一起去看看，又想先生生病，便一人出去了。从文庙门口过去，张立隆听到白岩庵方向响起枪声，他觉得自己猜对了，一定是红军来了。张立隆快步跑上四海寨，躲在树头底下，远远地观察，只见县衙跑出一队人马。他知道真是红军来了，驻守县城的闽军跑了。接着又是一顶轿子急匆匆摇出县衙，往南溜去了，张立隆想这肯定是县长跑了。西边，红军的队伍已经从山顶往下压，占领了白岩庵，先头部队越过城西水田，逐渐向城门靠近。

城里十分安静，没有反击的枪声，守军似乎跑光了。最后又有一排的兵力在邱副官的带领下，开东门而去。夜幕之下，红军部队顺利攻占了玉田县城。张立隆迅速从山上下来，到了前街。连日的滂沱大雨，洪水还在上涨。张立隆看见红军战士积极帮助受淹的群众搬迁，梳理河道，排洪泄水，有的战士送饭接济，打扫清理淤泥，帮助群众渡过难关。夜里，县城还是十分安静，没有慌乱。

第二天，雨小了。大清早，就有战士在城墙上刷写标语，在街上分发传单。许多战士上了城墙，拆除城垛和玉田洋中土堡的一角围墙，烧毁凤凰山、白岩山、霞山和锦山上的炮楼和赤岩下坂土堡，清除反动的武装抵抗。

进城当晚，张立隆就到设在西门育智小学的指挥部，找到了部队的首长。化名"千六角"的首长接见了他。张立隆汇报了玉田的反动势力情况和百姓的思想经济状况。首长说，闽中虽是地理中心，却是政治、经济的边缘，现在尚未觉醒，同志们还要花费更多的努力、冒更大的风险坚持斗争，发动群众、团结群众，引导群众跟党走，觉醒抗争。首长还简单介绍了此次出击闽中的情况，鼓励张立隆同志好好工作，要求从红军经过的地方做起，转化当地绅士，恢复和建立闽中地下党组织，同时希望张立隆同志注意安全隐蔽。

红军在文庙召开了贫苦群众大会。会场布置得十分热烈，台上摆放着红军从县衙缴获的十余支步枪、无线电台一部、电话机一部、食盐万余斤。首长亲自上台讲话，他说，红军是穷人的队伍，红军打战为穷人。如今，红军已经在赣南、闽西建立革命根据地，成立苏维埃政府。他号召贫苦农民要团结起来，攥紧拳头，反抗压迫，打土豪、分田地，实行"二五减租"，最终打倒反动派，让人民当家做主人。

会后，红军还把从城里几家地主没收来的物品、从县衙缴获来的食盐和筹集来的现款，分发给贫苦农民。东街头，红军战士四处宣讲，动员贫苦子弟参加红军队伍，一时东街头挤满人群，从桃源、上京、武陵、小湖、宋京等地随红军而来的青年人，踊跃报名参军。首长千六角亲自给新战士发红五星帽子，鼓励新兵好好训练，以后上战场英勇杀敌。

第四天，队伍四千多人继续开拔前进。张立隆、郭先生、陈老板和许多百姓都去东门送别。

红军离开县城后，张立隆和郭先生回到宿舍，心情难以平静。郭先生说，红军的队伍就是不一样，这样的队伍早点来才好，可惜来了又走了。我真担心他们走了，闽军回来又不知道要怎么折腾了。张立隆说，红军队伍有自己的行军、战斗目的，必须走。目前玉田还不是根据地，玉田老百姓要过安稳的日子，还得有和红军一样的领导组织和革命队伍。郭先生说，这恐怕是难啊。张立隆说，急不得，首先要让一部分人的思想转变过来，其实红军首长说了，红军两次过玉田，他们的所作所为，就像一粒火种，很快就会在百姓心中燃烧起火苗来的。郭先生说，我得了一斤盐巴，感觉骨头都硬起来了。

说了半天话，不见怀招娣回来。郭先生喊了几声，没人。到了晚上，还是没有她的身影。郭先生急着去找张立隆。张立隆寻思良久，最后说别找了，恐怕她已经参加红军队伍去了。郭先生缓不过神来，一个想当老师的女孩，有了胆子去参加红军？他对张立隆说："怀招娣要是真的去参加红军，也是你的功劳，听你的说教多了，就听到心里去了。怀老爷要是责怪，你可得顶住！只是可惜了一个女先生，扔下以后的书不教，打战去了。"张立隆说："放心吧，怀老爷那头有我呢。再说在红军队伍里，照样可以教书，教那些战士学文化，照样也是先生，革命教师、红色先生，照样功德无量。"郭先生说，真要是这样，也是不枉，也许是命中注定的事。

卢迪工终于在云林乡的街上亲眼看见了红军的模样。红军往东出了县城，就进入云林。云林的人来不及躲避，红军就站在面前了。卢迪工赶紧关了铺子，可是没有发现什么动静，队伍的脚步声整齐地从铺前响过，没有一个士兵来敲门要东西。队伍走了一个小时，才接近尾巴。这时，敲门声响起来，卢迪工的心都快爆炸了，他不敢开门。门敲急了，就听到喊声："姑丈，开门，姑丈，开门，我是招娣。"听到是怀招娣的声音，卢迪工开了个门缝，只见一个红军战士站在面前，束着腰带，打着绑腿，精神得很。

卢迪工问："你是招娣，怎么成这样了？"

怀招娣说："我参加红军了，红军就这样。我是在县城报的名，没有和先生说起，往后怕大家担心，要麻烦姑丈和大家说一声，我当兵去了，不用担心我。"说完，挥手告别，随队伍走了。

卢迪工似乎没有明白这个女孩在说什么，看见怀招娣转身走了，才想起来怎么回事。他赶紧从铺里抓一小根人参，追上去塞给怀招娣，吩咐出门在外要照顾好自己的身体，这根补品也许用得上，要藏好，别丢了。他又吩咐她跟着队伍，要多长个眼睛，离子弹远点，不习惯就赶紧回家来。怀招娣微笑着说，知道了，姑丈，我吩咐你的事，你也别忘记了。卢迪工看着怀招娣远去的背影，自言自语，记得，记得。

红军队伍走了，云林又是老样子。卢迪工还做他的郎中，眼前的局势，即使到县城开了药铺，也是医治不了日子的艰难。

林旅长为躲避省府抓捕撒腿就跑回老家去。卓越颖也随着部队撤出玉田，去了尤溪。周师长情绪不好，这两年，他损兵折将，伤了不小的元气。和红军作战，他总是没有取胜的好办法，上峰要他去打共产党，他只能执行命令，从宁化、归化（今明溪）一路过来不下百战，却全是败战，现在连身边的玉田也丢了。他向上求援，却没有结果。省城有人告诉他，你的地方兵就是一粒棋子，捏在上峰手里，这棋子下到闽西，就是要你和红军拼命，十九路军十五军拼完拼光了，老头子就赢了，这叫借刀杀人。但是胳膊拧不过大腿，明知是借刀杀人，那也得借给人家去杀。现在的问题是你怎么使劲都杀不完，也杀不死，真像他们那边说的，星星之火，可以燎原。

外围的事受阻，就理理乡里的事。周师长决定用和亲来消除当年血洗二十九都时结下的仇怨。他派部下做媒，前往大财主王家兄弟议婚，把自己的女儿下嫁结亲，缓和一下关系。媒人拿回五兄弟的照片，结果周小姐选中老三，并定下吉日完婚。

出嫁这天，周家新娘坐的是八抬大花轿，一队卫兵、一支乐队伴送，加上挑夫共计三百人的送亲队伍，从周府出发，直穿县城大街，招摇过市，一路上吹吹打打，浩浩荡荡，直送到二十九都王府上。闽北三府军政要人、社会名流、地方豪绅，都来送厚礼祝贺。在府上摆下筵席一百桌，大宴宾客三天三夜。在宴客期间，周府上下通宵达旦，烛火通明，鼓乐回荡，人头攒动，热闹无比。

宫团长为周家的喜事喝醉了酒。周荣看了，就叫卓参谋去照顾。卓越颖得令，就吩咐几个士兵把这个醉鬼背回他的窝，懒得理他。宫团长又从房里出来，端起酒杯去敬周师长，嘴里已是满满的醉话了，说话吞吐重复啰唆。周师长知道手下的那根肠子，是睹物思人，见景伤心了。他不想当众甩了手下的面子，骂了句没出息，就吩咐弟弟周荣把他拽回去。

喜事过后，周师长就想把宫某的事也办了。卓越颖从周荣与宫某的话语中得知了"办喜事"这一意向。她心里一万个不愿意，宫某就是一个土匪出身，跟随周师长一起被收编，成了国民军。他在黄石的所作所为，卓越颖是看在眼里的。但是人在屋檐下，不好强抬头。她万般无奈，只好到长话局打电话给远在永安的怀一北问计求助。打了四次电话，终于通上了。可是，怀一北却是一句冷语说你自己看着办，让卓越颖凉了半截。还好怀一北最后又说了一句，要不然你就真嫁给我吧。

卓越颖迫不及待地说，你赶紧来接我。

怀一北说，去尤溪接你，那简直是要我的命，我回黄石接你吧。然后如此这般地交代了一番。

卓越颖答应了宫家这门亲事，但是要求回宫某的老家去成亲，这样符合规矩，拜见了宫家的老祖宗，才能真正成为宫家的人。宫某觉得有理，卓越颖的提议真是妙，喜事加上扬眉吐气的家族事，这样的好事没处找了。

眼下，周师长面临更大的压力。从玉田过来的红军不知道去向，很有可能冲着尤溪而来。他立即给上峰去了电报，报告情况，同时也紧急求援。上头回电说，已经急调部队从水路和海运驰援，"围剿"苏区的东路军也派兵追击，希望周部全力守城，把共军扼杀在尤溪和闽江之间。这就是上峰的做派，看似指挥得当，实则四顾不及。眼下尤溪的形势十分严峻，但周师长心里清楚，驰援的部队肯定只会坚守省会福州，不会来救援尤溪这个丁点大小的县城，至于漳州北上的部队，要过安溪、永春红区不说，几百里的崇山峻岭就够他受的，等到了尤溪，自己早就成了板上肉，被剁碎好几回了。看清楚了，一切都是虚幻的安慰，靠天靠地靠自己，周师长心里有了自己的盘算。

红军过了云林，直达羔助坂。

羔助坂落在金溪河边，河水出了这个村，与文江河汇合，流入尤溪的地界。红军到达当天，金溪发大水，河水正在高涨，水位漫过百年老樟树头，河边的几座房子都快漂浮起来了。

吴元村赋闲在家，正对着高涨的金溪河发愁。几天的雨水，从上游百里汇聚到这里，那种水的力量，汹涌向前，势不可挡。河水像一支强大的部队，密不透风地连接在一起，要去执行一个既定的任务。挡坝、浮桥、木桥和脚踏石，在河水的利器之下，被削得不见影踪。

大水每年都要发的，可是今年发得特别，有点过。

吴元村本想去大罗山找真定和尚说话，顺便也喝点酒，消消心中之块垒，但眼下自然是出不了门了，这大水如强人，挡住了去路。吴元村曾经受省党部委派，在玉田设立国民党筹建处，担任党务特派员，负责筹备事宜。可是因为周部的介入，处处受到牵制，时时发生矛盾，加上玉田有多股外地人的势力在暗中较劲，他这一介本地书生，加上满脑子为民立命的信仰，被挤兑得处境十分尴尬。林县长政军一手把持，根本不把党部放在眼里，甚至当面讥讽他，书生气这么浓，你不是当官的料。吴元村自己明白应该怎么在官场里混，无非作假、听命、贿赂，若是一心为民，那就等着免职吧。明白归明白，他就是不愿意屈就低头。自古书生就拿自己独有的那么一点骨气，来反照为官吃肉者的卑劣和无耻，这就是珍贵的书生意气。但在本地派和外地派看来，他就是一个没有立场的中间人，没有用处。上头也觉得他不懂上级心思，每每借故指责他搞地方主义，没有大局观念，甚至目无上峰。对多方的挤兑，吴元村很无奈，便狠了心辞去职务，回了老家，像历史以来众多的读书人一样，弃宦归田。但赋闲并不是轻松的事，闲心里装的东西，比在任上做事时还要多。村里村外，都把他当作笔杆子使，遇上纠纷，总是他出面把官司赢回来。

河对岸真来了一支部队，仔细一看，还是一支"那边"的部队。作为曾经的县党部特派员，国共的信仰不同，他对那边队伍的认识是有限度的。如今，对方竟然就跑到自己的家门口来了，吴元村心中不免疑惑踌躇起来。邻居们已经开始往山上躲避。吴元村不想躲避，他甚至想见识见识这支所谓穷人的队伍，到底要干什么，会干些什么。

战士们开始组织过河，他们要把队伍带过河、进村来。有几名士兵带一条大棕绳，泅水过河。吴元村远远地看见了，心里觉得不可思议，十八九个战士就是这样拉着棕绳凫水，七沉八浮的竟然过了河。势不可挡的河水，挡不住这支队伍前进的脚步。他不由得相信，地下党的繁荣旺盛是有理由的，国军的败退也是有理由的。他忽然又有了一个念头，转身进屋，换了件旧衣裳，出门去喊他的邻居发小刘鸿。刘鸿为人做事深得村民拥护，会说普通话。吴元村想也许他出面接待战士们，会对口味，免得村民受到什么灾难。

等吴元村找来刘鸿，已经又有一批战士过了河。过河的战士开始在岸边扎木桩。刘鸿他们跑过来，劝说战士，长官这样过河很危险的。一战士说，老乡，我们是红军，是老百姓的队伍，你们不要害怕，赶紧帮着想想办法，把队伍接过来。刘鸿说，大水冲走了木桥，也没有什么好办法，我去叫大伙回来扎排。说完，他朝后山大喊几声，免惊哦，是红军，都回来哦。喊了几遍，回来了不少老人。刘鸿安排几个水性好的人去扎排，然后把木排绑起来，又去村里搬来木板，不够用又拆了一些人家的门板、床板，横铺在木排上，搭成临时浮桥。

可是河水凶猛，长条的浮桥被洪水冲荡得飘摇不定，并不安稳，难以通过。一时过河的事陷入困境。刘鸿问了几个扎排人怎么办，有没有别的什么办法。

大家一时都沉默了。刘鸿说，浮桥走不得人，主要是不稳。浮桥太轻，经不起浪伏。这么一说，小刘子有了点子。他说，去找扎好的大木排来就稳当了。

刘鸿问："张家洋湾的木排贩卖去了吗？"小刘子说："没呢，几十节的木排，在等大水流。不过那是程老板的东西，不好动的。谁不知道程老板省城有亲戚。"刘双锡插话说："我听守排的人说起，张家洋湾的木排不是程老板的，早被尤溪人谋去了。强龙斗不过地头蛇。谁得罪了尤溪，你的木排就到不了福州，扛枪的就是中间那个死结，难解。"

刘鸿说："那我们就找尤溪人借用一下嘛！怕什么。搭完浮桥，过了队伍，就还回去。再说，这周师长也是从别人那里抢来的。"

一战士接话说："赶紧的，我们红军应该帮程老板抢回来才对，大伙说呢？"

刘鸿说："红军战士说得对。借也好，夺也好，都不理亏。走，赶木排去。"

于是，一干人就去了上游张家洋湾放了木排，摆渡到羔助坂。午后，河水退了一些，水势稍微平稳，几个水性好的男人，牵着棕绳凫水到对岸，把大木排接起来，搭成了相对稳固的浮桥。

傍晚，万人的队伍踏着浮桥顺利过了河。

指挥部设在种德大祠堂。刘鸿组织一些米菜送到指挥部。红军首长特地出来握住刘鸿的手，感谢乡亲们的帮忙，并要付米钱。刘鸿十分激动地说，长官光临，荣幸荣幸。

首长说："老乡，我们红军没有长官，我和战士一样平等，不像土匪、官军，等级分明，有官有长。红军的队伍是穷人的队伍，大家都是同志。"

刘鸿赶紧改口说："同志好，同志好。"

首长说："今天你帮了大忙，感谢你和乡亲们呢。我这还有两件事，要麻烦你们出手帮忙。"

刘鸿说："好说，尽管吩咐。"

首长就交代他，一是做好群众的宣传工作，二是通知大家都来参加明天的群众大会。刘鸿和几个邻居一起去张贴标语，分发《北上抗日宣言》《告农民书》，又亲自敲锣通知山上的乡亲返回家园。羔助坂又恢复了秩序，几千人马的驻扎，四处都紧密热闹起来。

群众大会在种德堂门口召开。会前，宣传队先演出，制造一些热闹气氛，有点像过年。大人小孩都渐渐被吸引过来。大会开始了，首长亲自上台宣传政策，介绍工农红军的性质和奉命北上抗日的任务，号召贫苦农民团结起来，建立羔助村苏维埃政权，打倒土豪劣绅，清算地主老财。

吴元村作为一名百姓也去了会场，听了首长的讲话，心有所动。他觉得这支队伍纪律严明，关心穷人，和周部截然不同。

会后，红军还当场镇压了六个从县城和桃源一带押解过来的反动分子、财主恶霸和劣绅。枪声响起，吴元村觉得子弹似乎打在自己的心口上。红色力量的样子，从以前的模糊渐渐清晰起来，心里的血也不停地涌动。他很佩服红军和老百姓的关系，那么容易融洽起来，似乎瞬间就能把穷人的心拉了去。这种关系的形成，不是无缘无故的。他们自称是穷人的队伍，不是夸的，也不是骗人的，而是在名副其实地为民做事中建立起来的。

吴元村找了刘鸿，要他带着去拜见红军的首长。刘鸿就劝他别去了，不同党，不同派，就像仇人相见，是要眼红的。吴元村知道刘鸿劝他别去的意思，但他想这样的队伍善于团结人，也会宽容对待不反对他的人。结果，吴元村自己去了。

首长很热情地接待了他。首长说，看你这样子，不是穷人出身。吴元村说，我是读师范的，却没有教过一天的书。首长说，你这个特派员被挤兑了？吴元村说，首长真是全知天下事，连这点事都明明白白。首长笑着说：

"我可不是秀才，知己知彼而已！不过，当过什么，做过什么，都不重要，重要的是将来你要做什么。你不像特派员，群众都说你的好，所以你被官场挤兑了，被坏人挤兑了，说明你还不是纯粹的坏人，你的良心还在，所以我们还是欢迎像你这样有文化的人，只要你能为家乡父老乡亲、为天下的老百姓做事，即使是教教书，我们都欢迎。"

吴元村觉得听了首长的话，自己就像山里一条沟，而首长就是蓝天大海那般宽阔。

首长说："你在村里还是有威望的，我们也请你帮个忙，不知意下如何？"吴元村说："首长不必客气，虽非同路，但同道，我能做什么？"首长说："你说得好，我们同道，都是中国人，我们不能受外族欺侮，我们要团结起来，保家卫国，抗击日本侵略者。你吩咐几个实诚人，去探望一下通往尤溪的路线，摸清路上的情况。"吴元村说："我和刘鸿一起去，保证完成任务。"首长笑起来说："特派员，别这么说，我们两党要团结一致，这事算贵党帮我的忙。"说得在场的同志都笑了。

红军在羔助坂驻扎三天。在红军的领导下，羔助村成立苏维埃政权。穷人第一次在自己的政府机构里当家做主。

第四天，队伍继续开拔。按照刘鸿、吴元村探得的路线，由张方田、刘悦山、刘比道、刘初杰等十三人作向导，兵分两路，翻过高峰山，进入四十八都梅山，继续向尤溪挺进。

红军要走了，群众都拥来相送，依依惜别，场面好不热闹。战士们唱起《出征歌》《出征军歌》。怀招娣组织群众一起唱起自编的山歌："六月十一作水灾，六月十二红军来；乡民开始不知情，男女老少都躲开；日鸿敲锣讲明白，排除民众心头霾；得知红军大好人，各个贫民回家来；又杀猪来又杀羊，慰问红军自己人；同吃同住互不犯，好像兄弟一家人；红军标语刷满壁，打倒土豪分田地；农会团结有力量，建立高才苏维埃。""月亮出来亮堂堂，红军进城不打枪。县长怕死爬着走，白岩山下空城献。棕绳凫水来过溪，三天住在种德堂。门板借来又送去，山高路远会思念。"把这十来天红军攻占玉田城、东进北上抗日的事做了大宣传。

不日，河水静下来，但人们的心长久地难以平静。吴元村听村长说，村里年轻人少了几十个，都被那边的部队带走了。

吉日到了，尤溪那头，周师长待在老家为宫某做娶亲的事。清早一干人马两个班护着新郎新娘到玉田黄石村去了。午后，县城的弟弟派人赶来报信，说红军四千人马，已经从玉田东进，可能会攻打尤溪，省里要我部做好阻击准备。周师长一听，坏了，赶紧命令守城人马做好撤退准备，撤退终点顺昌县城，这是早已筹划好的撤退路线。另外吩咐临近玉田的几股人马在路上加强滋扰，放枪即可，不可恋战，拖延一下红军行进的速度，以掩护我部撤退。同时，编造与红军交火战况，适时向省里发送。永安、德化的县府也得到命令，立即组织人马追击红军。但是谁心里都有一本账，烫手的山芋，别人先吃去。追击只是装装样子，距离十几里路放放枪，整出点动静做做样子，然后就上报说红军已经跑了。

怀一北接到的就是这样的命令，他带着队伍趁机回到了玉田，尾追到了云林，然后把队伍安扎在云林，自己带了一个连回到黄石老家。怀一北这回是真正的假公济私，回到黄石是要解救卓越颖的。他把士兵分成两拨，一拨埋伏在山尾寨五棵树周围，一拨躲藏在新建的宫家的房间里。他暗下杀心，准备把宫某一网打尽，斩草除根，为自己也为黄石除去一害。

可是他等待了一天一夜，还是不见宫某回到黄石来娶亲。他恐事情有变，就急匆匆集合了队伍回去了。

那头，宫某的迎亲队伍在坂面乡四科亭与红军的侦察部队撞上了。因为周师长派人持枪护送，被红军发现，双方就开枪打起来。起了枪声，红军的先头部队赶来，宫某等十几个人分秒就被撂倒。

卓越颖坐在轿子里，什么事也做不了，大红的新娘衣裳裹着，仿佛囚禁了一个人的命运，她只能平静地等待着命运的安排。她从轿帘中看见了红军的战士，她也看见宫某和兄弟们被打死的场景。这个无缘的男人，在自己大喜的日子，结束了自以为是的缘分。

只可惜，人在半路，回不到黄石，自己和怀一北的缘分也断了。

第五节　罂粟

岑华县长终于从南边的谢洋回来了。但不久，岑华县长因为失城罪，被罢免了。

玉田又换了新县长顾德勇。为加强防卫玉田设立了保安大队，鞠维邦担任队长，官兵六十人，配备步枪七十四支，短枪四支，子弹四千六百发，手榴弹十枚。

因为红军的到来，让这个夹在闽南闽北中间地带的玉田，变得重要起来。新县长顾德勇面对满目疮痍的县城防卫，无可奈何，因为他手里确实没有钱。虽然有省里配备的武器装备，但要真是再次遇上红军，或者东边的匪徒，这点子弹，眼睛眨一下就完了。他知道德化路口那边，已经有人自办兵工厂，只要有钱，随时就有弹药。想到前任因为失城罪被免，顾德勇心里盘算起来。他想防共的事要重点防卫，没有钱，就向全县的富人筹集资金，修复城墙、城垛、碉楼和炮楼，再不能重蹈覆辙了，一方面符合省府的要求，另一方面自己也总得图谋点私利。但手下人报告说，如今城里的几个富人都已经成了穷人了，财产被红军分给穷人了，几个倒霉的还被拉到三十都羔助坂，杀了。

顾县长说："红军固然可恨，但钱财散给穷人，它还在玉田。我们有些地方蛇，凭借手中有枪，下黑手，捞黑钱，我看玉田有一大半的钱财都被掠到尤溪去了。算了，不说这些了，召见几个商人吧。"手下人回说，如今商人也不做生意了，不知道都躲到哪里去了。顾德勇听了，就骂手下无能。顾德勇开源确实找不到什么新招，照例还是摊派和设卡收费。摊派不是很灵，因为有些地方都变成空村了，无人可摊派。设卡算是比较好的做法，但是来钱慢。顾县长挖空心思，还是想不出新招，有点竹篮打水白忙了一阵。

一天，在太平桥设卡的保安队员回来报告说，路人都绕道了，设卡也收不到什么钱。县长怒骂道，收不到就抢。手下队员说，县长英明，今后我们就去抢。

真是到了穷途末路了。保安队吴副队长赶紧进言说："县长莫急，抢终究不是好事，如今百姓家里都空了，我们去抢什么？不如县府亲自去做点赚钱的事。嘿嘿嘿。"

顾县长说，做什么事赚钱，快说，别磨磨唧唧的。吴副队长说，做药材赚钱。

顾县长骂，混蛋，你叫我去卖药材？吴副队长支吾起来，辩解说不是这个意思，意思是有一种药材会赚钱。县长问，什么药？吴队副凑近县长的耳朵说，罂粟。

县长大吃一惊，骂道，你这混蛋，我毙了你，你想把我往死路上拽啊！吴队副赶紧留口，县老爷说到赚钱的事，我就胡说了，就当我没说，请县长息怒。顾德勇嘴里骂着，心里却细细地惦念起这门赚钱的事，最终觉得这真是一门路子，于是发话去把九漈那个卖药材的叫来。吴队副问，是叫来，请来，还是？顾县长说，你觉得应该怎么来，就怎么来，我只要他来。吴队副认为还是请来比较妥当，据说此人和德化林友四部有生意来往，和玉田倒是没有什么瓜葛。从前他在前街开了店铺，后来为了躲避广豫票，生意转到下府去了。县长说，那就去请吧。

就这样，石路养带了一百块大洋进了玉田县府。县长还算客气，请他落座。石路养献上了见面礼。县长说："来人，把钱拿去登记入库，感谢贤商慷慨捐赠，时下红军猖獗，需要有识之士共同出力购置枪支弹药，共同出钱出力保卫家园。"

石路养问："县长屈驾请鄙人，不知有何吩咐？"

县长说："明人不说暗话，我问你什么最赚钱？我等着米下锅呢！"

石路养听出话的尾声，心里明白县长盯上自己的罂粟了。种植罂粟，不是李家愿意的事，是德化头哥推荐的，实际上是压着李家做的很赚钱的坏事。石路养不敢在路人看得见的天地里公开种植，就选择在七星岩那些没有人烟的地方，撒上种子，亲自管理，有了大收入。当然收入的大头归了头哥。如今玉田的县长也瞄上这档子生意，看来麻烦大了，国民政府是明令禁止吸食大烟的，种植罂粟一样是杀头之罪。石路养回说："县长大人，我只是替人看家护院的，对赚钱的事了解不多。我东家是靠药材山货养家糊口的。"

顾县长说："你这些生意人，最怕说钱。那么我替你说吧，最赚钱的是罂粟。既是药，又是毒。你李家不是养家糊口，而是靠毒药发家致富，你已经犯下这个事，追究起来，了不得啊！本县长不为私己，却是为了县城的防卫着想，需要点钱修缮城墙、城垛、炮楼，如今你也知道，我哪有钱啊！我这一任没钱，钱都到哪里去了？人所共知的。所以，为难之时，我才黑着脸请你帮忙。你倒好，顺梯子下楼的事不做，给我蹬鼻子上脸了。"

石路养见事情已经摊开表明，也就不必遮掩了。他问，县长想让我怎么做？顾县长说，合作"药材"，二八分成。石路养说，李家后山矮，怕是担不起。顾县长说，李家后山不矮，你不是有林部撑腰吗？这么高的靠山，多顺便啊，生意路线不变，不必在玉田境内销售，还是闽南生意通达。只是新种部分你我分成，原来份额，你和林部怎么着还是怎么着，我也不为难你，免得生出矛盾，找来土匪犯境，扰我清静，得不偿失。

石路养说，县长英明，但鄙人还是有为难之处。顾县长说，难在何处？石路养说，合适的田地。县长说，这事我叫人去看、去选，你只管种和销售去。

石路养把玉田县长强行合作罂粟的事向李老爷报告。李老爷又向德化头哥报告。头哥回说："这顾县长是揣着明白装糊涂，还是想钱想昏了头了，省里正在酝酿如何禁烟，他还想种罂粟？那就把这份利先让给他吧，我们经营好药材山货就行了。做县长的，不好好做县长，却要做生意，我看他有没有命赚这个钱。"

赚钱的事，雷厉风行。于是，七星岩就成了顾德勇县长的药材基地了。当然，石路养还十分慎重地向县府讨了一份契约，写明田地的四至和田亩数目，无偿转让和无责条款。这些年，跟着李老爷，生意上的事，他学了不少预防暗箭的方子。顾县长乐得其所，好像饿鬼捡了一块肥肉，迫不及待就派人秘密种植，甚至想抛开石路养。县长越是盘算，越是想单独干。石路养他是不怕的，只要拿种植罂粟一条，就可以轻而易举把他关进牢房，永世出不来。石路养自然是要服从玉田县府的。

事情进展得出人意料的顺利。

七星岩漫山遍野长出了绿芽，在无人之处，一片收获金钱的欲望随之长大。为了掩盖这个秘密，顾县长正儿八经地在县城做起禁烟的活动。他下令守军挨家挨户收缴烟土、烟具，并集中到县体育场，当众烧毁给人看。人世间的复杂，原因不在事情本身，而在利益的分配。当人们还沉浸在禁烟新政的喜悦中，顾县长还沉浸在收获一片令人眩晕的金钱时，省府已经得知玉田某地在偷种罂粟，着人暗中调查，抓了个正着，一纸文书把顾县长给撤换了。

县长换了，还有新的县长来。而罂粟它也从来不顾人间世事的变换，照样自由自在地生长。没有人欣赏这漫山遍野的景色，罂粟也是悄悄地寂寞地展示着自己的艳丽身姿，仿佛一位风骚绝色的女人，你看一眼，就会倒地死亡。带灰色的果实，像一把把兴奋激昂的鼓槌，在热烈的花色开场之后，重重地敲起山谷的回响。这种回响，饱满得如满载九月的孕妇，等待一次临盆。那些浓稠的白色，即将一点一滴地流落到人间。

新来的沙县长也不得不撞上这位美丽的艳妇。他的欲望，被一把把小刀割开无数个口子。他知道前任的作为，被人告发陷害，惹下祸端，丢了帽子。有了前车之鉴，沙县长装着若无其事，暗地里却联络了外地的商人，终究，他敌不过巨利的诱惑。不日，就有外地的商人直接招人到罂粟地里，悄无声息地收获起前任栽下的摇钱树，沙县长的心里撑起得意的大片的荫凉。几口大锅架在田地的边上，那些白色的浆液，出了果壳，渐渐变成褐色。褐色的生片放入锅中，熬煮成浆，然后装入瓶罐里，就成了"药材"了。一切活都在快速地完工，对于罂粟的魅力，只有在场的几个人，能美美地感受到。但是他们心里清楚，自己只是来出力做工的，即使那些味道渗入自己的体内，那也只是内心暗自体会一下难得的快活和幸福。接下来，那些瓶瓶罐罐贴上标签，连夜就被挑下山去了。

石路养脱了罂粟活，便专心种植药材去。京仙那块怀家的租地也种上薄荷、紫苏、肺风草、千日红、瓜蒌、泽泻、厚朴、乌梅、青黛等等。水莲说过的事实现了。石路养每天伺候好草药之后，便端起鸟铳上山转悠，在要害地段的路口设下几个套，等着猎物上套，有时不用枪弹，就有好收成。

但很多时候，石路养是走空的，尤其是带上那支从黄石带来的"汉阳造"，所以石路养觉得好枪并没有带来好运气，上山更多的是背起土制的鸟铳。虽然七星岩的地让给了人家，但山界还是要经常去的，尖峰附近，野生的草药和藏匿在山峰里的生命还很多，有走就有收获。石路养也常惦记着县长的罂粟，时不时去欣赏一下地里长出的美丽景色。地里换了主人，石路养也多了一项任务，那就是要密切关注割浆的人和时间。这是李老爷捎回来的话，五月要盯紧了。当那几个秘密人员上山的时候，石路养就去回话。回了话，石路养的任务就完成了。

结果，沙县长在厦门到福州的路上，被闽中游击队给抓了个正着。沙县长坐在一辆押钞的福泉联运汽车上，车上还有省某银行韩副总经理，驻菲律宾某总支主任，总工程师，电报股长和省警备司令部官员。游击队缴获长短枪八支、钞票二百万元，银圆几十块，金裤带一条，金戒指十枚。这简直就是一个离奇的故事，让一些人吃惊也让一些人欣喜的故事。而那些特制的"药材"自然是被焚烧殆尽。这一车的人和事，这些消息或者说细节，是在又一任新县长到来之前，人们才知道的。新任张县长到任两个月，也不知什么原因就被撤了。

在玉田当县长，好像解一回手，想来就来，未解完就走，个个都带着茅坑的味道。

这段时间，玉田的天气十分炎热，即使跳进金溪河，水也是烫的。石路养那些草药被晒得弯了腰，只能多雇些人挑着水去浇。可是，清早浇下去的水，半晌就干了，地面干裂，白得耀眼。对比那些草药站在地里干渴地挨着，人还是幸运的。石路养有时候会面对太阳几个时辰，想着太阳和天气的道理。热过了，人就得挨饿；冷过了，人就得死。这人还有比肚子的饱和饿、身子的冷和暖更重要的事吗？人饿了冷了，就想吃饱穿暖，吃饱穿暖了，就想更饱暖，结果撑坏了。这些年，县长就是这样，饿了吃，吃饱了走，换个饿的来，吃不刚好的丢了官，又走了。皆为利字，来来往往，熙熙攘攘。

天气过于恶劣。要不是黄石那年的一场坏天气，牵扯出许多事，石路养也不至于要远走他乡。他想起黄石的阮大六，如果阮大六在，一定要问问他眼前的天气到底怎么走。不过，这个阮大六怎么会饿着肚子却懂得天气的好坏和冷暖呢？说来也可怜，阮大六只懂得天气，却不懂日子，一个人单身着过，没有一个能继承他懂天气本事的人。想到这里，石路养忽然倒抽一口冷气，阮大六是没有女人，而自己办了喜事快两年了，怎么就不见媳妇有肚子呢？这是个突然冒出来的刺一样的问题，再说在黄石自己和吴氏有过，结果怀的却是怀玉龙的种。脑子满满的闯出乱七八糟的想法，石路养浑身不自在。天气太热，这些不自在都是天气带来的。

卢迪工去了黄石，给怀振声说了怀招娣参加红军队伍的事。怀振声很吃惊，没想到这个孙女竟然有这般胆子，不吭一声就走了，不知道这红军使了什么魔法，让那么多的人敢在钢丝绳上走。他问，郭先生知道吗？卢迪工说，招娣没有告诉郭先生和张立隆，只叫我一并转告，下回进城我负责去说清楚。怀振声说，一个姑娘家，中了哪门子的邪，这么坚决？其实怀振声心里却是清楚的，他孙女亲眼看到了自己父亲的死，恐怕在水莲入门的那天，就已埋下仇恨的种子了，加上红军路过县城三天的时间，宣传鼓动，就把孙女给红化了。既然已经进了队伍，怀振声也是无能为力，下一代人的一生，她自己做主去，做长辈的只能暗里祈求她平安无事了。

在怀振声心里的另一处，他还为儿子怀一民哀伤，三个孩子都离开了家，如今只剩下老人、女人和小孙子了。唯一值得安慰的是，水莲终于走出了阴影，心情平静了下来，并把这个家撑起来了。尤其是精麻坊，这年头赚了不少钱。怀玉龙说这段时间精麻的利润比前两年夏布利润的总和还要多，这是怀一民留下的遗产，它庇佑着怀家呢。

怀振声把怀招娣的事说给水莲听，想看看水莲的反应。水莲说，事事随缘，家里有一个人跟着红军去做事也不是坏事，都说鸡蛋不能放在同一个篮子里，不过眼下这事还得保密，别让人知道了惹出麻烦来。怀振声和卢迪工都很赞成，定下一致的口径，不对家里其他人说起参军的事，要是有人问起怀招娣，就说去读书。

吴氏的儿子出生后，月子里照顾不周，也是锁病缠身。水莲帮衬着一个个料理，孩子精神气渐渐恢复。因为生意难做，怀玉龙出门时间更长了，虽有德化头哥的条子，路上安全，但是麻布却卖不动，过去强有力的买布劲不知跑哪里去了，经常一趟拖了十天半个月才回来。面对这一处境，怀家再一次缩减夏布的生产，把更多的麻料加工成精麻送到厦门去。

吴氏无事经常到水莲这里，陪着说话。一次吴氏问起说能不能教她看锁病。水莲动了一下腰，微笑地看着她没有说话。吴氏知道这锁药相传有规矩不能破，但如今这世道乱得很，像水莲这样的女人很危险的，随时都有可能被土匪抢了，到时候黄石就没有这门手艺了。水莲还是微笑着说，手艺在心里面，抢不走的，再说我还不老。

吴氏听水莲这么一说，便觉得尴尬，于是转了话题问，那些个被抓男人怎么还不回来？这个话题很冰凉，把水莲一下重新摁进悲伤的黑缸之中。其实聊这个话题，是吴氏心里惦记着石有才。而水莲却钩起一箩筐的苦涩。怀良富渐渐长大，样子显得蛮横执拗，经常会欺负吴氏的女儿。这让水莲很闹心，这种，他就是土匪的种子，将来儿子会不会变成土匪呢？她不愿意这样的结果，她想也许是怀老爷把孙子宠坏了。对吴氏的问话，水莲也想过，但她不知道为什么那些男人至今还不回来，那个林副团长如今也不知道在哪里。他说话会算数吗？如果算数，怀有福的病应该还没有治好，要是治好了就该送回来了。应该不会把人治没了！在水莲心里，她坚信那个男人能够做到说话算数。要是怀有福回来了，其他的人也应该会回来了。但是水莲害怕这些男人的回来，尤其是怀有福，他回来了，自己眼前的安静日子也许就不一定安静了。她无法想象未来的日子将会是什么样的，只能走着看了。命运就是一堆无奈的事挤在一起，看着它发霉却无可奈何。

水莲告诉吴氏，那些男人的事，怀老爷已经安排人去探听，如今外头乱得很，一时半会儿没那么快。吴氏说，真是苦了你。水莲说，都是命，眼下不苦着过，难道还有谁会给你甜？说着倒是吴氏给说出了泪水，水莲倒过来安慰吴氏说，女人就把孩子看好，日子让男人去想吧。

　　说到孩子，水莲想起那年来到家里看锁的两个人。林先生的儿子和短枪的儿子，他们回去应该是痊愈了，不然凭他们的钱财和路数，早再来看病了。那次的看病经历，让水莲一辈子都难忘记。黄石真是奇怪的地方，不知道是适合自己，还是不适合自己？水莲想，要是自己没有到黄石来，黄石是否会发生一连串的事情呢？这个问题，她很想问问长辈，终究觉得不合适问而罢了。想到林先生，就想起他建议的建土堡的事。建土堡不是小事，如今家里没了男人，祖业积累的一点钱米，被周师长夺去了大部分，财力不足。要兴建土堡在时间点上，也是不刚好。可是想到匪患，建土堡又是急在眼前。这事肯定要老爷点头，如何向老爷提出并让老爷同意，这事得琢磨一番。黄石除了永宁堡，还没有其他的土堡，主要原因是老爷们觉得没有必要花费大量的钱米，去搞防卫的事，黄石做着自己的农事，与人相安，就不必大兴土木了。可眼下的时局，与以往任何时候都不一样了，你仁可人家却不义啊，怀家或者石家，建一围土堡，势在必行了。

　　七星岩重新回到李家的手上。这块山巅平地，在两县的头哥那里较量一番之后，平静了下来。那些种子在天气的呵护下，蔑视主人的存在，自主地生长。石路养隔了一年再到七星岩，这里又是摇曳出一片艳丽的景色。这次，石路养带上自己的媳妇李阿妹一起上山，他认为李家大小姐，太安静，没有活动，身体孱弱，不利生产，所以有意带上山来，走动走动，流流汗，疏通一下筋骨血脉，也许会尽快怀上自己的骨肉。

　　看到山巅平地美丽如画的景色，李阿妹不禁叫好，一个劲地往地里冲去，摘一把的花，闻着呼吸着。石路养知道这花是药更是毒，只有见利忘义的人才会喜欢它。不过阿妹既然看中花色，就让她去闻吧，阿妹不是见利忘义的人，她很单纯，只是身体太弱，就让这花给她提提劲。

　　李阿妹一口气转了大半块地，又采回一捆花，等到满脸是汗的时候，回到石路养的面前。石路养说，你喜欢我再给你采去。阿妹点头。石路养跳到地里，两手出击，像割草一样，一会儿就采回两大捆，跑回来献给媳妇。阿妹把头埋进花朵里，痴情地吸着。

石路养说，香吗？

阿妹说，香。

渐渐地，阿妹抬起头，满脸绯红，呼吸开始长粗起来，眼睛也不想转动了，只是看着石路养。石路养知道时候到了，伸手揽住阿妹的腰。就在这个瞬间，阿妹扔掉所有的花朵，全身投入石路养的怀抱。石路养用脚把两捆花摊平在地上，抱起阿妹，缓缓地平放在铺满罂粟花的地头，开始一场造子活动。蓝天、太阳、大地和鲜花，情景仿佛是一场百年经典的婚礼。一只野兔从林子里出来，停下脚步，审视着这对年轻人，然后悠悠地走进地里，掰开果实，细致地吃起来。老鹰在蓝天上盘旋，鲜艳的花朵迷惑了它的双眼，许久找不到出击捕捉的时刻。也许老鹰是故意的，这景色确实迷人，就让兔子多享受些时间吧。太阳照着山巅，照着花朵，也照着热烈的情爱，那么自由、那么畅快，那么无拘无束。花朵在身下被碾压得变了模样，紫红花瓣挤出汁液，凉凉地捂着阿妹的脊背。石路养身上豆粒大小的汗水不停地淌落，顺着阿妹的脖颈、胸腹流淌，像一条条柔情蜜意的虫子在爬行，爬出一丝丝轻痒、一道道的兴奋。

那只兔子终于发现天上的雄鹰在俯冲，宽大的翅膀遮住了天上的太阳。它想逃脱，可是已经来不及了，雄鹰的利爪已经刺进兔子的腹部，轻轻地把它提起来，掠过景色美丽的山巅，到了林中的巢穴里。

石路养脱身坐在一块高处的石头上，像一个将军，视察着眼前这块宝地。这块长满鲜花的宝地和媳妇一样，值得忠实和保护。德化头哥的伎俩，让玉田的县长们再也不敢染指这个秘密的财富之地。

再说新娘卓越颖在尤溪坂面四科亭与红军的侦察部队撞上了。宫某一死，事情就打上结了。她不知道怀一北是否如约回到黄石，但眼下黄石村是回不去了。也许这就是世间人所说的命和缘，煮熟的鸭子，它就是会飞。她和一北不是双宿双飞的鸳鸯，是各自投林的雀鸟。轿子红艳艳的，颤悠悠的，子弹似乎有意绕过了这顶手无寸铁却洋溢着吉祥如意气息的轿子。但卓越颖必须走出轿子，轿夫都逃命去了，没有人为她抬轿子了，未来的路，只有自己走了。她不想回头再次深陷于追求多年不见其果的所谓革命事业了，特别是周部那里，那是一个樊笼，鼓吹着民主自由家庭里的私人领地。她想改变一下姿势，去另一条道上走走。于是，她便狠了心，穿着大红的新娘装，跟着红军的队伍前进。

红军首长表扬女同志愿意参加革命，这是好事，非常欢迎，当即就安排她去宣传队做事。很快，有战士引她到了宣传队。在宣传队，她遇上了怀招娣。怀招娣对这个怀家的少奶奶是有印象的，但事隔多年，记忆变得有些模糊。她寻思着问卓越颖是不是到过黄石。卓越颖说到过。怀招娣说，那你是一北叔的少奶奶。卓越颖很诧异地反问，你是黄石的？怀招娣说是。于是，两人他乡遇故知似的成了好姐妹，连着几天几夜形影不离，互相倾诉着从黄石到参军及其行军路上的大小事情。

红军队伍在延平樟湖打了一战，周部败退龟缩到了顺昌城。红军抢占了弹药库，然后东进，要打福州。首长说，未来的战事很艰苦，目的地还很远，宣传队的同志，随护送队伍红九团回闽西姑田根据地。于是，俩姐妹就辗转回到了姑田。

第六节　八仙会

官场很远，在老百姓的生活之外，自成圈子地高速旋转着。顾、沙、张之后，如今又来了个廖县长。围观的老百姓说换县长就像换短裤。铁打的衙门，流水的官。廖县长的到来和前任县长们的离去一样，没有惊起任何的涟漪，老百姓这塘水已经失去期望和努力的欲望了。见多不怪，如今指望成了一种奢望，谁要是诚心去期望，那就是笨蛋了。官府有没有，一点都不重要，百姓的日子还得靠自己过。

但是，那些在学校里读书的孩子却不一样，由父母养着，不管柴米油盐酱醋茶，出门没有七件事，但他们却身负一家人的指望或者期望。最近，他们除了读书，还一个劲地走出课堂、走出学校、走到街上去，打着标语、喊着口号，义愤填膺。做父母的都担心这些孩子会惹出什么事来。可是，做学生的却不以为然，年轻的身体，充满力量，连说话都是带喊。日本鬼子不打倒，中国就完了。中国亡了，你还想过清净日子？面对年轻人，就要面对这些比天还大的诘问！

大家不敢多问，若是多问几句，就会有学生告诉你，这样下去，你就会成为卖国贼。廖县长就是这样被学生骂了。廖县长说，玉田不是还没有来日本鬼子吗？来了你们再上街游行吧。学生们就痛斥县长不顾同胞死活，以一己之私反对学生的爱国声援行动，这种行为就是卖国。要是等到日本鬼子端着枪到了玉田，那就晚了。

卖不卖国，学生说了不算。廖县长心里有自己的一本账，他担心的是这种势头弄大了，会给地下党可乘之机，攘外必先安内，对自己的官帽来讲，唯上的指令就是真理，上峰最惧怕的就是内乱，内乱才是会酿成大祸、颠覆政权的。所以他下令保安大队，密切关注，尤其是老师和隐藏在背后的主谋，谁冒头就抓谁，谁出格就灭了谁，绝不放过。这也是前车之鉴。

廖县长心痛的还有钱米的问题，维护地方治安需要开支，自己的口袋也还没有点滴进账，远道而来，担七品之职，不就是为了点钱米吗？当官不发财，请我都不来。尤其是时局动荡之时，若未能乱中取胜、火中取栗，过了这个村就没有这个店了。至于父母官一说，那谁爱说谁去说。

县长的心思，手下都知道。有人给他参谋，点出许多财路。经过筛选，提出了诸如种植罂粟这样不合时宜的项目。但廖县长不玩罂粟，他还是在传统项目里玩点加倍和超前的花样，比如粮食征实，一律加倍，实行征购与征实等量，最大限度压低征购价格。同时实行征借，不付利息，从第五年起返还或者抵充征实粮食；实行超前征实，一些产粮乡村，一律超前五年缴清征实、征购数量。当然，干这些活还得靠各乡区长，给点甜头。至于保安队，更是不谋其政，专谋收缴之事。因为用枪逼着征收田赋粮食，不但百姓反对，就连保安队长都看不过去。于是廖县长就换了几个队长。县长说，你收不来，就换个会收得来的人当队长。这样一来，凡有爱民之心的，都被看成工作能力低下的人，务实为民的，都被打成对党国不忠的人。

县府除了要钱粮，还要人丁。省里下了征兵的任务，玉田县共两百人。上任后，这是廖县长的第一个任务，不可含糊，赶紧布置征集。半个月后，属下报告基本征集完毕，廖县长十分高兴，想亲自为新兵讲讲话，鼓励新兵为党国效力，在战场上建功立业，为玉田县父老乡亲争光。此时，却有下属悄悄报告说，兵役科暗中借征兵之事中饱私囊。

县长问："征兵也可以赚钱？赶紧细细说来。"

手下如实报告兵役科如何虚报人员，收受贿赂，最终在押解途中以逃跑为由了结。县长听了很是惊讶，竟然有人如此大胆。但他很快觉得这倒是个要用脑袋瓜子的事。

接下来，廖县长找了兵役科的人，一本正经地问起征兵任务完成的情况。油条的下属只是装糊涂，不说获利之事。县长见状，心里明白这些油条不放到油锅里炸，是不会主动交代的，于是廖县长就摆明了问，一个兵你赚了多少钱？这么一挑，脓包自然要破的，下属知道事情败露，便老实回说，一个赚五块大洋。县长问，总共赚了几个？回说三个。县长说，行，你赚得好啊，这三个的钱归你了。

下属愣神看着县长，不敢相信自己的耳朵，这种事被发现，没有被处罚，反而获利奖赏，其中必有道理。这么一想，下属明白其中的奥妙，立即说，哪敢，哪敢，我这么做也是为县长您呢！

廖县长接话说："怎么为我想？"……"有这么想就对了，往后你还要好好想想，想好了为我办去。"

结果兵役科一狠心收了四十个新兵的贿赂，当场把他们释放回家。有人可以回家，自然就有人骂娘。有两人跳出来喊，我们是黄石村雇来做长工的，不是四十六都的人，你们不能叫我们抵任务去当兵，五年前你们县府是叫我们来保安队守城的。叫归叫，除了一阵拳打脚踢，没有人理会他们喊什么。从黄石的雇工到外乡的顶兵，他们多么指望怀家老爷能来赎人救他们。

水莲本想找个机会和怀老爷说说建土堡的事。可是，宋起松乡长来村里开会之后，水莲就断了念头。乡长传达县长的新政，为维护一方治安，实行新政，并给村民详细讲解了缴纳田赋的规定和征收办法要求。水莲回家给怀老爷传话。怀振兴也来请示。怀振声听了，声嘶力竭地骂道："操你祖宗十八代。这刚走了一张广豫票，又来一个鬼怪，比六月的长毛鬼还恶毒，都是吸血鬼。"

水莲从来没有看见老爷这样的失语和失态，如今县长的新政，让老爷气得丢了斯文。

黄石是较为富裕的村子，属于超前征收的对象。第一年就要缴清五年的粮食，第二年缴清六到十年的粮食，依此类推。谁都懂得算账，如此黄石不出三年，就会被抽空了，村民就得统统饿死。但是眼下县命难违，如何对策，让所有人感到棘手。怀振声和石振威、怀振兴商量，几天下来，也想不出什么好办法。结果三人定下以拖延来对付。因为时间会带来新变化、新情况，黄石受不住，别的地方也一样。黄石人内忍，不见得所有地方都能忍得住。宋乡长算是面熟，虽然三天两头来催缴，怀石两家总是以酒款待，略孝私银，便打发迟延。但拖延总不是最好的办法，宋乡长第五次来时，就黑着脸说话了，他说要是黄石再不执行，乡里只好上报县保安队了，那些扛枪的来，恐怕就没那么好说话了，弄不好会丢人命的。

石振威听了话里有刺，就起了无名火："你爱报就上报吧，你这明摆着要人命，谁都没办法缴清。为了县老爷能吃饱，我们连子孙的饭碗都要端给你？你们说防匪、防共，土匪来了，我黄石被抓了十来个男人，你防住了吗，红军轻而易举攻进县城，县府的官兵都在哪里？不要说防得住防不住，你这官军就是怕死，见匪就跑。既然都跑，用不着刀枪子弹，为何还要这么多钱？"

宋乡长被问得脸红，他说我不管这些属于县长管的大事，念在黄石与云林乡的一贯交情，你说几句出气话就算了，不然……怀振声赶紧劝了石振威，不说有益，少说无害。又对乡长说，既然是这样，我们总得准备一下，找个时候给您送去。

三天后，县里的保安队把黄石村包围了。宋乡长代表县长宣布，黄石村阻扰新政，犯上作乱，故意不缴纳田赋，县府决定没收全村的田地作为抵充，自今日起，村民不得下地种植收割，田中之物皆归县乡所有。宣布之后，保安队就驻扎在村里，一边制止村民下地收割农作物，一边四处搜抢苎麻、草席、席草、稻谷。不用说，怀石两家的夏布、草席，也悉数收入官军的囊中。一时，黄石笼罩在杂乱悲戚和饥饿的乌云之下。

几天后，怀玉龙从四十八都贩布回来，向怀老爷报告一个消息，四十八都已经有人在组织"八仙会"反抗县府的新政，为首的叫陈雍。

怀振声说，就有人忍不住了，玉龙，详细说来听听。怀玉龙一五一十把听来的事说了。据说陈雍饿得连睡了几天，梦中得到玉皇大帝的圣旨，并赐宝剑一把，派他下凡替天行道。醒来后，他就立马组织了"护国军"，准备和县府对着干。怀振声说，这事来得太迟了，那护国军有没有什么行动？怀玉龙说，听说要攻打县城。怀振声觉得早该打了。又吩咐怀玉龙贩布回来，没有其他事情，就重新把村里的防卫队组织起来，以备不测。另外去打听一下，宋乡长把从黄石带走的东西都藏在哪里，去把石老爷叫来铳楼商量事情。

听说了四十八都的情况，俩老人觉得今后形势可能会变，要趁机把自己的东西抢回来。石振威建议悄悄找人去联系张立隆。怀振声说，找他何意？石振威说，你这个女婿可不是一般人。他凑近怀振声的耳边说，他是那边派来的。怀振声赶紧摆手，你可别乱说，那是要砍头的，还要连累我怀家，我只认他是女婿，不管哪一边的。石振威笑起来，放心吧，老哥，我是想请他来帮我们黄石的忙。怀振声说，不必了，他那点办法我也懂，我已经安排人去组织防卫队了。

四十八都"护国军"的事情照常进展。早有人把四十八都组织"八仙会"对抗县府的事报告了，县府当即派了保安中队长张化腾率队去围剿。但保安队长途跋涉，到了梅山，立足未稳，就被四十八都的护国军打得落花流水，张化腾也毙命四十八都，剩余的队员连夜逃回县城。

此事非同小可，县府连夜把"八仙会"当作土匪作乱上呈省府，要求派兵增援。不日，省府派了一个连的兵力进驻玉田，加强防守，择日进剿。不料，

"八仙会"的护国军端了保安队，军威大振，声威波及周边几十里乡村，队伍不断壮大，达到数千人马。陈首领决定，提前进攻县城，捉拿县长，推翻县府所谓的"新政"。县府的守军得知消息，立马布兵排阵，出城十里迎击。结果，两军对阵于周田。鉴于护国军人数众多，守军不敢造次，就分散藏匿在山头。护国军一路顺风，直抵县城东门，相持于城墙之下。

城内，听到密集的枪声，乱了一阵之后又归于安静。张立隆得知四十八都护国军攻城，异常兴奋，他想借机唤醒民众的意识，有组织地起来反抗当局。他组织了几个学生骨干，秘密收集资料，手写几百张宣传单，揭露县府敛财新政的欺骗性，揭露廖县长收受新兵贿赂破坏征兵的事实，号召百姓起来反抗压迫和剥削，鼓动驻军不要为贪官卖命。然后又组织学生分头趁夜色四处张贴，自己带了两个骨干去了北门。

次日，城内乱作一团。街头巷尾议论纷纷。

县府办公人员也读到宣传单子，人心惶惶。保安队意见分歧，有人开始懈怠。晚上，北门突然被护国军攻破，从城隍庙方向伺机攻打县衙。县长得知，惊恐万分，立即逃亡西门。东门守军发现北门被破，就匀出一挺机枪驰援县衙，派十几个士兵前往北门，想重新夺回北门。这样，县府落入两头不能兼顾的局面。东门护国军得知北门得手，就加紧攻击东门。设伏在城隍庙的护国军，部分打县衙，部分直接绕过县衙，从前街到东门，直接就打开了城门，护国军数千人念着玉皇大帝给的符咒，气势昂扬地冲进县城。守军见大势已去，全力突围，朝南门退出城去。

第四天，省府又调集驻守永安的中央军一个团前来镇压。护国军到底只有大刀长矛，最终陈雍战死，信徒四散，终被瓦解，逃回乡里。

"八仙会"攻打玉田县城之事，惊动省府。省府派人前来调查，滋事扰乱的原因是县府筹集资金太过，百姓承担不起，故而造反。再者，借征兵收受贿赂、谎称逃脱，破坏征兵，事实确凿，故而民愤极大。省府最终只能以撤了廖县长为幌子，算是暂时平息一场骚乱。同时宣布取消新政，田赋按照省定标准缴纳，想拢回一点民心。

怀振声得知新政被取消，就立即叫来怀玉龙，组织防卫队，到云林乡追回被强行解走的粮食、麻布和草席等物品，物归原主。大家对怀振声的决定十分吃惊，好像换了一个人，或者说换了一个脑袋，从前的隐忍一夜间没了。队伍分前后两拨，防卫队在前，村民在后。

深夜正是梦香之时，队伍悄悄靠近乡公所。怀玉龙组织防卫队员一起冲进乡公所，朝着乡公所放枪，砰砰砰。枪声一起，乡长如临大敌，慌落跳窗出逃。怀玉龙派三个队员追击，要求追赶得越远越好，但不得开枪打死他。宋乡长被追赶到德化境内，后来因惊慌奔跑过度，从此一病不起。

村民们随后打开仓库，搬回了属于黄石的东西。

回黄石的路上，大家发现阮大六也来了，就问他来做什么。阮大六说，虽然自家没有丢东西，但是想来帮忙。怀玉龙说："你不在家待着看天气，黑夜四处跑。你说你测的天气，真是气人，天晴说乌暗。明明说今年的天气不错有好收成，你看差点要饿死人。"阮大六说："这天气越来越看不懂。这十五的月亮大概喝晕了酒，颠了脚步，月影不准了。"

这次黄石物品失而复得，看得出怀老爷的一些想法也在改变，能够动用防卫队的力量反夺回来，出人意料，至少不像过去一味求全。从前老爷相信东西比枪好，现在他不得不相信枪也能保东西。

这事也给水莲很大的震动。官府随便都能掠夺老百姓家里的粮食，几天下来，全家人都饿着，孩子都瘫软了。一个富裕人家，终究抵不过衙门的枪。所以，水莲决心要修土堡。也许土堡最终也是顶不住枪炮，但至少可以围住，多一点安全。要让怀老爷同意修堡，自己得先想好修堡的想法缘由和设计方案。另择地点，大兴土木是不大可能，因为眼前怀家的家底不允许。最好是以现有的住房和铳楼为基础，加个堡围，这样省些钱米。要实现这个想法，还得从石老爷那里着手，借石老爷的力气把怀老爷给说同意了。

水莲到石家去找郭凤说话，无非养儿育女的事。石振威看水莲来家里，也会陪着说上几句，夸夸水莲的手艺。水莲借机说："凤才是有手艺的人，先生家风好，识字会教书，受人尊敬，这比什么都强。老爷，要我说，好手艺还不如好风水。黄石这些年怕是什么地方漏了风水劲了？"村里光是女人在家。石振威听到这些话，内心也就有感触。他觉得水莲说得很有道理，娶了新人，有了儿孙，却走了年轻男人，明显黄石的阳气不足，这不是风水问题，还能是什么呢？过去的夜里，石振威也反复多次想过这事，经水莲这么一说，看来村里确实是哪里的气脉出了娄子。石振威说，找个时候叫人来搁个罗盘，看一看，到底哪里出娄子了。水莲说，搁罗盘是要，关键还是长辈的想法不转圈。石振威问，怎么个不转圈？水莲说："长辈总以仁义之心对人，要是碰上不讲仁义之人，不就出事了。前些日子，我家老爷换了想法，组织防卫队及时去把黄石被抢的东西物品抢回来，就赚了，不去自己拿回来，人家会给你送回来吗？抢回来了，我们现在有了口粮吃食，不然又不知道该饿成什么鬼样子了。"石振威想着也对，就问这和风水什么关系。水莲说，世道和顺，仁义就是风水；世道艰险，仁义就是灾难。石振威诧异这个怀家孙媳妇的话语，虽有些偏激，但听来着实有理，这怀家孙媳妇肯定心里头有事了。

他问水莲："如今世道该怎么讲风水。"

水莲说："建土堡。"

石振威说："建土堡可不是小事，如今钱米是个大问题。"水莲说："只要长辈下决心，总会有办法的，况且眼下世道乱，三天两头都要来一批人抢人抢物，谁还会有心思过日子呢？"石振威说："说的在理，难为你们这些个孙媳妇。"水莲说："建土堡是要钱米，可是钱米不足有钱米不足的建法，比如就地加个堡围，就会省了很多钱。"石振威说，这个想法倒是不错，不过要和怀老爷商量一下。水莲说，要是有石老爷出面，这事肯定能成。

在水莲的内心深处，建土堡还有一层心思，那就是一种修复的心情，这些年水莲的心像长虫一样，没有人去帮助她把那只虫抓出来，相反她却忍辱负重一直在做着修复别人内心的事情。土堡可以把家园围起来，围出安宁，围出温暖来。对怀家，对石家，对黄石都需要一次次不停地修复。

第七节　男人的下落

张立隆记挂的事耽搁了许久，自从听了陈秉德的话尾，就想着要去八字桥一趟。暑期将至，他先向学校请了假，回头到了云林，邀卢迪工一起去，两人路上好有个照应。两人稍做准备就出发了。

文江上游下了大雨，下游河水大涨。镇江码头就在对岸，可是张立隆他们过不了河，只得候着河水退去。寻得一家客栈住下，吃饭时却碰上福州来的林老板一家。林先生带着二老婆回三宝老家，也是遇上洪水行船不得，暂住文江码头客栈。

张立隆擅聊，搭上话，三下两下就像熟人一样。问起福州的形势，林先生说："福州也是时局紧张，据报纸新闻报道，红军从连城到永安，再到玉田，又端了周部的弹药库，掉头东去，攻打福州，省城岌岌可危、省主席命令部署在闽东宁德、福安、霞浦和泉州等地'剿匪'的第八十七师王部集结到福州。总裁急调在湖北整训的第四十九师伍部由长江水路和海运驰援福建。'围剿'苏区的东路军也急忙从漳州飞到福州视察。后来福州守城胜利，红军转战闽东，又向浙江庆元进发。这战事一起，大小商铺都关了门，我们坐船回玉田老家住一段日子。"

张立隆听得津津有味，便自我介绍说，我是玉田初中的老师张立隆，他是卢迪工，云林乡的医生，能在文江的雨天碰上省城的老板，真是有幸。林先生也说幸会，前些年去过云林的黄石村。

张立隆说，那更是有缘了，你到黄石什么事？林先生说，为儿子看病。

张立隆说，儿子病好了吗？林先生说，好了，那黄石的尤溪妈，真是药到病除，厉害。

张立隆问卢迪工，黄石有哪个尤溪妈？林先生说，人家都叫尤溪妈，会看锁病的。

卢迪工说，真是巧了，那个尤溪妈是我们岳父的孙媳妇。

林老板也说那真是巧了，同时问起尤溪妈的情况。张立隆说，这些年黄石被匪徒、官军整得遍体鳞伤。尤溪妈新婚之夜的新郎被土匪抓走了，黄石丢了十大几个男人。后来，周部整什么"广豫票"、县里整"月捐"、征实征借等等名堂，一任县长折腾一项，黄石被搜刮得差不多了。

林先生说，时下真是差不多，福州也是让人无法把生意做下去。叹息之后林先生又问尤溪妈的郎君去向哪里。张立隆说，多方打听，好像在八字桥瓷厂，如今想去问个虚实，人生地不熟，也不知道怎能找到。

林先生说："瓷厂倒是有熟人朋友，杨迪林去福州常常找到我的茶庄，玉田老乡凑在一起泡茶，不知道这事能否帮得上忙？"张立隆说："我打听到黄石被抓的男人就是被转卖到杨老板的厂里。"

林先生说："这也是巧了，需要时他可以帮忙出面说说情。我写封信给他，把这事说一下，你们找他更方便。"张立隆说："不该绝了这些男人的活路，有林先生帮忙，回家就不成问题了。"

石路养也一直惦记着黄石男人去向的事，抽空只身去了龙爷的山尾寨。这是黄石的事情，所以石路养没有动用德化方面的力量。到了寨下，石路养被龙爷手下遮了眼睛，绑着双手上山去。到了寨厝厅堂，解了遮目布，松了双手，见过龙爷。龙爷问，你小子单枪匹马上山来，有何贵干？

石路养拿出五百两银票拱手献给龙爷。匪丁接了去。龙爷看着银票，用手指弹了弹，问银票作何用处。石路养说："早闻龙爷大名，地盘广阔，人丁兴旺。此次前来，一者拜见龙爷尊容，二来想麻烦龙爷一件小事。"龙爷说："看在银票的份上，饶你问一件事，最好是大事，不然亏了这银票。"石路养说："谢谢，就一件，十年前有一个叫怀有义的小孩在玉田草坑丢失，不知龙爷是否能帮忙查查去向？"

"那么久的事情，谁还记得？你们记得吗？"龙爷向站在边上的手下说道，有点王顾左右的味道。手下你看我我看你，想不出什么记忆。看起来，他们像是没干过这事。石路养说，丢失的孩子是黄石村怀家老爷的长孙，要是有消息，愿出价钱赎回。龙爷说，你是黄石村的？石路养说，是。龙爷说，既然是黄石村的人，那就让我的手下四处打听打听，有了消息你再来。石路养说，这样甚好。

龙爷问，你是黄石的，自然认识那个尤溪妈了。石路养说，黄石好像没有叫尤溪妈的。龙爷说，你到底是不是黄石的，那个会看锁的女人都不认识？石路养马上明白，回说知道，会看锁的叫水莲，老家尤溪，却真不知道你们称她尤溪妈。龙爷说，那女人厉害，药到病除。石路养心里就知道龙爷一定是那夜去看病的短枪了，于是便问，孩子看好了？龙爷说，看不好，我早就端了黄石了。石路养说，龙爷万福，龙公子万福，哪有不好的道理。龙爷说，年轻人舌头轻巧啊，不是我万福，是那女郎中了得。这时龙爷的儿子出来，听到说尤溪妈的事，就问路养，尤溪妈会记住我吗？石路养说，少爷大福大贵，尤溪妈当然记得。

少爷一时兴起，便向父亲提出要去黄石看尤溪妈的要求。龙爷叫儿子别炒事，该去自然带你去，然后对石路养说，小兄弟你今天先去曲斗街上"通源客栈"住下，一两天我给你消息，若是过了两天，就是没有消息，你自个儿回去吧。

石路养说，感谢龙爷出手帮忙，我先下山去曲斗街上客栈住下等着。

果然，第三天的下午，山寨来人到客栈找路养，带来消息，说龙爷探听到那孩子是漳平某人所为，时间久了，去向不是很准确，大概是卖到泉州西门黄家，其余的不得而知。石路养谢过信人，起身赶往德化，请岳父出手帮忙。李老板得知石路养之事，甚感为难，泉州不比十八格，地盘广大，人口众多，寻个十几年失踪的孩子岂不是大海捞针？李老爷以为，石路养能如此已经仁尽义至，剩下的事由怀家自己去寻。石路养说，如今怀家只剩下老小在家，哪有人可以到泉州大地方去寻人？同是怀石族孙，石路养坚决要做这件事。李老板拗不过，只好去求林友四帮忙。

头哥听说此事，表态说也不难，派些人去城西黄家问问就得了。林舒洁听到有人要去泉州，就向父亲讨要，她很想跟着去。头哥劝她说别掺和，找人就找人，不是闹着玩。舒洁说长这么大都在这山旮旯里，去外边透个气也不行，你要把我养成山野村姑了。头哥笑起来，你就不像姑娘家，疯跑才高兴，那叫什么，叫花脚婆。舒洁说，花脚婆也是你女儿，那你答应了。

头哥说，你得保证不乱跑才行。舒洁说，我保证。

张立隆等文江的水退了，就搭船过了河往八字桥去了。林先生拖儿带女不方便，写了信让张立隆带上。从镇江上岸，六十里路就到了八字桥。八字桥不大，张立隆和卢迪工很顺利找到瓷厂，递上林先生的书信。杨老板看到林老板的书信，知道事情的来龙去脉，心里却想陈秉德这人怎么把这个事情说了出去，让人知道他买雇工的事。杨老板吩咐管理杨迪十赶紧去安排，并出面接待林先生的朋友。

石一方一行人最终确实是被解到八字桥瓷厂，专门从事挖瓷土的苦力，与在矿山时做的活差不多，不仅辛苦而且危险，随时都有坍塌被掩埋的可能。挖场四周有专人看管，防止雇工逃脱。这些日子想跑的人被枪杀的、挖瓷土被压死的不在少数。黄石来的人都被分散在几个作业组，很难能够在一起见面，更说不上商量点什么事情。石一方心里一直盼望着家里能来人解救，只是未能等到。

当管理叫人把黄石来的人集中到瓷厂外场子时，石一方甚至觉得是不是又要把他们解到别的地方。正纠结时，石一方看到张立隆和卢迪工，兴奋得发抖，一时眼泪忍不住掉下来。张立隆和卢迪工跑上前去，紧紧握住一方的手，问候道，石老弟你受苦了。

要脱离苦难的那一刻，是世上最幸福的时刻了。石一方几乎要晕过去，卢迪工伸手把他扶住了。张立隆说，赶紧看看齐了吗？咱们准备回家。瓷厂杨管理问，你们是来看人，还是要人？

张立隆说，我们要把他们带回云林黄石。杨管理说，这些劳力，我们老板可是花钱买来的，看在林老板的面子，带走可以，钱可得补上。张立隆说："杨管理，这些人都是被匪人抢抓而来，说不上买，再说陈秉德老板说是转雇，也没有说是卖，到了你这里怎么就成卖了呢？要说我们回家，你厂里缺了雇工，开不了工，还有道理。"杨管理说："你也别辩解，没有钱你走不了人。"卢迪工示意张立隆给钱走人，花钱买平安哪朝哪代不都这样。张立隆明白，却想少花点钱，就对管理人推说，来得及，没多带钱，身上一点还不够回家的路费伙食，要不请杨老板看在林先生朋友面上，宽限些日子，回头再来补上。杨管理说，要这么说，你先带两个回家，其余的带钱来赎再回家。张立隆说："一起出来哪有不一起回家的道理。杨管理你说个痛快，需要多少钱？"杨管理说："五百大洋。"

正讨价还价，杨迪林老板从板屋里走出来，对自己的管理说，算了，交个意思，二百大洋，走人。既是老板说了，价钱应该是铁板钉钉的事了。交了银票，张立隆和卢迪工赶紧组织一班人往回走。张立隆点了一下人头，还缺四个人，石有才和怀有福，还有两个是工坊的雇工。

张立隆问石一方。石一方说："两个雇工被抓去顶壮丁了。石有才在银顶格矿山被监工怂恿出手反抗，打死了尤溪收课税的两个人，当天就跑了，也不知道流落到哪里去了。没几日，就因为有才打死人这事，矿老板就把雇工转给了瓷厂。这里看管严厉，也没有时间和机会打听石有才的下落，如今是生是死，谁也不懂。"

丢了石有才，石一方像换了个人，茶饭不思，日渐消瘦，难见从前粗壮的石家长子的风采。张立隆也看在眼里，为父的，谁摊上这等事，都受不了。张立隆又问起怀有福。石一方说，怀有福被抓的当晚，那个林团长背着他走了一阵，又叫团丁背着走，半路就没有在一起，怀有福根本没有到矿山，更没有到瓷厂来。

张立隆想，两位孙辈会去了哪里呢？卢迪工从旁插话说："那个林副团长根本不是县城保安队的，我们都去探听过了，路上你们有问过这个林副团长是哪方菩萨？"石一方说："没有问过。暗夜走路都怕摔跤，枪顶着，哪还顾得上问这些。"张立隆说："要弄清这事，还得靠陈老板。只有陈老板知道贩卖雇工给他的菩萨是谁，等回到县城再设法问个清楚，会有路子的。"

十天后，石一方等人回到了黄石。

石振威看到儿子回家来，骨瘦如柴，落下一把老泪，赶紧吩咐煮点心。不见石有才，柳花和郭凤都放声哭了。石振威问清缘由，心中无奈，反而出面安慰起女人来，说："有才年轻力壮，既是逃跑了，自然还会活着，只是不知道现在哪里。从前永宁堡的一北，不也是东躲西藏了多少次，不还是好好地活着吗！有才反抗课税官，不跑那才是等死呢！立隆他们办法多，再费些日子，应该可以找到他。你们先别想着哭，一方回来了，赶紧去煮点吃的去。"

柳花啜泣着赶紧去了，郭凤也跟着婆婆进了灶间，连同郑氏三个女人一起忙起来。

这头，怀振声也是不禁落泪，死了儿子，却不见孙子回来。苏树三来安慰老爷说，眼下先回来一些人，就是好事，立隆、迪工他们已经有些路子可以寻找，再过些日子，一定会找得到。

怀振声对立隆、迪工说，你们抓紧，我这把年纪，怕等不到啊。

水莲静静地看着这个场面，没有声音。怀有福没有找到，一定被那个男人抓到别的地方去了，他说过，病治好了，就送回来。按照怀有福的身体状况，大抵一时半会儿回不来。水莲这些年就用那个粗鲁男人的一句话支撑着，相信有一天怀有福会回来的，只是这话不能明说。她有时候也在嘲笑自己，竟然相信一个土匪说的话。生活就是这样，毋宁相信的好。

长辈们停了话，水莲才张口问了立隆那些男人都被抓到哪里，哪些地点。张立隆一一说了。水莲这样问，是想从那些地点里猜出一点怀有福去处的可能，县城，不可能，那个林副团长不是县保安队的，一定是别地的匪人。怀有福若在县城，立隆姑丈他们早就碰上了。会可能在尤溪吗？水莲想。

郭凤依然整日以泪洗面，柳花不禁陪着哭。水莲就经常去石家陪着郭凤。水莲的到来，让郭凤好受些，毕竟怀有福也是没有回家来，于是两人说起命苦的事互相安慰。

苏树三回来，见了老婆孩子。按照怀老爷说的，照旧照看怀家里里外外的事情，因为出去时间久了，先给怀玉龙做个帮手，这样家里、地里和麻坊的事情理顺得多了。

德化头哥同意舒洁去泉州，并派了团副官专程扮成商人模样保护着前去探听。石路养没有去，李老板要他回去照看地里的药材。当然石路养明白回家去，还有阿妹要照顾，出门多日，阿妹怕是等急了。对李阿妹，石路养真是疼在心里。他一个大男人，自己动手，去地里采些药材，熬着汤给她喝，得空就领着阿妹四处走动。最近阿妹的身体渐渐好转，肉色红润起来，欲望也强烈起来，这是石路养盼望的事情，有欲望才会产子。贫瘠的土地，长不出好种子。在七星洋那次躺在罂粟花上的性爱，令小夫妻如痴如醉。石路养想，这回阿妹不知道是不是会有喜了。

回到家，路养就抱起阿妹，摸她的肚子。阿妹知道石路养要儿子，可就是不见动静。

石路养问，怎么样？阿妹说，没怎么样，你再来。

又是空炮。石路养长叹一声，摁住阿妹折腾起来。每次的折腾都是那样尽兴，为何不见阿妹肚子有动静，石路养做完事，心里总是这么想。要是自己真的不行，那可是丢尽了大男人的脸，而且在李家也是待不下去了。李老爷早年丧妻，唯有一女，中年以后才有点积蓄，所以没有再娶，早就想要后辈子孙了。他不让石路养去泉州，叫回家来，意思明摆着的。从此，石路养悄悄有了一个心病。

张立隆回到城里，立即去找陈老板。学生放假了，陈老板带着儿子回石牌老家了。张立隆跟着找去石牌。说起来，石牌临近玉田，可走起来，却是好长的一段路。上了石牌岬，进了石牌街，问一声就找到了陈老板的家。茶水过后，张立隆就迫不及待地开口问道，陈兄，今天来有一事相求，还望能开恩相助。陈老板哼哼哈哈地说，先喝茶，先喝茶。有了上回的缘故，陈秉德知道张立隆要问的是什么事，自己心存顾虑，既不能不顾瓷厂朋友面子，担心坏了道上规矩，又不能不为眼前朋友出手相帮。圆通的人，表面看四平八稳，其实内里也是千疮百孔，四顾不及。

张立隆看出陈老板的顾虑，就开导说："陈兄如今你的矿山怕是一时半会儿开工不了，监工组织人杀了课税人，尤溪方面肯定不会善罢甘休，只是你们掩藏了尸体，他们尚不知道派出的人是不是死在你的矿上，要是知道了，还不得血洗矿山，更别说通过文江运矿到福州的事了。再说，纸哪能包得住火呢？你矿山的那点事，别人不也都在传吗？"陈老板沉吟半天。张立隆又说："陈兄这些年也积攒下不少钱财，要说过个安稳日子，也足够了。即使矿山停了，也不影响。况且时局混乱，哪棵大树可以百年不倒，所谓'新政'、保安、剿匪，不过是城头变幻大王旗而已。看本县县长的更迭，如同换衣裤，儿戏一场场，谁来管百姓日子，谁会管你商人死活。我看你还是休整一段时间，待时局变化，再重整旗鼓。"

陈老板说："张老弟说的是有理，不过这日子又不知要等到什么时候？"

张立隆说："矿山等待一段时间也许可以重开，但水路运输怕是堵了。只要是矿石，尤溪人是不会放过的。以往仅仅是留下一点买路钱，现在恐怕是要么留下整船、整排的矿石了，要么就是留下命，二者必居其一。你到福州的矿石，绕不过尤溪的水路不是？"

陈老板说："尤溪周真是什么事都做得出来，张老弟今日如此开导我，也是兄弟情分，我也不好相瞒，你说的黄石的人，就是周师长手下人做的。那个林开水，有人护着，自称团长，组织人马，在新桥一带，无恶不作。抓来的人还要硬卖，每个雇工要我一百块大洋，那时矿山正缺雇工，我就咬牙买下了，不曾想会有今天的麻烦。"

张立隆拱手相谢。陈老板说："立隆，你对世道看得清楚，你说如今到底怎么了？"

张立隆问陈老板遇到什么烦心事。陈秉德说："这世道都没有主心骨了。张先生你说到底是党国说了算，还是尤溪周说了算，还有那些穷人地下党说了算？"张立隆说："你主张谁说了算？"陈秉德说："这不问你吗，我看不准。这党国的人按理说是正宗嫡子，却乱得很，手里捏着枪，动不动就要人命，说心里话，挺恨的；那尤溪周哪来的路子，竟也能持枪抢地盘，来了走，走了又来，亦官亦匪，没个正经样；那些地下党，都是穷人，眼下看不到什么力量，将来不知道会怎样。不过他们倒是不怕死，最要紧的还有一条，这个党对年轻人很有吸引力。你知道吗，我们村出去读书的三个年轻人，回家来什么事不做，却追到武陵做起地下党的事来。"

张立隆问："什么地下党的事？"陈秉德说："民国十八年，那三个年轻人秘密建立了组织，自封书记、委员。也不知道那边的书记是个什么官，还时常来我这里，要我出钱支持农会，支持他们分田地。"张立隆问："那你支持了吗？"陈秉德说："我得看形势啊。那些村民好像都被拉拢过去了，他们人多，我不出点也不行。可惜，地下党书记也没有什么能耐，烧了人家的账本，不交租，结果被县府派人给灭了，书记、委员都跑了。这些人没有红军部队撑腰也成不了气候。不过，这穷人的仇恨真是怕人，他们若是成了气候，反起来，闹翻天。"张立隆笑着说："商人，就会明哲保身，你如今可是八面玲珑啊，不过这话不好听。穷人的组织和队伍，并不像官府一样，善恶不分的。按照地下党说的，你属于开明绅士啊。"陈秉德说："地下党也议论我这样的人？"张立隆说："有，你得好好做人，乡里乡亲，你一家吃好，人家挨饿，也说不过去。张三李四王五都有好日子，不是更好吗！所谓脚踩两只船，你可不能双脚都踩在党国这条破船上，哪天沉了，好日子就没了。"

本想问个黄石男人去向的事，不曾料到却听了这么多事情，地下党组织被破坏了，那朵小花并没有如自己所愿美丽绽放，虽然这是他回玉田之前的事情，但张立隆心情陡然沉重起来。

过后，张立隆又只身去了新桥，那里是林开水的地盘。到了当地，找人探听林副团长，当地人说还什么林副团长，早就跑了。张立隆便笑着问，副团长为什么也要跑？当地人说红军过新桥时，林开水被打得落花流水，手下一个不剩被全部歼灭，林开水只身跑了，不跑，就要等死了。张立隆问当地人知不知道他跑到哪里去。当地人说，虱子自然往脏的地方去，土匪肯定跑到土匪多的地方，几年河东，几年河西，难说现在又是哪里的团长了。

要理顺一件事情，真不是一件容易的事。暑假费去一半，黄石剩下的两个被抓的人去向一点眉目都没有。张立隆只好暂时放下寻人的事，他想石有才年轻气盛，不必担心太多，天下总有他的活路。怀有福年纪小，身体弱，经不住折腾，倒是让人担心。眼下没有好办法，只能等待时机，或者听天由命了。

德化头哥的人到了泉州城西，团副官以贩卖药材之名遍访黄姓人家，却问不出一点消息来。舒洁看到团副官无所作为的惆怅状，便说，别在一棵树上吊死，人家可以把人从山里卖到泉州来，人家泉州就不能再把人卖到别的地方去？这话点醒了团副官。团副官又耐心地找一些年纪大的老人家聊起有没有外卖孩子的事，几乎又走了一遍黄姓的人家，还是没有消息。有好心人说不然你们去西山下高娣婆那里问问，她年纪大，也许会知道一点事。

团副官想放弃。舒洁说，父亲派你办事，你竟敢不认真？

于是，团副官就去了高娣婆家。那是黄姓人家居住区最外围的一座房子，石屋不大，倒也干净。团副官敲了门，没有人。等了大半天，山脚下走回来一个老人，舒洁想那应该就是人家说的高娣婆了。她走在团副官前面，想亲自去聊聊，兴许能在最后一家人这里问出个名堂，好在父亲面前讨功，为以后外出作个铺垫。舒洁礼貌地问："老阿婆，你做事呢？我有一件事要问问你。"舒洁边说边接过阿婆的草篮子，帮着提回家去。进了屋，舒洁说，我们是德化卖药材的，想向阿婆探听个事，看阿婆慈眉善目是个好人，一定能帮上这个忙。

舒洁甜蜜的嘴巴说得阿婆笑起来。阿婆问："你们要问什么？"舒洁说，十几年前，你们这里有没人家从上府买过一个男孩？阿婆听了，顿时沉默下来，拿眼瞅着舒洁和团副官，似乎很谨慎，然后说，没有。舒洁发现了阿婆的脸神变化，心中便有几分把握，她相信阿婆一定知道这个男孩的去向，或者他就在这个阿婆家里。眼前是要想办法让阿婆免去担心，说出事情的经过来。

舒洁说阿婆："你一个人在家吗？"

阿婆点头说："嗯。"

舒洁问："你孩子呢？"

阿婆只是摇头，却忍不住流下了泪水。舒洁知道，自己的问话可能触及阿婆的伤心之处，阿婆的孩子肯定不在身边。舒洁拿出绢帕递给阿婆擦拭眼泪，又叫团副官拿出些人参送给阿婆。舒洁说："阿婆，你一个人在家里，年纪大了，没人照顾，这些药自己拿去补补身子。阿婆，这人参是真的，可以补气的。"阿婆神情惊异地接了，然后起身进屋去，一会儿端来茶水，叫舒洁他们喝茶。

喝完茶，舒洁又说："阿婆，你不要怕，我问的这事只是问问。因为是亲戚的孩子被强人抓了，丢了十几年，这孩子要是活着，也该二十岁了，人家父母就想知道活没活着，要是还活着，人家父母也就放心了。要是那孩子在你家，我亲戚还要感谢你家的养育之恩呢！要不是你家养育，这孩子怕是死在土匪手里了。"

阿婆听着就哭诉起来，说自家十几年前确实从上府玉田县买过一个孩子。舒洁心里一怔，是不是死了。阿婆继续说家里穷，死了儿媳妇，就再讨不上了，所以就想去贱买个孩子来养。第三年，儿子说要下南洋，带着孩子一起去了，到如今也没有消息。

舒洁自言自语地说，这下可跑远了，再找可难了。阿婆听了这话，号啕大哭起来。舒洁赶紧安慰阿婆："你老人家心地善良，老天会保佑你儿孙平安回来的。也许明天就回来，或许后天就回来。"舒洁看不得人家的哭相，看见了就自己乱了手脚和舌头，不知道该怎么劝慰。

阿婆看着舒洁，停了哭，哀伤地说她从前也有一个姑娘和舒洁差不多大，可惜她不在了。舒洁对这样的比较，不喜欢，甚至吓一跳。可是面对奶奶一样的人，她只好忍住。她问阿婆，那你儿孙在南洋什么地方知道吗？阿婆说，不知道。舒洁问，有人一起去吗？阿婆说，有。舒洁叫团副官记下和阿婆子孙一起外出南洋人的名字。

舒洁从阿婆家出来，又照着名字去问阿婆儿子南洋的去处。核对结果是马来西亚雪兰莪州。父子的名字，黄三坡、黄启文。

远渡重洋的地方，是去不了了。但人去不了，信是可以去的。于是，舒洁便叫团副官以自己的名义写了一封信寄给阿婆的儿子黄三坡。信中写明黄启文是玉田云林黄石村怀老爷长孙，原名怀有义，五岁时到草坑舅家做客玩耍，被匪徒抓走，卖到黄家。感谢黄家收养和养育，收信后恳请黄启文能写信回黄石，报声平安，以慰藉生父母之牵挂。另外，还请黄先生父子尽早回家，家中老母亲年事已高，需要照顾。落款德化十八格林舒洁。

舒洁总算办了件像样又好玩的事情，团副官也夸说小姐果然有能耐。

第八节　上山落草

阿妹没怀上孕，石路养却怀上了心病。他老是猜想着自己身体的无能，同时又不相信这是真的。这种处境会把人撕开成两半的。许多时候，他一个人跑到林间沟涧，独自一人，拿出自己的棒子，仔细端详起来，想着这根又硬又挺的物件怎么就不会发芽了？如果真是不发芽的料子，他想干脆拿刀劈了，免得丢人现眼。石路养又想，是不是媳妇不会生育呢？也是有可能的。于是，经过许多时日的发酵、酝酿，一个计划在他心里浮现出来。他决定实施一项鉴别计划。

两个月后，张立隆发现南门街的李家山货药铺好像又重新开张的样子，要说开张经营，又不像，只有一个中年妇女时常进出。得空，张立隆就去铺里看看，敲开门，那中年妇女让进了门。张立隆问，老板在吗？中年妇女说，在，说完就喊，老板，有人来了。

楼上下来一个壮汉，张立隆以一看，这不是石路养吗？石路养在楼梯上停住了脚步，眼前他看见张立隆坐在自己的铺里，这可是尴尬的局面，进退两难。

张立隆喊了声，路养。

石路养似乎没有退路了，就几步下楼来，问："姑丈，你怎么在这？"

张立隆说："我看李家铺子好多年没开门，最近有人进出，我就想是不是你回城里来了。怎样，最近生意有新路子了，要回玉田来？"

石路养赶紧吩咐上茶，一边局促地和张立隆说着客气话。这时，楼上传来一个女子的声音："石头哥，家里来客人了？"

张立隆循声望去，楼梯口站着一个姑娘家。石路养赶紧起身对着姑娘嚷道，没你事，好好躺着休息。说完又支中年妇女上楼去。张立隆一时给搞糊涂了，就问石路养这是怎么回事。石路养本想搪塞掩饰过去，但临了却不知道该怎么圆这个谎，他这个直肠子脾气，也绕不了弯子，索性老实说了。他入赘李家都几年了，却种不出种子来，李老爷最近都急了。前些日子他去帮着怀老爷寻长孙，刚探到一点眉目，却被德化头哥中断了。李老爷催着回家来生孩子。

本想问回城开店的事，却抽出这一叠事。张立隆没听准，就问，怀有义的事有眉目了？石路养顺水推舟，恰好可以不讲自己的事，就说黄石怀老爷千交代万叮咛的，要把他的长孙找回来。他就去花钱找龙爷，龙爷探听到消息，他又把消息告诉李老爷，李老爷找头哥帮忙，好歹那是泉州，头哥的人熟悉。张立隆问，怀有义在泉州吗？石路养说，现在我不知道，只能等头哥派出的人回消息。

怀有义有了眉目，自然是好事，但结果尚不明了，只能等着。张立隆回转了话题问："石路养你回到县城里来，也不说一声，好歹请你吃餐饭。"石路养见话题又回来了，索性直说了："立隆姑丈，一言难尽，哪有心思吃饭，你说男人要是不会生孩子，该是什么样的？"这话让张立隆一时不知道该怎么说才好。石路养呷了一口茶，自责地说："上辈子我不知道犯下什么错，竟让我承受这样的惩罚，是不是我杀猪，得罪了许多冤亲债主，它们来寻仇让我断子绝孙啊。姑丈，你以为我在这里逍遥快乐养小妾吗？不是，我心里真的很喜欢李阿妹的，我回到城里找个女人睡觉，我只是想证实一下，我到底能不能生育孩子。"说到这，张立隆算听明白了，就劝说，身体有什么事，去看看医生，不过现在城里的医生都躲到乡下去了。石路养说，别看了，这都两个多月了，这女人也不见有肚子，看来真是我的不行。说完又唉声叹气起来。

张立隆没想到碰见这种事，一时可怜起石路养来。他说："不论遇到什么情况，需要去看看郎中，你这样瞒着阿妹，养着个人，不仗义。李老爷要是误会了，事情可就大了。为人要走正路，做事得讲情义。赶紧的，花钱把她遣散了，要不然又害了一个人。还有，黄石怀老爷长孙的事，你可要记心上，一有消息就来告诉我。"石路养点了头。

李老爷回到村里，看石路养不在，就问石路养去哪儿了。阿妹说他最近心情不好，没说话走了两个多月了，没回家。这事，李老爷听了怎能不发火？他马上叫来下人说去查查，看躲在哪里寻快活。

下人很快就探听到石路养在县城铺子里养女人。犹如火上浇油，这小子真是把长辈放在油锅上煎。李老爷差下人到十八格找头哥借了十杆枪，火速赶往玉田县城，准备床上捉奸。一干人到了玉田县城的铺子外，已经是夜里，敲开门，十杆枪径直冲进去，上了楼，把石路养和那个小女人当场捉了。下人向李老爷报告说已经成双抓到，问如何处置。李老爷说把路养带走，把那个臭女人赶出铺子。于是，一干人锁了铺面，朝南走了。石路养被反剪着双手，这回出了这等丢人的事，李老爷是不会轻易放过自己了。石路养也觉得自己的这个计划，真是臭到底了。自己没听劝，早点遣散了这女人，心里真是后悔。眼下，与其回李家，不如不回李家，免得再丢老爷、阿妹的脸，耽误了老爷的香火。到了竹溪滩十节桥上，石路养一挣扎，跳进金溪河潭里，暗夜看不见人影了。

下人问李老爷，要不要开枪。

李老爷喝道："开枪，你要打死我姑爷啊。赶紧下水去，把他捞起来。"

扛枪的都迟疑了，夜里暗，河里什么情况，无法知道，轻易这么跳水，不但救不了人，还要搭上另一条命。大家都对李老爷说，我不会水。李老爷气得拍头跺脚的，自己要跳河去捞人，却被人拉住了。

那头，小女人被赶到大街上，呆愣了一个时辰。等醒悟过来后，她便大喊大叫，土匪抓人啦，土匪抓人啦。一时县城惶恐起来，县里保安队就点火赶了出来。小女人说，土匪朝南走了。保安队就朝南追赶，尾追到了竹溪滩，看见一干人在桥上，就开枪射击。李老爷和几个兄弟就这样一头栽进河里去了，剩余的几个扔了枪跑了。保安队大获全胜，捡了几支枪收兵回城去。

石路养顺流凫了几十米水，躲在一块大石壁下，趁夜黑爬起来，听到枪声，知道大事不好了。他挣脱了麻绳，上了岸，不禁打了个寒颤。深夜，石路养悄悄溜回县城里，找到小女人和佣人，吩咐她们连夜启程回老家去，城里不能再待了，天把时间，德化土匪肯定会来报仇的。俩女人收拾一下，连夜回乡下去了。

第二天，城里传出昨夜土匪抢人被保安队打败、死了三四个人的事，街头巷尾说得有声有色。从这些传说的话里，石路养知道昨夜李老爷被保安队撂倒了，他十分恐惧，心里第一个念头就是逃跑，就像在黄石出走一样，他面临第二次出走。因为自己惹事，让岳父去送死，谁都不会原谅他的，李家阿妹也不会原谅，还有德化的头哥。跑，只有跑一条路了。他心里舍不得阿妹，但是自己无法为李家也是为自己留下后代，他也无颜回李家了。说走就走，这就是石路养的脾气。

张立隆知道石路养惹事，李老爷送了命。他立即去找却找不到石路养，猜测是跑了。念及石路养是黄石石家的人，如今跑路，李家没了主心骨，张立隆就找郭先生商量，一起把李老爷的丧事办了。李阿妹被这个突如其来的事端吓得没有魂丝，一味啼哭。没了父亲，跑了石路养，阿妹不知道将来的日子怎么过，李家的生意如何撑。张立隆和郭先生主张暂时把阿妹接到城里来，住在李家铺子里，缓过一些日子再说。

德化头哥并没有像石路养猜测的那样大动干戈来报仇，只是派人到了县城，悄悄做掉几个保安队员的脑袋，算是对打死李老爷和损失几个团丁之事的回应。听说是张立隆帮忙安葬了李老爷，安置了李阿妹，头哥还派人找到张立隆，当面言谢，并请张立隆出面把石路养找回来，撑起李家的生意。张立隆感觉到，头哥做事深谋远虑，既照顾了朋友面子，又不能丢下多年的生意合作，利和义，都照顾到了。他心里替路养感到庆幸，免了被报复之灾，将来的日子还是有奔头的。张立隆请头哥的人带话，说石路养是求子心切，才私自外宿，酿成大错，请头哥一定海涵，给年轻人一条活路，他日若是找到石路养，一定叫他向头哥谢恩。

土堡的事渐渐有了眉目。水莲以现有住房和铳楼为基础加上堡围的想法，得到两家老爷的首肯。两家商量一起建堡，前期一起备料，一起规划设计。石家石一方、怀家苏树三出面为主主事，抽出坊里的部分雇工一起参加筹建。两家又分别请了先生选好吉日，等待动土。

石路养惹事的事情，传到了黄石。石振威说，路养终于出事了，如今不知道跑到哪里，今后依我看还是一个祸患。怀振声认为："按照石路养的脾气，多半是上山去了。真是不走运，可怜的孩子。入赘李家，也没有一男半女，真会是个祸患。如今媳妇被立隆他们照看，也可以安心些，但终究不是长久之计，还得吩咐立隆赶紧把石路养找回来，好好过日子。要不然，石路养毁了，李家也毁了。"

怀老爷的话，说痛了石振威。他担心自己的孙子也走上错路，也是个祸

第五章　闽中土堡 | 271

害，即便不会回来祸害黄石，到底也是个没脸的事。怀老爷的话也说疼了水莲的心，自己的家残缺不全已经多年了。这么些年，水莲为别人家的孩子看好了多少病，就是没有人能够为自己开出一帖药。如今老爷关心起石路养的家不能毁了，水莲就想自己的家也要去找回来，去找才有希望，坐在家里干等，何日才能看见家人归呢！她决定要回一趟娘家，兴许那里是自己的希望。

她向怀老爷说了自己回娘家的事。怀老爷说，还是再过一段日子回去，眼下家里正在筹建土堡，人手不多，匀不出人送她回家去，娘家路途遥远，一个人总不让人放心。水莲说，她到羔助坂雇个竹排放水下去，用不着多个人来陪。老爷还是不同意。水莲说，自己嫁到黄石这么多年了，即使命蹇也是回娘家的时候了，父母年事已高，看一回少一回，自己真的很想回去一趟。老爷拗不过这孙媳妇，就让苏树三送她到尤溪。

一路顺风顺水，水莲回到了娘家。

母亲看到女儿回家来，高兴至极，抱起外甥，手牵女儿，嘘寒问暖。三年了，按规矩得回娘家了。母亲看着水莲的神色比以前成熟多了，女人做了母亲，就少了姑娘时的可爱调皮，多了许多稳重和老练。这种变化，在长辈眼里，不会有时光流逝的哀伤，相反觉得是一种历练后的进步。

说了半天话，母亲才发现少了个女婿。母亲问水莲，你男人呢？

水莲说，他没空，就没有一起来了。

母亲很吃惊，回娘家的事也是个事，竟然会没空。她问，是不是怀家亏待你了？

水莲说，没有。

母亲从水莲的神色里已经看出来，女儿嫁到黄石肯定不顺利，心里有事。今日既然回家来，就先不急着说伤心事，住下些日子，慢慢说透。于是她吩咐下人煮出最好吃的饭菜。

水莲问起父亲、哥哥他们。母亲说前些天一起去喝酒，还没有回家来。

夜里，母女同床而眠。母亲搂着女儿，轻轻说起水莲小时候的许多事。做母亲的，对子女的事情，记忆细得像针，丁点都不放过。水莲静静地听着，真的像回到从前的美好岁月。来自母亲的温暖和慈爱，让水莲得了一夜好眠。

白天，母亲带着水莲和怀良富去爬山下水，都是水莲小时候经常喜欢去的地方。三日的白天黑夜，水莲沉浸在母爱的宽广无边之下，似乎忘记了许多心事。水莲心里明白母亲的用意，水莲想，母亲怕是已经看穿自己的心事了。虽然在母亲身边能够再次体会到温暖和幸福，但是自己毕竟不是小孩子了，怀良富被母亲抱着亲着，时常提醒水莲，自己也是一个母亲了。做母亲的，就得为自己的孩子撑起一片宽阔的天地。于是，水莲主动对母亲说了嫁到黄石这三年的遭遇，母亲听着落干了泪，水莲这回却是坚强。

母亲说，怀有福若是真的在尤溪，就叫哥哥他们去找。水莲以为这也不是什么好事，动静大了，坏了父亲、哥哥的心情，还是她自己到处去看看。母亲说，没头没脸的，你到哪里去找？水莲说，有福身体不好，问问郎中也许就能知道，或者就在哪个学堂里读书，也是可能。

在后来的半个月里，水莲的身影在尤溪县城的街道上游走驻足，有时急匆，有时闲散，有时寻觅，有时等待，她非常渴望在哪个时刻，能够碰上怀有福，惊喜地碰上，了却自己的心愿。最是期望碰上背着书包、穿着洋装的他，碰见帅气结实健壮的他。学堂也去了，一个个活蹦乱跳的学生走过她的身边，等待和静候了多少天，就是没有怀有福的身影。

这趟回娘家，除了从母亲那里新学了几样看病的草药方子，其余的并没有让水莲如愿。

黄石多了几个孩子，但都还没有取名字。为什么，大家都说不清，好像如今的孩子不值钱，随便叫上个阿弟、阿妹的就行。但每家的阿弟、阿妹凑在一起的时候，区别每个人的名字就显得特别重要。大家来给怀石两家建土堡帮工，聊到孩子的事，一下都觉得该请长辈给孩子们取个名字。阮大六、石路生、怀玉龙凑齐了四个孩子，领到了怀老爷铳楼里，请长辈取名。

怀振声吩咐苏树三，去把石老爷和怀振兴也请来。

俩老人看着孩子们并不精神的样子，深深叹息日子的艰难。苦逢乱世的孩子们，叫他们今后如何成人呢？但不论日子如何，名字还得取。阮大六请怀老爷给自己的孩子取个名。怀振声说，你阮大六识天文，希望你的孩子能学你的手艺，传下去，就叫阮德天吧。阮大六十分满意，便叫德天谢谢老爷。石路生说，老爷你看我的孩子取个什么名合适，这孩子不好带。石老爷说，你是路生之命，孩子还是按辈分来，就叫石良康吧，健康好带。怀振声竖起拇指称叹说取得好名字。石良康谢过石老爷。怀玉龙生了两胎，一男一女。怀玉龙想把女儿的名字叫怀舒玉，问妥不妥。怀振声说，你既然都想好了，也就行了，舒玉，很好的名字。那男孩要叫什么？怀玉龙说，男孩还是请老爷给取一个。怀振声说，照辈分来，叫怀有地吧。人家阮大六得天之灵，你小子就接地之气吧。古语说天气下降，地气上腾，天地和同，草木萌动。这些都是好名字。大家十分感谢老爷的赐名。怀振兴只是陪着，看着后生的孩子各自都取了名字，心里有点酸溜。但自己不好说什么，永宁堡的少奶奶被人抢了，这是十八辈子都难以翻身的丢脸事。人一丢脸，心里就龌龊，每天，怀振兴都喜欢从石路养的不育和为匪中去找回一点自足。

过后，女人们照例送来了红酒、公鸡。怀振声说："我不是先生，只是年纪大点，顺口取个名，就不必这般礼数了，再说这么多鸡酒如何吃得完，我看你们各自提回去，杀了给男人孩子们补补，可不能把孩子养成瘦猴子。"话是这么讲，最后这些鸡和酒，还是水莲辛苦跑路把它们各自送回去。

第九节　白露

怀石两家的土堡动土的吉日到了，这天正是白露节气。

凌晨，两家共同举行动土祭祀。祭品摆齐，鸣炮。开始祭土地神，怀振声念祭文："维民国某年岁次乙酉孟秋月吉旦，位下祀怀某石某等谨以香楮宝烛清酌庶馐刚鬣柔毛熟馔果品之仪致祭于本山福德正神，恭维尊神，坤厚载物，德合无疆，维乐有神，能妥四分。嗟我先祖，开基福居，仰赖神佑，世代安康。届兹白露，黄石子孙，取吉日而安神，备酒醴而谢公。牲粢列于前后，财帛献奉两旁。肴馔虽微，礼意馨香。伏愿长远相庇佑，更祈来格而来尝。永奠本宅，永镇地中。陟降洋洋，锡福禳禳。富贵绵远，福寿延长。人文蔚起，兰桂呈芳，一举名登龙虎榜，三元及第名飘扬，金榜题名，族望远扬。千秋奕祀，俾炽而昌。伏惟尚飨。"

又祭祀祖宗，石振威念祭文："武威郡堂，纯臣后裔。三川郡堂，尚书政声。世宗河南，肇基黄石。垂成一统，子孙藩衍。追溯吾祖，耕读传家，祖德燕贻，千年雨露。螽斯衍庆，瓜瓞绵绵。簪缨继奕，代有才俊。嗣孙济美，舐育光前。斯时斯地，祭奠先人，追恩报本，感慰前贤。祖氏宗风，何其浩浩，祖德宗功，万世垂仪。今逢盛世，国运恒昌。吉日良辰，齐聚一堂，缅我祖德，永世馨香。告祈先灵，永赐吉祥。五谷丰登，四季平安。而今我辈，行健自强。构筑华堂，甘饴老幼。清酤丰醴，瓜果粢盛，牲礼鼎彝，岂惟我私。告慰祖宗，昭穆有序，敬祖尊宗，伏惟尚飨。"

念完祭文，怀振声、石振威分别打了卦杯，卦象显示土地、祖宗都接受了子孙的祭祷，怀振声和石振威一起向上天伏拜，然后宣布动土。

外围鞭炮齐鸣，舂土师傅按"前朱雀，后玄武，左青龙，右白虎"的方位，在东南西北四角各挖一点土，即为动土。接下来，就是"安大门"。土堡大门的方向很重要，就得很有讲究。时辰一到，鸣放爆竹，众人狂喊"魁星高照，进财入宝"。泥水师傅兴高采烈地呼赞道："新安大门四四方，门路宽阔通长江；男人出入大富贵，女人出入保平安。门迎百福子孙旺，户纳千祥万代兴；青云开路上天梯，金榜题名家门扬。"怀振声和石振威对呼赞的师傅投桃报李，分别递上个大红包。

各路亲戚都来赠工。之后，帮工们就按照设计的图形挖土砌石。在石基之上，舂上土墙。墙土也得讲究，最好的是纯黄土，黏性好，掺入糯米和盐巴，把墙体舂得结实稳固，加上枪眼、哨眼、大门上方的热水口、堡内院子密室通道、取水道口、水井和出水道口，土石工算基本完成。墙体上了六米高，就是木工师傅的活了。内里跑马通廊，转角柱木，屋檐拱斗，粮仓马厩，住居卧室，枪具库房，农具堆房，石碓米房，厨房烟囱，上下楼梯，都要考虑周全，构造稳固，美观合理。

舂墙期间，讲究许多忌讳，不说"跌死""倒塌"之类的不吉利话；木工师傅的尺、墨斗等不被妇女踩踏、跨越，女人们自然也都知道，不去师傅做事的地盘。木工更是有许多讲究，堡楼层的棚桁以单数为吉，如七、九根为宜；瓦桁以十一、十三根为宜；承载瓦片的桷子，则以双数方吉利，桷子间的距离以六点二寸至六点五寸之间，而不得六点一寸或六点六寸；当放置和钉住桷子时，匠人要边念"天、地、人、富、贵、贫"，边依序放置桷子，最后要合天、地、富、贵四字方吉，忌于人、贫二字。桁木应桁头朝左，桁尾朝右，对着厅堂的桁木，则应全是桁头，桁尾一律朝外，以示堡主对祖先的敬重，以祈合族兴旺发达；上厅堂承瓦的桷子料，用的一根到底用料，中间不对接，取自同一根杉木，一根锯成四片使用，不能多也不可少，取"和合"意，中央桷子若是用同一根杉木所锯，不掺入其他杉木桷子的，取"千年和合"之意。因为是在正房之外加上堡围，所以就省了上梁的仪式。最后瓦工给堡围盖上瓦片，滴水完工。照例，怀家、石家都炒了米花分给邻居。

三个月时间，土堡建设得很顺利。可是建堡还是发生了不幸。石一方在查看后山挡墙时，意外地从十多米高的地方失足摔了下去，折断了手脚，差点送了命。石家差人把一方送到十八格，找德化的师傅接骨去。

石一方这一摔，像一粒石头扔进了水潭，荡起众多的波纹。大家都在议论这建堡的吉旦和石一方可能相冲。还好石振威大气，他当众告诫大家都别胡乱猜说，这一方的命是堡围捡回来的，在自家的房里摔了，还好，要是在外地摔了，不死怕也要死。一方这些年歹运，这一摔，恐怕命运就摔转回来了。人家这么一点化，大家觉得不好再说什么闲话了。石一方这一摔，怀振声担心别人说怀家独得风水，听了石振威方才的一番话，心就放下来了。他吩咐水莲送一只公鸡、几瓮米酒去，好帮着一方提神散气、活络筋骨。

水莲带着礼物去看石一方，当面问了病情。德化的接骨郎中已经把他的手脚处理了，绑了杉木皮固定着，不好活动，就是很疼，手脚断处钻心地疼。骨头接上了，还得坚持梳理筋脉，这样恢复得快。水莲说："一方伯伯若是不嫌弃，我来帮你理一理经络，也许会好转得快。"石一方说："哪有嫌弃的事，赶紧把本事使出来。"

水莲便动手了，就将石一方的断手两端点了穴道，又点了断脚的穴道。刚出手，石一方就夸水莲的功夫好，经她这么一点，不疼了，像拔了刺一样。水莲说，不疼是因为点了穴道了，并没有真正康复。石一方又夸水莲能文能武，把怀老爷瘫痪之躯救回来，这祖传的手艺十分了得。水莲莞尔一笑，说你石家种席草，席草根和花就是药，伤处肿胀，需要清热，叫人采些席草根回来，每天熬着喝，心热就好了。

后来的日子，水莲隔三岔五帮着舒筋活络，石一方的伤恢复得很快。满月后，德化的接骨郎中看到石一方的状态，大为惊叹，问石一方另请了哪里的大师傅。石一方说，没请什么师傅。接骨郎中不信。石一方思来想去，想到邻居会看锁病的孙辈小媳妇水莲时常来帮着按按筋骨，再熬点席草根汤喝。德化郎中说，这个小媳妇好手法、好功夫。

建工完毕，两家摆了"散工酒"，宴请先生、木匠、泥水和瓦工师傅以及亲戚、本村帮工的所有人。酒席自然不可随便，三牲六馔少不了，红酒白酒皆齐全，主人热情敬酒劝酒，师傅帮工豪情畅饮。越是热闹，越是红火发达。是夜，少不了醉倒一片人。

堡建好了，还得取名。两家都说要请郭先生回来。

选了吉日，郭先生回到黄石，为两家的土堡上名。郭先生为怀家土堡取名"怀仁堡"，为石家土堡取名"石义堡"，并亲手在匾板上题写。两家老爷十分满意。郭先生走时，把石有旺一起带到城里读高小去了。

仅仅是堡围，就花去近一年的时间。俩堡伫立在黄石村，像两位老爷，精神矍铄，端庄稳重。黑瓦白墙，格外醒目。怀家因基就势建起来的堡围，就像悬挂在后山的围巾，方中带圆，上下错落有致。石家的石义堡，四方端正，稳坐的样子。两家人进出堡门，都有别样的感觉。水莲喜欢站在堡门下静静地望着门外的世界，感觉身后的安全和温暖。水莲把自己看锁的场所移至堡门边的两间房，一间问诊，一间取药，方便病人，又省了家里的嘈杂。堡围的二层和铳楼相连，老爷们经常从二楼的跑马道上巡视，一家的里外都在视线之内。瞄一瞄枪眼，望一望哨眼，安静的外围，让长辈感觉到从未有过的轻松和欣慰。

土堡的建成，让水莲实现了内心的一种愿望，也让水莲在长辈心中的地位拔高了一节。

第六章　归乡之路

第一节　袭击山尾寨

被怀老爷说中了，石路养上了山尾寨，被龙爷收下了。龙爷收下他，当然是有目的，其目的自然是李家的生意。上回石路养为寻怀家丢失孩子的消息出手阔绰，龙爷印象很深。如今这小子落难求上门来，送来一只烤熟的鸭子，哪能错过？按照寨里的规矩，兄弟上山都要有所表现，有钱出钱，有枪出枪，再没本事，也要掳个姑娘上山孝敬龙爷。偏偏石路养出门急，是临时逃出来的，身上啥也没有，更不用说孝敬龙爷的大礼金了。石路养说，龙爷，容些日子，我回去一趟，再来孝敬您。

龙爷笑而不语。

山尾寨藏在戴云山深山老林里。已经好些年头了，龙爷带着一班人生活在这里，无非躲事躲乱，然后又惹是生非。这龙爷，从前也是永春鼓村里的良民，父亲早逝，和母亲相依为命。因为家里穷肚子饿，一次他偷了邻居富人章老爷家的吃食，章老爷仗势欺人，小题大作，章太太更是气焰嚣张，破口大骂。龙爷的母亲忍不住章太太的辱骂而上吊轻生。少年气盛的龙爷，无法忍受胸中失母之悲之痛之怒。母亲下葬后，他就拿了一把杀猪刀要去报复。他花了几个月的时间蹲点设计和等待。终于在邻居男人出门的日子里，沉稳地拿了杀猪刀，把邻居章太太的喉管破开了，然后扯了章太太的旗袍，把章太太的嘴堵上了。章太太死得很难看，光着下身。

杀了人，报了仇，龙爷就跑上山来了。原来山寨是童姓人的，童寨主年纪大，又好酒，寨里的事务不常管。龙爷刚上山勤快努力，得到童寨主的信任，龙爷慢慢掌管了山寨，后来加入的那些兄弟都是经过他的手进寨门的。他筛选兄弟，讲究义气，每个新人进寨，都得歃血盟誓，然后做一件对山寨有益的事。原来跟随童寨主上山的人，年纪偏大，就安排这些人去开荒种粮食种菜，让山寨一年四季都能自给自足，免得为一点吃食的小事就要动刀动枪，被人记恨、笑话。山寨要做的事，都得是较大的买卖，要做就做彻底，做得让人心惊胆战，做得让人心服口服，甚至做得让人佩服尊敬。上山没多久，他就靠几杆鸟铳设伏端了永春一都的保安队，为寨里添了五六支枪，这事让兄弟看到他谋划指挥的本事。此后，大家都开始叫他龙哥了。龙哥又接连做了两件买卖，先是到漳平抢了一个财主，挑回上万白花花的大洋，这可是立寨安身之本。尔后，又到玉田县葫芦山抢了泉州运往永安方向上千斤的食盐，这是比银圆还要命的买卖。龙哥这是有意安排了打劫永春、漳平、玉田三个县的买卖，制造影响。一下子，山尾寨里富裕起来，龙哥的地位也随之愈发巩固了。

除了杀掉那个欺负人的邻居，龙哥从不在本地做事，本地人对山尾寨的强人也并不反感。龙哥很会关心手下兄弟，逢年过节，都会送些礼钱，让兄弟积攒着，等得空派些人送到家里去，免得父母担心。男人长期在山上，自然憋得慌，龙哥也会带队下山去找个青楼之地，让兄弟痛快一番。

有一年中秋的夜晚，寨里喝酒过节，龙哥喝高了，竟然出手抱着寨主的二太太要亲嘴。这事被寨主的大太太看到，就报告童寨主。寨主一时怒起，拔枪就打，结果龙哥的腿被打折了。兄弟们过来劝住了寨主，龙哥被枪击后酒醒，觉得丢了面子，索性把事情做绝。他问弟兄们，平日对大家怎么样。兄弟都说好。龙哥就当众呵斥寨主平日只顾自个儿沉迷酒色，不思进取。兄弟们自然明白龙哥心头之意，就高呼，我们都听龙哥的。寨主见状大怒，又想出枪。龙哥抢先把寨主杀了，又把大太太和一帮子女都杀了，唯独留下二太太。当晚，龙哥和二太太进了洞房，龙哥也就成了龙爷。

此事之后，龙爷变得孤僻乖张。大家都明白，龙爷这是为兵变夺权夺妻而心里有愧。

石路养心里记挂着孝敬龙爷的事。一日，他请了假，独自回到九漈李家来。暗夜里，石路养摸着路慢慢靠近家门，发现没有什么动静，就进门直接到了后院仓库，打开暗门，取了几张银票。然后他在家里观察了情况，确认没有人。他心中猜想，那夜在竹溪滩，岳父是确实被打死了，眼下李阿妹不知去了哪里。李阿妹，是他最对不起也最放心不下的人。既然下山来，阿妹的事也要料理一下。他想阿妹最有可能被德化头哥接走了，凭借李老爷和头哥一辈子的生意交往，头哥这点情谊还是有的。要是去了德化，今生就难再遇上李阿妹了，也许阿妹会再嫁给哪个男人，生出一堆的子女来。再者可能会在县城，等待自己哪天回去找她。石路养决定去县城走一趟，探看虚实。

第二天深夜，石路养进了玉田城门。他怕遇见熟人，就头上包一个破麻袋，挽着裤脚，躲闪在街道的旮旯里。终于，他发现自家的铺子里有人，又发现张立隆和郭先生来铺子。这时他心里明白，李家出事后，是张立隆他们安置了李阿妹。他想张立隆、郭先生他们都是好人热心人，有他们照顾着，阿妹可以让自己放心。只是心里总舍不得这个在自己出走落难时收留自己的女人。想到自己再次落难，上山为匪，石路养更是心头一阵酸楚。知道了事情的结果，他就想回山上去，可是脚步却不听话，双手卡在人家的铺门柱子上，舍不得松开。他知道自己想阿妹了。

等到张立隆和郭先生出门来，石路养就远远地跟上张立隆。到张立隆家门口时，石路养叫了一声，姑丈。张立隆立即听出是石路养的声音，并没有马上应答，却是先打开家门，再回头张望一下情况，把石路养让进屋。石路养的到来让张立隆感到高兴，因为他也在设法找石路养，如今他自己回来了，自然意外且高兴，眼下，是李家最难的时候，非常需要他。

张立隆说："路养，你小子终于露面了。大家都说你上山，你这些天到底跑哪里去了？"石路养一脸阴霾："大家说对了，除了上山，我能去哪里呢？"张立隆问："那你这次回来，是为头哥做事的？带多少人来？"石路养说："就我一个人，按规矩回来拿点钱米孝敬头哥。"张立隆劝说："其实情况没有你想的那么糟，德化头哥派人来杀了几个保安队员，又托人口信吩咐我要把你找回来，撑起李家的生意，并没有要杀你的意思。"石路养说："难相信。"张立隆说："我相信。"石路养问："为什么？张立隆说，匪人见义不忘利。杀保安队员，义气上说得过去，为李家报仇出气，但与李家长期的生意合作可不能断。再说又不是你亲手故意杀人，这笔账总不能算到你头上。我相信他们需要你。"石路养觉得自己一步走错，已经没有回头路了，如今他已在山尾寨歃血盟誓了，怎么可以反悔呢？今日反悔，明日又是一场大祸要临头。人倒霉时，路怎么走都是错的。张立隆说："黄石人世代躬耕，没有上山的先例，你石路养今天被迫无奈走这条路，也是一时糊涂，怎么能长久呢！我猜想，你头哥最近一段时间都在考验你的忠心，接下来还有事让你去办。"石路养说："那是自然，走一步看一步吧。"张立隆说："你家的药材快可以收成了吧。"石路养说："论季节快了。"张立隆说："路养，你头哥一定会看中李家的药材山货，到时李家大院免不了一场枪战。路养，你我做一笔大买卖如何？"石路养说："你我有何买卖？"张立隆压低声音问路养："要做成了这笔买卖，你就可以摆脱寨主的控制，还你自由身，回家来和阿妹过日子。要不想做，你就去做你的差事，就当我没说。"石路养说："要是这样，当然要做，姑丈你是有把握的人，我信你。"

张立隆当即拿出水酒来，斟满两碗，对石路养说，山寨都有歃血盟誓，你我也要喝酒盟誓。说完，两人举杯互碰，四目对视，一仰脖子干了。这夜，酒水汩汩地流入碗中，对街的屋脊低了低头，月亮就浮上来。张立隆去灭了煤油灯盏，伸手指了指门外的月光，说就用这个不要钱的灯火了。这些天，石路养最害怕这明晃晃的月光，它就像从前肉篮子里的杀猪刀。不过，今晚遇上张立隆，他似乎又不怕了，就像小孩靠上了父母长辈，夜路走起来安心多了。

张立隆问，那现在的月亮在你眼里又像什么呢？石路养被问得语塞，他说，不像什么，一定要说一个，像枕头。

两人相视一笑，又举起酒杯对月喝了酒，并当面盟誓，自家人不说两家话，说一是一，说二是二。随后，张立隆把自己的想法和石路养作了商议，细节问题做了细化。

议毕，石路养说："这回就不见阿妹了。"张立隆说："当然不见，事成之后即可见。酒不可过量，今夜到此为止。回去的路上自己多加小心，别出什么乱子。"说完，他领着石路养随即从后门摸出去，顺过墙脚，拐出南门。

石路养涉水过了金溪，就回山上去了。

一封来自南洋的信，激起怀家的波澜。

信是一个叫黄三坡的人从南洋写来的，信中说，有个叫舒洁的人到泉州黄家村询问十几年前关于孩子黄启文的事情，并写信到南洋。这孩子的确是从贩子手里买来的，但不知道孩子的家乡在哪里，父母亲是谁。问了黄启文小时候的情况，启文的记忆很有限，只记得家里是织布的，有一座铳楼，家里有爷爷。自己的名字叫阿义。这和舒洁信中所言吻合。启文如今已是黄家儿子，但念及血缘，还是怀家子孙。认祖归宗，天经地义，何况突然失子，念想自然。可是如今远在南洋，事业初成，加上时局混乱，难以回家，只能等待时日机会，回国相见。

这封信，犹如晴天霹雳，把怀振声震得魂飞魄散。他不知道为什么会有这么一封信寄到黄石来。冥冥中，是谁从中帮忙寻找？那个黄三坡、黄启文和舒洁到底是些什么人？但从信中所言，怀振声至少有一点感到惊喜和安慰，他的长孙还活着，叫怀有义还是黄启文并不重要，即使不在身边，他还在南洋，而且还在做着什么事业，好男儿志在四方，在哪里都一样，只要活着就好。人就是这样，长久地、苦苦地追寻的东西，哪怕最低要求的实现，也是极大满足的。怀振声还想，十五年了，老天一夜间把孙子推到他面前，真的感觉到很突然。孙子如今是什么样子？不知道，大概和石有才差不多吧。除了石有才的模样，怀振声再也想不出长孙是什么样子来了。生活大抵如此，描绘未来要比守着过去难得多。翻来覆去地想，怀振声想不出孙子的模样，却想到了这件事的前因后果，最终他归结到了土堡身上，他觉得，是水莲建了土堡，回转了风水，感动了上苍，把家人送回来了。

可惜怀一民读不到这封信，儿子这些年的忧郁，一大半为的是他，现在有眉目了，应该快快把消息捎给他。于是，他把这个消息告诉儿媳杨氏，杨氏一下精神起来，一连问了几次南洋是在哪里，然后口口声声说她要去南洋接阿义。水莲赶紧劝说阿妈，别急，大伯只要活着就好，迟早会回来的。

杨氏立马准备了贡品，摆上厅堂的几桌，燃了香，对祖宗磕头跪拜，口中念念有词。水莲听到杨氏在对公公说话："一民，你去把儿子带回来。"杨氏是在告诉怀一民儿子还活着，尽早让他回家来。一连几个月，杨氏重复做着这一件事，磕完头，嘴里一直不停地念着：地藏王菩萨，地藏王菩萨。人间未能实现的事，按说是有前因该放下的，但凡人就是这样，执着地把自己强烈的愿望寄托给这尊"地狱不空、誓不为佛"的好菩萨。普通人信菩萨的好处就在这里，他不要空，他要实在的。

怀有义来信这件事，村里人知道了，大家都来祝贺怀老爷。怀玉龙也来了。怀玉龙看完信，心里便猜测到几分这事情的来由。他说："这事可能与德化头哥有关，信中说的舒洁，是德化头哥的女儿，生性泼辣，活泼大方。舒洁这个名字，如今在黄石只有石有才、石一方知道了，从前一民叔也是知道的。现在能够得上德化的关系，只有石路养了。我猜想大概是路养求了李家老爷，李家老爷求了头哥去帮忙打听，最终问询到了泉州，牵到了南洋。"怀振声觉得玉龙分析得有理，石路养还是很有心肚，记挂着这件事，这么认真去做。可惜如今石路养遇上了坎，不知道能不能跨过去。

怀玉龙说："只要大家心肚里都有家乡，心想黄石，都会回来的。"

"你说得好，心有黄石，都会回来的。"怀振声对玉龙这句话，倍加赞赏。这样说着，大家的心似乎宽了很多。

怀振声连日来一直在想着长孙怀有义现在的模样，终于想不起来，只有小时候的样子萦绕在脑海里。他有时候想问问杨氏，长孙到底会长成什么样子，但还是没有去问。后来一段日子，怀振声就想另一个问题，怀一民说自己只有两个半孩子的命，半个孩子如今有了消息，另一个孩子却断了去向。怀有义在这个时候来信了，怀有福会什么时候出现呢？人和庄稼是不是相同，庄稼在四季里轮回，人是不是也在哪里轮转呢？石路养帮着找到线索，张立隆是不是也该有一点什么消息呢？黄石的大多数男人们被张立隆找回来了，怀有福一定也能找回来，没有孙子的家，是没有生气也没有活力的。就像玉龙说的，心有黄石的人，都会回来的，眼下只有等待一件事，等着这些黄石的子孙陆续回家来。

如今能有这些好事，怀振声把它都归结到堡围的缘由上来。把家围起来，就安全了。安全了，外出的人就都回来了。家事人事的顺畅，都是堡围的功劳，堡围堵住了黄石的风水漏洞，所以怀振声心里倍加赞赏起水莲来。

寒露将至，张立隆和石路养的约定也要开场了。李家那些药材地，已经有德化派来的雇工在紧张地收割、暴晒和储藏。李家在京仙建有一个储藏山货和药材的仓库，便于水路、陆路外销。

就是这个仓库，在寒露这一天迎来了几拨人马。

先是德化的头哥，他在寒露的前几天就派来二十个团丁，连夜部署，一部分驻守在仓库里边，一部分设伏在仓库的后边，拉开保卫仓库、保卫药材、保卫生意的架势。因为德化方面早已得到消息，寒露这一天有人会来抢劫李家的山货药材。所以，面对仓库前面的路口和平坦的田地，都有开栓的枪口瞄准着。

白天一切都很安静，雇工们一边仍在紧锣密鼓地上山收割，一边把前一天的药材拿出来晒，分类把药材晒在仓库附近的平地上，到了傍晚就把药材收进仓库里。几天下来，药材基本入库了，一年的收成近在咫尺。

几天的守备，团丁们也感觉到疲乏。此时，丁首就会大声呵斥，给我睁大眼睛盯紧点。

其实在白天，除了看见白花花的太阳，什么人影也没见着。对丁首的责骂，大家都习惯了。

寒露的夜晚，天气凉了下来，甚至觉得冷气袭人。田边的野草沾满露水，月色之下，闪烁着晶莹的光影，亮闪的水珠，像眼睛，眨眨的调皮劲。搁在肩头的枪管也起了湿润，露水无声地来到团丁们的发梢、睫毛、鼻梁和脖颈上，寒意悄然而至。安静的夜晚，大家都在等待一场不安静的事情发生。

突然仓库前方的平地上有了动静，随即一声枪响，带来一只野猫的一声惨叫。又一只野猫在更远处叫唤，一阵密集的枪声响起来。丁首呵斥团丁们，别浪费子弹，头哥要的是人命，不是猫命。可怜了一个猫的家庭，它趁夜黑误闯了人间的弱肉强食场，白白殒了卿卿性命。

猫这么一引，一切布局都随之而动。随即，后山响起了枪声，驻守在仓库后边的团丁措手不及，被一队人马撂个精光。守在里屋的团丁赶紧调转方向朝后山瞄去，却看不见后山开枪的人，那些树挡住了人影。丁首有些着急，命令集中火力朝后山黑暗处狂打，像是火力侦察。渐渐地，后山没有了枪响。丁首以为后山的匪徒被解决了，正想着，又一阵子弹像冰雹一样撞击着仓库的门窗，两个团丁被透窗的子弹击中。丁首赶紧搬来药材包挡住，吩咐团丁注意观察子弹打来的方向，顺着子弹的来处射击。这一招果真奏效，对方的枪声显然稀疏了不少。

这样对峙了两个小时，后山的枪声彻底停止了，团丁们发现有两个黑影窜出树林，往县城方向溜了。这回，丁首大胆猜测，这股匪人一定是县城保安队的人。团丁们想追击，却被丁首制止了。

不管黑暗对他们有多重要，天总是要亮的。第二天，丁首清楚了昨夜的情况，自己的团丁损失十个，守在仓库后边的那几个没有准备的人，都去了阎王爷哪里报到了。保安队损失八个人，趁黑溜走了两人。

白天，丁首又赶紧组织雇工们准备行担，分两路把药材挑往十八格。一路朝溪坂暗坑到大才上后坑到尤床，折回十八格。一路朝仙峰太平桥直接到十八格。两路走，避免药材全部被匪劫。半路上，有团丁提议，防卫人手太少，分两路力量更弱，还是一路走，多几个人防卫，更安全。丁首觉得有理，要说危险，走哪一路都有危险，干脆赌一把，就走一路。

团丁多数认为要走太平桥，因为这里路近。

一行人马涉过仙峰溪，走上水尾坑陆路时，路两边响起了枪声。水尾坑两山夹一小路，团丁们就像笼中的老虎，只能干吼着，被人一枪一枪地灭了去，十个团丁直接倒在大路上。伏击的枪声停止后，山上的人下来，三十多人押着挑担的雇工回头涉过仙峰溪，往鲤鱼坑方向走去。

雇工们知道，头哥的货被劫持了。

走了将近一个小时的路程，雇工们累了，想停下来休息一会儿。匪首大声呵斥赶紧走。又走了半个小时的路程，前边是深山峡谷，荒无人烟。那些生活在密林深处的鸟，不时发出凄厉的叫声，在这荒无人烟的旮儿，它很容易让人想到危险的警示。这种氛围里，雇工和匪徒们一样，心里都感到几分害怕。一行人在过山涧独木桥时，树林里射出了密集的子弹，一时枪声大作。雇工们吓得丢了担子，直接跳到山涧里去，哭爹喊娘。匪首也当场被打死，其余的匪丁乱作一团，四下躲藏。密林里的枪像长了眼睛似的，精准地一个一个把匪丁瞄准杀了。剩下五个匪丁扔了枪跪地求饶。这时密林里的人出来了，清点了匪徒的尸体，剥了衣裳，然后命令活着的五个匪丁连同雇工，挑上担子继续前行，一路跋山涉水，到了永春福鼎村。

到了村里，雇工们才知道，这是红军的队伍。卸了行担，首长就问五个匪徒和雇工们是否愿意留下参加红军，一起打土豪，打土匪，要是不愿意，领了路费回家种田去，往后要是发现继续当土匪的，一定不饶过。几个年轻人留了下来，年长的都说家中有老母，得回家去。这些人拿了路费，被人领着，感激地出村去了。

红军队伍没有休整，连夜出击，又去攻打山尾寨。

队伍换了服装，扮成土匪的模样，几个战士还挑着空箩筐，大摇大摆地往寨子里去。望风的土匪以为自己寨里派出去的人大获全胜顺利归来，就洞开寨门，迎接队伍上山入寨。进了寨门，红军战士立即控制了哨兵，然后在哨兵的引领下，直奔龙爷住处，不费一枪一弹，一举端了山尾寨。

龙爷在不久的后来被严惩了，龙太太带着少爷回乡下老家去过百姓日子了。

石路养随龙爷的队伍参加了打劫德化林部的行动，等到林部与县城保安队火拼死伤过半之后，在仙峰溪边设下埋伏，轻而易举地抢了林部的货物。按照张立隆的设计，路养没有随队伍押送货物回山尾寨，而是寻个机会，躲在山上，待天黑后悄悄溜回县城里，去了张立隆的家。

等到第三天，张立隆才回到家里。石路养问，姑丈，情况怎样？张立隆说一切按计划进行，没有任何的疏漏，这次永春游击队大获全胜，李家的那批货物全都被游击队缴获了。

石路养说，那批货可是几百块大洋啊。张立隆听出路养的不舍，就安慰石路养说："那批货物是李家一年的收成，价值不小。你放心，游击队可不是土匪强人，他们会帮你把货物存着，那些货物还是你的。"石路养简直不敢相信有这种事。张立隆说："我们的队伍就是这样，从来不抢占穷人百姓的东西。不过，这批货放在你这儿，仅仅是值点钱，还有可能惹祸。我说路养小子，卖给红军，让它发挥大作用去。游击队那边说，这次胜利离不开玉田百姓的支持，尤其是石路养你，深入虎穴，引蛇出洞，出了大力。"石路养说："我哪有这样的本事，还不都是姑丈你的聪明。"张立隆说："这叫螳螂捕蝉，黄雀在后。"石路养问："你怎么就会想到这个计策来？"张立隆说："老百姓被他们欺压得太苦了，我只是顺手修理教训一下他们。你想啊，这些匪徒、官军哪个不想钱财，你那批货物正是炙手可热的钱财，让他们都来抢，互相残杀就是自然的事了，我就是利用他们想抢占利益的心理，我暗中通知了德化、县府的人，你带出了寨上的人，让他们三方先火拼，各自死伤之后，削弱了势力，最终让游击队来收拾他们。你家的东西自然还在我们自己人手里。这次你为玉田一方百姓的安全立功了。"

石路养说："我立功不立功无所谓，可是今后我要在哪里容身呢？龙爷知道了我在从中作祟，不派人宰我才怪呢！"张立隆笑着说："小老弟放心，你那个龙爷早就被游击队给抓了，你想啊，你带出了三十多个弟兄，山尾寨上还有多少人把守，游击队当夜就化装成寨上的人把山尾寨端了。山尾寨如今已经不是龙爷的地盘，而是游击队的根据地了。"石路养听了张立隆的介绍，觉得游击队简直是神仙附体，一夜之间就能把龙爷经营了十几二十年的地方给端了。石路养禁不住要夸说，游击队真神，那我就放心了，可是姑丈还得帮个忙。张立隆说，是不是要我和郭先生出面为你媳妇铺路搭桥啊？石路养说，你比游击队还神，我心里有什么心思，你都知道。张立隆说，明天就去邀先生去讲情。

李阿妹看见郭先生和张立隆带着石路养回家来，心里暗自有了一丝高兴，但心中的气愤仍是满满的。石路养走进铺子，愧疚、哀伤的眼神直看着阿妹，他想好好看看这些日子阿妹担当了痛楚之后的变化。阿妹接住了路养的眼神，开口就骂道，还有脸回家来，都是你惹下的事，害死了父亲，害得李家家破人亡。说完就啜泣起来。

郭先生见状就说："阿妹，谁失去亲人都不好受，石路养为这事心中羞愧不已，你看到了，他都宁愿上山为匪了。要说害，我看不是石路养，而是官军保安队害的，是官匪唯利是图，谋财害命。石路养只是想为李家传下香火，犯了孽，现今他觉得犯错误，想跑，这很正常，可是保安队的人却出枪打人，可怜李老爷命不好，走早了去。"

张立隆也劝阿妹："凡事要看远点。你老纠缠过去的事，许多事情永远过不去。李老爷死了不能复生，你就把石路养一起打死了，也招不回李老爷。现在关键是要想如何把李家的日子继续好好过下去。我和郭先生照顾你一时，照顾不了你一辈子。我们意思还是你要原谅他，让石路养回家来，撑起李家的事业生意。至于石路养为什么做错事，你小两口以后慢慢说，说清楚了，就没事了。"

阿妹缄口不说话。张立隆叫过石路养，使个眼色，要他当众向阿妹赔不是。石路养领会，走到阿妹面前说："阿妹，我给你添乱了，让你伤心了，但是这些日子我真的很想你。我只是很想要个儿子才会惹出祸端来。我给你跪下了，你原谅我吧。"

石路养一跪，让阿妹乱了方寸，转身过来扑在石路养身上放声大哭起来。张立隆和郭先生觉得差不多了，起身出门回家去了。

第二节　解聘

县府损失几个保安队的人倒是无所谓，派出的兵力不足，没有抢到那批药材，让县长一阵后悔。后来县府的人探听到山尾寨的匪徒也参与争夺药材，最终药材被红军游击队抢走，而且偷袭成功端了山尾寨，这更让县长吃了一大惊。县长认为，事情不是简单的凑巧，肯定有人从中撺掇，黄雀在后，吃了螳螂。县长密令手下暗中调查此事，他觉得弄不好能钓出一大个地下党来，这可是一大政治资本啊。

调查结果，石路养被保安队给逮捕了，关进县衙的监狱。石路养搞不明白，为什么县府会抓自己。次日，县长亲自来审讯石路养。

县长喝问，姓石的，你是共产党？石路养回，我是土匪，我不是什么共产党。县长笑了起来，好你个土匪，你明着是土匪，暗着你就是共产党。石路养大声说，县长你到底是抓土匪，还是抓共产党，要是抓共产党，你就放我出去。县长说，我问你，你是哪里的土匪，你怎么住在前街？石路养说，前些日子，保安队打死我的岳父李老爷，因事由我而起，我回不了家，就上了山尾寨，龙爷收留了我。县长说，那你怎么会回县城来？石路养说，山尾寨被端了，我就跑回来了。县长说，你家的药材怎么跑到游击队那里去了？石路养说："他们用枪抢走的，游击队不但抢了我家的药材，还灭了山寨。县府不是早要清剿土匪吗？这下好了，你们省钱省心，不费一枪一弹，人家帮你灭了去。县老爷英明神勇，连共产党都听你指挥。"

县长连忙喝断石路养的胡说八道。他审不出什么名堂，反被嘲弄让共产党帮忙灭土匪，顿时恼羞成怒，下令大刑伺候。石路养大喊冤枉。县长心里知道，这个人不是共产党，保安队搞糊涂了，既来之，则刑之。石路养只好受下这顿冤枉的皮肉之苦。

县长又下令继续查找给县府通风报信的人。县长拿出信件，对着信笺注视良久，心里渐渐浮出两类人：不是医生，就是先生。县长暗中派人到药铺诊所和学校收集笔迹字体，拿回来逐一对照，结果排除了医生。之后就把重点放在学校教师身上。他再安排人员到学校，暗中盯梢，重点发现和关注那些激进分子，一旦有事立即逮捕。

石路养被抓，学校来了盯梢的人，张立隆发觉事情有些蹊跷，他想是不是和这次计划有关系，极有可能县长折了人员又丢了药材，猜到有人从中作祟，想彻查此事。这些天，他准时到校进课堂上课，批改作业，不露一点破绽。放学后，他暗中使人送信到石牌给陈秉德老板，请他出手营救石路养。陈老板找人探了口风，知道县长想借机钓出地下党来，心中有些犹豫，但也不好拒绝，准备了打点的物品，就去县府了。

事实上，张立隆送信的事也被盯梢的盯上了。有人把这事报告给县长，县府立即派人去抓了张立隆。等陈老板到了县府，找人通报，得到的是县长不在。陈老板暗中给打点一下，下属就密告陈老板说县长知道你要来求他，故意躲着呢。陈老板似乎有些明白事态的严重，他转身去找保安队队长。保安队队长架子很大，陈老板知道怎么对付这些人，直接就把两百块大洋放到桌上。

队长见了钱就开口说话，问什么事。陈老板说，救人。

队长说，什么人？陈老板说，刚被抓的俩人。

队长说，那可是共产党。陈老板说："你怎么知道是共产党？字号写在脸上。队长大人，你救不救，不救我找县长。"说完就伸手拿回那钱袋子。

队长立即摁住："说大家一起想想办法嘛。"陈老板说："我出钱，你想办法。不然我找福州的朋友，找省参议员出面释放，倒是别丢了队长的面子。"

队长说："要等时机。你救人也不能撕了我的面子，心急吃不了热豆腐啊。"

初中的老师被抓了，校长和学生们义愤填膺，学校组织学生罢课，游行到县府门前要人。张姓的族人也见机召集了亲戚朋友，加入师生队伍中去。学生趁机向群众宣传抗日救国的道理，声讨县府草菅人命，欺压百姓。路人群众也被学生的演讲宣传鼓动，驻足倾听，加入队伍中来。一时间，县府内人头攒动，人群情绪高昂，大有星火点爆的足劲。

师生群众的到来，让县长感到愤怒和紧张。县长赶紧叫来保安队队长，下令驱逐冲击县府的队伍。保安队队长借机抱怨最近老是遭人算计，损兵折将，人手不足，难以驱赶，只是安排几个队员值守县长办公楼。声讨的队伍已经把县府围得水泄不通，师生群众强烈要求县府释放无辜的老师。

保安队队长估计着事态的发展，暗中把监狱看守调到办公楼前，防卫群众冲击，又唆使几名学生去无人看守的监狱救人。学生砸了锁，顺利救出张立隆。张立隆又去救出石路养。两人隐在游行队伍中，悄悄走了。

保安队队长见人走了，就急匆匆向县长报告说，监狱被砸，人犯跑啦！

县长自然是没有办法，只能把保安队大骂一通。队长连连点头称是。县长走到办公楼厅前，对着师生群众说："有人举报张某和石某是地下党，我们不得不暂时扣押，现在已经查明这两人的情况，他们已被释放。大家不要激动，回去吧。"校长听到张立隆被释放，就派人问清情况，证实之后，校长就动员学生返校，也劝百姓散去回家。

次日，校长被招去县府。县长请他看通风报信的条子笔迹，然后对校长说，这就是张立隆写的信，诓骗保安队去打土匪，却暗中找来山尾寨的土匪打县保安队，又撺掇共产党游击队消灭山尾寨的土匪，玩起黄雀螳螂的游戏，让保安队损兵折将十多人。"我的校长，这样的老师，像个老师吗？当老师不好好教书，却掺杂政治，损害党国利益，这样的老师应当开除，绳之以法。"校长说："我的老师哪有这么聪明？拿粉笔头的手，有这么大能耐指挥各路人马于股掌之间？再说这些天，他准时上班上课改作业，难道他有分身之术？"县长打断校长的话就骂："你这个校长当糊涂了，这个张立隆是从红区回来的，学校聘请之前没有调查他的来历，有可能他就是共产党派回来捣乱的人。地下党最善于谋划、伪装，把事情做得天衣无缝。你是省府任命的校长，你得擦亮眼睛，辨别敌我，不要让学校成了共产党的据点，你这个校长担不起这个责任的。"

"为党国效力、为省府和县府效力，自然是我的职责。"校长说，"立隆老师在学校表现很好，书教得学生喜欢，善于把读书和劳动相结合。前些年要不是他带领学生去开荒垦地，种粮种菜，学校的日子还真难过下去。学校有困难，想着法子解决，这样的老师能说他不为党国效力吗？平时，他就是跟着学生喊几声抗日救国，这也不能说他错嘛！难道县长不抗日吗？不爱国吗？"县长说："我的校长，抗日救国没有错，就怕他是共产党派来搅乱抗日救国大业。党国之大策你这个校长忘了吗？攘外必先安内。所以县府决定解聘张立隆，停了他的薪俸。"校长说："解聘老师，这要校董事会决定。县长您这样做，是不是……"县长说："是什么，不合规矩，霸道，不民主，如今时局吃紧，校董事会看不清楚的事，就由县府决定了。你回去通知校董会照此执行，别再推三阻四、节外生枝了。这样的老师存在一天，你的初中就一日不得安宁。"

面对强权，校长无奈，回校后他把解聘的消息告诉张立隆。

张立隆说："这下我给校长添麻烦了，能在初中教书三年，学到很多，感谢学校，感谢校长和老师学生。"既然是县府定下这事，看来没有回旋余地了。要是硬顶，势必招来学校与县府的矛盾冲突，要是发展到保安队介入，得不偿失，还是主动辞去。其实，这些年在初中，张立隆已经培养了可靠的人，他可以放心离开了。

张立隆被迫离开初中后，保安队长又几次来到他家里，劝他去哪里都可以，但一定要离开县城。队长说，县长在此次事件中十分没有面子，暗中还在调查收集证据，要指控你张立隆是地下党。张立隆说："我就是一个教书先生，国难当头，我在学生面前说了几句良心话，这也算是地下党？这么说，玉田满街都算是地下党了。"队长说："人心险恶，话说多了，就容易过激，过激的话就是红色的，红色的就是地下党，何况你是从红区那边回来的，常在河边走哪有不湿鞋的，浸在红酒缸里哪有不喝两口的。嘿嘿，是地下党就得……"队长比了一个杀头的手势。

张立隆说："如今没了工作，没了养家糊口的钱米，待在县城怕也是活不下去了。不用你来赶，我自己也得谋生去。伟大的党国啊，你竟然容不下一介书生，哈哈哈。"队长说，你是陈老板的朋友，我才告诉你这些，你可千万别给我说穿了。张立隆问："陈老板是你的朋友？"队长说："不怕你说笑，凡是有钱的，哪个不和县府有个交往。也许说不上朋友，但是遇事总可以有个帮衬。不瞒你说，我得点零花钱，他们省去的可是大大小小的麻烦事。"

张立隆无言，用摇头表达自己的看法。队长说："你们这些教书匠，总是愤世嫉俗，忧国忧民，依我看，忧己者，才是有福之人，忧国忧民者，终遭杀头之下场，注定坎坷，害己害家。你说我讲的对吗？你啊，到头来苦了自己，你看看，好好教书，也就没人去逼你背井离乡，这不是自找的吗？一介书生，小家的日子都忧愁不过来，无权无钱的，国家的事，你忧得过来吗？国乱如此，你忧不忧，都一样。不过又说回来，我还是挺佩服你的骨气，凭我的经验，我定然知道你是什么人。只是时局乱得很，我也不知道你们会不会成气候。老师，日后若是不幸偶遇，嘿，请高抬一下贵手。"

张立隆说："队长可别抬举我，什么你们我们的。我就是一教书匠，榜样于我的学生。不过，队长能有刚才这番话，说明你心里也是还有一点良心，只是混迹官场，泯灭了善德，不敢有作为。"队长说："谁不痛恨日本鬼子，但你想啊，一个老百姓你能有什么作为呢？你天天去游街喊口号，日本人就能自己回去？他们自明朝以来就不断在福建游荡，这些鬼子浪人，县长都无能为力，何况你和你的那些学生。南京方面对共产党在福建的行动深恶痛绝，已经派出部队四处'清剿'。帮助、支持共产党的，很快就要吃苦头了。"张立隆说："队长此言差矣。你我他都不抗日，才会有今天被日寇欺侮的日子。现如今，除了党国不抵抗，谁不抵抗？真正应该清剿的是占山为王的土匪、入侵国门的倭寇，应该清剿迫害百姓的官匪。"队长说："又说气话了不是，土匪都被收编了，成了正规部队，不必清剿了。"

张立隆本想再说点什么，但想到自己的学生和学校，便放弃了，于是说感谢队长暗中相救，县长这是要赶尽杀绝，自己只好先躲一阵，铁打的衙门流水的县长，这个县长难说什么时候就走了，我再回来，毕竟自己的家还在玉田县城里，还有妻儿老小，今后还得仰仗队长多多关照。

队长说："要这么说，哪天我也走人了，县长都像流水，何况保安队长？"张立隆说："你是本地人，就你这聪明的脑袋，你就是铁打的营盘。我想还是按照队长的安排，我自己走，找个地方讨饭去，往后要是碰到陈老板，替我谢谢他。"

辞别郭先生时，张立隆吩咐等石路养回来，一定交代他好好伺候他的田地，克制自己的脾气，不要惹得罪县府的事情。他又写了一封信请郭先生日后慢慢交给陈老板，并拜托郭先生顺便照顾家中老人，要是有过不去的事，就让怀珠花回黄石老家去。郭先生一时觉得和张立隆像是生离死别的样子，他心里知道张立隆的决心，便不问他的去处，只说人各有志，各自珍重。

张立隆说，后会有期。

石一方的伤渐渐康复了，柳花经常搀扶着他到新建的堡围上走走，动动筋骨。他看着那些枪眼，就想起自己的长子石有才，要是石有才在家，这个家一定更安全。土堡建起来，怀家得到了失散多年的长子的消息，石一方坚信终有一日也会得到有才的下落。石有旺被先生带去读书了，家里少了孩子，总是清静了太多，好像不成家的样子。

一天，石有旺突然回家来了。石一方问怎么回事。

石有旺说学校如今也乱了去，天天闹着要上街游行、下乡宣传抗日，没有个安静的地方读书，再说到了高小，书本知识深了许多，自己一看见书，就头疼，先生看得紧，就更头疼。石有旺觉得自己不是读书的料，愿意回家来帮着父亲料理席田的事。

石一方很是生气，暴口就骂石有旺没出息，还喝令马上回去学校读书去。石有旺就是拗着不肯。石一方行动不便，要不一定会拿棍棒打着他去。柳花说，孩子怕读书，就不读了。石一方又骂柳花妇人之见。郭凤也出来劝话说，石有旺怕读书，就回来，在家也可以读书，从前在上美我也教过他，就没有怕过，或许是去城里，多了许多不习惯。她说自己没什么太多的事做，可以帮有旺看看。

石一方听到郭凤要在家教有旺读书，想想也是办法，也就罢了此事。石有旺说，要是嫂子教书，自己一定好好读。于是，石有旺就留下来，在家跟着郭凤看书读书写字。

郭凤多年闲着，遇上每天都有功课等着，一时也是负担，不太习惯。还有一个大问题，高小毕竟是高小，书本知识深了，郭凤也经常力不从心，教不上来。她把这事和阿公石一方说了。石一方说，将就教吧，这石有旺天生不是读书的料，懂得算术数好钱也就行了，我们石家的田地也正需要人，将来我好好教教他种席草的事，好歹祖业也有个传人。

石有旺回家来，思想轻松多了，上课学习时，他经常悄悄地给郭凤说些学校、县城的事。郭凤觉得好听，倒过来当起学生来，听着县长、校长、前后街等等新鲜事，有时心里十分羡慕外面的生活。石有才这些年在外，也许不会受苦，弄不好被新鲜事养着呢。当孩子石良成颠着走来找母亲时，郭凤才会从遐思中回到石义堡的家中。

县城潘老板开了一家自行车出租店，很时兴。石路养就去租车并学会了骑自行车。这是新鲜事，除了几个富家子弟，还有就是保安队队长会骑车。

从前街道后街，颠簸而过，那是骑着一种优越感，大家都会抬头看着新鲜。石路养载着李阿妹上街，阿妹就是受不了旁人的眼色，后来就不坐车了。租车不是太方便，要押金什么的，挺不解气，石路养干脆自己买了一辆，从此车不离身，车停在哪里，就知道他人在哪里。当然最方便的是回家，载上阿妹回去九漈，省力省时又省事。

张立隆离开学校，不知道去了哪里，这让石路养心里很不是滋味。自己眼下的生活可是姑丈给他从土匪窝里拽回来的，安葬老爷、安置阿妹，里里外外就是一个好兄长，从监狱里出来，也是他的为人赢得师生的敬佩，解救才得以实现的，石路养打心里尊敬佩服他。现在，张立隆为了救他，被县府解聘丢了饭碗，石路养十分愧疚难过。张立隆不在城里，石路养觉得自己也该回九漈村去，把草药伺候好，不惹事，郭先生就是这么转告的。

说走就走，走前石路养去了一趟南门，送了一点生活费给怀珠花，张立隆东奔西走，可是苦了家里人。骑着自行车回到九漈家中，阿妹收拾了院子、里屋的灰尘和蜘蛛网。石路养把谷架的柱子夯实一遍，把晒盘料理干净，等着开春，把家里的田地种上希望。他想着趁早把隔壁的雇工请回来，便提着枪走出院子。

石路养去了七星洋。再次来到这个山巅，他看到这片曾经生长美丽风景的地盘，如今可是一片萧瑟的景象。自从德化的头哥告发了玉田的县长，这块地就长出让人笑话的故事。

县城成立了禁烟科，开展吸毒普查登记，省里还派了医生，帮助群众强制戒烟，挽救了不少人，但还是有一个叫范其文的，毒瘾复发，被禁烟科给毙了，杀鸡儆猴，这事对吸毒的人触动很大。石路养觉得自己也有一份罪责，没有毒源，也就没有那么多的人好上这一口，搞得家破人亡。可是罂粟绝对是财富，德化的头哥喜欢，从前山尾寨的龙爷也喜欢，玉田的县长更喜欢。

山谷的风冷冷地吹着，树林被风摇出呼呼的声响，传到耳边，石路养知道冬天已经来了。那些活着的山货，也躲进洞穴里，过起美好的生活了。不过眼前还是有一对野猪在地里悠闲着，它们在冬天到来之前，需要吃饱东西，长点膘好御寒。野猪长长的嘴巴从地表一路拱过去，像犁耙一样。地底潜藏的蚯蚓杂物，被逐一翻起来。石路养回想自己和李阿妹的冲动景象，也和野猪差不多。只不过野猪不会采集花朵来讨好自己心仪的人，它们用声音互相吸引着，一前一后，帮助这块地松土。在罂粟地，人容易冲动，不知道野猪会如何？果然，犁过几畦地，俩猪就亲近起来。石路养想，年后这对野猪该会有一群自己的孩子了。

这样想着，石路养一下觉得浑身无力。他坐下来，枕着枪，蓝天一下就走到他眼前。白云从黄石方向慢悠悠地飘来，不像风那么急。太阳看着自己的身体，让自己热乎起来。

好长一段时间，石路养在内心思考和研究孩子的事情，从吴氏、阿妹到专门请来鉴别身体的乡下女人，最终他找到了原因。这样的思考结果，让他很失自尊，但没有办法。他能做的只有对李阿妹好，更好。然后他就想如何把自己的棒子修理好，种出个种子了。他想到了药。人生病要吃药，吃了药，病就好了，这么简单的道理。但是要找谁开药呢？他突然想到水莲，水莲会看病，小孩子到她手里，没有看不好的病。生小孩的事，应该也不在话下。

石路养想回黄石，去找水莲开帖药，顺便看望长辈们，也把怀家的租金分成送过去。

阿妹是第一次到黄石，自然要去见见各家的长辈，认个路，认个脸熟。柳花夸着说话。阿妹和郭凤年龄相仿，很快就能凑在一起掏心窝子了。

石振威慨叹石路养的坎坷并终成平稳的生活。石路养却说其实自己也没什么坎坷，只是一路走来，得到许多人的帮助，让长辈们挂心，无缘报答，心中愧疚。石振威问起今后的打算。石路养说也没有什么大蓝图，就伺候好家里的田地，大风大浪折腾不起，能守住原来的生意就不错了。如果世道稳定，收成好些，准备到县城重开药材铺子。石老爷吩咐，县城人事复杂，开铺子的事还得多费心。石路养说，只有先开了铺子，才有门路，如今世道没有钱米开路，难有朋友帮衬的。

那头阿妹和郭凤也说得亲切。阿妹抱着石良成，端详着孩子的可爱。孩子不怕生，藏在陌生女人的怀里，照样大方，小手时不时摸着阿妹的乳房。阿妹内心涌起一股深刻的母爱，她情不自禁地亲亲孩子的脸。郭凤看在眼里，便说你也该去生个孩子了。阿妹一时低头不语，既而流了泪。郭凤明白她的难处，便安慰说迟早都会有的。阿妹说，石路养是没囝的命。郭凤知道问题出在石路养身上，便说早些去抓帖药吃。

当晚石家请石路养吃饭，阿妹得了老爷的红包。石老爷是把阿妹当亲戚了，第一次来，长辈是要给红包的。阿妹把事先准备好的药材孝敬石老爷。石路养说，不知道一方叔有伤，下次寄些草药补补身子。桌上，石老爷也说生孩子的事。石路养说，迟早会有的。

第二天，石路养带着李阿妹专门去怀家做客。怀老爷显得兴奋，水莲忙上了茶水，又去煮点心。阿妹跟着去帮忙烧火。

怀振声感谢石路养记挂怀家的事，四处张罗，如今有了怀有义的消息。石路养问，什么消息？怀振声说，怀有义的养父从南洋来信了。石路养也是感到意外，但自己的努力终于有了一点小小的结果，心里也是颇感安慰。他迫不及待地问信里都说什么了。怀振声把信里的内容给石路养说了，怀有义被强人抢走，又卖到泉州黄家。黄家又带怀有义下南洋，如今在南洋，一时还回不来。不过既已如此，也是缘分，只要怀有义还活着，就比什么都好。想到怀石两家先祖也是从中原南下，来到黄石肇基，好男儿志在四方。石路养说，怀老爷大量，如今有了结果，我也就不用再操心了。怀振声说："你世面见得宽，怀有义多亏你四处安插打听，往后怀有福的去处，还要你再挂心。我想怀氏先祖有灵，一定会保佑有福好好活着，就是不知道现在在哪家吃饭，身子骨也不知道怎样了。"

石路养说："怀有义的事，我只做了一半，另一半我猜想是德化方面的人做的。老爷就放心吧，怀有义十多年都能有消息，何况有福！有福的消息也是迟早的事。"怀振声叹息说："听你吉言。如今也不知道怎么了，就留不住孩子。"石路养安慰说："老爷也别想多了，现在世道，谁家没有一件两件难事？这世道不变，怕是今后还更难。还好，土堡建起来，事情也就慢慢围拢起来。要是从前有什么缺漏，现在也是围上了。老爷重要的是顾好自己的身体。"

石路养把进城开铺子的事对怀振声说了，又问起杨氏、招娣和水莲的事。怀振声说："苦了一阵，现在好些了。杨氏失夫，恍惚一段，经水莲精心照料，略有好转，得知大儿子在南洋，醒了大半个脑子。招娣到县城读书，不料被红军队伍带走了，也不知道现在如何了？没有信来，可能孩子正在路上走着呢，我就担心子弹不长眼。水莲是我唯一的寄托，她原本是来冲喜的，不曾想让她受委屈了。还好她生性刚强，挺得住，又有手艺，得邻里看有。怀家走了三个，来了一个，唉！我这把老骨头要不是水莲的精心照料，早也是走了，杨氏也没有现在的精神气。要说怀家风水有漏洞，水莲来了堵了大半，家里的事大都能理得清楚。"

石路养夸说："水莲确实能主事，京仙租地今年有了收成，今日把租金分成带来了，您看交给谁入账。"怀振声说："你交给水莲吧。"石路养说："我进城开铺子想请水莲一起去坐堂看病，请示怀老爷的意思。"怀振声说："眼下，我怀仁堡这一大家子都靠她撑着，当前是不能够。不过，你们年轻人的事情，我也不好为难，你还是和水莲去说说吧，她自己拿主意。"石路养觉得这样甚好。

阿妹这头向水莲讨药方子，水莲说自己只会看锁。阿妹很沮丧。水莲听母亲说起过，德化有方子，很神的，她劝阿妹去趟德化。

怀玉龙来请示是否召集一些人去十八格贩布。怀振声想起这些年，都是贩子来村里或者到云林来收布，没有派人出去，折了不少钱米。想到怀玉龙认识德化的林舒洁，也要当面感谢她出手帮助寻到怀有义的消息，就同意怀玉龙安排一些人再去一趟德化十八格，并吩咐怀玉龙问问石老爷，一起安排人去贩席。石振威也同意，他说停了这么些年，也该重起了，要不黄石的草席和夏布都被人忘记了。怀振声又交代怀玉龙一定要去看望徐老板，他可是好人啊。

怀玉龙在十八格多停留了几天，因为他还没有完成当面感谢的事。这个头哥的女儿，不是说见就能见到的，得等。第四天，怀玉龙在那个让石有才心惊肉跳的茶馆门口，见到了林舒洁。他赶紧前去向林舒洁问好。林舒洁听到身后有人说话，回头一看，是怀玉龙，不予理睬。怀玉龙赶紧说黄石怀家老爷有话要当面转达。林舒洁这才问说什么事。

怀玉龙自然先夸一通林小姐善心，然后才说她帮助黄石怀老爷找到长孙在南洋的消息，今日吩咐他来当面道谢。林舒洁说，不用谢了，那是我帮李家做的事，不关你黄石的事情。怀玉龙被噎得尴尬，转了脑子说，李家要感谢，林小姐更要感谢。如今怀家长孙在南洋农场里做事，还做大事呢！林舒洁听到做大事，就有了兴致，便问做什么大事。怀玉龙低着声说，抗日。林舒洁大笑起来，抗什么日？日本人跑到南洋去了？怀玉龙说，别说南洋，我们怀老爷都说要抗日。林舒洁说，日本人到黄石了？再说真到了玉田，文徽（我父亲）几天就灭掉他们。怀玉龙赶紧附和说，那是，那倒是。怀玉龙正紧张着，林舒洁问，你们那个石有才呢？怀玉龙明白这个女子心里还惦记着石有才，就如实说石有才被土匪给绑走了，至今下落不明。林舒洁并没有怀玉龙想象的那样，脸上写出许多诧异和纠结，却是轻松地说，男人被绑，也是活该。

倒是怀玉龙一脸的奇怪，这才搁了一些时间，从前那股情义就没有了，到底是土匪的女儿，铁石心肠，一面千变。要是石有才有缘分真讨了这个女人，日后怕也没有好日子过。林舒洁看见怀玉龙发呆的样子，就大声道，你黄石要感谢我的还很多，日后有心叫人当面来谢，不要吩咐一个下人来转达，我不稀罕。说完就走了。怀玉龙被奚落一回，回想她的话，觉得自己刚才的想法错了，这个铁石心肠的女人，心底是情意绵绵，石有才还是刻进她的心了。

感谢的话说到了，怀玉龙就去徐记拜访徐老板，转达了怀老爷的问候。徐老板说，你来得正好，厦门厂方发来电报说，沿海局势一天天紧张，鬼子的大船军舰停靠在厦门的外海，堵着威胁，厦门街上出现不少日本浪人，时常四处骚扰。麻纺厂、绳索厂也经常被敲诈，工厂经营环境很差，怕是撑不住了，请黄石先做好准备，说不定哪天就不要供货了。

这个消息让怀玉龙吃了一惊，他想不明白世界怎么这么小，几个日本人，竟能让海边的工厂都开不下去，让几百里外的黄石的生意受影响。这事事关重大，回去一定得向怀老爷说清楚。

回头黄石之前，怀玉龙到街上买了一些女人的东西，比如胭脂、发夹之类，因为黄石就剩下女人了。这些命苦的女人，需要一些属于她们而她们又不敢自己去买的东西，别个发夹总比绑条红绳子好，要是敢抹点胭脂粉脸，这些个女人肯定会有更多的笑容。

第三节　南洋来信

又一封来自南洋的信寄到黄石，这次是怀有义写的。收到信，怀振声满心欢喜，他看到长孙的笔迹，知道孙子是有读书受先生调教过的人。红线规划下来的蓝色纸张，就像孙子的身体，笔直挺拔。那些字目，就像长孙的眼睛，精神地看着长辈，不停地说话。纸面上，仿佛听到了南洋大海的涛声，仿佛看见孙子忙碌的身影，一个做大事让人感到自豪的身影。

杨氏问："老爷，你孙子都说些什么来着？"

"别怕，你儿子没有责怪你，他说很想念你。"怀振声一边编话安慰杨氏，一边看起信的内容，大体表达怀有义在马来西亚的永春农场里做事，得知自己原来是黄石人，心中便十分牵挂。但是，现在国内被日本人侵略，局势不稳，难以回家。南洋华侨正在四处筹集钱米，支持国民政府抗日，已经有许多爱国华侨归国入伍，参加抗日战斗。在南洋，闽南会馆在郑文炳、林彬卿、颜迥华等人的领导下，组织了"救济祖国难民委员会"，捐衣捐物捐款，钱汇到国民政府财政部。闽南会馆因而荣获国民政府主席林森亲笔题赠的"爱国爱乡"额匾的嘉奖。来信还问，老家黄石是不是也被日本人占领了？末尾，这个孙子还不忘祝福阿公、父母身体健康。

怀振声觉得信太短了，他想知道更多的关于孙子在南洋的情况。他把信笺翻过来，但是背面没有字迹。怀振声一时觉得，孙子不应该这么懒，南洋大世界，事情多了去，可以把纸囊的背面写满的，或者多写几张纸，也多费不了几个时间和邮钱。

杨氏抱怨说，孩子净说打战的事，也不说什么时候回来。怀振声却责怪杨氏说，你女人家就知道疼儿子，却不想你儿子在南洋做什么。怀有义长大了，他在做大事。杨氏说，什么大事？怀振声说，抗日，说了你也未必能明白，就是打日本人。水莲接话说，大伯能在南洋做大事，也就一定能回家来，最好带一支部队回来，把那些和日本一样的土匪都给抗掉。怀振声看着水莲，很惊异地感觉到这个孙媳妇竟然也能说出这样的话来。在怀振声心里，这样的话只有张立隆才会说，因为张立隆是红色的人。他自言自语地说，要是立隆在，他会很高兴的。

怀家的人从收到南洋的来信开始兴奋，结果大家又都觉得仅仅是一封信而已，怀有义没有现身黄石，都不能感到真正的团聚的幸福和圆满。至于信中说抗日，大家都觉得外边在打战，口里不说，心里都多了一份担心。要是不打战，也许怀有义马上就能回来。杨氏对信不再感兴趣，每日就去烧香拜佛，请菩萨保佑赶紧打完战，让儿子回家来。怀振声倒是十分期盼着能有下一封来自南洋的信寄到他的手中，而且写长一点，两张，三张，十张，最好能把这十多年的事都写清楚。

立冬前些日子，黄石来了一个戏班子。廖班主弹簧舌头，进村就知道要在黄石演戏混饭吃得找怀石两家。廖班主拿了戏折子拜访俩老爷，说黄石乃仁义之村，如今下府（闽南）沦陷过半，戏班子日子不好过，就来上府讨点饭吃。初冬得空，演上几出好戏，给村民看看，热闹热闹，祈求一下来年风调雨顺、五谷丰登。俩老爷一商量，正是土堡落成之年，借戏班子唱唱戏，也是好事。往些年也是有演戏的，大多是本县演溪坂、泰华、厚华的班子，演的是汉剧。换换口味，也许大家更愿意接受。于是，吩咐去办理，苏树三与班主讲了价钱说了定金，就在祖祠开演五天。

演戏让黄石人高兴，多年了没有听到戏，真有点久旱逢甘霖、吵耳入妙音的好感。日子这么紧，大家的心中，包括村子的心，憋闷压抑得很，更需要来点粉墨、琴声和婉转的嗓音，讲讲有状元才无状元命的故事，讲讲糟糠夫妻劳燕分飞的悲伤，看看春风得意马蹄疾的喜劲。戏里人生虽是假的，却过得舒服，甚至可以树立或者重新振奋起人们的生活理想。也许，戏就是对缺憾人生的弥补吧。怀石俩老爷能同意，开演五天，那就像过年一样。戏班子还到云林和隔壁村贴了海报，招揽更多的人来看戏凑热闹。

俩老爷也是好久没有出门，到某些个地出头露面了。头场戏，夜里启幕，他俩被请到了祖祠叠翠堂。他俩都带着重孙端坐在靠椅上。戏台柱子的两边烧起两锅松明火，火焰跳跃着，把台面照得通亮，黑色的浓烟蒸腾起来，滚着融进黑夜的胸怀，空气里弥漫着浓烈的松明燃烧的味道。就是这种光和味，很容易把大家共同的向往聚起来。

闹场过后，照例是开场戏。头天晚上以"天官赐福"大开场，全体演员化妆出场亮行头，作天赐凡间风调雨顺、国泰民安的简短表演，祭拜了先祖。后几天就以"福禄寿"小开场，祝愿五谷丰登、六畜兴旺。廖班主是个会挣钱的主，他特地安排了旦角专门为两家老爷祝寿，讨得了两个大红包。一阵花哨之后，台上挂出戏名《穆桂英挂帅》，开始了色彩鲜艳、雅俗共赏的戏会。有身份的人端坐看戏，女人扎堆在叠翠堂外围的扶楼里，叽喳说话，远远地看戏。小孩来回穿梭在大人缝隙里。再外围是成群的外村人，做着夜晚骗点小钱的吃食，比如油炸果、爆米花之类。一场戏，各有各的看点，热闹戏要居多，真正看戏的，就几个粗略懂得戏文的人。

穆桂英头戴凤冠，身穿战袍，背插令旗，手拿银枪，一步一踩地出来，气势如虹，众人喝彩。

"猛听得金鼓响画角声震，唤起我破天门壮志凌云。想当年桃花马上威风凛凛，敌血飞溅石榴裙。有生之日责当尽，寸土怎能够属于他人。番王小丑何足论，我一剑能挡百万兵。"大青衣一腔唱下来，台下便响起了掌声。再来几招转花枪、鞭马步、抚翎子，又是几阵掌声风过松林般地响起。

怀老爷侧目巡视一下，知道水莲没有来看戏。怀老爷这时的心里就在想水莲就是家里的穆桂英，他和着曲调哼着台词，显得悠哉快乐。这时，班主趁隙把几天的折子递给俩老爷过目，无非《紫金彪》《祭头巾》《程咬金娶亲》《郭子仪拜寿》《水漫金山》《春草闯堂》《陈三五娘》等等，这些都是传统保留节目，对上年纪的人来说，都看过多次，但再看也没什么意见。优秀的东西经得起重复打磨。班主说，时下上海正红一台戏《锁麟囊》，据说旦角连唱十一天。可惜今年班里没学会，要是有机会，明年到咱黄石也连着演着十来天。

石振威对班主说，有这么好的戏，当然要演，演它一个月都可以，关键要真动人好看。怀振声说，班主好智慧，相隔千里万里都知道上海那边演什么戏，真要是好，肯定得演，先拿个大概来看看，可好？廖班主赶紧说，好，好，好。一个相当于协议的事情，就这样定下来了，明年还可以来黄石演出。

鸡开始打鸣了，已是子时了，俩老爷借故起身回家休息去了。但人群还是不动，人们等待午夜的节目更生活化一些，比如打情骂俏一类。怀振声回到家，水莲已经准备好点心，端到铳楼来。怀老爷吃了些，然后对水莲说，戏班子安排的戏目不错，白天邀邀郭凤她们，也把婆婆带去看看戏，散散心。水莲应允，也好，老爷主事演戏，没去看可惜了。她嘴里这样说着，心里还是不愿意去，不是不爱看戏，而是怕看戏。到了女人堆里，难免要听说三道四，尤其在这样像过年的日子里，人们的心情放松了，最有闲心扯七聊八。她最受不了那些个长言短语，那些看似暗地里实际是明着说的话语，像针一样刺人痛。

大老远地听戏台子那边传来闹场锣鼓的声音，最契合夜晚的心情，闹中取静，水莲喜欢这样能够让自己自由地自唉自叹的时间。一个人在家里，望着黑夜，想象一切可能的事情，让哀伤让心中的渴望，甚至是欲望、丑恶的欲望都明白出来，蒸腾起来，最后结束在夜戏散场之前。水莲想，郭凤一定也是这样的心情和想法。

第三天的白天，水莲邀了郭凤，带着各自的婆婆去看戏。她们不进扶楼，只是站在人群的外围，远远地站着看，实际上并没有看到什么戏，看几个穿着戏袍的人，在台上走来走去，咿咿呀呀，腔音有些哀婉，无非也是凑个热闹而已。台上演员半中间休息的时候，水莲和郭凤她们就回家去了，她们心里想着还有一家人的午饭的事。

下午，日头短，天暗得快，水莲就没去看戏。瞅着日头出了堡门，水莲准备开始做晚饭。这时进来一个人，戴着斗笠，一身朴素的乡下女人的打扮，但干净得很，一看便有陌生之意。

女人进门就朝水莲喊，妹子。水莲随口应了一声，却不知道喊她的人是谁。

只见那人摘了斗笠，水莲这才认出这是永宁堡的少奶奶。水莲问，少奶奶，你怎么成这样呢？

卓越颖嘘一声，示意轻声说话。她低声说，我有事要找怀老爷。

水莲告知老爷看戏去了，便问要不要找他回来。既然是看戏去，自然急不得叫回来，败了雅兴，也是不尊。卓越颖就近寻个四方凳坐下来，说，免了。又问水莲石路养的情况。水莲说，石路养到九漈村去上门入赘，不在黄石。卓越颖说，有事要找石路养，九漈的路怎么走？

水莲说，她也不知道九漈的路，还是等怀老爷回来再问问吧。她停下手里的活，去为卓越颖煮了茶和点心。待客之后，又聊了两个时辰的话，怀振声回家来了。

在怀仁堡的铳楼里，卓越颖把与黄石有关的事情一五一十地说给了怀振声。怀振声最高兴的是他知道了自己孙女怀招娣的情况，又一个亲人活在自己的心中。卓越颖参加了红军，这是怀振声没有料到的。她的坎坷经历，让怀振声可怜起她来。这些年黄石的遭遇，让怀振声对红军并不反感。加上怀招娣入伍、张立隆明明暗暗的行为，他在心里对红军有一种愈发信任的感觉，这种信任是因为亲人在队伍里而产生的。这种思想立场的改变，和村长怀振兴一样，有时候，怀振声会和怀振兴顶嘴起来，当然结果都是怀振声退让，因为这时候，红色毕竟还没到明着说出口的时候。近日卓越颖来黄石要寻石路养，他没有问干什么，便答应找一个可靠的人带她过去，联络一下，比较安全。怀振声总是让人觉得善解人意。

戏场子很热闹，卓越颖禁不住要去了，站在外围凑一份热闹。夜里，卓越颖坚持要到寨尾山上宫家去住，不打扰怀老爷。

第三四天，看戏的人更多了，主要是外村来的。卖爆米花的、卖油炸果的、卖货郎的、卖花生的、卖金纸的、卖猪肉的、卖斗笠的，祠堂像一个圩场，人头攒动，来往穿梭，有序的杂乱。小孩捡一个未炸的炮仗，掂香一个一个点燃，猛地响起一声惊乍。扶楼里的女人更是叽叽喳喳不停，说着孩子、男人、家务、菜地、杂活和戏里戏外的事情。那些杂姓的后生，抵挡不住青春的力量，情不自禁地往扶楼边靠近，想着趁机和那个母亲身边的姑娘说上几句话。那些卖主大声喊着，劝说看戏的人前来掏钱。台上粉墨咿咿呀呀地唱着，把白天夜晚的空气唱得有些浑浊、有些哀伤。

这是一个自由的时间，村里外的人夹杂在一起，让身体的每个部分都放松起来。尤其是夜晚，那些女人也不一定按规矩坐在扶楼里，喜欢出来走到人群中去，在紧密的人缝里磨蹭。蒲氏就是这样，她选择外乡人多的地方去，似乎把自己的胸部、臀部都置于身外，恨不得别人趁机捞她的油水。她喜欢货郎担里的五色针线，却不从正面去看，而是从货郎的背面，让一半的乳房搭在货郎的肩胛上，问这问那。货郎也会腾出一只手从自己的腋下暗自穿过，摸上一把。蒲氏就从担里挑上衣球彩线，捏在手里，然后走开，又到了爆米花的摊子上去。

她大胆地伸手从摊子的袋子里掏一把爆米花往嘴里塞，然后和摊主搭话。摊主看着蒲氏的嗲样，丰满的身子配上一副暧昧的眼神，就知道这个女人是一粒欠爆的米花。摊主说，别太近了，小心把你一起爆成米花。蒲氏就笑着说，你敢吗？摊主说，这罐米花爆完，就爆你了。

果真一罐米花爆完，摊主就说爱撒尿，独自朝暗处去。蒲氏明白，站起身跟着去。出了人群，蒲氏蹑手蹑脚走进祠堂后山的树林里，暗里就碰上男人了，双手一张就抱住了。蒲氏往边上的大树一靠，褪了裤子，悄声说，来吧，给我一升米花。男人不说话，掏出棒子就塞，双手暗里动作得厉害。蒲氏嫌他是饿鬼，不能轻点慢点，都是你享用的。男人只管冲撞喘气，就是不说话。蒲氏和男人一起哼哼哈哈起来。这时，在他们做事不远处亮起一点火石花，然后点起一根麻秆，火光照亮一小圈黑暗地，然后又灭了。这是爆米花发出的信号。就在火光亮起的瞬间，蒲氏看清楚，爆米花男人站在不远处，而冲扎得起劲的男人好像是不认识的外村人。蒲氏一挺身把身前的男人弹出去，操起裤子，走向爆米花继续另一场快乐的米花交易。

卓越颖没有看戏的意思，却环视着这些人群的所为，她想这里还是一窝未醒的人。他们爱看穆桂英，却不知道国难当头。这样想着，忽然身后一双手把她抱住了。卓越颖一惊，正要喊叫，她的身子被转了过来，眼前的男人变成了怀一北。她想说话，怀一北说，走，别处说去。怀一北拉着卓越颖，飞走着上了寨尾山。

戏场里，故事情节自然而然地在演绎，又是子夜时分，程咬金牵着新娘的手要入洞房，锣鼓敲得热烈。俩老爷都鼓掌起来，美满的婚姻营造了祠堂上下内外暖融融的气氛。

突然一声枪响，台上的程咬金应声倒下，新娘子惊慌失措，乱了阵脚。一时台下哄声四起，乱了场面。而在寨尾山方向也响起枪声，好像打上了。

怀振声和石振威虽还镇定，心里却担心起来，正想找人问情况时，他们都感觉到身后有一杆枪顶住了脊背，看戏的人都在四处逃散，哭叫声和杂乱的脚步声传导到俩老爷的耳里，他俩知道今夜又遭劫匪了。怀振声和石振威依然端坐着。怀振声紧紧地抱住怀良富。石振威在喊石良成，大概不知道重孙去了哪里。最终，火光通明的祠堂里只剩下匪徒、俩老爷和怀良富。

怀振声说，哪路当家的兄弟光临？匪徒说，老爷别来无恙。

怀振声明白，这股匪徒应该从前来过，是德化还是杀死怀一民的那股，德化的不可能。他接过话说，老朽尚好。匪徒说，黄石好心情啊，初冬的日子就有好戏暖身子。

怀振声说："可惜被你们给坏了，大英雄程咬金死在你的枪下，人家也是挣饭吃的。你们要什么用嘴巴说，动刀动枪的，大可不必。"匪徒说，他在台上享乐，就让他永远快乐去吧。

石振威说，程咬金大英雄永远比你们快乐。身后的匪徒用力顶了一下，警告石振威别说不中听的话。怀振声说："有事找我就行，在黄石我说了算，别伤了其他老人孩子女人。你们是要粮还是要钱，开口就是。"匪徒说："我知道你们黄石怀家有钱有粮，还有一对名贵的'婴戏纹双连瓶'和'白釉黄道婆雕像'，这些下次再来向你要，今晚光临黄石，要的是人。"

怀振声问："要谁？"

匪徒说："石路养。"

怀振声一惊，双手攥紧了座椅。他心里明白，石路养和张立隆设计端了山尾寨，龙爷的余孽寻仇来了。他说，石路养是黄石人，但他住在县城。怀振声故意不说九漈的李家，要是匪徒寻仇去了县城，毕竟有保安队，好歹也是一份顾忌。匪徒说，我们找不到石路养，所以只好找老爷您了。怀振声说，你算找对了，要去哪里？但我年纪大，走不得长路，你备轿抬我去吧。匪徒说，你分明不想去，抬你太麻烦，那就换个人去吧，您的孙子如何？怀振声说，大人的恩怨关小孩什么事？匪徒说，是不关小孩的事，不过以后可以换人，换上石路养，我们就放了小孩，您放心，小孩我们会好好照顾的。怀振声几乎要窒息，孙子还在匪徒手里，如今重孙又要落入贼手。他一直在交涉着，试图延长一点时间，看看能否有什么办法化解眼前的危机。

爆米花被枪声吓瘫了，抽身就跑。蒲氏看见人群四散，明白村里遭土匪了。她没有立即离去，折身到祠堂前边的麻地里，躲着看情况。当她看见匪徒拿枪顶着俩老爷时，就知道事情不妙，立即猫身回到堡里，找水莲去。水莲在等老爷和孩子，听到枪声，本就担心，苏树三又不在，听到蒲氏的报告，便来不及细想就往祠堂奔去。

水莲心里十分慌张，走起路来，趔趄了好几回。到了祠堂，僵持的局面呈现在面前。水莲镇定一下，走进祠堂。外围的匪徒立即持枪对着水莲。水莲问，是哪路兄弟，有话好说，不要拿老人和孩子说事。匪徒看见一个年轻女子，就说来得正好，换个老人回去，留下女人和孩子走人。怀振声急了，你们土匪也不能没有规矩，怎么能拿女人和孩子说事呢？匪徒说，规矩是规矩，我们团长还需要一个压寨夫人呢。水莲心里一震，又是一个团长，不会是心里那个死男人吧。

匪徒把水莲绑了，然后把怀良富一手拽上，扬长而去。怀振声心开肝裂，大骂一声，你们这些畜生。

水莲喊道，老爷，你们回去吧。

水莲和怀良富，消失在夜幕里。

怀振声和石振威仍然端坐在靠椅上，神色疲惫。事态平静了下来，廖班主不知道从哪个角落钻出来，赶紧过来说话。怀振声说，班主让你们受惊了，你赶紧去处理一下兄弟的事。接着那些个穿着戏袍的粉墨们陆续出现，大家忙着去看程咬金。

蒲氏也回到祠堂，赶到老爷面前说话。杨氏、柳花、郭凤、石有旺、怀玉龙、怀振兴、廖毛都来了，大家忙着扶老爷回堡去。怀振声看着新建的土堡，仿佛看见水莲的身影，在关键时刻，水莲就像这土堡的堡围一样，保护起怀家来。一干人陪着，怀振声说，你们都回去吧，我需要安静一下。

杨氏知道家里又遭劫匪，一时精神又恍惚起来。石振威要留下陪着，怀振声说，年岁不饶人，都回去睡吧。蒲氏说，太太我来照顾，我在这也好煮个三餐。水莲被劫走了，家里没个做家务的女人，怀振声便同意蒲氏留下。其余人不敢再坚持，都各自回去了。

当夜，另一路匪徒却没有顺利得手。他们被怀一北的两个手下抵挡了一阵，然后攻进寨尾山。怀一北抵挡不住，手臂负伤，冲进黑夜里跑了。卓越颖裹着被子从后窗跳出，躲在五棵树后的石缝里。惊慌之中，卓越颖的脚伤了筋骨。

怀振声想起寨尾山的枪声，料定卓越颖必有情况，她来黄石找石路养，匪徒也来找石路养，其中定有蹊跷。他叫蒲氏去叫来怀玉龙等人赶紧上寨尾山去看情况。寻到凌晨，卓越颖被蒲氏背回到怀仁堡。

怀振兴得知儿子回来看戏却遭劫匪，也赶紧上山来，不见怀一北踪迹，心想肯定又是跑了，这不争气的人，凡事结果都是一走了之，让人不长脸。他吩咐廖毛料理了两个儿子的手下。邓太太哭着骂自己不该叫儿子回来看戏，要是儿子死了，自己也不活了。怀振兴骂道，整天就是儿子儿子，不就是一场戏，看什么看，这回儿子差点被你弄死了。

怀振声没有办法，次日派怀玉龙去乡里报告昨夜遭遇劫匪的事。乡长说，乡里也没有办法，只能向县府报告。蒲氏也来向怀老爷报告说，这个少奶奶是永宁堡的人，应该叫村长接回去照顾。怀振声说，永宁堡怕是不安全，暂时还是住在铳楼里，又吩咐蒲氏不可外传卓越颖回黄石的事。蒲氏怯怯地允了去。

卢迪工遇见怀玉龙，得知黄石又遭匪了，赶紧就去县城找张立隆。张立隆不在，就去找郭先生。说完事，郭先生说，先别把事情说给石路养，不然石路养的脾气一爆，就去寻仇送死。郭先生他要亲自去找一趟张立隆，想点法子救出水莲母子。

郭先生告了假，跑到永春福鼎去。张立隆离开县城，就铁了心去跟游击队做事了。辞行时不说，但是郭先生心里明了。果然，郭先生所测不错，顺利找到张立隆，并迫不及待地把黄石的事说了。张立隆赶紧把事情向游击队苏队长做了汇报，恳请队长出手救援。苏队长说，保护百姓安居乐业，就是游击队的职责，况且石路养在上次的行动中立了功，只是目前寻仇的土匪身处何方，还不知道，需要抓紧侦察，好部署营救。

几天后，侦察人员回来报告，劫匪可能是在漳平、宁洋交界地带。苏队长说，此处匪徒猖獗，群众基础较为薄弱，单靠游击队的力量不足，需要联合宁洋县府的力量一起来对付解救。苏队长便派张立隆前往武陵，联系林老板，请他出面周全宁洋县府的林县长。

张立隆请郭先生先回玉田，自己去了武陵。林老板是当地的开明绅士，对地下党的工作多予支持，没有二话就答应出面联络，并写了信派了堂兄弟和张立隆一起到宁洋拜见林县长。事情进展顺利，宁洋林县长念及时下省府大力剿匪的形势和老朋友出面相求，答应在宁洋地界阻击，并约定十天后行动。张立隆立即返回报告，游击队即可安排部署剿匪救人的计划。

回头说水莲母子的事。匪就是匪，连夜奔袭的能力特强。可是水莲母子的脚步跟不上。水莲被绑着走夜路，摔倒好几回，遍体鳞伤。孩子爱睡，匪徒们索性背着走。过了宁洋地界，一班人都疲惫了，就躲在树林里休息。又到了一处山高林密的地方，视线顿时暗了下来，又往上爬了一段石头路，渐渐眼前亮了起来。水莲想，大概土匪窝就快到了。果然，她看见了寨门，"龙头寨"。匪徒交换了暗号，寨门就开了。

水莲母子被押进寨里，转了几道门，来到大厅上。匪丁去报告说从黄石抓回两个人。

副官破口大骂手下无能，连个仇人都找不到，却抓了女人和小孩，丢人现眼。匪丁回说，石路养不在黄石，就抓个人质回来，还说在黄石碰上保安队的人，还好人少，就三个，解决了两个，溜走一个。

这时，从厅后走出一人，大家都叫团长。他说人质也好，过不了几天，黄石会来换人的。不要说该不该抓女人和小鬼，既然抓了，就好好养着，只胖不瘦，等着来换人。水莲听得清楚，自己和孩子是人质，老爷要是不拿石路养来换，就会有危险。她抬头向对团长说话，却看见一位粉艳的女人提着酒壶出来，坐在桌前，似乎要喝酒庆贺一样。

那些匪徒都是一身靛青麻布衣裳，只有团长和副官着官军的服装。水莲觉得团长有点面熟，是不是几年前那个跟随自己出嫁的林副团长？水莲一时觉得头晕，她不敢确定这个人就是那个野蛮成性的男人。定了定神，她心里盘算着如何弄清这一切紊乱事情的头绪。寨主喝了一杯酒，对手下说，把人质关起来。水莲镇定地说，且慢，寨主，也许我们认识。

寨主听了惊奇，哈哈笑起来。水莲说，你在黄石说过，你得了我的便宜，就是朋友了，说话算数。这回寨主愣了一下，细想真是说过这样的话，也得过一个女子而且是新娘的便宜。寨主看着水莲和小鬼，好像在努力回忆，然后他招手支开身边那个女人和手下，走过来问水莲："你是黄石那个新娘子？"

水莲一下泪流满面，气愤、委屈和惶恐夹杂在一起，赶着趟出来。寨主赶紧把水莲松绑，扶起来让座，又大声叫唤手下上茶上菜，挨着靠椅坐下来。

满寨的人正奇怪着。寨主却哈哈笑着："真是缘分呐，这么多年不见，不料却是手下把你给请来了。"水莲恶心他："这哪是缘分？是造孽。你睁眼说瞎话，明明是绑，还敢说请，你请，我会来吗？"寨主说："是，是，是造孽，造孽缘啊。嘿，都是我造的孽，啊！请你不来，只好抓喽，得罪了。"

水莲不想与他有过多的言语上的纠缠，但她想知道那年那事的"去脉"，她的郎君还下落不明呢。她问："林副团长，你怎么跑到山上来了？你不是县城的保安队长吗？"寨主说："如今我是寨主了，那个林副团长早被红军弄死了。至于保安队，那是我们做这行的口头禅，骗你的。从前啊，我是周师长亲戚的手下，那年共产党部队经过四十九都，把我老家的部队都打光了，我没地活，就跑到这里来了。这里风景不错，山清水秀的，我乐呵着就不想回家了，按三国那个阿斗说的，是什么来着……乐不思蜀，对，乐着呢，往后你也就住下吧，过几天好日子，准保你哪里都不想去。"

水莲说，你不是男人，你说话不算数。寨主说，我没读几天书，自然不懂算什么数，一、二、三，我算给你听。水莲不理这油腔滑调，追问那天晚上背走的小男孩如今在哪里。寨主说："噢，明白。你还想着你的新郎官啊。那个男孩，在我老家养着，也许在上学读书呢。你放心，这事我说话算数。你那个郎啊，身子骨太弱，真要是送回去，看你如狼似虎的，嘿嘿嘿，要是被你三下两下一折腾，不出三夜，就没命了。"水莲骂他不正经，她说尤溪没有你这样野蛮毫不羞耻的男人。寨主听出是老乡，就笑着说，我们是老乡，那真是孽缘啊。不过老乡也好，亲上加亲。然后又问，这孩子是你的？水莲不说话。寨主说，看这精神气、犟脾气，像是我的种。水莲回说，谁像你，谁就得去当土匪。寨主露出一丝得意的眼神："当土匪怎么了？如今这世道，就管自己吃好喝好，土匪乐得逍遥。唉，做什么事都别太认真，你留下来做压寨夫人，日子照样过得很滋润，免得整天提心吊胆。"水莲打断他的话说，你休想。

手下上了菜。寨主说，请。

水莲不客气，拉怀良富上桌吃起来。走了两天，母子俩肚子饿坏了。寨主斟了酒，端起来敬水莲，说压压惊。这时，厅后走出来一个浓艳女人，近桌就骂："寨主，这是哪来的女人？你对她这般好酒款待。"显然，这女人吃醋了。

水莲说："我是黄石人，从前认识这个林副团长，这次被寨里的人误抓到这里当人质了。"浓艳女人说："恐怕没那么简单吧。我猜恐怕已经是生儿育女的女人了。"那女人的话说得水莲气红了脸。寨主无所谓的神色，照样一副无遮无拦的嘴脸，对着女人说："你放什么屁，睡女人是我的事，不是你的事，你给我滚出去。"那浓艳女人被这么一骂，就扭捏着当众号啕大哭起来。寨主火了，拔出短枪朝屋顶放了一枪，女人吓得止了哭，一路跑回去。

听到枪声，手下一哄围上来。寨主说，没事。手下又退出去。

寨主自个喝着酒，一边端详起水莲来。水莲浑身不自在，偶尔也看一眼这个男人。寨主说，那夜暗，事急，真没有看清你的模样，今天一看真是好货色，我林开水真是三生有幸啊。水莲说，你这是该杀的，还有幸，要不是你有短枪，威胁人的命，能让你得便宜。说完话，水莲就后悔不该去接这个叫林开水的男人的话尾。林开水说，那好，今晚我再用短枪顶着你，再占一次你的好便宜。说着就把短枪拔出来。怀良富看到男人又拔枪，害怕得一头扎进母亲的怀抱里哭了。水莲说，大男人欺负小孩子，算不得本事。林开水说，既来之，则睡之，我林某是不会错失良机的，哈哈。水莲无奈，就骂，你是个不要脸的父亲。

冷不丁做了"不要脸的父亲"，林开水听得真切，这孩子是自己的种，更是十分高兴，大呼手下进厅喝酒。一时大小喽啰二十多个，乱成一片，争先恐后地喝起酒来。林开水当众宣布自己有儿子了。水莲羞愧难当，但她得忍住，她还想利用林开水，救回怀有福，解开寨里和石路养的冤仇。

一轮明月，故意挂在了窗口，张望着水莲的身心。住在山寨的上房里，水莲母子觉得清冷，觉得月亮来错了地方，这份皎洁不该到黑白不分的土匪窝里来。水莲脑海里闪现着那些个男人的脸孔，都有些模糊。月华之下，她摸着胸口问自己，属于自己的男人到底是哪一个呢？她觉得胸口有些疼，甚至怪起石路养这个鲁莽的人，自己惹下的祸端，竟然祸及黄石、祸及一个女人和孩子。想法、办法一页一页翻着，最后她担心石路养的犟脾气一发，会只身上山来，到时候乱了自己的算计。

第四节　药材

卓越颖受了伤，只好留在黄石养着。水莲不在，没法帮她疗伤，怀振声只能暗地里吩咐蒲氏去找卢迪工来，弄些草药敷着。蒲氏说，伤筋动骨一百天，少奶奶你就好好待着。怀振声怕永宁堡丢了面子，反目成仇，做出告发之类的事，就特意找来怀振兴，堵他的嘴，再由怀振兴堵了太太、廖毛的嘴。这些天，怀振声还一直想确切知道卓越颖找石路养到底是要做什么事，又不好开口问。他只好问怀招娣的事，看能否绕个弯听出点什么来。卓越颖说，怀招娣在玉田县城参加了红军队伍，转战到延平樟湖，队伍攻打福州，首长决定把后勤和宣传队由九军团带回连城。现在招娣在红军宣传队。

怀振声问，那你怎么回来黄石了？卓越颖说，我是回来了结一些事情的。

怀振声说："其实你也不必瞒我，你是部队派回来的，你放心，住在铳楼里很安全。你找石路养是要东西的，是不是？但是李家和德化的土匪有生意，怕不是那么容易。我想要是他匀一些给你是可能的，但做这事要细心周全一些，你一个姑娘家，一定小心为是。"

卓越颖对怀老爷的心地十分佩服。她说："既然老爷都知道了，我想请老爷出面帮忙一下。当然眼下，营救水莲回家是头等大事。我的腿脚行动不便，又给老爷添麻烦了。"怀振声说："最近我想了很多，这么多事情发生，不是谁命苦的事。天下缺德，百姓寝食难安啊。要说你也是命苦之人，不过你心中有追求，有追求的人，心怕是不苦的。从反对袁世凯，到落入匪窝，又参加红军队伍，你的命在不断变化。能冒着生命危险，为他人着想，我怀某甚是佩服。我想问一下，怀一北是什么队伍的？"卓越颖觉得眼前这位老人真是神奇，什么事都瞒不过他。她说，怀一北是国军保安队的。说完，她似乎明白怀老爷问话的意思：共军和国军能走到一起吗？

这让她想起昨夜的事，后悔自己太感情用事。可是这么些年的坎坷，她无法拒绝一种渴望的归宿。爱情常常在坎坷中产生，却在温饱中破裂。从呼救的电话，到半路遇上红军队伍，似乎和怀一北真是无缘了。但此次回到黄石，自己到底为什么会去看戏，说不清楚。就是这种说不清楚，让她投到怀一北的怀抱，成了永宁堡真正的少奶奶。

怀振声说："我是担心怀一北会因为你再闹出什么冤仇来。他心中痛快了，可是常常会连累别人。不过他的兵在永安，鞭长莫及，怕是没有那么快。"卓越颖说："老爷，怀一北可能很快就会回到玉田来。我想说服他把队伍带到红军那里去。"怀振声心里吃了一惊，这个卓越颖胆子够大的。他对卓越颖说："能成，对你是好事，不过我想他可没有你的坎坷，要转变怕下不了决心。你有心，也许能行，跟你一块，就不祸害人了，慢慢做吧。哎，怀一北怕没有这个命。"

石路养并不知道龙爷的余孽找他寻仇的事。从黄石回来，阿妹就一直催促着他赶紧去一趟德化赤水，去找那个郎中讨方子。临走，石路养想上一回阿妹。阿妹说，路上远，省着点体力，早去早回，药吃了精足了，好好折腾，折腾出个小子来才好。石路养听了就没了兴致，带上山货礼物和银票上赤水去了。

赤水街，又名锦水街，位于德化县九仙山麓，常年云遮雾绕，人称"雾都""天街"。相传南宋绍兴三年（1133），曾有客商在赤水街北二里的牛棚格下建店铺，但生意萧条。当时有位阴阳家陈朗盛赞此地钟灵毓秀，只嫌双髻山丙向属火，恐有火灾之虞，遂发动居民开"楼梯岭"、锁"石龟"、修"水巷"、砌"七星火"、建"德水殿"以制火邪。明隆庆年间兴建街市。曾经富庶一时，号称德化的"小上海"。财富让官匪垂涎三尺，民国以来就遭遇三次纵火打劫，无数财富付之一炬，许多商民葬身火海。

这些掌故，石路养是知道的，他此去目的明确，不是生意，而是讨到药方。讨了药方立马回家，免得惹出别的事情来。石路养的着装故意简朴一些，不提箱子不拿皮包，到了赤水街，就往有药铺的地方驻足，小心询问。终于问得一家药铺的坐堂郎中，说要开男人不育症的药方子，还得请自己的师傅。石路养问，能请到吗？郎中说，师傅今日上九仙山访友，得等上几天才会下山来。石路养问，九仙山离镇还有几里路？郎中说，大约四十里。石路养说，我上山去找师傅。郎中说："你求医心切，到山上去平静一番也未尝不可。最好先去德水殿拜拜水神，去去火，然后再上山参拜释迦牟尼，求神主保佑赐你贵子。"

石路养应答下来，心想我来求药方子，郎中却暗示我求菩萨。石路养又想，既然人家这么指点就照着去做，先是拜了德水殿里的水神，祈求水神保佑自己生个水灵灵的孩子，再徒步四十里上得九仙山，到了永安岩，参拜释迦牟尼，跪拜观音菩萨，求神仙菩萨送子到家。而后再去询问寺中的沙弥，一时忘记问郎中姓啥名谁，就说要找赤水镇上会看病开方子的师傅。还好大家都认识，就带石路养进去住持禅房拜见住持和师傅。师傅看到有人来求方子，便热情接待询问病情。石路养报了姓名，一一说了自己婚后无子的经历和痛苦的心情。师傅帮石路养把了脉，询问了石家祖上生育情况。路养又一一做了回答。之后师傅提笔写了方子，吩咐到赤水药铺去抓药。

石路养谢过师傅，掏出银票要给师傅，却被婉言拒绝，说为人送子，积善积德，这比金钱更值钱，石路养十分感动。这世道仍有菩萨心肠的人。

石路养重新回到赤水的药铺，把方子给了郎中去抓药。六包的中药，无非生地、丹参、白花蛇舌草各 15 克，丹皮、赤芍、元参、麦冬、黄柏、知母、浙贝母、萆薢各 12 克，生牡蛎 20 克等。每日 1 剂，水煎分 3 次服。又一方，川芎、红花、桃仁、甘草各 12 克，丹参、路路通、王不留行各 25 克，刘寄奴、皂角刺、炒穿山甲各 10 克，当归、牛膝各 15 克，水蛭 6 克等。每日 1 剂，水煎分 3 次服。郎中交代了用法用量，并说药是辅助，关键是要注意饮食和身体锻炼，调整情绪，少安毋躁，固本聚精，得子是迟早的事。石路养又感谢郎中，付了药钱，返身就回家了。

阿妹认真地煮着那些送子的中药。她挑选一个釉面最光滑的瓷瓮，捡来最结实耐烧的干楮木，从后山盛来洁净的山泉水，然后把药倒进瓮里，斟进山泉水，拿一张宣纸封口，盖上盖子，放在锅里慢慢地水蒸煎熬。楮木毕毕剥剥地燃烧起来，火苗跳跃着，就像一个调皮的男孩，充满热情和火力。阿妹烧着火，心里就想着孩子的到来。

石路养喝了药，阿妹就吩咐他好好在家休养些日子，不要上山去，山上野鬼邪风多。石路养不想争辩，就听话都在家里吃药养着。阿妹还说药不吃完，就不让路养碰自己的身子。石路养听了爱笑。

六帖中药进了石路养的肚子后，阿妹就问路养感觉如何。石路养说也没有什么新感觉。阿妹说，药还没有起性子，还得再等等。

几天后，路养说身子烧热。阿妹觉得时候到来，就依了。石路养依然连续整得阿妹腿软心麻喊不敢。石路养躺在阿妹身边，聊起去德化求药的经历。阿妹说你这次去心诚，菩萨会保佑我们的，要是生出个儿子来，你还要再去德化赤水，感谢水神和菩萨。石路养说应该。

现在的年，真是一年不如一年热闹。怀家的女儿两三年没回家了。怀振声没有怪她们失礼，只是觉得路途不安全，万一遇见个缺钱缺心眼的，不值，不来也是对的。他心里特别记挂着聚贤里的妹妹和那个外甥，常说起他们，现在也不知道什么情况。但他相信郑冠中书肯定读得好，这个男孩的前途一定是光明的。他坚信，不论世道怎么转变，读书的事不变。有时候，他会想做生意人家孩子读书的事情，到底是龙生龙、凤生凤，做生意的，教出来的孩子大抵跑不出生意场，要成为真正的读书人，不容易。卢迪工俩孩子整天凑在草药堆里，多少认得一些药名、药理，今后也只能是子承父业了。自己的孙子，多磨难，但愿他们都是读书人，一辈子做个先生，或者读书读到大地方去，过上等的安稳日子。这祖宗遗留之地，就让自己守着吧，能守多久算多久。

年过了，石一方的伤完全康复了，他经常到自己的席坊和席草地里去转悠。石有旺虽不爱读书，做点农活的事还算上手，农事料理得妥帖，当然离不开石一方的教导。石有旺的成长，让他想到长子石有才。而且，最近柳莲说她发现郭凤和石有旺好像很亲密，许多时候拿着书本教书识字，却经常说说笑笑，他老担心生出乱子来。所以，石一方决定亲自出门，去找石有才回来。石振威本是反对的，但看到儿子的决心，便不阻拦，只是交代外头乱，自己小心，多带点钱米应急。

石一方沿着当年自己被抓的路线，一村一乡地找去。确有一些信息，最终找到了三宝。三宝地方大，人多，线索就自然断了。所以他猜想，石有才一定是在三宝或者附近地带。他探听到了天宝岩、大竹林一带，人迹罕至，有一股强人在山上活动。他最担心的就是石有才走投无路跟着去上山为匪。三宝本地也有匪首高云飞，他花了重金请人去问高当家的，结果却是不知道有此人落草。也许石有才确实太普通平凡了，或者道上有规矩不宜透露里中的人和事。

这一圈下来，已经花去他半年的时间，钱米也差不多了，心力也憔悴了。石一方只好回老家去。到了玉田县城，他已是精疲力竭，找一个客栈住了一夜，再也没有醒来。

让亲人好找的石有才，此时正带着一班兄弟赶往三宝。一事，与另一事，不会因为血缘而遇见，人生更多的是擦肩而过、平行而动。石有才是准备联合高云飞一起攻打玉田县城。这是他梦寐以求的战斗，因为自己的落草，就是因为县保安队的人陷害的。

石有才现在是大竹林王大仁部的干将。初上山时，王大当家的考验他，按规矩要做一件孝顺头哥的事情。石有才说，做什么事都可以。王大仁派他去青水把自己的情敌武三场人头提回来。一言既出，驷马难追。石有才领命而去。他装扮成药商，骑着马到了青水街，选了上等房住下。几天后又扮成测字先生，出门在街上摆摊，吸引了许多人。武家太太听说街上来了个测字先生，便带着孩子来凑热闹。石有才看到此女面貌不俗，心里便知几分说法。

石有才问要测什么字，写一个来。女人说自己不会写字。石有才说，女人靠男人，你就说你男人姓什么就行了。女人说，姓武。石有才煞有介事地掐着算着，最后说，太太，瞧你面容姣好，可是近期怕有不测。女人惊问，会出什么事？石有才说，也不算什么大事，只是你的面容，对武老爷来说，那是明日黄花，可是对别人来说，那是春朝带露，可能会有小麻烦。女人问，那有什么解法？石有才说，我得好好算算，下午你只身到青水客栈来取解法符，烧了就过了。就这样，石有才用一小碗烧符纸的水把武太太给麻醉了，装进药箱，当日就进山讨赏去了。

王大仁看见石有才几天就回来，就问，事情办妥了。石有才回，十分妥帖。当家的问，人头呢？石有才走进当家的附耳说，赶紧回房去，人头还活着，眼睛和小嘴还眨着呢。王大仁大惊，石有才拉着当家的回房去。王大仁没有看见情敌的人头，却看见自己心仪的美人，躺在自己的床上，一时大悦。他对石有才说，你小子，不错，可你还是没有完成任务。

石有才说："当家的，你要的是美人，不是仇恨。如今大活人来到你身边，你还恨什么呢？"王大仁摸摸脑壳，笑哈哈地说："说得好，做得对。"

不久，石有才当上了二当家，并娶了王大仁的妹妹，实权了得。

武家丢了太太，四处打听，得知被山匪抢了去，便向县府告状，并愿意出钱，请兵剿匪。于是，县府派了怀一北领兵进山清剿。

山上得知官兵来剿，断定是青水武家前来报仇。王大仁便叫石有才去摆平。石有才沉思了两个时辰，给大当家的汇报自己的阻击方案。他说，自己前去二十里仙鹤山处阻击，那里两边高山，中间一条路，可谓万夫莫开之地，是最好的消灭地点，要是官兵火力强大，一时阻击不了，大当家的组织人马在天宝岩下进行二次阻击，定能完全消灭官军。

大当家的对阻击方案没有异议，但他交代说："对官军，有个态度就好，不必说到消灭这个程度，毕竟与官交恶，没有什么好处。最好能在仙鹤山摆摆石头阵，让官军自个掉头回城去。兵书都说了，什么是上策来着？走为上，让敌人自己走吧。三芽，你去看看《孙子兵法》，上策是什么来着？"

怀一北的人马不熟地形，加上路途劳顿，又一味莽撞，就在仙鹤山就被两边山上的滚石打得落花流水。结果，怀一北被活捉。石有才收兵在上坪过夜。手下来报告说，俘虏口出狂言，打搅睡觉，干脆毙了。石有才打了胜仗，一时兴起，倒想看看官军首领是如何口出狂言，于是下令把人带到住处来。这一看，石有才和怀一北都吓了一跳。怀一北急着想说点什么，却被石有才刮了一巴掌，立即制止了。石有才说，你想活命，最好不说话。

怀一北会意。石有才当众又说："县府的长官，真是对不起，我们做这行的就是这个脾气。大家回去睡觉吧，我想单独和县府的长官说话，以图将来，这也是大当家的吩咐。"众人退出。他俩互相简短说了各自的情况，也是悲叹一回。末了，石有才托付一些内心事给怀一北。

当夜，石有才招集手下，宣布自己的决定，那就是把这个官军首领和俘虏连夜放了。

大家不解，都说解了官军首领回去找大当家的领赏，今夜放了，空手回去，大家都要去喝西北风了。石有才说，放了官军首领，这首先是大当家的吩咐，咱们山寨不与官家结怨，我们想过安稳日子，有吃有喝就行，不必得罪县府。今日一战，我们靠地利赢得痛快，可是花无百日红，县府再派大部队来，在山外长时间围着，我们可就不一定有好日子过了。这个人很重要，放他回去，也算是我们对县府的一个意思，井水不犯河水，是我们山寨需要的。大伙看如何？

大家对二当家的意见不敢说什么，也觉得有理。石有才说，大家都同意，回寨就不能多嘴了。于是他吩咐手下备一匹马，把怀一北连夜送回去。谁能想到，自己活捉了自己心中的偶像，这太不可思议了。这种感觉，太难受了。另外，这么多年在外，还是第一次遇见黄石的人，若不是兵戎相见，或许要备下大宴席，醉上三天三夜才作罢。人在外，最怕无亲友。

卓越颖伤好转了，已是一个多月后的事情了。怀振声派苏树三带她去九漈见石路养。她扮了蒲氏的样相，障了人眼，趁黄昏，秘密到了九漈。苏树三把卓越颖来意和事情说了，也把怀老爷的意思说了。石路养看了看眼前这个女子，眉清目秀的，竟然也干地下党，心想地下党到底是什么魔力，吸引那么多人去。可是，事情并没有那么容易，年底前，自家的药材和山货，德化方面刚派人来取走了，现在家里只有一点零星家用的。但想到是怀老爷介绍来的，也不好全部拒绝，便说："现在季节不对，要不等年底，我掖着一些给你，我们李家长期和德化做生意，每年的量他们都知道的。我给了你，我就得没命，红军同志，你能明白吗？"卓越颖说："能明白。其实我也不是全为这点药，我希望老百姓能明白更多的道理，分清美丑对错，尽力支持我们的事业。"

这下，轮到石路养说明白了。

苏树三把土匪抓走水莲母子的事说给石路养。石路养说："都是我惹下的祸，不知道是哪里的土匪？苏树三说，老爷吩咐，你脾气犟燥，营救的事已经交代郭先生和张立隆，你就不要冲动插手了，你一冲动，反倒会添乱。卓越颖问，那夜的土匪到黄石，是为了你吗？石路养说，也是四八三二凑巧了，我和立隆姑丈一起把山尾寨的龙爷给一锅端了，剩下个把命大的人，就纠集弟兄来找我报仇了。真是，他们把仇报到黄石老家人身上去了，也害得水莲母子被抓上山受苦去。他们要的是我的命，怀老爷却不让我插手，这怎么能行呢？"

"这么说你已经事实参加了革命，并且为革命做出了贡献。剿灭土匪，就是为老百姓创造安稳日子。你看，水莲她们、你立隆姑丈他们，为了你不顾自己的安危，这只有我们的队伍才能做得到，县府官兵土匪是做不到的，这一点我最有发言权，从白军到红军，我从心里明白。这么多年，玉田周围有多少土匪，县府不闻不问，他们哪管老百姓的日子啊。就说黄石，从前太平安稳，这些年都乱了秩序。怀老爷昨天还跟我说他的体会，他说不是谁的命苦，是这个世道太乱、天下太缺德。"卓越颖一口气说了好多话，她想把石路养说明白。

石路养觉得卓越颖话说得好，听得舒爽，心里便下了决心，要支持她们的队伍。石路养说："你大老远来，也是有任务，我家里一点零星加上县城铺子的底货，你一起带走吧。不过路上不安全，你最好想周全了，再取货。"卓越颖说："我这次只是探路，货齐了，会有人来取。希望石路养兄弟多帮忙。"石路养说："如此，年底多给你一些，凑足一车。"卓越颖说："也好，往后多为我们种植一些。价钱我们不会亏待你的。"石路养说："最好你去找一下立隆姑丈，上回还有一批货留在永春游击队，量不小，立隆姑丈说值得上几百大洋。不过不知道立隆姑丈现在哪里？"苏树三说："可以去找郭先生，他准知道。"又笑着对石路养说："这些年你活脱脱变成一个生意人，三句话不离价钱，我倒是劝你，这世间一定有比钱更重要的东西。"

被苏树三这么一说，石路养真觉得不好意思起来。

卓越颖和苏树三走了。石路养继续料理他生孩子的事。

石路养每天看着阿妹的肚子，但总是不见动静。

院子里，一只公鸡压着母鸡做事。公鸡用嘴揻着母鸡的头，用爪压着母鸡的身子，母鸡不得不把尾巴翘起来，公鸡就适时地给母鸡配了种。过不了多久，它们就会有蛋落窝。公鸡大摇大摆的姿势，让石路养觉得这是对他的挑战。他伸出一只脚狠狠地踢出去，公鸡一声惨叫，扑腾着逃走。

阿妹说，不然你再去一趟德化，再抓两帖药回来吃。

石路养觉得有道理，药力不足也是可能。为什么这种事偏偏摊上了自己，要是换了杀人越货还更体面些，人生真是无常，即使自己年纪不大，但足够让自己有深刻的体会，自己还不如一只公鸡。他内心相信，这只公鸡做完事，在不久的将来，母鸡就会下成窝的蛋，然后孵出一排的鸡儿子。因为这种事，石路养丧失了许多信心，也荒废了不少生意。人若是无后，不仅不孝，而且会让钱米变成最没有用的东西。药材有下人照料着，山货明显货源不足，石路养已经懒得上山去猎杀了。有时候，石路养会觉得就因为猎杀太多的山货，山神才让自己没有后代。这种因果，让人害怕。那么，假如自己戒了猎杀的事，是不是山神能放过呢？他想起在黄石村时石一方让他去抓狐狸的事，他担心早前真是被狐狸精陷害了。

阿妹问，苏树三带来的女人是干什么的？

石路养说，买药材的。

阿妹提醒石路养对买药材的人要多加小心，她从前听父亲说过，药材卖给部队的人，很危险的。石路养回说知道了，又劝阿妹，女人家不要瞎操心。

说到药材，石路养心里不免气愤。德化派人来取一年的货，是想搞一次药材山货贸易。但李家存货确实很有限，为此德化很不满意，甚至责问石路养怎么回事。李老爷不在了，本希望年轻人能胜过长辈，不曾想一代不如一代。头哥的副官说话架势很大，说得路养头皮发麻。还好有阿妹出面说话，把事给化了。"凡事都有年份，谁也没有办法一辈子顺利，今年货物缺了些，明年补上。"阿妹说，"我李家不在乎那些钱米，我李家缺的不是钱米，你们知道吗？"阿妹是在为石路养解围，女人往往在关键的时刻，会把一身的温柔化作刚强，勇敢得让人难以置信，让强硬的男人虚去一半的功力。

副官说："李家小姐，胆识过人。你李家缺什么是你自己的事。李家和头哥几十年的生意来往也得照顾到，年份的事我理解，但不能年年都是年份的事。今个，我把李家的存货都带走，祝福明年有个好收成。"石路养知道头哥的副官不满意的就是没有罂粟熬出的琼浆，那可是哗啦啦的财根子。货物搬走了，石路养觉得一年的事情就结束了。但不曾想，烦恼的事，像拉稀肚，接二连三，没完没了。阿妹劝说，你得提起精神，也许是我的事情。该做什么去做什么。整天这样整着，不见得就有用。心放宽些，缘分到了，自然就有。石路养说，和孩子也要有缘吗？人家可是一枪一个地生，我就是窝囊。阿妹说，你想不开，还有谁能帮你想开呢？也许是李家的风水注定，别什么事都往自己身上揽。石路养被阿妹说得流泪，他觉得此时除了眼泪，没有更好的方式能够表达自己的感动。他说："阿妹，不仅仅是孩子的事，前些日子，人家找我寻仇，却寻到黄石去了，把水莲母子抓去当了人质，怀老爷交代不能乱动，也不知道立隆姑丈他们现在救人救得怎么样了？"

阿妹得知此事，也禁不住流了眼泪，长叹匪人多作孽，世道无公心。

水莲母子在寨上住了几天，心里总是担心。夜晚的来临，水莲最怕那个林开水会莽撞进屋。可是几天了，林开水很安静。这又让水莲没有接触的机会，无法把事情讲清楚。这样耗着，更不是办法，水莲决定豁出去，主动去找寨主说事去。

议事厅里，林开水还是一副匪徒的德行，坐在靠椅上和女人喝酒。看见水莲出来，林开水问，有事？水莲点头。林开水就支开那浓艳女人，然后问，什么事？水莲说："你是男人，又是寨主，你得兑现你说过的话。"林开水说："我是土匪，没有让弟兄们吃你的响铃面，没叫你尝尝枭水的味道，就不错了……你想念你的新郎了，我告诉你，他好好的，在我老家养病读书。我说过病好了，就给你送回去，可如今不是还病着吗？"水莲问："怀有福到底得了什么病？"林开水说："我老娘知道，你说老人家就是奇怪，你那个小夫君到了我家，我老娘像捡到一个孙子一样，疼得要命。说实话，我早想把人给你送回去，可是老娘不肯，你说怎么办？"水莲心想这臭男人又是找借口，于是就说："林开水，你留住有福到底什么用意？"林开水摇头说："没有用意，要是有用意，我早就敲诈你黄石的财富了。时隔这么多年，我敲过你家的东西吗？没有，真的没有用意。"

水莲想起张立隆说的这土匪抢人抓去卖给老板当苦力挣钱，林开水一定是留一手，万一东窗事发，至少还有怀有福这个人质可以当筹码，抵挡一关，真是可恶之人。于是水莲试探说，你抓的那些个黄石男人，都已经被解救回家去了。

"都回去了？回去了就好。"林开水听了果然神情紧张，倏地又恢复了镇定。

水莲说，都回去了，不过你放心，钱你也挣到了，没人会再去搅那些昧良心的丑事。林开水问，你们怎么找得到那些男人呢？水莲说，我们黄石从来以仁义之心待人，朋友遍玉田，自然有人给消息、引路子。林开水自言自语地说，这些个有钱人，真是嫌钱多烫手了。水莲说，这和买苦力的老板无关，你别疑神疑鬼的，这样你又多了一个仇人。林开水说："做土匪的，仇人倒是不怕多，仇人多了好死。好吧，就相信你一回。"水莲说："那你可以把怀有福送回黄石了。"林开水说："把怀有福还给你，得有条件。条件，就是你和儿子留下来。"水莲一听就火，大声地责问说："凭什么我们要留下？"林开水笑呵呵地说："凭你是我的女人，你和那个怀有福没有任何关系，再说这种子也是我播的，我的儿子自然是我自己养，难道还要那小子来养，你放心我不放心。再说，要是把怀有福送回去，你的麻烦就大了，他不会接受你这个新娘子的，一个男人谁会接受被人家睡过的女人呢？那绿帽子要是戴上，就得戴一辈子，谁都受不了。"水莲果断地说："那是我家的事，怀有福是我的男人，孩子是我的孩子。这人要是放在你这里，一辈子都要顶着土匪的骂名，这比戴绿帽子还要遭罪，被子孙后代唾弃。再说，哪来的绿帽子，那是你这个土匪强迫我的，拿着枪逼得，我们夫妻的感情是清白的。"林开水说："看样子留不下你，那儿子我是要定了。要不这么着，儿子换你的新郎。"说完，他把短枪抓起重重地摔在桌面上，提醒水莲，这是不可商量的事，就这么定下了。

水莲心想，眼下不能硬顶，先这样吧，儿子留在这里，总比夫君被人扣住强。况且怀良富确实是他的儿子，留在这里，无非改个姓。要真是这样，这段孽缘算是了结了。但作为母亲，还是一万个不愿意，怀老爷可是把他当作亲出的。洪水总要有一个出口，就让怀良富去决这个出口吧。

林开水端了一杯酒说，喝了这杯酒，就把新郎还给你。水莲接了酒杯，咪一口，放在桌上。林开水说，夜迟了，回去睡了。

水莲说，还有事。林开水说，不是说好了，还有什么事？

水莲说，你和石路养素不相识，为何给冤仇上了？

林开水说："嗨，这不是我的冤仇，是我手下副官的仇。他从前是山尾寨龙爷的手下，因为石路养上山入伙，后来又被石路养设计，全寨被端了，剩下这个余孽，刚好生病在家里，所以活了下来。他怀恨在心，和这个小子仇恨上了。不过我得感谢我的手下，这一仇恨，把你和儿子给送到我家来了，哈哈。世间说不清楚的事，还真不少，但这么巧的事真不多。"

水莲说："冤家宜解不宜结，不关你的事，你却纵容手下去做，你算是男人、寨主吗？你得出面劝劝手下，把这桩莫须有的冤仇了了。"林开水说："哪有这么简单？兄弟的冤仇永远都难解开的，这就是男人，他要的不是别的，是面子，是气顺。心里憋气，他们宁愿去死，我这个当家的，总不能让我的弟兄们天天憋着气，那谁为我卖命？我从前强要了你，你至今都心里有气，何况他们？"

水莲一时想不出话来说。林开水说，你看是不是这个道理？水莲说，不论我放不放过你从前犯下的事，你都得出面平息寨里和石路养的冤仇。林开水面带微笑："这是车船两路的事，不搭边。再说，石路养是你什么人，你如此卖命？"水莲镇定地说："石路养是我黄石村的人。"林开水问："仅此而已，没有别的？"水莲说："还能有别的？"林开水说："要是这样，佩服，佩服。不过此事没有商量，还是请他自己来了断，你就别费心了。我看大家都睡觉去吧，说这些事，我嫌烦。"

又是一夜的担心。窗外是无垠的月华，像飘柔的纱布，覆盖在远山大地上。山寨离黄石有多远，水莲感觉不出来。闭上双眼，水莲仿佛即刻就能回到土堡之内，那里才是她的家。

第五节　解救人质

　　张立隆约定的十天时间快到了。苏队长还没有拿定作战方案，因为这次不是单纯的解决土匪问题，还要确保人质的安全。龙头寨，地势陡峭，易守难攻。游击队派出多拨侦查员，对实地进行侦查，选定火力掩护地点、阻击地点，安排了正面进攻、侧面攻击和山寨后门阻击的人手、地点和线路，充分考虑了各种可能，确保万无一失。可是，苏队长还是不放心，怕万一有闪失，土匪撕了票，人质不安全。队长征求大家意见，有无更为周全的办法。张立隆说，要确保水莲母子的安全，就必须要有自己的人先行进入寨里，寻找机会把母子保护在寨里一个安全的地方，并在游击队进攻之时，作为内应，减小进寨的难度。

　　苏队长说这个主意好，但是要有什么人以什么方式进寨呢？那些土匪不是傻瓜，陌生人进寨谈何容易？张立隆想到两个方案。一是找人选假扮国民党军官，到山寨联合土匪，但文书难以真实，容易引起怀疑，坏了部署。当然匪徒不一定就要买官军的账。二是找个人选假扮石路养上山承担责任，把那批药材献给寨主，吸引匪徒出寨门，趁机消灭。或者假扮挑夫，把药材搬进寨里，武力解决，救出水莲母子。

　　苏队长认为这都是好办法，但还得具体细致安排一下，两个方案比较起来，他主张选择第二个，容易实施，这批土匪应该没有人认识石路养，扮起来简单，另外寨上要的就是石路养，而不是水莲母子，仇人换人质，不会被怀疑。目前重要的是，要掌握水莲母子的住处，设法让她们单独在房间里，避免被匪徒临时再扣为人质，生出意外。

　　于是，苏队长又派出人手，设法观察水莲母子在寨里的准确活动方位，好安排人员火力控制匪徒接近。张立隆觉得队长的考虑已经很周全，一切只能到现场再见机行事。

　　水莲也在盘算如何从寨里跑出去，最终她选中了林开水身边那个浓艳的女人，同样是女人，水莲觉得利用女人的心理最有希望摆脱山寨的围困。水莲寻机接近那个浓艳的女人。水莲发现，她浓艳的脸蛋上长满痤疮，每天清晨她都跑到寨墙上，拿回夜间装露水的盆子，大概是用露水洗脸。女人要讨男人欢心真是不容易，满脸的痘痘，寨主看了恶心，自然要用浓妆来粉饰，粉饰厚了，那些痘痘可难受了，越发起了炎症。水莲觉得要是治好她的脸，她一定会帮忙。于是，选择林开水酒醉睡觉的时候，水莲敲开那女人的门。

女人开门看见是水莲，很是高傲又生气地问，活得不耐烦了是不是？水莲不为所怒，依然客气地说，夫人，我有事相求。女人说，你想跑啊？水莲莞尔一笑，说，我跑了，对你有好处。

那女人的内心被水莲的这句话击中了。她想，这新来的女人细皮嫩肉，寨主已经是垂涎三尺，若是长久在寨里待着，寨主迟早会把自己给甩了。于是，女人换了脸色，带着蔑视的神情对水莲说，那你跑啊。水莲说，没有夫人的帮忙，我跑不了。夫人得意地说，为什么要帮你，寨主对你可是像情人，很热情，你留下来伺候寨主，享尽荣华富贵不好吗？水莲说："夫人说笑了，我是被这里的人强抢上来的，我哪愿意留下伺候人？我愿意帮夫人做一件事，让夫人心情愉快，美丽动人，到时寨主就迷上你一人，荣华富贵本该属于你的，夫人。"

夫人心里似乎早就明白水莲说的是自己脸蛋的事，这女人眼睛尖得很。此时，她最关心的是水莲能保证治好她的脸。水莲说自己打小学过一些药方，如今夫人刚好用得上。夫人听了，心情果然缓和多了，好像这话语就是一帖药。于是，夫人急忙问水莲什么药方，赶紧拿来。水莲说，开方子得先把脉，看清楚夫人脸上得的痤疮是什么病因而来。

夫人主动坐下来，伸出手来让水莲把脉。水莲观察着夫人脸上痤疮的分布和红肿情况，又请夫人张嘴看了舌苔，断定这病是由肺胃蕴热上炎，复感外界毒邪，热毒相结，蕴于面部皮肤引起。其症为面部有散在丘疹，以小脓疮为主，周围常有红晕，自觉疼痛，严重时猩红肿痛，伴有发热，舌红苔燥等。水莲对夫人说，夫人平日伺候寨主，喝酒辛辣过多，肺胃燥结，中焦积热，郁于面部皮肤而致，当用清热解毒法。

夫人听得入神，觉得眼前的这个寨主都客气对待的女人并不是那么可怕可恨，甚至觉得很合心，像姐妹一样。这人不简单，一摸脉，就诊得出病因。她问水莲叫什么名字。水莲回了。夫人说："水莲妹妹，赶紧给姐姐开个方子，我可等急了。自从上了寨，我的脸就没有省心过，从前寨主爱亲我的脸，现在看都懒得看了。"水莲笑了说："夫人很是在意寨主爱恋的。"夫人说，女人就是这个命，没有男人撑腰，女人就是折了腿脚，没了滋润，干活着，也是没有好日子过。说完，夫人似乎红了眼眶。水莲想这个看起来凶蛮的女人，一定也是有一段不为人知的不幸。水莲说，姐姐也有难过的地方？夫人说，都是女人，也没有什么可以隐瞒的，上山这么些日子，没有一个说话的人。水莲说，有话，您愿意就跟我说说，憋着郁气，不利身体。

女人说起了自己上山的经历。原来夫人名叫曾雅茹，是宁洋县老街一个杂货店老板的女儿。宁洋特产很多，红菇、凤鸭、明笋干、野生梨菇、苦笋、水仙茶等等。靠着山货生意，父亲积攒了一些钱，母亲早逝，父亲又娶了马氏丽花，生下弟弟。马氏对曾雅茹不好，逼着她早日出嫁。父亲把她许给一个布店赖老板的儿子，可是那个男人却是个瘸子，脾气又很坏，新婚之日，还跑去嫖青楼女子。喜宴摆着，却看不到新郎，让曾雅茹十分难堪。赖老爷派人从青楼里把儿子拽回来，新郎进门就入了洞房，抓起新娘就干，那只瘸腿蹬得雅茹掉了一层皮。在雅茹看来，这个男人就是一个变态的无赖。后来林开水带人去宁洋，抢了货物，也把曾雅茹抢上山了。雅茹觉得上山起码不恶心，上山和男人睡觉起码没有瘸脚来蹬，她害怕的就是那只瘸腿的蹬。末了，自然也是叹息一番，嫁给无赖和嫁给土匪，那都是无法挣脱的命。

水莲说，姐姐也是命蹇多舛之人，女人啊，最终不都得靠男人吗。夫人说，你可别和我抢男人啊。水莲说，我不和你抢，夫人可是说好了，你得帮我出去，我出去了，寨主就是你一人的了。夫人说，等有时机，我会帮你的。水莲说，夫人你记好草药名，金银花、野菊花、蒲公英、紫花地丁、紫背天葵，煎水喝下，一日即可见效。

夫人说，这我记不住，我叫副官来。

副官来到夫人的房外，看见水莲在这里，感到惊异，站在门口不进门。

夫人说你进来帮我记药名。水莲对着副官又说了两遍方子里的药名。副官说记住了。夫人说光记住哪行，还得给我把药采回来。副官说，我不认识这些草，叫我去采，可难为我了。

水莲懒得看见副官的神色，便起身走出房间。随后夫人的房间门被关上了。水莲心想，这夫人也不是省油的灯，她必定和副官有染。林开水，这个似乎不可一世的寨主也是戴绿帽子的料。

次日，夫人和副官来到水莲的房间门口。夫人说，水莲，寨主吩咐要你亲自上山去采药。水莲说，行，不过有一味药不好找，要花点时间。夫人说，妹妹你给我采全了回来，我派副官和三个弟兄陪你去。水莲说，谢谢夫人周全，这么多人陪着，我怕受不起。

于是，一干人出了山寨后门，进山寻药去了。

大山的胸怀就像母亲。进得山去，水莲觉得自在起来，虽然初冬的天气显得冷一些，但是林间的空气十分清新，不像山寨房间里的那么霉味浑浊。在山路上舒展着腿脚，让人畅快。副官和三个匪徒寸步不离地跟着。水莲觉得讨厌，也不放心。这些野惯了的人，怕是什么时候脑子乱了哪根筋，做出什么缺德事情来。那个副官刚出寨门就说起又荤又麻的话语来，评论着为什么寨主这么客气对待水莲。水莲拿话堵他，你跟寨主的夫人去说荤说素去吧，他这才缄了嘴。

蒲公英好找，翻过一座山，山谷里满地都是蒲公英。水莲就叫三个匪徒每人采满一捆，捆绑好，由一个人扛着走。野菊花，野生于山坡草地、田边路旁。山坡上的野菊花多是白色和粉红色的，水莲觉得药性不好，坚持要采色黄无梗、完整、气香、花未全开的野菊花。

副官说，这么挑剔，不都是菊花吗？水莲说，对女人好，要真心，不要找点药草就嫌烦。

副官又被水莲说得语噎，心里揣测大概自己和夫人的那点破事被这个女人看穿了，于是又少了很多话语，只是紧紧跟着水莲，叫做啥就做啥。很快野菊花也采了一捆，又叫一人扛着。

紫花地丁，性强健，喜半阴的环境和湿润的土壤。一干人又从山坡深入到谷底，四处寻找了半天，终于找到一撮，小心拔起来。水莲把草交给副官，吩咐说这草难找，小心拿好了。副官一脸不情愿，却没办法，只好拿着。

紫背天葵一般生在山地山顶疏林间石上、悬崖石缝中、山顶林下潮湿岩石上和山坡林下。水莲又带着人马朝山顶爬去，转悠了几个山头，才找到一把紫背天葵，一样交给副官拿着。副官这样子看起来，水莲像是寨主。

剩下就差金银花了。野生金银花不怕冷，多数长在山高的地方，不好找。水莲只管往密林草丛里寻去。那三个带着草药的匪徒骂骂咧咧，总是跟不上。副官把手头的两把紫花地丁和紫背天葵转交给匪丁，紧紧地跟着，这是他的任务，不能让水莲跑了。

水莲上山坡下山坡过溪涧穿密林，大半天都在树林转，那三个匪丁早被甩得不知去向。太阳已经西斜，高高的松树，只有顶冠上还有一抹嫩黄的阳光，树林暗下来，那些虫鸟的叫声也渐渐平息，安静的树林，让人更加觉得寒气袭人。

前边有一处悬崖，水莲果断地向着悬崖爬去。副官说天色不早了，还是先回去吧，不然今晚回不了寨了。水莲不理会，顺着崖边爬上去，站在高高的悬崖上，冲着副官喊，上来，这里有一棵金银花树。副官说，既然找到了金银花，摘了就可以回寨了。水莲说，我够不着，你上来帮忙。副官无奈，只好耐着性子爬上悬崖，站在崖边问金银花在哪儿。水莲用手指着崖边下方一棵茂盛翠绿的花草说就在那。副官说，这里危险，够不着就算了。水莲说，是你说算了，少了一味草药，夫人的病是不会好的。副官说，难道别处就没有？水莲说，别处有，天都快暗了，你去找啊。副官没办法，只好去旁边折了一根木条，想用木条把金银花从悬崖上捅下去。他蹬好双脚的位置，摆好姿势，探出身去，慢慢地把木条伸下去，捅着花丛。水莲说，你把花都捅没了，怎么成药呢？副官听了，就用心想把花根捅断。结果，一不小心，用力过猛，副官一头栽下悬崖，山谷里只有一声副官的惨叫，暮色掩盖过来，然后恢复安静。

水莲没有慌张，她本想把副官从悬崖上推下去的，了结这个余孽，也断了石路养的冤仇。既然他自己失足跌下去，也是命中注定，省得自己出手。水莲立即返身下到了悬崖底，捡起那簇花草，又在来时的路上已经看好的地方采了几株金银花，急忙转身回寨去了。

回寨的路上，水莲遇见张立隆和他带的几个兵。张立隆是躲在岔路口的草丛里叫住水莲的。水莲听到有人叫唤，就停下来不走。张立隆从草丛里出来，悄声说我是姑丈公。水莲简直不敢相信在这深山老林里能遇见自己的亲戚。张立隆问："去上山做什么事？我们已经跟踪你们一天了。"水莲道了原委。张立隆说："我们游击队定在明天就去攻打龙头寨，解救你们母子，你儿子还在寨里吗？住在哪一间房间？"水莲说："怀良富还在山寨里边，我们住在议事厅东边的上房。"张立隆说："能碰上你，情况了解得更准确了。明天你母子吃完早饭就关在房间里，坐在墙根下边，不要出来。我们会派好枪法的人专门盯守你的房间门口。记住要蹲在墙根下，子弹是会穿过木板窗户的，蹲下才安全。"水莲说记住了。张立隆问："寨里大概有多少人？"水莲说："二三十个吧，这几天我也都是在房间里，不知道具体的人数，不过寨主派来跟踪的副官，那个石路养的冤亲，下午摔死在悬崖底下了。"张立隆说："太好了。你不要慌张，像无事一样先回寨里，不可激动透露信息，坏了明天的事。"水莲点头，加急脚步赶回寨里。

那三个掉队的跟踪匪徒早在寨门外等候着。水莲说，你们辛苦了，怎么不进寨啊？匪徒们说："你没有回来，我们进寨就是去找死。女菩萨，你可真能走啊！我们以为你跑掉了。"水莲说："我跑干吗？我要给夫人采药啊。现在我回来了，进寨吧。"匪徒问："副官呢？"水莲说："他自己去玩，没跟上我，不知道迷路在哪里了。"匪徒说，再等等吧。水莲说，大活人哪会丢，我们先回吧，再说夫人等着用药呢。

于是，大家先进寨去了。

一堆草药摆在议事厅的桌面上。林开水说，你们辛苦了，赶紧吃饭去。又吩咐下人把草药匀了份额煎煮去，晚上就送给夫人喝。

怀良富在寨里不见母亲，哭了一天，林开水怎么耐着性子陪他玩，孩子都不理会。水莲回来了，怀良富止了哭，躺在母亲怀里很快睡着了，孩子担惊受怕累极了。当晚，水莲吃了晚饭，夫人也喝了药汤。水莲进了屋，反串了门，搬了桌子再顶上。辛苦了一天，水莲不再想白天发生的和明天即将发生的那些事情，上床就进入了无梦的睡眠。

第二天吃早饭时，林开水就问夫人，昨晚喝了药，今早感觉如何。夫人说，早上照了镜子，没有什么变化，只是昨夜睡眠极好。水莲说，过了今天，夫人脸上的痤疮就会干了，再两天就消失了。夫人说果真如此神效，一定要感谢妹妹的恩情。林开水说，这才几天，你们俩就成姐妹了，好啊，你这一对姐妹，好啊。水莲觉得林开水的话恶心，好像这一对姐妹都要成了他的婆娘。水莲想到上午张立隆要带人攻打山寨，难保林开水会不会活着，有些事赶紧再问清楚。

水莲问，林寨主，你说过的话要算数吗？

林开水显得很开心，没有回答，心想只要这女人留下，算数就算数了。其实，昨天林开水就觉得再留着怀有福没有什么意义了，派了人去老家，吩咐把人送回黄石去。林开水便轻松地回说，算数，算数，明天我就派人去把你小夫君送回黄石，我有我的儿子就够了，嘿嘿。

夫人听到寨主和水莲有了儿子，心中十分不快，心想得早点把水莲弄出寨去。

照例，露水干了，林开水就开始喝酒作乐。夫人推脱自己在喝药，不能再喝酒了。林开水就要水莲陪着喝酒。水莲却推说这辈子都没有喝过酒，她不陪。林开水骂骂咧咧的，你们女人真没良心，女人不陪，我就叫弟兄们来喝。

水莲起身带着孩子回到自己的上房去。进了屋，水莲按照张立隆的交代，立即拴了门，又搬来桌子顶上，把草席搬到地上，拆了床板挡在门扇后，然后和孩子蹲坐在窗户底下，静静地等着外面紧张的营救。

大清早，张立隆就蹲在山寨对面山上密切注视着寨里的活动情况，不断调整着火力部署。当他发现寨主林开水召集手下大白天喝酒的时候，他决定暂缓攻击，等匪徒们都喝醉了，就不费子弹即可拿下龙头寨。

苏队长不见动静，派人找张立隆。张立隆说了寨里的情况和自己的新想法。苏队长说，这样耗时间，怕寨里情况有变，耽误了救人，土匪喝酒醉，最喜欢找女人。苏队长这么一说，张立隆惊了一身汗，建议立即实施攻打计划。苏队长说，等土匪喝半个小时的酒，就实施计划。张立隆明白，半小时时间，足够土匪们喝得有三五分醉。

林开水正喝得开心，匪丁前来报告说，黄石的石路养前来请罪，还带来一批珍贵药材和山货，孝敬寨主。林开水听了，哈哈笑了几声，然后又说谨防有诈，叫副官来。手下这才想起来，副官没来喝酒。他问，副官呢？手下回说，今早没看见副官，不知道去哪里了。林开水说："昨天不是派去跟这上山采药吗？死哪里去了？仇人来了，他倒是溜了。"

手下默不作声。林开水不见副官，就自己起身往寨门口走去，站在望风台上对着山下喊话："石路养，你还有胆来龙头寨？"

山下石路养回说："我石路养一人做事一人担，上回山尾寨的事，是被共军搅得，才害得龙爷走了阴间。不过我石路养想得不周全，难逃干系，寨里有龙爷的弟兄要找我寻仇，我认了。我和寨主素不相识，既然我石路养的命有人要，我的药材和山货也就没用了，今天都带来了孝敬给寨主。"

林开水听了石路养的回话，说得在理，真像是那么回事，况且还有药材山货，心里暗自得意，就命令俩手下出寨门下山去验货。

手下回说验过货，都是真的，五六挑，价值可大了。林开水问，挑货的人可疑吗？手下说，没有带枪。林开水就朝山下喊，石路养你一个人给我先上来，后边的货再让人给我挑上来。又命令俩匪丁等候着，一会把人抓着，把货收了，其余继续喝酒去。

水莲在房间里听得真切，外边的事情终于开始了，这时她的心情也开始变得慌张激动。听到石路养，水莲先是害怕，这石路养怎么就跑到山寨来呢？转念想也许是张立隆他们假扮的。她忘记了张立隆的交代，起身躲在门后，从门缝里张望外边的情况。

"石路养"被反绑着手，进了寨门，立即被俩匪丁押着到议事厅边，又被绑在大柱子上。接着后边上来了挑担子的人，五六个。俩匪丁招呼他们把担子也挑到议事厅前放下。就在放下担子的一瞬间，挑夫们从麻袋的底部抽出了短枪，砰砰砰，枪就响了。

水莲不敢看，她不知道到底是那些土匪还是张立隆他们被打死了。她赶紧回到墙角下蹲着。

林开水被这突如其来的枪声震晕了脑袋，身子往靠椅后边一仰，滚到了地上，顺手抓了靠椅当作挡箭牌，准备往后门跑去，正撞上从房间里跑出来的夫人。林开水扔了靠椅，抓了夫人当人质，又从腿肚里抽出一把匕首，架在夫人的脖子上，一步一步往后退去。夫人大哭起来："寨主，你不能这样。你是男人，你不能这样。"

水莲听得清楚，心想林开水把夫人当作人质了，一时心里恶心起土匪男人的德行来。

几乎在枪响的同时，寨门又进来了一批游击队战士，很快就控制了山寨的局面，制服了正在喝酒的土匪，给"石路养"解开绳索。"石路养"接过挑夫给的短枪，瞄准林开水的脚，嘭嘭两枪，林开水一个趔趄，又是一枪击中林开水因为趔趄露出的头部，当场毙命。

"石路养"，就是苏队长。

苏队长命令战士继续搜寻寨里的残余土匪。张立隆组织战士控制了寨里的上房，并对房内喊话："水莲，水莲，我是张立隆，你开门出来吧。"水莲捂着孩子的耳朵，躲在墙下，听到张立隆的喊声，才起身搬了门板桌子，开门出来。

张立隆抱起怀良富，水莲出了房门环视一下议事厅，死了七八个土匪，在议事厅后门的道上，林开水四脚朝天地躺在地上，夫人扑在他身上。水莲想他一定是死了，这个改变自己生活和幸福的男人，就这样结束了自己的生命。这时，水莲还是觉得自己有点哀伤，她走过去，蹲下来，牵起夫人，又把林开水圆睁的双眼合上。

张立隆看着水莲的举动，没有制止，他知道水莲和这个男人一定有关系，就让她去送最后一程吧。怀良富在张立隆怀里喊着阿妈阿妈。水莲回头看了一眼孩子，又看一眼林开水，起身走出议事厅，从张立隆手里接过孩子，走到寨门口去，算是对尴尬的一种回避。她想给张立隆说能不能把寨主葬了，但在游击队面前，她不能说，葬一个男人和葬一个敌人，那是截然不同的事。曾雅茹是个苦命的人，自己把她的情人骗下悬崖去，因为自己的到来，又把她十分依靠的寨主弄死了，心里过意不去。于是，水莲对张立隆说，那个夫人也是苦命的人，放过她吧。张立隆说，不关女人的事，她也是受害的人，让她回家去吧。

苏队长命令清理现场，清点战果。结果，和事先侦查的人数还有相差。

张立隆说，那一人已经在昨天被水莲设计摔下悬崖死了。

苏队长对着水莲点了一下头，还有六人不知道跑哪里去了？抓来匪丁询问，才知道有一人被寨主派去尤溪通知放人，还有五人到老厝去敲诈陈老板了。张立隆听了，赶紧向队长请示前往解救。苏队长当即命令一班长带上战士从小路赶往老厝，相机解救陈老板，同时消灭匪徒。

苏队长不明白林开水派人到尤溪放什么人。张立隆说，是水莲的丈夫，几年前被寨主林开水劫持，自己曾经去过新桥找，却没找到。苏队长说，敢情好，如今也算有了意外的收获，失散多年的夫妻可以团聚了。张立隆说，我替水莲夫妇感谢组织。苏队长说："这叫什么话，我们做事不是要百姓来感谢的。立隆你安排一个战士扮成农民把水莲和怀良富护送回黄石，其余的战士把寨门拆了，把那些房屋先留着改造，部队和百姓都用得上，叫宣传员到议事厅写上革命标语。"

一切收拾停当，战士们回根据地去了。

第六节　洞房之夜

怀有福确实回到了黄石。离开黄石已经六年了，回到家里，怀有福不敢相信自己的眼睛，原来开放的住居，围上了一层厚实高大的堡围。堡围悬山势而建，上下错落有致，屋檐相叠，整齐有序，白墙黑瓦，帅气得很。来送的匪丁不敢进村，怀有福自己走进家门。厚实的堡门，让他产生一种未来可依靠的家的感觉。

怀振声终于看见了一个年轻人径直走向怀义堡。他在想，他会是谁？他从铳楼走到堡围的门上，从枪眼上瞄着了年轻人，一下心血都要涌上来，他似乎精准地感觉到他是孙子怀有福。怀振声大喊一声，有福。怀有福听到阿公的叫声，遥远又亲近，赶紧回道，阿公，我回来啦。

怀振声又喊杨氏说，你儿子回家来了，你儿子回家来了。

杨氏正在上香拜菩萨，听到老爷喊儿子回来了，一下从蒲团上弹起来，快步走到厅里，喊着，老爷，在哪里？怀振声说，赶紧去开大门，在门口呢。

杨氏去开了土堡的大门，迎面是一个未见过面的小伙子，俊秀挺直，着装清楚，像个大富人家的公子。怀有福微笑着看着母亲，他想用开心的微笑来告诉母亲，这些年儿子没有受委屈。怀有福见母亲还愣着神，就喊，阿妈，不认识我了，我是有福啊。杨氏这才缓过神来，一手牵着儿子进门，一手不停地擦着泪水。怀振声叫杨氏赶紧去煮点心。蒲氏说，你们坐下好好聊着，这些事我来做。怀有福向爷爷、母亲问好后，就说要祭拜父亲。怀振声说，不急，你有这份孝心，你阿叔会高兴的。怀有福说："土匪打死了阿叔，我却不能送他，也无法为他报仇，这些年，我心里就想这件事。阿公，我在尤溪新桥林家不愁吃穿，他们还给我治病，我身体好了，长高长壮了，却不知道是谁把我弄到那里去，为什么要把我养在那里不让我回家。阿公，你好好给我说说，我长大了，我要为阿叔报仇。"怀振声被孙子说掉泪了，他安慰孙子说，回家来就是最好的事，其余的往后再慢慢说。

不久，蒲氏端上点心，一碗米粉，两个红蛋。

怀振声说，孙子，吃，慢慢吃，好几年没吃家里的饭菜了。怀有福说，回家还吃红蛋呢？杨氏说，对，要吃的，吃个红蛋走时、平安，吃吧。怀有福叫蒲婶拿碗来，让阿公、阿妈也吃点。蒲氏说，还有呢，于是又进灶间端了两碗来给老爷和杨氏夫人。

怀振声对蒲氏说，光煮米粉，干得要命，怎么能吃的，赶紧去做碗蛋羹汤，哪怕泡一碗青菜汤也好。蒲氏低头说，光顾着看二少爷，忘了这事，我去做汤，老爷、太太、少爷再等会儿动筷子。

长辈口里漫不经心地吃着几丝米粉，眼睛却是定在怀有福身上，看不够。怀有福一口气吃完了点心，这让怀振声和杨氏十分高兴，从前那个孱弱的孙子、儿子已经不在了，多年的调养，让怀有福壮实如牛，虽然脸上还带有些稚气，但这孩子已经十分懂事明理了。怀振声心里一直在琢磨到底是谁把自己的孙子调养成这样的，要说应该是个好人家。

怀有福问，阿公，蒲婶怎么在我们家呢？怀振声说，她来我们家帮忙，家里人手缺。你阿叔不在，阿妈身体不好，阿公我老了，需要人照顾。怀有福又问，阿姐呢？怀振声说，你走后不久，招娣就随郭先生到县城读书去了。怀有福说，原来阿姐也去读书，我在新桥也读书，这快放寒假了，阿姐也快回来了。怀振声说，你阿姐现在不读书，参军去了。怀有福简直不敢相信自己的姐姐会去参军，就气骂道，阿姐真是死头壳，参什么军，周围的那些民军官军都不是好货色，净做害人的事情。怀振声说，你阿姐是去参加红军队伍，那年红军经过县城，招兵买马，你阿姐就去了。怀有福惊讶地啊了一声，红军。怀振声说，是红军啊。怀有福："我没见过红军，但在四十九都听说过，红军打了周师长，还夺了弹药库。那些个土豪恶霸最怕他们，红军把粮食分给穷人吃，把地分给穷人种。但是，红军走了，又怕与他们有瓜葛上，大家认为被瓜葛上了，就没有安宁日子过了，这是尤溪林阿婆告诉我的。"怀振声说："你立隆姑丈也说过，红军是穷人的队伍，为穷人百姓做事的。但眼下的玉田，还有尤溪，还没成气候，国民政府不会让红军有好日子过的。"怀有福说："阿姐从前是要当女先生的，如今去参军了，先生是当不成了，不过阿姐还是找对了队伍，不会成为土匪就好。"怀振声说："就怕子弹不长眼，不然参加红军也不是坏事。"

怀有福又问郭凤。怀振声说，郭凤就在石义堡，得空去看看人家，好歹是你老师。怀有福说，在上美读书的日子真的很好，郭先生和郭凤姐姐都是好人，真想再回学校去。怀振声顺口就说郭先生已经到县城小学去教书了，有机会到县城也要去看看先生。怀有福说那是自然。

怀有福又问石一方伯伯和石有才哥他们怎样了。怀振声说，你们同一个夜晚被抓走，你不知道他们去哪里吗？怀有福说不知道，他就记住有人背着他一直在走路，其余的人和事都被夜色掩盖住了。怀振声说："放心，一方伯伯他们后来回来了。我们黄石就有这个风水，不怕坎坷，坎坷过后就是平坦的日子。有才哥还没有消息，但我们相信会有的，有才最终还是会回来的。"

怀振声在等待，等待自己的孙子能再问他的媳妇，可是没有。问完兄弟姐妹和邻居，怀有福就沉默了。这时，蒲氏把蛋羹汤端了上来。怀振声一边责备蒲氏怎么慢腾腾地做事，一边招呼孙子赶紧喝点汤。怀有福伸碗直接从汤盆那里倒了小半碗汤，咕噜咕噜喝了。怀振声看着孙子这副吃相，又拿蒲氏说事，意思往后要清醒点，做点心，要配上汤水，这要是外边的客人来，吃这样的点心，噎着了，怎么交代，把怀义堡的脸都丢尽了。蒲氏心里也犯嘀咕，怀老爷从来不会这样嫌七嫌八的，今天这孙子回家来，自己的活变得不合格了。儿孙啊，在老人心里有多重！

怀有福似乎不想再问谁了。怀振声想，这孙子真是长大了，孙子是在等待阿公和阿妈来说他媳妇的事。既是这样，怀振声就说："有福，你走后这些年，怀家和石家都发生了许多变故，但是先分再合，先离再聚，好像一样农具，坏了修修就好了。阿公年纪大了，一辈子活下来，顶不上这几年的经历。人生在世，充满希望是最重要的事，人没有盼望，就没有期待，阿公我如果没有这样的精气神，早就垮了，和你阿叔做伴去了。告诉你一件好事，你的哥哥怀有义已经有信了，待会儿，把信给你看看，你的兄长也终究要回来的，他现在在南洋，做着有意义的工作，等这工作做完了，他就回来。"

怀有福问："那个哥哥，我从小就没有见过，不知道是什么样子？"怀振声说："讲实话，现在我也不知道你哥哥长成什么样子了，也许就你这样子吧。不管长得什么样，一定是我们怀家的品性，好男儿志在四方，你哥哥能在南洋谋生，也是我们怀家积的德。但愿有一天，我能看到你哥哥回来团聚。"怀有福说："会的，阿公，你一定能活到哥哥嫂嫂姐姐姐夫一起相聚的日子。"怀有福用一种相当调皮的样子，对爷爷表达了自己的祝愿。怀振声体会到孙子的孝顺，那种情感就像一团火，要把自己整个身体燃烧起来。怀有福还是不提一个人。怀振声忍不住说，你还记住谁？怀有福回说，没有了。怀振声猛地一拍桌子，骂道，你这个浑小子，别以为出去混几年你就自以为是，怀家的子孙没有你这样忘恩负义的。怀有福见阿公如此生气，就低了头不敢说话。怀振声说，你真的忘记你的媳妇了？怀有福说，没有。怀振声说，真没有就好，今后你该好好对你媳妇。怀有福说，阿公，我媳妇是什么样，我真不记得，但我要记住阿公的话，今后好好待我的媳妇。

怀振声说："这样才对。我给你讲，你走的那个夜晚，你阿公气血上脑，都瘫痪了，你阿妈都乱了神经，我们怀家遭遇前所未有的劫难，是你的媳妇水莲忍着委屈，为我和你阿妈舒筋活络，硬把我们从死人堆里拉回来。你媳妇是怀家的恩人啊。如今这家多了一层堡围，也是你媳妇提议才建起来的。你媳妇手艺多着呢，十里八乡都知道我们黄石有一个会看锁病的'尤溪妈'。你媳妇进怀家的门，是你阿叔定下的事，是为了你才进门的，那时你身子骨弱，娶这门亲，是为你冲喜来的。要说，是我们怀家委屈人家了，可是她这么多年毫无怨言，多好的人呢！这些你以前不会懂得，现在你应该要懂。"怀有福还是那句话，我保证听阿公、阿妈的话，好好待我的媳妇。怀振声夸说，这才是我怀家的子孙，凡事要有良心，不为你自己，也要为怀家。

怀有福问，我媳妇呢？

怀振声说："一言难尽，你媳妇为怀家为黄石受委屈了。你媳妇前些日子为了救石路养，被土匪抓走当人质了，如今我也不知道她在哪里。你立隆姑丈他们也不知道解救得怎么样了？"怀有福听了这话，一股热血冲上心头，拳头握紧放在桌面上，问阿公是哪里的土匪，他要去把她救回来。

怀振声说："你有这份心就够了。云林姑丈来说，他已经到县城找了郭先生，郭先生去找了张立隆姑丈，解救的事，你姑丈张立隆已经去做了。现在我们就等她回来就行了。"怀有福说："阿公，那我去县城接我的媳妇？"怀振声说："不急，明天你得拜拜你的阿叔，他走得冤，他还在担心你这些子女呢！"

晚上，怀振声特地把怀有福叫到铳楼里给他说事。怀有福问，有什么事？怀振声呷了口茶水，眼睛直盯着怀有福说："有福，你得答应阿公一件事。你若不答应，阿公活着也没脸了。"怀有福说："别说一件，阿公所有的事都是我的事，阿公你尽管说。"怀振声说："你听了别急性子。你媳妇水莲真是命乖啊。我给你讲，你已经是做阿叔的人了。"怀有福听了很吃惊，自己洞房未入，怎么就成父亲了，二十来岁的年龄，听了这话还是感到尴尬害羞。怀振声感觉到孙子的反应，接着说："你已经有一个四岁多的孩子了，不过这孩子不是你和水莲的。但是我已经把这孩子当作我的长重孙，现在我要你把他当作你的儿子，把他养大成人。"

怀有福的心简直都要爆炸了，阿公的话引起他对五年前发生在怀家、在怀家自己的洞房里的那一幕。虽然那时自己才十五岁，体弱不懂男女之事，现在回想起来，心中却呕起一阵耻辱。怀振声说："你心里难受是肯定的，但忍得住难受才是男子汉。你媳妇为了怀家忍住了多少痛和苦，土匪逼迫了她，为了让你能活下来，她选择了顺从。那天，如果水莲不从，你可能就死在土匪的枪下了。那个洞房是属于你的，但是你受到生命威胁，是水莲承受了委屈救下你的命，阿公这么说，你能明白吗？"有福双手抱头，呼着粗气说，阿公，我答应你。怀振声端起茶杯说，我的好孙子，阿公用茶水敬你一杯。怀有福泪流满面，他接过阿公的茶水，一仰脖子，喝了。

水莲从龙头寨下来，有一种解脱的感觉，心情轻松了许多。但在内心最隐秘的地方，她还是感到伤心。林开水的死，就是儿子怀良富父亲的死。命运把水莲在那个夜晚和这个野蛮的男人拴在一起，那是无法改变的事实。水莲怀疑自己和怀有福是不是有缘分，双方的长辈说下这门亲事，当初哪能想到如今的结果呢？她没有爱恋林开水，但事实不得不让她想到这个男人。想起寨主林开水四脚朝天地死在他自己经营多年的地盘上，被游击队当作一个罪恶深重的敌人，随意埋葬在山野林间，水莲内心动了恻隐之心。她期望一个和自己有关的男人的死去，至少要有比较体面的黄泉路，但她不敢表达自己的想法。这一切都无济于事地过去了，眼前最重要的是面对自己身处的怀家的未来。

回家的路上，脚步像灌了铅，越走越沉重，水莲感觉到自己内心充斥着一种从未有过的莫测的恐惧，归途仿佛是一片沼泽，随时都会吞没疲惫的双脚，甚至生命。但这段归途，无法绕道。水莲走走停停，采集了许多草药，山野密林，真是一个大宝库，那些草啊树啊，命都比人好，至少它们可以自由自在无忧无虑地在旷野、河岸、山坡、森林里活着。可惜没有哪一种草药能够治疗此时一个女人内心承担的惶恐和沉重。水莲选择了一些比较难得的草种，扎成捆带着。护送的战士，想到路上不安全，就帮着水莲扛草药，少一份被人盯上的可能。三人一路走来，像一家人，缓慢而顺利。

经过石牌老厝，水莲特意去探听一下陈老板的事。邻居说还好有红军来，在半路上把陈老板救了。水莲就放心了，红军战士说话算数。到了县城外围，水莲对护送的战士说想去城里走走看看。战士本想直接送水莲到黄石，完成自己的任务，但水莲提出这个要求似乎很坚决，所以不好拒绝，再说这对母子可是张立隆副队长的亲戚，于是就答应了。

从赤岩摆渡过来，县城远远地匍匐在山脚下。水莲想这县城也不过如此，视线走过田野，黑压压的低矮的房子没有什么特别之处。她记起立隆姑丈公的家在县城外，就在附近问了一户人家，顺路去走了一趟亲戚。

姑婆怀珠花很少回娘家，几乎把水莲的模样给忘记了。水莲先打了招呼，怀珠花才想起来，这是会看锁病的侄儿媳。让进了屋，寻个坐的地方，怀珠花请水莲三人坐下。怀珠花问，从哪里来？水莲说，是路过这里，顺便看望姑婆，已是多年不见了，身体可好？

怀珠花接话感谢小辈挂念，托怀老爷的福，这些年身体还好。只是立隆姑丈公比较忙，自己也就无法时常回去照顾怀老爷，娘家这些年多有不顺，搭累小辈多辛苦了。

照例是冰糖茶水，然后是米粉蛋的点心。米粉煮得很干涩，没放多少油。三个人碗中的一个红蛋不一样大小，这也是拮据家庭，小半年的红蛋舍不得吃，留着招待客人。水莲要了块碗，匀一些米粉出来，与儿子一起吃，同时招呼战士动嘴吃点心。战士也是照着规矩，没让人说笑，大概也是本地出生。主人劝吃蛋，客人推托。最终，三个红蛋还是完好无损地留着。

从厨房的窗户往外看，满院子的杂乱，流水柴火，破铜烂铁，水莲心里觉得姑婆的日子也是清苦，不好过。立隆姑丈公整年在外东奔西跑，顾不上家，可是苦了家里的。听说姑丈公有一男一女的孩子，但从来没有见过面。亲戚里大家彼此心照不宣，也从来不问。

邻居女人看到张家有来人，就抱着孩子过来凑热闹讲话。怀珠花又匀出一些米粉点心给邻居的女人和孩子。孩子欢喜地吃起来，因为太干，搁了喉咙。怀珠花立即端了茶水给孩子，喝一口，把米粉送下去。但孩子依旧猛烈地咳嗽起来。水莲问，孩子怎么咳得厉害？邻居女人说，穷人的孩子就这样，没钱买药，就让他咳了去。水莲说，自己采点草药吃了就会好的。怀珠花给邻居说，正好，正好，我这个侄儿媳会看孩子的病。怀珠花转身对水莲说，你给弄点草药吃，这孩子可怜，咳了一两个月了。水莲立即帮着看了舌苔、喉咙，拿出路上采来的清凉解毒草药鱼腥草、金线莲等，给邻居女人，吩咐水煮喝了。邻居女人千恩万谢拿了草药就回家去。怀珠花说，你有这门手艺，往后到县城来，给孩子们看看病。水莲觉得姑婆是在说笑，就顺口说好，只是怕乡下人在城里吃不开。怀珠花说有手艺，就不怕吃不开。当然出门在外，肯定辛苦，不像在黄石，吃家里的，倒是轻松。

正说着这话，战士就给水莲使眼色，水莲明白，就起身给姑婆告辞。怀珠花挽留说难得来一趟县城，也要去街道走走，顺便买点什么回去，我陪你去。水莲说是要去走走，姑婆事忙，就不用陪，自己去，逛完就回黄石，姑婆若得空带表伯他们回去看看老爷。怀珠花说她儿子、女儿都在长汀，若是回来，一定要去看望外公的。水莲说，亲戚从来也没有见过面，怕是路上碰着了还不认识，要常走走才会亲。怀珠花出门送了一程。

三人走在前街的路上，谨慎地浏览着每一个商铺。战士扛着一捆草药，弯着腰，看样子真像是乡下进城来的。短短的街道，三下两下就走完了。水莲给怀良富买了一些小吃，糖茶饼、麻花、花生仁。想到回家还有郭凤、吴氏等人的孩子，水莲又多买了几份，准备带回去分给她们的孩子。走了一街，水莲对"赵氏诊所"产生了兴趣。她走进诊所，静静地看着郎中给病人看病、打针，觉得新式的看病方法很稀奇。

一个病人问郎中，他都吃了一个月的药了，针也打了，就是不见好，怎么回事？口气听起来，有点责怪郎中的意思。郎中说他也是没办法了，这病怕是要找别地看去了。病人问，这玉田哪里还有看病的地方？水莲接过话说，可以试试吃草药，调理一下，也许会好。病人回说，如今李家药铺关了门，有方子也没处买中药。水莲问，你哪里不舒服？郎中见一个女人问病情，就不耐烦地把病人头上的帽子拿掉了，病人露出了满头的烂疮。水莲说，你试试一个方子，准有效。病人问，有什么方子？郎中插话说，久病乱投医。水莲说，别人试过，用楂饼烟熏涂抹烂疮，准有效。病人说那么简单，我回去试试，但愿能好，免得花这么多冤枉钱。

诊所里的郎中不屑地看了水莲一眼，对病人说，你就去试吧，我这还有别的病人。郎中下了逐客令。站在一旁的战士很佩服水莲的善心，但他心里就想着完成护送的任务，就提醒说回家要紧，这病看不完。于是，三人就折回前街，到吴来妈的袜铺买了几团彩色线球，又到杂货店里扯了几尺花布，就起身回黄石去了。

到了村口，战士立马告辞，转身回根据地。水莲想留他吃餐饭，战士硬是不肯，他说部队有纪律。水莲觉得红军和其他人都不一样，他们都能管好自己，不给别人添麻烦。

村路上，水莲碰见吴氏。吴氏十分吃惊，被土匪绑走的水莲竟然安然无恙地回来了，简直让人不敢相信。吴氏问，你自己回来的？

水莲说，你不去背我，只好自己回来了。水莲放下草药捆，把糖茶饼拿一份给吴氏，说给舒玉吃。吴氏掐了一片放在嘴里细致地吃起来，吃着茶饼嘴里忍不住说这好多年没有吃到这么好吃的东西了，这不先吃点，到家孩子怕是要抢着，没自己的份了。怀良富笑吴氏贪吃。水莲和吴氏都被逗笑了。

水莲先去了石义堡，给郭凤和石老爷送了一份零食随手礼物。郭凤看见水莲回村来，非常吃惊，她朝着铳楼就喊，老爷，你看谁回来了？柳花从灶间里出来，看见水莲也惊喜地问，你怎么回来了？水莲笑着说，你这话说得，我不回来，能去哪里呢？柳花说，看我高兴得话都说错了，回来就好。

石振威在铳楼里听到郭凤的喊声就问，是谁？郭凤大声说道，水莲回来了。

石振威简直不敢相信自己的耳朵，立即从铳楼里出来，走到厅堂，真切地看见水莲母子站在面前。石振威问，刚到吗？水莲说，刚到，路过县城，带点小吃食回来，大家都吃点。说完就把吃的给了柳花。柳花揭开纸包，分了大家吃。石振威赶紧吩咐柳花去煮点心。水莲说："石老爷太见外了，用不着吃点心。"石振威说："红蛋吃一个，走走时。郭凤，你去把怀老爷和有福也请来。"

水莲听到怀有福的名字，心里猛地一震，随即就说怀老爷腿脚不方便，还是我回家去，说完就领着孩子出门走了。

石振威说，她想有福了，让她先回吧，等下把红蛋送过去。

怀仁堡的大门紧紧地关着，厚实的门板，像两个壮汉咬紧牙关，守得密不透风。

对怀仁堡，水莲很熟悉，这扇门还没有上漆，来不及请人给画上门神。水莲内心顿起一股忧虑，要是在平日，水莲会对大门的表现感到满意的，而现在却不是。水莲担心家门打开之后，家事就起乱子了。谁能预测这扇门将打开什么样的角度、透出多少的亮光、能容纳多少的日子，她是没有信心去面对的。站了许久，儿子拿等待的眼神看着母亲，水莲就叫儿子喊大公来开门。怀良富扯开嗓子喊，大公，开门，大公，快来开门。

一会儿，半个门板开了。

站在水莲面前的是一个高挑健壮俊秀的男子。水莲想是他吗？怀有福看见一对母子站在门口，也呆了神情，心想是她吧。于是，两个年轻人就这样四目相对，寻思着对方。毕竟两人都有了很大的变化，那个十五岁的小弟弟已经脱胎换骨似的换了容颜和躯体，那个新娘经历了磨难也少了几分娇羞多了几分沧桑、成熟和刚强。

大人堵了门，怀良富进不去，就说，阿妈，家里来客人了？

看着说话的孩子，怀有福就知道这就是阿公说的让自己成为父亲的男孩了。怀有福说，你们进来吧。水莲听了"你们"，心里顿挫了一下，为什么不是"我们"呢？

时间啊，就像风，它会吹皱一池春水，也会让人心起霉生锈的。

杨氏听到喊声，也走出来。她看见水莲母子回来，就喊有福快去给媳妇端碗水来。

蒲氏喊着，老爷您慢点。

怀振声从铳楼里出来，看到水莲母子平安归来，摇头叹息，表达的是一种事后的后怕。怀有福端来水递给水莲，水莲接了，却忘了喝，眼睛一直看着怀有福，显得慌张失措，像是第一次来这个家做客一样，显得生分和客气。怀振声发话叫水莲坐下慢慢喝。怀有福端了座椅，然后站到爷爷的身边去。水莲回过神，小喝了一口水，说不渴，就把碗放在桌上，低头依旧站着。

怀有福看了一眼阿公，怀振声暗示怀有福赶紧开口说话。怀有福没有说话，一手抱起良富，一手牵着水莲。那瞬间，水莲哇的一声，忍不住了，眼泪如泉水咕嘟咕嘟地冒出来。怀振声觉得水莲的哭声仿佛哽在喉咙，像一根吊着千斤重的绳子，绷得紧紧的，此时只要有一句言语，就能割断它。那种释放压抑委屈隐忍的哽咽声，有一股强大的穿透力，能激起同情的神经，即使是男人也会被感染，湿润了双眼。杨氏早就一起成泪人了。

怀良富说，阿妈不哭，阿妈不哭。

怀振声从怀有福手里抱过怀良富，对怀有福说，带媳妇去说说话，沉着点。小夫妻俩便回房去说话。水莲发现，怀有福回家后换了个房间。

石老爷送红蛋来了，柳花、郭凤都来了。怀振声见状，赶紧吩咐蒲氏煮点心去，准备和石振威喝点酒。石振威感慨说，怀兄，孩子们到底都回来了。怀振声明白石振威心里的那点痛楚，怀家的俩孙子都有着落了，石有才还不知道在哪里呢。怀振声说："黄石的子孙都会回家的。来，今天水莲和有福都在家里，我们喝点酒，水莲这孩子真不容易啊。"

石振威说，水莲这孩子遇事总能逢凶化吉，这是怀家的福气啊。

水莲从屋里出来，见过石老爷和柳花、郭凤，怀有福跟在水莲身后，都站着。蒲氏手脚还麻利，端出一盘米粉。怀振声吩咐再来一盆热汤和一瓮酒，又叫怀有福、水莲、柳花、郭凤都坐下来。

汤酒上了，怀振声举杯提议为晚辈能平安回家，喝了这杯酒。大家都喝干了。郭凤喝了白酒立马咳了起来，石振威说凤儿不会喝酒，就算了。郭凤却说有福和水莲姐能平安回来我高兴，说完却流了泪水，啜泣起来。柳花想安慰几句，郭凤却哭得更欢。水莲知道郭凤伤心自己的不幸，就侧身去握她的手，安慰说，凡事都得等，把他等回来。水莲的一句话让郭凤停了哭声。

蒲氏走出来，说她也想敬水莲一杯酒。水莲说，蒲婶，应该我敬你，这些天辛苦你了。蒲氏说，一个女人顶着去土匪窝，你真勇敢。你还能平安地回家来，真是观音菩萨在世，神了。

水莲笑了，咪了酒。众人都笑了，夸蒲婶会讲话。

看着晚辈互相的融洽，怀振声顿感欣慰，但他希望怀有福也能敬水莲一杯酒。怀振声不时拿眼看着怀有福，他感觉到怀有福还没有足够的勇气主动安慰一下自己的媳妇，他们之间还很陌生。怀振声端起酒杯，对怀有福说，阿公带你一起敬你媳妇一杯酒，这些年你不在家，家里的大小事都是她一个人撑着，我们怀家感谢你的媳妇。水莲可受不住这样的礼遇，赶紧端起杯，偷瞧一眼怀有福，只见怀有福一仰脖子就把酒喝干了。怀振声说，怀家男人要有点胸怀气概，喝闷酒可不好。怀有福说，听阿公的。石振威从旁帮着解围，说怀有福长大了，懂事了，怀兄你就放心吧。

喝着酒，时间就过去了。蒲氏不断加菜，一桌人把晚饭也一起吃了。石振威醉意十足，郭凤说该回家了。怀振声也说酒喝不完，今天先散了吧。

石振威一家人先回去了。怀有福送到堡门口，随手关紧大门，回头扶阿公回铳楼。怀振声趁机给怀有福说，孙子唉，今晚还是你的洞房之夜，阿公送你一句话，女人是娶来疼的。怀有福低着头回说，知道了。

夜晚的降临，让怀有福和水莲都感到不适。面对长大的怀有福的帅气，水莲心里责怪自己放不下那点芥蒂。她想努力主动迎合自己的郎君，可是做不出行动来，一时心酸起来，她始终不明白，为什么外边那些不相干的事情，总是和自己沾上边。怀有福总是用手挠着后脑勺，想着今夜的事情，不知道从哪里开始。孩子已经被杨氏带走了。两人静静地坐在厅堂上，夜幕的黑色渐渐遮盖了他们，彼此都能听见了心跳和呼吸。水莲说，阿公、阿妈都睡了。怀有福听到媳妇的话，这才下了决心伸手牵过水莲。

水莲仿佛等待一百年的时间，终于有一双手在黑暗中伸过来，被自己握住了。一瞬间，她觉得自己的理想实现了，眼前的这个黑色影子被自己抓住了，一辈子抓住了。水莲站起来顺势扑进怀有福的怀抱。怀有福轻轻抱起他的新娘，稳步走进属于他俩的推迟好多年的洞房之夜。

岁月仿佛在中断数年之后，重新绑接上。那一年的洞房之夜，缺了新郎，今夜新郎抱起了新娘。

第七章　风云际会

第一节　袭击乡公所

被熏黑的墙壁上搁着照明的槽架，松明的火苗忽闪。热烈的燃烧中，黑色的烟雾继续在墙壁上涂抹出一道鬃毛飘游的影子。而干柴凝聚出的光，都被战士们渴望的眼神攫取去了，所以会场并不明亮。游击队拔了龙头寨之后，苏队长召集大家坐下来及时开个分析会。

游击队这一年能够连续拔掉山尾寨和龙头寨，为老百姓搬走了两座大山，苏队长说，离不开大家的集体智慧，胜利的主要原因在于党组织的正确领导和老百姓的支持，这两者缺一不可。当然，还有具体的起因，比如攻打山尾寨，石路养为游击队创造了机会，利用官匪贪得无厌的心理，借机端了匪窝。而拔掉龙头寨，是因为黄石遭遇匪情，吸纳老百姓的智慧，不费吹灰之力消灭了土匪的有生力量。苏队长的话饱含鼓励的力量，他还特别感谢张立隆副队长，说是他从中寻找机会，精心策划，周密部署，终获全胜。

打胜仗，战士们高兴，大家都踊跃发言。有人说，除了队长总结出来的，大家以为还有游击队员个个英勇善战，以气势摧毁匪徒的心理防线，终获胜利。苏队长鼓励战士们："说得对，任何计谋都得靠战士的勇敢去完成、去实现。当前，我们的任务不仅要打胜仗，消灭匪徒。我们还有更重要的事情要做，那就是要扩大红色根据地的地盘和游击队的影响力，让更多的群众支持并参与到队伍中来。在闽中永德大地区，我们党的实力和影响力还不够大。如何扩大影响和控制范围？还是老做法，需要不断发展地下党组织，团结更多的先进分子，和敌人作斗争。在闽南，党组织已经很有战斗力，我们需要在闽中地区加强党组织建设，并因势适时地开展武装行动。"

这个胜战分析会后，苏队长又召集游击队支委会，讨论闽中中心地带玉田的党组织建设工作。支委们十分赞成苏队长对当下形势的分析判断，赞同未来党组织发展的思路。苏队长最后宣布组织决定，张立隆同志回玉田继续恢复和发展地下党组织，同当地的地下党支部相呼应，在白区内安插两把尖刀。

敬了军礼，张立隆说，保证完成任务。

苏队长担心玉田县白色势力眼下还是比较强大，不可小觑，群众基础相对薄弱，建立党组织工作难度会更大。他叮嘱张立隆，既要运用苏区带回来的经验，又要与玉田的具体情况相结合，凡事要百倍谨慎，不可冒进，避免给党和人民带来损失。玉田在民国十八年，红军第一次经过之后，厦门中心市委就派人前来组建地下党组织，可惜党组织负责人还没有斗争经验，没有充分发动群众，更谈不上得到老百姓的广泛支持，最终被反动势力摧毁了，一棵幼苗在炭火的焦烤中，失去了春天。苏队长再三吩咐张立隆，苗要种在老百姓的心里，到玉田县要和当地的地下党支部建立密切联系，发挥两把刀的作用，揭露县府的恶行，宣传发动广大老百姓。

会后，苏队长找张立隆继续谋划选择哪个地点建立党组织的问题。他征求了张立隆的意见。张立隆认为，玉田县武陵乡靠近宁洋、漳平，红军路过之后，唤醒老百姓的觉悟，群众基础较好，加上边区党组织已经成功建立起来。现在要选择第二个点，后路一带商业贸易、矿产开发较发达，但离尤溪周部势力太近，不易发动。眼下，建议在靠近德化地界的尤床、草坑至京仙、七星岩一带山区建立党组织，从前有北上抗日先遣队在这一带播下的火种，思想觉醒有基础，利于宣传发动。同时，这里是几股势力胶着争夺的地方，但经常也是两不管的真空地带，最适宜乘隙而入。再说还有李家的暗中支持，更为有利。苏队长说："你对玉田的情况熟悉，回去好好思考分析一下，选择最适宜的地点，大胆开展工作。另外，苏区派来的同志已经核实，石路养的那批药材不日将送往根据地，去发挥更大的作用。上级指示，要稳固开明绅士，广开渠道，为革命根据地输送救命药材，输送支持革命斗争的物资，这也是你的另一个重要任务。还有，那个女商人，一定要注意保护她的安全。"

张立隆带着任务悄悄回了县城。

他先去找了郭先生，告诉郭先生以后有事就到石路养那里找他，然后直接就去了九漈李家。他的具体任务是把石路养招进革命的队伍，把李家培养成支持掩护革命同志的地方，把九漈开辟成为红色根据地和药材供应地，并通过九漈，把黄石等地的席布等革命物资运送到红区。

石路养热情地迎接张立隆的到来，毕竟张立隆与石路养是亲戚，更是恩人，朋友义气是起码的为人底线。石路养把这次张立隆姑丈的到来，仅仅当作是一次做客，他吩咐阿妹好好招待。可是张立隆却说这次来，想在这里长久住下来。石路养心里觉得意外，但还是表示欢迎，说姑丈要住多久就住多久。他问，姑丈最近遇到什么难事了吗？

张立隆说："难事，有，也没有。一切都会过去的，一切也都会好起来的。"石路养觉得姑丈卖关子："到底怎么了？"他是个直肠子的人，喜欢有想法就直接说出来。张立隆说："有没有想法不是最重要，重要的是希望你支持我的想法。没有你的支持，我的想法就是痴心妄想，终究竹篮打水一场空。"

石路养笑着说："我的意见这么重要吗？长这么大，我都是按别人的意见去办事的。今天是什么日子，我变得这么强大！"张立隆说："如果克服了自私的思想，多为他人着想，每个人都会变得很强大。在九漈，你是唯一有能力支持我的人。"石路养听出张立隆话里的尾声，大概知道立隆要做的事基本和红色有关，不然他不会这样不明说开去。他猜想是不是要建立红色队伍。果然，张立隆问，你对红军有印象吗？石路养说，没有。

张立隆把苏区买药的事一五一十对石路养说了。石路养知道，张立隆的意思是暗示他已经见过红军了，与那女商人的讲法差不离。有些事不谨慎，就会毫无知觉地黏上，挣脱都来不及了。他石路养已经见过红军战士了，这说的肯定是那个女商人。那个女商人是怀老爷介绍来的，要不是怀老爷，他哪敢与她做事情，路数拿不准，卖错了药，是要出人命的。之前，石路养多次听立隆姑丈说起过，红军和白军土匪不一样，红军是穷人的队伍，专门为穷人打天下的。他现在很迫切想知道，李家不算穷人，红色队伍会不会打李家？

商人有商人的思维和打算。张立隆告诉他，李家不是穷人是事实，但李家也没有做对不起老百姓的事，所以李家不是红军队伍要打击的对象，而是要团结的对象。

团结李家，那么李家和红军就像亲戚一样，在石路养看来，那就是要李家为红军做事，为穷人和穷人的队伍做事！张立隆说，当然要做事，而且要做对的事情，做好事，既要为红军和老百姓做事，在生意上还可以继续为县府做事，眼下没有必要与县府决裂，不与县府决裂，是为了更好地掩护自己，更有条件地为了红军的发展奠定基础。

石路养从前在黄石是最穷的人了，到了李家才有了有钱的感觉。要是像张立隆说的，李家和他石路养要脚踩三只船，讨好三支队伍，就石路养的脾气，可能做不到，或者说做不好。石路养耷拉着脑袋说："姑丈，这两边讨好的事，我怕做不好。"张立隆说："不是讨好，这是策略，你千万不可意气用事。李家要根据形势斗争的需要，支持掩护我们。我们红军队伍，除了斗争，还要团结一切可以团结的力量，为我所用。县府的力量只要争取得好，对我们的革命斗争最为有利。你说县长若是我们的人，这局面将会是怎么样的？"

石路养说，那当然好，吃穿住行都不用愁了，可是我眼下的精神气不够，怕做不了这些事。张立隆问，一个大小伙，怎么就精神气不够？李阿妹抢了话回说，他想有个儿子。张立隆笑起来说，孩子也用想吗？

石路养一下低头去。张立隆后悔自己口无遮拦，明知他的心病，还提了这一壶不开的水。张立隆赶紧转了话，安慰说："孩子终究会有的，迟早的事。我经常在想啊，天下有孩子的人把孩子生下来，却无法把孩子养大，就是养大了，也过不上好日子、安平日子，你说这是命吗？一个家庭的凄惨，你说是命，天下这么多家庭的凄惨，你相信这是命吗？老百姓没有醒悟，被人盘剥、压迫，不是自己的命不好，是自己的命运被别人主宰了。我们红军就是要教会老百姓觉醒过来，与压迫者斗争，推翻反动政权，赶走日本鬼子，建立人民自己的政权，自己的日子自己说了算，自己掌握自己的命运。那时候，我们的孩子们就能真正快乐幸福了。"

石路养可不懂得去想那么多，但听得懂这些理。听姑丈这么一说，心里觉得倒也是，不被人欺压，自然有好日子过。虽说李家不是穷人家，但也是受人牵制的，他的生意也是受人压迫的。说到底，他也是为人作嫁衣裳。他问："姑丈，我能为你做些什么呢？"

"你石路养脑瓜子聪明，一点就明白。连李家都是受压迫的，你说这世道，该不该推翻它？张立隆说，你能做什么？能做的事很多，也很重要。第一步，借你的地盘一用，这一带山高路远，官军怕来，是我们做事的安全地带。你做你的事，若是你哪天想明白了天下大家和李家小家关系的事，你就会主动来帮助我们的，甚至加入我们这里来一起干革命。"张立隆说。

李阿妹站着听了好久，这时插了一句话，姑丈的事一定要帮，李家这些年多少事都是姑丈帮的忙，姑丈你遇到什么难事了吗？

李阿妹这话大气仗义。张立隆对着阿妹说："我们李家的闺女就是善解人意，我个人没有什么难事，但是我要做的事情，确实遇到'开头难'的问题。现在，我缺什么？两个字，钱，枪。"

阿妹听到枪就不敢说话了。张立隆回头又给石路养说道理，鼓励他要勇敢站出来。他说："你想想，你从黄石到九漻，经历了多少事情，每一次都是别人帮你解脱，你也应该站出来为别人做点事。这次匪徒洗劫黄石，就是因你而起，水莲被匪徒抓走，是为你顶罪的。为了解救水莲母子，苏队长不顾个人安危，假扮你石路养智闯龙头寨，一举消灭了盘踞多年的匪窝，为老百姓除了一个毒瘤。"

苏树三已经告诉石路养水莲上山的事。水莲，一个女人帮别人去解脱，真是让男人没脸见人了。可是怀老爷特地交代了不让石路养出手，怕坏了营救计划。石路养觉得自己两头受气，这些年，他确实如立隆所说，惹下的事情不少，都是立隆他们帮衬着化解。石路养说，姑丈，你说，什么事我都愿意帮忙，只要我做得到。

张立隆站起来，伸手和石路养紧紧地握着，手中的力量传导着一份信任和激励。他说，你也不要觉得过意不去，我们干革命，不是为了某一个人，而是全天下的老百姓，我们不需要谁来感恩。

有了石路养的支持，很快，张立隆就在九潦村李家的祠堂里办起了农民夜校、妇女识字班。不识字没文化，就不会明白革命的道理。石路养和李阿妹带头去参加学习识字。村里的住户很分散，集中起来学习不方便，张立隆就让石路养带着挨家挨户去探访，动员小孩白天来上学，晚上大人来学。

　　这里的村民大多都是李家的佃户，起初看在李家的面子，零零散散来到夜校，但是他们对识字和抗日的大道理不感兴趣。农民说日本人离九潦很远吧，这里山高路陡的，量他日本人也不敢来。当农民的，哪朝哪代不是这样过日子的，不识字也是过日子，女人就更不用识字了，女子无才便是德，能生儿育女就行了。所以，妇女没有一个愿意来识字班学习。

　　张立隆对这样的局面始料不及，但他坚信这只是黎明前的黑暗。

　　石路养说，我们这里的住户大概不知道红军是怎么样的。他的意思是住户要是知道红军是干吗的，大家就会支持的。张立隆心里想，关键在于农民没有学到文化，对一些道理没有明白、没有理解，这事得慢慢来。眼前，张立隆要做的是石路养的工作，他想动员石路养把李家的田地免租分给农户耕种，真正让农民体会到在党的领导下当家做主的滋味，这样他们就愿意支持拥护党的事业。村里的农户团结起来了，九潦这个地方就会成为革命的根据地。要让这里的住户明白红军的道理，石路养是个关键。张立隆说，路养，就靠你了！

　　石路养问："怎么靠法？我嘴笨，道理说不清。"张立隆说："打土豪，分田地，是红军一贯的主张，也是红军赢得穷人老百姓支持的法宝之一。"石路养似乎明白张立隆要打自己家的田地主意了。他说："姑丈想把我李家的田地分给他们？"张立隆笑着说："别急，田地还是你的，但是第一步可以免租给他们种。"石路养喘气起来："这不一样吗？没有租金，那我吃什么？"张立隆说："自己种粮食。自己动手，丰衣足食。"石路养问："我自己动手？这可是要李家命的事。"张立隆说："如今，李家老爷死了，你石路养当家，你可别再像老爷那样，不然你将来也是被打击的对象，那才是要命的事。"石路养说："将来怎么样，我不管，不过我答应你的事，要兑现。立隆姑丈，你说免租就免租吧。"

张立隆站起来紧紧握住石路养的手，第一步成功了。接下来，张立隆就叫石路养把住户召集来，把免租的消息告诉给佃户们。他们祖辈都是佃户，如今李家当家的开明，免租给他们耕种，他们反倒怀疑起来。听了免租的消息，女人最高兴，而男人们却没有什么反应。在佃户心里，这样的好事怎么可能呢？骗小孩子的游戏。

这事是真的，张立隆挨家挨户去说，明年你们就不用到李家去交租了。

石路养也跟着张立隆去挨家挨户说："张先生说的都是真的，明年你们种的粮食不用交租了，都拿回去，养老婆孩子去。不过，我石路养有一个要求，李家的租免了，这祠堂的夜校都得来，多学点文化，多种粮食，日子会越过越好的。"

石路养开玩笑说："不来夜校的，我就不给面子，不免租啊！"张立隆说："李家当家的跟大家开玩笑，免租是真的，要大家来夜校读书也是真心的。好日子谁不想过？要过好日子，还得我们自己去争取。我想我们这个村，时常也有土匪光临，往后难保不会有土匪扰了好日子。所以，我建议村里成立防卫队，团结起来，自己保卫自己的好日子。"

这个建议比读夜校更符合人心，得到大多数住户的赞同。

这样以后，九漈村的夜校渐渐来齐了男人，识字班来齐了妇女，一时张立隆白天黑夜地忙着教书、讲故事，宣传革命道理，把九漈村的男女老少都团结起来。继而，九漈村的党支部也建立起来了。因为九漈村没有地主，自然就没有斗争的活动。石路养给他们免了租，张立隆的形象在村民的心中高大起来。张立隆又着手建立九漈村防卫队，自任队长，石路养任副队长，招募了十五个年轻人作为队员。防卫队就在李家大院搞训练。防卫队就是张立隆领导的地下党组织的赤卫队，苏队长给他们三支枪，加上石路养从黄石带来的一支，总共四支，由四个枪法准狠的队员持着。张立隆有一支手枪，其余十一人暂时先配上鸟铳。

秋收季节，张立隆筹划了一场战斗，袭击京仙乡公所，帮助京仙群众抗粮抗租，另外也寻机给自己的队伍弄几支硬家伙。

他把这事和石路养做了商量。石路养以为乡公所可是不好对付的，就凭防卫队这几支枪，难有胜算。张立隆说："首长说过打仗在战略上要藐视敌人，在战术上要重视敌人，什么意思呢？讲白了就是打仗之前不要怕敌人，打的时候要讲究打法战术。路养，你的租地在京仙，这两天你回去看看，主要任务是侦察一下乡公所外围的地形和保安人数。注意不要暴露行为目标，以免引起怀疑。对掌握到的情况，熟记在心，回来后把它画出来，然后我们再来研究战术。"

两天时间，石路养第一次出色完成任务，准确画出地形图和乡公所防卫图以及撤退路线。张立隆表扬说："你小子，有点本事，一点就通。路上都遇见什么人了？"

石路养说："干这事，还真有点痒劲，有痒劲就会把事情做好喽。路上就遇见农民，我去看我自己的田地和仓库，他们不会在意的。姑丈，那次在京仙仓库的战斗，有点类似吧。"

张立隆说："做得好。乡公所四周没有农民房子，前方开阔，不利隐蔽进攻，后山光秃，也是不利隐蔽。与上次'螳螂捕蝉，黄雀在后'的打法不尽相同，这次我们打的目的有多个，并不是简单地消灭敌人，最好的结果是逼着敌人与我们和好，甚至转化成我们的力量。我想有两个袭击方案：一是假扮农民去交粮食，进入乡公所，趁机直接解决问题。但是需要农民配合，京仙的群众觉悟还不够高，没有太大的胜算。"

石路养问："第二个呢？"

张立隆说："第二个，是夜里进攻，五个保安夜里会犯困，顶多留一两个值守。我们十五个人，分成三路，一路在前方分散用鸟铳开枪吸引保安重视前方。另两路往后山从背后袭击，一组携带石块和火把，一组用四支好枪掩护。夜黑，保安是不会轻易出击的，我想用火攻，逼着里边的人跑出来，这样我们就有机会一个一个消灭他们。我们的目的除了消灭乡公所，还有第二个目的，那就是要枪和子弹，而且时间要尽量短，拖久了，县城保安队若是赶来增援，事情就被动了。当然还有第三个目的，能否达成，现场再看。"

这回是石路养表扬张立隆说，姑丈你很能指挥唉，还打埋伏眼。

经多次的琢磨，张立隆他们定下采用第二个方案，并及时召开了动员会，详细部署了袭击行动。

很快，队伍从九潦出发，晚上亥时进入乡公所的后山，选择合适的位置埋伏下来，等待前边的队员伺机进入干扰地点。

子时，前边响起了枪声，寂静的夜晚气球一样陡然饱满膨胀起来。乡公所里随即也响起回击的枪声，房间的窗户陆续亮起灯来。张立隆心里暗暗听着算着乡公所枪响的位置和次数，大约估计保安人员的个数，与石路养侦察的差不多。于是，他下令一组队员将石块掷向乡公所的屋顶，敲碎瓦片，然后点起火把扔向屋顶，渐渐地乡公所一片火海。

扔出火把后，张立隆立即组织后山的队员转移到侧面，预防保安队发现火攻目标放枪。果然，队员们刚转移完毕，就有子弹射向后山。张立隆借着火光击毙了一个躲在墙角的保安队员。火从二楼往下烧，逼着乡公所的人往外撤退，这样前边的保安队员又被击毙了两个。张立隆见时机成熟，组织人员快速冲下后山，冲过田埂，逼到乡公所的围墙外，把守了门口，十五个队员汇集起来，把乡公所包围了。

可是，防卫队还是无法进入大门口，保安队龟缩在墙角，凭借石凳的掩护坚守着，他们的子弹很充足。张立隆拿鸟铳顶了一件衣服伸进门口，立即就有枪声响起。张立隆判断枪的位置，命令三个队员往墙角位置扔掷石块、火把和稻草，逼迫保安队员改换位置，四个枪手从大门右侧找时机击毙剩下的两个保安队员。这一招果然奏效，剩下的两个被火逼着改换位置时被击毙了。防卫队一举冲进乡公所，捡起枪支，抄了子弹。

袭击乡公所，在张立隆的打算里，除了弄点枪支弹药，还有第三个十分重要的目的就是要团结京仙乡的乡长，让他支持拥护党的政策，让京仙乡成为党的基地乡村。在把保安队员解决之后，张立隆说，要找到活着的乡长。他命令说，把乡长请出来。

有队员说，乡长一定躲在厕所里。大家就冲到厕所，拽开门喊道，乡长，出来吧，不然开枪了。果然，窸窸窣窣的声音响起来，乡长和一个职员从粪桶缝里挤出来。队员问，想活，还是想死？

乡长说，英雄饶命。

队员说，想活命，往后就得站在老百姓一边。乡长哆嗦着说，一定，一定，我能做什么？

这时，张立隆过来扶起乡长，拍掉他身上的灰尘，并接过队员的话说："乡长大人，让你受惊了。既然你自己表态要为我们做什么，那我就说了，你一边继续为县府做事，当你的乡长，一边要减租减息，保护老百姓，为京仙的老百姓做点好事，既要让县府信任你，又要让老百姓拥护你。往后，我还希望你我之间能成为心照不宣的朋友。其实我们原来也不是敌人，只是官府对我们老百姓太冷漠、太残酷了，所以今夜我们就难为你了。"

乡长说："我也不想和老百姓作对，可是难啊！"张立隆说："你也不容易，但是你想过没有，难道老百姓就容易？心里有菩萨，到哪里的庙你都会去跪拜的。我想，作为乡长，只要心里有老百姓，为老百姓做点好事，不会太难。"乡长说："那是，那是，还请英雄指教。"张立隆说："如今，你丢了乡公所，县府不会放过你。你若不依照我们的意思去做，我也不会放过你。此时，你是不是很为难？帮你一招，我留下五个人给你当保安队员，明日你就写封信上报县府，乡公所遭匪徒袭击，保安队奋力还击，击毙五个土匪。这样，准保你无事，弄不好还有功劳，还有犒赏。今晚，我们赤卫队花销了一匣子的子弹，麻烦你找县老爷报销补充点啊！"乡长说："明白你的意思，一定按照英雄的吩咐做。不过，需要时间，公家做事很慢的。等弹药到了，我通知你们。"

解决了乡公所的问题，等于在根据地的西边设置了一个防卫官军的碉堡和岗哨。接下来，张立隆继续实施第二个任务，就是在九漈建立药材种植基地。他和石路养探讨如何利用德化方面的掩护，暗中把药材输送给自己的队伍。石路养认为只能到七星岩以外另择地点扩大种植面积，不让德化方面发现，另外还要到城里重开铺子，这样名正言顺，不会遭人疑心。张立隆夸奖他能想事。说到药材和铺子，石路养想起当日回黄石的时候和怀老爷说过的事，要是重开了铺子，要请水莲来坐堂，多吸引点人气。张立隆当即就说这是好点子，水莲的手艺也要让更多穷人孩子受益，只是怕怀家人手不足，来不了。

石路养说，其实我动员过，让黄石也种药材，他们种，我来收，也是一种办法。另外，就说黄石的夏布、草席，也可以到城里开铺子，多一条路子。人手的问题，可以雇工，十个利头让一个就成事了。村里管种植、加工，铺子管销路，准保生意更红火。听他这么一说，张立隆顿时豁然开朗，觉得石路养真是个做生意的料子。他想找个时间回黄石，这事这么一说，自己都通了，黄石的老爷们也会通的。再说，做成了，也可以增加一些活动经费。

说办就办。张立隆和石路养去了一趟黄石。

种药材的事，两家老爷都没有张立隆想象的"也会通"，毕竟操新业不比操旧业那么稳当，所以他们依旧选择坚守祖业，但进城开铺子的事算是定下来。铺子是和祖业相关相连的，拓展一下业务，也让下一代年轻人去外面闯一闯，长辈同意了，并托石路养在县城置地。另外，怀振声说怀一北回来看戏被土匪打伤了，他寄信回来说要带一些人回来保卫黄石。

对怀一北派人保卫黄石一事，张立隆当即表示了怀疑和反对。黄石有事，靠他们怕是保不住，官军做事的风格，就是敲竹杠，到头来黄石又要花上一大笔钱，而且怀一北派不出兵来，顶多纠集几个保安人员，到头来搅得黄石鸡犬不宁。与其这样，不如把防卫队重新组织起来，加强武装，加强训练，土匪是有眼睛的、有耳朵的，你不怕他，他就不敢来惹你了。

话说得有理，可黄石还是左右骑墙。

石路养回城帮着怀家去买地，他费了周折把李家铺子边上的旧宅基地置下，动土建了两层木楼。这一周折，小半年过去了。这期间，石路养遇见了怀一北。怀一北多年不见石路养，互相道了问候之后，并没说多少话，只是问起黄石这些年的事，感慨良多。言语间，怀一北把石有才那夜和他说的话说给石路养。

第二节　席布行

怀家用精麻赚来的钱，托石路养在县城置地，自己盖了门面开铺子。

黄石席布行开业了，说起来是件好事，但是对怀石两家来说，有了新的问题，那就是谁去负责经营生意。眼前，明摆着两家都缺人手。石家走了石有才，多年不归。石一方外出寻子，半年多没有音信，张立隆和石路养也没有探听到什么消息，怕是又出了什么差错，在哪个沟渠跌跤了。家里只有石有旺，他既不是个读书的料，也不是做生意的料，点来算去，县城席草行的事，只能靠怀家去经营了。怀家虽是怀有福回家来了，但是家里的麻坊正需要人手照料。这让怀振声和石振威都感到头疼。最终，怀振声决定让怀有福和水莲一同去城里把席草行的事担起来。石家确实没有人手，草席生意就由怀有福按货单限低价出售抽百分之五费用帮着料理。

苏树三恳请让他的儿子苏四五随少爷、少奶奶去席布行帮帮忙。孩子别的不会，做点体力活。说难听点，也就是恳请老爷们给孩子一口饭吃。作为父亲，苏树三这是给儿子谋一份终身的职业，就像自己跟着老爷少爷一样，儿子跟着怀有福少爷，将来自然有稳当的日子。

大家都同意。

怀有福和水莲带着俩孩子一起到了县城，入住铺子。一路的颠簸，虽是有些累，水莲心头却觉轻松。在县城，怀有福也少了许多脸面的尴尬，快活起来。怀良富被送进均小去读书，郭先生多有照顾。

怀一北先于席草行开业就回到玉田县城，而且带着兵回来，驻扎在护城河外。开业那天，鞭炮齐鸣，惊动了这位怀长官。怀一北带着人赶来查看情况，发现是黄石的人开铺子，便也买了一挂鞭炮放了，表示祝贺。自家人见面，不免一阵长短说话。从此，席布行有怀一北长官的光临，让周邻看得起，生意经营很顺利。

铺子开了，但黄石这边却不顺利。怀玉龙从十八格带回徐老板的电报消息，厦门厂方要求停货，因为厦门已经沦陷，时局紧张，工厂无法开工。这让怀有福和水莲从喜悦之中掉入一处冰窟窿。但水莲还是心存期望，她吩咐家里，货虽然停了，但炉子还要管好，等待将来会有重新开炉的日子，用得上。她和怀有福商量，断了麻丝生意，铺子的事就要更努力了。

石路养办妥了铺子的事后就回九溁村去。张立隆问起铺子的事情，石路养说已经都办妥了，怀有福和水莲在照料，生意很不错。张立隆又说起卢迪工想在城里办诊所的事，将来大家还要帮他一把。石路养心里记下了。之后，他又问城里的情况。石路养把在县城遇见怀一北的事说了。张立隆觉得这是个重要的消息，怀一北带兵来玉田，肯定不是什么好事。省府要迁移到永安，此时派保安队队长来玉田，肯定有所用途，看来武陵、桃源、汤泉一代要准备面对一场血雨腥风。

石路养说，那我们九漈也得有所防备。

张立隆认为九漈的斗争活动还尚未引起县府的注意，上次攻打京仙乡公所的事处理得当，已经半压半拉把乡长稳住了，至今也没有引发什么新的动静。九漈地下组织可以乘机在接近德化的东部乡村大力开展地下活动，扩大影响，壮大武装队伍，积攒实力。另外，张立隆想到怀振声说怀一北要带兵回去保卫黄石，心里担心是个幌子，弄不好黄石是屯兵之地。届时，官军入住，吃喝拉撒，免不了对黄石是一个拖累。

石路养听到讲黄石的事，就想起怀一北的话，顺口就把石有才的事说了。

张立隆得知石有才上山为匪的事，很不是滋味。他心里替石有才感到可惜，好端端的一个年轻人，被匪人所误，一生完全背离了黄石人该有的路子。他对石路养说，往后要找机会把石老爷的长孙弄回来。石路养又说，有才有了消息，一方叔却不知道去了哪里。石老爷早就交代探听一方叔的下落，如今依旧没有着落，心上压着一块石头。张立隆也觉得奇怪，好端端的一个人，竟然没有半点消息。石一方会去了哪里呢？一个大活人会在人世间融化了。

可惜，张立隆他们并不知道石有才已经决心不回黄石了，要弄他回来，怕是难呢。

一时糊涂，走错一生的路，这是常有的事。比如石有才，不就是杀了俩坏蛋吗，至于要上山为匪吗？许多正经人替天行道，比如《水浒传》中人，大多都觉得自己犯了事，无地自容，责怪自己，无颜面对家乡父老，这是何其幼稚的思想。如今，凭他的本事，又做上了寨里小头目，更是在错误的路上越走越远，越陷越深，且又成家立业，脸面越发不好看。于是，他决定不回家了。

石有才的浮现，是一个难题，这对石老爷来说肯定是一个打击。张立隆吩咐石路养，石有才的事暂时放在肚子里，不要让黄石的人知道，也许日后能有转机的因缘，要是没有因缘，也就随他去。

省里的"清剿"行动去年就开始了。省里派常南勇为指挥官，负责第四"清剿"区，已经发出信号。但常南勇把重点放在安溪、永春和德化，而且被各地土匪牵制太多，鞭长莫及，没有足够的力量可以真正破坏玉田的地下党。上级党组织发来指示，要求玉田地下党做好反"清剿"斗争准备。张立隆根据玉田县委的部署，下一步打算要努力打通和永春、德化革命根据地的线路，扩展到黄石和四十五都以及德化境内的乡村，做到进退有数、迂回有路。眼下，要赶紧把县城的情况向上级组织汇报。

常南勇匪性不改，名为省里部队，实际烧杀抢掠，无恶不作，不仅和当地民军有矛盾，而且与省府的关系已经不可调和。常南勇为寻找靠山，便暗中勾结侵闽日军，接受敌方指使，组织了"和平救国军"，并接受伪命，充当了日本侵华的别动队。常南勇分别派遣其党羽先后潜赴厦门、湄洲岛等地，求见日本舰长三桥姿三中佐，打通与日军联络路线，向日军乞求援以军械，以厚实力，并密商叛变事宜。省里鉴于常南勇破坏抗战、勾结日军，将之调任省府参议，改派他人组成司令部，率领正规军一部及保安队负责"清剿"。

张立隆认为，从厦门工厂关停以及沿海的信息综合判断，东南沿海的局势十分严峻。怀一北可能就是前来"清剿"的部队。他为黄石子弟相煎太急的行为叹息不已。

民国二十八年，集美学校经请示省府同意，将水产航海、商业和农林三个专业内迁到玉田县城。陈校董和叶校长莅临玉田考察校址，此事在玉田县城引起轰动。校址选在凤凰山下的文庙，当年秋季，新组建的"福建私立集美职业学校"招生二百多人。

内地的局势也十分紧张，德化县城已经被日机轰炸，玉田遭遇日机轰炸似乎也在情理之中。据说就是常南勇向日军献上福建地图，并请求日机前来轰炸，以保他的地盘和实力。三天后，德化方面传来消息，日机飞抵德化上空，空投法币约二万元给常南勇花销。

玉田县城也紧急防备，防空警报不时响起。

灾难终于来临，九月二十日，六架日机从大仙峰往北，飞抵玉田县城上空，瞄准玉田初中和文庙，投下几枚炸弹，顿时凤凰山下浓烟滚滚。还好有了德化县城被炸的前车之鉴，防空警报及时，师生们都躲进了防空洞，初中校舍被炸毁六间，文庙严重受损。

职校学生林瑞因为感冒生病躺在宿舍，她没有进防空洞。炮弹爆炸的声响，把她震醒。她迷迷糊糊地爬起来，艰难地往外走，浓烟裹着走廊过道。她看见隔壁的宿舍都被炸毁了，内心惊恐，吓出一身冷汗，一时病好了许多。当她走到文庙门口时，忽然听到楼道里有婴儿的哭声，她知道这是食堂阿姨的孩子，阿姨上街去买菜，孩子放在家里。林瑞庆幸自己和孩子能够活了下来，她回头吃力地跑回宿舍，顶着浓烟，撞开房门，抱起孩子，跑向校门口，最终瘫倒在文庙门口的大树下。

日机走了，师生们立即回校清理废墟，维修被毁的宿舍。林警民老师带着学生回到文庙，看到瘫倒在地上的林瑞，赶忙叫一个男同学将她背到防空洞里去。食堂阿姨抱起孩子跟着去护理。

怀一北的营区在护城河外，并没有引起日机的关注。他匆忙跑到席草行，想叫怀有福和水莲他们赶紧去防空洞躲一躲，或者干脆就回黄石去，却不见了他们。怀一北再去了职校，燃烧的浓烟还在翻滚，被炸弹掀开的校舍十分凌乱，但师生们的秩序却很好，现场临时搭起救护点，将受伤的人暂时安置一下。怀一北看见了水莲，她加入了抢救的行列。

职校的处境，引起了玉田乡贤曾佐、方震、方斯玲、方成淦、方章、曾明合等人的热切关注。玉田初中临时腾出教室给了职校上课。乡贤们四处张罗，寻找新校址。终于，他们找到了玉田城郊的小田村。小田村民风淳朴，离县城两公里，背靠森林茂密的仙亭山，较为安全，是办学的最佳地点。叶校长决定将学校从文庙迁往城外玉田村。在诸多乡贤的发动下，深明大义的小田乡亲慷慨腾出了范氏祖祠、龙兴殿、太保宫、观音堂、严氏祖祠、后池祠、前宅、后厝、积善堂、宜书堂等二十多处宗祠、民居，供给集美职校办学，祠堂成了学堂。

黄石的席草行也出了力。怀有福夫妇把石家的几十床草席买下来，全部捐给了学校，又安排人从黄石老家请了两百斤大米，送到小田村职校食堂，帮助职校暂时渡了吃住的难关。

搬迁工作完成了。在小田村，职校师生很快入乡随俗。在当地乡贤和村民的协助下，师生们把一座座民宅、祖祠修葺成洁净的教室、办公室、图书馆、膳厅、宿舍、医院，把水塘填平整理成操场，又疏通水沟，整修道路，种植花草树木，小田村俨然成了第二学村。村里房前屋后，村道地头，后山林间，集美学子手捧书卷、琅琅诵读，成了内陆县城一道独特的风景。

林瑞再次遇到那个背她进防空洞的男生，是在校场部门前的操场上。一群人挤着看《福建民报》刊登的《生活在山间》一文，表扬职校学生如何克服困难努力学习的事。林瑞主动打招呼，说自己是商科的，背她进防空洞的事要谢谢他。男生也是大方，主动自我介绍。当得知他是农林科的黄启文，而且是学生会的宣传部长，林瑞心中起了小小的波澜，这个名字这么熟悉，难道是同名同姓？黄启文告诉她不久有一场宣传活动，邀请林瑞参加，并请她多帮忙。林瑞问能帮什么忙。黄启文把她拉到一边，认真严肃地告诉她要做的事，并希望林瑞能发动商科的同学都来参加。

林瑞说，我会努力发动，争取大家都来参加。

来到玉田这段时间，黄启文很忙，他干的还是老本行，开展学生活动，组织学生分赴武陵、小湖、上京、桃源、太华、汤泉、文江、广平、三宝等地，演出《雷雨》《日出》《沉渊》等话剧，演唱《大刀进行曲》《打回老家去》《卖报歌》，演出《放下你的鞭子》《黄国忠》抗日活报剧，发动群众砍柴火、拾田螺、绣手帕、翻印蔡公时诗稿搞义卖活动，募捐经费支援抗日前线，出版《团结》期刊，发动群众搞减租减息，广交百姓朋友，了解当前社会状况。

黄启文心中还有一件事，那就是自己是玉田人，想回家认祖归宗。但是他工作学习忙，一时还没有合适的时间回家去。

天气自个儿走着路，时不时脚步还变得有点混乱，闷热得让人心慌。

京仙发生的霍乱疫情，是不是和天气有关，谁也不知道。一连死了十三个人，联保主任家死了三个。这事引起极大恐慌，大家就把死人的事归结到天气的原因，这样容易把事情说过去，因为天灾可以无罪。乐乡长急忙回城找县府报告，请求派人救治，遏制病情蔓延。但是，此时的县府也是焦头烂额，刚从被日机轰炸的惊悚中走出来，县城又再度发生鼠疫，已经死了十多人，县医院和集美医院的几个医生正忙着给群众打预防针，抽不出人手去管顾京仙，再说也没有霍乱的药物。乐乡长很无奈，只能硬着头皮回去，派人把村子压着，不让动。

张立隆得知京仙疫情，便立即行动，派石路养到德化赤水去买药品，又派人到云林去请卢迪工来指导防疫工作。卢迪工有防疫经验，到了京仙，就给村民讲解预防知识，这种病因水源被污染而引发，本地话叫"拉擦烈"，要是没有及时治疗，人最终会腹泻脱水死亡。眼下，最重要的是做好水源的消毒，不喝生水，不吃生食，及时掩埋尸体，用石灰消毒。死者家属及住所用石灰酸水进行消毒，禁止有亲近接触的人外出走动。

乐乡长派了两个保安队员分别把守村头村尾，盘查进出人员，并张贴告示，发动村民扑杀苍蝇，消灭蛹蛆，清理阴沟，清洁卫生。但是许多村民不信卢迪工的话，却整日上山去烧香求神仙保佑，结果求神路上又多了两三个死鬼。

石路养再到赤水，找到那个给他看不育症的师傅。师傅还记得这个小伙子，就问回去药吃了见效情况。石路养红了脸，转了话题说京仙霍乱严重，今日特地前来求药。师傅听了严肃起来，问县府没有让乡民打疫苗吗，西药治疗效果又快又好。石路养说，上府的那些个熊县长只管自己敛财，哪有这个眼光为老百姓备药，县府没有药品，也不出钱，村民都在等死呢！

师傅二话没说就开了中药方子：樟树皮、樟脑、藿香、七色花、胡椒、车前子、前胡、半夏、南星、沉香等，又吩咐店小二倾店中所有，全力供给。

石路养付了钱，扛着三大袋的中药急忙赶回玉田，经两天两夜，送到京仙乡公所。他不觉得累，他自以为是积德的力量支撑着。

乐乡长架起大锅将中药熬成汤剂，叫乡民们来喝。结果，霍乱慢慢被控制下来，没有再发生死人的事。病好了，没有死人了，大家都相信这是中药起作用。于是，乡公所就把这个方子刻在石碑上，竖在乡公所门口，永世流传。乡民感激不尽，甚至有人在石碑前烧香拜谢。

乐乡长十分感谢张立隆，他想把张立隆出手相救的事报告县府，争取嘉奖。张立隆婉拒了，他对乐乡长说："县府无能，而且狠心，对百姓之难事不闻不问，即使获得县府嘉奖，也不感觉到光荣，相反是耻辱。为老百姓做事，不求感谢。要说感谢，请乡长多为京仙老百姓着想，那就是最好的感谢。当务之急，你把德化的重要方子献给县府，别处亦可熬药预防，救人于水火。"

乐乡长说："你们的人，真是与众不同。县府要是有一两个你这样的人就好了。张先生，其他话不多说，你们都留下来，让我敬上一杯酒。"

见乐乡长诚恳相留，张立隆、卢迪工、石路养和联保主任等人就客随主便，留下来在乡公所吃了餐便饭。乡公所没有酒，联保主任回家去拿了一瓮子来。桌上，乐乡长借着酒劲发牢骚，你们党就是不一样，老百姓喜欢你们，听说那边自给自足，我们京仙老百姓跑了不少去九漈边上种田，哪朝哪代可以不要交租啊？而我们这边的人呢，整日党国党国的挂在嘴上，扫的却都是自家门前雪。张立隆端起一杯酒敬了乐乡长，他说，不要说你们，应该是我们，老百姓的父母官更应该为老百姓排忧解难，这样老百姓才会喜欢你，拥护你。往后日子还长，我们虽是不同信仰，但可以有共同的路子走啊，那就是都为老百姓做事情。土地是老百姓的命根子，谁能给他们土地，他们就一定支持谁。乐乡长点头称是，他说，去年县城发生鼠疫，死了九十多人，县府无能为力，许多人死在客栈旅馆，无人认领就被掩埋了。此次，幸好有你们出手相救，我们京仙才趋于平安。张立隆说，乡长心中有数就好，无能的县府哪管老百姓死活，他们只管勾结地痞流氓，过着自己的好日子，苦的是老百姓。乐乡长站起来给石路养敬酒，称道石路养兄弟跑回了药，功劳最大。石路养起身举杯，我只是跑腿，酒可以我喝，功劳可不能记在我头上。大家都被说得笑起来。

饭后，张立隆秘密回了城，找到初中的林鸿老师，把京仙瘟疫的事情向他做了报告。结果玉田各界联合出版的《田民呼声》和《田民画刊》刊登了农民惨死的图画和地下党化名署名的揭露县府不管瘟疫流行致死老百姓几百人的文章。这些连同揭露县长贪赃的丑行的文章一下引起省府的重视。不久，省里派人前来调查，又一个县长被撤了职。

第三节　驻军黄石

怀一北驻扎县城，也不是闲着，他花了大量的时间和精力在暗中调查玉田境内的各种势力。玉田山区，群山连绵，交通闭塞，各种势力遍布周边，尤其是地下党，武陵、桃源、太华都是他们活动活跃的地方。怀一北心里清楚，目前凭借自己的两百号人，要消灭地下党是很难的，这里的乡村群众已经被赤化，弄不好把自己的性命给搭进去。他寻思着当前的关键要壮大自己的队伍，人数要多，装备要好，同时对地下党的具体活动情况要有个更深入详细的了解。所以，他需要一个休养生息、韬光养晦的地方。而这个地方，他选定在自己的家乡黄石。他向省府报告了"清剿"经费，向县府要了军饷，同时要求县府征用一批劳力和兵员。

怀一北再次简行回家了。怀振兴感到很振奋，儿子如今驻扎在县城，带着队伍，那是给黄石长脸的事，自己的腰杆又直了起来。他去石路生那里把蓄了多年的胡子剃了。剃了胡子的怀振兴，时光为他倒退了好多年。

怀振兴对带兵打仗之类的事不感兴趣，他想问清楚那个儿媳卓越颖的事，因为他到底还是知道了一些事情。那夜在寨尾山上，他俩肯定是做了夫妻的事了。可是，怀一北似乎没有把他当父亲看，回家就说自己军务上的事情，甚至与父亲交谈，不称呼父亲，却称他怀村长。他给怀村长介绍了自己——省府派来的配合四区"清剿"工作的指挥官,计划把部队驻扎在黄石,请村长给予周全安排。一要建军营,需要一个合适的地块;二是建设期间,需要黄石村派出足够的劳力;三是云林要帮着出军费。

怀振兴听了心凉了半截,眼前的怀一北就像宫连长初来时的模样,对父亲的这副德行,他十分受不了。怀振兴还是那句老话,在黄石做事,村长说了还不算,需要怀石两家同意。长官儿子,你这事还得问问怀老爷和石老爷。

怀一北不理会,公事公办,说需要再请示谁,在黄石是你村长的事,我们在十天后就要开展建造工作,你们商量清楚。说完,怀一北去和母亲说了一会儿话,就急匆匆回县城去了。

怀振兴忐忑不安地去找怀振声和石振威说了怀一北交代的事情,然后就千抱歉万道歉,一味检讨自己家教不严,自责怀一北入错了门,不断给黄石带来麻烦事。他说,本想儿子给我长脸,但每次他却像是剪断了我的裤腰带。

怀振声和石振威的意见是说既然省里下令,那就是胳膊拧不过大腿,只能照办,军营地块可以选择在寨尾山脚下,一不占原有的田地,二依山符合军营需要,当然还有制衡宫家的意思。至于劳力要看军营的规模,大了村里的劳力肯定不足,到时再说。古来征战皆白骨,不必定性哪山头,当父亲的,也不必过于自责,顺时顺势而为吧。

怀振兴心里有了底,情绪好多了,但是想到儿子如今如此骄横,又是火气上升,甚至觉得这儿子真不是自己的种子,或许是邓氏肚子里已有带过来的。他啐了一口痰,空搓了一把胡子,心里暗骂那个道貌岸然的教谕不是人,一肚子悔肠子,误了一生老去。

十天后,怀一北把大部分人马留驻在县城,带了另二十个人进驻黄石村,开始了军营建造。对地块的选择,怀一北没有意见,寨尾山这地方挺合适。队伍需要临时住宿,怀振兴建议先安顿在祖祠。士兵们不干,说祖祠不干净,要是被鬼抓了,往后没有身体怎么打仗。怀石两家也不同意,说扛着枪住进祖祠,会惊吓了祖宗,有辱门风,往后还不知道会惹出什么事来。怀振兴被夹在中间，急得愣神。怀一北说，既然这样，我想请两位老爷慷慨一回，先借你们的大土堡临时住上一段时间。

怀振声虽然心里不愿意，却不好推脱，只能勉强应下。怀一北把队伍分作两个队，临时委派了两个队长，分别住进了怀仁堡和石义堡。

劳力不足，平整土地进展缓慢，队伍只能住在堡里。这让怀家石家感到从未有过的不适。那些当兵的粗言野语，光是吃喝拉撒产生的污物就让人受不了。女人还时常被士兵调戏，哭着四处跑。怀振声赶紧把家里的房间、厨房做了调整，怀家的人都住进铳楼，正房和堡围都让给当兵的住。

石义堡还更糟糕。那个姓苟的队长爱喝酒，把石家的老酒都抢了喝光，酒醉之后还要调戏柳花和郭凤，差点引发石有旺和苟队长的冲突。石振威决定，把石有旺、郭凤和柳花送到县城的席草行，和水莲、怀有福他们一起过日子，待军营建成后再打算。他把这个想法和怀振声说了。怀振声赞同，同时建议给怀一北反映一下他手下的恶行，队伍要有队伍的样子，官军不能和土匪一样。

石有旺带着柳花、郭凤进城去了，石振威就去找怀一北说事。不想，怀一北对石振威反映的事不屑一顾，他说当兵的是为国提着脑袋做事，不知道活到哪天，碰几个女人不算什么。这话让石振威火冒三丈，心里一下就鄙视这个怀振兴家的后代，心里啐骂怀一北没有一点黄石人的品行。石振威也把自家的物件盘进铳楼，省得和当兵的接触。怀振声想到石振威一个人吃饭不方便，就请他锁了铳楼，一起到怀家来住。

可是事情并没有完。一天，怀家的麻坊和石家的席坊都被当兵的侵扰了，几个女工被玷污了，男雇工奋力相救，被当兵的用枪托打伤好几个。有人跑到村长家里去告状。怀振兴赶紧去找怀一北。怀一北说，部队在建军营，这些人不来出力，有事了要来找我，我能怎么办？

怀振兴气急败坏，便开口大骂："你这个不三不四的儿子，你带了兵回来，我本想为你感到光荣，你却惹下这等不伦不类的糗事，你叫我往后怎么在村里待呢？你把阿叔一枪打死算了。"怀一北见父亲真是生气，便缓和了语气搪塞说："我回去管教一下就好了，这叫什么大事，用得着这么大惊小怪吗！再说，你这个村长，也不是没干过这等事。"儿子竟然奚落老子的风流事，这让怀振兴气血涌动，他几乎是喊着说："你去管教去，赶紧去，现在就去。滚！"

村里的女人都害怕了，她们的男人更是担忧。大家都在暗骂怀振兴怎么种出个儿子祸害起老家乡亲来了。怀振声也十分恼火，他把防卫队叫回来，四个人把守麻坊，四个人把守席坊，又拿了银圆安抚了被迫害的女工。怀玉龙来说吴氏也很害怕，要回娘家去躲一躲。怀振声赶紧赞同。阮大六慌张来报说，有当兵的去了他家，抢吃的，还吓唬女人，瓦坑只他一家，单门独户的，女人晚上都要躲到窑洞里去。怀振声安慰阮大六，叫他先躲躲。怀振声已经听说村长劝儿子约束自己的兵，可是不见效。于是，他心里做了另一种大胆的打算。

这天，阮大六急急忙忙来找怀振声报告说，那个苟队长跑到瓦坑家里找他媳妇，媳妇不在，就四处翻箱倒柜，结果把祖传的一件瓷器给拿走了。他哭着说，那是他母亲的宝贝，外公疼爱女儿，陪嫁来的，父亲走时带走仅剩的一点钱，母亲就把这个宝贝私自藏了。

怀振声问："什么宝贝？"阮大六说："是瓷公鸡。这瓷公鸡，据说这是德化瓷器的宝贝，有一对，外公花了重金买了一只，另一只还在德化。这公鸡有灵性，好年景会打鸣。"怀振声听了感到吃惊，感叹竟有这样的灵性事情，他说："敢情你看天气看年景就听瓷公鸡有没有打鸣？"阮大六说，自己没有听过瓷公鸡打鸣。怀振声说，这些年，哪有好光景，你这鸡自然不打鸣。眼下，你阮大六这事可不好办，你又没钱赎回来，对土匪，没钱是不行的。阮大六无奈地站着。怀振声说，借你一百大洋，你省着点去和苟队长谈谈，赎回来，能省就省。

阮大六高兴去了。可是苟队长说不要钱，他要阮大六的媳妇。苟队长把瓷器还给阮大六，催着阮大六把瓷器拿回去，去换他媳妇来。阮大六反倒不敢要原本属于自己的物件了，毕竟媳妇比这东西要珍贵得多。这些土匪，给了阮大六三天时间，媳妇不来，就拿一千块大洋来把这只鸡赎回去。这是什么道理，抢去的东西，还要用钱赎回来。

阮大六不接瓷公鸡，他要自己的媳妇，甚至他觉得这个遗产不吉利，舍掉也就算了。

怀一北住在寨尾山督工，闲时也会想起和卓越颖在一起的那一夜。那夜，卓越颖的柔情令人难忘。经历了许多坎坷之后的女人，她太需要情感的安慰。不过，人各有志，或者说是命运安排，卓越颖现如今进了红军的队伍，甚至还要他把队伍拉到红军那边去。怀一北觉得她幼稚，甚至是错误，当年参加革命，追随三民主义，如今成了革命军的军人，怎么能轻易就改变信仰呢？对自己的革命信仰来说，当前就是要消灭闽中地区的土匪和红军，还老百姓一个安宁的日子。想到安宁的日子，怀一北觉得自己的手下坏事做得差不多了，黄石多数人已经刀刻一般地认识到他怀一北的厉害了，于是他下令从现在开始，不得再放纵了。为这事，他特地去了士兵的住处，专门训话，责罚了几个人，并向怀振声和石振威道了歉，向村长怀振兴道了歉。他这一出，谁也不知道要整给谁看。

怀振声暗中派了苏树三到九漈村找石路养和张立隆，请他们务必回来黄石一趟。

张立隆和石路养立刻去了黄石。他的心情沉重，石路养从县城回来告诉他，石一方可能就死在去年的县城发生的鼠疫，他养病后期，走了城里所有的客栈旅馆，问出了其中一家，确实死过一个人，县府掩埋了尸体，留下一张命纸，上面记下黄石人的字样。张立隆想到乐乡长的话，更坚信石一方死于鼠疫，再也回不了家了。他想，黄石石家遭此劫难，该如何对石振威说起。

张立隆先去了怀振声那里，和岳父说了石家两个男人的遭遇。怀振声长叹一声："这些年，黄石到底是怎么了？"

张立隆安慰说，事已至此，也是没法，如今这事要怎么对石老爷说起呢？

怀振声说，你只传石有才的事，先不说石一方的事。

不久，石振威知道了石有才的事。但他听到石有才不回家，并没有震惊，因为他觉得自己的孙子还活着，活着就有机会回家。他问张立隆："你说，这孩子，他怕什么事呢？家都不敢回。"

张立隆说："石有才也是老实厚道之人，自以为犯了命案，就有罪，自责得厉害，四处躲藏，结果上了山，入错了班。按我的猜测，石有才的本事在匪班里肯定是出众的，现在也许当上了二三把手，这样就更脱不了了，或许在外还结了亲，另外有了女人孩子。石老爷，您别急，这只是我的猜测。不管怎么说，有才一定还活着。这是件大好事啊。"

石振威显得出人意料的镇定，他说如今世道混乱，石有才也许真有难为之处，能在外立足成家立业，也算本事，不回就不回了，只要活着就好，只是苦了郭凤，苦了我这老头子。

张立隆劝说，往后，我尽力寻找，有机会把他给你弄回来。

石振威想，既然传话回来，那事就没有余地了，他知道孙子的脾气。有才有着落了，一方也该回来了，一个大活人石沉大海，像是离家出走一样，半百岁了，人寻不到，自己该懂得回家来，免得女人担心，再说外边乱，儿子的脾气，他担心吃不消。一摞子事想起来，令人心伤，每每让石振威觉得是不是自己年轻时做了缺德事遭了报应，一家子人总是聚不到一块去。

张立隆说："人在外，不由人了。一方吉人自有天相，恐怕是尚未得到有才的消息，边探听消息边做事，一路去，不知到了哪里？我回头也去问一问，告诉他赶紧回家来。"

此时，石振威心中早有的一个计划，就像冬天的柿子，很快就要落地了。他对立隆说，陪我去你岳父那里，我想和他商量个事。石振威要和怀振声商量的事是关于石有旺和郭凤的事。怀振声听出石振威的想法，便说这事还得看郭先生和郭凤的意思，虽是有风俗传统，到底人家郭凤愿不愿意，郭先生赞不赞成，起码问一声，免得生出是非来。

石振威说，立隆你帮我去问问郭先生的意思，尽力给说说，郭凤这里我安排柳花去说。

张立隆说，俩老爷，这事不妥，都民国了，重要的是石有旺和郭凤俩有没有意思，他俩有意，做长辈的顺水推舟就行，郭凤若是同意了，郭先生那里我再去说，你们看如何？

怀振声十分赞同，石振威也就只好这样。张立隆说："石老爷，你可以和有旺谈谈，让他主动接近人家，把你的意思亮给有旺知道。到了火候，就办了。"

张立隆又问起怀氏后人迁居到尤床村的情况。怀振声便知道张立隆是想把尤床的怀氏拉到他这边来，壮大队伍，扩大地盘。张立隆又分析了当前形势，判断下一步省府的动向。玉田这里，成立了国民党县党部，彭秉廉被指派为书记长。他以为，胜利已经从组织和军事上做了准备，要对共产党动手了，接下来县城和一些乡村的日子不好过，怀一北已经带部队到县城，战马上要打了。

张立隆知道怀一北驻军黄石，但对怀一北的兵在黄石为所欲为，还是感到十分意外，更是让他不可思议。他想岳父来请，肯定有所打算。于是，他和石路养再次到了怀振声的铳楼。

数落了一番怀一北的德行后，怀振声说："立隆，这官军扰得黄石人无法过日子了，你看该怎么办？"这样的决定，肯定是经过矛盾再矛盾、斗争再斗争之后做出的。张立隆问岳父，有打算了？怀振声说："黄石福地，从来没有让我感到如今这样的忍无可忍，我只是想，再忍下去，黄石就要被人踩到烂泥地里去了。现在，只有靠你了。"

张立隆明白岳父的意思，但是自己目前的力量还不足以抵抗怀一北的人马。怀振声说，擒贼先擒王，想办法把怀一北抓了。张立隆说，这是第一步，同时还要想办法把他的兵都困在一个地方，丧失战斗力才好，不然这些土匪让你杀了怀一北，他们又自立新长官，倒坏了大事。

石路养说有个办法。怀振声催促快讲。石路养说，立隆姑丈不是要那些兵没力气吗，弄几包泻药让他们都喝了，准保软不邋遢，枪都扛不动。张立隆认为这是个好办法，一个计划在张立隆的脑子里形成了。张立隆和石路养躲在铳楼里观察了两天，基本摸准这些兵马的活动情况，就悄悄回九漈去准备演戏的道具了。

一天中午，黄石村来了一班人，抬着两口肥猪、五挑的酒瓮子，大摇大摆直接到了怀仁堡门前。卫兵盘问了这帮人，却说是云林乡乡长来慰问官军，送吃送喝的来了。卫兵报告了俩小队长，小队长十分高兴，就把乡长让进了土堡。一番客套之后，小队长说代表怀长官感谢乡长一片忠心，弟兄们，今晚好好吃好好喝，来黄石这鬼地方，肚子都快不知道酒肉是什么味道了。

乡长问，怀长官不在吗？小队长说，怀长官回城里去了，他有的是吃的，别管他。乡长说，那是那是，长官弟兄们真是辛苦了，晚上把这猪好好安排几道美味，红烧肉、猪脚包、排骨汤、猪肚炖蛋，哈哈，准保大家开胃。乡长说得当兵的流口水，大家都围过来争论着怎么煮这头猪。

乡长带来的挑夫整理了两张八仙桌，住在石义堡的十个兵也早早过来等饭吃。挑夫们又帮忙煮了十盘荤菜，怀振声添了米粉和八宝饭。折腾了半天，天黑时分终于可以开饭了。三两盘猪肉落肚，小队长就喊上酒了。挑夫们赶紧把酒瓮抬上来，每桌上了两瓮酒。立马就是一片杂乱的喊声叫声，乡长见势，端着酒碗来劝酒，每桌都敬一大碗，敬完酒，又每人发一块大洋。士兵们兴奋得像蚂蚱，在堡里跳来跳去。闹了一个多小时，声音慢慢静下来，酒劲和药劲齐发作，一个个都撑不住，趴在桌上睡着了，有的直接掉在地上打滚了。乡长推推两个小队长，已经不会言语了。乡长一个手势，从铳楼里钻出二十来人，把这些强人一个个拉到石场边上的悬崖顶上，让他们听天由命去了。

怀振声觉得这样处置二十号强人，似乎残忍了，那个悬崖几十米深，酒醉腹泻的人，集成一堆，要丧命的。以后，这里会变成了土匪坑，成了村民最忌讳走到的地方。

张立隆说："人家是扛枪的，你不严厉处置，他就会回头来杀你。但一夜之间消失了二十号人，不是小事，怀一北肯定会报复的，甚至会累及黄石无辜的村民。"张立隆说出了怀振声心中的担忧。

怀振声说，既然被逼走出第一步，那就不省第二步了，立隆你赶紧考虑如何应对怀一北的报复。张立隆得了二十支枪，信心大增，他决定把黄石的防卫队扩充起来，武装起来，发动所有村民，一起保卫黄石。另一方面，又叫人写告示四处分发，把官军在黄石为所欲为的丑事宣扬出去，让县府、省府知道，让全县的群众知道，让爱国的学生们知道，给怀一北压力。至于死去的二十号人，就说是被云林乡乡长请去吃饭，让反动乡长去背黑锅吧。

家里干净了，躲进城的女人就回来了。

县府接连收到两份宣传品：一份是强烈要求县府为抗日烈士林珍举行追悼会，表明县府的抗日态度；另一份是揭露怀一北部队强奸民女、搜刮民财的丑行。各乡也陆续报告，近期收到两份宣传品，群众情绪激昂，尤其是怀一北修军营四处征集劳力，民众怨恨很大。初中、职校和均小的校园内已经出现公祭林珍烈士的标语，并有游行示威的苗头。

韦县长赶紧召集了会议，问询大家的意见。参加会议的科长们认为举行追悼会，会助长共产党的志气，煽动民众的情绪，但是如果不让开，县府会背上卖国不抗日的臭名。至于部队建军营，为非作歹，那是部队的事，报告给省府，由省府去处理。韦县长开了会，心里就有了底。他想即使自己不愿意，但是不能背卖国的骂名，追悼会还是要开，但是会议不能让异己分子控制，简短就行，别给人家机会播种了火种。部队的事，着人立即上报省府。

过了年，怀有福一家人又回到县城。时下兵荒马乱的，生意自然是淡。

水莲想到在城里没有太多的事情可做，就萌生看锁病的想法，她对怀有福说了自己的打算。怀有福认为她想做点事心情好，那就去做吧，别太累了就行。征得怀有福同意后，水莲就想借石路养的李家铺子和卢迪工姑丈公一起开诊所。一方面，石路养的铺子常年闲着，他的那些山货都是德化直接取走的，没有零售的麻烦；另一方面，卢迪工早就想开中药铺，自己在中药铺子里摆一张椅子就可以给孩子们看病了，一举多得。水莲把这事问了郭先生，郭先生也十分赞同，说这是孩子的福音。水莲又找了石路养，石路养和张立隆都十分赞成。于是卢迪工和水莲就把诊所开了，还是请郭先生题了店名——卢家草药店，给水莲也取了店名——看锁一家，这样和"李家山货铺"一起，三块牌子排列在檐柱下，一时惹眼得很。

卢迪工把儿子卢跃叫到草药店里来做帮手，学点药剂知识，往后有一门手艺过日子，也好把自己的手艺传承下去。

县城来了看锁的"锁妈"，大家知道后，奔走相告。前来看锁病的络绎不绝，水莲一时忙得不可开交。因为锁药没有现成的，她看完病，还得跑到城外地里、山上去采药，几个月下来，水莲瘦了一圈。水莲的医术精湛，药到病除，水莲真得成了孩子们的保护神。冰糖、米粉、鸡鸭蛋，这些能够表达患者对郎中感谢之意的物品，堆满水莲的诊所。堆积多了，水莲想也是浪费，所以谁送来冰糖，就回赠他米粉，谁送来米粉，就回赠他冰糖，剩下的就送给怀珠花、郭先生和左右邻居。水莲的人缘好起来。也有从乡下赶到城里来，特地找水莲看锁病的。这让水莲记起怀老爷的牵挂，就是聚贤里的郑冠中。所以，遇到从聚贤里来的人，便会细细探听。只是聚贤里路远了点，来铺子看病的人不多，一时还得不到什么听闻。

铺子在县城站稳了脚跟，水莲便想到黄石的其他手艺人，她把陈四八、石路生动员到城里来开个小铺子。每月他们回黄石几天，把黄石的事照样管顾着，两不误的。

但怀良富却让水莲担心起来。一天放学回家，怀良富满脸是血，他和同学打架了，而且打得不轻。她去问了郭先生，先生说这孩子天性冲动，性格强硬，在学校已经打架多次，老师都感到头疼。水莲心里一阵叹息，这个土匪的种子果然有土匪的血脉，这成了水莲的一块心病。怀有福想教训一下怀良富，不曾想怀良富却敢操起扁担来反抗，这让怀有福大为光火，他忍不住怒火刮了孩子几个大耳光。

怀良富没有落泪，水莲过来把他抱在怀里。怀良富怒气难消，气嘟嘟地说，你再打我，我把铺子烧了。水莲赶紧捂住怀良富的嘴。怀有福气急，骂道，你真是土匪的种子。

水莲哇地大哭起来。

怀良富说，阿妈，别哭，我要回乡下，阿公不会打我。水莲感觉到孩子的心思，更是止不住哭。怀有福骂道，你最好回你阿叔那里去。水莲听不下去，哭骂着，有福，你用得着对孩子骂这么难听的话吗？卢迪工听到吵闹，就过来劝有福不该出口伤人，年轻人要学会按捺自己的脾气，祸从口出，良富脾气犟，好好开导，不能强摁头。说了好多话，卢迪工总算把怀有福劝住了。

水莲好几天没有心情去坐堂。一天，卢迪工过来席草铺喊水莲说有人来看病，水莲才去了诊所。看完病，采了药，回到诊所，水莲看见一个相当妖艳的女子坐在自己看病的椅子上。

"好妹妹，你跑到这里来做生意，也没有说一声。"女人开口对水莲开喉放声说。水莲被问得莫名其妙，没认出来眼前的人是谁。那女人说："贵人多忘事，龙头寨上的姐姐，你忘了？""啊呀，姐姐，你怎么来了？"水莲这才想起那个曾雅茹来。对上脸，两人就像故交一样，亲热地聊起来。曾雅茹变得温和许多，不像在寨上的时候，有一种夫人的架子。看见水莲，也没有了从前的敌意和酸劲，也许，时过境迁，女人共同的坎坷让她们更容易一起回忆一起哀叹甚至可以一起分享那些曾经的苦中作乐的岁月。

当日，曾雅茹跟随游击队到了永春，住上不久，她就回老家去了。那个瘸腿的男人、她的老公又娶了一房。这回瘸腿老实多了，那个女人熊腰虎背，性格粗暴，天地不怕的，瘸腿要敢出去混青楼，她就亲自去把瘸腿打翻在地，然后拎回来，几次以后，男人的面子都没了，心也就枯了。瘸腿男人听说雅茹从山上回来，竟然过来请她回家去。曾雅茹觉得好笑，男人变化也快。雅茹对瘸腿说，除非你的腿直了，你家的老虎女人不在了。瘸腿男人显得很无奈，没敢再说什么。

雅茹的后妈对雅茹的突然回家，也显得不知所措，不上茶水就拿眼看人，明摆着嫌她。雅茹说，我就回家看看父亲，过一小段时间就走。

没出半个月，曾雅茹又嫁给刘家的傻瓜儿子。雅茹说出嫁是为了寻找自己家的感觉，她不在乎男人是什么样，如今她的心里只有林开水一人了。她不让傻瓜碰她的身子，每次她都帮傻瓜解决难受的问题。后来婆婆发现了，就给刘老爷说，刘老爷就逼着雅茹给儿子睡。

傻瓜竟然不习惯睡女人，躲躲闪闪就自己解决了去。刘老爷大为恼火，把雅茹一拳打晕了，然后自己亲自上，所谓要孙子亲自出手了。她醒来时，傻瓜抱着她。这让雅茹觉得傻瓜的心比谁都好。第二天，婆婆摔盆摔罐、骂骂咧咧的，不敢嫌老爷，竟指桑骂槐起来。后来婆婆每晚就蹲在房外顾着。雅茹嫌恶心，也不关门，就和傻瓜做事。傻瓜起初不习惯，后来做得很好，做的时候还毫无顾忌地哇哇直叫。品尝了女人的美味后，傻瓜整日缠着要。

半年后，傻瓜死了。傻瓜死了，雅茹被人说成了"吸血鬼"，没有为刘家留下后代，就被刘家赶了出来。曾雅茹无处容身，就流落到青楼去混。几年下来积攒了一些钱，把自己给赎了，她想去林开水的老家，找他母亲去。不料，途中遇到土匪高云飞，又把她抢了，在玉田县城租了房子养起来，如今过着准太太的日子，清闲得很。

曾雅茹的经历，让水莲想起自己的两次婚姻，不禁陪着落泪。儿子怀良富放学回来，雅茹一眼就认出这个林寨主的儿子，便说这是寨主的公子吧。

这话说得水莲心如刀割。雅茹大大咧咧的，似乎毫不顾忌水莲的面子，只管说她非常喜欢这个孩子，想认他做干儿子。水莲说，竟说这些没谱的话。雅茹不觉这样说没谱，这明明是林寨主的种，她又是林寨主的夫人，认他做干儿子，靠谱了去。雅茹招呼怀良富过来问话："给我做儿子好吗？"

怀良富说，你不骂我不打我，我就行。雅茹大笑起来，说干娘绝对不打你。水莲没想到怀良富是这样的想法，被打一次，就记仇。

雅茹问，谁打你了？怀良富说，阿叔打我。雅茹心里明白了八九分，于是对水莲说，这男人就疼自己的种，你和他生的那个，他一定呵着护着，也难怪。我说你当妈的，这种事不好劝，这样的日子迟早会崩了。水莲说，也不是不疼，是这孩子太任性，在学校老打架，先生都告状了，你说该不该打呢？雅茹觉得他会打架就对了，那林家的种，肯定爱打架。水莲拦不住曾雅茹的嘴巴，又想断她的念想，就直接说，你别动这个心思，孩子他阿公视为亲孙，不会放手的。

雅茹说，看孩子愿不愿意，别的都不重要。

又有病人来了，曾雅茹就起身走了。怀良富说："干娘，你不带我走吗？"

水莲恼火，也掌了怀良富一巴掌。

雅茹赶紧来护着，对孩子说："儿子，别急，过些天，我来接你。"

不日，店里来了一位大小孩，身子十分强壮，只是脸神显得稚嫩。他走进草药店，站在柜台前，开口就问卢迪工，你是石路养吗？卢迪工说，不是，你找石路养有什么事？大小孩说，这李家铺子，不是石路养开的吗？卢迪工说，我们租他的房子开铺。大小孩没再吱声就出门去了。卢跃在柜台后仔细看自己的同龄人，觉得不对劲，跟着出门去，却不见了踪影。

半个月后，石路养回城里进了门，那个大小孩就跟进来问，你是石路养吗？石路养答，是。

随即，一支短枪亮出来，朝着石路养"呼"的一声，走火了。石路养慌乱中一侧身，子弹穿过左腹。石路养抬腿一踹，又朝前一个侧步，把大小孩的手控制了，"呼、呼"，又是两枪打到二楼的楼板。卢迪工、卢跃赶紧冲出柜台来帮忙把大小孩制服了，缴了枪，捆绑起来。

水莲心情不佳，这些天都不怎么去坐堂。听到枪响，她和怀有福、苏四五一起赶过来，看见一个大小孩被绑着，知道局面已经稳定。石路养捂着肚子，血流不止。卢迪工、苏四五赶紧把石路养送到赵氏兄弟的诊所去包扎治疗。

怀有福、卢跃看着人犯。怀有福问，你小子胆大，光天化日敢杀人。大小孩抬起头说，我要为父亲报仇。怀有福说，冤有头债有主，你这没头没脑的，报哪门子的仇？大小孩说，石路养撺掇游击队，把我父亲打死了，就这门仇，有头有主的。水莲听了，就问他父亲是谁。大小孩看了一眼水莲，瞪直了眼睛说，你是尤溪妈？水莲问，你认识我？大小孩说，你给我看过病，我认识你，你是好人。水莲简直不敢相信，眼前这个大小孩竟然是几年前深夜到黄石找她看病的小孩。她急忙蹲下身子问，你父亲是谁？大小孩说，我父亲是山尾寨的龙爷，他死得好惨啊！水莲安慰说，你别急，得把事情问清楚，可不要见人就开枪，杀错了，又是一个冤鬼。大小孩说，我娘说了，就是石路养带来游击队杀我父亲的。

水莲还想对孩子说些宽慰劝告的话，怀一北带着兵就来了。怀一北看见人已经被绑住，就问了一下情况，吩咐手下把人带走。这时，警察局的人也赶来了。水莲赶紧说，一北伯，你看是不是不要带走，他还是个小孩，他为父亲寻仇来的，再说也没有打死人。怀一北说，开枪打人，法所不容，他父亲是谁，有什么仇？水莲替龙少爷说了事情的原委。怀一北认为，匪人后代，又是一个匪徒，今日若是放了他，日后还得来寻仇，我们老百姓的日子还怎么过？水莲说，一北伯说得都在理，只是他还是个孩子，不懂事，才会光天化日之下来寻仇，换了坏人不会这样做的，况且石路养也无大碍，我们黄石怀家素来以宽容为怀，求求你，放他一马。

怀一北问水莲为何要为他求情，黄石人素来务农，不与强人有染的。水莲说，几年前，他父亲带他到黄石找我看病，我把他的病看好了，他父亲仗义，允诺以后不来黄石侵扰，算是一种约定了。

水莲不依不饶地求情，怀一北就有意依了水莲的意思。他转身对警员说，这孩子有病，精神病，就交给郎中去管吧。警员们不想与部队的人结怨，便收了队回去了。怀一北说，我看就你们自己处置吧，不过可别轻易放了去，到别处去作乱。

怀一北走了，怀有福对水莲的举动深感不解。水莲说："有福，你得像你阿公学学怎么待人处事。对待一个孩子，要善心些！"这话让怀有福上心害臊。水莲又转身对龙少爷说："游击队打死你父亲，这事很复杂，并不像你娘说的那么简单，你把这仇恨发到石路养一人身上，肯定不对。再说，你父亲占山为王，也做过许多不对的事情，你知道吗？你父亲做坏事在先，被打死在后，冤头债主的道理就是这样，要是你再来寻仇，不知道何时才是个结果。"

龙少爷大声哭起来。水莲抚摸着他的头。龙少爷说："尤溪妈，我相信好人说的肯定没错，可是我就是心里难受，滋滋滋地生出仇来。"水莲说："我心里也有仇，但我总是想我自己也有不对，这些都是命中注定的事，报了旧仇又有新仇，永远报不完。以前你不是想住在我家吗？这回你可以住下来，好吗？"龙少爷说："我杀人了，还住得下吗？"水莲说："刚才怀长官已经放过你了，你听我的，你就会没事。"龙少爷说："尤溪妈，你是好人，我听你的。"

水莲给她松了绑，要扶他起来，龙少爷坚持跪着不起身。水莲对怀有福说，这孩子我看着，你去看看石路养，需要可以帮衬点。怀有福回答，你可别自作主张，看紧，小心点。

石路养并没有大碍，子弹没有伤及内脏，只是皮伤，在诊所包扎敷了药，就回来了。卢迪工看见凶手松了绑，就问怎么回事。水莲说，刚才怀一北要把人带走，我求下了，毕竟他还是个孩子，在黄石，是我给他看的病。石路养看见水莲像疼孩子一样抱着护着这个大小孩，心里知道其中必定有缘由。水莲说，路养，这孩子是为你而来的，你说该怎么办？石路养说："小鬼，你的仇是报了，今天算我命大，而你父亲龙爷就没我命大，他死了。你父亲犯下太多的罪，别的不说，我黄石怀家的小孩就是你父亲抢走的，就算我们不找他，也有人会找他报仇。我原本是投奔龙爷的，对他的死，我不是有意的。如果他还活着，现在官府也不会放过他，你也别嫌我说话难听，作孽的人，迟早是要被杀掉的。"

水莲问龙少爷，你听得明白吗？龙少爷摇头。水莲说，你要是把仇记在心里，将来你和你娘都会没命，听尤溪妈的，你千万别和你父亲一样，你得去读书，读书会让你明白许多道理，懂得道理，心里的恨就少了。水莲又对石路养说，路养，你大人大量，放他一马。石路养说，我知道你心里有好办法，你处置他去吧。水莲说，龙少爷，这位大哥哥已经原谅你了，听尤溪妈的，你向大哥哥道个歉，然后你赶快离开这里，回家去，也让你娘明白怎么回事。龙少爷摇头，却转身朝石路养磕一个头。水莲说，这孩子就是犟，磕一个头也算，路养你就让他回家去吧。

卢迪工叫卢跃到九漈去把李阿妹请来照顾石路养，个把月时间石路养就康复了。

石路养回九漈去的那天中午，怀良富却没有回家来。水莲问了怀有福，怀有福说不知道。俩人和苏四五一起去了学校，没有见到人。郭先生说这孩子调皮，是不是跑到哪里玩去了？水莲又满城找了一遍。直到晚上，还是没有人影，水莲心里想到了曾雅茹，肯定是这个女人带走了怀良富。水莲赶到西门外曾雅茹的租房，主人说高团长的女人已经走了，却没有说去哪里。

水莲伤心欲绝，晕了过去。怀有福把她背回家，好生养着。

第四节　追悼会

卓越颖再次回到九漈。这些年，九漈的药材很顺利地输送到闽北省委驻地，卓越颖立下汗马功劳。红军大转移后，卓越颖留在闽西北，继续保持药材线路的联络。因为省府内迁永安，途中多了许多据点关卡，过永安的这条线路多了许多麻烦，所以省委派她秘密前来，准备更改路线，由闽中游击队从德化接药，经永泰，过闽江北上。这次回九漈的身份是回家探亲，卓越颖带回一个永宁堡的孙子。这事只有她自己明白，孩子的父亲是不知道的。如今的怀一北已经和自己志不同道不合了，她只想托人把孩子带回黄石，他毕竟是永宁堡的血脉。她只希望孩子能安静地生活在乡村，枪林弹雨对孩子是不公平的。

她和张立隆交接了组织上的任务，便对张立隆提出孩子的事。张立隆说，还是缓缓吧，如今怀一北正在黄石屯兵，并在村里做下鸡飞狗跳的事，黄石的老少都十分痛恨他，这时候送孩子回去，怕对孩子不利。作为革命者，不能把下一代交给自己的敌人。张立隆建议先把孩子寄在石路养这里，来去利索些。卓越颖认为这样也好，但她希望这孩子最终还是要回去的。

李阿妹很喜欢这个男孩，到九漈的这些天，李阿妹一直帮着卓越颖带孩子。张立隆看在眼里，便对卓越颖说，有些时候不方便，孩子就放在阿妹这里，让她给孩子做干妈吧。阿妹高兴得不得了，卓越颖也觉得行。石路养说，阿妹是干妈了，那自己自然就是干爸了。蓝天蓝，白云白，他舒了一口气，举起孩子，久久不肯放下。石路养心里觉得，这就是水神和菩萨送给他的孩子吗？若真是，那还得找个时间去答谢一回。

集美职校开展了一系列的抗日宣传活动，这也是配合初中、均小和武陵地下党的工作。林警民老师定下大型公演活动由林瑞和黄启文主持。黄启文写了主持词送交林老师审核后，便和林瑞一起排练。校内情况比较复杂，他俩便选择到仙亭山上密林里排练。字正腔圆、慷慨激昂、饱含情感的主持排练，激起林间的飞鸟，朝着远方飞去。

休息间，俩人便聊到各自的经历。林瑞对这个从南洋辗转厦门再到玉田的同学产生了几分好奇。她问，你怎么会到南洋去呢？黄启文说自己的身世坎坷，父亲是下府人，家穷，就随邻居们一起下南洋。在南洋他得知祖国家乡被日本人侵略，许多人都回国来，有的参军上前线，有的自愿到边境参与运送物资。父亲就是在云南边境不幸走了。他在华侨领袖的帮助下，回到厦门进集美职校读书，因为沿海局势紧张，就随学校到了玉田。

林瑞问，你奶奶还在泉州吗？黄启文被林瑞的问话搞糊涂了。他问，你怎么知道我奶奶在泉州？林瑞说，蛮问的。她心里似乎遇见了一个自己曾经参与寻找过但还没有结果的人。她不能确定心中的判断，但预感很强。她说，我曾经听朋友说过一件事，似乎和你有关。黄启文也好奇，便问什么事？林瑞说她的朋友曾经到泉州黄家村，遇见过一个叫高娣婆的老人，并帮她写了一封信到南洋，那人叫黄三坡。林瑞边说边观察黄启文的反应。黄启文果然显出十分的惊奇。黄启文没有说话。林瑞说，你认识黄三坡吗？黄启文推说不认识。但他湿润的眼眶明白告诉林瑞，一切正如林瑞的猜测。

转身眨巴几下眼睛，黄启文回头对林瑞说，光问我的事，也说说你的事。林瑞很轻松地把自己从德化家里逃婚出来，流浪到泉州再到厦门，又进职校读书的事详细说了。黄启文很佩服这个从地主家庭逃出来的女孩，夸她勇敢又乐观。林瑞说，乐观是说对了，勇敢谈不上，当初从家里出来，自己害怕得要命。说完林瑞也是流了泪。她说自己已经好多年没有回家了，现在的自己要是回家，父母怕是接受不了她，所以更难回家了，这辈子恐怕就这样在外流浪了。黄启文说，好儿女志在四方，又岂在德化一小家，既然没有岁月可回头，那就勇敢往前走吧。

林瑞很感谢他的安慰，其实在她心里这是一种鼓励，对未来生活勇气的鼓励，这么多年，她十分渴望有一个朋友能这样鼓励她、安慰她，引着推着让她朝前走，少一些对过去的怀想，多一些对原家的解脱。林瑞说，每个人心里都有难处，也有希望，为感谢黄启文对她的鼓励，她决定要为黄启文做一件事。黄启文似乎没有当回事，就说好。

林瑞靠在一棵楮木上，眼睛望着天空。她对黄启文说，这片山都长这种树，高大粗壮帅气，就像我们的校友，汇集在一起。黄启文说，我赞同一半，人同草木，人优于草木。

这次公演十分成功。职校演出的《红心草》《雷雨》《日出》《断雁》和吴曲宛老师导演的《钦差大臣》等话剧，在玉田演出后，还到临时省会永安演出。公演会上演出的《黄河大合唱》《在太行山上》的歌曲，成了学校人人都会的曲目。他俩的主持也得到校长的首肯。

接下来，林瑞得空要做的事就是带黄启文回黄石。她上街去了席布行问了路。然后，她就等待一个合适的时间。在她心里真正的目的就是完整地做一件成人之美的事情，从德化到泉州，从泉州到南洋，这情缘的线搭上了，就差黄石这个接头，尚未接上。

林瑞就是这样一个任性又热情认真的人。如今回到玉田，更应该把事情了结一下。她几次想催促黄启文一起去一趟黄石，但是因为林珍烈士追悼会的事，又把回黄石的时间推迟了。

为了举行烈士追悼会，玉田地下党通过乡贤、学校师生以及爱国群众做足了准备工作，半疏半逼，县府终于被迫答应召开。会议地点在文庙大礼堂，县府规定了参加追悼会的人员代表，县府党政机关、各群众团体的领导人和职员，初中、职校、均小校长和师生代表。县府还特别加强了会场的保卫，预防追悼会被利用，变成反对国民党的动员会。玉田县国民党党部书记长彭秉廉主持并致辞，会上宣读了南京农业大学卢浩、广西柳州农学院林鸿和烈士林珍的未婚妻的追悼文稿。

会场控制很严，但是地下党还是争取利用这个纪念机会大作群众宣传工作。尤其是学校师生事前就到县城各家各户分发烈士事迹宣传单，发动群众到文庙外县体育场集中参加追悼会。结果，县府关在文庙里开会，群众学生在门口开宣传发动会。

黄启文作为职校的代表在群众会上演讲，林瑞宣读三份追悼文稿。

水莲和怀有福、石有旺、郭凤都去了文庙门口参加了外围的"追悼会"。

水莲她们虽然不认识烈士，却为玉田这位年轻人为了抗击日本鬼子勇于牺牲自己的事迹而感动。回家后，水莲对怀有福说了一件事，她说今天开会，我看见一个人很像你。怀有福觉得好笑，问是谁。水莲说，站在台上演讲的那个年轻人，越看越像。怀有福说，我怎么没有感觉？水莲说，不信你去问问有旺和郭凤他们。怀有福真的就去问了石有旺和郭凤，他们也说有点像，但没有很在意，记不太清楚。这事怀有福不是很在乎。水莲心细，想起南洋的来信，心里猜测会不会是那个丢失的伯伯。怀有福就笑水莲说，兄弟不是像来的。

怀一北也参加了林珍的追悼会，毕竟他们是在福州一起读书的同学。他十分感慨，同学少年，分道扬镳，竟然如此。回玉田后，对这个同学，没有音信，在现场听了追悼文才知道他早干上那边的事了，而且还上了北平。他对同学的选择很鄙视，鄙视的原因是他二十一岁就死了，而自己选择的路子还让自己活着。自己是官军，是正宗的，而他们是旁枝侧叶，所以，他对自己的选择和这么多年的坚守很自信很自豪。这样想着，他心底却担心起卓越颖会不会遭受同样的命运，虽然道不同，毕竟她已经是自己的女人了。

怀一北对宣传品毫不在乎，他最头痛的是抓不到劳力，如今十里八乡都被赤化了，好不容易抓了几十个，半路还要跑脱一大半。几个月的努力，今日他想亲自把三十几个劳力押往黄石去干活。追悼会后，群众的爱国情绪更加高昂，玉田地下活动更加活跃，这让怀一北感到十分担忧，他想尽快实施自己的计划，却因第四区剿总常南勇剿匪为匪、被省府解职一事而拖延。

到了黄石，他发现不对劲，自己的兵马不在了。他找来村长怀振兴问话。怀振兴说，你的人不在了才好，这些天黄石安静多了。怀一北厉声喝道，我问你，我的人都去哪里了？怀振兴说，前些日子，乡长来慰问，后来又请到乡里去吃饭喝酒，至今也没有回来。怀一北大吃一惊，哪有吃饭吃这么久的事情，这是部队，不是走亲戚串门。

他赶紧去了土堡，发现枪支都没了。怀一北气急败坏，抓住怀振兴的衣领说："这事肯定是共产党干的，你们黄石串通共产党，你们要负全责。去，你把怀振声和石振威给我叫来，这两个老家伙，一定是他们干的。"说完，命令十来个士兵把怀仁堡包围起来。

怀振兴朝着怀仁堡喊话，怀哥、石哥，长官要你出来说事。

怀振声和石振威从铳楼里出来，互相搀扶着到了厅堂。怀振声说："长官，什么事？"怀一北说："你说什么事？别装糊涂，我的人呢？"怀振声说："你的人被乡长请去吃饭了。要人，你找乡长去吧，我这一把年纪，总不会把你的部队给吃了吧。"怀一北说："怕来的不是乡长，而是你请来的共产党。"怀振声沉稳地说："我世代种麻织布，从来不管什么党。我多少年不出门了，去哪里请人，何况是共产党？人家有那么好请吗！"

怀一北知道自己不得不陷入一种六亲不认的境地了，本想驻军老家，会得到支持同时也是保护家乡，不料事情却是反着来。眼下，从怀老爷的嘴里是不会得到什么有用的东西，只有威逼，看能否有什么意外效果。于是，他下令把俩老头捆绑起来，到麻坊把麻丝以及稻草搬来，堆在厅堂里，摆出一副火烧怀义堡的架势。怀振兴赶紧出来说情，被怀一北推搡一把，跌坐在地上。怀振兴嘴里大骂，天地啊，我怎么去生出你这个畜生来。

怀一北冷冷地说："如果我是畜生，那你就是人。如果我是人，你就是畜生。你我不搭界，知道吗？念你养我这么些年，饶你一死，赶紧给我滚开。"怀振兴听出话里的尾声，这种还真不是自己下的，一时沸了血，倒地上了。有人要去扶怀振兴，被怀一北制止了。面对怀一北的威逼，怀振声和石振威倒是轻松下来，他俩坐在一起小声说起话来。

"兄弟，我们今天可以一起走了。"

"怀兄，有兄弟相伴，走的不单身。"

怀一北说，你俩不说出个原因来，就让你一辈子喜爱的麻布草席陪你上路吧。

自己的计划被黄石人搅黄了，怀一北十分恼火，他想发泄一下自己心中的怒气，尤其是对两个富家老爷。虽然怀振兴从父亲变成了养父，但自小感受到的养父被老爷压制的难受依然清晰记得，如今趁机报复一把。眼下，怀一北看见俩老头面对死亡竟然毫无惧色，更是觉得丢自己的脸。于是他又阴阳怪气地劝说："老爷们，你们一辈子做的是人上人，到老了，何苦跟着穷鬼子去瞎折腾呢？几个女人算什么事，你们竟然杀死了二十个官军，这个死是你们自找的，不过，你若说出共产党在哪里，还可活过一命。"

怀振声说，石老弟，看来我们活不了了，我们压根不知道什么共产党，叫我们往哪里说呢？永宁堡的小侄子，你我本是同根生，相煎何太急啊！石振威接话说，怀一北，你也是黄石人，你要是想逼我们去死，那就动手吧，不要拿共产党来吓唬人。

怀一北下了最后通牒："本长官最后一次劝告你们，再不开口，就连堡带人一起烧了，然后我再到县城杀了你的儿子孙子。"说完，他下令点起火把。

怀振声听到怀一北的话，肝肠寸断，他丝毫没有老家人、怀家人的情分，他只有他的信仰、他的主义和这个主义制造出来的凶残。现在怀振声甚至有点后悔自己的冲动，要是以前他会忍着，顶多破财消灾，这些年像阮大六说的世道的天气变得太恶劣了，恶劣的世道让他这个老头都能改变自己一生坚守的做人原则。也许是命中注定，怀一北回来得太快，张立隆还来不及准备预防报复的事。面对这个畜生，也只能听天由命了。

怀一北叫过一个士兵，让他先去把怀家的麻坊给烧了。不一会儿，麻坊腾起浓浓的烟雾，大火烧得麻坊噼噼啪啪地响，一声巨响，麻坊的屋顶坍塌下来，热浪四散，在土堡里边都能感受到脸烫。怀一北还是不见动静，又叫四个士兵去把铳楼给烧了。

四个士兵折回来说，铳楼门被拴着，进不去。怀一北说，里边有人，拿稻草把门烧了。不一会儿，四个士兵又折回来说，楼内有人浇水，稻草都弄湿了。怀一北大骂，笨蛋，拿斧头砍了。

"嘭嘭嘭"，铳楼那边三声枪响。拿斧头砍门的仨人被打死了。

怀一北恼羞成怒，下令烧死俩老头。

火把从士兵的手里出发，越过空中，扎进干燥的麻丝、稻草堆，噗噗的火苗一下蹿起来，浓烟像黑色的流水，从屋檐下升腾出来。

"嘭嘭嘭"，枪声又响，两个士兵倒下了。

怀一北发现情况不对，自己带来的护卫死了五个，就剩下一半了，赶紧得撤退。他转身朝着堡门撤去，突然又转身拔出手枪朝着厅堂的火堆连发了十几枪。

怀振兴被枪声震醒过来，看见大火燃烧，赶紧撑起身子，看见有人提着水灭火，他嘶声喊道，先把人拖出来。又有两人从八扇廊巷里冲出来，迅速扒开火堆，把俩老爷拽出来。可是俩老爷被大火的热气烧得窒息了，又被怀一北胡乱开出的那十几枪击中，死了。

苏树三和蒲楂娣满脸漆黑，跪坐在地上，杨氏、厨妈和丫头也出来，一起围着老爷大声哭喊。

怀振兴大喊："人死了，我来料理。你们赶紧去把怀一北追回来，抓不了活的，就把他的人头提回来。"村长下令，三个防卫队队员立即叫了防卫在石家石义堡的四个防卫队队员，一起抄小路埋伏在落风格，等着怀一北的到来。

怀振兴把怀振声和石振威的尸体抬出怀仁堡，他们身后巨大的火势慢慢吞没了堡围，怀仁堡一片狼藉。

在怀一北来怀仁堡时，怀振声就派了一个防卫队员从暗道出去，报告张立隆。等张立隆得信带着队员来到黄石时，怀仁堡已经被烧光了。怀振兴看见张立隆带着人来，哭诉起来，责怪他们怎么才来啊，俩老爷都被烧死了。张立隆扼腕肃立，看着两位宽厚仁义的老人被折腾得不成人样，真是后悔自己的毛躁，若是布置了反报复的计划，就不会有现在这样的结果。他看着土堡废墟，心生慨叹，这世道，即使建起坚固的土堡，也保护不了自己的生命。

怀振兴的脑子在快速旋转，这个教谕种下的畜生，冤枉地养了他二十几年。此时，他担心畜生怀一北会对怀有福、水莲他们下毒手，怀一北是当着怀振声的面说过要杀了怀有福一家人，狗急跳墙的时候，一般都是说到做到的疯狂。他立即对张立隆说了这事，要张立隆赶紧派人去县城通知怀有福水莲他们，暂时避一避。

张立隆骂道:"真是个畜生。村长,这也是命缘。你看,人家都爬到你头上拉屎拉尿了。对这些人,只有消灭他,你这个村长当得才像村长。"怀振兴大喊:"别光顾说我的事,赶紧去救人,我们黄石防卫队的人,怕是拦不住,你们赶紧去,要是碰上那个畜生,你们割了他的头。"

张立隆意识到事情的严重性,简单交代了俩老爷的丧事,就带着队伍赶往县城去。路上,张立隆碰见黄石村的防卫队员,问及怀一北的事。他们说路上遇见永宁堡的少奶奶,就怀一北火烧怀仁堡、枪杀姥爷的事合计之后,少奶奶安排防卫队回头守漏风岬,她守撼岭岬。防卫队员们守了半天,不见怀一北的踪影,也许他走了撼岭岬了。

这时,远处传来几声枪响。张立隆赶紧组织大家赶过去,在撼岭岬,大家发现卓越颖站在岬头。等张立隆赶到岬头时,卓越颖倒下了,而怀一北和他的两个手下也死在了离岬头不远的路上。

张立隆赶着去扶卓越颖,发现卓越颖中弹了。张立隆问,怎么回事?

卓越颖吃力地说:"我亲手杀了孩子的父亲,为黄石的老爷复仇了。我快不行了。立隆姑丈,虽然我和他志不同道不合,但我还是希望和怀一北一起回黄石去,和同学在一起,和儿子的父亲在一起,我们是早已拜过堂的……儿子,就留在九漤,交给组织了。"

说完,卓越颖就晕过去了。张立隆听了很震惊,女人的心思真是摸不透。他甚至无法理解一个革命同志在死后的信念里,剩下的竟然是纯粹的爱情。这就是内心深处的爱吧,兴许它和立场与信仰无关。容不得多想,张立隆立即派人去城里通知怀家石家大小回来料理丧事,然后命令战士把卓越颖抬回黄石去。黄石的防卫队员,想割了怀一北的人头,被张立隆制止了。

第五节　认祖归宗

事情已经明了。黄启文能启程回家认祖,是林瑞出了大力。

在怀仁堡大火燃烧的日子,黄启文和林瑞也来到黄石。从水尾亭走过去,黄启文似乎找到一些从前的记忆。但到了村里,越来越让他觉得陌生,这么多年，事物变化了很多。

林瑞说，我父亲来过这个村。黄启文问，什么事？林瑞说，听说是来追杀云林乡长的，结果被黄石的老爷们保了，就是你爷爷救了乡长。

过了大片的苎麻地、席草地，他俩听到凄惨的哭声，好像哪家在办丧事。林瑞到路边的人家去问路，并了解一下情况，知道是怀家石家的老爷被官军烧死了。这事来得突然，林瑞不知所措。黄启文说，既然已经回来，就得找到我的家，怀老爷被官军烧死了，我更应该送他最后一程。说完，三步并着两步，赶着前往怀仁堡。

被烧毁的怀仁堡，一片漆黑的废墟，像一个日晒黝黑的老人坚强地矗立着。

黄启文和林瑞走进堡门，找到铳楼，怀家正在做丧事，祭奠怀老爷。见到有人来，主事怀振兴赶紧出来，把这对年轻人让到堡围的一楼。怀振兴问，年轻人来黄石，所为何事？

林瑞语快，把黄启文做了介绍："这位是你怀家的长孙，如今回来认祖归宗了，路上我们得知怀老爷不幸归天，长孙子回来的正是时候，可以送老爷最后一程。"

怀振兴简直不敢相信自己的耳朵，眼前这位小伙子竟然是怀振声的长孙，而且在祭奠的时候归来，真是在天有灵，怀振声真有福气。他赶紧叫了张立隆和石路养。张立隆和石路养一眼就认出这位年轻人像怀有福，异口同声地叫出来："怀有义。"

"对，他就是怀有义。"林瑞说，"现在他的名字叫黄启文。"

石路养问："这位姑娘是？"林瑞说："你这个李老爷的赘子，连我都认不出来了。我是德化头哥的女儿。"石路养啊的一声惊呆了。张立隆也感到十分意外。黄启文说："她现在叫林瑞，是我职校的同学，她和父亲有点小矛盾，就从家里跑出来读书去了。"

黄启文要去看阿公，被怀振兴劝住了。他说，有话慢慢说，我去叫厨房。

不一会上了茶水，煮了点心。怀家把这个孙子当作客人了，客人来，先要点心招待。黄启文伤心，吃不下。林瑞走了半天的路肚子也饿了，一碗点心吃干净了。怀振兴说，两个红蛋也要吃了，怀家子孙回家、远方的客人到来，我们表示敬意和欢迎。

怀振兴对着黄启文说了一通爷爷怎么挂念他的事。最后，他说："孩子，你阿公真是有福气。不过，你回来，先得认祖归宗。"

张立隆吩咐石路养把杨氏叫出来。杨氏见到这位年轻人，脱口就喊儿子、儿子。在场的人无不为之感动，血脉有灵，母亲的眼力那么尖。只有母亲能够在分别十多年后，一眼就认出自己的骨肉。杨氏把儿子紧紧抱住，大哭起来。怀有义也抱着母亲，在他十多年后的心里，母亲变老了，儿时的母亲年轻漂亮，如今多了皱纹，多了疲惫的神情。这一切，都是离别和思念惹下的。怀有义在等待父亲出来和他相见，却始终没有，他不禁问道："我阿叔呢？"

杨氏更是号啕起来。怀振兴把话挑明："有义，你阿叔早几年就被土匪打死了。"怀有义听了，和母亲一起大哭起来。林瑞在边上显得慌乱，不好插嘴说话，也不懂如何安慰这对母子。杨氏看到林瑞，似乎想问点什么，却没有说话。

黄启文明白母亲的心思，就说："在南洋收到这位姑娘代写的信，父亲就回信了。后来父亲给我说了小时候的事，我也挂念生身父母，就自己写了信。时局变化，父亲也是四处辗转，历经坎坷。自己也回国来读书。不想学校内迁到玉田，寻得时间就回来了。路上就得到阿公去世的消息，我伤心也感到幸运，我见不到阿公最后一面，却能赶上送他最后一程。"

张立隆说，振兴公，怀有义回来了，丧事时间紧，先把认祖归宗的事办了，然后就可以祭奠他阿公了。

怀振兴主持了怀有义认祖归宗的仪式。怀家祖宗的灵牌已经重新写过，就摆在被烧毁的空堂石廊上，点了香烛，摆上祭品。怀振兴告白道，怀家列祖列宗，今日吉祥，六世孙怀有义幼小失散，十七年后回归黄石，认祖归宗，请接受子孙三拜。

怀有义拜了三拜，起身燃香再叩首，说道："晚辈怀有义幼时坎坷，多年无法尽孝，心中惭愧，请列祖列宗原谅。今日归来，得知家中不顺，晚辈更是肝肠寸断。黄石怀家素来是宽仁待人，我怀有义今后一定集成家风，为社会尽力，为百姓尽力。"

张立隆听了，立马对黄石的后生产生敬意和喜爱之情。

怀有福、水莲一家子，因为怀良富的事耽搁了一点时间。水莲坚决要去找怀良富一起回黄石，怀老爷生前是认这个重孙的，也非常疼爱他。如今，老人家走了，晚辈一定得回去尽孝。可是，怀良富因为被阿叔捆嘴巴赌气跟着曾雅茹去了。水莲觉得气堵，也是没缘分的孩子。

怀有福他们到了家，已是次日凌晨。怀振兴说，先来兄弟相认，再穿孝服。怀有福强忍着泪水与黄启文握手、拥抱。黄启文又向弟媳水莲问好。怀有福说，我从尤溪回到家时，阿公说过，他要活到哥哥嫂嫂、姐姐姐夫一起回来的时候，可是……有福这么一说，在场的女人听了，便禁不住了，放声痛哭起来。怀有福、怀有义穿起孝服，等着道士来主持祭奠怀老爷。怀振兴特地写了一张祭文，把怀有义认祖归宗的事烧给怀振声知道，以慰亡灵，然后又写了用怀一北的命祭奠的祭文，烧了，打了卦杯。

待怀家子孙、亲戚、亲人分别祭奠之后，怀振兴亲自跪拜了怀振声，哭诉自己对不起兄长，自己养了一个畜生，祸害黄石，今日用这个畜生的命来祭奠，泉下让这个畜生永生永世给老爷当牛做马，伺候兄长。

祭奠之后，又做了道场。因为时局和地点问题，石家和怀家决定把怀老爷和石老爷的功德一起做，并把道场时间缩短了，只做了一日一夜。两家的用意是让两位老人做伴同行。

林瑞提前回了学校。怀有义等到阿公"头七"后才返校。

卓越颖回到黄石，进了永宁堡。张立隆请卢迪工开药。卢迪工说伤势严重，怕是没有药了，县城新式诊所那点消炎药都被县府控制着，不敢随便卖，日子久了，也就过期失效了。

怀石两家的人本该都来照看的，却因丧孝在身，不便到人家家里去。只有张立隆、石路养他们在帮忙。卓越颖忍着剧痛，对同志们说："有缘来到黄石，来到九漈，结识大家，也感谢大家。黄石怀老爷、石路养他们多次出手相救，无法报答，眼下只能把怀一北杀了。"这种坚强，卓越颖自己也能感受到，从前是不会有的。从一种革命走向另一种革命，她即将走完自己完整而又短暂的一生。

石路养说："快别这么说，我们是同志，不说感谢。要感谢就谢谢怀老爷和立隆姑丈他们，感谢游击队战友们。你要坚持住，我们的部队还需要你去送药材呢！"

她似乎想伸手，石路养赶紧伸过去紧紧握住她冰凉的手。卓越颖说，往后你替我去送吧。石路养知道卓越颖放心不下为苏区红区送草药等物资的事情。他坚定地说，你放心，照老规矩，一定送到，而且要送得更多。卓越颖咧嘴笑了一下，然后睁眼看着石路养，似乎还有话说却说不出来。

卓越颖气息低弱，思绪却像一叶扁舟逆流而上，她感觉到一种源泉的追索已经到头。理想只能顺着河岸，不断调整航向，最终她走进了红色队伍。但是她的路程显得孤单，在闽江的上游源头，她愿意做一滴水，从山涧中流出，回到闽江边的少女时代，和同学们在一起。

卓越颖用尽最后一丝力气说了两个字：衣裳。

张立隆说，她想穿上当年永宁堡少奶奶的新娘衣裳。张立隆知道她的心思，这些年无依无靠来到玉田，真真假假走进永宁堡做了新娘，在快走的时候，她当真了。张立隆吩咐人赶紧去拿新娘装，打扮打扮。他凑近卓越颖的耳旁，悄悄告诉他，孩子就先放在九漈，让组织来照看和培养。

卓越颖穿上新娘衣裳，安详地走了。

怀一北的尸体也回到黄石，没有人理会他。怀振兴一心在料理两位兄长的丧事。只有邓氏守着儿子，哭天抢地，责怪怀振兴把儿子送到外地去读书，劝说旁人往后教子教孙不要去外头读书。她的意思是儿子读书读坏了，没有读书，留在永宁堡，就没有这些刀枪流血的事。因为儿子在村里犯下丑事，被人羞辱。当得知儿子被卓越颖打死后，万念俱灰，邓德莲就上吊自杀了。

一时，永宁堡阴气冲天。

料理完怀家石家的丧事，怀振兴便简单收葬邓氏了事，也没有通知她娘家人。怀一北和卓越颖的事，他征求了张立隆的意见。张立隆说，圆少奶奶的愿，把他们合葬在一起，生前他们是同学好朋友，为了革命，他们有缘在一起，虽无夫妻名分，但是卓越颖内心还是愿意做永宁堡的少奶奶，她说过，她俩拜过堂。这是她临终的遗愿，但就不立碑了。另外，张立隆还是有意隐去了卓越颖有了儿子的事。永宁堡现在的状况，若是多了一个小孩，怕是无力抚养，对后代成长也不利。

怀振兴被这位准媳妇的愿望感动了。他说，我有儿子，却不如没有，那畜生不是我儿子，我没有女儿，她就是我永宁堡永远的女儿。

接下来，张立隆为两家今后的营生做了安排。怀有福和水莲到县城照看席草行。怀家麻坊重新搭建以及麻地种植收割加工等等具体事务由怀玉龙负责。石家柳花、郭凤和石有旺都留下来，由石有旺担起祖业。两家原有雇工愿意留下的不变，愿意走的拿了工钱放行。张立隆还郑重地说了一件事，石老爷生前对他和怀老爷说过，要为石有旺和郭凤主婚。

郭凤听了心中暗暗吃惊，却不好开口说话。石有旺问，我阿叔、我阿哥呢？张立隆说，如今石家只剩下石有旺一个男人了。柳花哇地就哭起来了，郭凤也跟着哭起来。张立隆接着说："据我了解，你阿叔已经死在去年县城的鼠疫里，因为无人认领尸体，被县府处理掉了。你阿哥还活着，但是因为被逼犯下命案，想不通上山当了土匪，如今已经另外成家立业去了。前些日子，他托人传话给石路养，说他永远不回家了。所以石老爷才会决定为郭凤和石有旺主婚，希望两位晚辈能一条心，把石家的事业继承下去。当然，这需要郭凤同意和郭先生同意。如今还在守孝，等七七四十九日后，再定这个事，这期间郭凤也好好想想，做个决定。我想黄石素来宽厚待人，也不强人所难，就看郭凤的意思。"

郭凤咬着嘴唇不说话。柳花倒是止了哭，拿眼看着郭凤，流露出一种恳求和期盼。

张立隆又找了怀振兴说事。经历这一场灾难，怀振兴剩的孤身一人的份了，这时他觉得倒清爽起来，因为怀一北蒙受的压力卸掉了，因为邓氏嫁来的尴尬也消失了。他对张立隆说："现在我是一无所有了。"张立隆说："村长，你失去的，本来就是你不应该得的，但是你还有许多有意义的事情可以做。"怀振兴说："我能做什么？"张立隆说："如今怀石两家的老爷都走了，村里就你是长辈了，这黄石需要你站出来。老爷生前说过，要把防卫队扩充起来，武装起来，发动所有村民，一起保卫黄石。怀一北的队伍被消灭了不少人，官军不会就此善罢甘休，我们得做好准备。"怀振兴说："现在防卫队就剩下几个人了，要扩充到多少？"张立隆说："愿意的都吸收进来，起码三十个人。上回从怀一北那里缴来的枪，我拨给你三十支。我吩咐石路养他们回来帮你训练。"怀振兴十分高兴，他说："立隆，我活了一辈子，现在总算明白，这老百姓要为自己的日子活着，自己不管自己，就没有人会为自己着想了。"张立隆想说些道理，但忍住了，眼下怀振兴的状态还接受不了太多的道理，等林老师来之后再慢慢转化他。

出了黄石，张立隆带着怀振兴到尤床去了一趟，拜会了怀氏后人。

这年冬天，下了一场大雪。

戴云山脉西侧的广袤大地披上一层洁白的雪绒花，原本凹凸起伏的崇山峻岭，忽然间变得平坦起来。雪从屋顶到庭院，从门路到村落，从眼前到远方，纯一色的白。大家并不适应这样的天寒地冻的天气，龟缩在家里，和着灶火，一起估计着大雪还能延续多久。对石家怀家来说，这样的大地颜色，倒是很适合眼下凄冷悲痛的心情，似乎天地也在为老爷戴孝。怀一北在黄石犯下的不孝之事，让怀石两家的心情陷入极度的寒冷，年关的到来，更是让子孙们想到自家的遭遇。

怀玉龙住进了怀仁堡，堡围二层被大火烧剩下的两间住房，修缮一番，便安顿下来，帮着怀有福照看家里的事。麻坊被烧毁，需要重建，十几个雇工也一并安排住进堡围一层，另外腾出两间作为明年的麻丝仓库，暂时缓一缓。

怀振兴踩着白雪去了石义堡。他怀着愧疚的心情想问问冬日石家孤儿寡母的日子。自从张立隆说了石有旺和郭凤的事，柳花心里有了精神气，变得坚强起来，她就希望能早一些把事情办了。俩年轻人知道了老爷的遗言，便心中装着，平日里不说，往前嫂侄和师生的关系，似乎有了一些变化，总感觉不能那么融洽和亲近。石有旺用力地干活，料理着田地和席坊里的事，一切都还顺当。

怀振兴问柳花家里有什么事忙不过来，尽管说。他说养了一个别人的儿子，做下缺德事，子债父还。柳花自然客气，村长能如此说便是好了，哪能吩咐他做事呢。她说，您言重了，要是石老爷在，也不会怪你的。这是风水，也许命该如此。她对石家的宽宏大量，让怀振兴心里好受些。只是他一直觉得对不住老爷们。如今天降大雪，阮大六说了是为老爷们哀悼呢！要过年了，需要什么，他很想能帮得上点什么，以赎永宁堡不义之罪。

年前，大雪要化了，世间仅存的一点暖气都被雪地吸纳了去，天气变得更加寒冷。张立隆叫石路养通知怀有福、怀有义、卢迪工并邀请郭先生一起到黄石过年，一者怀石两家如今冷清了许多，二来他还想给大家说些事。

里外亲人亲戚都到齐了。郭先生的到来，让郭凤感到安慰。张立隆邀请怀振兴一起来吃饭，反正如今村长也是一人过日子，年夜饭石怀两家一起凑个饭局。怀振兴很感动，带来了一桶米粿，怀玉龙自然先前就准备了过年的物品。只是今年不吃红蛋、不放鞭炮、不贴对联。饭前照例祭奠了先祖。张立隆请郭先生和村长坐上座，其余大小随意坐下。张立隆起头说话，劝大家来一起喝点水酒，暖暖身子。他说，像这样，几家子一起回黄石过年，还是第一次，老爷们不在了，我们更要互相顾头顾尾，往后经常来往通气，把怀石两家的传统继承下来。

怀振兴掉了眼泪，再次表达自己的内疚。

张立隆示意郭先生说说话。郭先生说："村长也别太内疚，怀一北犯下这事，确实让人痛恨，为父的自然愧疚。我想今后的日子还很长……"张立隆接过郭先生的话说："对怀一北的事，大家也不要把仇恨记到村长身上，村长也是冤大头。怀一北是反动派派来的人，即使不是他害死老爷，也会有其他人来黄石犯事。如今大形势是抗日，而官府却花大力气在追杀共产党，欺压老百姓，全然不顾国家大体，这才是老爷们被害死的根源。怀一北已经除了，老爷们也会欣慰的，但是还有更多的反动分子还在欺压老百姓。过去我们黄石以宽厚仁义待人，可是这个世道却不管你仁义不仁义。"

石有旺听了站起来说："姑丈，我们不能再忍了，你带我们去杀那些反动分子。"

苏四五站在门槛外，听着里边的人说话。张立隆说："一个人，力量不够，需要大家一起来。黄石过去的安稳靠的是怀石两家的团结，大家的合力同心。一样的道理，一个县、一个省、一个国家要安稳，就是需要全体中国人团结起来。天下穷苦老百姓要团结起来，自己来争取自己的幸福生活。"

张立隆示意怀振兴接着说话。怀振兴大致说了村里防卫队扩充的事，如今已经有二十个人，包括阮大六、石路生他们，训练的事，请立隆赶紧安排。

张立隆说："训练的事，我耽误了。路养，今天你记住了，我们派出二十支枪给黄石村防卫队，节后你亲自训练。另外请林老师一起来一趟，给大家说说话，讲讲道理，让村里男人女人都明白一些事理，不分宗族，不分姓氏，大家都站出来保卫自己的家园。村长这头，也要发动妇女学文化，支持男人参加防卫队。"

石有旺说，姑丈，我也参加，我保证料理田地和防卫训练都不误。张立隆说，可以，有旺书没有白读，能领悟大道理。怀有福说，我也回来参加，想到我阿叔、阿公，我就想拿起枪去报仇。张立隆看了水莲一眼，想问问水莲的意见。水莲会意，她说报仇是小事，跟着立隆姑丈做事才是大事。张立隆很吃惊，水莲竟然能够明白这么深的道理。他说，水莲说得好，消灭欺压老百姓的势力才是大事，大家参加防卫队，不要只为报一家的私仇，要为天下所有穷苦人翻身过上好日子去奋斗。门口的苏四五朝里大声说道，我没有仇报，但我也得报恩，我也参加防卫队。张立隆听到门口的声音，回头看了一眼，却不认识这个大孩子。大家说这是苏树三的儿子。张立隆便招呼苏四五进来坐下。水莲说："参加防卫队是好事，可是你还得帮着照看铺子的活。有福回来了，四五再回来，我可是对付不了席草行的生意了。"张立隆说："四五，你先帮着铺子的事。你帮工，也是和参加防卫队一样的有用。

第七章　风云际会 | 395

那铺子，可是咱穷苦人的，也能为革命做贡献的，甚至它的作用，还胜过防卫队的这几十支枪的作用。"立隆这么一说，大家心里明白了某些个事理。苏四五也服从了安排。

郭先生很干脆就允了郭凤和石有旺的婚事。张立隆举了酒杯敬郭先生，俩人定下了日子，出了正月，就把俩年轻人的事办了，并在石义堡请酒喝，当众把石老爷的交代说清楚。

怀有福和水莲的儿子三岁了，尚未取名，平日里宠着叫"阿弟"。这回郭先生在，就请他取名。郭先生说，如今世道，只有红军能为百姓着想，就取名军吧，怀良军，挺适合的。

大家都觉得这样好。张立隆说，有良心的军队，这个意思好。然后张立隆还提议说孙子要为怀老爷记岁，怀老爷是反抗官军而死的，一定要让子孙记住先祖的品行淑德，怀老爷八十六岁走了，怀良军另取记岁名怀八六。

节后，石路养开始了防卫队的训练。林老师来了黄石。怀有福也留在黄石。大家挽留郭先生多住些日子。郭先生说，他快退休了，手头还有许多事。水莲、郭先生、卢迪工、卢跃他们都回县城去了。

怀一北的死，并没有引起什么波澜。据说省里定性他私自建造军营，强征劳力，危害于民，被闽中匪徒半路袭击而亡。一位对革命充满幻想的年轻人，经历了打打杀杀之后，被草草地收拾了。对他个人而言，也许不顺不公，但在时代的大潮里，他就是大路上的一粒尘埃。

县城又开了一家草席铺，水莲以为仅仅是多了个同行，本想买一封鞭炮去认识一回，却因杂事耽搁了。不料，几天下来，自己的席草行出了问题。起初，黄石草席脱销了去。可不到半个月，就开始有人跑到铺里来质问草席的质量。水莲觉得蹊跷，那些农民拿着草席说要退货还钱，原因是质量太差，半个月躺下来，就断筋脱骨、朽坏破碎。水莲看了草席，确实是黄石席草坊出来的货，只是颜色不对劲，似乎被人处理过。她当即决定全部退货换新，不愿意的就还钱，一时折了不少银圆。

夜里，水莲脑海里打磨着这"断筋脱骨"的事，认真研究起退回来的草席。结果，她发现有人做下了手脚，也就是有人要毁害席草行的生意。他们先是买了黄石的草席去浸泡盐水，然后烘干，再卖给农民。这样的草席，自然变得易碎易折断。看来，他们这是花了血本了，要浸泡这么多的草席，那得多少盐水。要知道，盐巴是救命的东西，在玉田市面上，不易买到的。平常人家，只能秤个几两度个把月的三餐之用。用这么珍贵的盐水来打击生意场上的对手，这人不一般。但水莲觉得一时拿不出什么办法来解决和对付这个问题，好几天愁眉苦脸。

卢跃和卢敏来到席草行，知道了这个情况，便给水莲出主意，打草席时，在席筋上暗加红花粉，在席边暗加墨痂。若是有人再做手脚浸泡盐水，红花粉和墨痂会溶解渗透出来，把整张草席泡出红彩和墨黑来。这样的草席不干净，就没有市场了。水莲觉得对，就叫苏四五回黄石给石有旺说了。

暮春，自称是泉州商人的童先生来到黄石，他说要和黄石做一笔麻料生意。怀有福听说麻料，便想起厦门的事。他说，如今沿海很乱，纺织厂大多关门躲避去了，先生还要麻料，有生意吗？童先生说，怀老板虽是居住山区，却是眼观六路、耳听八方啊，眼下时局确实紧张，但是麻料比时局更紧张啊！童老板压低声音对怀有福说，厦门被日本人占了，我们泉州可是还在，省府正在部署如何把厦门的日本人赶出去，这不是需要战备物资吗，所以此次前来玉田，联系麻料也是为抗战大局奔走，希望怀老板也能为抗战出一份力。怀有福带着童老板进城到了席草行。水莲听了，便对怀有福说，你看允了吧，这是好事。怀有福说，童老板，你看需要多少，要是多了，一时出不来，前些日子官军把我们怀家的精麻坊给烧了，脱胶炉子也需要时日修复。童老板说，嗨，不用脱胶，前方战事吃紧，来不及了，你把麻料直接卖给我们就行，脱胶的麻料那是日本人要的。

水莲听了这话，心里打了个寒颤，从前卖的那些个钱，难道都是日本人那里来的？但是她立即转念不能凭人家几句话就相信这事，毕竟徐老板是黄石多年的老朋友。于是她问，童老板，你是地下党吧？被水莲这么一问，童老板吃惊不小。他说，老板娘，这话可别大声说，我不是地下党，我是生意人，不过生意人也是可以抗日的。水莲笑道，既然不是地下党，那生意就定下了。

第六节　演讲

转眼就是秋天了。玉田的秋意正浓，均溪河水清清澈澈，湍急处，映出秋阳亮闪细碎的灿烂。白鹭扇着翅膀，时而贴着水面滑翔，时而在两岸之间奔走，秋日里，它显得更白了。

仙亭山下的职校，沉浸在一个等待的喜悦之中。民国二十九年十一月十四日，陈校主风尘仆仆，几经险情，摆脱恶人的暗杀，终于平安地从永安到玉田职校看望师生。校主亲临，从消息传开开始，职校的同学们像是掉进了蜜缸。黄启文因为回黄石失去了作为学校师生代表专程去永安迎接陈校主的机会。等他回校后，林瑞立即找到他，告诉他陈校主要来视察职校，他俩便赶到校办公室前，等待陈校主的到来。

陈校主走下了车，徒步走进职校，他一边察看职校周边的环境，一边微笑着与迎接他的师生挥手致意。在办公室前，陈校主又和校长以及部分师生代表合影。整个校园都在欢呼，一浪高过一浪。这批声浪，发自同学们的内心，发自同学们对校主、对华侨领袖的崇敬和爱戴，真诚的声音，最有穿透力。接下来，学校组织了师生欢迎会。全体师生合唱了《欢迎校主歌》。然后，陈校主走上台就开始了他的演讲。

林瑞想评价一下对陈校主的第一次印象，刚说了戴着眼镜、穿着西装，就被黄启文制止了。黄启文说，认真听，这是千载难逢的机会，外表穿戴是死的，思想才是活的，你听完再说。

陈校主用带闽南语的腔调说道：

"各位女士、先生、同学们：大家好！

"我这次率领'南洋华侨慰问团'回国慰问前方浴血奋战的抗日将士，在结束了对各个战区的慰问之后，慰问团的多数成员已如期回南洋。我心里牵挂着由于战乱而颠沛流离的集美师生，特地返回了笼罩在日寇炮火中的故乡，视察了内迁到安溪的集美中学、集美小学，由于当局的阻扰，我再辗转漳州、龙岩，取道永安，最后来到了我们坐落在玉田村的集美联校。当我在这美丽的仙亭山下听见熟悉的《集美学校校歌》时，我感到格外亲切、格外感动！感谢玉田集美联校的先生和同学们派代表专程到永安迎接我与陈村牧校董一行，谢谢大家在此为我们举行这样隆重的欢迎仪式！

"女士、先生、同学们！天下兴亡，匹夫有责。自抗战爆发以来，我们南洋侨胞有无数的热血青年，放下书本，丢下工作，慷慨悲歌，回国参战杀敌，仅广东籍侨胞青年回国参战的就有四万之多；有数以千计的华侨机工，仅司机、工程技术人员、机械修理工就有三千多人，他们放弃了安逸的生活，用自己的血肉之躯，开辟了盟国援华抗战至关重要的滇缅运输生命线；还有无数的医护人员自发组织了多批的'华侨救护队'，回国走上战火纷飞的火线，救助浴血杀敌的前方将士；有千千万万的爱国侨胞倾囊救国，从侨商巨贾到讨饭为生的乞丐，从白发苍苍的老人，到初入学堂的稚童，大家万众一心、竭尽全力支援祖国抗战……我们侨胞这是为什么呢？就是因为'有枝才有花，有国才有家'，我们都是祖国母亲的儿女，海外华侨永远与祖国同呼吸、共命运。没有祖国的独立和富强，我们侨民就是没有父母的孩子，在南洋也永远只能是寄人篱下的弃儿、当地的末等公民……当祖国被侵略、被宰割的时候，我们华侨在南洋同样受欺凌、受压迫……我们真诚地期望祖国军民能团结一致、枪口对外、抗战到底，不惜一切代价，彻底打败日寇，光复中华！

"我们这次回国慰问之行，感受最深的当属延安。在延安期间，慰问团自由地参观访问了机关、部队、工厂、学校、商店和附近的乡村，广泛地接触了各界人士，和他们进行了深入的交谈，发现这里私人商店得到保护，买卖公平自由，甚至百姓出入机关都不受限制。妇女不用缠脚，没有乞丐和无业游民，没有缚'田鸡'抓壮丁，也没有抽鸦片、狎娼妓等伤风败俗之事，百姓安居乐业，社会风气良好……这和南洋的讹传大相径庭，和我在重庆、西安的所见所闻天差地别……我们这次访问延安最大的收获是：看到中共对坚持团结、抗战到底的方针，他们立场坚定，态度诚恳；我感佩延安艰苦奋斗的精神……有了他们，中国有救星，抗战胜利有保障……抗日的希望在延安，中国的希望也就在延安！

"同学们！青年是民族之未来，国家之栋梁，也是抗战之中坚。当厦门沦陷、美丽的集美放不下一张平静的书桌时，玉田的父老乡亲伸出温暖的双手接纳了我们，为我们腾出了这么多的房屋，有的还是他们的祭祀圣地祖祠……我们一定要心怀感恩，倍加珍惜，刻苦读书，报效民众。方才，在欢迎仪式上，你们为我合唱了自己谱写的《欢迎校主歌》，我很是感动，谢谢你们。其实呵，我培养你们，并不是要你们替我做些什么，只希望你们努力地读书，好好做人，将来成才之后能好好地报效国家和民族。我相信：我们集美学子一定会成为民族的栋梁，决不会变成国家的害虫，更不会变成汉奸卖国贼！时逢战乱，又遇饥荒，你们吃的、住的都很艰苦，我心知肚明；但是，在此看到你们精神这样饱满、治学这样勤谨、风气这样优良、纪律这样严明，我甚是慰藉，欣喜异常！我这次回国，使命是慰问前方将士，带回来的钱、物都分给了各战区，没有给你们留下一锱一厘，但我心中一直牵挂着你们，所以，不管路途如何艰险、阻力如何之大，我也一定要见见你们这些颠沛流离、漂泊在外的集美师生，想和大家讲一讲我们南洋侨胞的爱国之心，讲一讲前方将士的浴血奋战，讲一讲延安的丽日清风。今晚，我不住县城，是和你们住在一起……千言万语，说不尽对你们的牵挂，希望各位先生多多保重——集美的希望靠你们，孩子们的成长靠你们；希望同学们听从师长教诲，艰难困苦，玉汝于成，你们要立志报国，担当大任。你们要遵循'诚以待人、毅以处事'的'诚毅'校训，坚忍不拔、共渡难关，好好求学，好好做人，以期在不久的将来，为国家、为民族做事，为社会、为民众效力——和我们四万万同胞一起，同仇敌忾，打败野蛮的日本强盗，建设我们伟大的国家！同学们，努力啊，抗战的最后胜利一定属于我们！"

陈校主的演讲结束了。长时间的热烈掌声，在会场响起。这掌声飞过田野，飞进山林，飞向天空。这场演讲，成了集美学子永生的激励。

黄启文鼓着掌，脑海里只有"延安"两个字，陈校主说了"抗日的希望在延安，中国的希望也就在延安"，延安让他感到有千万匹的引力。他内心有一种冲动，他也想去延安。

陈校主和蔼可亲，演讲后，便到各科去看望学生，给同学们鼓励，晚上又和师生一起在膳厅吃饭，并住在学村。第二天，陈校主应县长的邀请，又出席了在中山纪念堂举行的玉田县各界欢迎会。陈校主做了简短的演讲，号召玉田各界人士团结起来，一致抗日。会后陈校主又和各界朋友座谈，了解玉田人民的生活情况和支援抗战情况。当晚，陈校主带来的南洋华侨慰问团文工队与玉田集美联校，在县体育场联合举办抗日救亡宣传文艺晚会。晚会上，集美职校女生领唱的《流亡三部曲》令全场观众潸然泪下，"打倒日本帝国主义""团结抗战、消灭日寇"的口号震天动地。黄启文在东街口等林瑞。一见面，黄启文就夸她今晚领唱得真好。林瑞美滋滋的样子，望着天。过了许久，林瑞说，今晚的天宽阔了，月高明了，启文，你有这种感觉吗？黄启文说，有，那是校主带来的。

第二天上午，陈校主离开玉田回到永安。

半个月后，黄启文从同科的小吴那里收到了一份宣传单，内容是陈校主四次通电弹劾福建省政府主席陈仪的电文。电文痛斥达官贵人花天酒地、挥金如土，官员腐败，坐待外援，置民众疾苦不顾，陈词激烈，痛快人心。黄启文读着，感觉内心起了一团火，燃烧，再燃烧，在这秋意正浓的季节，他仿佛置身于炎热的夏季。他立即召集几个核心同学一起学习，一起谈感受体会，并讨论如何扩大学习面。黄启文想到了黄石的张立隆，这个自己应该叫姑丈的人，他应该需要读读陈校主的电文。

同学们分头翻印、分送，一时间校主的电文广为传阅。黄启文秘密拿了一份宣传单到了席草行，找到弟弟怀有福。水莲见伯伯来，便起身让进里屋。黄启文问了水莲才知道弟弟还在黄石。水莲问，伯伯找有福什么事？黄启文说，也没有什么事，那个姑丈最近有到店里来吗？水莲说，他很少来，他连自己家都很少回去，姑丈可是那边的人，你找他？黄启文觉得这弟媳好像是拿话来试探他，便压低了声音说，不可和外人说这话，告诉你那边的都是好人、勇敢的人。水莲心里知道这个南洋回来的伯伯和姑丈有相似之处，于是她说，要找立隆姑丈，你先找迪工姑丈吧，他在边上店里，他和立隆姑丈一样的。黄启文问，你怎么知道他们一样？水莲说，心告诉我自己，我没和别人说的。黄启文说，其实也没什么，我有点事和立隆姑丈商量，要是能见面最好，要不我有一封信，他来店里，你转交给他。水莲答应下来。黄启文告辞。水莲说，吃了午饭再去学校吧。黄启文说，学校已经下了饭，不吃浪费，再说还违反纪律。水莲说，下次把那个姑娘一起带来串串门。黄启文说，她呀，忙着呢。

林瑞当晚在忙送行，商科的三个同学参军支援抗日前线去了。科里在大操场设欢送宴，全科的老师同学都来了。

第二天，石路养回来。水莲便悄悄把黄启文的信交给石路养去转交，对石路养水莲是放心的，他跟着张立隆做事，很踏实很忠心。石路养明白信的意思，立马又回了九漈。

张立隆看了信，心里明白黄石多了一个自己的同志。他认真地读了电文，也是感受到陈校主火一样的热情和爱国之心。他按照黄启文的建议，吩咐林老师进行翻印，他想把这份电文分发到各乡公所去，分发到全县的学校老师手里去，这些会读书教书看报的人最重要，他们的思想转变了，斗争工作就好做。然后他布置石路养五天回一趟店里，看看县城有什么消息，及时传回来，九漈的工作要和全县联系在一起，这样才有更大的力量和作用。

第八章　上府烽火

第一节　拆城墙的县长

翌年的正月，郭凤和石有旺正式成婚。

父亲允了，郭凤心里少了疙瘩。面对石有旺，她并没有多少抵触。郭凤担心石有旺会有哥哥的阴影隔着，就主动亲近他。事实上，石有旺爱慕他的嫂子已经多年，如今兄长放弃了这份婚事，自己如愿以偿，自是心满意足。新婚之夜，郭凤少了紧张和害羞，少妇的身子更多的是期待和享受。男人对一个少妇来说，除了情爱，更多的是倚靠，离开了父亲，她需要另一个男人来遮风挡雨。

结婚的事，显得过于简单。原本，水莲她们要回黄石喝喜酒，却被石家回绝了。如今世道不安宁，家道不顺畅，就省去了请酒这个事。对有旺和郭凤来讲，释然喜中带点憾伤，但日子远比仪式重要得多。

县城那头，福州茶叶行的林老板来到玉田，此番回来不是经营茶叶，却是和朋友合作火柴生产。因为抵制日货运动日益高涨，市面上日产的火柴渐渐被国产"建华""白象""二娇""洋琴"等牌号所取代。建华厂为了提高竞争能力，保证火柴原料的充足供应，与福州斗中街锦顺商行达成供销协议，由锦顺商行提供火柴原料并包销产品，木材由福州最大的协利锯木厂调拨；又与英商卜内门洋行联系，扩展磷原料来源。福州沦陷，协利锯木厂被日机炸毁，建华火柴厂迁往南平，如今"耕读"火柴风行福建及东南各省，业务急剧扩大，总厂的产量已经不能满足市面需求，林老板从中协调，南平总厂决定到玉田开办一家分厂。林老板亲自出面筹办分厂事宜，厂址选在下桥，投资一百五十万法币，日产乙级安全火柴五百四十篓，招收工人一百二十人。开业那天，林老板邀请了骆县长等各界要人、名人以及朋友。

怀有福和水莲也在邀请之列。

林老板回县城后，逛了一趟街就发现了黄石席草行。睹物思人，他便想起那个黄石的锁医"尤溪妈"，进店一问，果然是。照例是一顿寒暄，从看病认识感激到如今的友谊，甚至是将来生意的合作，无所不谈。水莲也没有忘记林老板的慷慨相助，帮助黄石怀家建了土堡。表达了谢忱之后，水莲允了林老板去参加开业仪式。开业日子近了，她着人把怀有福从黄石叫回来。

　　开业仪式上，骆县长做了讲话。他说："如今天下时局混乱，内忧外患，经济萧条，百姓困顿，有识之士理应更加努力兴业。建华火柴厂到玉田创办分厂，我们十分欢迎，十分感谢三宝乡贤的桑梓之情。玉田远离沿海，与省府永安道路畅通，局势稳定，乃兴业之理想场所。希望建华厂上下精诚团结，多生产，为抗日大业多做贡献。"

　　骆县长的这番讲话，把办厂与抗日结合在一起，让参加开业仪式的各界人士大加赞赏。骆县长又说，一方商业的兴盛，是一方百姓的福祉。他之为官，期望地方经济繁荣，百姓富足安康，平生最不忍纷乱战争，最烦猜忌挑唆。作为玉田县长，他将努力平息战事，创造平安之所，期望各方人士抓住机遇到玉田这个安全之所来做生意。一阵掌声打断了县长的演说，在场的人都听得出来，这掌声不是敷衍的，是一种久乱求安的表达。骆县长举起双手安抚大家息了掌声，继续说："来玉田上任以来，觉得县城面貌陈旧腐朽、狭窄不容，有心修葺作新，以御大风大雨、以容八方宾客。经过一段时间的设想，我想拆除危房，新建县府办公厅，一并新建司法处、警察局、田粮处和财政局，新建中山纪念堂。同时，扩建县城，改建东街和南街，拆除部分城墙，铺设到街道，延长了东门、南门外街，划出土地，鼓励当地、外来民众沿街新建住房，统一住房样式，沿街两层木结构，墙体用鱼鳞板装饰，一层放置通廊，便于行人风雨行走……"台下又是一阵热烈的掌声。

　　怀有福和水莲这才知道玉田又换了县长，不过他俩都觉得这位县长很有亲切感，别人只管赚些私银，骆县长却能为县城面貌翻新、繁荣市面和百姓住居着想，实在难得，这些话说到大家的心里去。一县之长，最紧要的事自然是发展农业、商业，让玉田老百姓有饭吃、有衣穿、有家住。吃穿住行样样有，谁能不拥护县老爷呢？可这些年来，总有人不喜欢安宁日子，每天都在制造混乱，并在混乱、浑水中取得利益。她觉得，这一个地方也得有运气、有福气，运气好碰上骆县长这样的官，没福气，就遇到之前一连串的自私自利的虫虎之人。水莲心里正揣度着，骆县长接着说，县城的改造建设需要不少钱，除少数从银行贷款外，其余的钱款还得靠大家筹集，尤其玉田市面上的好商家，更要慷慨解囊，共建自己的家乡。

又是一阵热烈的掌声，回应了县长的提议。

中秋节前，郑冠中一路问寻，来到了黄石席草行。怀有福认不出这个表叔来，郑冠中进店时，怀有福把他当作顾客，很热情地向他推荐草席和夏布。郑冠中十分惊讶，他也认不出眼前的这个小表侄。在黄石的时候，母亲带他去送年，怀有福身体弱，个小，很少在一起玩耍。后来，自己进了学校读书，加上路途不安全，送年、拜年也就少去了。所以长大了，大家印象也没了。他只好自我介绍说，我是聚贤里的郑冠中，黄石的怀老爷是我的舅舅。

怀有福听了这话，才知道自己误解了，忙说："哦，是表叔，认不出来了，我还以为是哪位大顾客呢，真是的，这些年不见，表叔长成了。"

郑冠中也说表侄才是换了一个人，从前你可是病恹恹的。怀有福和郑冠中都心脸带喜，笑起来。怀有福赶紧把水莲和卢迪工叫过来，又把水莲介绍给表叔。郑冠中夸了怀有福真是有福气，得一佳偶。水莲顺题接话问："表叔公，有家庭了吗？"这里的女人，总有一种习惯，看见青年男子，就要查问婚配情况，未婚的，可能就是要给做媒。郑冠中说："没有，从学校毕业，跟随导师四处野外勘察，还没有闲工夫建立家庭。往后别叫表叔公，把我叫老了，叫名字吧。"

卢迪工说："毕业了，可在哪里工作呢？你阿妈送你读书真是吃力，你是苦读，你阿妈是苦送，不过如今都翻身了。你可得抓紧谋一份职业，让阿妈享享福。"郑冠中说："除了感谢阿妈，还要感谢舅舅和亲戚们的帮忙。毕业这么多年，一直从事水力发电建设工作，尚未有固定的职业，今年，我想回来老家搞水力发电，造福玉田人民。"

卢迪工问："什么是发电？"郑冠中说："发电就是用水带动机器，会让电灯亮起来，有了电灯，往后就不用贩油灯了，电灯可比贩油灯亮多了。电不仅可以照明，用处可大呢！"

怀有福和水莲都说："那赶紧，什么时候会亮呢？"郑冠中说："也没那么快，搞水电得花钱。我想托人找找县长，帮忙出点钱，因为电灯亮了，对县府和老百姓的生产生活都有好处。"水莲说："这么好的事，大家一起帮忙。我去请林老板出面帮忙找县长，他和县长熟着呢。不过无论话怎么说，成家和立业，两件事，都不可耽误了。再说，年岁不等人啊。"郑冠中说："成家的事，要缘分，急不得。建电站是我回报家乡的一份心愿，等不得。"

水莲做事就是说办就办的那种。她带着郑冠中直接去了建华厂，给林老板说明来意，请她帮忙引荐。林老板很热情，没有推脱，立即就带着郑冠中去县长的办公室。

骆县长听了事情的头尾，就夸年轻人有理想，以技术报效乡梓，非常人能及，并说玉田要为有这样的年轻人感到骄傲。郑冠中以为县长对发电有兴趣，一定会支持他实现自己的理想，最实在的，就是钱的事情会解决。但没想到，县长只字不提钱。结果，郑冠中大失所望。

晚上，怀有福请表叔吃饭，把郭先生、卢迪工、卢跃、怀珠花和怀有义、林瑞都请来了。看见怀有义，郑冠中甚是激动，表侄从小被强人卖掉，如今却能回到玉田来，真是怀家的祖德阴功。年轻人在一起，喝了不少酒。水莲说："怀老爷生前时常叨念聚贤里的小外甥，夸他会读书，将来是个有光明前途的人。现在想来，老爷真是有眼光，知道你是送光亮的人。"快中秋了，月圆人也该圆了。

说到怀老爷，郑冠中便自责起来，母亲因为身体原因无法回去祭拜哥哥，自己也是误了送舅舅最后一程。舅舅的疼爱，永生难忘。郑冠中举着酒杯走到窗前，抬头望天，撒了酒水，祝愿舅舅在天之灵原谅他这个不孝甥男。大家过来劝了一阵，他又想起石有才，石有才以及黄石这些年的遭遇，让满桌人都再次鼻头酸。郑冠中说，黄石之不幸，乃国人之不幸，如今官府真是软弱无能透顶了。卢迪工赶紧过来制止了他，家邻街面，隔墙有耳，怕惹出什么麻烦来。水莲听了郑冠中的言语，心想要是立隆姑丈在，他们就又有话说了。

　　说曹操，曹操就到。石路养和张立隆就在水莲说话间从后门闪了进来，大家吓了一跳。张立隆说："你们喝好酒，还说我坏话。"水莲说："好酒是没有，坏话也没说。这人可真不能在背后说人长短，刚说表叔伯回来，愁着没有一个情投意合可以说话的人，你就来了。你们好好说话，我再去弄点下酒的汤菜来。"

　　一番礼数后，张立隆问："冠中回来玉田有何打算？"郑冠中就把办水电的想法和县府不支持的事说了。张立隆说："求人不如求己，发电的事是好事，百姓用得上电，暂且不说，那灯一亮，心胸都不一样，所以这事一定要做成功。县长没钱，我们大家一起支持你，席布行近来开销比较大，我给他们添了许多麻烦。石路养，这回你得出手帮一下。"

　　石路养说："没问题。你小子好本事，要多少钱我出。"怀有福也表态："多多少少，我也要有个心意。"水莲听到这事，想到建华厂开工仪式上县长说要做新县城的事，便说道："民间能做是最好，我看县长真是没有百般武艺，他眼前要做的是建新城，拓街道，这也是大事好事，发电这事不支持也是正常，凡事有个先后轻重嘛！依我看，这个骆县长是个正经人。"

　　郑冠中认真听着，然后对水莲说："也许是我不知情，但愿我们有福气遇上个好官。再说，我不敢保证发电的事一定能成功，目前只能先试验。"郭先生说："这是科学，哪有一吃就饱的事？我建议大家都出点钱，让年轻人大胆去试验，发电的事做成了，也是生意啊！"

　　石路养问："发电怎么就成生意了？"郑冠中说："郭老先生说得对，试验成功了，电可以牵到每家每户，就像自来水一样，可以卖电收钱，这不就是生意。不过这是以后的事情，要是县府肯出钱，供电不收钱也可以，让大家都用上电灯，大街上可以装上路灯，免得一到夜晚就暗摸摸的。"

　　张立隆问："准备在哪里试验？要不到九漈去，我们亲戚也好有个照应。"

　　大家认为到九漈很合适，水源丰富，遇事有立隆他们帮着解决。郑冠中也同意，起码试验期间吃住方便。

怀有义起身邀张立隆到里间说话。他与张立隆谈论了新任骆县长的情况。据他了解，这人为人诚恳正直，经常会到集美职校去和校长老师们说话聊天。据说县长出身佃农家庭，家境贫寒，苦心读书，当过沙县、德化、龙岩、骆城等县师范的教员、校长，做过骆城、宁洋、漳平、德化、长乐等县的教育科长，受到陶行知先生的影响，对教育事业很关心。后来他受朋友邀请，从顺昌县秘书、南平专署秘书，转任玉田县长。上级的同志也了解到，此人比较接近农民和青年人，在骆城时曾经暗中掩护过地下党人，被国民党党部疑为异党分子。省政府先后派员侦查，但省府陈主席却看中他并保护了他，他是个可以团结的人。

张立隆用坚定的眼神看着怀有义，没说什么。

九月，来了一个自称是"财政部火柴专卖公司南平分公司"派来的驻厂瞿办事员。看了介绍信，骆县长又问了情况。瞿办事员说，中央实行财政紧缩政策，对糖酒、火柴等日用品实行"统购统销"，他是来执行监督任务的。原来中央在南平设立财政部火柴专卖公司南平分公司，综管福建省火柴专卖，并在福建省内设立福州、晋江、龙岩三个办事处，综管闽中、闽东、闽南、闽西各县业务，闽北各县业务则由南平分公司业务科兼管。

县长设简宴招待，然后借故醉酒，叫人把办事员带到火柴厂去。

瞿办事员到了厂里，就要求立即召集全厂人员开会，郑重地宣布自己的职责和任务。林老板对这个人的到来，感到莫名其妙，但又不好声张，只好耐着性子先听着。

瞿办事员做了自我介绍，自称是中央财政部派来的，其任务是执行"统购统销"政策，检查厂方有没有把公司印发的专卖印花贴在每盒火柴的封口上。厂方要按规定给办事员薪水，提供膳宿。接着，瞿办事员就给火柴厂的员工们解释什么"统购统销"政策。所谓"统购"，就是南平专卖分公司以国家规定的厂价将火柴厂的产品全部购入，不许厂主售给别人。所谓"统销"，就是分公司将火柴批售给特约承销商，再由承销商售与零售商。火柴承销商向财政部火柴专卖公司南平分公司或其办事处，签订包销火柴的数额，缴纳一笔保证金，按月定的包额随时向财政部火柴专卖公司南平分公司或办事处所指定的银行缴纳货款，凭收款收据向财政部火柴专卖公司南平分公司或办事处领取提货单，径向分厂提货运销。这是战时财经纪律，各厂都要严格执行，否则后果自负。没有人鼓掌，也没有人说话，大家揣着疑问、怀着"鬼胎"，静静地散会。

林老板莫名其妙，心中不解，为什么上级要这样横插一竿子。等了几天，满心积潴，他便去找骆县长。县长耐心听着林老板的牢骚，在未实行专卖以前，火柴厂可以自定厂价售与批发商，批发商亦可自定价格售与零售商，零售商亦可自定价格卖与消费者。在实行专卖以后，火柴厂不能自行规定出厂价，而承销商或零售商倒可以视货源的充裕或短缺而伸缩货价。财政部火柴专卖公司南平分公司的整个统购业务，就是监督建华厂独家的火柴生产。所谓监督，不过是派个驻厂办事员。驻厂办事员既未对厂方的生产成本进行审核，又不具备指导厂方生产的技能，所以名为监督，实则不闻不问，坐拿"干薪"，还由厂方供给膳宿。这叫什么理？再说"统销"业务，纯粹是财政部火柴专卖公司"坐地分赃"，买空卖空，却挂着"战时"大旗。

骆县长劝林老板别激动，胳膊拧不过大腿，中央要做的事，如大江长流，势不可挡，下级首先要服从，这是一种自保方式。如今形势复杂，企业主更要注意言语。骆县长说，告诉你，中统军统的人也不知道财政部搞什么鬼，还以为这个办事员是共产党派来的人，往后你的厂里肯定会有特务跟踪，小心点，如今生意更难做了啊。

尘土飞扬，东边、南边的城墙开始拆除了。从乡下征来的大批民工，日夜兼程，把高大的城墙扳倒下来，把城砖运到东门外、南门外，活生生铺出一条宽阔的马路来。原本，大家想说城墙拆了不安全，想骂几句"败家子"的话解气一下，看到新马路两边可以盖房子，又觉得县长做得对，赶紧收口把先前的话语咽回去。

筹资的事开始了。财政局、田粮科的三个人带着票据挨家挨户去筹款。席草行捐了两百法币，价值两头大猪。卢家草药店、李家山货铺也都各捐了一百法币。原本他们是想多捐一些的，可财政局、田粮科的人却说，差不多就好，你家捐多了，别人压力大，怕缩了头不敢捐了。

筹钱的事，效果很差。主要原因不是缺乏慈善心，是缺钱。骆县长从这次筹集钱款的事中得到启示，要让民众休养生息，藏富于民，县府才好做事。可有人却不这么想，县党部的人就公开责骂骆县长拆城墙迎匪徒，破坏百姓安宁，甚至公开检查骆县长的朋友来信。骆县长倒是不声张，只是把它当作一种警醒。可他的家人却感到震惊，他的母舅多次催促他赶紧辞职离开。

修城之事未了，武陵乡传来暴力认捐的报告。武陵地主林民跑到县府来告状，哭诉林蕃是地下党，在乡里搞强行摊派，并将他父子拘禁，要他保证痛改前非，交出家中部分物资和现款作为保释金。林民强烈要求县府出面严厉惩治这些地下党，以绝后患。

骆县长思考再三，采取暂压拖延的办法来对付。若惩治林蕃，恐怕会激起县城民众的群愤，集体闹事讨要修街的筹集款，摁了葫芦起了瓢。林民得不到支持，就大闹县府，甚至威胁要告状到省府，好在警察局黄局长出面说服才制止。事后，黄局长进言，说此事不是小事，林蕃作为校长，却暗中从事反党之事，县长应该心里有数，择机采取措施。骆县长反问，应该采取什么措施？黄局长说，要么转化，要么消灭。

骆县长心里当然知道，这些部门的负责人所谓的建议，都是说空话、大话，甚至设计着挖大坑让你跳，他们围观看热闹，寻时机梦想取而代之。对林蕃的所作所为，骆县长有所耳闻，但对林蕃一干人赤手建新校舍办学，很是佩服称赞，只是为匪之事让他头疼。

林民告状不成，恼羞成怒，便秘密投靠驻防三元的闽西南盐运视察专员吴飞。见到林民，吴好像得到一员爱将一样，迅速将他送到贵州息烽伪军委会特务训练班训练。不到一个月，特训结业，林民参加了军统，霎时一个泼皮变成军统的地方科长，从事特务工作，直接受省保安处情报股指挥。有了靠山和势力，林民在玉田就伺机展开手脚，大干一场。

其实，让骆县长头疼的不是特务林民，而是其背后的势力。在东南吴飞部、东边林友四部和西部武陵、桃源林蕃以及九澝、县城潜伏的地下组织之间，骆县长确实很难自保。消灭是不可能的，转化更是谈何容易。骆县长寻思着摆出转化的棋谱，派出教育科林科长到武陵和林蓉联系，劝说林下山，好好当老师去，却遭到林的拒绝。再派警察局黄局长前去劝说转化，自然无果，让黄局长好生尴尬。骆县长又派人劝林率部北上，离开玉田，参加新四军去。林蓉对骆县长的用意十分清楚，为官一任，保一方平安而已，加上县长拓城修街的善举，便有三分好感，但还是拒绝了劝说。即使这样，骆县长还是坚持"我在玉田一日，决不动一兵一卒"。

刚稳住了武陵局面，征兵的事又出了篓子。戈阳保群众反抗征兵，县保安队施行暴力压制，致使伤亡多人，房屋被焚，保长率群众上山。此事被上报省府，列为督查案件。各乡的情绪有可能被人误导而失控。骆县长感到事情紧急，立即命令重新审查，只留下十几名符合应征对象，其余的新兵全部遣散。

但政令在兵役股长陈继泽那里受阻了，他奋力抗争，他说他花了许多不眠之夜，抓了这一批，你县长却一朝释放，是想掉乌纱帽？骆县长说："是啊！我的乌纱帽掉了，那是我的事，它戴不到你的头上去，你放心好了。你们这一折腾，民心乱动，生意萧条，金库空空，谁来管呢？"陈无奈。随后，骆县长电召二区长蔡信斌赴戈阳处理抗征事件。他信不过府衙里的那些胆大做坏事的人。

征来的新兵被关押在招待所，憋闷抑郁，大多染疾生病。骆县长派人将新兵送到玉田卫生院，却被告知没有药品，又送到赵氏诊所、初中卫生室，一样没有药品。秘书来报告说去前街中药行看看中医。骆县长命人将草药店老板请来说事。结果，卢迪工领了骆县长的差事，并把给新兵们看了病的事报告了张立隆。卢迪工就在前街上垒砌大锅灶，煮了两锅中草药汤。新兵们喝了就慢慢痊愈了。治好了病，多数新兵千谢万谢回家去了。卢跃问县府秘书要汤药成本钱，却遭一阵白眼。卢迪工说，县府为民着想，我中药行也出点力气，免了药钱。

正当骆县长深感兵役无法、弊窦百出、焦头烂额的时候，他收到了一封信。展信，县长顿时云开雾散。他立即召集县、区、乡、保四级会议，布置了征兵"四条命令"：一是宣布并公开全县本年征兵名额；二是废除区、乡二级征兵实权，按照各保及龄壮丁数，求出百分比核定各保本年应征名额，布告全县周知；三是各保先行征集志愿兵，每名由保筹谷三十担优待，田由未征壮丁户代耕；四是由专人负责清查十八个乡、镇长，是否有包庇亲属逃避征召情况，乡、镇查所属各保。

命令一出，各乡镇任务明确，积弊一空，受到各保许多爱国农民的拥护。各地青年争先恐后报名，体格检查时，唯恐不合格。到县后，新兵们轮流当门卫，行动自由，参加各种活动。操场上抗战歌曲，响彻云霄。县长还指示要改善伙食，午餐每人加米半斤，肉四两，增加营养，增加体重，健壮体质。接兵部队到了，骆县长亲自与接兵部队面约：不准虐待，如逃一个即补上一个，并派督练一员，沿途护送至江西上饶第三战区。此种做法被全省军事管区迭令嘉奖，树为标兵。

特务科的人却认为标新立异的骆县长是异党分子，有意在老百姓那里树口碑、立威信，与红军的做派如出一辙。只是尚未有直接的证据，骆县长又被省里靠山护着，一时难以下手。

县城的面貌焕然一新。两层连廊式的街房，整齐通达。石板路宽敞向前，给人一种奔头的感觉。福建省银行玉田县支行、集友银行以及福建省贸易公司玉田分理处、玉田县电报局、玉田绎运站以及二十四家布业、国药、糖业等商铺分列在南街、东街，山城越发热闹繁华。加上沿海局势紧张，泉州、永春、南安、永泰一带的人口内迁，县城一时商业、金融兴盛。

不日，田粮处报告说上京农民拒缴军粮发生冲突，骆县长立即责成田粮处魏处长前往处置。五日后，又传来报告，抗粮事件不但没有解决，还蔓延到桃源、石牌、太华、三宝等地。

骆县长意识到问题的严重性。军粮供应是命脉，断粮就等于送命。福州沦陷后，泉州、永安、德化的公路奉命毁坏，只有永安至玉田约四十公里尚能通车，玉田又是闽中至漳泉各县的交通枢纽，军队往来频繁，公路沿途乡村，苦于供应军粮负担不断加重，叫苦连天。骆县长有了兵役事件的经验，心里琢磨清楚，老百姓抗粮肯定是军粮负担沉重，不然不至于反抗，如今要平息这些正在蔓延的事件和问题，得让老百姓平均合理分担，杜绝轻者过轻、重者过重的问题。其实这类事，核心问题都一样，有人从中作梗，制造不公，激怒民心，爆发事件。

骆县长立即召开会议，专门研究解决军粮供应问题。魏处长汇报了处置上京农民抗粮的情况。他说，军粮是天理，不交就抓人，上京农民十分刁蛮，希望县府派出保安队前去抓捕镇压。骆县长问："你这是解决问题吗？事实证明抓捕镇压不是办法，却是激发矛盾、制造新的问题。如今抗粮势头在不断蔓延，和你前期的处置方法不当有直接的关系，日后若是在继续蔓延，省府责罪，你一人扛着。你这是失职，无能。交军粮，自古有之，玉田百姓岂能不知，为何今日却敢起来抵制，其中必有原因，真是原因找到了，问题也就迎刃而解了。"

魏处长被县长这么一说，觉得委屈，觉得自己一个人容易吗？上头有任务，下头又抵触，有事情一个人去扛着。他说："那还能有别的办法？你们征收去，我可扛不住责任。"教育科林科长说："农民抗粮必定有其不满之处，硬逼肯定平息不了事态。我想其中的原因是不公平，轻者过轻，重者过重。"骆县长肯定林科长说的对，问题出在公平两个字："乡保长们心术不正，农民自然会有激愤。我们要想的办法就是公平负担，对轻者来说，没有太多的负担，对重者来说就是减轻负担。合理的负担，老百姓是不会有意见的。"二科吴科长说："骆县长，你说该怎么做呢？"县长说："老办法，上回征兵不也出问题吗？什么原因？不公平。凡事做到公平，老百姓就能理解，就能自觉出力出钱出人去负担。这回也这样，按民平均计负，据各乡的田赋额，按比例征收军粮。我联想到古代田赋是收实物的，按照目前情势，可恢复古制，集中沿线，凭证拨粮，农民出粮，军队得粮，实在管用，农民和部队都不会饿肚子。请田粮处告示各乡，遵照执行，并报省府。"

果然，新办法执行后，秩序即告安定。不久省府财政厅厅长严家淦来信对玉田的实物征收办法极表赞同，并从民国三十一年起，全省田赋改征实物。这个结果，骆县长自己也没有想到，他的办法为福建省抗日奠定了坚实的物质基础。到了年底，骆县长才知道，中央政府出台了田赋征实政策。

一段时间下来，大家对骆县长的印象是办法多，公正为民，能解决问题。老百姓说，何时玉田有了好福气，得一好县长。而同时，有人也开始议论，县长是个老狐狸，异己分子，真正该想办法解决的问题，拖着不解决，与党国唱对台戏。于是，特务科就暗中策划，叫人专门反映最近发现东边九漈村地下党活动频繁的事，加上反映京仙乡乡长已经被赤化的问题，要求县府立即派兵去打击。

骆县长看了状述，不敢怠慢，这是有目的的动作。他赶紧叫人把京仙乐乡长叫到县府来问话。问话的时候，也请特务科的人在场。

骆县长问乐乡长，你在京仙过得很逍遥啊，据知情人反映最近你的地盘有动静啊？乐乡长被问得摸不着头脑，反问县长京仙有什么动静。骆县长说，有人反映你的地盘有地下党在秘密活动，你知道吗？乐乡长心里吃惊，嘴里却说没有的事。他说，京仙人口少，几个人我都数得过来，怎么可能有地下党呢？县长又说，人家还说，你已经被赤化了。乐乡长回说，如今国家正在抗日，我的心是红的。如果说红心抗日就是共产党，那不是把抗日救亡的功劳都归共产党了吗！骆县长说，你能这么想，我感到欣慰，作为国民党员，理应为党国效劳，而不及旁骛。乐乡长答道，那是，那是。

县长问，有别的情况吗？乐乡长灵机一动，说京仙乡靠近德化，邻近林部不时越境侵扰，百姓不得安宁，还请县府派兵清剿。骆县长说："你这个乡长，本来我要处置你的问题，你倒叫我难办了。你说清剿就清剿啊，那动刀动枪，得花钱呢？我看一时还是没有办法，清剿的事要由省府决定，我们的保安队去清剿人家，那是给狼送饭吃。"

顿了一下，骆县长又说："听说共产党也是和土匪势不两立的。"

县长这是打什么主意？乐乡长不敢接话。县长又问，你那里有学校吗？乐乡长说，有。县长问，是新办的？乐乡长说，是新办的，老师是宁洋县长的干儿子，应该不会有问题的。县长说，现在他们都是在搞地下活动，喜欢以学校为基地，以教员的身份做掩护，你可得认真观察学校的情况。问话并不长，但是骆县长已经基本知道九漈的情况。他心里判断，九漈肯定有地下党在活动，但不是问题，甚至他还希望地下党的实力强些，能和德化的林部相抵抗，有事他们先顶着，免得林部直接和县府发生冲突，玉田县城已经经不起这些匪患和战事了。

县长没有给特务科问话的机会，这让林民他们大为光火。特务科认为骆县长专横霸道，故意隐瞒匪情，包庇乡长，帮其逃脱。

骆县长问林民，你是否愿意亲自带兵去清剿东部的土匪？

林民立马心虚，去清剿东部林匪，那可不是简单的事，所以被噎得无话可说。他的目的不是让自己去上战场，也不想自己战死在东边。林民说："县长，你是在报复我。"骆县长说："我的意思是，东边即便有共产党的势力存在，力量也是微弱的，真要是强大起来，东边的林友四会放过他们吗？谁都不想在自己的地盘里养一只老虎，让自己睡不着觉。有些事不在消灭干净，而在制衡。你林民要是急于建功，那你就亲自去消灭他们，功劳全部归你。"

第二节　遇刺

县府已经得到通知，闽西南盐运视察专员吴飞要途经玉田。省府的意思自然是要县府加强警戒并做好接待工作。县长并不知道专员哪天会到，他只好交代东门盐务局，专员到了就报告县府。哪知吴飞嫌玉田的骆县长小气，没得吃喝没面子，就直接到了盐务局，并交代不要告诉县府。

骆县长公款接待小气是出了名的，据说连省府刘主席来县，都不好好招待，只让省府主席吃一桌便餐，在县长特别办公费项下列支。主席的随从和士兵由大公旅社代办伙食，由随从副官付款。在场子里，入乡随俗是基本功。不会在吃喝问题上做文章的人，虽人品不错，却为俗人不齿，终究会被傲慢、清高、无礼、不尊等等理由打得遍体鳞伤。

盐务局张局长面带难色，一直解释说骆县长有交代，专员到玉田县城要报告。吴专员却十分嫌弃这个小气鬼，省长来他都敢请他吃便餐，与这种人同桌吃饭，也没什么意思。他用浓重的福州口音骂道，吃他个螺，别管他。盐务局长看得出专员是真讨厌这个骆县长，便依专员的意思，不予报告。宴席设在东门盐务局。席间，专员问起玉田实行盐务专卖的情况。盐务局长便把工作做了简要汇报，重点表明自己的态度。他说，请专员放心，玉田县按照省盐务局的布置严格实行专卖，食盐每担收固定利益七十五元，统归国库。

专员语重心长地说："张局长，工作干得好啊！如今战事吃紧，我们后方更要把军费筹集好来，我这次视察闽南盐务，是要传达省府的新盐务管理办法，从明年起，每担加征国军副食费一千元、战时附税三百元。可能山区负担会重些，若是交不起钱，就以实物代征也行，食盐每担征收大米一百三十至一百七十市斤。"张局长说："重是重些，我们照收，专员一百个放心。"专员说："好，工作上的事，张局长都打了包票，就不再说了。那接下来，就放开喝酒吧。工作干好了，有酒喝，酒喝好了，干工作就有劲。"

众人欢喜。酒过三巡，上了三碗海鲜。

专员问，玉田也有海鲜了？张局长说，得知专员要到闽西南视察途经玉田，我得先孝敬一下专员大人，我特地派人到晋江去买了海鲜，怕来回时间长，坏了味道，就请闽南的师傅先煮好了，包着回来，刚热过，这是鲜的，尝尝。专员动了筷子尝了一口，说："遥远，肯定没有闽南的新鲜味道，不过难得你有心，来，你多吃点，对玉田人来说，这东西稀少。对了，蘸点醋，免得拉肚子。"

大家对这盘珍贵的菜肴，心有垂涎，却不敢动筷。专员看出陪酒人的客气，便说："我常吃，再说过天把，我就下闽南了，到了下府，还怕没有海鲜吃吗？你们平日少看见，趁今晚多吃点。"专员这么一劝解，大家争先恐后地动了筷子，生怕落尾没了鲜尝。海鲜吃着，敬酒自然不能停下。吴专员的酒量很大，盐务局局长三下两下就被他灌醉了。其余的人见局长醉了，心里打鼓，便纷纷装醉，斜了身子靠在墙桌，甚至装起呕吐。属下的都明白，自己的酒量一定不能把一个酒量已经很大的领导比下去。

没人对酒，吴专员便起身要到县府招待所去住宿。

十月的天气还不是很冷，但晚风吹得凉，酒劲一下就上头来了。吴专员和手下不禁搜紧了衣领，过去的东门被县长拆了，铺就了一条东街。路是好走了，但吴专员觉得这样县城少了一些安全感，就像破了一个洞的裤子，被人盯着。他和手下说，玉田这个县长发疯了，竟然拆了城门来铺路，洞开的卧室能安眠吗？

手下听出专员话里的弦音，便警戒起来。

再说德化林友四，蛰伏在老家已经多年，这些年年景不顺。那年常南勇率三千兵马进剿，让他差点丧命在老家。还好他有点门路和钱财，打通了省保安第三旅旅长，自己的部队被收编为省保安独立七十六大队，才躲过一劫。他想着这些气人的事情，心里就浮现出一个人，一个不共戴天的仇人，吴飞。这个吴飞，是他一生中的参照物，或者说是一面让人讨厌和尴尬的镜子，照得自己体无完肤。在天花寨时，他俩都是苏亿手下的干将，苏亿败后，两人各自收拾残部占地为王。吴成了永春地区的头目，而林却是德化地区的霸主。这些年来，他和吴飞有着太多的争夺，从女人到地盘，归结一句话：利益争夺。每每想到这些，林友四就想立刻提枪去把吴飞崩了，其实他俩的矛盾从他们各自成为地区王者的那一刻就注定了。

林友四失去了一个女子，她叫红英。在寨上时，他钟情于她，但最终红英却被吴飞给掳走了，这让林友四脸面大失。林友四本想通过争夺战夺回颜面和女人，却是世事难料，吴不是省油的灯，凭借他的灵活狡猾，四处都是他的靠山，被收编之后成了官军的旅长、师长，而自己还是固守在德化老家，虽然日子依然逍遥，但心里总是不得劲。吴任省保安第九旅旅长之后，红英更是情爱浓浓，死心塌地地跟着他了。吴把红英派到汉口，结识了戴老板，又随戴到了成都，培养了一批军统特务，这使得林友四不得不按捺住自己的手脚，甚至还要腾出精力防着点。终于吴飞的部队被改编，落得个盐运专员之职，虽然是省府官员，却少了许多往日的实力和光环。

利仇情恨，终于可以了结了。林友四的手下从永安得知消息，不日吴飞将到闽南视察盐务工作，这是报仇的好时机。林友四立即做了周密部署，从桃源、上京、小湖、石牌到玉田县城都派了精干人手，伺机下手。但是一路上，都有地方的乡长肖展春、黄夏光等人派兵迎接护送，没有时机。

玉田县城的夜晚十分宁静。南门街、前街、后街的店铺早早地关门了。

怀有福和水莲的睡梦被一阵枪声惊醒了。水莲赶紧把儿子抱在怀里，坐在黑暗的夜色里想着不知道又来了什么部队。怀有福起身想到窗户张望一下情况，被水莲一把拉住了。

水莲说，别管它。怀有福说，不会是立隆姑丈他们吧？水莲说，是他们，你就更不能出去了。怀有福说，这世道，本来和我们没有什么关系，但是每次我们家都沾上边了，我担心今晚这枪声又沾上我们了。水莲说，别胡思乱想，睡觉，有事明早再看。

接下来，满街都是跑步的脚步声，声音杂乱。怀有福说，也许是县保安队出来抓人了，刚才那枪声，肯定是杀人了。

第二天早上，卢迪工来敲门，怀有福开了门。卢迪工进门就说："有福，你不知道吧，昨晚的枪声是有人刺杀吴专员。"怀有福问："什么专员？"卢迪工说："吴飞，省府盐运专员，管盐巴课税的。死了好，这盐巴还让不让人吃，搞得比金还贵呢。为了筹集打仗的钱，盐务局的人说，还要在盐巴里加税。"

职校里也在议论刺杀盐运专员的事。黄启文问林瑞，你说这刺客会是谁呢？林瑞说，你对这个感兴趣？黄启文说，这不是兴趣不兴趣的事，发生在玉田县城的刺杀省府官员的事，应该给予关注，这是时事，某些偶然的事件，会对时局产生影响的。林瑞认为不论是谁干的，其真实的结果是一个枭雄的生命结束了，也许这是个好事。而黄启文想说的不是这个意思，他担心刺杀了省府的专员，会导致下一步的行动，这对当前团结抗日的形势不利。林瑞听说吴专员是在毫无防备的情况下被刺杀了，说明刺杀之事已经谋划了好久了。她问黄启文听说过专员要来玉田的事情没有。黄启文摇头说没有。林瑞说："那就好了，你不知道，这事就和你无关。告诉你，按我的猜测，这事肯定是我父亲干的。"黄启文说："你父亲？"林瑞说："肯定是，这回我父亲算是了了一辈子的心头之恨了，利仇情恨，一笔勾销。"黄启文问："到底怎么回事？"林瑞说："嗨，一言难尽，以后慢慢告诉你。"

骆县长自知与省府官员在县城遇刺之事脱不了干系，便立即下令加强警戒，避免盐务局再被抢劫，又令军事科介入调查，好给省府一个答复交代。同时，他暗中吩咐，刺杀的原因尽量往土匪身上靠，免得又生出其他麻烦来。几日后，军事科科长田一丹把调查情况呈上来，说刺杀行动是地下党干的。县长看了报告，心生怒气，又是一个不听话还想给县府和县长惹麻烦的主。

他问田一丹："证据呢？"田一丹说："没有现场证人。但土匪是不可能的，我调查了京仙一带，那天并没有人发现有土匪人马来往。倒是桃源、上京、小湖一带的人反映发现有形迹可疑的人出现，西边可是地下党活动猖獗的地方，所以不用证据，就能说明问题。"

骆县长语重心长地说："田科长，调查不是猜测，办案不能想象。你知否，现在省府最痛恨的就是共产党，你无凭无据就把这事摊到共产党身上，你以为痛快吗？到头来省府怪罪玉田打击不力，你我都得遭罪，你懂吗？你们总想把自己与共产党撇得清清楚楚，但是你们所做的每件事情都要与共产党搭上关系，我真不知道你们安的是什么心？专员被土匪刺杀与专员被共产党刺杀，这结果可不同。好了，把报告放在这里，没你的事了。"

田一丹把县长的态度给林民说了，借机友好一下与中统线路的关系。林民当即谩骂县长是个共产党，至少证明他是个亲共的人。特务科觉得应当把这事报告给省府，把这个小气鬼、软骨头罢了去。田一丹觉得特务头子是生县长小气的气，说县长是共产党也许只是个借口。在玉田，打击的重点是在武陵，他乘机进言说，我们应该先把地下党林蕃抓了，再把这棵葱栽到县长头上，那时他就在劫难逃了。林民觉得有理，此时，他对田一丹也愈发看中和热情。

石有旺和郭凤的儿子赶早一点出生了，石家自然是要请酒。有旺到城里请郭先生，也把有福、水莲、卢迪工和孩子们一起请了，然后又去九漈请了张立隆、路养和林老师。大家都抽空回去吃鸡酒，张立隆和石路养没有空，包了礼叫林老师和李阿妹带去。村里村长和邻居亲人也都来陪着。

柳花和郭凤十分高兴，这个男孩的到来，似乎是对石家的一种补偿，也是对原本是嫂侄的男女感情的一种加固。女人们都拥挤在月子房里对郭凤嘘寒问暖。柳花说，今日郭先生来了，把孩子的名字也取了。郭先生觉得，亲家既然说了，就不好推脱。他琢磨了一会说，孩子的到来，算是石家功德圆满，就叫石良圆吧。大家说都取得好，圆圆满满。郭凤说，怀玉龙的儿子已经叫圆了，同村重名不好，不如叫满，圆满的满。郭先生赞同了女儿的叫法。

林老师还有任务，他察看了黄石自卫队的训练情况，鼓励队员好好训练，保卫家乡。石有旺问林老师："什么时候用得上我们黄石的自卫队？"林老师微笑地对石有旺说："要沉住气，我们有自己的队伍，本身就是一种力量，威慑着敌人。往后需要你们出力的地方多着呢！"怀有福看到石有旺的豪气，觉得自己略微逊色，就自我检讨说自己回来参加训练太少了。林老师就鼓励说："往后你多抽空回来。怀有福，我想你还要做一件事，很重要的一件事。"怀有福接了话问："林老师，什么事？"林老师说："办学校。你去找个地方，办起黄石学校，你看村里的孩子不少，都没有地方上学，这可不好，过去你们都去郭先生那里去上学，如今上美小学都停了。"怀有福说："地点没有问题，老师到哪里去请呢？"林老师说："我们自己人就有会当老师的。我想，等郭凤出了月子，就可以当老师了。"石有旺说："我怎么没想到，她就是我和有福的老师啊。"

这事和郭凤说了，郭凤没有反对，只说如今也不知道会不会教了。石有旺深情地鼓励说，郭老师，没问题。说得大家都哄堂大笑起来。

怀有福和水莲交换了想法，想把"怀仁堡"修复起来，作为学校之用。怀有福说："这回，我就不急着回县城了，等把怀仁堡修好了再回去，也好参加自卫队的训练，要不我就食言了。"村长说："要盖学校，本来可以另找块地，既然有福有心，那就这样吧。我们村里人帮着出工。"李阿妹总觉得自己插不上话，便说："这回，我只是来喝酒的，你们却做了这么多事。"林老师说："阿妹，你也可以的，办学校是为孩子的好事啊。"

水莲怕说到孩子引起阿妹伤心，就插话说为了孩子和母亲的健康是该喝点酒，于是大家斟了酒，敬了柳花和郭凤，又敬了郭先生。郭先生举着酒杯忙着说谢谢大家来看郭凤和孩子。他还说感谢黄石这个地方，这地方心胸博大，地气资源充足，什么事都毁灭不了它。黄石的地底有一团火在燃烧，永远不缺光明和温暖。大家觉得郭先生把道理说高说深了，只有林老师说先生说得对，说得非常好。

怀有福和水莲一起去看了麻坊。因为打战多了，生意就差了，本来想叫怀玉龙减产一些，恰好自卫队调了许多人去，人手少了，自然就减产了。现在这生意又接上了，泉州童老板的到来就像及时雨，把烦恼的事情都解决了。城里的席布库存还不少，便吩咐怀玉龙，多想想质量花色，成品先库存在黄石，不急着送到县城。

水莲预留了几把锁草药给石家，然后就和郭先生、卢迪工领着孩子们回县城去了。林老师和李阿妹结伴回了九漈。

吴飞遇刺的事，骆县长处理得当，省府并没有太看重这个事。有地方势力的人死了，对省府来说，也许不是坏事。一纸文函，责令玉田县府"下不为例"，事情过得简单顺利。

林民报复不成，心有不甘。他私下和田一丹密谋，想再次偷袭武陵，把林蕃的老窝端了。田一丹认为出兵没钱成不了事，要县长拿钱难，只能想办法自己去筹集。林民想到筹钱，便自告奋勇，他认为自己以军统身份召集玉田工商界人士开个会，统一一下思想，让他们掏钱，应该不是什么事。田一丹却认为这样动静太大，县府和党部会干涉。林民明白田一丹的意思，要私下敲砖。于是，他带了自己的手下第一站就去了建华火柴厂，找林老板要"清剿"饷钱。

林老板并不爽快，七绕八绕表达了费用不能由企业出而要县府出才对的意思。林民十分恼火，怒斥林老板是地下党，当众宣布建华火柴厂若是不出一万元饷钱，就派人烧了火柴厂。林老板见不得这些无理的人，便用话顶回去，说你污蔑人，你敢烧你就烧，我请省府的人把你的命给烧了。林民不知道林老板道行的深浅，听了这么硬气的话，一帮人也只能先尴尬地撤了。

眼前的事虽然平息了，但有可能是暂时的。特务科做事心狠手辣，林老板不得不着手准备防范火烧工厂的事。另外，他想既然军统特务向火柴厂伸手要钱，肯定也会向其他业主伸手。于是，他心中构思出了一个防卫的方案。

他先把情况向瞿办事员做了说明，要求瞿办事员立即向总部报告，请总部向省府、县府施压。瞿办事员说，这事好办，他回一趟南京就办妥了。瞿办事员领了薪资走了，林老板觉得他应该不会再回来了，厂子的防卫只能靠自己。于是，他安排人员加强厂围巡逻，禁止外人进入厂区，并着人新找几个储存火柴成品的秘密仓库，避免一把火烧尽，又把原料仓库周围加了围栏。接着自己亲自去了县府把事情向县长、党部书记长做了汇报，寻求保护。

军统的人什么事都做得出来，县长说，你自己得防着点。这样的答复让林老板很失望。林老板又走访了几家银行、贸易公司分理处，得知都被林民收了饷钱，一番讨价还价后都给了钱，这又让林老板感到很孤独、失望和无助。他的心里有一种虎落平阳被犬欺的感觉，在福州经营茶叶这么多年从未碰到这样的事，也许火柴厂在玉田太显眼。他又去了水莲的席草行。

水莲得知情况，就为林老板担心起来。她说，要不就给少点。林老板说，这样不是妥协了吗？厂里照章缴税，中央省县都要钱，厂里也扛不住。再说，军统的人要了钱不是去打日本人，是在搞内斗，没有丝毫的意义。水莲心里也是赞同林老板的想法，于是她建议找人帮忙防卫一下工厂，以防万一。林老板说县府都保护不了，还能找谁呢？水莲说，你不便出面，我来帮你找，到时人到了你的厂门口，你当作工人接进去就行了。

所有的努力仿佛都白费。林老板觉得一切人都在关心着建华火柴厂的利润，像吃蛋糕一样，每个人都要切一块，但是对蛋糕的来历从来不问。这让他更加失望。对瞿办事员、对县长，在顷刻间列入了愤怒的对象。倒是水莲这样的弱女子却把火柴厂的安危放在心上，尽力帮忙。现在唯一要做的就是防止有人火烧建华火柴厂。

很快就来了十几个农民模样打扮的人，到了火柴厂。问了来意，对方说受人之托帮忙来的。林老板心里有数，二话不说让进了厂里。花了半个时辰，商讨了防卫方案。眼下，就等着事情的发生。

果然，第二天晚上，一队人马十多个人聚集在厂门外，吆喝着开门。来人声称是县府派来的，追查共产党的事。林老板说，厂里没有什么共产党。

那些人大喊大叫，说建华厂窝藏共产党，不开门，就砸门。

林老板心里明白，一定是特务科派来滋扰寻事的人。他立即吩咐防卫人员退守隐蔽位置，随时准备战斗。他发出这样的指示时，胸腔好像已经被一颗偌大的子弹击中，眼下他要做的就是提枪消灭他们。作为一个商人，他本是八面玲珑的，可现在他浑身是劲，满脑子仇恨。这是好汉上梁山，被逼的。

来人开始用铁锤重击铁门，门被撬开后，又点起火把，气势汹汹地走进厂区。有人开始把火把扔向厂房，有人向着厂房开枪。林老板无法再忍受了，从办公室的窗口扔出了黑色礼帽。随即，隐蔽在角落的枪手射出了愤怒的子弹，火柴厂发生激烈的交火，枪声大作。不久，来者七八个家伙应声倒下，剩下几个转身就跑，消失在夜幕里。防卫队也有几个受伤。大家说要追击，被林老板劝住了。他想别把事情弄大了，给个教训就好。被扔向原料库屋顶的火把在燃烧，有人想去扑火，也被林老板制止了，结果一间原料库被烧成灰烬，不时发出巨大的爆炸声，火光照亮了漆黑的夜晚。

那些来支援的防卫队迅速撤离厂区。没多久，县保安队、警察局来了人马，调查火灾之事。从躺在地上的七八个人身份看，县保安队、警察局断定这是一起土匪抢劫的事。官匪勾结，弄虚作假，欺上瞒下，在这个时代是家常便饭，一个商人能奈何呢？林老板强忍住怒火不说什么。

深夜，卢迪工的铺门被敲响。那些夜里袭击火柴厂的家伙要来治伤。卢迪工开了门，看见东倒西歪的士兵一连串坐躺在门外，吃惊不小。卢迪工问，长官，你们这是怎么了？有人回话说，没看见我们受伤了，找你干什么，你会干什么，你不知道吗？卢迪工说治疗外伤，要看西医，我们中医见效慢，你们去卫生院吧。来人说："慢就慢吧，总比要死好。你说卫生院个述，他们根本没有药。别啰唆了，你再啰唆，我们毙了你。"

水莲听到了隔壁药铺的动静，知道是今晚建华火柴厂火拼，受伤的人来治伤。她想着是不是有黄石的人也受伤了，那些去帮忙的人可是水莲联系安排的黄石村自卫队的人。

一会儿，席草铺的后门有了动静。水莲知道自己人也受伤了。她赶紧悄悄去开门，把五个人让进屋里，上了二楼安顿下来。可是铺里没有医生和药品，水莲只能简单地为他们做了包扎。水莲想现在最重要的是请卢迪工来给他们治疗，而且不能放在席草行里。怀有福在黄石，水莲只能自己亲自从后院出去，找到卢迪工。卢迪工也立刻明白水莲深夜来找，肯定是伤员的事。

水莲说，姑丈，这么多官兵受伤，一定要一起治哦。卢迪工说，一起治。水莲会意。但是确实没有西药救急，只能先熬一些中药。卢迪工说，水莲，来帮个忙，点一下几个人。水莲伸出一只手，卢迪工会意五个。水莲说，要不要转到卫生院？卢迪工说，就在这里吧，卫生院没有药品。

卢迪工逐个给官军查看伤情，安抚士兵情绪，让他们镇静下来，然后问能不能请他们头从外地调些西药来，受伤没有消炎药，不把弹头取出来，你们就没命了。

护送的人去传话，结果等到第三天才有人送来一些消炎药品。卢迪工说，这下，你们会有救了。

卢迪工请来赵希望兄弟帮忙手术取弹头，然后给打针消炎。

五六天后，住在水莲席草铺的队员基本康复悄悄回了黄石。而住在草药铺的七八个人，却仍然东倒西歪，伤口化脓，整日哭爹喊娘。卢迪工推说消炎药不够，起不了作用，并解释说中药对外伤治愈作用不大，只对内脏里疾调理才有用。士兵们听了，就大骂军统特务科。隔几天，又有人送来一些西药，卢迪工匀出一部分给受伤的士兵用上，不多日，七八个人就痊愈走了。

有人给卢迪工送来两百块钱，并吩咐不要张扬受伤治疗的事。卢迪工恭敬地说，长官放心，郎中只管看病，不管别的。卢迪工把剩下的西药储存在后院的阴凉隐蔽处。

林老板请人把火烧现场的惨状拍了照片，并把特务科火烧工厂的事上报了南平总厂，总厂向省府申诉，又私下通融了军统闽北站站长林铮。结果省府出面责令玉田县制止此类事情再次发生，把林民调往省保安队情报股，玉田特务科改由涂德一负责。

涂德一新官上任履职，想做出一番事业，势必烧出三把火。思来想去，他还是认定与共产党斗争最划算。抓共产党，对上可以捞政治资本，于己也有利益可图。都说祖上一袋粪，三世做家肥，管它干净不干净，自己好不容易弄来这个科长，不趁机赚一把，为子孙谋，怕是哪天丢了帽子，子孙三代都不理他这个祖宗。珍惜今天吧。于是，他收罗了几个得力的手下，发派出去暗中盯梢，重点放在武陵、桃源、太华和九漈。县城因为发生抗捐"清剿费"的事件，他也安排了人手去收集证据。

不久，武陵方面传来消息说林茂这个共产党分子从武夷山回来后，有内讧思想倾向。涂德一如获至宝，立即化装成亲戚登门拜访，送去许多吃喝的物品。林茂竟然照收。涂德一又邀请林茂到县城做客，在西门外租了一座房子给他住，生活起居都有人照料，活脱一个阿斗，乐不思蜀。一个月后，涂德一在酒桌上得到了较为完整的武陵共产党活动的线路图。

给了情报费用，涂德一对林茂说："你还得回武陵，凭借你在党内的身份，赶紧打好自己的根基，抢占地盘和财产，这样你才能站稳脚跟。"林茂哀求说："该说的我都说了，你们要保护我的安全。"涂德一说："安全不是靠谁来保护，最好的依靠就是自己。当然，我们驻扎在武陵的部队就是你的靠山。你要想办法瓦解林蕃的组织，削弱他的威信，让武陵老乡不支持他，你就安全了。"林茂说："干地下党很累，东躲西藏的，又无利可图，我不干了。"涂德一很理解他的处境，他如今已经是一枚棋子，身不由己了。他对林茂说："如今你依旧是共产党，要沉着。但是你还得为我们做事，你不为我们做事，我就把你的事放风出去，甚至把你交给林蕃，那样你就死定了。对共产党来说，你是叛徒你知道吗？你现在唯一能做的就是'身在曹营心在汉'，做一个风筝，懂得吗？"

县城的盯梢也有新的发现，建华火柴厂的林老板经常出入黄石席草行。涂德一赶紧安排人手去黄石暗中调查，回报说黄石村也有了自卫武装，二十多条枪，由一个姓林的老师在训练。涂德一立即想要去黄石，便去找田一丹商量。

涂德一在素雅楼找到田一丹，说了侦察情况。田一丹说："姓林的老师，他呀，可是宁洋县长的干儿子。我看东边的事都是九漈的共产党在做后台，你们特务科不要打草惊蛇，我们趁机一举端了他。"涂德一说："宁洋的县长，他干儿子是共产党，我看得想点法子整一整这个县长。"田一丹问："有办法啦？"涂德一凑近田一丹的耳朵。一会儿，田一丹开心地笑起来。

第三节　瓷公鸡

曾雅茹到了席草行，找水莲聊天。她带着怀良富离开玉田县城已经有一些日子了。水莲见到曾雅茹出现在铺里，开口便问："怀良富呢？"曾雅茹淡然无事地说："一起回来了。"水莲几乎落了泪，她责问雅茹："你不能这样的。我家怀老爷仙逝，你倒好把他的曾孙带跑，把这不孝的臭名，扣在良富的头上。"

要说曾雅茹也不是坏人，她一门心思想着死去的林开水，想把他的种子培养成人，她与水莲又拜了姐妹，怀良富与养父有矛盾，让水莲难堪、难受，在难处时，相互帮衬，才是姐妹嘛。所以她把怀良富带出去，免得像一坨屎，臭了一家人。她自然不知道怀老爷仙逝的事情，若是知道，她会把怀良富送回黄石去尽孝的，毕竟他有母亲水莲这道脉。曾雅茹就是这样，乐天派，事情一说开，她就觉得没事了，然后又自个滔滔不绝地说了这段时间的来来去去。她本想认了干儿子，有了依靠，想到尤溪去找林开水的亲人，却不料被寨主的兄弟拒之门外。林母说，把寨主的儿子留下走人。曾雅茹大失所望，转身就回了三宝。高团长听说雅茹带着一个孩子来，便不接见，派人传话说家里的妻妾意见很大，不方便留在三宝的家里，劝说雅茹还是回到县城去，每月吃喝住宿钱准时派人送去。

水莲说，既是回来玉田，良富也要回家了。曾雅茹说："嗨，急什么。你想儿子就去我那看看他。说实话，良富要是回到你身边，一定是会坏了你和有福的关系，说不定哪天还会闹出别的什么别扭，又捅出什么窟窿出来。我的好妹妹，你得谨慎三思啊。"水莲被说得犹豫起来，一时也就没有决心强求。心里只想着找个时间再去看看儿子，毕竟和有福过日子才是正经事。

于是，曾雅茹和水莲又回到了各自循规蹈矩的日子里去。

田一丹的算盘开始拨打了。他就是一只蚊子，时刻寻找叮咬的对象，然后抽一针管血喝。吴专员遇刺的事，县长不想惹麻烦，想把事情引到土匪身上去，这样可以推卸掉一些责任。因为专员自己就是被收编的土匪，生前因为女人结下仇怨，何况他的老婆现在还在山上自立为王。要说专员死于匪患，也是十分在理。但田一丹却想把事情顺手一起搭上共产党，这样可以一石二鸟，作为军事科长既尽了"清剿"之责，又可以敲敲县长的后脊梁。

他和涂德一商量后决定，以黄石自立军队、杀死省府军官之事，已成造反之实，拟由特务队出马，暗中联络先锋翁道悦部，袭击黄石村，然后再袭击九漈村。这次行动，两个目的，即便找不到真正的共产党，也要榨出一些油水来。自任军事科长以来，田一丹还没有从云林乡谋到真正的利益。这个心头之憾事，比刀割还难忍。自私与自私握手之后，就变成了贪婪与丑恶。

袭击黄石的事很简单。黄石防卫队毫无准备，特务队趁夜黑，摸进了村。寨尾山上枪声响起之后，很快就停息下来。有几个防卫队员倒下了，石路养、怀有福、石有旺等人都受了伤，还好是天黑，加上道路熟悉，辗转几次，退进了怀家铳楼的暗道，拐到瓦坑，然后撤退到周田，辗转翰林，再到了九漈。

涂德一没料到防卫队有这样的撤退路线，事先半路设伏的翁道悦部空守一天一夜，一只鸟没碰上。翁部以为黄石方面出事了，便自行撤了队伍，回老巢去。不料，翁部却在太平桥附近遇上一支商人模样的人马，举着火把往玉田方向走去。翁部便顺手截了这支商队人马，却没有收获到什么钱米。翁道悦大怒，下令把人都杀了。这时，商队为首的人站出来，拱手说，请求英雄刀下留人，我们是为德化林友四挑担的。翁道悦怀疑是不是黄石跑脱的人，便下令搜身，查看有没有受伤情况。手下回说没有发现受伤人员，这些人的布袋里有中草药的味道。

翁道悦警觉起来，厉声盘问："你们到底从哪里来？到哪里去？"那人说："翁大当家的也知道，林大当家的和李家有生意来往，最近挑的就是中草药。我们把药材送到十八格，其余的就不是我们的事了。"翁道悦不说什么，心里怀疑是共产党偷买药材，但因为李家的生意他是知道的。他想共产党运送药材的线路也不对，九漈又是邻居，坏了与林友四的关系，不好收拾，于是就放行了。

再说，因为天黑，涂德一不敢追击，收兵住进了永宁堡。怀振兴很无奈，只好出面款待。特务队进堡，也没有闲着，四处搜查。怀振兴对涂德一说，长官，我们堡里没有共产党，我儿子可是省府的人！涂德一说，对啊，你儿子已经为党国效忠了，想当年，你儿子是何等的气派啊！怀振兴听出了意思，如今那个孽子不在了，对他们没有威慑力了。这样的搜查，无非想得点好处。

这时，一个队员拿着一件瓷器走到涂德一面前，说没搜到什么东西，看看这个瓷器值不值钱。涂德一接过来认真看起来。他问怀振兴，你知道这个是什么吗？怀振兴说，就一个瓷器，不算什么。涂德一问，这是哪来的？廖毛想说却又把话吞了回去。怀振兴说不知道，可能是他儿子的东西吧，其他的确实不知道。怀一北驻军黄石的时候，是他的手下苟队长，从阮大六家里掏了这只瓷公鸡，如获至宝，藏着掖着，可还是被人向怀一北告发，无奈不敢私自吞了去，便主动说是为了孝敬长官的。于是，苟队长便把瓷公鸡献给怀一北。怀一北并不在意一个瓷器，顺手收了，放在母亲邓氏那里。如今这些经手过瓷公鸡的人都走了，没有谁能说清楚它是哪里来的。

怀振兴说，一只不吉利的东西。

但涂德一知道，这是一个宝贝，在德化的瓷器行家中，流传的故事他听说过，只是从前仅仅是传说，没料到今日这对瓷公鸡中的一只竟然出现在他的眼前，他的心中自然是暗自欢喜。他灵光一闪，便对怀振兴说："你作为一村之长，竟然对共产党在村里活动浑然不知，也不报告，论说可以通匪罪论处。"怀振兴说："我不知道村里的防卫队是共产党，黄石自遭遇匪患之后，怀石两家就组织防卫队，自己保卫自己，到了你们这里却成了共产党了。古话说得好，知人知面不知心，那些可都是几十年的邻居。平时都说是防土匪的，也没有服装、没有旗杆，咋知道悄悄地就成共产党去了呢？"涂德一说："本来是村里的防卫队，可是后来就被人利用了，成了共产党的部队了。在你的眼皮底下，变红赤化，你却说不知道，我看你是故意不知道，假装不知道，实际是听之任之，甚至还为之掩护，为之作保护伞。你之罪，大了。"

怀振兴看到涂德一把玩着瓷公鸡，心里明白他相上这物件了，为了得到它，有意说下一大箩筐的话来压人，逼你拿物件去与他求情、交易。于是，怀振兴沉着地说："涂总抬举我了，小民只有被欺压的份，哪有本事罩着别人。村里的防卫队，当年周师长曾经把它编到他的手下，好像是第几营，可是后来那个宫团长就没有下文了。要说保护，周师长才有力气，周师长应该不是共产党吧。"涂德一怒目怀振兴，看着狡猾的村官，心里恨不得毙了他。

涂依旧把玩着瓷公鸡。如获至宝的样子，怀振兴看在眼里，他便骑驴下马，把这件不吉利的东西做个人情交换，解一下眼下的结扣。怀振兴说："涂长官要是喜欢这瓷器，就算我孝敬您了。不过小民胆小，你可别拿共产党吓唬我。"涂德一赶忙顺水推舟说："这样就对了，来块软布和小箱子，包了好带。"

三天后，涂德一按计划带着特务队出城，联合翁道悦上了九漈村。

早有京仙乡公所的人来报告，县府派兵朝着九漈村方向来。张立隆沉思了一会儿，请来人赶紧抄小路回去乡里，转告对乐乡长的谢意，并请他随他们之后一起到九漈来。

石路养说，姑丈这下你设下的人发挥作用了。原来九漈防卫队攻打京仙后，把五个队员安插在乡长的身边，保护并支持、监督乡长的言行，遇有情况，派人前来报告。九漈这边赶紧做了伤员转移安排。林老师没有受伤，依旧给孩子们上课。结果，在九漈，特务队一无所获，村里的景象如常照旧。

随后，乐乡长也来到了九漈。涂德一问："乐乡长，你来干什么？"乐乡长回："手下报告，看见县府的队伍朝这里来，我想这是我的职责，不知道出了何事，就赶来看看，帮不上什么忙，至少这里我熟悉，吩咐人递几杯热水，方便些。涂大科长，不知道今日带兵前来是为何事？"涂德一说："你少啰唆，问七问八对你没好处。走，你说你熟悉，带我们去学校。"

孩子们在认真地读着书，书声琅琅。一干人马拥进了九漈小学，破坏了这人间最美的氛围，孩子们噤了声，惶恐地张望窗外这群闹哄哄的陌生人。林老师赶紧停了课，上前来打招呼。

涂德一问，这位老师是哪个地方的？林老师回说，是京仙张乾的，就是做瓦片那个村的，隔壁邻居，李家聘他来做老师。涂德一心里生气，自己要问的几个问题，被老师一口气都回答了。他憋了一股气说，你都在教小孩子怎么闹革命吗？林老师说："孙中山先生说革命尚未成功，同志仍需努力。教孩子们干革命，应该不会错吧。不过，我们这小山村，没有革命，我只是教他们认几个字而已。"涂德一说："老师好口才，不过今天我想请你到县城走一趟。"林老师问："什么事？"涂德一说："去了就知道。"然后又对乐乡长说，到李家去看看。

李阿妹有点惊慌地开了门。涂德一问，李老爷呢？阿妹说，我阿叔早被县保安队打死了，哪来的老爷？乐乡长赶紧过来解释事情的原委，然后问阿妹，你老公呢？阿妹说，去德化了。涂德一追问去德化做什么事。阿妹说，送药。翁道悦说，你家挑担的人都早回来了，你老公怎么还在德化，怕是去找女人不回来了。说完，引得大家哄堂大笑起来。

涂德一骂道，都什么地，尽管说笑，你李家可是有头有脸的，那些药都是林大当家的钱米，不要是半路送给别人了。阿妹说，我们李家生意从来简单，两袋药材，一根扁担，你们不信，自己去问那头林大当家的。涂德一说，对不起了，最近县府有令，也请你去一趟县城。然后一挥手说，把人带上回城。

乐乡长知道军统的人心狠手辣，此回这样抓人，一定是和吴专员遇刺有关，而且对林老师和李阿妹都说是县府请他们去走一趟，他便不好问什么，愣是没办法求个情。

自从县长下令全城警戒之后，特务科和军事科就没有闲着。武陵方面，没有成效。涂德一捞了一个林茂，供着吃喝，也还没有为党国效劳出什么成绩。教育科在学校里明察暗访，也没有找到直接的证据，只是嫌疑几个人，尤其是职校，来头太大，不好下手。建华厂更是让人头疼和尴尬。田一丹这些天都在揣摩县长的心思，林民说他是通共，似乎像，但又不像，说他不通共，也不像。脚踩两只船的人，最让人头疼。不过若有了确凿的证据，他一定会让县长爬到共产党那只船上去，翻了他。田一丹最后觉得，县长他就是一个政客，为了保住自己的乌纱帽，做起和事佬，像一蹲石磨，再大的事落入磨孔，都会把事情磨成柔和细腻的浆，浓稠缓慢地流出来，让你觉得什么都不是。这简直就是一只老狐狸。

涂德一回来，找田一丹说，计划完成了一半，黄石和九溁的人都带回来了，怎么处置？"由军事科定夺。"涂德一建议直接把人扔到监狱里去。田一丹说："黄石和九溁这一方，不可小觑，他和武陵遥相呼应，我们得先把较弱的一方先解决了，才有精力对付较强的一方。一根扁担两头翘，抓了东边的，西南的可能会出手，我们就等着他们入笼吧。另外，县城里的势头在鼓胀，职校动不了，也要捞几个和黄石、九溁有关的人一起进来。"

当天，军事科根据暗中调查情况出动了人手，从石牌提了参与暗杀吴专员的杀手，到黄石席草行抓了水莲。到初中抓人时，因为师生集体护卫，产生冲突，导致家长参与，没有得手。加上涂德一带来的人，一共四人，被关进了监狱。然后，田一丹和涂德一大摇大摆地向骆县长汇报，说暗杀吴专员的人都已经逮捕归案。县长吃了一惊，专员遇刺的事情已经进了档案了，这些人不甘心，还在折腾，明摆着是要通过栽赃翻案把自己也翻下马，好恶毒的心肠。定了定神，县长缓和了脸神说："都抓到了？好啊。立即提审，弄清楚动机原因，好向省府请功。"

田一丹说，也别急，先让他们在监狱里反省一下，吃点苦头，更容易坦白交代。其实骆县长也基本知道田一丹的德行，他心里另有一块算盘，那就是让时间创造一些属于他自己的钱米效益。要是马上把事情搞清楚了，人就得一并解决，那对军事科来说就太没有效益了。

水莲是最后一个走进监狱的，她不明白为什么。她找一个铺着稻草的地坐下来。这时有人喊她"尤溪妈"。她朝另一间看去，是那个龙少爷。她赶紧起身过去，隔着栅栏问，你怎么也进来了？龙少爷说，我想看尤溪妈，在玉田多待了几天，就被他们抓了。当然，龙少爷没有说实话。水莲不禁又要落泪，这个倔强的孩子和自己怎么说也是有缘的。在墙角，水莲又看见了李阿妹和另一个男人。水莲喊阿妹。阿妹站起身过来紧紧拉着水莲的手问，你怎么也进来了？

　　大家各自说了被抓的经过，都觉得稀里糊涂就进监狱了。林老师过来安慰大家不要害怕，县府也许只是一时糊涂，为了弄清楚某一件什么事情，但事情总会弄清楚的。水莲对林老师并不熟悉，阿妹就给她介绍，说这位是我们聘请来的九漈初小的林老师。林老师伸手过来和水莲握了手，然后对水莲说，早听说黄石有个锁医，一直想着向锁医学点手艺，给孩子们解除一点痛苦，好久没有机会，不料却在这里见面。水莲觉得这个男人会给人一种信心的感觉。她说，我这手艺不传给你，你是男人。阿妹说，那就传我吧，我知道这行的规矩。林老师说，有规矩照规矩，是个道理，不过，行医行善，要行大善，为大家，破破规矩也不算什么。水莲问，先生，什么是行大善？林老师说，看好一个孩子的病，是行善，看好一大群没钱看病的孩子的病也是行善，把药方子教给天下人的父母，让他们自己懂得看好孩子的锁病，那就是行大善。水莲说，我没有那么大的气度，但我倒是真想传一位合适的人，过我自己的清闲日子。

　　外边，卢迪工赶紧叫卢跃去九漈告知水莲被抓的事情。张立隆已经在谋划营救的方案，不曾想水莲也被抓。大家认真分析了这次县府抓的几个人的情况，其实问题都不大。林老师的身份和他的背景关系，县府不会不知道。阿妹就是一个李家少奶奶，和德化有着多年的交情，就是水莲比较难办。从黄石到九漈，军事科的行动是在"清剿"，还是借"清剿"敛财？张立隆一时辨别不清。按平时对田一丹为人做事的风格，利字当头，捞钱是主要的。所以，营救当然首选用钱米去铺路的法子。石路养认为这样做还是憋屈，不如拿枪去抢出来舒坦。大家说，用钱能摆平的事就不是什么事，钱摆不平的，才头疼。

　　张立隆说，从前有石牌的朋友陈老板，请他出面周全一下，另外也给宁洋和德化方面写封信告知一下情况，要是肯出面，施加一些压力，也是有好处，但钱米一定要走在前头。张立隆这样做，符合官府做事的实际目的。他们做官信的就是钱米，当官不发财，请我都不来。张立隆结合大家的分析意见，对营救做了分工，自己亲自给两地写信，告知情况，恳请出面。石路养和怀有福凑齐四百银圆，由张立隆交陈老板去打点。卢迪工说，回城后他会去找建华厂的林老板，也请他出面。这时，张立隆想到另一个人，就特别叮嘱卢迪工，回去找机会见到黄启文，转告他行事谨慎些，这段时间县府特别是特务队肯定在盯他，不要发生无谓的麻烦。

初中和军事科的冲突，在县城闹得风风雨雨。县长有些坐不住，来自宁洋和德化的信件他亲自看了。来求情的陈老板、林老板也见过了。省府的一些人物也来指示。县长面对了沉重的人情压力，而且他也基本知道吴专员遇刺的原因，它不是什么斗争的问题，而是一次私人恩怨的了结。他觉得这事可以结束了，但为了不甩手下的面子，造成心神的离散，也借机打压一下这几个老想冒头惹事的刺头。他要求军事科和特务队抓紧审讯，要是证据不足就放人，别没事找事，放着安稳日子不过。

这段时间，田一丹接待了一大批人。从陈老板那里小有进账。让他意外的是，他还收获了一个女人。这个女人就是曾雅茹。她得知水莲被抓进监狱，便想救她。她拿着钱就去军事科，因为不懂得套路，问路子，问到了田一丹。一个妖艳女人的到来，让田一丹精神为之一振。当他得知这个女人要为锁医出钱求情时，他心花怒放，欲擒故纵。田一丹说："你要为共产党求情，不怕被牵连了？"曾雅茹说："她不是共产党，她就是一个女人，顶多一个锁医，她是我的妹妹。当官的，也别耍花样害人，把每个人都说成共产党。痛快点，放个人，要多少钱？"田一丹倒是被她这么一说镇定下来，心想这是哪来的女人，平日里怎么就没见过，会不会是个大金主？他连忙嘻哈地问："美人，你是何方神圣啊？"

会用这样的口气与女人搭讪的男人，八九不离十，没谱的人。曾雅茹故意搔首弄姿，凑近这个田一丹，嗲嗲地说："我是曾财神，给你送钱来，你倒是接还是不接？不接，我就送给县长大人了。"田一丹明白县长的心思，有意把事情化了，自己在这个时候要是让财神撞上县长，那自己就是一头猪了。于是，他伸手就来牵女人的手："我接，为什么不接呢？不过，即使接了你的钱米，事情恐怕也没那么简单。你以为这衙门里钱就能畅通无阻吗？"曾雅茹收起姿势，笑着说："只要你的权利使了，也不枉这些钱米。若是科长肯帮忙，指条路，还需要找谁，我们去找。"田一丹见卖关子不成，就把这活揽下来了。他说："你一个女人家，找人不方便。这事还是我来运作吧，共产党很值钱的，很贵的，要是我把她救出来，你得好好感谢我啊。"见田一丹一脸的邪笑，曾雅茹明白他的德行，便说感谢那是自然，科长一副好皮囊，可得用力哦。说完一屁股坐到科长的办公桌上，妖媚几眼，一扭身走了。

田一丹赶紧起身追问曾小姐住在哪里，哪天有好消息可以去告知。曾雅茹也不避讳，便把自己的素雅楼住址告诉他，还说有空就过来喝喝茶。说得田一丹晕晕乎乎的。

审讯时，县长、书记长都来了。涂德一觉得奇怪，田一丹却知道其中的意思。

田一丹下令把德化的小鬼杀手提上来。涂德一问："你个红小鬼，你竟然敢刺杀省府专员？"

龙少爷抬着头说："什么红小鬼，我是土匪，德化大当家的派我来杀人，可惜我这一小组没有得手，让大专员从小湖石牌溜过去了。要杀便杀，这趟出来空了手，回去也是死路一条，都是死，还要怕你吗！"涂德一说："胡说，你是地下党派来的。"龙少爷冷笑一声，轻蔑地说："我不是地下党，我父亲也是土匪，山尾寨的龙爷。我父亲被地下党游击队杀死了，我就去林大当家那里干活。明人不说暗话，别说我是地下党，那是冤枉我，我没有资格当地下党，我是土匪。不过，看你们官军的人，坏就算了，还这么笨，抓一群老百姓当地下党，被笑话是小事，被痛恨可就事大了。"

涂德一听言怒气冲天，想叫人大刑伺候，却被县长制止了。县长说："我的涂大科长，一个娃娃的口才你都比不过，更不用讲道理了。他讲得很明白，受土匪指使，杀人未遂，与共产党何干？放了。"

在县长的心里，他不想因为一个不谙世事的小鬼而坏了眼下东部还算安稳的局面。

龙少爷说："县长明鉴。我是土匪的儿子，我恨那些杀死我父亲的游击队。但我想和尤溪妈一起走，她给我治过病，她是好人，你们不能祸害好人。"

县长问："哪个尤溪妈？"龙少爷说："尤溪妈也被你们抓进监狱了，她可是好人。小时候，我父亲带我到黄石去治病，她的神药把我十多年的臭头给治好了。这次我就是为了看她，多待了几天，才被你们抓住了，要不然也不至于要蹲大狱。"

田一丹说："县长、书记长，我们怀疑那个锁医为共产党提供活动场所，参与共产党活动。"

县长指示把"尤溪妈"提上来审问。水莲哭着上堂来，第一次遭遇这样屈辱的事，难免有些惊慌。田一丹对水莲说："好好坦白交代，你为地下党提供场所，提供情报……"田一丹未说完，水莲就接了话："我就是一个女人，只会给孩子看点锁病。我家是卖草席和夏布的，做生意自然来往的人多，对我来说，到我店里买东西的，都是我的衣食父母，我只做生意，不认人。再说城里人也没有哪个身上写着贴着他是好人坏人。你们这是冤枉我了。"

一席话，入了县长的耳朵。涂德一却说，你是黄石人，黄石村自行组织地方武装，和县府对抗，杀死官军，你们就是共产党。水莲回说："我嫁入黄石怀家第一天就遭遇了土匪，这么多年，黄石被抓走的男人多年未归，你们县府管过这事吗？官军进驻黄石，抢人东西，睡人妻子，烧我土堡，烧死黄石的怀老爷、石老爷，比土匪有过之而无不及，你们管过吗？你们整天怀疑这个是匪，那个是匪，从来没把老百姓的苦痛当回事。"水莲本想说官府也是匪，终究这里不是骂人出气赚一时痛快的地方，就把话吞了回去。

又一席话，让县长脸红。县长说："好啦，好啦。越说越不像话，田科长你说，这人是共产党吗？"田科长心里一盘算，赶紧说，按县长的意思办。县长说："不必审了，几个人都放了。你们这些人办事，稀里糊涂的，抓共产党不是靠猜测和想象，明着给你们说，这李阿妹是九漈中草药商的女儿，和德化方面有多年的生意来往，一个和大土匪做生意的人，你们把她当作共产党？这有道理吗？那个林老师，是国民党宁洋县府县长的干儿子，教教书而已，即使给孩子们讲爱国的道理，也是对的，我们党国也需要爱国的人嘛！难不成你们都希望日本人来统治，甘愿做亡国奴？自私、内讧，是县府之重疾。不要因为私人恩怨，利欲熏心，故意起事，破坏了我县稳定大局。那东部林、南边林，都有枪仔。惹急了，你们都没有安稳日子过。放了，放了。往后对共产党多长点眼睛和心思，不要动不动就抓错人。你们与初中的冲突影响很不好，职校的学生一腔热血要去抗日，你们就鼓励他们上前线嘛，对青年学生，要因势利导，何苦一定要在玉田杀人呢？"

说完，县长很生气地走了。书记长张望了几眼也跟着出去了。

田一丹笑看着涂德一的呆样。在田一丹的心里，自己在每件事上都能从中作梗，作的梗那是金银梗，能为自己谋好处，而涂呆子不行，这就是自己的高明之处。匪不匪，那是大事，有时候也就是不关自己的事。田一丹对涂德一说："涂大队长，放人吧，都抓错啦。走，回家。"

田一丹没有回家，而是直接去了素雅楼，他想在第一时间把事情告诉那个妖艳的曾财神，这样才能赢得更好更多的"感谢"。涂德一还在纳闷，田一丹便开口说："行啦，你也不亏，你到黄石可是捡了个大宝贝，什么时候到你家，让我好好瞧瞧，德化瓷器那可是值钱啊。这事要是县长知道了，难保宝贝还会是你的。"涂德一气嘟嘟的，心里大骂田一丹是个老狐狸，关键时候就甩滑。

田一丹的到来，让曾雅茹高兴。她想必定是事情已经有进展了。她说，有好消息了？田一丹说，今天可是好险啊，县长和特务队差点要把水莲给留下了，还好，还好，现在没事了。曾雅茹问，放出来了。田一丹说，出来了，放心吧，事情搞定了，可为了你这个事，我可是把县长给得罪了。

曾雅茹端上茶来，加了茶配甜点，嘴里不停地说难为你了，谢谢啦、谢谢啦。田一丹习惯用眼看女人，巡视一遍之后，便问："家里人呢？"曾雅茹说："家人近日出门。"田一丹问："你家先生是哪位呀？我怎么就没听说呢。"曾雅茹说："凡人一个，哪能让大科长认识呢？我家先生就是三宝的高团长，最近到省府去走走。"田一丹本想伸手捋一把女人的屁股，一听高团长，便没了心思。虽然一个土匪在他眼里不算什么，但是容易惹麻烦，亡命之徒缠身，烦恼的是自己，刚才初燃起来的一点欲火，挺快地灭了去。于是，他起身告辞。曾雅茹哈哈笑起来，说："大科长，别急着走啊。茶得慢慢喝，话得慢慢聊，事情得慢慢来。看你这样的斯文，我怎么觉得你也很像共产党啊。"

似乎话里藏有话，田一丹想也是，这么一个女人尤其是土匪的女人大多也是寂寞的，高团长是什么人，三妻四妾的人啊。这样想着，曾雅茹又说话了："往后我还有许多事要仰仗科长关照，都说好了，事情办完要感谢你的，你说一个共产党值多少钱？"田一丹说："价值连城啊，不过朋友之间，钱就算了。来，陪我喝茶。"

最终，曾雅茹主动以一场热烈的性爱首先填补了自己的寂寞，顺便表达了感谢，也拉上一门靠山。这样的选择是有原因的，曾雅茹心里很清楚，回三宝是不可能的，高团长的那些妻妾三番五次阻扰，自己还得住在县城，偶尔接受一点高团长的雨露滋润，自己就是一个可怜虫。这些日子下来，她也想明白了，自己的日子还得靠自己过。这姓田的，也算是一块好菜地，遇到大雪封山的日子，兴许就靠它吃个一日三餐了。

水莲从监狱出来，觉得头晕。龙少爷和李阿妹挽扶着她。水莲请林老师到铺里吃个饭。林老师推脱学校有事情耽误不得，这次不添麻烦，往后有机会再来，一餐饭可以先欠着；又悄声对阿妹说，你也别去席草行了，我们直接回九漈去，那些个特务兴许还盯着呢。李阿妹明白意思，赶紧把怀有福和石有旺他们现在转移到九漈治伤的事告诉水莲。

水莲一时急了，问怎么会呢？李阿妹说，是县里特务派兵打的，黄石的自卫队被打死好几个人，他们幸好从铳楼的暗道逃脱。水莲这才想起前些日曾雅茹来说的事情，她当初没有在意，不料却是真的发生了。

林老师和阿妹走了，龙少爷还是跟着水莲回家。卢迪工见水莲出狱回家，赶紧叫卢敏去做饭。水莲把怀有福和石有旺他们受伤以及林老师、李阿妹出狱回家的事，与卢迪工说了。卢迪工说他已经知道了，且已经叫卢跃把上回偷留下的消炎药品送去，他们应该没有什么问题。水莲说想去看看。卢迪工说，你还是不能走，走了容易被跟踪，你一切如常地过日子，免得生出其他麻烦来。

水莲说，有福受伤了，我不去看，那可不行。卢迪工劝说："过些日子再去看，不要给九漈、给怀有福添麻烦，李阿妹回去会给张立隆他们说明清楚，有福会理解的。这些天，我就发现前街口有人整日地蹲着，弄不好就是盯你的梢。"

看见龙少爷，卢迪工问，这小鬼怎么又来了？水莲说，龙少爷是为了来看我，才被抓进监狱的，幸好县长大人开恩，念他是个小鬼，就放了。她转身对龙少爷说，这回你可别乱跑，先在家里待着。龙少爷只是想看看尤溪妈，现在看到了，他也就可以回去了，待在这里，只会添乱子。水莲觉得自己与龙少爷有缘分，一时爱惜起他来，他要是回德化去，那就真是当土匪。水莲说："不行，不能回去，你阿爸做土匪，你还做这行当，那都是给人吐口水的事。你啊，暂时先留在我这，跟郭先生读书去，我家有个小弟弟，也该读书了，尤溪妈没有空送他上学，你就留下来帮我送小弟弟。"

卢敏看了一眼水莲，然后对龙少爷说："你这个人不识好歹是不是！"龙少爷就说："那好吧。"

卢迪工吩咐卢跃去把郭先生叫来一起吃晚饭，为水莲接风洗尘。

傍晚，林瑞也逛到席草行来，水莲见了，就留她一起吃晚饭。水莲拿了零钱叫龙少爷去东街头买几两花生仁和几块九层粿，添点下酒菜，一边和林瑞说话。

水莲问，怀有义最近在忙什么呢？林瑞说，他可忙呢。水莲说，你们大老远来读书，就多读点书，学点本事，忙七忙八的，会耽误了学业。林瑞觉得水莲问话有用意，是不是想套她说出忙"革命"的事？她回说："也没有耽误读书，我们集美职校有自己的传统，我们的校主可是华侨领袖，大家都听校主的话。怀有义其实也不用担心他，他只是和同学们一起下乡去帮助老百姓做些事情，比如收割稻谷什么的。我们也经常帮小田的农民挑挑水，耙一下水沟，搞好邻里关系。校外的农民对我们也好，有点菜拿到食堂来分学生吃。有时候我们也演戏给农民看，给农民讲讲世间的道理。"水莲说："演戏也有危险。听说你们学校演戏，特务队、警察局都出动了。怕是把坏人演得比坏人还坏，太像了，得罪那些当官的人。不过，那次看你们俩在台上说话，可帅气了。"林瑞说："那天你们也去了，听了什么感觉？"水莲说："场面太热闹，就知道玉田人在北京牺牲了，给他开追悼会。"林瑞说："这些年你遭受很多的坎坷，你心里对这个世道一定也有看法。"水莲说："在黄石这么多年，受怀老爷教诲，只是学会一点忍让，吃亏是福。"林瑞说："这世间的女人都是这么想的，可是也有人不这么想，在武陵，有许多妇女都和男人一起扛枪打战去了。我们集美职校也有许多女生穿上军装上前线打日本鬼子去了。我说，你这个老板也要热心一点，为抗战出力，你又是医生，不要老抱着老规矩，可以把药方子贡献出来，让更多的孩子解除痛苦。"

水莲听了林瑞也这么说，口气和林老师一样。这些读书人心里想的都是别人家的日子过得好不好。水莲对林瑞说："其实听你们说，道理我也懂得一些，规矩可以破，但谁愿意学呢？做郎中也是一份苦差事。你有兴趣吗？你有文化，你来学。再说，传给你，说不定不要破规矩，往后难说还是一家人呢。"

正说着，郭先生来了。先生问："你们在聊什么呢？挺投机的。"水莲说："小林见识广，我在听她讲道理呢。"郭先生说："这世道还有道理可讲？好端端的老实人却要进监狱。水莲这回可是命大。"水莲说都是大家的帮忙，甚至什么人帮忙都难知道，其实这世间还是有好人。卢敏从灶火间探头出来说饭菜差不多好了，大家别光顾说话，赶紧上桌。水莲叫了怀良军和龙少爷。卢迪工和卢跃也来了。

郭先生问，这位少爷是哪里的？

水莲说是她从前帮忙看过病的小鬼："这孩子也是有情义、有缘分，因恨而来，也因恨结缘。虽然他是土匪的后代，但是心地还是善良，这么久了，还记住我这个锁医。前些日子一起被抓进监狱，就是因为要来看我引起的。"水莲叫龙少爷向郭先生问好。

龙少爷说："先生好，尤溪妈说要我跟您读书，您收下我吧。"郭先生笑着说："好吧，只要爱读书，我都收下。你叫什么名字？"龙少爷说："小时候在寨子里，大家都叫我少爷，自己也不知道什么名字，到了德化跟了林大当家的，只叫小鬼。"郭先生说："要读书，得先起个名。"水莲接话："正好先生在，给起一个吧。"郭先生说："你看这里还有大学生在，请林小姐参谋一下，给取个名。"

林瑞正听着龙少爷说什么德化林大当家的，琢磨这小鬼到底什么来头，竟然和自己的父亲有牵连，不料郭先生把取名的事问到自己头上来，她回说，取名的事还是长辈来，我可不能乱了规矩。

郭先生说："你们都客气省事了，我想就叫龙逢春吧。这孩子能遇上水莲这样的人，算是有缘、也是幸运，就像草遇上了春天。"水莲虽觉得先生说话让自己脸热，却也认为名字好听，她说先生夸过了，不过这名字也能祝愿龙少爷一生能有贵人相助，凡事顺当，算是好名字。"龙逢春，来谢谢先生。"龙逢春一下就接受了这个名字，起身跪下，三叩首，带着闽南口音大声说："谢——谢——先生。"

第四节　视察

特务袭击黄石，让黄石自卫队损失了几个人。怀振兴叫了几个人帮衬着收埋了牺牲的队员。受伤的几个转移到九漈养伤，伤愈了就加入九漈自卫队，使九漈的队伍实力增强了不少。阮大六记性好，想起从前怀一北曾给黄石防卫队一箱子弹，被石一方队长藏着，现在可以搬到九漈来，派上用场。阮大六征得张立隆同意，立即回黄石，找了怀振兴问当年的子弹藏在哪里。怀振兴想了半天，终于想起那次抓捕卓越颖的晚上，石有才把枪和子弹搬出来，却没用上，如今放哪里不知道。他和阮大六一起上了寨尾山，翻箱倒柜老半天，终于找到了。当晚，阮大六就把子弹送到了九漈。

对田一丹和涂德一的劣行，张立隆决定予以回击。

选择一个赶圩日，张立隆挑选了五个队员化装成贩小猪的倌子进城去。混在嘈杂的人群中，队员们看准了前街路口盯梢的特务。张立隆凑近一个特务，用短枪顶着他的后背，把特务推进小巷里，问出涂德一的住处，然后用锐刀结果了盯梢特务的小命，藏到稻草堆下。

接着，五人前往涂德一的住处，走到素雅楼时，张立隆发现门前站着站岗的士兵，便料定楼里有大人物。他便转身进了考棚巷，挡身在"考棚碑记"大石块后边，放下猪笼子，坐在巷口的地上，假装绑草鞋带子，借机观察一下四周的情况。

素雅楼内，涂德一正和田一丹说事。曾雅茹从二楼下来，笑着问，你们在说什么儿子儿子的，在说我吧？田一丹听到曾雅茹说话，一时尴尬起来。涂德一笑着说，你们有儿子了？曾雅茹说，真有了。她手摸肚皮，做出腆肚的样子。涂德一笑起来，田一丹却紧张起来，说，雅茹，别乱说。曾雅茹说，我没乱说，真有了，不知道是不是儿子？

涂德一打着哼哈腔，祝贺田科长终于得子，可喜可贺，哪日可得喝酒啊。田一丹心里虽不能肯定这女人说的是真是假，却也笑着说好。涂德一说："好是好，搂着一个大美人还弄出个儿子来，当然好。不过，劝你还要小心，这个可是高云飞的情人。"他压低声音真心提醒也趁机揶揄一下田一丹。田一丹说："管他高什么，我的翅膀底下，就是我孵的小鸡。涂队长，你的宝贝藏在哪里？你可是说过要让我们一睹风采啊，可别小气了。"涂德一说："就一个壶，不值得看。"田一丹说："那不是一般的尿壶，我可听德化人说，这壶可是有灵性，不过一对在一起的时候，这东西才有灵性，怎么说来着，一个巴掌拍不响，你现在只是单只，可惜了。你知道另一只在谁手里吗？告诉你，在林友四手里。你要齐全，怕是难啊。我也劝你成人之美，不如给了林友四，套点钱米回来花销。"涂德一说："你可别乱传，我只要这一只就够了。"田一丹说："你可得小心，林友四寻找这只'鸡'已经多年了。你知道他为了另一只，可是把人家整家人都杀了，万一走漏风声，你恐怕也是有麻烦啊。"涂德一说："你怎么说来说去，说到这上来。"这时，门外传来叫喊声："田一丹，你给我出来。"涂德一幸灾乐祸地说："你麻烦了，你老婆上门来捉双了。"

女人要进门，被站岗的拦住了。女人在门口大骂。一会儿，素雅楼开门，出来的却是涂德一。他站在楼前的台阶上俯下身对女人说着什么。女人大哭起来，接着又骂："他们都有孩子了。那个婊子，我要撕了她。"涂德一还是不让女人进门，接着说话。不久，门口又来了一对老人，老爷子一出现，涂德一就朝他作揖。门口聚集了许多看热闹的人，张立隆觉得时机不错，五人便从巷子里出来，凑上去看热闹。

老爷子冲着女人骂道："这是男人的事，你给我滚回家去，你嫌我不嫌，我田家不怕人多，这孩子我要。"说完站上台阶，转身拦着。老爷子挥着手对着众人说："没什么丢人的事，我来看看我的孙子。大伙忙自己的去吧，别在这里听女人胡说。"女人被老爷子一挡，自觉无奈，一屁股坐在地上，呼天抢地。涂德一招呼站岗的去把女人扶起来。

时机出现了，张立隆立即出手，朝着涂德一开枪，涂德一应声倒下。枪声一响，众人四散。张立隆他们趁乱借机走了，一人一路出了城。

听到枪声，田一丹赶紧倚门探看，看见涂德一躺在血泊中，心中知道遭匪徒报复了，还好自己的老婆前来搅局，自己躲在楼内，要不死的可能还有自己。这个三宝贼，有机会要收拾了他。女人被枪声止了哭，坐在地上愣了神。老爷子扶着老妇人蛰进门。站岗的端起枪，却无从下手，遭田一丹一通劈头盖脸地臭骂。

田一丹把老爷子和老婆都让进了素雅楼，也把曾雅茹叫下楼来，吩咐站岗的看紧了。自己出后门去县府报告，县保安中队立即派人前来处理。骆县长下令全城戒严，严厉搜查。只可惜圩日人多，抓了几个杀猪带刀的，关进监狱。

等田一丹回素雅楼时，已经是晚上了。父亲已经把事情料理清楚了，他在儿媳刘氏和曾雅茹之间和泥似的写出一份协议：田家的孩子生下来，给曾雅茹二千大洋，断奶后孩子由刘氏抚养，再与曾雅茹无关，并断绝与田一丹的交往。

田一丹看了一眼曾雅茹，感觉很无奈，眼下只能先这样应承了。他说，老爷子，你俩老人家这段时间就住到素雅楼来，雇两个妇女帮着煮饭浆洗，照看雅茹的营养。老爷子一口答应了。曾雅茹有人来照料她的日常生活，乐得清闲。她就是这样一个人，能随遇而安。她把自己年轻的身体的作用发挥到极致，为养老赚下一笔钱。她不在乎别人怎么说，她心里的账本很清楚，她为人生孩子，别人给钱。面对假惺惺的老爷子，她嫌恶心，就经常出门到水莲的铺子里说话解闷。老爷子不放心，就叫下人跟着去。

田一丹塌在办公室的座椅上，寻思着这些天的事情。他觉得涂德一的死倒没有什么，少了一个和自己争功邀宠的人，特务科的接班人郑班善没有什么底子，自己日后还可以更好地控制他。特务科袭击黄石自卫队，虽然没有抓到要害人物，也是小有成绩。武陵方面，涂德一生前的计谋也实现了。那个林茂回到武陵，借县府清查田产，大胆地抢占地盘，并向武陵林老板要枪支，暗中谋划，差点成功暗杀林蕃。被林蕃发觉后，林茂一不做二不休，又组织人马到谢洋、宁洋去以林蕃的名义抢劫鞠维帮的商队财物，杀死了几个林手下得力的商队管家。这事让鞠维帮大为光火，派人到武陵找林蕃寻仇。林茂此人，越发成熟老练了。

田一丹想，涂德一真是聪明得要命，太擅长计谋了。你看，他把宁洋县长的干儿子给放了，却设局让共产党和林茂结下冤仇。这人要是活着，功劳可就没自己的事了。但是自己眼下要面对的共产党也不是省油的灯，他们身手快捷，来去无影，就像马蜂，打不完，哪一下被叮住了，就要肿上一个大包。往后的行动还得小心，那个骆县长大概就是这么想，总是要把"清剿"的事情推给省府，免得引火上身。这样胡乱想着，突然，他想到涂德一那个瓷公鸡，立马动身去了特务科，借故问郑班善有没有看到涂德一留下的物品。郑班善刚上任，没有底气，就说涂队长的物品没动过，还放在办公桌上。田一丹说，涂队长生前曾交代一样东西，我要带走。他翻了橱桌，把那件瓷器拿走了。

怀良富对素雅楼家里的变化很不适应，来了俩老人，不时盘问七盘问八，他嫌烦。再说，他心里开始嫉恨干娘为什么要为老头子生孩子。

怀良富跑回水莲家。水莲见孩子回来，一副沉默不说话的样子，就明白这孩子心里有想法。水莲说，良富，干娘家多了许多人，不方便，你想回家来是吧？怀良富说，阿妈最知道我。水莲一时眼泪落下来。怀良富说，郭先生要我和龙哥哥学写字，那俩老人却把我的写字桌给霸占了，我没有地方练字。水莲说，嫌就回家来，和龙哥哥一起练字也一起住。怀良富说，那我就回来了。龙逢春和怀良圆从学校回来，水莲便叫他们一起上二楼去写字。怀良富回头问阿妈："阿叔呢？"水莲被孩子问得有点意外，这孩子突然问起怀有福，也许是他心中还有惧怕的阴影。她回说："阿叔，在外没回家，要好久才能回来。"水莲和雅茹说了怀良富回家的事。雅茹说："先回去一段吧。我把田家的孽种生完了，就把良富接回来。那俩老不死真是烦人，难怪孩子受不了。你也给良富说说，不然往后他会恨我。"

郑班善把特务科最近盯梢的情况做了梳理，拿过去请田一丹帮忙分析。田一丹看了记录，第一感觉还是黄石席布行有问题，张立隆是黄石怀家的女婿，弄不好这个店真是地下党的接头地点。他眼下还没有足够的证据证明这一点，但凭感觉判断很有可能。当然这个女主人是个锁医，认识的人多，去找她的也许是求医的，但这正好可以成为一种掩护外衣。所以田一丹要郑班善对来往席布行的人员做更深入的秘密调查、登记核实。对席布行的行动要在万无一失的情况下实施，切不可打草惊蛇。另外，他从郑班善那里得知武陵的林茂已经被鞠维帮打死了。他想着共产党人真是通透，涂德一的诡计终究骗不过他们，当然这也是叛徒应有的下场。林茂的下场更坚定了田一丹效忠党国、追杀共产党的决心，自己若是中途改变了立场，那也就是叛徒，党国也不会放过他，结果和林茂是一样的。

对这个锁医，田一丹曾细致地与曾雅茹聊过，基本掌握了情况：娘家尤溪，与周师长有过交情，出嫁的那天周师长还派兵护送；后来在玉田地界被土匪劫持，后来又在山寨上和曾雅茹相识；因为新婚之夜被土匪强暴生下孩子，迁居到城里来，经营草席麻布；为人热情善良，对孩子尤其充满爱心。从经历分析，似乎没有什么背景和动机。田一丹觉得暂时对锁医只能盯梢，也许对自己将要出生的孩子还有用处。

很快有人来报告说，建华厂的那个林老板和老厝的陈老板一起到席布行里去了。田一丹说，你们请郑科长立即去处理。田一丹不想让自己卷进这些有钱人的事情里去，他想有钱人要在他们最需要帮助的时候，自己才出面协调一下，下套的事让别人去做。郑班善果然组织了人员把席布行包围了。他适合做一个把事情去认真落实的人。林老板和陈老板对眼前的局面感到吃惊，大白天的，特务人马突然降临。林老板问，郑科长驾临，不知有何贵干？郑班善说有人举报，你们在从事共产党的地下工作。得知原委，陈老板笑起来："郑科长，我们是商人，在商言商，我们在商量种茶、办茶厂的事情。这事情我们给骆县长汇报过的，我们在商量怎样入股合作。难道党国不要我们这些生意人了？难道说，办个厂就是共产党了？"郑班善说："你们表面是在办厂，实际就是搞地下，煽动内乱，祸害党国大业。"林老板说："你说的搞内乱，我不敢恭维，我们商人最需要安定，四处打战的，损失最大的就是商人了。日本人轰炸福州，我的茶行关了，我得跑到玉田来办厂。我办厂，赚了钱，给了财政部拿去抗日，缴了税，你们拿去发薪水，现在倒好，反过来你们无凭无据说我们是共产党。你看这是什么事？"说完，林老板把桌面上的股东合同书扔给郑班善。郑班善看一眼果真是入股合同，他们想在蒋山乡开茶园、办茶厂，还有一张骆县长给石牌乡长的手令，意思要乡长划出一片山地，发展茶叶生产。郑班善立马给出笑脸："嘿，误会，误会。各位乡贤爱国办厂，佩服佩服。"然后一挥手，撤了围场。

三人重新坐下来。水莲说，如今这世道太乱，办厂肯定不会太顺利，是不是邀一个有头脸的人来合股，帮着撑撑腰。陈秉德认为水莲说的有理。他说从前他运矿石到福州，要不是周师长从中牟利，哪有那么顺利，就尤溪一段就过不去了。林老板问，那邀谁比较合适呢？水莲说，军事科田一丹合适，他爱财，手里又有权力。林老板担心，人家可是手握枪杆的人，怕是要空股，到头来赚点钱，还不够填他的股份子。陈秉德说，既然要找撑腰的，这个田科长确实比较合适，此人爱财，会来合作，至于股份，百分之十左右少不了，或者干脆就谈保护费一年多少，讲断。大家同意，入股还是保护费，由人家去决定。

田一丹对陈秉德说的入股事情，显得心情愉快。但他哼哈着表示既要入股，也要保护费。入股出他父亲的名字，股份可以少些，百分之五，但保护费一年一千块大洋。陈秉德与田一丹混得熟，便直接说了自己的想法："田科长，明人不说暗话。我们给了保护费，你就得为厂里消灾，要是被匪人黑了，保护费就没有了，再说这也有你父亲的利益在里边。一千，太多了，二百一年，如何？说实在的，只要你们官府不为难，谁还敢欺负咱们。这二百，你是白赚的。"田一丹说："陈老板，行，受人钱财，与人消灾，这是规矩。你我交道多了，你说了这么长的道理，就依你了。"

三方签了入股合同，又找了银行贷了款，恒利茶厂就办起来了。水莲这才知道林老板的名字叫林泽信，人如其名。说是厂，起初也就打一个土墙房，第一年主要是开荒挖山，先种植茶叶。陈老板为主监工。

骆县长眼下必须精心做好迎接闽政视察团的事。教育部顾次长到了省府永安，顺道要来玉田视察，对小县城来说，这是大事。搞教育的领导来，起码几个学校的事情要弄清楚，不得出纰漏。他清楚那个省府的吴专员是如何在玉田县城街头横死的，还好那是个亦官亦匪的人物，否则后果不堪设想。如今这个次长，据说口碑还不错，是陈部长亲自推荐、总裁首肯来视察闽政的。

教育科林贤智科长把顾次长的视察看着是一把楼梯，虽然上边有县长亲自布置，左右有军事科、特务处、警察局做保卫，单对学校的视察事项还得自己亲自出马。他做的第一件事，清理学校门口的环境卫生，均小、初中门口路边的马桶、菜地一律清除，虽然民愤不小，但碍于大员的权威，地主们也得忍了。林科长又临时从石牌屏山移植了一批山茶花树，种在菜地上，至少形式上看起来美好了许多。校内的花草自不必说也做了修剪，沿途对可能的意外做了巡视。文庙门外运动场上树了两块宣传栏，写上了委员长"明礼义、知廉耻，尽忠孝、行仁义，重仁爱、尚和平"的教育要求，右边写上了"积极参加新生活运动"的标语。然后他还专门到了三个学校，与校长商定次长视察行走路线，安排讲解介绍人员，并对每个参观点的接待人员进行政治背景审核，下令不得出任何纰漏。

骆县长把所有的保卫力量都做了合理的调配，加强了从永安到玉田沿途的警戒和保卫，乡级保安实行无缝送接，确保安全。重点是防共，各乡全力保持高压态势，实行清乡，尽最大力量把地下党压缩进山林荒野。部分部队调回县城，加强县城视察线路的保卫。

对集美职校、均小和初中，县长亲自召开了校长会，对视察的应对工作做了详细的布置，内紧外秘，以防不测。一切似乎都已妥当，可骆县长心里还有一个担心，那就是文人的文绉问题。据说顾次长喜欢对对子游戏。有次顾次长出上联：永安未有永安堂，永安堂何能永安？（永安堂是万金油发明人胡文虎兄弟药厂号）胡兆祥对曰：万金难买万金油，万金油岂值万金？顾次长大加赞赏，称赞其不愧是才子。才子能对上，县长可就不一定能对上，祈求次长到玉田不玩这些阴招。但做下级的，最好是做好准备，按老师的话说，备备课，未雨绸缪嘛。

县长召集了几个学究来，揣测一下次长到玉田来会出什么上联，应该如何对下联。大家绞尽脑汁想了两出：玉田县治小田村，对下联：上京乡据下溪口。县长以为不工整，学究说实在没有办法了，将就吧。又有上联：戴云山横穿闽中。骆县长说，这好对，顾次长学贯中西。大家都说好。骆县长真希望顾次长就出这个上联，自己可就赚了。又有上联：文江桥下清流水。骆县长知道这是流传在大田民间的绝对，便骂道，你们存心想害人吗，拿这些绝对来唬人。

顾次长要来，县府的监狱里就多了好几十个人。怀有福也被抓进去了。怀有福养好伤从九漈回来，就被特务科的人抓走了。也不审问，也不允许探监，只是关着。水莲心里十分害怕，毕竟怀有福参加了黄石的自卫队，和特务科的人干战过，弄不好特务科的人还记得他的脸神，而且身上还有枪伤，恐怕说不明白。这事一出，全家大小都会被连累。一连几天，水莲都在思考着自己发现的几个疑点，要做如何解释。想好了就去找曾雅茹，上回自己进监狱，是曾雅茹设法救出来的，这回还得靠她。

水莲带了一对大公鸡，一瓮粟米酒，找上门去。这样的礼物，一者表达对雅茹临产的关心，顺便一起提及帮忙救人的事。进了素雅楼的门，俩老人不是很欢迎的样子打量着水莲。水莲自说是雅茹的姐妹，雅茹要生孩子了，先来看看。雅茹听到水莲的声音，就招呼她上楼说话。雅茹不习惯当着俩老人的面与人说话，这也是她喜欢出门去玩的理由。嘘寒问暖之后，水莲说到正事。雅茹说："那个死鬼最近好久不来，不知道又到哪里去花天酒地了。没事，我去找他。不过最近抓得紧，按道理应当是有什么事，或者是有什么大人物要来。"水莲说："管他什么事、什么人，求姐姐出手相帮，不然我怀有福怕是过不去这个坎了。"雅茹说："这县府做事就是这样，头痛医头脚痛医脚，听说有大官要来玉田，下级最担心地下党搞谋杀，所以把可疑的人不管三七二十一统统先关起来。你家的也被怀疑了，你得小心点啊。"水莲说他家的也没干地下党，就是来回黄石做点自家祖业的事，那点小生意，与什么党也搭不上。再说怀有福打小身子骨弱，养病在尤溪新桥，哪有精神头能去吃地下党的苦。雅茹说："别担心太多，我也就这么一说。只是当今的风气就是这样，见不得红的。稍有不慎，便把人往红色那边靠，青红皂白这么一靠，就可以名正言顺地把你铐进监狱去了。"

这头，卢迪工赶紧叫卢跃去九漈把怀有福被捕的事告诉张立隆。张立隆立即召集林老师、石路养他们商量营救对策。林老师分析，有福回城，是草率了点。这回怕是凶多吉少，得有个万全之策。首先要立即把几个漏洞补上。张立隆问，什么漏洞？林老师说，他身上的枪伤和他这段日子在做什么，特务科审问，肯定会找家属水莲他们去对证，最容易出漏洞。但是水莲好交代，怀有福在监狱里，可就对不上口供了。张立隆说，那就得想别的办法，我看还是要劫狱。石路养附和道，硬抢也要把怀有福救出来。林老师说，怎么抢？张立隆说："要是以人换人，目标太明显，怕有福今后在县城待不下去。我们用调虎离山，然后借机火烧县府，乘乱劫狱，把监狱里的人都放了。"

大家没有想到更好的办法，就按照张立隆的思路分头去布置准备和执行。

田一丹听到曾雅茹求情要救怀有福的事，当即摇头。曾雅茹说："水莲是我一生的姐妹，她的老公被抓了，我不救他，我怎么对得起她呢？"田一丹说："那也得看救什么人，这个怀有福他肯定是个地下党，他和那个张立隆是亲戚。再说，这是特务科抓的人，我怎么救？"曾雅茹说："怎么救，你想办法。你如果不救，我就打死你儿子。"田一丹吓了一跳，赶紧说："有话好说，别拿孩子说事。也不是不救，是难救。再说了最近风声很紧，上头有要人来玉田，这些可疑分子都先关起来，免得生出上回刺杀吴专员的事。你也是看到了，素雅楼前，涂德一是怎么死的？"曾雅茹说："就是啊，如果你不想像涂德一那样死，你就要对地下党好点，那些人，什么事做不到，可怕的是他们做到的事老百姓都欢迎、都高兴，不像你们，做什么都让人恨。你说怀有福是地下党，那更要帮忙救，为你自己积点德，兴许往后他们那边还会记得你的忙，人哪能说没有难呢。"

田一丹经雅茹一说，心里有点发麻，这个女人肚子里倒出来的不尽然是废话，有些是道理，自己只想不能改变信仰求生，这脚踩两只船也是一种生存办法。再说这孩子还在女人的肚子里，她若是一不做二不休，伤了小性命，那可惨痛可惜了去。于是，他哄着曾雅茹说，得慢慢想办法，告诉你，关进监狱的不是他一人，暂时也死不了，你好好养胎，别动了胎气。

雅茹说，反正你得快点想办法救他出来。田一丹只好点头称好。

雅茹把田一丹说的情况告诉水莲，水莲稍微放心一些。水莲又通过卢迪工把情况告诉九漈。张立隆得知是上头来人，为了治安抓人，也安心一些，决定延迟一些行动时间，把计划布置得更周密一些。要是能有其他路子走得通，就不采取硬抢的办法。再说要过年了，官员们可能也是乘机勒索钱财，然后放人。

石路养听到需要花钱就觉得憋气，从前黄石的老爷那时都说东西比枪好，破财消灾吧。花钱是小事，人平安就好。石路养问："姑丈，不是说上头有大员要来玉田吗？怀有福被抓就因为这个大员。我们就去永安放风，说玉田县府为保大员安全，不分黑白，四处乱抓人，祸害老百姓。"

张立隆觉得这个方法是好，但路途遥远，怕赶不上大员视察的日子，二者省府要地，防范得严，不好宣传，危险性大。照目前情况分析，县府贪官借机索要钱财的用意比较明显。说到钱，张立隆想起一件事，他说："大家都明白钱好，我们九漈更得要有钱，光靠大家出钱，心里有愧，大家长时间地捐献，也是一种负担。我看，自卫队要自己生钱。"石路养说："印钞票，还是铸银圆？"张立隆说："种楂树，榨楂油卖，种苎麻、席草，让水莲她们收购去。"卢迪工也说:"钱是第一要务,时下林老板、陈老板和水莲他们去屏山种茶叶可以赚钱,我们这里种楂树也一样可以赚钱,卖给贸易公司或者自己去下府做买卖,都可以的。苎麻、席草是现成的好路子,赚来的钱自卫队过日子、买武器,剩余的还可以分给大家养家糊口。"林老师说:"九漈一带有种楂树的传统,这些年兵荒马乱的,楂树林荒废了不少,我建议把那些荒废的林子管理起来,明年就可以出油了,另外再开垦一些新地,扩大面积,一茬一茬地接着,就不怕没有油水了。"林老师的话说得让大家开心地笑起来。至于席草需要水田,一时要发展有困难。

顾次长一行来了玉田,似乎悄悄地,不像职校的陈校主,大张旗鼓地来去。他仅仅用了半天不到的时间,视察了均小和初中,就草草地回了省府永安。骆县长很高兴,算是平安地了结了一件大事,顾次长毕竟是搞教育的,只对教育感兴趣,而不涉及别的,比如地下党以及对对子这等事,都忽略了去。教育科科长却感到失落,他连顾次长的长相都没有看见,顾次长身边里三层外三层围着省里的大员和保卫人员,县里除了县长,谁都进不去。要想知道顾次长视察详情,只能等省府的报纸新闻。

年后,接连下着雨。县城整日被乌云遮盖着,冬七九变得潮湿阴冷。新缝的布鞋穿在脚上,却不能出门。同利祥伞店倒是早早地就开门营业了,滞销了两季的油纸伞一下告罄。水莲买了好几把,孩子要上学,自己要出门都得用。

水莲撑着油纸伞出门想去曾雅茹那里再催催怀有福的事。怀有福被关在监狱里过年,水莲于心不忍。这时,卢敏来说石有旺和郭凤到席草行里来了,水莲赶紧回了铺。

郭凤来县城是因为过了年黄石小学可以开学了,村里几个孩子可以在家门口读书了。村长交代,要请郭先生和怀有福回去一趟,给小学剪个彩。水莲说,这是好事。但说到怀有福,水莲想他们都还不知道怀有福被抓进监狱的事,于是推说怀有福没有空,怕是回去不了,剪彩的事就由村长和郭先生全权代表去做了。

石有旺有点失望，他觉得这个学校是怀有福花心思在怀仁堡内建起来的，怀家出了大力，一定要抽空回去一趟。主人没出场，凡事就不正经。水莲问了剪彩的时辰，回说到时有空，就请他回去。

郭凤对水莲说了自己要当老师的感受，觉得有点怕。过去在上美小学，有父亲罩着胡乱上课，一点都不慌张，年纪越大胆子越小了。水莲安慰郭凤："凡事都是开头难，教书的事可以请教你父亲，我说不好，我想不用怕。你呢就是责任心太强，越想把事做好，心里就越害怕。放松点，和孩子们相处，跟做姐姐、做母亲一样恐怕就好了。"

水莲留他们吃了中饭，然后把去年的红利算了让石有旺带回去。水莲说："如今生意越来越难做，不过你石家的草席卖得还是不错。卢跃他们说了，那个作贱黄石草席的铺子，是有人存心想害我们席草行做下的，可能是特务队他们干的事。这事啊，你还得感谢卢跃他们的好主意。南门外怀珠花姑婆的邻居们捡了许多红红黑黑的草席，拿去围鸡圈呢。你看，害人终害己。"

郭凤说："辛苦你们了，卖一张草席还得跟特务队去周旋，太难了。感谢是必须的。这些年，也多亏你了，水莲。"水莲说："这是老爷生前定下的事，就不说谢了。"水莲又悄悄问郭凤和石有旺过得咋样。郭凤说石家男人都一样。水莲就羞她，然后交代郭凤回去给怀玉龙传个话，有空出来县城一趟，有事和他说。郭凤对石有旺说，你记下了，叫怀玉龙赶紧进城一趟，水莲有事找他。临走，水莲又拿了二十个大洋叫石有旺带回去，专门给学校开销。

石有旺他们前脚刚出门，田一丹后脚就上门来了。这让水莲觉得很突然，她赶紧倒水递茶，招呼田科长坐下。田一丹接了茶水，吹着气，眼睛却直勾勾地盯着水莲，喝茶的嘴角渐渐咧开一丝饱含邪意的笑痕。水莲抽了一口冷气，但眼下没有别的办法，还得低三下四去求当官的放人。她说，田科长，给你添麻烦了。我家有福的事你得帮忙啊。田一丹含笑说："有福这家伙真有福气，家有娇妻这第一福气，家有铺行银圆这第二福气啊。可惜人在福中不知福，不懂得看守，却跑到外头去疯，这不自己惹麻烦了。要不怎么说人要本分呢？你说是吧。"水莲说："有福他没有做什么……"田一丹打断水莲的话说："有没有，都不重要。你说他身上的枪伤是怎么回事，明眼人一看就知道，这时候与枪有关的，哪个不得进去脱几层皮。你一个女人家，不用东奔西走的，也不要解释什么。当下的形势，重点中的重点就是抓光地下党，不光是玉田，全国都在抓。再说，你也是刚从监狱里出来的，你的事，我可是放在心上，我私下多次和县长交涉，县长才下了决心放人的。"顿了一下，田一丹说："这回你夫君的放与不放，那要看你的态度了。"

说了一篓子废话，最后一句才是真话，水莲心里恶心这个不三不四的男人。她说，科长这年头生意不好做，一年下来也没有赚几个钱，我们一起合作的厂又投了一些，家里现钱不够，我去邻居家借点，孝敬您。田一丹听说要去借钱来给钱，便笑着说，是啊，生意不好做，但你有比钱更值钱的东西，我喜欢。说着就起身踱着步子向二楼上去。

还好卢迪工救了架。卢迪工看见田一丹到铺里来，知道肯定没好事，就悄悄在后门候着，听到关键处冲了进来。卢迪工说，水莲，外边有人请你去看锁病。田一丹被搅了局，便只好转身下楼来，朝水莲说："水莲师傅，看锁病可是不出诊的，你破规矩了。哈哈，正好，今天来还有一事要你配合。"水莲说："田科长的事就别磨蹭，直说了吧。"田一丹说："很重要，对你也很有好处的事，请你去省府，帮一位大官的孩子看病。"水莲想说路太远，被田一丹断了去："别推脱，不管有多远，不去，连我都会死，明白了吧。"水莲心里越发没底，给当官的孩子看病，会不会看出什么麻烦来呢？不过眼下，为了救出怀有福，水莲觉得值得去，顾不了那么多了。水莲随即向田科长提出了解救怀有福的条件。田一丹说，你把长官孩子的病治好了，你的夫君就可以出狱了，到时你向长官提出来。

第五节　金蚕

素雅楼来了一个人，急急忙忙地把一个黑色包裹送进门。田老夫人开门接了包裹，见来者是个普通人，便不问什么，顺手把包裹放在桌上。在这个家，田夫人是不敢管事的。

下人清洁整理时，问田老爷这个包裹要放哪里。田老爷这才打开包裹看，内里有一个香炉，还有两块大洋。老爷问这是什么东西，谁送来的？下人说，不知道。夫人接话说，上午一个人送来的，我接了，就放在那，是什么东西啊？田老爷这才突然紧张起来，他知道自己家嫁进"金蚕蛊毒"了。请神容易送神难，既来之则奉之。田老爷若无其事地说，没事，刚好用得上。于是，他收拾了包裹，夜里独自把香炉供在一楼的一个房间里。第二天，田老爷就开始责怪下人家里的地板扫得不干净，以后天天都得把地板门窗擦洗一遍，要一尘不染的才行。

夜里，田老爷睡不着，想着这金蚕到底是谁送进家门的，在玉田地界，后路一带有养金蚕的习俗，有可能是那一带的人把它嫁过来的，但为什么偏偏就嫁进田家的门呢？真让人百思不得其解。但想到儿子田一丹和这个姓曾的女人鬼混，要生孙辈，心里又平衡一些，再说金蚕也不是没有好处，据说家里养了金蚕蛊，家人就会无病无灾，发财致富。自己的儿子在县府做事，很危险，养个金蚕，可以保佑一下，也是好事，再说钱谁怕多呢。所以，田老爷决定把它养起来，也不多费事，无非年底和它算个账，找机会喂它几条人命，差不多时候再把它嫁出去，给了别人家。

过几天，又有一个人来到素雅楼，下人开门问来意。来者说受人之托来看望曾小姐。田老爷听见有人来，就问下人找谁的。下人回道，是看望曾小姐的。田老爷听到有人来看望儿子的女人，便心起妒恨，于是便起身假装热情招待。见这来人中等个子，结实精干，脸色黝黑，身穿靛青夏布衣裳，脚着布鞋，看起来应该是哪个大户人家的武师。

来人问："曾小姐呢？"田老爷说："她出门去找女伴聊天去了。不久就会回来，你先坐会儿。来，我给您泡水喝。"田老爷亲自倒水端杯请来人喝水。来人接了杯子放在桌面上，伸手就爬头皮，又大声咳嗽往地板吐了几口痰。田老爷明白对方是个行家，预防着这金蚕毒，一时很无奈，也很尴尬，又不好发作，只好忍下。

田老爷说，请问你们是何方贵客？来人说，我们是小姐老家人，曾小姐自小出门，让我家老爷挂念，怕被人欺负了，派我们来看看。来人问，敢问老爷是我们家小姐的长辈？田老爷显得更尴尬，只好点头称是。来者说，老爷是大富人家，家里收拾得干净，我家小姐算是有福分，得一好人家。

田老爷吩咐下人去煮点心。一会儿，米粉蛋上来了。田老爷陪着一起吃，当老爷转身叫下人拿酒时，来人赶紧调换了点心碗，然后又伸手抓头皮。田老爷装着若无其事，回头热情招呼用点心，自己也拿起碗筷陪着吃。酒和菜上来了，来人称马上要回去，走长路不喝酒。田老爷就说，那吃点菜吧。自己伸筷先吃起来，又斟满一杯，自个喝了。田老爷这是吃喝给来人看。

来人要走了。田老爷说，转告曾老爷，我们家虽说不上富裕，却也是忠厚人家，有空有心也请曾老爷来走走，我家没有什么好东西，这些烟丝是上好丝料，送给曾老爷，麻烦转送。

来人接了一包烟丝，就告辞出门去了。路上，来人揭开烟丝纸包，又伸手爬了头皮。然后鼻孔凑近闻了闻，香味十足，果然是好东西，心想是不是自己做过分了。这东家送来的金蚕竟然没有养起来？

正想着，来人就觉得胸闷胸胀。他知道自己中了金蚕毒了，毒就在烟丝里，自己闻了几口，就出事了。他骂了几句，老狐狸。还好带着解药，他赶紧掏出藏在内口袋的金线莲红糖水喝了几口，又拿出"苴苴"果，扯了几丝茸毛含在嘴里。不多时，他感觉胸闷肿胀缓解了许多。他心中一股怒气，要不是身上有任务，他想回头去把老头杀了。

年前，田老爷接待了不少人，都是来送钱求情放人的。田老爷只管收下，却不问来人要救什么人，那是儿子的事。在田老爷看来，如今世道，各方滋事，搅得不得安宁，有人要关，有人要救，县府自然会去料理，放了也有儿子的功劳，放不了是该杀之人，和儿子无关，也没有谁敢来讨要送出去的钱财。他心里在想，世道虽乱，可田家还是蒸蒸日上，和过去的日子可不相同了，儿子已经建了座房子。这一切，兴许就是那只小香炉带来的好运。

按照规矩，田老爷该在过年前和那个金蚕算算账了。

他吩咐下人烧一锅热水，自己很认真地洗了澡。夜深人静的时候，他独自进了那个房间，点上香，拜三拜，站到门后和香炉说起话来："金蚕妈，辛苦一年到头，也没有赚到什么钱，年关算一算，这一年日子过得紧巴巴，建个房子还欠了上万元，不过一家人身体倒是健康。还求金蚕妈来年继续保佑田家身体健康、财源广进。"

几缕白烟缭绕，飘摇着从窗户出去。一股寒气从窗外吹进来，那些白烟扭着身姿又回到了屋内。田老爷心里一惊，仿佛在黑暗中看见金蚕妈拧紧威厉的样子。风从半开的门缝穿过厅堂，消失在黑暗里。田老爷明白，自从金蚕妈进门已经三个月，大概是饿了。他又掂香烧了一炷，心里默念：金蚕妈，很快就有吃的了，都怪自己没有经验，几次机会都错过了。

田老爷下决心想把自己家里叫来的下人杀了给金蚕妈吃去。一天，田老爷说自己想吃点点心，吩咐下人煮一碗米粉汤。下人端上来后，田老爷坐下来，又叫下人拿个碗来，匀出大半碗给了下人吃。下人感激不尽，端着进到厨房认真吃了去。没多久，下人开始发病，肚子胀痛。

田老爷假意问："怎么回事，你肚子痛吗？我的肚子也有点痛。"

下人已经有点虚浮了，捂着肚子蜷曲在厨房门口。田老爷赶紧拿了两块大洋叫另一下人送人到卫生院去看病。结果人死了，这是田老爷想要的结果。他又花点小钱请当地土公把人埋了。

水莲是坐永德大的班车颠簸到了永安，再转车到了三元县。这条路，民国三十一年就通车了，但班车少，路上不安全。请她去看病的，是长官林民专员。水莲对他还是熟悉的，自己进监狱，就和他有关。

林专员还算客气，上了茶水点心。水莲只是吃个意思，她心里急切。她说，林专员，把你孩子抱来看看。一个年轻的女人把孩子抱出来。水莲观察一眼就知道这孩子得了"柴条锁"和"脖经锁"。小孩爱转身，吐口水，冒泡。水莲说，孩子得了两种锁病。林专员说，就知道只有你能看，赶紧给孩子弄点解锁草。水莲说，专员，不瞒你说，此次给你孩子看病之前，我还有一事相求，恩请你先允了。林专员说，但说无妨。水莲说，前段时间听说大官要来，我夫君怀有福就不明不白地被玉田县特务科抓进监狱，年都没回来过，他没有做什么错事。

林专员转身对陪着前来的田一丹说："怎么回事？"

田一丹回："为迎接教育部次长视察闽政，县府维持治安，抓了一些嫌疑分子。她夫君有一段时间不在县城，特务科认为可能有嫌疑就抓了，你看，是不是……"林专员说："师傅既然说了没有做错什么事，那就赶紧把人放了。你们基层做事太草率，也不调查核实就抓人，老百姓怎么会没有意见呢？我们要抓的是真正与党国作对的人，而不是似是而非的老百姓，你说呢，水莲师傅？"水莲说："专员说得对。那我夫君何时可以出狱？"林专员说："田科长，回去你就告诉郑班善，把人放了。"水莲说："还请专员写个条子，好有个凭据。"林专员说："也好。我写，你先去采药吧。"

等水莲外出采了草，林专员也写好了条子。水莲接过信封藏在内口袋后，就吩咐林家下人如何用药。水莲说，服药三次后孩子即可康复。林专员说，好你个女郎中，都说你是孩子的保护神，名不虚传啊，像你有好手艺的人不多，田科长，你说是不是应该把水莲师傅请到玉田卫生院去坐诊？田一丹一听，这专员是什么意思？自己没明白，便应和着，那是，那是。水莲说，专员大人可不敢逼我去大地方看病，我没那个胆，也没新式医生的那个手艺，我家没人手，还得照顾席布行的生意。林专员，您千万别这么想。林民微微一笑，说："也不是逼你，我是想你应该发挥更大的作用，为党国下一代孩子的健康出力。当然，还有一种为国效劳的方法，那就是把你的药方子贡献出来。不知意下如何？"水莲明白林专员的意思，便说："我不刚刚为党国的下一代治病吗！至于方子，我倒想不怕破规矩，传给外人，可是我不识字写不出来。"林民说："回去慢慢说，叫人记录下来不就得了。田科长，有时间你找水莲师傅好好聊一聊，记一记。"水莲说："专员大人大量，我这一传，可自毁了饭碗，往后说不准要依靠谁了？"田一丹说："有专员这个大靠山，还怕没饭吃？"林民邪恶一笑。

辞了林家回到永安，已经赶不上回玉田的班车了。水莲被安排在一家客栈住下。田一丹到省府驻地，说要去会会几个官员，请水莲一起出场。水莲坚决拒绝了。田一丹拗不过独自去了。水莲担心田一丹深夜回来会有酒醉失态之事发生，便堵了门，和衣睡下。

深夜，事情还是发生了。楼道里一阵混乱的脚步。既而水莲的门被几脚拽开了，进来一个汉子，不说话就把水莲抓住要上。水莲挣扎抗争着，她害怕又愤怒地说，你们这些土匪。

　　那汉子说，没错，我就是土匪，我大当家的把今晚的你赏给我了。说完，那汉子强有力的双手三下两下扯去水莲的衣裤。水莲用尽吃奶的力气扭动下体，抵御着棒子的侵略，她咬着牙说，你们要遭报应的。

　　汉子说，不怕，我是玉田黄石的，你去报复吧。

　　水莲听到黄石，一下羞愧难当，自己就是黄石人，摧残自己的竟然也是黄石人。水莲一下"哇"地哭起来，你是石有才吧。汉子抖地翻身下床去，窸窸窣窣穿戴起来。水莲知道八九不离十他就是石有才了。她问："石有才，你怎么做这样的事呢？"

　　汉子问："你是谁？"水莲忍住心悲说，我是有福他媳妇。汉子"噗通"一声跪下，说："得罪了，我现在是土匪，没了规矩，得罪了。"水莲凌乱穿戴后，伸手抓住石有才的头发："有才，你回家去吧。你家老爷父亲都被逼死了，你这一上山，苦了一家人，因为你，石家都乱套了。"石有才竟呜呜地哭泣起来。水莲起身，镇定地点起蜡烛，看见石有才跪着，便俯身扶起他。水莲说，有才，你看着我说话。汉子起身，转身就走。水莲立即从后背紧紧抱住他，说："有才，你回家去吧，回黄石去种你的席草地，石家老小都等着你呢。这些年，你父亲、你爷爷都遭匪没了命，你是不是该回去祭一祭呢？"石有才转过身，呆呆地站在水莲面前说："对不住了，大水冲了龙王庙。"水莲说："不怪你，就当没有这回事。你回黄石去吧。黄石被抓的人都回来了。再说你不能叫你的儿子没有阿叔吧。"石有才说，我说过就当我死了，我就是一具尸体，是鬼，所以我才四处害人。水莲说，我们女人到了夜晚没有办法，今晚不是你，还会有别人祸害我。

　　石有才听出话里的意思，心里明白玉田县府的人肯定也不是省油的灯。水莲把去三元又到永安的事前后说了。石有才说："官匪一样的德行，算你不走运，今晚我给你守夜，看谁敢来？"水莲说："那倒不必。我想要你回黄石去。从前老爷们说过，是黄石人，都会回来的。把你绑走的那个团长，已经被张立隆姑丈打死了。"石有才紧紧地握住水莲的手。他问，立隆姑丈，他现在过得好吗？水莲说，比你好，老百姓都很拥护他。石有才又问怀有福。水莲落泪说："他和姑丈一起做事，前些日子，无端就被抓进监狱，到现在还在里头蹲着呢！我为这事四处求人，大老远去三元为林专员的儿子看病，求他放了有福。"

石有才知道张立隆和有福都干上共产党了，他放手转身出门，又回头扔下一句话："我会记住你的好，后会有期。"他强壮的身影消失在关门之后。楼道没有声响，水莲知道石有才就在门外守着。

水莲处理了秽物，一夜啜泣无眠。命运不是自己可以把握的事，水莲出嫁时的爱情理想或者说婚姻信仰，已经被打击得千疮百孔。她觉得女人甚至不配有理想有信仰，有了理想信仰却招来许多烦恼和绝望。四个男人，准确地说是两个男人从怀有福那里分享了她的身体。这是一种罪恶，一个女人无法抗拒无法接受的结果。如果说嫁的两个男人是命的安排，那么林开水和石有才是谁把他们推进水莲的夜晚？泪水，像一种腐蚀药品，沿着眼眶，把女人的脆弱和无奈烙印在身体深处。接受，也只有接受，女人的坚强，就在于隐忍的接受。

次日早晨，田一丹来叫水莲吃饭。水莲说不吃，要回家。田一丹神秘地望着水莲，嘴里啧啧啧地响着，好像他已经知道昨夜发生了什么事。田一丹没有得手，酸溜溜的，忍不住要问："昨夜那个男人守在你门口，他是谁？"水莲懒得理睬。田一丹又问，睡了吧？水莲愤怒地说，你这些土匪，不积阴德也要积点口德。田一丹说："睡就睡了吧，那个可是永安大匪王大仁的二当家，也是妹夫。枪法准狠，很快就要成为官军的头了。"水莲说："你做你的官，我看我的病，你们为什么老要为难我呢？"田一丹说："男人做官不都为了女人吗？再说你真不是一般的女人。"田一丹说完，感觉身后有人用枪顶着自己的腰，他想肯定是昨夜那个男人。果然，那男人说，路上照顾好这个不一般的女人，不然我去玉田就端了你全家。田一丹空举着双手，唯唯诺诺地说，一定，一定。

回到县城，水莲立即去找特务科郑班善，把林专员的条子交给他。郑科长看了条子，阴阳怪气地说："舍近求远。你老公可是真正的共产党，他身上有枪伤，你给我说明白那枪伤是哪里来的？"

水莲对这个问题早有准备，不假思索地说，他去德化贩布，遭土匪抢劫受伤的。

郑班善说："说得好。你怎么不说是被特务科打伤的，黄石的自卫队打死了我们科好几个人。林专员不知道情况啊。"水莲说："林专员知道情况，他知道我家有福不是地下党。你到底放不放人？"郑班善说："放，要放，你有上峰的手谕，我不敢不放。但是，嘿嘿，要交保释金，五千大洋。听清楚了，是五千大洋。你那席草行这些年可是赚大钱了，赚钱就得花费出去，尤其是在关键的时候，俗话说钱要花在刀刃上，怀有福的命现在可就在刀刃上了，你出钱还是不出？自己定夺去。"

水莲十分无奈，官家手里总是有那么多的绳套，答应解了一套，又给你加上另一套，没完没了。水莲说："我哪里去找这么多的钱？"郑班善说："一个共产党何止值这个数，放一个共产党要两万元。你朋友多，借点，会有办法的。不然看在专员的份上，少你一百元吧。"

水莲心里想专员就值一百，这些土匪明摆着是要敲诈人。她说，林专员的面子和手谕就值得一百元？你也太不给专员面子了吧。郑班善说，嘿，你这么说，专员的面子能值多少钱？水莲说，放一个人。郑班善哈哈大笑，想得太美了，古话怎么说来着，衙门八字开，嗯，你懂得。

水莲心里有气，就说你们县府抓人就为了钱吗？你们该早说，我去借给你，免得人家还要蹲在监狱里过年，倒霉死了。做人不能这样子的。郑班善说："我也是奉命行事，要钱的人那是比九层粿还多层。直说了吧，像你这样的有钱人，不榨点出来，他们官都白当了。"水莲本想去电话局打电话找三元的林专员，转念想官官相护，总有许多推脱的由头，自己虽是治好人家孩子的病，但过了这个村就没有这个店了，人家要是不理，自己却是尴尬，索性算了，让钱去解索吧。老百姓就是老百姓，水莲怎么也想不到郑班善这五千大洋是林专员要的。

曾雅茹生了个男孩，田家一窝蜂地高兴。水莲一时凑不齐钱，就在去看望曾雅茹的时候顺便求田一丹宽限一些日子。田一丹说，这个郑班善，竟然不放人，还要钱，真是大胆，水莲，你别急，我再去说说。水莲说，那就麻烦你了。田一丹说，嗨，上回救你出来，我也是尽力的，就别客套了。

水莲回到家里，见怀玉龙已经来了。水莲想叫怀玉龙去趟泉州，催催童老板的货款，眼下正等着急用。这童老板生意还算诚信，只是最近货款回来迟了。水莲担心童老板是地下党，会不会中间出了什么问题，钱亏了还是小事，她还担心会有什么另外的牵累。于是，她吩咐怀玉龙赶紧去泉州一趟，悄悄打听一下情况，要是正常就把钱拿回来，往后生意还可来往。水莲觉得，自己一个女子撑着一单生意，许多事本来和自己无关，却偏偏什么事都会和自己牵连。玉田是自己的鬼门关，她得十分用心，看能不能跳过这个坎。夜里，水莲经常回味在老家待嫁的好时光，退一步说，即使是在黄石平凡地过着一日三餐，也比现在安顺得多。人都说大地方好，到了县城才知道，小地方人好。

田一丹找了郑班善，他说："席草行看来真的没有太多钱，保释金就再宽限几日吧。我有儿子了，正需要花钱，我的份倒是先给我送来。最近，总是不顺事，开销也大。"郑班善说："田科长，你我是朋友兄弟，你放心吧。"田一丹提醒郑班善，别让煮熟的鸭子给飞了。这些人，不愿意直接给你钱，却舍得到处活动，花钱打理，就怕会有什么麻烦，你得亲自看好监狱。对这样的提醒，郑班善听多了，总是居高临下的，他只是麻烦耳朵去听听，心里并不在意的。他说，我都快半个月没回家了，可是进账不多啊。田一丹说，得有耐心。

田一丹走了，郑班善觉得憋气，这个田一丹只会下指令要自己做这做那，分钱从来不手软。离下班还有个把小时，郑班善想到自己半个月没有回家，全身难受起来，索性迈开步回家去一趟。进了自家的门，却看见田一丹在自己家里。郑班善一时奇怪起来，问田科长，你怎么来了？田一丹说，我那个女人生孩子了，来通知弟媳去吃鸡酒，好了，我走了。

郑班善拿眼盯着老婆，一下就发现老婆神色不对，心里猜到八九分。他一把就把老婆放到在床上，扯去裤子，发现了一摊秽物。郑班善怒火胸中烧，拔出短枪顶着老婆怒喝："谁干的？"老婆吓得赶紧坦白招了。郑班善骂了一声："臭婊子，从今后你去伺候翠使，翠使伺候我睡觉。"老婆只好去叫丫鬟翠使。郑班善当着老婆的面，把翠使睡了。

吃完晚饭，郑班善呵斥老婆照顾好翠使，自己拿了一把锤子出门去了。翠使见架势不得劲，就问老爷要去哪里，可得小心！郑班善说，我要去睡田一丹的老婆。

俩女人惊讶地目送他出去。

郑班善很顺利进了田一丹家。自从闹了素雅楼，田一丹就很少回家来，这个刘氏大老婆就只好独守空房了。郑班善径直到了厨房，拿起锤子把田家的后锅给砸透一个洞，小半锅的温水，决堤似的把灶膛洗个干净。刘氏听到厨房声响，从楼上下来，看见郑班善，就说，郑科长，贵客啊。

郑班善瞧一眼刘氏，变化可大，从前就是根枯木，育不下孩子来，遭人遗弃，如今出落得还不错，看来是田家的日子过得不错。郑班善只想来报复，就直接说了，刘夫人，我刚才捅了你家后锅。

刘氏一听就明白，田一丹睡了人家的老婆。她拿眼看郑班善，揣测着眼前这个男人还想干什么。郑班善对刘氏说，晚上，我要睡他的老婆。刘氏说，你敢吗。郑班善说，既然来了就敢，不管你愿不愿意，和你没有关系。刘氏说，科长说话真是怪，怎么就和我没关系，你不是要睡他老婆吗，我就是他老婆。郑班善想急着完事，直接抱起刘氏，就在厨房的宽凳上就要上。刘氏并没有反抗，还哆了声说，别了，这是硬板凳，要扯田一丹的面子，要到床上去。郑班善一时觉得被女人甩弄，这哪像来报复，倒是中了女人的下怀。上半夜，郑班善被女人要了三次，沉沉地睡去。直到翠使在楼下喊老爷回家，郑班善才起身扶墙离去。他走在街上，脚步声响很沉。

翠使说，夫人也出去了。

郑班善正想发作，突然县府方向响起枪声，他惊出一身汗水，赶紧赶往监狱。结果，他看见县府监狱大门洞开，一班抓来的人不见了，几个手下被割了脖子横在暗角落的草丛里。

郑班善惊魂未定，一时又庆幸自己戴了绿帽子，却躲过一场命案。

田一丹也来了，问怎么回事。郑班善说，都跑了。田一丹说，你怎么看守的？郑班善说，我和你一样，在和别人的老婆睡觉。田一丹听话不对，就缓和口气说，好了，他们能跑出去，我们就能把他们抓回来。

深夜怀有福从后门进了家。水莲像做梦一样的感觉，忽然就看见怀有福回家来。水莲不相信地问，你出来了？怀有福说，我想是张立隆姑丈他们劫的狱，不单救我，被关的人都放出去了。"出来就好了。"水莲说，"家里是待不了了，特务科不会就这样善罢甘休，明天，不，现在可能就已四处找人了。你还是赶紧回九漈去，那里的日子过得安稳些。"有福问，那你和孩子们呢？水莲说，我们暂时不会有危险，目前他们要抓的是你，往后我们再一起去。说完，水莲紧紧地抱住怀有福。怀有福说，我还要赶路，往后你自己多小心，照顾好孩子。

怀有福前脚走，后脚来了人。席草行的门被敲得震天响。水莲慢腾腾地去开了门，看见田一丹和郑班善都来了。水莲不打招呼，直接就说，我们家已经没人可抓了。

田一丹装着轻松无辜的样子说，例行公事，搜查。他一挥手，一帮手下进了门，上下搜了个遍。水莲问，两位大科长，你们要搜谁呢？田一丹不说话。郑班善说，怀有福。水莲说，他不是关在你的监狱里吗？我那五千大洋还没有凑齐，他怎么啦？田一丹说，跑啦。

众手下来回话，没有搜到踪迹。

龙逢春和怀良富走下楼来，对着来人说，你们大人都在干什么，我们明天还要读书呢，要不要让人睡觉啊？郑班善听到俩小男孩抱怨，就拔出短枪对着说，臭小子，想死啊。水莲护过俩小孩，生怕小孩又被抓了去。田一丹说，别跟小孩计较，走。搜查无果，郑班善就骂骆县长神经病，好端端的，怎么就把城墙给拆了，如今这县城无遮无拦，关个谁都不容易关紧。

劫狱的事，让县府大惊失色，却无可奈何。特务队、警察局和军事科联合调查，也没有调查出什么结果。武陵的萨乡长说，那些天林蕃他们都在眼皮下盯着，不可能去劫狱。东边的乐乡长也说，没有发现林部有任何动静。

田一丹和郑班善更是后悔，整了半天，什么也没捞到，煮熟的鸭子真是给飞了。

张立隆也在为这事感到奇怪，自己营救怀有福的计划还没有实施，他就出狱了。这段时间，他安排怀有福到永春游击队那里去，免得被县府的人给遇上。

田一丹这些日子被事情搅扰得不得要领，做事没了头绪。他一直在猜想是谁劫的狱，怎么就无影无踪呢？这问题就是绞尽脑汁也想不明白。家里的事，因为孩子的到来，也变得杂累。转眼儿子快满月了，得了锁病，整日整晚啼哭不停。曾雅茹说请水莲来看看。田一丹疼爱儿子，就耐着性子亲自来请。水莲说："田科长，你儿子的病我看不了。父亲有德，儿子自然痊愈。不必看了。"田一丹知道水莲趁机报复他，耐着性子说："行医之人，不论门第，不介世事纷繁，只管看病的。"水莲说："没办法，我是俗人，我看到你就觉得恶心。"田一丹笑着说："恶心我，没关系。不要恶心我儿子。不过，既然你这么说了，我也不妨说句话，你若不去，我更会恶心你的儿子。"

人在屋檐下，不得不低头。水莲无奈地说，我们锁医，没有出诊的规矩，只有把孩子带来看。你叫人把孩子背到我这里来。田一丹立即回头把儿子抱到水莲席草店这里来。水莲看了说，坏人的孩子都得这个病。田一丹说，什么病？水莲不说话，出门去采药。她回来吩咐敷药的方法后，对田一丹说，好了。

田一丹乐呵呵地抱着儿子回去了。

第三天，田一丹提着一只大猪脚又来水莲家。水莲知道孩子的病好了，他来感谢来了。田一丹大大夸奖水莲药到病除，是神医，还邀请水莲去喝孩子的满月酒。始终，水莲不想接田一丹任何一句话。

素雅楼的另一个下人也死了，这让田一丹感到晦气。他赶紧叫人去再找两个下人来帮忙，结果没有人敢来，满城的人都说田家有养金蚕妈，把下人都吃了。田一丹大为恼火，只好回家去把刘氏请来。刘氏也不肯，田一丹就摁住戳她，戳完刘氏就肯了。

满月酒，田一丹按照钱礼摆了十多桌。可是临时却没有一个人来喝酒，这让田一丹颜面大失。他找来郑班善问情况，你听到什么？郑班善说，我那天是没空，不是不去的。田一丹说，不怪你没来，我是问你听到什么没有，为什么大家都不给我面子。郑班善看着可怜，就说实话，人家都怕你家的金蚕毒，喝大酒席，死了谁都说不定，谁还敢去？田一丹说，谁说我家养了金蚕妈，我怎么不知道？郑班善说，你不知道，不等于你家没有养，不然你回去试一试，看看有还是没有？郑班善给田一丹说了检测有无金蚕的简单方法。田一丹说，扯淡。

到家时，他还是按照郑班善说的回去试一试，进门就把鞋泥刮在门槛上，坐在厅堂的椅子上，又再刮了一堆泥，还大口大口地往地板上吐口水，然后上楼去了。果然，田一丹一上楼，田老爷就拿扫帚把泥土和口水扫得干干净净。田一丹躲在楼上看得清楚，心里断定自家确实是养了金蚕妈，那两个下人也必定是被父亲下毒杀了。难怪县长也笑他家里来财神了，还提醒他要谨慎，许多人都在告发他只收钱不办事。

他下楼来，请父亲坐下，郑重地对父亲说，阿叔，咱家来财神了。田老爷一脸茫然、明知故问的样子看着儿子，你说什么？田一丹怒从胸中起，提了嗓门，大声说，阿叔，适可而止，这回你把儿子的脸丢大了。田老爷不以为然，却不想与儿子顶嘴，他自个想着，你是说没有人来喝酒，我看还省了许多钱米。田一丹等不下去了，感觉气得都要吐血了，干脆直接就说了："阿叔，你把家里那个金蚕妈给嫁了，要不然……"田老爷见儿子已经知道事情的真相，就接话说："要不然怎么样？给你讲，你逼我，我就死给你看。你逼死父亲，更没有脸。再说养了有好处啊，如今，你有了儿子，我有了孙子，谁带来的啊？"

母亲在一边听得入神，一家人这才知道自家有个让人害怕的东西。曾雅茹知道后吵着要搬家。刘氏也说不来帮忙。最后，田老爷说，我们都是自家人，不用怕，这金蚕妈就是来帮我们家发财的，保佑家人身体健康的，你们都怕什么呢？

曾雅茹说，这房子是高团长买给我的，我不允许你们把我不喜欢的东西养在这里。田老爷说："这东西，是人家放到你房子门口的，我看推脱不了，就把它养了。要说这是你家，那我是帮你养的。嫁不嫁，你去定吧。"曾雅茹听到说金蚕妈是人家送到素雅楼的，她就肯定这事是高某干的，还好田老爷识货，换了自己，也许把它当垃圾扫了，又不知道惹出什么灾祸来。雅茹说，既然这样，那就继续养着吧，等日后由田老爷决定去留。她又把问题踢回给田老爷。

田一丹失了颜面，便挨家挨户把钱礼给人送回去，又费了许多口舌给人说好话，给人解释。百多号的酒客花去他半个月的时间。

第六节　上府飞红

从闽南回来，怀玉龙就进城来报告情况。这次童老板的货物在安溪被劫了，所以拖欠了货款。水莲记得童老板的生意场在泉州，就问，不是泉州吗，怎么会在安溪被抢呢？怀玉龙说他的货都是发往厦门的。水莲想知道都是谁抢了他的货。怀玉龙却无从回答，他压根没敢问这事。童老板还算客气诚信，说了不少对不住水莲老板的话，货款也如数拿回来了。水莲说，那今后还做吗？怀玉龙说，还做，童老板说了和以前一样，有多少收多少，价钱一分不减。

这样的结果，稍微让人放心，总算有一条路子还在延续，要不然怀家的生意、日子就要断头了。

清明前后，郑班善带着翠使和手下去了武陵。田一丹照样隔三岔五去找郑班善的老婆。一日从郑班善家出来，田一丹被陈秉德叫住了。陈秉德说找田科长有事，街上不好说话，建议到水莲的铺子去。俩人就来了席草行。陈老板吩咐下人去把林老板一起叫来。田一丹心里揣摩肯定是茶厂出事了。人到齐了。陈秉德说，前些日子，蒋山茶厂被红英手下践踏了，从村民手里买来的茶青，被匪徒当作床铺被褥躺，一夜之间，几百斤的茶叶就废了。林老板看着田一丹说，田科长，你得出面让人赔偿这个损失，这可是事先说好的事情，你可是拿了保护费的。田一丹说："你们都清楚是红英部做的事？要是此人做的，那可就没有救了，找她赔偿去，等于找死去。算了吧，从我的保护费里扣除三分之一吧，我也无能为力了。我自减一点，算是垫上土匪的作践钱。"

田一丹这是耍无赖，大家都心照不宣，有他在恶心，没有他难办，就是这样一种局势。虽然谈话的局面有点激烈、尴尬，但最终还得顺了田一丹的无赖。不欢而散后，林老板亲自去了蒋山茶厂，亲眼看了茶青被躺成一团熟茶，颜色发黑，一季的茶叶就被毁了。福州那头可是签了合同，清明后拿不出茶叶，就是违约，还得赔人家钱。林老板心痛，这次损失太大了，他一直想能不能从中再捡回一些茶青，档次低点也没关系，可以拿去抵单，减少一点损失。

在蒋山待了三天，林老板一筹莫展。

林老板下定决心把所有茶叶包装起来，装箱载走，纯粹滥竽充数一回。雇工们开门进了晾青间，霎时，大家被一种香味吸引住了。雇工们把车间里散发出香味的事件，告诉了林老板。林老板赶去，鼻息一动，大为惊讶。他取了一把茶叶，仔细端详起来。它没有了观音茶的青色，暗黑暗红的样子，像秋天的落叶，被风吹干了，内里的叶脉却有血色。他拿茶叶去冲泡，看到更加意外的效果，热水冲泡出来的茶色如红糖溶于水，温润柔和，甜香扑鼻。他猛然想起在福州茶行当小工时听到的武夷山红茶的来历故事，不曾想在玉田也碰到土匪制造出红茶的怪事。他立即叫人把所有的茶叶细心打理，半斤装袋，十斤装箱，连夜从下府送到福州，以红茶的价格，卖给英国茶叶商人。要说横财，林老板觉得这回自己真是发了横财了。

接下来，林老板召集雇工们慢慢回忆土匪来茶厂的情景，像品茶一样，不放过一个细节，并亲自记录下来，然后归纳出萎凋、揉捻、发酵、干燥几个环节，要求夏季、秋季茶叶按照这个要求和环节试着去制作红茶。因为和土匪有关，林老板把这种红茶取名为"飞红"。后来水莲建议说，"飞红"看不出产地和特点，还是叫"上府飞红"。林老板称好。

九漈那边，张立隆也在忙着抓生产，他把村里已经废弃的老楂树管理起来，自卫队抽空去楂林除草施肥，修复村里的水碓和榨桶。村民也起了兴趣，年头开春就上山去开楂园，种楂树。张立隆还吩咐石路养抽空到县城，跟水莲和卢迪工联系，到时找个可靠的买主。

黄石来的自卫队员，因为家里没有劳力，暂时都悄悄回去料理一下生产的事。村长也组织了老人妇女轮流值守，预防官军再来滋扰。黄石小学开学了，郭先生回去题了校名。郭凤当起老师。怀仁堡响起了孩子们琅琅的书声。这一切似乎都好转起来，令人欢喜。

　　转眼就是夏天了，天气热得可以把房子都烧起来。城里人到了傍晚就到金溪河里去浸水。做官的人不好掺杂到人群中，就带一条毛巾跳到护城河里去降温。田一丹就在傍晚到了护城河里洗澡。护城河水浅，傍晚河水还剩着太阳的余热。田一丹找一块小石块，把头枕在上面，任河水缓缓漫过身体，把一天的燥热悄然带走。突然，他发现身边有好长时间的浑水流过，凭他的职业敏感，他预感到可能有大队的人马已经到达河的上游。他立即起身上岸，换了衣裳，以最快速度回了县府办公室，召集手下准备防范，并向县长做了汇报。

　　果然，到了晚上，西门外响起枪声。可让田一丹感到奇怪的是，只是枪响，并没有攻城之意。他料想来者肯定是声东击西，另有他意。这么大的县城不好全守，几个重点的部位要保住，县府办公楼、粮库和枪械库派人坚守。他自己带了人马主动出击西门外的来敌。县府的队伍出来了，来犯之敌就边放枪边往城西良元方向撤离。田一丹带着队伍赶过护城河，直逼白岩庵，沿着白岩山脚追击。敌人只是撤退，这引起田一丹的怀疑，怕中了调虎离山之计。于是，他把队伍拉回城里。未进西门，田一丹看见后街方向就燃起熊熊烈火，他心里一惊，那可是素雅楼的方向，会不会是有人寻仇报复来了。他赶紧领着队伍赶往后街，一看果然是素雅楼起火，干嘣脆烈的楼房遇上大火，顷刻之间就烧塌了大半。田一丹赶紧叫手下救火。可是火势太大，无法靠近，只能眼睁睁看着大火吞噬素雅楼。火势不断蔓延，后街的人家连累着都被火烧光了。还好多数人在河里浸泡，少死了许多人。

　　田一丹关心的是曾雅茹和儿子。手下在水莲的铺子里找到曾雅茹和他的儿子。这一刻，田一丹心里十分感谢这个水莲，感谢曾雅茹，竟能神奇地离开素雅楼去找人聊天，躲过这一大劫。曾雅茹进了后街，看见楼房被火烧了，就大嚎起来。田一丹抱过儿子，安慰曾雅茹人没事就好。说完，他吩咐手下把曾雅茹和儿子送到家里去住，暂时安顿一下。

房子烧完了，前后街热闹起来，许多人从河里上来就跑来看情况。田一丹猜测这是三宝人干的，说不定这帮土匪还混杂在人群中，随时都会对自己下手，他赶紧折进小巷，往县府去了。

终于身后响起了枪声，田一丹似乎感觉到这枪是打在自己的后背上，疼痛得厉害。这种感觉让田一丹有一种不祥的预感，曾雅茹或者是自己的儿子出事了。他赶紧召集了人马又赶到家里，果然儿子和护送妻儿的手下被杀死了，曾雅茹不知去向。几把火把被扔进自家的院子里，冒着烟雾，幸好没有点着房子。刘氏龟缩在厨房里，被田一丹一把提出来，怒骂，还不去灭火。

接下来的几天，田一丹料理了父母和儿子的后事。

邻居房子被烧了，房主整天哭天喊地，大骂妖女人招来厄运，还指桑骂槐地说田一丹缺德、断子绝孙。田一丹听了，心里暗惊，素雅楼里，有两样东西真是灵异，都现世报了。他派人去素雅楼的废墟堆里去找一件瓷器和一个香炉，并交代那是值钱的东西，找到以后，到隔壁问问，谁要就直接送给那家房主，就当是赔礼。

这事，田一丹不想再过问，也不知道到底瓷公鸡和金蚕是被烧成灰，还是被送给房主，或者中途又被人截了去。瓷公鸡本来是一对的，但这对瓷公鸡却很少聚在一起，总是被人海的欲望切割开，在寻找另一半的路途中，对欲望发生着反作用。金蝉蛊毒也一样，损人利己。这一劫难下来，田一丹再不想拥有这些能给他带来财富的东西了。

事情已经明摆着了，从劫狱到火烧后街，应当是三宝人做下的。他那是报私仇来了。田一丹把情况向县长做了汇报，并强烈要求县长出钱派兵清剿县内的土匪。骆县长说："本县也是心有余而力不足啊。八闽之大，都要被赤化了，省府能有什么办法呢？何况我这个小小的七品芝麻官。你们特务科、军事科本事大、后台粗，你们倒是可以有所作为。"

这么一说，田一丹便觉得无趣。

曾雅茹走了，孩子怀良富彻底回到了水莲身边，怀有福不在家，怀良富住得坦然习惯。但是这孩子对干娘的离去还是有想法。他知道干娘的房子被烧了，那两个让他讨厌占他写字桌的老家伙也被烧死了，不甘愿当中又有点偷偷的惬意。水莲骂怀良富，不能这么心硬，对人多一点可怜心，才是对的。

怀良富和龙逢春已经成了绝对的兄弟。龙逢春看出怀良富的不快，就安慰他说："干娘走了，也许还会回来。那些个坏人，我们要想点办法整一整他们。"

怀良富当即表示太有必要了。于是，两人商量对田科长和郑科长的孩子下手。他俩侦察了半天，才知道田科长没有孩子，就骂绝头没尾的。郑科长的孩子也在读书，还有一个小老婆正在怀孕。龙逢春说，这事要是被阿妈知道了不好办，还是不要对人家孩子，你我小时候都是被人欺负的。怀良富说，也是，要不作弄他们大人。

郑班善应酬到深夜，醉着酒回家，一路踩上一连串的猪粪，当他闻到臭味时，才知道被人黑了。郑班善进不了家门，大喊翠使。翠使开了门，郑班善又喊，臭婊子，给我拿鞋来。翠使问老爷这是怎么了，发这么大火。郑班善说，不知哪个缺德鬼在我们家巷子摆上猪粪阵了，倒霉。大老婆给郑班善洗了脚，又被他叫去清理巷道的粪便。

田一丹的家更惨，厨房里前锅、后锅、水缸、米桶等等地方都被放进猪粪。刘氏被恶心得好几天不敢进厨房。

郑班善和田一丹立马派人蹲守家门，却没有见到丝毫的人影。刚撤了人手，家里又来了几条蛇。刘氏被吓得不轻，提出要回娘家去住一段，田一丹同意了。刘氏一走，郑班善的大老婆潘氏就来了。潘氏告诉田一丹，翠使因为慌乱躲避家里的蛇，摔了一跤，小产了。田一丹看不惯潘氏那副幸灾乐祸的样子，告诫她往后要注意盯着，看看是谁干出这些事来。潘氏说，肯定是你们的仇人干的，你把人家那么多人收进监狱，收人家那么多钱，人家不恨你才怪呢？田一丹讨厌女人家议论政事，女人的嘴有毒，传播快，会害人。这刘氏知道得太多了，这些事肯定是郑班善说给她听的。一时，他鄙视起郑班善来。潘氏说，不要以为我乱讲，从前家里可是我管的钱，哪能不知道这些肮脏来路呢？田一丹骂道，这个窝囊废，竟养这些聒噪的蛙。

郑班善和田一丹为这些小事伤透了脑筋，最后断定是后街邻居家的小孩子干的，因为被大火牵连，烧了邻居家的房子，这些人怀恨在心，就指使小鬼干坏事。于是，他俩下令把后街房子被烧人家的孩子统统抓起来，关进考棚里。皇帝倒了，新学起来了，这考棚一时用不上，闲着关关无关痛痒的小孩，很是合适。

龙逢春和怀良富对这事心里很愧疚，自己干下的事，却让这么多的小孩被关。龙逢春想去坦白，怀良富不同意。去坦白自首，事情是清楚了，可是自己肯定要遭罪，甚至还连累亲人。

最后，两人一致的想法是，要设法把他们放出来。

救人，说得容易，做起来难。龙逢春说，考棚密得很，难救。怀良富想的办法是用泻药，他去姑丈公的铺里偷一大包泻药，放到县府的水井里去，让所有县府的人都拉肚子，拉得没力气，就管不了事，到时候就可以大摇大摆地放人。龙逢春说，这是个好主意。

果然接下来的三四天，县府的人个个拉肚子，上班就蹲到厕所去。县长找来卫生院的人，吃了药缓解一些。他想这么多人拉肚子，原因肯定出在井水里，又叫卫生院的人对井水进行消毒。郑班善和田一丹也拉肚子，想到县府办公楼整日都是来来往往地交替跑厕所，闻到的都是粪便的味道，便不去上班，躺在家里吃药疗养。

考棚这头，第四天的深夜，一班被关的孩子让人放了出去。

井水被放泻药的事，渐渐浮出水面。县长下令追查毒手，特务科说没有线索，下毒之人神不知鬼不觉的，没法查。县长说，从全城的药铺里去查，把药铺老板都抓来审问。结果，除了赵希望兄弟，其余的五个药铺老板都被集中到特务科问话审讯。审讯没有结果，特务科的人怀疑是不是赵希望诊所被烧后，泻药被人捡了去。也有人说这是地下党干的。此事就不了了之了。

卢迪工从审讯室里回来，偷偷查看了一下自己药柜里的泻药，竟然没了。他知道此次县府拉肚子的药是从自己的药铺里出去的，心里不免惊慌了一场。他叫来卢跃偷问情况，卢跃说不知道事情。卢迪工又问最近有谁来过药铺，卢跃怎么想也没有找出可疑的人。卢迪工问，有可能是水莲吗？因为水莲是和他在同一个铺子里看病的。卢跃说："阿叔，你别乱猜，她怎么会做这种事呢？我宁愿相信是你做的，也不会相信是她。"卢迪工说："这不是假设嘛，那会是谁呢？"

不久，林民回到玉田，以专员的身份督查特务科的工作。他对火烧县城的事情很重视，而且借机把火烧县城的事嫁接到地下党身上向县长施压。暗地里，林民也不放过泻药的事，在他看来这种敢于与县府对抗的，不是一般人能做得出来，肯定是地下党。他花了半个月时间，整理了一段时间来玉田发生的事情，从吴专员遇刺、监狱被劫、素雅楼被烧到县府被投毒，涂德一遇难、田一丹遭劫，分析每个事件发生的背景形势和具体触发原因，归结出规律性的东西来。他坚决认为，这些事件都与玉田地下党有关。对这些罪行，他上书省府，主谋直指县初中教师林鸿，结果林鸿就被抓进了永安监狱。

林民对职校学生四处下乡宣传抗日、鼓动农民抗征的事十分痛恨。职校来头太大，陈校主和总裁认识，与那边的人也认识，要是对职校下手，恐怕会得罪两头，被挤压着日子不好过。可他还是暗中派人盯梢跟踪，梳理出一些学生头目，调查他们的底细，待日后一起算账。

黄启文进入了林民的视野。经过调查，林民发现这个青年学生头目出生黄石村，辗转于泉州、厦门和南洋，来历复杂，形迹十分可疑。而且到玉田后，他还和黄石的人有来往，曾经多次出入过席草行。林民想策划一次活动，把这个年轻人骗出来，借机抓了或者杀了。

他把这事和田一丹做了商量。田一丹对林民的计谋十分吃惊。这个专员简直就是天生的特务，什么事都瞒不过他。自从林民回了玉田，田一丹的日子吃紧了许多。凭借他的官职身份和侦察能力，田一丹立马就被压制着。这让他很难受，从前的郑班善一班人，也是墙头草，随风跟势，彻底跟着林专员去了。此次，职校的铁桶如果被林民打破，那就更不得了了，他的军事科连残羹剩饭都没了。田一丹一时长了心眼，想暗中阻扰一番。要知道，从中作梗那可是他的硬本事，这一点他有足够的自信。他知道这个年轻人和锁医水莲是自家人，便择时去了席草行，漫不经心地提到黄启文，暗示黄启文最近会有危险。水莲听了，不知真假，但内心依然惊异遭劫后田科长的变化。

水莲说，那个学生，听说是学校的学生干部，管寄宿生生活的，有时会来店里采购几张草席，没有别的什么特别。田一丹说："嗨，怀疑我骗人是吧，那你就别信。告诉你，经历了这么多事，我也看明白了一点，都是玉田人，有事大家都会互相关照一下，再说你我还是合作股东吗。既然说了这事，也不妨告诉你，上次郑班善敲诈你五千大洋，那可是林专员要的。"

水莲愕然。而田一丹虽没再续话，心里却期望水莲能对专员进行报复，他相信水莲背后有一群能干事的人。田一丹走了，水莲赶紧把事情告诉了卢迪工。卢迪工也难辨真假，事情也不清楚。既然有这影子，还是宁愿信其有，及早让怀有义有个准备，最近推托生病什么的，不要出校门。卢迪工生怕特务科暗下鱼钩，故意放出长线，所以就按兵不动，他和水莲两家人都不外出，暗中吩咐龙逢春送信给郭先生，通过郭先生设法再通过可信任的初中学生去转告怀有义。

怀有义最终得到了消息，之后，他就按照卢迪工的建议防备着。林民几次的邀请都被校方出面婉言拒绝了。

学习的生活清苦却是快乐的。仙亭山翠绿的密林，像父亲的身板，总能给人遮风挡雨的感觉。从山上东望，玉田如井，偶尔几缕炊烟升起，一派人间暖象。黄启文连续一个月的周末，都与老师同学一起到乡村去，长了不少见识。他回校后有一种心情，那就是想早点把自己的见闻和感受告诉林瑞。而林瑞也有如隔三秋的感觉，她想过和黄启文一起去乡村，但是又担心自己的四体不勤，会给同学们带来麻烦。

这天，太阳把人都赶进树林里。坐在高大的楮木树下，看着阳光无可奈何地眨着眼睛，透过叶的缝隙，刺探下来。黄启文对林瑞说了许多农村见闻，说得林瑞都想亲身去体会。黄启文很赞同，他说当学生只有和老百姓在一起，才能知道这社会的疾苦和希望。我们关在校园内，只读圣贤书，只知道书本，却忽略了人间之大书本。他给林瑞说马上就有机会下乡了，赶紧主动去报名。

林瑞问，做什么事？黄启文说，最近粮食供应紧张，学校食堂都要断炊了，几百号人的一日三餐可是大事情。农科的小马牵头商议，向校长请示后，决定下乡找开明绅士募集粮食。林瑞当即表示一定要参加。

日已西斜，他俩从仙亭山南脊下山，到了龙兴殿。林瑞是闽南人，从前家里是信佛的，初一十五奶奶母亲总是要上香拜佛的。她打小耳濡目染，如今看到殿宇，便想去烧香。不过这龙兴殿可是道观，而且尊神还是女人。林瑞说，女神我更要去拜拜，当地人说这里的仙妈灵着呢。

林瑞走进道观，看见观堂已有香客。一个披着黑色斗篷的人跪在蒲团上，边上还有两个人站着。林瑞欲上台阶，却被站着的两个人挡了路。林瑞说："干吗？你拜你的，我拜我的仙妈。"两个黑衣人不说话。林瑞有些不解继而有些生气，又说圣洁之地，容四海之客，你们为何要挡我的路。两个黑衣人还是不说话。不一会儿，跪在地上的那个人站起来，转身对林瑞说，得罪了，请吧小姐。林瑞径直上了台阶，跪下拜了仙妈。可是心神却在这个穿黑色斗篷的人身上，她刚才擦肩的那一眼，仿佛看见一个人。她赶紧起身去找，却不见那人。

她对黄启文说，刚才那个人我好像在哪里见过，像是你黄石村的。他们人呢？黄启文说，刚出去，你稀奇了吧，圣洁之地，容四海之客，黄石来此求愿也是正常。林瑞说，不，他是石有才，是石老爷的孙子。黄启文说，你幻觉吧，石有才！黄启文对石有才有印象，但分别多年，如今的样子是不知道了。林瑞追出门去，喊道，石有才。

一道黑影从观外的围墙边飘忽而去。坐在井里亭上，林瑞有些失望。黄启文看在眼里，便问林瑞怎么认识石有才。林瑞说，算了，那都是过去的事，不说了。

黄启文回归黄石，结识了张立隆等人后，对石有才倒有些了解。石有才被当作劳力被抓之后，杀死了周师长的课税官，逃到永安槐南青水一带上山去了。此人要是石有才，他如今怎么又回到县城呢？

林瑞说，现在轮到你幻想了，回来就回来，还有那么多原因吗？黄启文想肯定是有原因的，一时后悔刚才没有机会当面说上话。

夏夜，星星满天，萤火虫不知疲倦地舞着荧光，让校园有了一些生动。黄启文从水井里打水冲澡，清醒一下白天被热浪晕乎的脑袋。躺上床，他还一直在回想着石有才的事。他把思路做了调整，让石有才从最近发生的事情中站立脚跟，表演各种角色，但事情越变越复杂：石有才为什么要劫狱？为了解救怀有福？之后为什么火烧后街，要杀田一丹，他和田一丹有什么冤仇呢？为匪之人，无冤无仇是不会下此毒手的。如果事情真得如此猜想，那么其中必有隐情。或者，石有才另有变化，身上带有任务？他做下这么大的事情，还能若无其事地在仙亭山上转悠？或者林瑞看错了人？

黄启文觉得这事情不是小事，得去了解一些情况。第二天，他便把情况和小马说了。小马表示他会安排人对这些事情做一个了解，包括石有才所在的天宝岩王大仁部的情况，然后再定夺事情的价值。但眼下要赶紧组织好征集粮食的事情，按照请示校长的结果，分三组分头到武陵、小湖和仙峰去征集。一组武陵由小马带队，二组小湖由小吴带队，三组仙峰就由黄启文带队，队员从主动报名参加的同学中挑选，一组五六个人为宜。

白天，郭先生亲自来学校找黄启文，把林专员的密谋告诉他，提醒黄启文一定要小心。黄启文把这件事上报了小马。小马知道后，当即叫黄启文待在学校，三组另外派人带队。

林瑞参加了三组的募集活动。同学们走到仙峰架，就遇到情况。翁道悦带人把这帮学生给截了。学生们被带到卢家土楼的天井里。翁道悦亲自来训话审问，粗人也说不出什么好话，什么你们做学生的，不好好在学堂里读书，整天四处跑是做什么呢？明摆着是嘲讽学生的募集行为。队长小陈回答说，我们学校粮食紧张，想向仙峰的绅士们筹集一点粮食。翁道悦大笑："哈哈，饿着肚子干革命吧，和共产党一样的品质。想要粮食吧，好，姓黄的，叫那个黄启文的站出来，我就给你们粮食。你们要粮食不就是要活着吗？把人交出来，就有吃的了！"

林瑞大吃一惊，黄启文真是命大，今天他竟然没有来。

　　陈队长心里也暗吃一惊，我们这里没人叫黄启文的。再说，我们是来募集的，愿意就帮助，不愿意，也不强求，为何要拿莫名其妙的人做交换呢？你们部队什么吃的没有，非要与学生过不去。再说，老百姓都饿死了，你也活不了了。翁匪哈哈大笑："你们都死光了，我照样活着。哼，年轻人，不要为别人去活着。"说完，翁匪拍拍自己的酒囊饭袋，一副摆事实讲道理的样子。

　　汗水从酒囊饭袋的头脸流下来，天井像被拧紧的火把，冒着气浪。林瑞知道翁道悦也是个土匪，近来和县府的特务队走得近。他要抓黄启文，肯定是县府特务队他们下的套，不然山寨王是不会随意得罪没有利益冲突的人。她说，当家的，黄启文是我们校长的亲戚，和你一样不愁吃不愁穿的，他怎么会来乡下干活呢？翁道悦不相信这样的话，他不管谁是谁的亲戚，他就认黄启文是共产党的亲戚。林瑞接着说："翁大当家的，人在世上总有亲戚。照你这么说，我们校长是共产党了，你可知道集美职校的校长可是省教育厅派来的，那么省教育厅也是共产党了。告诉你，我和德化尊美林大当家的还有亲戚关系呢。"翁道悦听了这个女生乱七八糟的诡辩正想生气，却又听到林部的亲戚，更是火上浇油，心里掂量着这些年轻娃，脑子疯了，好好活着不好，非得干什么革命，编这么多的假话吓唬人。他大手一挥："妞，别活得不耐烦，你要是林大当家的亲戚，我给你一千斤大米。"林瑞说："好。这口是你开的。我不骗你，要不信，我带你去见林大当家的。"翁道悦续话，算了吧，一个女孩子家，也想夸海口，别说大话，别说见，你连路怎么走都不懂。林瑞走上前去，小声对翁道悦说，我是他女儿，今日你说话若是不算数，我叫我爸杀了你。霎时，翁道悦心里开始有点后悔自己说大话，不过嘴里还是不服输，他问，林大当家的家里最值钱的是什么东西？林瑞凑近说，五百亩地、三个老婆十一个儿子，一门山炮、一辆汽车和一只瓷公鸡。翁道悦大惊，便嬉皮笑脸，客气地说，林大当家的千金，我这是有眼不识泰山，你看我这也没有这么多现成的大米，你看少点，两百斤，我们给你送过去，省得你们劳累。

林瑞说："为抗战出力，地不分南北，人不分男女老少，今天我看天不是天、地不像地，看来看去，只有翁大当家的这两百斤粮食，最有情义，量虽不算多，但也是翁大当家支持革命的心意，今日之表现不错，你送去吧。当然你不能反悔，把送给我们的大米找老百姓去征回来，更不允许败坏我们学校的名声，不是偷不是抢，也和共产党没有关系，今天这两百斤大米是你自愿捐送的。翁司令也为革命出力啦。"

听女生大声宣扬，翁道悦赶紧说，是我愿意送的，愿意的，应该的，小事一桩，不值得宣扬，不值得。林瑞继续大声宣传，她就想揪住这个匪首，把他套上支持革命的紧箍咒，收敛收敛祸害百姓、祸害进步学生的行为。她说："虽然是小事，说明翁大人也是全力支持革命的，我们干革命，你支持革命，我们说起来就是一路人，那就当你相互帮助吗！今天你支持两百斤大米，虽谈不上大贡献，却是能以小见大，精神可嘉，这难道不值得宣扬吗？值得，如果地方各路'英雄'都能以翁大人为榜样，那么天下就平安大吉了。这样我也代表受饿的同学们，谢谢你啦。往后还要你继续支持。"

翁道悦被学生这番表扬奚落了一番，脸上摆着笑容，心里却是哭笑不得，不是说抗日吗，怎么又成革命了？他知道自己被娃娃们绑架了，心里恨不得一刀宰了这女生。

回校后，同学们都为林瑞的表现折服了。大家最想知道的，是林瑞和土匪说了什么话，就把大米搞定了。林瑞说，我给他说德化的县长是我爹，大土匪林友四是我表哥，他就怕了。说得大家都笑起来。

林瑞把翁道悦的话转告给黄启文。黄启文说已经得到消息了，所以换人去带队。林瑞一时觉得黄启文信息实在通达厉害，这么隐秘的消息他都能事先知道。她本想告诉他危险的消息，不料却是马后炮，心里些许失落，不过还是提醒黄启文往后要多加小心。黄启文伸手握住林瑞的手说谢谢。林瑞这才回暖了心情。

第九章　黎明前夕

第一节　转移

终于要召开国民党玉田县第一次代表大会。县衙后门的那棵柿子树，愁得都掉叶了。麻雀也闹得厉害。树底下，常有三两个人在窃窃私语，跺脚踢踺。永泉、永福和本地派又开始了明争暗斗，本地派中的五个支派为了本地利益暂时联合起来，四处拉拢各乡乡长、富绅、工商业主以及校长，甚至带着民团人马去拉票。

街上的人看到各路人马如此花力气，以为是要选县长。有人便牵头跟着拉票，说要推举均小的郭先生或者席草行的水莲作为候选人去参加县长选举。水莲是从龙逢春的嘴里得知这一消息的。她感到很好奇，怎么会发生这种情况？她又觉得好笑，哪里冒出个什么县长选举？县长从来不用选，都是派来的，派谁，谁就是县长。如今这做官的，吃饱了不饿，闲着无聊，尽倒腾这些没用的事。

正好笑着，陈秉德走进席草行。他问水莲为何今天的心情看起来这么好啊。水莲笑着说，一堆人要选我当县长，自然是心情好。说完，水莲独自又笑了一番。陈秉德说："县长从来不用选，谁说的要选县长？"水莲说："街坊邻居呗，平日里我给他们家看看孩子的锁病，得了厚厚的人情，这回他们要把我扛到县衙里去了。你看这些小百姓，投小桃报大李了。要是我当了县长，这大恩真不知道要如何报答，这不是拿我去出丑吗？我看还是不选了。"

陈秉德说："你不选就选我吧，我宁愿不当老板，也愿意当县长。哈哈，老百姓就是这样，谁对他好，他就对谁好。问题是当今社会的主流不是对老百姓好，而是抢夺地盘，抢夺利益。你看你看，我也学会说教了。你刚说选举，错了，错了，不是选县长，而是选党代表，玉田要召开国民党第一次代表大会。你不是党员，根本没有资格参与选举。"

水莲听了陈老板的话，心里便平静下来，街坊邻居弄错了，那就说明自己不会被人拿去出丑。社会上的事，很深奥，离远点，做自己的买卖才是本行。水莲招呼陈老板坐下，泡一壶茶，然后随语就问起生意的事。陈老板说自己早没有做矿石生意了，胳膊拧不过大腿，舍财保命要紧，眼下他就是想参加选举进入县党部。进了党部，就像穿上一件防弹衣，得了一把保护伞。这点子是田一丹给他出的，这个狡猾的狐狸吃了他不少钱财，总算还有点良心，不久前帮他填了一张表格，他就成了国民党党员了，有了这个党员身份，他就可以参选了。陈老板直说来意，就是拉选票，请水莲出面，招呼一下几个老党员，投他的票，弄个执委当当。他说政治他不感兴趣，书记长他也没那个业务本事，干不了，执委这个官可好，闲官，偏官，摆着让人看到样子就行。水莲听他一说就爱笑，当官却是要当个有职无权的摆设，天下也就你石牌陈老板了。她笑陈老板竟请她招呼几个老党员，她除了知道黄石的席草、夏布，哪懂得官场的事？谁是党员？就是给她几辈子也搞不清楚。

陈老板的意思，没有那么难，别的线路他亲自打点了，现在就差这些个识文断字的人，怕钱财送不进去，倒是坏了票数。卢医生是，郭先生是，还有啊，乐乡长、林老师、建华厂的林老板，你这个锁医也可以是。一席话，听得水莲一头雾水。在陈老板看来，水莲身边的人似乎都是党员，平日里，水莲可是从来没有听说谁是国民党员。水莲说："陈老板我可不是识文断字的人，哪能知道他们是不是党员，要投谁的票？不过你既然上门来说事，我好歹也要给您传个话去，投不投您，是他们的事了，我可不敢保证。我听街坊邻居说，下府的人很在意，四处花钱买票去，您也去买几张？钱能说了算的事，就让钱米去办事吧，还免得见人脸色。"陈老板说："说得好，我呢两边都做了努力，钱米重要，熟人面子也重要。来，水莲你也填一张，就这张纸一写，你也算是党员了，一者可以投我一票，二者有了党员这张皮，往后和官府就是自己人，虽说不上血亲嫡戚，但好交往，少麻烦。我看你人品好，从田科长那里多抓了一张表格带来给你的，很难得的。"说完，陈秉德从上衣口袋掏出一张纸，张开摊平在桌面上。

水莲说，我一个女人家，入什么党？

正说着话，卢迪工进来。陈老板趁机把这事说了，强调入党有时候有些人不是信仰问题，而是一种工具或者是武器，是防护服，是护身符，鬼不靠身，是为自己的生意加建一层围墙，有人呵护着，生意好做啊。卢迪工也以为陈老板说得有理，朝中有人好做官，也好赚钱。他转眼示意水莲同意。水莲会意说，陈老板一番好意，不领受倒是辜负了，好事做到底，麻烦你帮我填上一张吧。陈秉德立马就帮水莲填上一张。他说，我帮你交上去，从现在开始，你就是党国的党员了。水莲说，成了，这么简单，我以后和田一丹他们是一锅里吃饭的人了，这还了得。卢迪工笑着说，别当一回事，用得上的时候，自己记得就行。然后他也答应要帮陈老板的忙。水莲从卢迪工自己的口里得知他确实是国民党员，早几年也是这样一张纸就加入了，其实加入不加入没有什么区别，但如陈老板所言，有时候与官府打交道，还真可以防偷防盗防一防"自己人"。

水莲问卢迪工，从前怀老爷知道你是党员这事吗？姑丈知道这事吗？卢迪工明白水莲心里担心自己的身份，会不会成了黄石的危害。他说，你呢，就放一百个心吧，姑丈是个聪明人。其实水莲还有一层的意思，那就是选举不能拉票，要实实在把好人都选进执委去。好人掌权，天下才能太平了。卢迪工笑了笑说，坏人才容易当道，好人从来都是让道，你若不信，我举例子给你听。

陈秉德和水莲异口同声地说，别举了。

某天，中山会场那头鞭炮齐鸣，白烟滚起，大家猜测是开大会了。

不久，乡贤祠张贴了选举结果。曾佐、方震、章青、吴徐、冷兆良以及陈秉德、乐国强、林清琦等当选执委，曾佐任书记长，郑雄任监委常委。龙逢春回来说，跑了半天，尤溪妈没选上，太可惜了。听街上人传，强龙斗不过地头蛇，本地派获得了胜利。水莲听完觉得好笑，难不成是小屁孩满街替她拉票去。她随口就问龙逢春，依你看，选上了会怎样呢？龙逢春说，你当了县长，就没人敢欺负我们了。水莲问，就这一点用处，没有别的了？龙逢春说，没有了。水莲上街时，也顺道去看了张榜，认识三个人。她不知道这些执委到底要做什么、能为百姓做点什么，但对陈老板、乐乡长和林老师被选上，自然心里感到高兴，也许往后有难事还能帮上忙。

民国三十一年八月，大局势和缓，加上办学规模不断扩大，集美学村校舍日显拥挤，为了便利沿海渔民子弟就读，校董事会决定先行把"集美高级水产航海职业学校"从玉田村搬回安溪县办学。决定宣布得很突然，黄启文甚至觉得为什么要把航海科先迁回，而不是农业科。在他心里，就一个小算盘，他希望和林瑞一起，一起留下或者一起迁回。当然，这仅仅是心里暗处的想法，既然学校做出决定，那是谁也没有办法的事。接下来，他还有许多事要对接处理。

月光从撑天的楮木树冠缝隙里漏下来，斑驳陆离，皎洁的月光被暗黑的树丫分离出一种意味。黄启文看着坐在棋盘石上的小吴，恍若看见了林瑞的身影。在这样的时刻，和自己交心的最佳人选应该是一个女孩，而不是男同学。但与林瑞的事是私事，和小吴的事是公事大事。

小吴说："往后的事，我会安排好的，我们会继续与武陵、九漈紧密联系，你放心。"千古伤别离啊，但我们还不是花前月下的时候，同学少年，志在四方，心有所属，行有所动，不论家乡还是异乡，都是我们的祖国和同胞。黄启文说："我从南洋回来，何曾不是为了这个？辗转以求学的方式回到老家，再次离别，总是有泪欲哭。再说，形势紧迫，我无法再回老家去看望挂念我的阿公、阿叔和阿姐他们了。"小吴说："这里是山上的一景，你知道叫什么吗？"黄启文摇头，他对这里的景点名字并不在意，上山多次，但每次来都有林瑞的身影陪着，顾不上这些。小吴说："它叫石龟观棋。你站的地方就是石龟，我坐的是棋盘。这是一盘还没有下完或者说还在下的乱局。你看，月光之下，仙人还在思考下一步棋路呢。而那只神龟也顾不得回家了，回头迷进了这棋局。从前有人打油诗说：福塘流水金溪满，槛外神龟过玉田。不料仙人棋局乱，回头一望数千年。写得真是油啊。"黄启文忍不住伸手拍了拍神龟的背，心里赞叹这神龟千年的毅力。黄启文走向小吴那边，一起坐上了棋盘石。小吴抠住黄启文的肩膀说："这就对了，我们不能观棋，我们要做下棋的人，思考未来的棋路。"

又一夜，仙亭山一样的月光。林瑞坐在棋盘石上，低头不语，月光漏在她身上，显得调皮可爱，她像一个仙女，静静地思考着下一步棋。黄启文还是靠在神龟的背上，他喜欢这只坚忍不拔的龟、专心致志的龟、观棋不归的龟，它陷入一种境界不能自拔，它在等待一种结果，从青春年少等到千年化石。黄启文问林瑞知不知道座下的石头是什么。林瑞说，棋盘石。黄启文惊讶，你怎么知道？林瑞说，多少男同学要邀我来仙亭山，我拒绝了，他们就给我解说这山上的景点景色，所以我就知道了。黄启文心里浮起一丝莫名的暧意："他问，你在这里，就像下棋的仙女，你在想下一步棋吗？"林瑞说："没有下一步，我想好了，跟你走。你过来，别像那只龟一样总是观望等待，没完没了地等待。"黄启文走过去。林瑞毫不犹豫地站起身，抱住黄启文轻吻了一个。

当黄启文从迷人的吻幻中觉醒过来时，林瑞静静地看着他。黄启文知道，她在等待一句话。黄启文说："瑞，你还是按照学校的计划读完书最重要，过不了多久，就会迁回去的。"林瑞说："这不重要，什么时候回去都可以。"黄启文轻轻握住林瑞的手摩挲着，他倾过身子，凑近林瑞的耳根说："我爱你"，然后轻轻地吻住林瑞的双唇。林瑞以最柔情的表现做了回应，渐渐地两个年轻人的生命融合在一起，掉进了月色描绘的童话世界里。

黑暗，有时候让人害怕。但身在黑暗中的人，却会觉得很安全。林瑞从棋盘石上起身，唱起了《玉田秋曲》："金溪水啊，缓缓流，赤岩红影照孤舟，渔歌互答何处有，忍把浮生半日偷，南涧渡口分别酒，远离家乡让人愁。凤凰飞啊，歌声落，白岩庵上月如钩，青山造就缥湘手，雕梁画栋红秀楼，炊烟无意叶归所，玉田城内十分秋。"

黄启文问，这是什么歌？林瑞说，从你弟媳妇那里学来的，好听吗？黄启文说，好听，你教我吧。一对热血青年，在密林的寂静里，唱着当地的"月光曲"，互诉着离别的哀伤。

为了瓦解对闽中的威胁，打通一条德化通往玉田的安全通道，让玉田游击队顺利转移到德化，经闽中工委同意后，林森、张立隆、石路养三个人组成的小分队秘密前往德化。他们从县城出发，经九漈到草坑，避开林部地盘，擦边到达悟村、狮子岩、半山、尤床，休息一夜急行到德化桂阳乡下涌村，与茅福、伍添会面，讨论并拟定开辟新路线的方案。要打通德化、玉田的游击线路，沿线德化地带已有了七八个基点村，玉田地带两个，目前交界处还有空白，要研究制定一个计划，尽快把这个空白村给补上。林森说，我们来时也研究过路线，交界处有几个村可以发展成基地村，悟村、狮子岩、半山、尤床，这几个村串起来就打通了。伍添说，你们俩比较熟悉，这几个村分头去做工作。林森知道九漈的同志与狮子岩的住持有交往，尤床村又与玉田怀石姓氏有来往，往来贩卖草席、夏布都有交情，基础较好。他说，这个空白，由我们来填补。

林森把发展基地村的事情全权交给张立隆。石路养建议要请怀石两家的人出来，以故友旧交的情感去做，不会让人觉得突然和有压力，容易接受，争取全力支持打通线路的工作。张立隆同意，并建议说服怀石两家再为狮子岩捐献一些香火钱，巩固延续一下传统的交情。

张立隆和石路养直接回到玉田县城，到了席草铺，晚上叫来卢迪工一起商量事情。

姑丈来了。水莲上了一壶开水，就去关了铺门。

张立隆把事情给大家说开了。卢迪工认为此事应该没有问题，只是派谁去合适。怀玉龙正好进城来到席草铺，听了狮子岩的事，不甚清楚，又问了两位姑丈到底怎么回事。当他得知怀石两家祖上来自德化，和狮子岩有传统交情，便主动提出来自己邀石有旺他们一起去，带些香火钱，续上长辈的交情。张立隆十分高兴。怀有福说，姑丈，现在终于有我的事情做了，你记得吗，在九漈的时候，我问过石路养，我想像你们一样，拿着枪去打战。张立隆说，好啊，你看我们怀家的亲戚，很快就会成为我们的战友了。

事情安排妥当后，张立隆他们回到黄石，召集了防卫队会议，了解训练情况。阮大六汇报了情况。自从石路养和林老师回去后，队员们就刻苦练枪，没做别的。怀振兴对林老师做细致的思想工作大加赞赏，他夸先生独一无二，妇女都被他说动了，可是林老师一走，好像没了主心骨，他这个村长接不上。张立隆决定任命阮大六为防卫队队长，名正言顺地开展工作。怀振兴第一个赞同，他认为阮大六会看天气，村民很认可，再说他枪法练得好，当队长他十分同意。阮大六却心怯起来，他一贯是听别人的，一下要叫别人听自己的，心里特别没底。

张立隆立即对全体队员讲话，讲了当前的新形势，要求大家都听好了，现在的防卫队和老爷那时组建的防卫队不同，除了防卫黄石村，我们还要出去保卫别的村，这就需要有人组织领导，思想要统一，步调要一致，简单地说就是一切行动听队长指挥，要有很强的组织纪律。现在防卫队是以黄石人为主，以后是要走出去的，要吸纳别村、别乡、别县的有志者、志同道合者一起加入，只有这样，我们的防卫队才会真正成长壮大，成为人民的军队，老百姓才会支持拥护。张立隆把一支短枪授给阮大六，并殷切地鼓励阮大六大胆地担起防卫队的事。他说，以前你看天气，现在要学会看时机、看形势，该进则进、该退则退，学会打游击，保存自己的力量，最大限度地消灭敌人。

接着，张立隆布置了第二项事情，就是去狮子岩和尤床。大家都发表了想法，事情就定下来。怀玉龙、石有旺叫了两个雇工挑了两担草席和夏布，一行人便去了尤床和狮子岩。

先是拜访了尤床的苏村长，送了两床草席。路途不算远，但急急缓缓，还是一身汗湿。村长上了冰糖茶，张立隆一边轻搅锡匙，一边说明此行是黄石怀石两家想去狮子岩拜佛，路过此地，先来拜访村长，感谢尤床今古以来对黄石生意的照顾。苏村长自是客气，说这哪是照顾，人来人往，平常事，只是这年头路上不平安，宿住村里，方便一点。再说黄石怀老爷、石老爷从前也是相熟的交道，我们的粮食都是云林尤其是黄石的人买走的，要说关照，大家都是互相的。

提到前辈，张立隆便告知两老爷都被官军烧死的事，说了事情的原委。苏村长十分诧异，怒骂官军的逆行。张立隆问，如今天下，你认为谁是为老百姓的呢？苏村长说，我都快八十岁了，没见过哪个朝代是为百姓的。前些日子，我的孙子从德化读书回来，偷偷告诉我说德化有穷人的队伍，和红军一样，可是我没见过。石路养说，要是真有穷人的队伍，来保护穷人百姓，那该多好啊？村长，你是一村之长，也觉得日子难过吗？苏村长说，一村之长，也是小老百姓一个，我自己种地自己收粮，我可不是财主啊。说完笑起来。张立隆是想探听一下村长对怀振坡的看法，便起来话题问："黄石也有怀姓人家开基到贵地，不知道日子如何？"村长说："你是说怀振坡吗，好啊，黄石之人，都是仁德有余啊。"小聊一会，张立隆想起身告辞去找怀振坡。村长说，今日来我家，必定有什么事吧？石路养看了一眼张立隆。张立隆说，也没什么事。村长说，有事说事，黄石来的客人，不论好事坏事，我们尽力，至少帮忙做一件。

村长的爽快让大家心情愉悦起来。

张立隆邀村长借一边说话。张立隆进了里屋，把朋友商队借路尤床的事说了。村长一时觉得没那么简单，黄石人出面相求，一定和党派有关。张立隆吃惊，但依旧从容。村长说，既然我已经答应，不论什么党，我们都欢迎，只是我们这里离林部不远，你们自己小心。到时有事你们找怀振坡商量去，他负责我们这里的防卫。张立隆说，村长开明，别日，请你到黄石一走。

怀振坡看到老家黄石来人，自然十分热情。张立隆以自家人的身份对怀振坡说了朋友借路的事，怀振坡说，如今世道就像戴云山的天气，变幻无常，生活在土匪窝的边上，如恶鬼缠身，提心吊胆，日子不好过。石路养问，你们村长是地下党吗？张立隆和怀振坡听了都吓一跳，相视一下。怀振坡说："小兄弟，这话可别乱说。村长绝对不是地下党，不过他私底下说过那边的比这边的好。他早些年跑安溪、永春贩卖铁观音和永春佛手，遭劫几次，有一次遇见地下党，还帮他要回被抢的茶叶。这人心都是肉长的，哪种疼，能不知道吗？"张立隆心里想，怪不得老人家对事情很敏感很透彻，听话就能知道事实。张立隆对怀振坡说，论辈分你是我公辈，不过怎么说你这个防卫队长，这次得帮我的忙。怀振坡低声说，我们是第二次见面了，老朋友，没问题。

正说着，怀振坡的妻子煮出来点心。怀振坡又去里间提了一瓮酒，摆了架势，要喝酒。张立隆赶忙推脱要赶路，切不可饮酒误事。石路养帮着劝说，要不是姑丈不让，这一瓮酒不够我一个人喝。用了点心，解了饥，一行人继续赶路，到了狮子岩。

张立隆说明来意，住持也是十分热情，狮子岩的佛手茶，自是别有风味。石有旺、怀玉龙这帮年轻人按照事先的安排，都去烧香拜佛。张立隆和住持喝茶说话。一番寒暄之后，住持说，怀石前辈捐建狮子岩，是我们的有恩施主，今日后人前来拜佛，再续前缘，是我岩的福分。张立隆说，如今世道，难得有这寺里的安宁。住持叹息道，也未见得，去年，就有土匪、官军两拨人前来筹钱，把寺里的香火钱都给弄光了，还说要烧了岩寺。张立隆说，造孽，竟敢抢劫寺庙，真是无法无天了。住持说，为所欲为者，必遭天谴。张立隆问，敢问住持，如今谁不会抢老百姓的东西呢？住持说，阿弥陀佛，我佛慈悲，让罪者自己遭罪吧。张立隆便借机把朋友商队借路之事征求住持的意见。住持说，来者都是有缘之人，既是你的朋友，我们自然欢迎。

意外发生了。寺里的小徒弟看见正在拜佛的石路养腰上别着枪，便惊恐地跑进来报告师父说他们有枪。住持看着张立隆，期待着给他一个说明。既然已经不小心暴露，就只好明说了。张立隆便把话挑明了："我们是地下党的游击队，住持应该听说过。"住持说："佛中之人，本不该多问世事，但世事却常来搅扰。我知道你们是穷人的部队。戴云山那边也有，他们的伤员也在我寺里治疗养伤过。"一时，紧张的气氛，随着微风，凉了下来。

戴云山就在狮子岩的对面。望了一眼闽中最高峰，张立隆自信地说，那您不反对他们吧？住持口中念着阿弥陀佛。张立隆明白刚才住持的话，暗中帮助，就是支持了。

怀石两家捐了香火钱，一行便回头。返回时，张立隆竭力把尤床的苏村长和怀振坡一起邀到黄石来，又带到九漈村，他想让这两人感受一下根据地和根据地群众的日子，彻底转变思想立场，真正长期支持游击队的事业。

在九漈，苏村长和怀振坡住在李家大院。张立隆带着他们参观村里的学校，介绍他们和村民聊天，看看村民的生产劳动和收成。俩人大有收获。苏村长慨叹，这边的组织还真有能耐，这小社会办的，暖暖的，把乡亲们的日子都料理好了。乡亲们精神状态好、劳动干劲足、孩子们有书读，平等相处。苏村长有一事不明，便问："李家怎么就舍得把田分给别人呢？"石路养说："起初我也舍不得，但是当我看到土匪巧取豪夺李老爷的山货，烧杀抢掠，无恶不作，看到县老爷种罂粟害人发财，我就心里有气，老百姓多冤枉啊，为什么老百姓就要天生过苦日子穷日子呢？凭什么老百姓就没有自己的地可以种呢？立隆队长给我讲道理，听多了，像吃饱饭一样，我就通了。"苏村长说："说真的，我的命也是你们救下的，只是我年纪大了，做不了太多事。"他转身对怀振坡说："你听着，这回黄石朋友的事情，你得确保安全。往后多向九溧村学学，让我们村的孩子也要有书读。"张立隆说："我想，村长有心，我把这里最好的老师派给你，先办所学校，让孩子们有书读。"

村长用渴望的眼神看着张立隆，伸手握住一双给人力量的手。

一不做二不休，说办就办。张立隆派林老师跟着苏村长和怀振坡去了尤床。林老师心里知道组织派他去的目的和任务。

第二节　发电

民国三十二年，骆县长处心积虑，东拆西补，终于平稳地过了，在省政府考核县长政绩中，还被评为"政优"，记功一次。这让党团派的人大为光火，他们纠集在一起暗中上书省府揭发县长包庇共产党。这一揭发，果然有效。年后，省保安司令部就连连电催玉田出兵武陵垵。林民甚至闯进县长办公室，催问进展。

骆县长这回是真急了，他当着众人的面说，你们都别急，出兵武陵垵最重要的是要确保成功，方案正在制定当中，尽量想周密些，急了容易疏忽。但说着说着，县长就破口大骂起来："你们从前也到武陵垵去'清剿'了吗，结果如何？哪次成功了？都是一群废物，只知道把事情当人情，把党国的正事当作私事。自以为效忠，却拿不出真本事。子弹有少打吗？人有少死吗？钱少花了吗？都抓到什么人？整天就是嘴上'共产党共产党'的，林蓿抓到了吗？你们自己的口袋倒是抓进不少钱米。扪心自问一下，我说错了吗！"骆县长似乎失了斯文，到任多年，大家从未见到破口大骂的样子，这回被上头摁着剿共，真让他感到为难忍不住开口骂人了。一群人被县长数落得无言以对，灰溜溜地散了去。

林民听了骆县长一番数落，不好反驳，却也听出一点县长剿共的坚定立场来，这是他喜欢和想要的。他说："县长你也别急，只要你有用心，就不愁共产党消灭不了。"县长说："林专员，这么说话，似乎只有你在用心，好，就算你用心，结果呢？省府要的是结果，消灭了吗？你们这是火上浇油，共产党是被你们搅得越来越多，越来越猖獗。为什么共产党会越来越多，在全国，老百姓为什么愿意跟着共产党去，你们想过没有？"

林民也被责问得一愣一愣，他听明白县长的意思，为什么老百姓要跟着共产党闹革命，是因为党部没有顾好老百姓的日子，整日明争暗斗。听起来，似乎有道理，但是县长这样讲话绝对不讲政治，没有与总裁保持一致。不论怎么说，"清剿"工作都是大局工作，是重中之重的事情。林民说："骆县长，咱们算是共事一主，没有二心，眼下我们不该讨论离心离德的问题，应该全力合力在'剿匪'的重任上，你说对吧。我说团结一致这一点，对手做得好，这也是我们屡屡失败的最深刻的教训。"骆县长本想与林民再探讨如何团结一致的问题，但转念想这么多年形成的自上而下的积习，政体就是这样，什么瓜秧结什么果，不是一时能够改变的，多说无益，也就罢了。

'清剿'工作在紧锣密鼓地筹备着。玉田县党部也没闲着，不遗余力地推行议会制度。玉田的政界、学界、商界都在酝酿推荐各自的代表，并且互相商议，把事情做得正儿八经的，热情很高。但是，没多久，大家都知道了名额、人选和正、副议长都已经圈定了。因为党部选举本地派的胜利，这回参议会选举，本地派乘胜追击，包揽了百分之八九十的席位，本来以为可以争权夺利的议会选举被冷却了。原本也有人推举卢迪工去当议员，他是郎中，常与达官、穷人双方面的人来往，适合沟通，反映双方的意见建议，真正达到参与县府民主决策。但是，结果没有他的份。

水莲在黄石的时候，听怀振声老爷说过怀一北的民主观，民主，是要有规矩，但这个规矩不能是老爷们定的，而是让要老百姓来定，当官的要按照老百姓定的规矩去做事、去管理社会。怀老爷说他们老一辈肯定等不到民主的这一天，这样的事，历朝历代，未听说过。如今怀一北不知道在泉下争取到民主没有？水莲觉得，怀老爷看不到，自己也是看不到的，那样的日子太遥远了。

对一个接一个的组织机构不断成立，骆县长嫌烦了，除了花钱添乱，没有别的作用。县长的这种态度，更加激化了与周围的矛盾。省府对玉田地下党组织的发展开始担忧，因为武陵基地的发展方向是朝着桃源，永安西洋、洪田的，若是和宁化、连城打通了路线，省府永安就成了瓮中之鳖了。于是，省保安司令部着手谋划对玉田共产党的"清剿"工作。李熊借机进言说闽中玉田共产党活动猖獗和县长的怀柔有关，省府在出兵之前，应当把县长换了，要不然行动还是没有成效。

果然，四月，骆县长就被解职了，李中艳接了任。

骆县长被解了职，就回了老家连城。他的行李很少，只有几件日用的物件，就地送给前街、后街的老百姓了。他雇了辆马车，趁黄昏出城去，免得惊扰。西门外有种地的老百姓看到了骆县长，得知他卸任归乡，念及平日骆县长的好，便回城散发了消息。不一会儿，当地绅士、工商业主、街坊百姓以及学校师生代表，都赶着来送行。队伍沿着白岩山脚往南，走过仙亭山，集美职校的师生也加入了，绕过龙兴殿，十几里路，一直送到了福塘村。骆县长见状，便在村尾的人主公旁把送行的队伍拦下了，他拱手称谢："感谢玉田县的父老乡亲，我骆某有愧大家，祝愿玉田能开启新生活，过上平安无忧的太平日子。就此别过，他日若是路过连城，定来老朽蓬门喝上一杯水。"

有人说，今后写县志，骆县长是可以入传的。

郑冠中在九漈和京仙交界处，利用山溪瀑布，低坝引水，自行设计了压力管，用黄楮木设计制造水斗式水轮机，以牛皮带带动十千瓦直流发电机，建成一座小型水电站，并成功发电。大家都称赞郑冠中堪比风水先生，真能选址，潭渠腾挪，飞流直下，竟能发电，这在玉田可是开天辟地的事情。

发电那天，天阴暗得很，老天似乎要为光明的出现作个铺垫。大家都怀着好奇的心情去看一种不可思议的事情发生。电是什么？谁都不知道。但这个年轻人却能把电弄出来，看不见、摸不着，无中生有，可它却实实在在地存在，真是神奇。

水闸打开之后，水流顺着水斗冲刷下去，轮机轰鸣的声音响起来。这种声音，大家从未听过，陌生、快速、急躁，和锯木头拉锯发出的声音类似，和别的牲畜、飞鸟、野兽的声响都不一样。电机一转动，临时搭盖的木棚里，九盏灯瞬间亮了起来，渐渐地棚子亮堂堂的。

大家"哦"的一声，哄起来，原来这就是电，它能把灯点得这么亮啊。九漈人感到很自豪，天下除了日光、月光、烛光、火光，现在又添了电光。这电光一亮，感觉日子也跟着亮堂起来了。

张立隆握住郑冠中的手，祝贺他成功了。他说，这灯光啊，不一般，比油灯、蜡烛厉害，这是指路的灯，让人不害怕黑暗，引人走出黑暗，这新鲜玩意儿，让人对未来充满信心。郑冠中说，谢谢大家的鼓励和帮助。张立隆说："要说谢，那就谢谢你舅家，我想也不用客气。我想说最重要的是，我们九漈可以用上电灯了。"郑冠中说："还得牵线到各家各户，然后装上电灯泡，就可以了。"张立隆说："先给李阿妹和林老师装上，李家大院显得空旷，得亮堂一些。林老师晚上还要给孩子批改作业，那油灯太暗，把眼睛都看坏了。"郑冠中说："好的。不过这个电站的功率不够，没办法给每家每户都用上。"大家听到电不够大，就七嘴八舌建议弄个大的，这电灯一亮，心里都亮堂起来。郑冠中早先猜测到村民们会这么说的，他就打比方说一个小孩只能挑五十斤，他就挑不动一百斤的大担子。道理都懂，大家就是觉得九漈电站力气小了可惜。

九漈村用上电灯的事不胫而走。京仙乐乡长首先到九漈来参观、问情况。当乡长看到玻璃罐子会发光时，惊叹年轻人真是厉害。他说："神了，我左思右想，怎么也想不明白这个道理，想不明白，我就不想了。年轻人，我就想求你也给我们乡公所也弄个亮亮。"林老师说，这是科学，是知识，你这个做官的乡长，就想如何用上这个电，让老百姓用上电灯，你就积大德了。郑冠中说，电站离乡公所太远了，可能亮不起来。乐乡长说，嗨，可惜了，到我这，电力不足了，就像没钱干巴抽大烟。张立隆说："可惜什么，活人还会憋尿死？你就在乡公所附近的地方再弄一个电站吧，乡长，你筹点钱，支持一下，电站搞起来，你就亮堂了。这电啊，还不止亮堂，它的作用可大了，人家大上海，电能烧开水，电能拉车，电能开广播、打电话。"乐乡长说："我京仙小地方，没见过这些事，不过听起来心痒痒的。要是郑专家愿意，我回头就去筹钱，也弄它一座。"

设计图纸是现成的，有了资金投入，一条水渠、冲槽，一台电机，京仙电站就在九漈电站的基础上建设起来。乡长亲自发动劳力义务出工，拦河筑坝，乡绅筹集起来的钱去泉州购了一台电机，三个月电站就完工了。乡公所和附近几户人家的夜晚，陆续亮了起来，乡村的愁容有了笑意。

火柴厂的林老板听说九漈、京仙有了电，欣喜不已，他急忙赶到九漈找了郑冠中谈一个项目的合作问题。郑冠中对林老板说的电化厂项目很感兴趣，他知道著名的化工实业家吴蕴初创办的天原电化厂，打破了英商卜内门公司垄断中国碱业市场的局面，为中国的民族工业争了光。既然有商人想投资这个项目，郑冠中就一口答应，自己没有资金，就当技术员。林老板说，你出电就行，福州电化厂内迁到南平，技术方面我可以和福州厂联系，市场方面甚至可以和福州厂联营包销。考虑到电力的问题，电化厂选址在京仙。乐乡长也全力支持，就在电站边上平整了土地简易建了厂房。林老板经福州厂介绍购进一台爱伦摩尔式电解槽，并请技术员来安装调试，三个月就开始生产盐酸、烧碱、漂白粉等产品。

此事非同小可，省府财政厅的官员亲自来视察，说玉田人，了不起，这个厂的建成，让大家知道什么是科学技术。他还建议正规办实业，要把这个厂报请中央经济部登记注册。林老板大受鼓舞，也就按照建议报请注册了。

县府的人对电灯、电化厂的出现，十分好奇，一拨一拨地来参观视察。临时参议会执委们看了之后，回去就提议在县城也建一座电站，让县城也亮起来。郑冠中说，从前，我也想在县城试验发电，但是县长不支持。执委们说，设备钱县长不出，我们帮你去筹集，你就负责设计、指挥建设，一定要把电站弄出来。

结果，以前的骆县长拿不出钱，现如今的李县长还是拿不出钱，李县长的意思是打击共产党花了大部分的钱，哪还有剩余的钱去搞什么发电，不当家不知柴米贵，点蜡烛不是一样过日子吗。不过，既然是党部执委们都想要做的，他也支持，现钱没有，就从粮食科那里挪了两万斤稻谷作为投资。执委们觉得情况大体属实，也就只好这样了，他们四处去筹集了三万块钱。

郑冠中到了县城，暂住在怀有福的铺里，白天就去郊区四周考察水流地形。半个月后，他给县府和执委们建议利用金溪右岸赤岩筒车流道改建水电站。县府尊重专家的建议，并征用了十个劳力，帮助郑冠中拓宽五十米筒车戽水场流道作为引水渠，建机坑，安装了一台木、铁、铝混合结构的自制主轴明槽调浆式轴流水轮机。考虑到赤岩一片还有百亩的水田需要灌溉，又设计了水轮泵。水轮机既可带动水轮泵抽水灌溉，又可带动一台十六千瓦的发电机发电，供照明之用，一举两得。

线路跨过金溪河，县府办公楼亮起来了。一时间，大大小小的官员科员都跑到办公室，特意去享受一下电灯带来的光亮。老百姓也跟着站在县衙大门外远远地羡慕着这种不用煤油的灯，看起来像是天上掉下来的星星。接着，执委们的家也相继牵了电灯，东南前后街都有了零星的电灯亮光。陈秉德还办起了碾米厂。夜晚，街上的人多起来，商铺的生意时间也拖延了许久。

郑冠中想给怀有福的铺子也牵上电灯。水莲说，迪工姑丈那里也一起牵了吧，药铺更需要亮一点，经常有人在夜间来看病买药，这样方便。郑冠中说，这么说，也给卫生院牵上。水莲说，那是最好，病人就怕暗摸摸，也给林老板的厂子和营销部牵上。郑冠中说，不过，线路的钱他们自己要出。水莲说，那是自然，用你的电灯，还要你掏钱，没有这个道理。郑冠中对水莲说，谢谢你，从电站试验到发电，还有化工厂，你都出了大力。水莲赶紧制止郑冠中的客气话，她不想让人知道这些事，知道的人多了不好，再个她是诚心给他们帮个忙的。

卢迪工很感激，便请郑冠中吃饭，叫水莲和郭先生作陪。水莲说："有义伯伯回厦门了，好久没有见到他那个女同学，一起把她叫来吃个饭吧，我有个感觉，她是我们怀家的亲人。"卢迪工说："还好你提醒，我们不能把她给忘了，是她的热心把怀有义找回来的，有缘也是情理之中。要不，把你那个姐妹也叫来？"水莲说："我那个姐妹还没有回玉田，这么久了，还真想念她，不知道现在还好不好？要是大家子聚一下，就好了。"卢迪工知道水莲心里想怀有福了，他说，有福在永春肯定过得好，起码不用担惊受怕，只是回家来，恐怕还要些时日。

卢跃去跑了腿，大家都来了。灯光下，一桌子热腾腾的饭菜，显得那么清晰翠绿，一丝丝热气，缭绕升腾的身影清清楚楚。郭先生坐在主位上，他不停地夸这电灯的好："就着灯，好似蘸着陈年老醋，吃起饭来都更有味道。依我看呢，这电能救心也能救国！"

水莲说，家里牵了一盏，孩子读书更亮了。

林瑞听了便说："郭先生看得最清楚、说得最明白，电能救心也能救国。郑专家，能不能给我们职校也牵上？让我们职校同学的心怀也更敞亮。"水莲接话："说真的，学校更需要电灯，职校的学生晚上还要读书呢，那盏小油灯，风吹就灭，是得用上这电灯，风雨不怕的。林瑞，你回去给校长说说，花点线路钱，让这位专家给牵上。要是学校有困难，我们大家都帮忙想点办法。要是电不够，其他的先关了，专门给学校。"林瑞高兴地说："来，以汤代酒，敬专家一杯。"卢敏也敬了一杯酒，对郑冠中说："好好发电，以后全玉田都亮起来才好呢。"郑冠中回说："阿妹说得对。"

看着一桌人为了高兴的事，举着菜汤敬来敬去的，卢迪工才觉得丢面子了，光讲吃饭讲电灯，把酒给忘了。庆功的时候没有酒，太不对味了。他喊着，卢跃，赶紧去把水酒和酒杯拿来，我们的大专家把电弄成了，得好好庆贺一下。

重新来过。水莲也举杯敬酒，她说："两年前，你说试验发电的事，这一眨眼就成了，这有没有读书真是不一样。良成、良军、逢春你们都听好了，好好读书，长大也去弄一个什么东西出来，让大家享福。来，冠中，敬你一杯。"大家听到水莲直呼其名，感到惊讶，郭先生就嫌水莲没礼貌。水莲说出话，才觉得自己有点失礼，竟然抑制不住内心的敬佩，直呼其名了。还是郑冠中解了围："两年前，我就说过，别把我叫老了，直接叫我名字，我们都是年轻人，不要拘泥那些繁文缛节。往后还这么叫，听起来舒坦。"

不久，职校、初中、均小都牵了电。远看小田，布满星光，横竖多了生机和活力。

玉田武工队得到命令，配合保障中共省委机关从闽北向南转移，拖住沿途敌人，相机消灭。张立隆立即做出战斗调整，采取且战且走和迂回阻击战术，不断开辟新的阵地。三个月下来，武工队从坂里一直打到石牛山西侧。

就在石牛山这次掩护战中，石路养负了重伤，他不愿成为俘虏，打完子弹，跳下山崖。等到敌人龟缩回去，张立隆这才发现石路养没有跟上来，他立即派人回头寻找，在南山的阵地山崖下找到了他。此时，石路养被悬崖峭壁上的树枝横阻竖挂，血肉模糊，身上多处骨折，战友寻到他时，已是奄奄一息。张立隆当即给石路养做了包扎，又派了两个队员去做了一副简易的担架，把石路养抬着送回九漈，其余队员回头坂里追随省委。半路上，又得到命令，武工队员返回玉田、德化交界处一带活动，牵制地方势力。

石路养手脚的骨头都断了，一段树枝穿过他的小腹。在狮子岩，住持帮助止了血，回到九漈，他已经昏迷不醒了。李阿妹见状，抱着石路养痛哭。林老师赶紧派人去把卢迪工请来。卢迪工得知石路养负重伤，便带了一针从敌特手里藏下来的消炎药，自带了一些草药就赶着去九漈。打了针、喂了药，石路养暂时稳定一些。卢迪工看到小腹的伤口很宽，担心内部被刺损严重，感染发炎，那就没有救了。李阿妹求着要救救石路养。卢迪工说，路养是好兄弟，我何曾不想救他，他伤势太重，又没有药品，无法手术。卢迪工不想再说什么，只是叹息。林老师凑近石路养的耳边说，路养兄弟是最勇敢的战士，为了省委的安全，战斗到最后一刻，你的坚强会帮助你好起来的。阿妹听了，内心虽有一股自豪的感觉，但她觉得这么勇敢的人似乎就要走了，又伤心欲绝地哭起来。

小腹化脓发炎，石路养开始发烧。草药已经无法控制炎症了。这时防卫队员回来，报告说有一些缴获来的药品。张队长吩咐全部给路养用上。

石路养开始痉挛得醒过来，然后又吐血。卢迪工一直鼓励石路养，你要挺住，张队长送药回来了。石路养吃力地说："没用了，药留着吧……立隆，姑丈，什么，时候，会，到？"卢迪工说："很快就会到了。"石路养蓄足了力气又问："我的，任务，完成，了，吗？"卢迪工说："不仅完成了，而且完成得很出色。"顿了一会，石路养说："阿，妹，你，抱，抱，我，我——得，走，了。"阿妹听了，心如刀绞，她赶紧俯身把石路养抱在怀里，轻声地唤着石路养。石路养断续地说着："儿子，干……干……儿子。"

阿妹明白他还牵挂着干儿子，她赶紧把阿弟牵过来，站在石路养面前。阿弟哭喊着："阿叔，阿叔。"渐渐地，石路养带着欣慰的神色，安然走了。

林老师和卢迪工料理了石路养的丧事后，张立隆才回到九漈来。张立隆到了墓地去祭奠，洒了酒水，自言自语地说："路养，你是为革命牺牲的，革命战斗考验了你，在我心里你是合格的共产党员。但是，我遗憾地告诉你，现在形势严峻复杂，上级组织对同志入党的审核更加慎重严格，你的入党申请没有被批准，这我有责任。我没有把你的身世以及到了李家之后与林部的纠葛关系理清楚，耽误了你的理想。我想，我会继续努力，让你加入党组织的。"

祭奠后，张立隆回头把李家的事做了安排，请林老师帮忙照顾李家。之后，张立隆又召集赤卫队全体队员开会，专门讲解石路养为党、为革命事业牺牲的英雄事迹，石路养为掩护省委的安全转移，英勇战斗，舍身引开敌人，打光了子弹，宁死不当俘虏，跳下石牛山的悬崖。赤卫队的战士们都要向石路养学习，像他一样勇敢，为党为民为革命事业流尽最后一滴血。张立隆又借机讲明了当前与敌人斗争的新形势，告诫队员们要以百倍的勇气和信心，投入到革命斗争中去，当前武陵林蕃书记组织了人民自卫队，开辟了永安洪田新区，加强南沙尤菖蒲洋根据地工作，借机袭击了三宝乡公所，抓获并处决了伪乡长伍宗民，接着又组织了上京战斗，惩治了黄夏光，取得了阶段性的胜利，令人鼓舞。我们九漈赤卫队趁县城防卫空虚，潜入县城，兵分两路，突袭了福建省银行玉田县支行，抢得国币二十万元，另一路袭击卫生院，夺得不少药品。我们的存在，严重地干扰阻击了反动势力的计划，这些胜利足以告慰牺牲的战士们。张立隆最后说，同志们，最后的胜利是属于我们的。

不久，张立隆又借建华厂营销部在县城建立联络点，由卢敏负责。张立隆暗中联络印制了许多宣传单，把省府镇压武陵等地老百姓几百人和地下党惩治黄夏光、突袭银行、卫生院的事情宣传出去，让百姓看到地下党的力量和作为，增强信心。一时，满城都在议论当前的玉田局势。

阿妹在石路养死后，变得沉默，沉默中带着刚强。张立隆请阿妹先到城里去一段，调整一下心情。又安慰说，路养是个好兄弟，我们都要为他感到自豪。阿妹说，我哪里也不去，我要去学当护士。大家听了都吃惊不小，转而又都明白阿妹心之所想。张立隆说："好，我赞同。迪工，这事你去安排一下，找你学，还是找别的人，你去定夺。"

卢迪工最终把她介绍到永春赵希望诊所去，李阿妹带着干儿子去了永春学习护理。

林民被前任县长骂噎之后，着实沉下心来做着特务科的业务工作。他花了近半年的时间对县府机关、乡村长、校长，尤其是工商业界的人进行逐个调查排查。不过，他对省府前来"清剿"的人情意不相投，便打起自己的算盘。他暗中派人到福州调查建华厂的林老板，却没有什么新发现，建华总厂与中统福建总部关系密切，不好下手。但另一条路子，让他感到兴奋，那就是黄石席草行。这个平时不起眼的铺子，牵扯着很复杂的关系，有共、有匪，最近他还有新的发现，席草行似乎还与日本人有关系。这事，林民不急着轻易下手，因为容易打草惊蛇，他得理花时间慢慢清楚这里边的关系，把外地各种势力对玉田的渗透脉络弄明白，然后想一个最恰当的办法，让这些人浮出水面，最后一举做了，一锅就可以端了。

第三节　大兵压境

鉴于省府大兵压境的压力，地下党逐渐从武陵山区退出，分散到各地小规模活动。这让李县长感到十分头痛，化整为零，打起来更困难，就像大力士抓跳蚤，有力用不上。两期的"清剿"，还是碰不上林蕃，上峰极其不满，加上林珍震与玉田的党政军意见不合，互相指责，一时是内忧外困。李县长只能通知各乡镇保甲加强防范，严厉控制当地群众，断绝地下党的信息、粮食和弹药，预防地下党的报复行动。对上京黄夏光、三保伍宗民的死，县长十分痛心，这些一贯忠实可靠的乡长不慎被杀，好像断了自己的一只臂膀。还好又有肖展春、林达光的徒子徒孙们，探听出许多秘密，为下一步打击奠定了基础。

一段时间来，警察局和徐宝庆的便衣队很有成效，杀了游击队员林初生和两个接头户。特务队也抓了四个接头户，活埋了。李县长觉得"攘外必先安内"的方略十分正确，要安定，就得赶尽杀绝了才行。眼下形势还好，县城没有再发生什么袭击事件，比以前安定了许多。但监狱人满为患，来自武陵、桃源、丰田、汤泉、京程、科里和西埔等基点村，有四百多人被关，有的惨遭酷刑杀害。

当下党团军派别太多，内部十分紊乱，都在为参议会的事四处活动，分散了"清剿"的精力。这一班议员大事不议，小事倒是议得痛快。议会规定，每季度召开一次议员会议，每次大会之前，先开预备会，讨论大会议程；抽签确定议员席位座次，推定提案审查委员会及召集人名单。大会由议长致开幕词，并报告上次会议决议案执行情况，审议县长及各科室主管人的施政报告，议员可单人或联名对政府施政进行质询，提出议案；并讨论县政府交议事项。议案由大会秘书室汇编一览表，交县政府及有关部门办理。县长烦不烦这些人？一县之长还得给他们报告工作，这上峰不知道在搞什么名堂！

田一丹只得了一个议员。他觉得参议会名为代表"民意"议政、督政、询政，实际上是受县党部几个本地人控制，自己在党内没有拥有恰当的地位，只能谋求在三青团这块地盘有所作为。地盘是很重要的东西，没有势力范围就没有容身之地，也就没有谋私利的渠道和权力。

这时候，曾雅茹回到玉田，主动找到田一丹。曾雅茹说，这次回来，就不想走了，我想找个清静之地，过完剩下的日子。这话听起来不顺耳，年纪不大，似乎死之将至，无非遇到一点挫折嘛。现在，田一丹对这个女人有点后怕，从认识到为他产子再到引发火烧后街，似乎带来许多阴气邪气。他不知道她说话的意思，也不想知道，即使不走，也不想再和她过日子了。田一丹说："你要当尼姑啊，白岩庵正缺人呢。你怎么净想这些邪门的事，我问你，是谁烧了后街把你抢走的？"曾雅茹说："你心里应该明白，不用我说了。我说你这个科长，都把共产党抓光了吗？你不是天天都在抓共产党吗？"田一丹说："妇道人家就爱管这些事，不会是共产党把你抢去吧？"曾雅茹说："不是爱管事，闲着无聊，就想听听外面的事，好过日子呗。"田一丹说："共产党也不是吃素的，哪有那么好抓光。再说，他们在暗处，眼线多着呢。我们从县城出发，就有人报信了，几次到武陵都扑空。"曾雅茹说："笨，你们不会带个队伍驻在武陵吗？"田一丹说："你说得轻巧。县府派了县中队陈队长带了两个排去武陵当乡长，这不是长期住下来吗？你说后来怎么着？"曾雅茹问："到底怎么着？"田一丹说："共产党真有办法，又是罢课又是罢市，又是向晋江专署和省府控告，污蔑乡长，搞得陈转安被免职了，然后又换了姓卓的乡长去，没几天也被赶了出来，整个武陵都被赤化了，红了，难办呢！"曾雅茹说："你说也怪了，那些人怎么就不帮你们县府的忙呢？却爱帮共产党的忙？"

田一丹听了这话，一股怒气蒸腾起来，可想到是和一个女人赌气，不便发作。他改口说："也有帮县府忙的，林蕃的手下有几个人转变了立场，为县府做事。只是共产党太顽固，一时劝降不了。再说，这些穷鬼特别能跑，东溜西窜，胆子又特大，趁我们不注意就来打枪报复。"曾雅茹说："那你可得小心点。说点别的，街上人说，你们当官的也不和，什么本地派外地派……"田一丹制止了曾雅茹的话头："给你说了，女人不问这些事，你知道多了，危险就大了，知道吗？"曾雅茹摇头表示不解。田一丹本来就被杂事烦得不快乐，却被雅茹问了一些泄气事，愈发败了兴致，烦恼起来。

林穴渊接任林珍震"清剿"总指挥的职务，在县城田家大院设立四县边区联防办事处和总指挥部，实行"三分军事七分政治"的策略，在巩固乡保的基础上，强迫民众组织"守望队"，把保长、乡长、教师和乡镇职员列入情报人员，归警察局掌管。省府调集保安特务大队八中队、保安纵队特务第二大队、第六区自卫大队三中队、玉田县自卫队、便衣队、警察局刑警大队上千人马，要求总司令钟达钧在三个月内消灭玉田境内的共产党。

一时玉田县城人满为患。

一天，席草行来了一个军官，说是县府军事科的。他对水莲说，部队要打战，需要征集席草行所有的草席和夏布，并要求席草行在十日内赶制一千条草席和蚊帐，不得有误。

这是一个荒唐的任务，水莲想肯定是有人故意作梗，心里有气却不好当面顶撞，便把事情和卢迪工说了。卢迪工说，一千条草席和夏布，必定是部队要用的。最近，县城多出了许多人，恐怕是又来了别的部队，先头的住在郊外。他的草药也全部被搬走了，南门的许多店铺，知情的，都关门跑路了。水莲马上就有一种预感，要出事了。她对卢迪工说，看来我们也得关门走了，我想明天回黄石去，吩咐一下，把草席和夏布藏好，免得被官军抢了。卢迪工也赞成尽早离开这个鬼地方。

这时卢跃从九漈回来，说乐乡长到了九漈，告诉张立隆县府强行要求九漈的村民搬迁到仙峰。尔后，林瑞也来了席草行，她说黄启文回了泉州，写信来说希望黄石的草席和夏布能到泉州开个分店。另外，林瑞说她也要随学校迁回集美去了。这次来，也算是告别。

这一天，事情都集到一块，乱麻似的，水莲理不过来。夜里，水莲突然想通了一个事情，按照怀有义和林瑞说的，闽南当前的形势应当较好，不像玉田这里乌云压顶，兵荒马乱。她决定把黄石所有的成品草席和夏布以及原料集中起来，连夜挑往尤床或者狮子岩，然后再慢慢运往泉州，按照怀有义说的，在泉州开个铺子，并把县城的席草行关了，带上孩子走人。翌日，她立即找到卢迪工商量。卢迪工说，如今也只能走为上策了。水莲又找到林瑞，吩咐她给怀有义回信，定下自己的计划。

本想回黄石安排一下事情，林老板却来了席草行，告诉水莲，孩子马仔过几天要来玉田看望她，他说这孩子现在已经到南平总厂上班。这次受军统林站长关照，马仔坐省府的车来玉田。水莲说，马仔长大了，这么多年不见，怕是认不得了。

卢跃听了此事，觉得其中有文章，便立马去九漈报告。

大兵压境，林民十分开心。如今武陵、桃源、太华等地的"清剿"已经由总指挥部负责去对付，没自己什么事。当他得知林老板的儿子要来玉田，闽北站的上峰已经交代他要好好关照小林的安全，他就开始谋划对建华厂的报复行动，几年前的筹资尴尬，让他罢职，仇恨难解。林民觉得这是个机会，让林老板神不知鬼不觉地感受一下失子的痛苦。世间有许多事，看似必然，其实也有偶然使之，人与人之间的恩怨情仇，是最偶然、最能触发事件的引擎。

根据上级组织的指示，武陵的游击队已经准备向南沙尤方向转移，到敌人力量薄弱的地方去。张立隆从永春回来，按照上级要求，准备把九漈的赤卫队向尤床方向转移。

此时，卢跃送来的消息，让张立隆兴奋，省府的车辆这个时候来玉田，肯定有价值，不是钱，就是枪支弹药。他立即召集林老师他们商量"打车"的计划。

一封署名青水石的信送到席草行，水莲把信给了卢迪工看。卢迪工看完就说，这应该是石有才写来的。水莲很惊讶。卢迪工说，信里就写请水莲和姑丈送十张草席到蓝玉圩日。蓝玉也是出产草席的地方，要送草席到蓝玉，怕是有事情要商量，得赶紧报告张立隆。张立隆接到报告后，做了细致的分析和谋划。他和水莲化装成草席贩子，到了蓝玉，在泗水风雨桥亭上见到了石有才。桥亭里外，草席交易一片繁忙和热闹。他们的见面就隐没在嘈杂之中。

桃源风水格，是永安进入玉田的第一站。这里山高林密，渺无人烟。永德大公路从山间林里穿过。要是富裕人家抬着轿子走过这里，一定会忍不住下轿走起路来，欣赏一下翠绿的山林或者补充一下新鲜的空气。而对于一辆省府的车子来说，这是一个十分危险的地段。

林民预先到了桃源，要求乡长肖展春全力做好迎接和保卫工作。肖乡长把队伍带到了风水格，沿路布置了暗哨，严加防范。张立隆侦察到了县府部队的动向，立即向特委报告，特委决定还是要坚决袭击省府车辆。

车辆，悠然从岭头方向缓缓驶来。初夏，林间的风依旧凉爽。层叠的鸟鸣，让人身心放松。

突然，风水格的树林里响起一阵密集的枪声。肖展春派来的迎接和保卫的人，都被打翻了。埋伏在翁厝坑的张立隆他们以为是石有才的人已经动手了。但是听到过于密集的枪声感觉不对，即使有一个班的兵力护送，也不至于如此激战。他觉得应该情况有变，这事会不会是一个圈套，或者情报不准确。他在担心林老板儿子的生命安全，真要是出事，水莲可就愧疚一辈子，建华厂也可能因此关门。正犹豫着，只见车辆已经缓缓开到翁厝坑。张立隆吃了一惊，他看见林民带着队伍押送着车辆。眼前的景象，不得不让张立隆紧张。林民半路杀出来，那就意味着石有才已经失手了。车辆渐行渐近，林民的人马竟有五六十人。这个新情况告诉张立隆，事情很复杂，林民似乎事先已经做了准备，不好对付，不可轻易动手。

这时，从车辆左侧的山头上又响起了密集的枪声，林民的人马立刻乱了方寸，被打死十几个。车辆停了下来，司机开门落荒而逃，随后又有两人从右侧车门逃出去。张立隆看得真切，没有见到林老板的儿子。随即，林民组织队伍反击。张立隆认为时机已到，迅速组织队员从公路右侧林中移动，进入林民人马的身后，发动攻击。一时，林民受到两面夹击，损兵折将，慌了手脚，赶紧下令撤退，仓皇逃回桃源乡。张立隆和石有才趁势从两侧包围下来，成功拦击了车辆，并从车上缴获了一百多万元的法币和大量的军用物资。

张立隆问："林老板儿子呢？"石有才说："我发现林民带着人埋伏在风水格，而风水格还有肖展春的人马在护卫。这两股人马一明一暗，让人不解。我怀疑林民有坏心，担心坏了林老板儿子的性命，就提前到岭头坡假装建华厂的人，先行接走，现在已经从赤头坂方向去玉田了。"张立隆这才放了心，他断定林民是想借护卫之名杀了林老板的儿子，然后假借劫匪名义，甚至嫁祸于地下党，推脱责任，以报筹集经费遭拒之恨。张立隆对石有才说，国家哪有希望，养着这些公报私仇的人，狼心狗肺的家伙！

事情已经了结，得赶紧离开翁厝坑。石有才说沿路都是肖展春的人死在护卫的岗位上，还是走赤头坂吧。张立隆劝石有才一起回玉田。石有才拒绝，并摘下身上挂的从前邓老爷送的佛珠，请张立隆还给怀振兴。张立隆问，为何？石有才说，邓老爷相赠佛珠，是希望他将来有出息，如今想来有愧，所以还赠。张立隆说，怀村长对邓老爷可谓恨之入骨，不会稀罕这个东西。听说了永宁堡的遭遇，石有才也是长吁短叹，觉得开头的路子走错了，离家就越来越远。

得知怀一北回黄石把怀老爷和石老爷烧死在堡里，父亲为了寻找自己，客死在县城，石有才更是哽咽，从前自己心中的偶像，竟然就是杀亲之仇人，自己走后石家发生了如此让人肝裂的事情。他说："姑丈，水莲对我说过，你过得比我值，她说得对。请你回去转告水莲，转告黄石人，石有才已经死了。"张立隆说："你要好好活着，其实如今世道也无所谓走对还是走错路子。关键是明天你要为谁去打战？当土匪怎么了？弃暗投明，幡然醒悟，明天你就可以是我们的战士。有才，把你的队伍带过来，我们欢迎你。"石有才说："难啊，省府已经把山上的部队收编了，成立燕江大队，不久就要进城去了。姑丈，别说太多，我们命中注定不是同路人，劝不回了，如今我的牵绊多了。这个佛珠，村长不要，那就转交给职校的林瑞吧。"张立隆问："为什么要交给林瑞？"石有才说："她是德化头哥的女儿，我也纳闷她怎么到了玉田职校去读书？上回，我回玉田烧了田一丹的家，在龙兴殿被她看见过，因为有事，那次不敢和她说话。不怕你见笑，第一次到德化贩布，见到的就是她，德化林友四的千金，结果被她父亲审讯了一顿。"

张立隆打断了石有才的话题说："队伍带不过来，你回来。职校就要迁回集美去了，你想见她，恐怕也找不到她了。"石有才一脸茫然。张立隆借机又开导他："我理解你的心思，这串佛珠代表你的心想回到玉田，我想还是把它送给郭凤吧。毕竟她是你的老婆，为你生儿育女。即便此生无缘相守，也是有过一段快乐的日子，留个纪念，你不会反对吧？"石有才说："好。"但他没有一句话问及郭凤、郭先生和石有旺等人的事，只说姑丈赶紧走吧，迟了县府的人肯定会回来追你的。

特委首长指示，大队人马继续往永安方向挺进。张立隆绕道回了九漈。

劫车的事件震动很大，钟达钧雷霆震怒，他立即召集特种会报制定加大"清剿"力度的方案，下死命令要把钱财和弹药夺回来。林民说，劫车事件反映出共产党和土匪勾结的迹象，据他调查，劫车的土匪和黄石有关，而共产党也和黄石有关。他要求出兵对黄石以及和黄石有关的人进行彻查。

钟达钧问，可有证据？

林民说他的特务科掌握到，青水的二当家是黄石人，而九漈的地下党头子是黄石的女婿，在职校还有一名学生地下党也是黄石人，在县城他们开了席草行，作为联络地点。还有建华火柴厂的人，把消息透露给共产党。"我们似乎生存在土匪与共产党的包围圈里面，你说这局面，怎么对得起上峰的关切。我想要腾出精力消灭武陵方面的林蕃势力，首先要把东边的事了结清楚。"

林民把席草行和泉州商人的关系隐藏了，他想这一条可是生钱的好路子，不能被别人占了去。

田一丹反映，九漈村迁移仙峰村的工作受阻，难以进展，主要原因是九漈离仙峰很近，白天去了仙峰，因为临时没有住房和田地，农民整日骂骂咧咧，到了夜晚就都跑回九漈去了。九漈村山沟沟的，村民住居十分分散，再召集这些农民又要花费许多时间。至于黄石，清洗过一次，十几个红顽分子都已经跑到永春去了，如今算是平定。职校的事，如今学校已经迁回厦门集美，那些地下党不可能再单独留下来，算是自然解决了。

钟达钧说："东边的事是小事，却牵扯了许多精力，请特务科和军事科再次组织力量进行'清剿'。重点放在九漈，那个张立隆一定要抓到。九漈的村民不听话，是你们没有安排好事情给他们做，请他们轮流在仙峰架和九漈岭值守吧，分班轮流，叫翁道悦部派人监督，胆敢违抗私自跑回九漈的，格杀勿论。我听说有个老师，要特别注意，也把他抓去值守，有事做，就不会天天教书，灌输红色思想了。至于县城的联络地点，好办，管它是不是，捣毁了就是。"

林民趁机说："建华厂也有地下党，不如一起端了。"

钟达钧说："财政科的来报告，最近部队进驻县城，市民害怕，关了不少店铺，影响了收入，打战没有钱不行，对工商业老板只要盯紧了，把他的钱掏出来就行，不要把有钱人都赶跑了，我们吃屎喝尿吗？另外，省府要求给十八岁的公民填发国民身份证，对全县所有的成年人进行一次排查，对可疑分子先捕再审，像鸭子捞虾一样，一个不漏地搞清楚。那个林鸿，要弄回来，省府调查室易主任已经同意，找肖展春、林达光他们来对质，把共产党的线索一条条给我找出来，把他们的共产党罪证一条条坐实喽。"

特务队再次袭击黄石村之前，水莲已经把大部分的夏布和草席以及原料转移到尤床。黄石的席坊、麻坊被特务队一把火烧个精光。怀家的铳楼被掀去屋顶，挖去一半的土墙，石义堡也被烧毁。郭凤因为是小学的老师，被抓去县城参加县府的"清剿"训练。九漈已是没有人烟。为了防止村民跑回去，所有的房屋都被烧毁。李家大院被翁部占据，成了匪窝。

林老板没有想到马仔会是这样来到玉田。阮大六他们把马仔秘密送到建华厂，让父子相见。马仔似乎意识到自己的此行，被许多人利用了。他详细地和父亲说了途中的事。阮大六也把风水格的事情经过简单说了。林老板明白特务科要借机报复，还好有九漈游击队暗中保护，让马仔安全到达。到了玉田，马仔要见尤溪妈，林老板便带着他去。走到东街，马仔发现有人跟踪，便想是不是会危及尤溪妈的安全，他对父亲说，县城复杂，就不去看尤溪妈了。林老板也发现情况，便和马仔折向南街，转了几个店铺之后，立即回厂。林老板猜测，劫车之事肯定还有后续的麻烦，就带着马仔立即动身前往泉州，再折回福州。

特务队果然派人进了厂区，直接要抓林老板。工人们说老板回福州了。林民大为光火，下令烧了火柴厂。一片大火，熊熊燃烧。县府组织了人来救火，因为火势大，无法靠近，杯盆点滴的水也扑不灭干燥易燃的火柴料。事后，林民却编造一个工人不慎失火的理由搪塞了上级。

军事科三天两头来席草行催促草席和夏布的事。水莲说正在准备，不过现在看来是完不成任务了。她说县府的人把黄石的席坊、麻坊以及原料都烧了，无米之炊，谁还能完成任务呢？田一丹把情况报告了"剿总"。钟达钧说："做不出来，就花钱去买。你是军事科长，你要能晓之以理，现在省府要求三个月消灭玉田境内的共产党，全县上下都要出力，不出力者就是共产党，给她说清楚了，完不成任务，就当共产党处置。"

两天后，郑班善来报，水莲的席草行和卢迪工的中药行都关门了。林民和田一丹赶紧组织人马到前街，果然关门，却看见门上有告示：近日出门去买草席、夏布。落款：国民党员，陈水莲、卢迪工。林民问："啥时候，他们成了党国的人了？"

田一丹想起陈秉德为了选执委虚假发展党员的事情，那些表格还是自己提供的。田一丹对专员说："还不是党部选举时，派系斗争，斗出一大堆的党员来。不过，除了像专员您这有坚定信仰的党员栋梁外，别的连自己是不是党员都不知道。她这么落款，啥意思呢？"林民说："管她啥意思？就当她是党国的人，时限到了，再作打算，该咋办就咋办。"

一时撤了人马。

期限到了，草席和夏布没有交上来，甚至连人都没见着。林民下令把水莲和卢迪工抓了。一队人马再次到了前街，依然是那张告示，他们这才知道中了缓兵之计，水莲和卢迪工已经金蝉脱壳了。林民那是心知肚明，但面对逃跑的两个人，他还是觉得有点后悔，他虽然早就知道这个行铺是个窝点，更是地下党的财政来源，但总是心存私心，未能及时下手，斩草除根。

下午的阳光照着前街，空荡的样子，让人心寒。林民本想把席草行给烧了，郑班善劝说烧了也是无益，不如留着，兴许还会让主人有念想，说不定哪天就回来撞在我们的枪口上。林民觉得也是道理，便没有点火，况且他刚把建华厂给点了，频繁烧火，恐怕给对手落了把柄。他俩相视一笑，收了兵回县府去了。

钟达钧忙里偷闲去了自己亲自策划出来的"宫曲院"淫乐。这个"宫曲院"就是一处妓院。县城原本是没有这些龌龊之地，这是钟达钧想出"清剿"的点子，把各乡地下党员的老婆、女儿以及亲人的女眷统统集中在一起，百多号人，取了"宫曲院"的名，供人玩乐。钟达钧还叫电站给院子牵了电灯，日夜无眠地开放。

石路生的剃头铺和陈四八的裁缝铺就在这个院子的对街，他们时常可以看见县府的官员进出这个院子。理发的顾客更是经常说起对门里边的事情，都说可怜了这些地下党的老婆儿女。地下党不好当，他们的妻女更难当啊。这县府真是邪门，昧了良心，枪对枪干不过，竟然拿女人下手，干这些又肮脏又不仁道的勾当。

一天下午，剃头铺来了一个胡里邋遢的男人，戴着破斗笠，说是要剃头。石路生看了嫌肮脏，便说先洗洗头。那人脱了斗笠，石路生吃了一惊，竟然是阮大六。石路生赶紧把人让到内间，问阮大六，你怎么来了？阮大六朝对门努努嘴，石路生就明白了。阮大六如今是党员了，此番光临剃头铺，肯定和对街的院子有关。石路生朝二楼努嘴，低声告诉阮大六上二楼看得更清楚。他随手把铺门关紧了，领着阮大六上楼去。阮大六朝石路生竖起大拇指，表扬他的悟性。

看了半天，阮大六说要借铺子的二楼用一用。石路生说，要是杀人，那可不成，太危险了。阮大六说："只杀一个人，最好是当大官的，杀死一个，就没人敢来对门折腾女人了。这叫杀鸡儆猴，懂吗？我们没办法救出所有人，就只有这个办法让这些同志的妻女们少受苦了。"

石路生觉得是个理，就说："你好好选个门缝，既然出手，就多杀他两个。不论什么党，折磨女人孩子的都不是好党。这世道，除了你们还想到要救她们出去，还有谁可怜她们呢！"阮大六说："我本来想法很简单，以其人之道还治其人之身，抓几个当官的老婆，也卖到妓院去，可我们立隆队长硬是说不行，在女人孩子的问题上，没有党不党的问题，她们都是弱者，不得拿她们以牙还牙。哎，就拿恶贯满盈的人问罪吧，就怕没有运气碰上，要不我想把这些畜生都杀了。"石路生问："你现在是在张立隆那里做事？当上官了？"阮大六说："我是黄石防卫队的队长，从前我以为是官，但是跟了张立隆到了九漈，才知道不是官，大家都是同志，一样大。"

阮大六说完就后悔，自己在石路生面前，还是有自夸的得意劲。他赶紧告诫石路生自己说多了，你可要念在从前我给你带老婆回去的功劳上，把嘴封紧来，别跟人说了。石路生说，你放心，怎么说我们也是黄石人，水莲把我带到城里来，眼界宽多了，我不会害你的。石路生又转了话题问："你还看天气吗？"阮大六说："不看了，现在黄石被官匪搅得不得安宁，田地里不长粮食、席草和苎麻了，天气好坏也无所谓了。前些天，县府还派人去把怀家石家的席坊、麻坊都烧了。真是黑心肝的人，这还让不让人活呢。"

正说着话，已是傍晚，西边的太阳把白岩山的影子压过来，南门街开始暗下来。这时，对门院子前来了一拨人。阮大六问，路生你认得那是什么人？石路生从窗后望去，是专员林民，他认得，专员来过铺里剃头，而且从来不付钱。阮大六说，铺子有后门吗？石路生明白意思，就说，从后窗跳下去直通护城河，护城河又直通金溪河，你做完事就往河道跑出去，夜色会帮助你的。石路生下楼来，打烊，关了门，上街去。

不久，只听"嘭"的一声，那边林民应声倒下。一时街道纷乱起来，随行的特务队几个赶紧抬专员去卫生院，另外几个也不知道这发子弹是从哪个方向打来的，就朝天胡乱开枪。

林专员死了。那一枪从后脑勺进去，斜穿鼻凹处出，致命的一击。林专员死了，"剿总"急了，便四处抓人，白天在马路岭一带时常听见枪毙人的枪声。钟达钧下令通缉卢迪工和水莲他们，并把席草行和中药铺烧了。一时火光四起，连体的前街木楼成片地被烧毁。林专员一毙命，好长一段时间，官员都不来这个"宫曲院"了。

在桃源、汤泉、三民等地，大批的地下党、交通员、接头户被捕。特委的领导牺牲了好几个。钟达钧觉得"清剿"工作初见成效。但是省府给他的三个月的期限快到了，还是没有见到中共特委的林蕃。他下令把"宫曲院"里的人每天杀一个，逼着游击队头目出来受降。

马路岭的刑场，弥漫着令人悚惧的血腥味。

一天夜里，"剿总"办公室的电灯突然暗了。钟达钧大惊，以为又是游击队潜入县城和电站配合联手搞什么行动。他立即命令保安队到金溪电站，抓捕郑冠中。可是到了电站，却不见人。问了值夜的人，才知道是水渠崩塌了，电机停转，自然就没电了。保安队要求赶紧抢修，值夜人说郑冠中回老家桂坑搞电站去了，他这个专家不在，没有人懂得怎么修、怎么开，再说电站也快倒闭了，没有人要交电费，值夜的员工趁机发了牢骚，说县府欠得最多，也没有钱修缮。郑班善来报告说，电站之事，是两个小鬼搞的鬼，夜里把菜坂洋段的水渠挖开，停水断电。这两个小鬼是水莲的儿子和他收养的土匪的儿子，现在寄在均小的郭老师家里。钟达钧立即下令把郭老师和两个小鬼抓进来，并张贴布告，引诱水莲前来解救，相机抓了。

俩小鬼没抓到。

龙逢春和怀良富十分后悔，自己的行为让郭先生进了监狱。

郭先生是自己走进监狱的，他很从容，进监狱时，还带上纸笔。警察局要他说出小鬼和水莲的去向。郭先生说："水莲去哪里我不知道。俩小孩不懂事，给县府添麻烦，还请手下留情，不过孩子怕了跑掉，现在也不知道在哪儿。如果可以替孩子受罚，那就请警察动手吧。如果还要枪毙我，那我还有一个请求，等我把《玉田志》完稿了再执行。"黄局长听了这些事，气愤不已，随即下令把他的纸笔没收撕毁了。

龙逢春和怀良富还没有想到用什么办法救先生。龙逢春说，我认得永春的路，我们去找游击队。怀良富表示同意，因为眼下实在没有别的人可以救先生了。

苏队长接见了两个孩子，说了事情。几天下来，两人都饿坏了。苏队长招待他们吃饭时，怀良富看见怀有福进来，便觉得害怕，低着头。怀有福也看见他们俩了，这两人都是让怀有福心头容易引起不快的影子。他严肃地问："你们来这里做什么？"苏队长说："先吃饭再说。"然后把怀有福拉到厅外去。怀良富听到外头声音渐渐大起来。苏队长吩咐遇事要冷静，怀有福说我要去救先生，他可是我的老师啊。怀良富一时觉得这个让他害怕的父亲其实也是很勇敢，心生几分亲近和敬佩。

苏队长决定叫怀有福立即到尤床半山区找张立隆想办法，他对玉田的情况比较熟悉，特别吩咐怀有福千万不可轻举妄动，避免无谓的牺牲，不能因为自己的鲁莽和冲动害了郭先生。

第四节　宫曲院

　　黄启文回信了，说在泉州已经找好铺子，到泉州的黄家村找黄三斗叔叔。林瑞想把这事告诉水莲，但是情况变化太快，水莲已经离开玉田，前街的席草行也被烧毁了。那个一直想对黄启文下毒手的林专员也被打死了，县城一时笼罩在恐怖之中。林瑞想去均小找郭先生，因为在县城她认识的人就剩下郭先生了，可是她马上得知郭先生也被抓了。林瑞意识到这样下去自己也会很危险，在东街口已经感觉到有人在跟踪她。于是她决定在学校回迁之前，再去黄石一趟，把水莲的事情办结了。

　　黄石也是一片狼藉，田地大多都抛了荒，全然没有乡村的景象。在村头，她遇见正在值守的乡职员和几个老师。值守的人拦住盘问，林瑞身上的信被他们搜出来。值守的人如获至宝，赶紧把林瑞绑了，说要送到县府去。郭凤也在值守，看见一个女人被绑，出来一看，竟是林瑞，赶忙前来劝解，问什么事。同值守的说，她身上的信件有县府通缉的水莲的消息。郭凤问，水莲在哪里？值守说，从信中内容看是在泉州黄家。林瑞觉得事已至此，赶紧把郭先生被捕的事说了。郭凤一时呆了，没了主意。

　　林瑞被抓进了监狱。

　　郭凤平稳了情绪，就悄悄把林瑞来黄石送信、水莲在泉州黄家以及林瑞被抓的事告诉怀振兴。怀振兴得知事情，想了一夜，决定叫怀玉龙去尤床半山把事情向张立隆报告，自己去了县城，找到职校，想把林瑞被抓的事告诉学校，请学校出面解救。

　　张立隆得知一系列的事情后，赶紧派人到泉州，找到黄家和水莲，要他们做好准备，以防不测。黄家人说，不怕，你们上府的人还不至于敢把手伸到泉州来，不过有备无患，顶多这段时间我们不开张。集美职校得知自己的学生被抓，校长亲自出面找县府要人。李县长说："最近'清剿'工作如火如荼，是抓了许多赤色分子，但是没有听说抓了职校的学生。明人不做暗事，校长爱生如子，不信可以到监狱去认领，有你职校的学生，可以直接带回去。"

校长真是去了监狱，没有认到林瑞同学。其实，郑班善早已防备职校利用与省府的关系要人，直接把林瑞投进"宫曲院"藏起来。郑班善想把林瑞献给钟达钧，钟达钧却因林专员的死没了兴趣。他问，这个女人是什么情况？郑班善说，这个女生外表漂亮，性格看起来有点烈。钟达钧喝住，骂郑班善都钻到女人裤裆里去了。

郑班善明白，就说这女生是从泉州来的，和黄石的人走得近，最近被云林乡抓来，从身上搜出信件，有通缉犯水莲的去向，说明这个女生是通匪的。黄石的这个锁医、席草行的老板，从玉田跑到泉州去了，这一跑，本身就证明她心虚，她是地下党。钟达钧说，泉州，鞭长莫及。先把职校的女子关着吧，免得被校方发现。这么一交代，郑班善心里明白钟某对这个女生迟早要上心的。

关于郭先生和林瑞被抓的事，张立隆构思了几个方案，都觉得不妥，主要是怕一有动静，县府就会提早杀人。再说县府的意图主要是要引出地下党去钻套，所以他要怀有福他们冷静，只好让先生多受一段苦。他说再派阮大六去县城探听一些情况。

怀有福心情难以平静，先生在上美读书时对他的关心历历在目。自己打小坎坷的经历，让他脑袋膨胀得要爆炸，内心说不出的气愤和无奈，似乎要点燃这半个月来的每个夜晚。

阮大六从石路生那里得知最近院里又送来一个阿赛（姑娘），像个学生，心想肯定是职校的那个林瑞了。他问最近有没有人再进院子。石路生说，没有，你那一枪把那些男人的棒子都打趴下了。阮大六很得意，坐下来安稳地让石路生剃了个头。修了边幅，石路生说，咱们阮大队长照照镜子，也是精神帅气得不得了。阮大六伸手捂住石路生的嘴，惊得石路生直晃脑袋瓜子。

得知林瑞被关在"宫曲院"，张立隆便有了主意。他写了信叫人送到尊美林友四那里。

林友四得信，将信将疑。不过，他还是感到高兴，自己的女儿这么多年总算有消息了，没想到就在隔壁的玉田县，而且还进了学校读书。眼下女儿的遭遇，对他来说自然不是大问题。只是他担心有人要害他，于是便派了两拨人到玉田，一个排，化装成生意人和地痞无赖，溜到玉田县城，趁夜色进入"宫曲院"。林友四吩咐不可寻乐子，把小姐救出来，立即返身。若是被写信人下套，打枪为号，另一路人马接应出城。

当夜凌晨，林瑞穿上了男人的衣服，大摇大摆地出了院门。

院里的值守第二天送饭时，才发现一个重要的女人没了，赶紧去报告。郑班善得知情况赶来"宫曲院"，四处查看，都没有逃跑的痕迹，却在屋顶的横梁上发现一把刀带着一张纸。拿下来一看，知道这女子原来是德化土匪的千金，郑心里暗暗庆幸，跑就跑了，送走一个瘟神，比什么都强。郑班善给钟达钧报告了林瑞被劫走的事。钟达钧随口就大骂郑班善是猪，这样的女人还要献给他，明摆着要他去送死。他警告郑班善对共产党的情况要摸得一清二楚，要不然就是给自己挖陷阱，他要求特务队要抓大事，不要在这些狗狗猫猫身上费劲。钟某的一顿责骂，让郑班善感觉到什么是油滑、什么是不要脸、什么是当官的嘴脸。

林瑞出了县城，随父亲的手下飞奔到了下桥庙，却不想就这么走了。林瑞向接她的人提出自己暂时不回德化，因为还要上学读书。手下人拗着不让，林瑞说也不为难他们，写了封信，说过一段时间，学校放寒假了就回家，这些年的事回家再向父亲坦白。拿了信，手下人便无奈放了林瑞，然后各自去了。

怀有福最终瞒过张立隆，独自来到县城，他决意想以自己去坐牢换郭先生出来。进了南门，县城热闹非凡，街上人头攒动。怀有福问了人，才知道日本无条件投降了，群众上街庆祝中国抗日战争的胜利。东街口以内，初中、均小门口不断响起鞭炮声。接着，学生游行队伍开了出来。怀有福想，这不是放假了吗，怎么还有这么多的学生？回头想学生是为了庆祝胜利的事专门组织的。这日本鬼子都投降了，日子该会安定了吧。

游行队伍开到县府门前，警察却出来要强制遣散学生，说目前抗战是胜利了，但是土匪还很猖獗，游行队伍这么一闹，会给匪徒可乘之机。一时，队伍和军警对峙起来，越来越多的群众加入到队伍中，职校的学生也从玉田方向走来。这形势看起来，群众都高兴，就是县府不高兴，憋着一张脸给老百姓难看。警察局黄局长有点心慌，下令军警强行阻止学生前进，却引发了冲突。军警的枪口终于忍不住冒烟了，几个学生倒在血泊中。老师见到这种情景，便疏导学生回校，避免无谓的牺牲。怀有福躲在前街口，看到学生被打死，本想拔枪撂倒几个警察，却想若是把警察打死了，县府又会把这事加罪到地下党身上，倒打一耙，打死学生变成是合法的，不能因为自己的一时冲动，坏了大局。

怀有福走进了特务科。他自我介绍说是黄石的怀有福，席草行老板水莲的丈夫，他自愿来替换郭先生坐牢。郑班善听了，哈哈笑起来，甚至这事让他觉得兴奋，竟然有这等人想和县府开玩笑，有替父从军、替人行孝，还没有听说可以替人坐牢的。郑自然是二话没说，得来全不费工夫的人，被特务科扔进了监狱。

怀有福说，郭先生可以出去了。郑班善说，你开玩笑，是共产党一个不漏，统统关起来。怀有福说，那好，我也不后悔，我想和郭先生关在一起，总可以吧。郑班善说，念你一片孝心，准。

怀有福的到来，让郭先生伤心至极。当知道怀有福自己走进监狱想来替换先生出去，郭先生一巴掌打了他，痛骂怀有福白读几年书，竟然这么幼稚，拿盲目冲动的孝心来折年轻人的前途。一个老人，蹲在监狱能如何？不就是死吗？老了也是要死的。而年轻人还有妻小，日子还长着，家庭、国家都需要，对社会都有用处，怎么就不懂得想想呢！怀有福握着先生的手说："先生，我来陪你，谁叫你是我的先生呢！我打小文弱，是先生你照着我的身体、生活和学习。"

两人相拥落泪。

郭先生向看守要纸笔墨水，郑班善也准了，并交代好好写，把共产党的情况写清楚。但是郭先生却是写起黄石的稼穑之事、云林和县城的教育之事。他本来想写玉田的志书，因为日机轰炸，把藏在文庙的志书、经书都烧毁了，要是能把这些马上要消失的文字尽量捡回来，也是一件善事。但是如今身陷囹圄，志书是写不成了。坐在牢中，只能写点自己熟悉的事情，比如席草、草席、苎麻、夏布，比如学校等等。最终先生想到水莲的锁病医术，这种民间的方子流传都是口头相授，容易失传，便萌发写锁病方子歌，受益于大众。可是，这事还得找水莲，一时难以写成。要想做点流传后代的事，得有一张清静的书桌。在狱中，一切都是妄想了。

监狱的大门像一张饥饿的大嘴，不停有人被抓进来。进来的人大都是遍体鳞伤，要躺三五天才能说话，等到神志清醒一些，又被抓出去审讯，甚至杀头去了。

林蕃的父亲也进来了。这事是特务队的人说的，他们把林蕃父亲进监狱的事拿来教育其他监狱里的人："你们算什么，你看林蕃的父亲都跑不了。"林壮谦被折腾得十分虚弱，却坚持不吃饭不喝水。狱友们看不过去，都来劝他，但是无效。不出七天，林壮谦就绝食而亡。生命是多么可贵啊，若是遇上天灾人祸死了，那是命，而这林老前辈，明知山有虎偏向虎山行的自绝行为，让人震撼，他仅仅是为了儿子吗？

林壮谦的英勇，让郭先生理解了怀有福的傻气。郭先生每天都要面对生生死死的事，心绪凌乱，一段时间下来，拿起笔就觉得心头堵得厉害，干脆把纸笔扔了，专心致志地蹲起监狱。有时候，他觉得自己的心越来越硬，面对狱中人的死，感觉越来越淡，甚至觉得自己也可以去死了，仿佛活着的人，都是贪生怕死之人。

不久，因为"清剿"不力，加上职校、初中、均小上书省府控告军警打死学生破坏庆祝抗战胜利之事，钟达钧和李县长终于被双双解职。省府又派省保安第八团罗尚任总指挥，继续追杀闽中地下党。林民生前对水莲的调查材料，被郑班善弄到手了。他想为什么这么大的事，专员没有摆出来说呢？这其中一定有文章。郑班善想了好几天，终于想明白了专员的良苦用心。他甚至觉得自己现在好聪明，变得越来越聪明，这脑子真像是一把刀，越磨越利，为什么从前就没有想到呢？回想田一丹几次明里暗里要救水莲和怀有福，原来也都是要手段，肯定捞了不少油水。于是，他决定，自己也要从狱中的两个人身上熬出一点东西来。从地下党、商人、穷人身上熬出来的油水，那是自己的，别的所谓政治、信仰、斗争、胜负输赢，说到底与自己何干？跟谁都可以过不去，就是不能跟钱过不去，让大官去搞政治，让地下党去搞信仰，让自己来搞钱财吧。

郑班善亲自来到监狱，把怀有福提出来审讯。郑班善热情地给怀有福递水让座，这使得怀有福一时莫名其妙。郑班善说："怀家大老板，你们本是安分守己的生意人，何苦要和共产党搅在一起呢？"怀有福说："不是我们愿意，都是你们逼的。共产党怎么了，他们都是为了穷苦人能过上安稳日子着想的。不像你们……"郑班善打断怀有福的话说："你看你看，冲动了吧，才聊上一句话，就忘了遮掩，你冲动的嘴巴出卖了自己，这不承认是共产党了吗，嘿嘿。不过说不说都一样，说多了也是没有用，重要的是，我说你这次是死定了，不说共产党的罪，你知道吗？你还是汉奸！汉奸，知道吗？"

怀有福就骂："什么罪都是你们说了算，一会儿是共产党、一会儿是土匪，现在我又成了汉奸。日本人侵略中国这么多年，玉田也没有来过日本人，现在全国抗战胜利了，我却成了汉奸了？你们这些人，抗日的事不去做，专搞内乱，你们才是名副其实的汉奸卖国贼。"郑班善夸怀有福："骂得好、骂得对，骂人就是要出气，出完气，还得回到事情上来，眼下最关键的是要搞明白怀家怎么就成了汉奸？肯定地说，你们怀家都不知道，只有两个人知道这件事，一个已经见阎罗王去了，剩下一个就是我，我可以告诉你怎么回事。"怀有福又骂道："有屁就放，反正我们黄石怀家立身天地，不做卖国投降的生意。"郑班善不厌其烦地说："别冲动，说狠话是没有用的，黄石怀家的苎麻生意做得很宽，一不小心就卖给日本人了，日本人用你们的麻料做了衣服，穿在日本士兵身上，然后来打中国人。这事做得天衣无缝，但这么一绕，在汉奸的问题上，怀家脱不了干系，你还能说你不是汉奸吗？"

怀有福说："你们尽是胡说，这话绕得连你自己都不会相信。"郑班善说："你不信，我信。不过话说回来，你们也是委屈，因为你们不知道自己的生意和日本人有关，是不知不觉中当了汉奸，我告诉你，这事只有两个人知道，刚刚告诉你的，一个是死去的林专员，一个就是我了，你看是不是很妥当？"怀有福瞬间知道他说的"妥当"的意思。郑班善说："这么多年，你怀家应该赚了不少钱吧，要是县府把你当作汉奸处置，再多的钱财也是白搭，人若不在，钱有何用！我看，你给我一千现大洋，我帮你隐瞒这件事，所谓花钱买平安，钱就是这么好用。要是你觉得命不值钱，我就把这份档案送给县府、献给指挥部，明天你就可以葬身马路岭了。"

怀有福不会相信郑班善这番话的，他说，要杀便杀，不要罗织这些罪名来吓我。郑班善很有耐心地解释开导："怎么就这么一根筋，直白告诉你，那个和你做生意的童老板是个日本人，他以下府泉州人的身份与你做生意，这是林专员生前亲自到了厦门去调查了解出来的事实情况，到哪里你都无法抵赖的。林专员的特务才能无人能比，不仅夏布，你席草行还卖虬卿的楂油，这楂油可不是普通百姓的楂油，是共产党榨出来的，通过你泉州的席草行贩卖，赚钱买武器，搞地下工作，通共的事实也是确凿的。你看，一边通日当汉奸，一边通共当内奸，商人的立场全都站错了，错得一塌糊涂，无论哪一条，那都是罪不可赦。不过，在我眼里，罪是你的罪，轻或者是重，有或者是没有，那才是我的事，哈哈，是我的本事。"

怀有福经这么一说，就有了几分相信，心想日本人这事要是真的，真是错误大了。但是这也难怪水莲，她怎么会知道童老板这么秘密的身份呢？做生意又不是搞特务工作，她还以为童老板是地下党呢。怀有福说，那你把童老板抓来对质，要是真的，我愿意把这些年从日本人那里赚的钱全部献出来。郑班善说："你还是死脑筋，没有明白我的意思，你我无冤无仇，我只是有点私心想从你家弄点钱。我做的生意就是与你的这种交易，我可没有叫你把钱献给县府，钱给县府，那叫你人财两空。再说，抓日本人那么容易，他又不是你儿子啊。现在的童老板，也许早跑了。"

怀有福怒骂，你可真卑鄙。郑班善嘻嘻哈哈的，并不生气，他说："我卑鄙，真的，我自己都觉得自己非常卑鄙。不过如今世道，卑鄙的人比高尚的人多得多，要说我和专员他们比起来，那可是算干净做事了。你可以看不起我这个人，但请你尊重权力，权力会让你生让你死，让你应有尽有、荣华富贵，也会让你灰飞烟灭、潦倒一生，让你做冤魂屈鬼。不过，这些与你无关，你最重要的是，你要活着，活着经营老婆孩子和生意。你不是穷人，穷人不怕死是有道理的，他穷得只剩下一条命。道理这么浅，你还不明白吗？废话少说，你写封信给你老婆，我帮你送，我知道水莲在泉州，我拿了钱，你就没事。"怀有福说，我活不活倒是无所谓，你把郭先生放了。郑班善说："没问题。念你对先生的孝心，原本一人一千，现在一人五百，打个折，也算我积点德，嗯。记好了，我这个人就喜欢钱，我不要政治，信仰是你们的无聊事，懂了吗？把钱给我，你就没事。没有钱我会疯的，疯了就会杀人。虽然地下党人不怕死，但死了多可惜，死了就无法干革命了。"

郭先生一直默默听着这县府的人说话，他觉得这群人的心，已经被恶魔训练得炉火纯青了。他想起那出名剧《苏三起解》，哼了哼"越思越想越伤情，洪洞县里无好人"。怀有福受了感染，装模作样唱起了那段西皮流水："苏三离了洪洞县，将身来在大街前，未曾开言我心内惨，过往的君子听我言。哪一位去往南京转，与我那三郎把信传。言说苏三把命断，来生变犬马我当报还。人言洛阳花似锦，偏奴行来不是春。低头离了洪洞县境。"郭先生觉得怀有福的唱腔虽是外行，却也有两分哀伤和凄婉。怀有福说，苏三有冤终雪洗，与君合卺大团圆，玉田胜过洪洞县，越思越想越心伤。

日本无条件投降了，大家都觉得这下应该有好日子过了。好消息不断传来，盘踞金门、厦门的日军开始撤退。厦门日本侵略军派松本大佐到龙海石码镇洽降。日军海军少佐驹休日递交投降书。日军司令原田清一再派其代表及日本驻厦领事馆书记官往石码镇求降。省政府派省保安处严泽元赴漳洽降。与此同时，福州沿海岛屿日军亦派人到闽江口投降。到10月8日，厦门市政府下令缉捕李思贤、金馥生等十九名汉奸。但在山城玉田县，张立隆却得到一个噩耗，林蕃牺牲了。在龙门乡公所夺枪的战斗中，因为侦查不实，中了圈套，也泄露地下党游击队的踪迹和力量，特委游击队陷入敌方部队的重重包围之中。对方一帮人罗总指挥、曾文、曾伟、徐保庆等合力追击，特委的骨干人员最终都牺牲了。林蕃牺牲后，中共省委指示，玉田特委针对目前状况，继续隐蔽斗争，特委游击队人员从永安转移到南沙尤根据地，尤床游击队人员转移到永春、安溪一带，继续领导群众开展抗丁、抗粮、抗税斗争。

罗某因为有功，提拔重用了。民国三十四年，福建省政府奉令从永安迁回福州城内。战时内迁闽北、闽西北各地的大、中学校亦陆续迁回福州各校原址。集美职校年底迁回厦门。

一时，玉田也安静下来。

"清剿"部队走了，街道的店铺渐次开门营业。

曾雅茹通过田一丹帮忙，花钱重新买了地，在被烧毁的黄石席草行的宅基地上盖起一座舒适的小楼。田一丹说："我们县府的人都在减薪水，你还有钱盖房子，你可得小心。"曾雅茹说："我用我自己的钱，关别人什么事？"田一丹告诫说："也不知道怎么回事，共产党被赶走了，米价却来了，你整日吃斋，不知道市场米贵，现在每石大米要法币八千四百元，这哪吃得起啊。关别人什么事？就怕别人嫉妒你，来抢你的吃喝。"曾雅茹说："你都叫苦，那人家怎么办？"田一丹说："真不知道怎么办，往后肯定要饿死人的。"

曾雅茹看了日子，请人题写了楼名，依然叫"素雅楼"。她听了田一丹的提醒，就简单挂了牌子，放了一串鞭炮。不料，鞭炮声却引来大批的人，要来吃点"豆饭团""爆米花"，还等着主人施舍钱米。一群饥饿的人，目光呆滞却充满渴望，静悄悄地等着，这场面令曾雅茹不知所措，她索性赶忙把门关了。结果这一关，把这一群人的失望和渴望引爆成愤怒。愤怒引领着他们粗粝的力量冲进素雅楼，把吃的、穿的和那个下半辈子的钱盒子抢了个精光。等田一丹带着人马前来解围时，素雅楼已经被洗劫一空了。曾雅茹披头散发坐在门槛上伤心哭号着，几只掉毛的鸡，围着她身边，啄起散落在地上的米粒，看起来很是欢畅。

郭先生和怀有福很安静地蹲着大狱，好像县府已经把他们忘记了似的。他俩整日就是说着云林、黄石的人和事，因为郭先生只想说云林和黄石的人和事。从上美小学、老爷、村长、怀一北、卓越颖、怀一民、石一方以及黄石的女人们，有时是郭凤、水莲和怀招娣，每天都得说起，有点乐此不疲的样子。听着听着，怀有福觉得黄石就剩下女人了，这样怀有福就想落泪，黄石的男人到底怎么了，竟让女人遭受苦命的日子。

郭先生说自己年纪大了，回头想一想这一辈子，和黄石真是有缘，要是能从监狱里活着出去，他想为黄石立志，书名叫《黄石稼穑记》，说完就朗诵起《诗经·小雅·大田》一诗："大田多稼，既种既戒，既备乃事。以我覃耜，俶载南亩。播厥百谷，既庭且硕，曾孙是若。既方既皂，既坚既好，不稂不莠。去其螟螣，及其蟊贼，无害我田稚。田祖有神，秉畀炎火。有渰萋萋，兴雨祈祈。雨我公田，遂及我私。彼有不获稚，此有不敛穧，彼有遗秉，此有滞穗，伊寡妇之利。曾孙来止，以其妇子。馌彼南亩，田畯至喜。来方禋祀，以其骍黑，与其黍稷。以享以祀，以介景福。"

怀有福问："玉田和这诗有关吗？"郭先生说："无关。只是稼穑之事，天下都一样，周王督察秋季收获，因'省敛'而祈求今后更大的福祉，这是多好的王啊。这段时间蹲在监狱里，想起《史记》记载'后稷稼穑'的故事，才知道'稼穑'的意义，田禾大熟、五谷丰登，这些幸福的景象都是这个后稷教出来的，他是百姓的父母啊。由此，我想到你黄石的两位老爷，他们终生躬耕陇亩，伺候苎麻和席草，创出一片天地，成仁义之身，是稼穑使然啊。想脱离稼穑、四处奔走之人，最终都未能成就。田禾大熟、五谷丰登，这是美好、饱满的词语，让人放心和渴望的景象，每年黄石元宵舞龙，每家每户的龙节上都写着这句吉祥语，还有'一年光彩、四季平安''一元复始，万象更新''龙游大海，六畜兴旺'等，写的其实都是现实的年景，可是这些好年景，都被坏人给毁了。"

怀有福明白先生这是有感而发，他说，先生所言极是，但是也未必就是稼穑之人才能成就，如今世道，能够抗争之人，才能安于稼穑，成就一生。郭先生以为怀有福说得对。

不日，新来了一位犯人，进来的时候，不停地喊着："玉田亡矣！玉田亡矣！"听起来，来人像是一位爱国者，对玉田的生死存亡记挂在心，细细打听却是一位风水先生，因为四处给人说县府的风水出问题了，就被告状造谣生事抓进来了。郭先生也是学过堪舆的，对这类人自然天生亲近，两人很快就聊起来。

郭先生问，玉田如何亡矣？那堪舆先生说："县府前些日在四海寨下又建监狱，为了一处监狱，把凤凰蛋形的风水破坏了。蛋壳破了，蛋就烂了，没有生命力，不可能再孵出小鸡来了，更不用说凤凰了。你说玉田岂不亡矣！又可惜动土不看吉时，中轴偏了西北，台阶凑了双数，断了传承，没了本地的主心骨，注定县府的风水不再如往日风光。我看，这一波坏了根基六十年，即便改朝换代，后世主子的德行也是被这里的风水注定了，狗屁县长不断，官司波折不断，富裕穷困交替不断，第二个六十年，若没有能人出现，玉田将被肢解，开裂的小铁块，终将被磁铁吸了去。"

怀有福听了，便说："既然蛋壳破了，那就扔了。这样黑白不分、是非颠倒，无恶不作、坏人当道，贫富不均、朱门酒肉，善恶不分、人心叵测的社会，亡了也罢，腐烂不堪的衙门亡了也罢。你这风水先生，难不成还要挽救他们？如今这凤凰不如鸡，凤凰的风水已经转空了，依我看，不如再化一个风水形状，比如小牛吃草什么的，哈哈，也许更好。"郭先生说："衙门完了是小事，一县的百姓苦了是大事。我看这堪舆先生忧的是玉田百姓的生死存亡之大事。你说对吧，先生。"那风水先生说："可惜这些官爷，目无祖宗，尽做斩根断枝的事，根本不信我说的风水问题。"怀有福说："先生，你就不要拿这些骗人了。多说好听的假话，多赚红包，岂不美哉！何苦自己身上的跳蚤不抓，却去愁着他人的痒呢！再说，如今这世道，哪里还会有好风水，你看连我们的郭先生，教书育人之辈，德高望重之长者，也可无端获罪，蹲进大监狱，可忍不可忍？"

堪舆人说："世道是国运问题，与这里的小风水无关。我看的是玉田县衙的风水，落地凤凰被鸡欺。说真话者被摁着打击，溜须拍马者被捧着发财，故曰，被鸡欺。"郭先生说："风水之好坏，当配人之德行。县府坐北朝南之地，关键看谁来主政，德正，则县富，百姓乐，反之则穷苦。"怀有福说："蹲在监狱里还忧国忧民，难得俩老先生。要是出得了这监狱的门，我想带你们去看看那边的大风水。"郭先生也说："怕是出不去了，真要是出得去，我随你去那边，享受大风水。"

堪舆先生这又念："玉田亡矣！玉田亡矣！"

天气有点反常，天降了大雨，哗啦啦的雨让人听不见说话的声音。这让怀有福想起小时候的一场大雨，也是这样暗无天日。先生和怀有福静静地对视了大半天时间，突然一股大水冲进了监狱，而且水位不断上涨，逼得两人要站立起来。先生说，天上来雨，地气上升，监狱浸水，看来玉田发水灾了。怀有福听不见先生在说什么，只是对着门外大喊，淹死人了。

没人理会，监狱值守也跑了。怀有福有一种预感，自己可以出狱了。

可是三天后，淹没到齐腰深的水退了。怀有福对先生说起这场雨似曾相识，像是小时候的一场大雨，也是这样暗无天日。郭先生说："那是清宣统三年的事了，你那时才几岁？身子骨弱，还没有上学。日子过得快，如今你都做父亲了。"怀有福说："这一路都是先生牵着、扶着、导引着。没有先生，就没有我有福的今天。"

本来想这场大雨、大水过后，是不是可以出狱了，但是他们还是被关着，而且还多了两个犯人。看新来的两人粗壮凶狠，疤痕累累，进门就大骂县府，然后问怀有福和先生，是犯什么罪进来的。先生说，无罪。那人便说，无罪进监狱，笑话，听说监狱里排资论辈，先来者做老大，后来者要孝敬。怀有福看样子觉得遇上无赖了，他说都是落难之人，不存在先后大小，最好大家都是兄弟。那人说，看样子，你们挺客气，这样吧，你们先来却不当老大，那我就不客气了，来给我敲敲背。怀有福不理睬，那人便主动过来寻事，不久就要动手打人。

郭先生来劝，年轻人，你力大如牛，却不能主宰自己，要为别人的事打人，可是昧了良心！那人听了说，你这老头，还很精明。说完就朝怀有福头部出了一拳、胸部一脚。怀有福猝不及防，一下鼻翼出血如注，躺倒在地上。先生赶忙过来护着。

那两人出狱去了。郑班善却来了，他看见怀有福的样子，便说怎么会这样？然后又凑近怀有福说，你老婆跑了，你得另外想办法，否则你就得去死。郭先生圆睁着眼对着郑班善，敲诈人的花样真不少，就是笨拙了点。郑班善邪笑着，只好这样，因为你们太能了。

郭凤来看先生，传话进来说张立隆正在筹划营救行动。先生安慰女儿，好好带好孩子，不要挂念，在监狱和在家差不多，都不得安宁。如今在监狱里，还可以和从前的学生说话聊天，心情更好，难得怀有福有此孝心，前来陪他，不枉师生一场。郭凤心底佩服父亲的豁达，蹲监狱还有心情安慰起自己来。她说，就怕时间久了，县府会对监狱里的人下毒手，听说"宫曲院"的人都被拉去杀了，护城河的水都被染红了。先生说："你赶紧回去，以后也别来了，和孩子好好过日子。有旺若是有命回家，这一辈子你就算福气了。另外，赶紧去找到水莲，给她说立马筹一千大洋送给郑班善，把怀有福救出去，越快越好。还有赶紧告诉张立隆，慎重营救，依我看是个陷阱，来救不如不来救。"

郭先生听女儿说杀人的事，就担心县府兜底清算，坏了怀有福的命。他心底真心希望年轻人都能好好活着，这样不论黄石的稼穑之事还是玉田的事业兴盛之事，都有好处。

第五节　囤积

得了父亲的嘱托，郭凤立马赶去了尤床，把特务科郑班善讹取一千大洋释放父亲和怀有福出狱的事说给张立隆。郭凤说应该把这事告诉水莲，花钱买平安，值得。张立隆想开个会商量一下，这才想起林老师已经被组织派往漳平。他叫来阮大六、石有旺他们。石有旺看见郭凤，便过去握了一下手，好久不见，他觉得心疼，媳妇瘦了不少。

阮大六分析，郑班善此举可能有诈，关进监狱的人，哪能轻易由他一人摆弄，县府爱钱的人多了去。石有旺说，破财消灾也是一个办法，我们能否把郑班善套出来，以其人之道还治其人之身，抓他的儿子抵押，让他把先生和怀有福带出来。郭凤附和说，对坏人，这样也好，让他们也尝尝亲人被抓的心痛滋味。张立隆觉得眼下也没有别的好办法，石有旺能这样想，他不反对，对敌人有时候就该以其人之道反治其人之身。这时，郭凤才把父亲慎重营救的事说了。张立隆觉得郭先生真是明目睿智，营救计划是该慎重，这样，不好太多人参与。他说："郭先生说得对，一定要慎重，我看我和阮大六去就行了，不过钱还得准备，万一用得上，就用上。这事得快，我担心县府会做清算，过去留着人质来套我们，引诱水莲他们。现在，玉田地下党主力转移了，县府可能认为人质没有意义了，所以就有人出来敲竹杠，弄点钱就了事，撕票的可能性很大。"

张立隆安排石有旺和郭凤一起去一趟泉州，找水莲借一千大洋，就说是游击队要的，不说怀有福的事，免得担心。一定不能透露消息，怕劝说不住，水莲跑回来送死。石有旺记下了。

再说，水莲下了泉州，按照怀有义的安排，开了家"上府席布行"。因为担心玉田县府的追捕，后来又换了地点，改了店名，叫"泉州商贸行"，有点隐名埋姓了，看不出和玉田有什么瓜葛。但生意惨淡，只是和童老板保持一线生意，赚了些钱。后来，她干脆不做席布，专门到龙岩、漳平等地收购苎麻料。苎麻料收多了，水莲担心遭遇不测，就租了多处仓库，小型分散，分别储藏，免得遇到把蛋放在同一个篮子里的结局。这样慢慢生意又积攒起来，勉强过着。

石有旺和郭凤的到来，让水莲很高兴。到下府，只有生意，少有亲人，看到黄石的人来，水莲赶紧放下手头的事，招待他们。怀良军长高了，水莲要他打招呼叫叔叔、婶婶。怀良军打量着，很警惕的样子，然后打了招呼。石有旺记挂心中的事，便说无事不登三宝殿，今日来，是你立隆姑丈最近手头紧，需要你借一千大洋，不知道方便不方便？水莲听了数目不小，想问做什么，但想到张立隆，就没有问出口。她说，立隆姑丈要的，肯定有大用处，拿去就是，不用说借。水莲出去吩咐老黄伯把钱取了交给石有旺，吩咐贴身放好。晚上，水莲说去馆子请饭。郭凤反对，说这大地方不熟悉，免得生出什么事，还是在家里便饭吃点，明早还得赶回去。

石有旺把钱安全带回来，张立隆就开始准备进城去。他叫石有旺顾家，自己和阮大六进城。阮大六建议，为了安全起见，还是多带几个人进城，遇到紧急情况，好有个照应。张立隆同意，这样也好，让大家和前次一样装扮成贩猪的，进城后，阮大六到石路生的铺子，请石路生去传话定下时间，午时约郑班善到赤岩寺取钱说事。然后，阮大六带几个人快速控制郑班善的家人，将其儿子送至赤岩寺。第三步，逼着郑班善带郭先生和怀有福出来寺庙将儿子换回去。

他们进了城，却发现情况有变。有人在传，这些罪犯视死如归，都唱着歌，有一个唱着京剧进了校场。石路生说，今天城南校场要枪毙人，但不知道是谁。张立隆说，糟了，赶紧召集人员赶到校场。

校场门口戒备森严，围观的群众却不多。这样不好乘乱，要进校场救人，谈何容易？张立隆赶紧叫阮大六去找郑班善。这时看守士兵走过来，吆喝着别围观。阮大六趁机说："我们是郑班善科长的乡下亲戚，不知道去哪儿找他。"几番心思之后，阮大六从县府的士兵那里得知，郑班善已经进校场了，不在家里。张立隆也壮着胆子给士兵递烟，并说想看看枪毙的场景。士兵喝道："别看，远点。"张立隆又问："都杀什么人呢？"士兵说："都是共产党。"张立隆说："据说还有均小的老师。"士兵说："那老头也是共产党，死到临头还唱着歌，一副不怕死的样子，好像谁冤枉他了。别问七问八，走开，小心自己的命。"张立隆断定，郭先生、怀有福，还有两个自己人即将牺牲。他和弟兄们必须和时间赛跑，争取赶在落刀之前，营救出来。

校场内已经响起喇叭的声音，谢县长开始说话："有四个赤色分子要被枪毙。"接下来，喇叭传来一个一个的罪状。饶金凤、林长亚、郭德益、怀有福，确确实实四个人。按照县府的说词，饶金凤、林长亚是武陵林蕃的同党，长期从事反党事业，顽固不化；怀有福被判为汉奸，串通日本商人，谋取暴利，成为玉田历史以来唯一的一个汉奸；郭德益为师不义，蛊惑人心，助纣为虐，通共叛党。大家简直不敢相信自己的耳朵，郭先生是国民党员，而怀有福竟然是汉奸。

张立隆心里说，错了。他转身去和阮大六说话。

一会儿，几个人员分成两组，阮大六带着人往校场背后去，张立隆带人装着看热闹的群众要进校场的大门。士兵开始呵斥，看见这些群众不理不睬，一个劲要进来，四个看守门口的士兵围拢过来就用枪托扎人。张立隆他们借机就把四个士兵掐了脖子，弄死在门口。一时群众呼闹起来。随即张立隆带领队员冲进校场，拔出枪朝行刑的士兵开枪。这时校场后边，阮大六也爬上高墙朝里开枪。

喇叭没了声音，但枪声四起。张立隆看见刑台上的四个人已经中弹了。他呼喊着继续往前冲杀，许多敌人倒在他的枪口下。可是阮大六已经撤退，这表明县府早有防备，劫法场是不可能了。刚才在门口，张立隆临时约定，要是遇上重兵，阮大六赶紧撤离，回尤床，把队伍带到永春去。

子弹从看台的石头上反弹回来，掉在地上，像一盘金黄的南瓜子。一块旗杆石头底座掩护着张立隆，显然他已经被火力压制住了。他想组织队员撤退，校场门口又开进一队人马。子弹更密集地飞过来，几个队员倏地匍匐在地上，跑道上扬起重重的灰尘。张立隆侧卧着，坚决还击，看一眼西边的检阅台，空荡狰狞，校场变得异常的宽大，蓝天白云之下，枪声就像过年的锣鼓，打出一阵惊心动魄。张立隆心中无穷的后悔，后悔自己没有听郭先生的话，中了计，救人心切，反而害了自己的仁兄同道。今日若能冲出包围圈，他一定得向组织检讨自己的盲目冲动。

渐渐地，锣鼓停了。张立隆觉得全身无力疲惫，眼前的蓝天也不见了……

石有旺走后，老黄伯来报，泉州黄家村抓到一个人，鬼鬼祟祟，一直打听席布行的事。后来，这人在馆子付钱时调戏女子，就被人抓了，一审才知道是个送信的密探，身上有一封信和席布行有关，是上府怀家写来的。水莲听了，心里感觉出大事了。她问什么事。老黄伯说，上府特务科要一千大洋，落款是你的丈夫怀有福。水莲知道怀有福被抓了，一时间，跌坐在椅子上。她不明白，怀有福不是在永春游击队里吗？怎么会在玉田出事被抓呢？她觉得这里边有蹊跷。她定了神问老黄伯，那个送信的在哪里。黄伯伯说，可能被送到乡公所了。水莲说赶紧去当面问清情况，我怕怀有福遭难了。送信人招了，水莲得知事情的原委，便知道石有旺来借钱是为了解救怀有福。另外，她感到不安的是，上府的特务科竟然说自己是和日本人做生意，是个汉奸。黄伯安慰说："不可能。过天把，我去问清楚一下。"水莲说："原本打算和童先生合资创办机械纺织厂，黄伯，麻烦你提前去问明一下。若真是信中所说，那就立马回来，报给乡公所。从今天起，暂停麻料供货，吩咐人赶紧到南安县城另找仓库，准备转移。"

黄伯去问了情况，回来报告说，童老板不在泉州。水莲说，你赶到厦门去问清情况。黄伯收拾一下，就去厦门。黄伯走后三天，石有旺和阮大六到了泉州水莲的商贸行，把家里的事如实相告。水莲昏死过去。怀良军掐了母亲的人中，抱她到床上躺着。水莲醒来，号不出声。

怀良军说："阿妈，我们回家去给阿叔报仇。"阮大六赶紧制止："现在回去，等于送死。如今最好的去处，是一起到永春，找苏队长去，这也是张立隆事前安排好的，这是我们最好的安身之所。另外，县府宣判时说怀有福是汉奸，和日本人做生意，这事不知道是从哪来的风？特务林民的狗鼻子很能嗅的。"水莲说，这事她也刚刚得到消息，正派人去问明，还没有结果。

水莲心里真是乱极了，她猜测自己肯定落入别人的圈套，做出见不得人的事了。之前，她还以为童老板是地下党，现在抗战都胜利了，日本鬼子都被赶回日本去了，怎么可能他还留在这做生意呢？不过，也难说，就像特务，神不知鬼不觉的，躲在什么地方，哪天就出来兴风作浪一番。只怪自己被遮了眼，看不清好坏。真是这样，怀有福是被自己给害了。

阮大六催促水莲尽快做出决定，要是情况真如特务科所说，早晚会被发现，冤枉了生命。他说，从前怀一民费尽心思做精麻，而这个童先生却大量收购麻料，这么多的料，哪个厂会吃得下？其中应该是有问题。石有旺打断阮大六的话说，别说那么多，即使是真的，也是无意的事，咱们黄石人你还不知道吗，怎么会明知还去当汉奸呢？知人知面不知心，谁能看见黑和白？再说，水莲这些年给九漈防卫队多少钱？她的心是红的，这一点走到哪里都变不了。阮大六略显尴尬，便解释说他的意思是要水莲尽快到游击队那里去，免得今后又生出许多麻烦。

石有旺赞成。可是水莲还要等待黄伯回来，她想最终证实这个事。

黄伯十天后才回到泉州。他说事情基本弄清楚，这个童先生确实是日本人，这些年他收购的麻料都用船七拐八拐运回到日本。眼下，童某死了，他的生意线路没有断，不过是政府在经营。水莲听了心里燃起一股火，一股越来越旺的火。这火光突然照亮她的脑壳，她决定把所有的麻料都烧了，从此和苎麻无关。她对黄伯说："错了，我们真是错了。我想把所有的麻料都烧了。"

黄伯很吃惊，眼前这位瘦弱的女子，乌暗的神色，让人感觉像一捆被烧焦的麻块。他说："孩子，别急，你这是遇上难事了。照我看，烧了还是解决不了问题。这次去厦门，没处找童鬼子，后来想去找怀有义，听说他被送回到南洋了。就是一场大火，才知道童鬼子是个日本人。抗战胜利了，海疆回到中国人的手里，海警控制了码头，那鬼子的货就出不去了，都囤积在仓库里。前段时间这个童鬼子不在泉州，跑到厦门去，就是要去处理这批货，据说是厦门工商人士向市府检举揭发，露了马脚，童某才赶忙要销毁货物。结果货烧了，童鬼子也葬身火海里了。咱们是中国人，不能把货这样烧了，自己亏钱不说，当下老百姓没吃没穿的，这些麻料可都是衣裳啊！再说，厦门鬼子烧麻料，泉州你水莲也烧麻料，正好给人口沫，这不是把自己往汉奸队伍上摁吗？"

怀良军听后问黄伯："那怎么办？"黄伯说："别急，走一步看一步，如今这形势让人看不懂，我想这些麻料最好的结局是变成穿在老百姓身上的衣裳。留着给老百姓，是个理。"

水莲听了黄伯的话，心里气消一半。

阮大六和石有旺要回尤床，准备转移事宜。水莲便要和他们一起回黄石。阮大六劝说暂时不能回去，一者特务科的人还在搜捕水莲，二者怀有福牺牲的事没有传回黄石，杨氏太太他们都不知道。现在张立隆、郭先生和怀有福以及武陵的革命同志的尸体已经托人妥善处理了，这时若搞什么丧事、祭奠的事，正好落入郑班善、田一丹他们的虎口。"我们后悔当初没有听先生的话，胡乱救人，结果中了圈套，失去了这么多战友亲人。"

水莲伤心无奈，除了伤心无奈，她没有别的选择。怀良军过来拉着她的手，紧紧地。她明白孩子内心已经有了仇恨的种子。这是怀有福亲生的孩子，父子连心，孩子懂得。但是水莲一时却又不愿意孩子也被卷入这些事里去，她希望孩子能简单平安地过日子，不要革命、不要杀人，最好能回到黄石，做点料理苎麻、照管麻坊的事。水莲问怀良富和龙逢春在哪。这两个孩子没有带到泉州来，如今郭先生走了，孩子让水莲牵挂了。

阮大六说，他们去了永春福鼎，苏队长他们照顾着，你放心。这孩子已经懂事，是他们俩去永春报告先生入狱的事。水莲听后，觉得俩孩子真是懂事了，心里感到些许的欣慰。

玉田的麻料不再往泉州运送，还是储藏在尤床。一季下来，就把几间房子堆满了。怀玉龙来说要再建仓库，不然二季三季的麻料就只好露天放了。水莲问黄石的情况是否平安。怀玉龙说张立隆他们牺牲后，县府的部队开走了，县城只有特务队、保安队和警察局，但是走了部队，却多了许多民团。还好云林乡尚未有土匪、民团，最担心先峰翁道悦、四十八都连高铭他们就近过来骚乱。水莲说："对付土匪民军，还是按照怀老爷生前的做法，躲人给钱。如今没了防卫队，你们要自己多长个耳朵和眼睛，一有情况，就先躲避。"

不久，马仔到了泉州，找到水莲。这让水莲感动不已，这个孩子"尤溪妈""尤溪妈"地叫得亲热。怀良军问这是谁。水莲说，他是阿妈从前给他看过病的马仔哥哥。看着眼前的大男孩，水莲觉得日子真的过去很久了。那个抱着自己的脚不回家的男孩，如今长得一表人才，精神帅气的中山装，合适笔挺，大头皮鞋，乌黑锃亮。多年不见，已经看不出他的稚气，儒雅沉稳，谦和礼貌，令水莲很是欢欣。马仔说，尤溪妈，你看看我的头。

水莲明白马仔的意思，这孩子真是聪明。为了表达自己的谢意，马仔蹲下身子，让水莲抚摸他那梳理得像菜畦一样整齐的头发。水莲说，真漂亮。马仔站起来对水莲说，尤溪妈，这些年劳累了，人都瘦了。水莲经不起这些话，马仔一说，水莲内心那潭苦水就要开闸决堤。她捂了鼻头，红了眼圈，啜泣一声。

水莲不想沉浸在自己的不幸里，就让马仔说说他的事。据说，上回到玉田，险些遭人暗算。马仔说："上回去玉田，没有见到尤溪妈，却看到了许多脸孔，后来我才知道，有人要整我父亲，就拿我去玉田的事做手脚，借刀杀我。还好有游击队他们提前把我接了，不然我就没命了。父亲带着我立即离开玉田回福州去了，据说火柴厂也被烧毁了。"水莲这才知道林老板的厂子被烧了，到了泉州，也不知道从前的茶山、茶厂怎么样了？林老板回了福州，兴许这茶厂都被田一丹占了去。

水莲问马仔："你现在是在帮父亲做事吗？"马仔说："日本投降了，父亲把过去的茶行重新做起来，不过眼下还是很难。所谓百业待兴，过去，茶山因为打战都荒废了，如今要产茶叶，还得年把时间。我这次来闽南，就是想收购一些茶叶，为父亲分点忧。唉，对了，尤溪妈的生意如何？"水莲说："前些日子，勉强维持，最近都停了。现在市场物价飞涨，加上官匪蛮横无理，办纺织的商人都承受不住了，关门了，我的麻料也就只好先藏着，等着看了。老家那边，布坊被烧毁了，夏布也停了。哎，不知道何时是个尽头？"马仔说："听父亲说过，福州有朋友要建个纺织厂，到时我可以联系一下，把你的麻料送到厂里去，这样老囤着蚀本哪行呢？尤溪妈，你现在有多少存货？"

怀良军抢话说："不多。"水莲看一眼怀良军，这孩子现在是谨慎得很。她说，还可以，办厂首批料还是有够的。

怀良富和龙逢春在永春待了一段，便想念先生。后来，看到阮大六和石有旺他们带着队伍到了福鼎，便问姑丈公呢？石有旺知道，这俩孩子害怕怀有福，但心里都惦记着。石有旺说，姑丈公有事，一时半会儿回不来，你那阿叔和姑丈公一起去了。

他俩又问："知不知道先生怎么样了？"石有旺只能说："不知道，不过先生只是一个先生，教书的，县府不会对他怎么样。"龙逢春说："都是我们乱来，害得先生去蹲监狱。"阮大六说："好，认识到自己有错误，就是好孩子。往后要和敌人斗争，就得用脑子，不得胡来，连累是小事，牺牲才是大事。"怀良富说："我们也是用脑子的，把水渠挖了，就不能发电了，电灯暗了，坏蛋就做不了事情了。"石有旺说："你们俩的胆子和勇气是要表扬的，从前你们斗得郑班善家臭气熏天，整得县府的官爷们肚子痛，放走了被关的小鬼们，真是勇敢。但是往后还是要谨慎，多用脑子，要在苏队长的允许下才做事情，不能由着自己性子。革命队伍是有纪律的，一切行动都要听指挥。"怀良富说："你们说来说去，到底可以做还是不能做，糊涂了。"

一天，游击队到漳平方向作战，龙逢春便提议回玉田看看先生。怀良富当即赞同，正好没有人看着。于是，他们偷偷跑回县城。

回到前街，他俩看见席草行、中药铺都没有了，自己的房子被别人住了，去了均小，得知郭先生已经被县府打死了。他俩感觉到一切都已经变了，这个从前属于自己的地方，现在都已经是别人的了。尤其是先生的死，让他俩不能接受，石有旺不是说过，先生只是教书的，不是共产党也不是土匪，怎么也会被打死？回到前街，从后门悄悄摸进素雅楼，发现没人住，房内到处凌乱不堪，椅子四脚朝天，好像刚被打劫过。怀良富发现，这房子也变了模样，从前上二楼的梯子不是这样的，他怀疑房子已经重新建过，是别人的了。出了前街，他俩来到建华厂的营销部，想找卢敏，却发现关门了，店牌也摘了。

龙逢春说，去问问石师傅就知道了。于是，他俩又进了石路生的剃头铺。石路生见水莲的孩子来了，赶紧招进内屋，问他们怎么回来了。龙逢春说，师傅，我先生他们现在还在监狱里吗？

石路生一时不知道怎么说。石路生赶紧转身去拿两粒糖果过来，给他俩，临时堵堵嘴："想先生了，你们真是好学生。你先生吉人自有天相，他出狱后，来过我这里，说要回老家去。现在应该是在老家了。"石路生编着编着，自己竟然流下眼泪来。怀良富看了，心情陡然黯淡，猜想大人们都在说谎。于是他问石路生："阿叔，你说实话，先生到底在哪里？看你的眼泪，是不是先生出事了？你们大人都不说实话吗！"

石路生后悔起来，便直言相告先生死了。龙逢春呼地站起来，拉着怀良富就要出门。石路生知道这孩子要去报仇了，便死死拉住他俩。终于被劝住了，两人便在铺里住下。

机会终于来了，第二天龙逢春发现一家馆子写出牌子：郑府喜宴。郑班善给儿子过生日。

龙逢春便和怀良富商量，假称两人要回永春去，离开铺子，然后去找泻药。计划的第一步就遇到了困难，龙逢春找不到泻药，怀良富就说去找雷公藤，榨出汁来，照样可以让他们坏肚子。他俩做了分工，由龙逢春伺机把泻药放入馆子的水缸里，怀良富等郑班善家人出门去馆子吃饭，就把他的家烧了。他们约定事成之后立即到澹兜潭会合，撤退时不急不跑不乱。

馆子用的是自来水，龙逢春把雷公藤捣烂，包在芋头叶里，分成几包，放在水管接头处，叶片下边扎个眼，汁液就慢慢顺水流进了馆子的水缸。

喜宴吃的是中午。郑班善一家出门去了。怀良富便到了郑班善的家，从后门矮墙翻进去，敲了敲门，无人。他便大胆进门，直接去了卧室，翻出抽屉，拿了几沓现成的法币塞进裤兜，然后把被子衣服裤子和一大堆纸张集中起来，点一把火烧了。

回到澹兜潭，他俩脱了裤子跳进河里美美地洗了一次澡，然后采一捆草，黄昏时刻朝着金岭方向回头。从金岭到屏山再到吴山，他俩连续走了两天。到了济阳，实在饿了，他们就去地里挖了两个地瓜，跑到儒美桥下清洗，却被当地人给抓了。

还给人家地瓜倒是小事，他俩却被抓到红英那里去了。进了土山街，绑在街廊下。龙逢春因为在林部手下干过土匪，毫不紧张。怀良富虽然上过山寨，但那是和母亲在一起，他紧闭着眼睛，喘着粗气。龙逢春说："别怕，这里的头和林头哥是相好，待会见到，我来说话。"怀良富说："不行，她那老公是被你头哥杀死的，你还亲戚，你这样说，必死无疑。我兜里有钱，给钱放人，你试一试这个。"龙逢春说："你倒聪明，烧房子不能烧钱，钱是无辜的，哈哈。"

这一笑，把人笑出来了。一个戴着军帽佩着短枪、满脸横肉的男人走出来，出口骂道，哪来的臭小子，谁给的胆，敢在这里发笑。龙逢春说，到了土山街，感到快乐，说话就带笑了。那人再问，哪里来的？龙逢春说，从玉田来，今日经过肚子饿，偷了个地瓜吃，不想被捉了，请头哥开恩。

红英抽完大烟，手下来报说绑了两个小鬼，从玉田来的。她闲散慵懒地站起来，走出别墅的门口。龙逢春一眼就看到一个姿色不错的女人，别着双枪，一定是红英了。她说，两个小鬼，大惊小怪的，问清楚来干什么了？手下对着街喊，我们夫人问来干什么的？龙逢春不敢说是德化的，就回说是逃命的。红英走过来，看了看两人，问什么逃命。龙逢春就如实说了。红英说，看来还很孝顺，为先生报九，可嘉，愿意就留下吧。

手下怀疑这些个小鬼头会不会有名堂。红英说："不久前玉田县城确实杀了一个先生。先生不可杀，先生都杀了，孩子谁来教？留下吧，俩小鬼，能成什么风浪？留在哨所当值守，吩咐下去，多看管着。"手下转身对龙逢春和怀良富说："夫人收下你们了，逃命的，往后在这里规矩老实点，不得有三心二意，勤快点，你们随三哥去哨所值守去。"龙逢春说，谢夫人收留。怀良富不敢说话，跟着龙逢春去了。

几个月后，红英突然问起这两个小鬼的事，手下回说没有发现异常，很勤快，叫干什么就做什么，另外查清楚了这俩人的来历，也都是山寨的后人，一个是龙爷的儿子，一个是林开水的儿子。如今这两路的当家都被共军剿灭了，留下后人四处流浪。红英十分高兴，吩咐好好培养，日后必有大用。半年时间，龙逢春就坐上小队长的职务。怀良富年纪小一些，就跟着龙逢春跑腿。

马仔说的事很快就成了。这让水莲很开心，马仔是可靠的人，肯定不会出问题。上千吨的囤货，被马仔的汽车运走了。一时，水莲心头卸下一块万斤重的大石头。

水莲吩咐黄伯继续收购麻料，又派人到尤床把存放的货统统运到泉州去。生意重新红火起来，这从另一方面填补了水莲内心的忧思。有时候，水莲想自己从黄石到县城再到泉州，一路走来，变了人样，现在似乎彻头彻尾成了一个商人，看到钱，她会感到充实，甚至会忘记那些让她感到无法、无奈的事情。一捆一捆的麻料收进来又卖出去，这个简单的过程，她乐此不疲，甚至喜欢亲自点数入库，亲自监视装车。黄伯经常责怪她事必躬亲，别辛苦了身子。但水莲觉得这成了习惯，成了一种戒不掉的瘾。只有这样，每个夜晚，她才能安稳地睡去，没有做梦，没有梦见那些和枪和血和生命有关的人和事。

要过年了，黄伯说辛苦了一年，劝水莲也要去买件时新的衣裳穿穿。麻料要头季，女人趁年轻，到老了再穿什么衣裳都嫌。水莲知道黄伯心疼自己。这时，她会走进卧室照照镜子，找一找额头的皱纹和发间的青丝。额头还算光亮，只是自己都感觉到脸皮粗糙了，少女或者说少妇的模样渐渐离开了她，白发不时出现，拿起梳子费神地理出来，指尖伸进去连根拔起，像麻丝一样的东西，放在手里，水莲看见镜中人流下了眼泪。

马仔年前来，要把三季的麻料也运走。这天，雇工们正在装车，门外进来一个人，看样子是商人模样。可是，一时场地上热闹起来，水莲出去看见他们动起刀枪，马仔被人抓了。

水莲大喊，你们干什么？那人走过来说，我们抓叛徒。那人摘了帽子，水莲看见竟然是阮大六。水莲问阮大六到底怎么回事，是不是抓错人了。阮大六说他也是奉命行事，他告诉水莲，此人混进革命队伍，干的却是自己发财的事，借革命之名，四处筹集经费、收购紧要物资，倒买倒卖。今日现场抓住，证据确凿。马仔被反绑着，他大声说，你们搞错了，我不是叛徒。水莲这才知道马仔从前就进了队伍，如今遇到难事了。水莲说："我是生意人，只做买卖，只认钱，不认人。不过这孩子，我清楚，小时候到黄石来找我看病，他父亲是玉田建华厂的林老板，黄石那些被抓的男人，就是他父亲帮忙回来的。现在福州百业待兴，林老板的朋友办起纺织厂，正需要麻料，这和叛徒有关系吗？"阮大六劝水莲别为他辩解，这样会越说越不清楚，最终把自己牵扯进去，那些办厂的事，都是假的，囤积居奇，谋取私利才是真的。水莲说："我不信，你放了他。"阮大六说："我不好放他。不过我也纳闷，最近怎么会一下出了这么多的叛徒，全省都在擒杀。"水莲说："你放了他，肯定是错了。你不放他，你也走不了。"阮大六劝水莲要冷静，自己走不了没关系，他可以把马仔就地枪决。水莲说，你杀错了怎么办？阮大六说，那也是我的上级错了。

这时，街头又来了一队人马，看样子是泉州的保安队。水莲推一把阮大六，说赶紧到内屋躲一下，又把马仔一起带进内屋藏起来。

水莲出门去迎接。队长说，今天我是来和你谈生意的。水莲说，谈生意，还有劳大队长亲自出马，可是来了大生意了。队长说，最近发现有共产党四处活动，收购紧缺物资，扰乱市场，对大局不利，所以今日来也是吩咐你，今后你的麻料就由政府统一收购了，不允许一丝的私自外卖。水莲回说，这样倒好，衙府考虑周全，给我们送钱来，省得花心思跑断腿，坐着收钱就行。水莲赶紧吩咐黄伯上茶，道歉说，光顾说事，忘了茶水。

队长说，这车麻料要运往哪里？水莲说，运往福州建华纺织厂。大队长说："省城秩序不稳，况且路途遥远，会给共产党趁乱暗中偷了去，今天这车货就直接运往晋江纺织厂去，算是第一笔生意。福州老板呢，我和他说说。"水莲赶紧进屋给马仔松绑，领出来，给大队长做了介绍："这是林老板，福州建华厂林老板的公子。"大队长说："我怎么没有听说什么建华纺织厂？"马仔赶紧解释："建华纺织厂是刚开办的，家父的建华火柴厂大家比较熟悉，那也是我们家的，还有福州台江茶行，在泉州也有分店和茶号。"大队长说："看你这样子，油头粉面，是那部分打扮出来的吧。"马仔说："队长放心，我们就是生意人。家父和中统闽北站站长是朋友。"

这么一说，大队长就不再细问，转而说："衙府有令，为稳定泉州市场，凡是紧缺物资，严加盘查，今天你这车货，就留下了。"马仔说："既是衙府需要，自然要让，我看这事就这样吧，我叫的车车钱你们付了，货就直接载走。往后遵照队长的指示，我就不再来泉州进货了。"马仔和队长握了手，说有机会到福州，到建华厂去坐坐，说完就走了。

大队长把货运走了，一时场地重新安静下来。水莲进屋去看阮大六，却不见人了。水莲一时觉得腿软，一屁股陷进座椅，众多的人和事钻到脑子里，又使劲地从额头处往外逼着一茬接一茬的大汗。

第六节　一九四九

怀玉龙带着郭凤到了泉州。此番郭凤到泉州是要顶替玉龙来跑生意，水莲觉得吃惊。原来，怀玉龙想去永春参加游击队，他受不了云林的日子了。现在黄石只剩下女人和小孩了，男人都被抽丁甚至被抓了壮丁。怀振兴为玉龙顶了壮丁，现在只好去雇外人来送麻料。怀玉龙是黄石唯一的成年男子。郭凤说着话，就流了眼泪，水莲明白她伤心父亲死了，这让水莲也忍不住哭泣起来。

水莲劝郭凤和怀玉龙一起去永春，与石有旺、阮大六他们在一起。郭凤想过这事，但黄石家里还有长辈，再有这些年的日子都是怀家照顾着，石家的席草田大多都荒废了，自己要是一起走了，怀石两家的长辈就真孤寡了去，遇上生病什么的，一个端碗热水的人都没有，那可真是落寞凉心了。

怀玉龙闷着不说话，在上府下府打拼了十几二十年的怀玉龙，如今竟然落下这样的境地，他觉得太不像男人。从前有怀家老爷罩着，日子过得紧巴、清淡却是顺利。这黄石男人一个一个走了，本想自己能把村里的事多担起一些，还报长辈的恩情，不料碰到壮丁的事，怀振兴顶了去，让他一点都高兴不起来，倒是让人笑话，自己就像缩头乌龟，除了讨女人欢心，没有别的本事。蒲氏就当着面骂过这事。水莲想参加游击队也好，生意的事不是最重要。她便说，我送你们到永春。

郭凤也跟着去永春，她心里想的是顺便看看石有旺，夫妻好久不曾见面了。

苏队长他们热情招待了水莲、怀玉龙和郭凤，让他们一扫路途颠簸带来的疲惫和心头的阴霾。吃饭时，阮大六说，这可是部队里最好的饭菜了，有战士从河里摸回来的鱼、田里的黄鳝，还有一壶从漳平缴获的白酒。但水莲觉得热情不止在饭菜上，苏队长夸奖了黄石特别是席草行对根据地的支持，并敬了水莲三杯酒。这让她永生难忘。水莲说，说心里话，要说支持，还是九漈李家出的力多。苏队长说，我们干革命，就是要靠老百姓支持，其实不在于出钱多少，关键是心向着我们，这才是最大的力量。

听见"心向着我们"，怀玉龙趁机说了自己的事。阮大六开口说："你早该来了，队长，你收下他吧。这人从前是有点小毛病，如今经历这么多事，自己找到队伍来，应该是心向着我们了。"石有旺问："怀玉龙，你该不会是来躲避壮丁的吧？"这话刺激了怀玉龙。他说："村里女人都骂我是缩头乌龟，可是我不生气，因为我就是。怀叔顶了我的壮丁，让我下了决心来找你们。与其被抓壮丁，不如和黄石的男人们一样参加革命，拿起枪，打战去。"苏队长伸手握住怀玉龙的手，说："欢迎到我们的队伍来。光被逼上梁山，那远远不够，往后你跟着阮队长、石队长他们学习，提高觉悟，早日成为一名合格的人民战士，不为报私仇，要为老百姓翻身做主人去战斗。"怀玉龙站起来敬了苏队长一杯酒。

其间，苏队长单独找水莲说了两件事。一是在根据地多待几天，这里有不少孩子生病，希望她去看看，黄石来的战士都说水莲最能看小孩的病。二个是根据地要和席草行做生意。水莲说看病没问题，这些年走泉州，整天照料生意，病看少了，感觉和孩子都疏远了。她问苏队长为何不把李阿妹给叫来。队长说，石路牺牲后，阿妹去了永春学护理，学成之后林老师把她送到根据地了，后来转战到闽西，在一次战斗中牺牲了。现在部队最缺的就是医生了。水莲含着眼泪说："李阿妹真是好样的，一个大户人家的女孩子，怎么就变得这么勇敢……我设法把姑丈和他们的孩子都叫到这里来，给战士们当医生，他们从前开中药铺，多少都懂得看点病。"苏队长说："那也不能强人所难，要自己愿意，在地方也是为众人瞧病。要是真愿意来，我们派人去接他们。"

和根据地做生意的事，水莲有点不解。根据地怎么还做生意呢？苏队长说，根据地物资缺乏，我们需要、老百姓也需要。从前张立隆搞生产，自力更生，解决了部队许多问题。可是我们这里只有山货，少衣缺盐。水莲听了就明白，她说："行，你派人把货送到我行里，然后我把部队需要的东西准备好运回来。这事，我想还是叫怀玉龙来做吧，他对泉州熟悉、对生意也熟悉。"

水莲叫来怀玉龙对他说了跑生意的事。怀玉龙气嘟嘟地说，又跑泉州，我不想去，我要跟着部队打战去。水莲转眼看着苏队长，苏队长拿眼看着石有旺。石有旺心里会意，便对怀玉龙说："参加革命队伍要服从组织，听从命令。再说干革命没有贵贱，大家都是平等的，前线需要到前线，后方需要在后方，大家发挥自己的长处。你的长处就是照顾生意，为根据地赚钱、保供给，这事做好了，战士们有饭吃、有衣穿，有枪弹，往后有钱还可以买大炮，那多好啊。生意做好了，部队有保障了，你怀玉龙的功劳该有多大呀！"怀玉龙问，那我的功劳有多大？石有旺说，很大很大！

　　苏队长被说得笑起来。他说："我们来革命队伍参加革命不是为了自己的功劳，我们的理想和目标是为了解放天下所有的穷苦老百姓，让他们安心过上好日子，不再受官匪、地主老财、恶霸、流氓的欺负。让他们有自己的土地，自力更生，丰衣足食。大家心胸要宽，容得下所有的老百姓，眼光要远，看得见老百姓的苦，不能只顾自己，自私自利，我们前方的战士流血牺牲为什么？我们后方的同志历经磨难为什么？为了推翻压在我们头上的三座大山，建立人民政权，为人民服务。我们的部队也要做生意，而且还要做好生意，要赚钱，石队长说的好，为根据地赚钱、保供给。为革命、为老百姓当兵，扛枪打战是一种，从前你们黄石村走出来的怀招娣，是个宣传员，那宣传发动鼓劲的作用可大呢，还有那个卓越颖，奔走在闽西南的药材生意路上，为部队输送稀缺的药材，救治伤员，这比扛枪更重要。"

　　怀玉龙似乎听懂了道理，便低头不再说什么。石有旺伸手拍了怀玉龙，表达了他的赞扬。

　　郭凤坐着一直没说话，苏队长就对石有旺使眼色。石有旺似乎忘了自己有老婆，还想对怀玉龙说点什么。苏队长便点名了，石有旺，吃饱回家去。大家会意一笑，倒让郭凤觉得忐忑尴尬。

　　第二天，水莲给根据地的孩子们看病，一天下来，锁病基本看完了，其余病症料理不了的，只能建议去附近找郎中。这天，水莲见到了石路养和李阿妹的干儿子。干儿子的事，是阮大六说的，想到李家的命运，如今都没有人了，水莲想把这孩子带在自己身边。阮大六又觉得这孩子有点复杂，父母都死了，说到底他是永宁堡的孙子。水莲明白这是怀一北和卓越颖的儿子，她觉得，孩子哪有这么复杂？他就是一个孩子，不管他父亲是谁，做过什么事，和孩子有什么关系？这孩子已经够可怜了，从小没父母，连干爸干妈也都没了。她决定要给队长说去，这孩子她带着，养他长大，黄石的男人都去打战，战打完了，这孩子往后就让他回黄石种田去吧，黄石的田地需要下一代男人去耕耘。卓越颖生前说过孩子就交给组织了，而她自己却回去和怀一北葬在一起。水莲听了，觉得这永宁堡的少奶奶，到底是读过书的人，事情想得通透，身后和自己心爱的人过日子去了。石路养和李阿妹不曾生养，认了这孩子，却也是为了革命双双先走了。想到自己，怀有福虽是也走了，毕竟自己还活着，她决意要把孩子领走，就算为他们身后做一点事吧。苏队长便同意水莲的意见。

苏队长问能不能把治疗孩子锁病的方子留下来，或者培养几个会看锁病的人？水莲说："这看锁病历来都是女人，这几天我也带了一两个，大体也会认得几种锁病的草药。方子，我写不好。"苏队长说："你只要说，我叫人记下来就好。"水莲没有二话。

于是，根据地就有了《锁药歌》："三朝七日初生儿，面现黑纹黑镇知。黄善草头灯笼梗，马边草与菊花根。老鼠脚同狗脚印，黑墨草冲取汁宜。水煎冲同草汁服，总然病重也能医。……小儿大便闭不通，蜜与葱头两味和。捣汁布卷包隔中，定得便通效劳宏。若然大便仍不利，肾囊外接效相像。小儿屎尿闭不通，车前草与地达虫。地龙共有煎水服，通利先后屎尿通。……三朝七日初生儿，肚胀身热关锁知。假冬笋统一米水，煎后洗身病退乳食之。……小儿突然耳中红，金古蓝与白酒冲。天花疮毒破旧皮，黄豆烧灰调茶油。洗净轻涂破旧处，去窝生新效可收。"

水莲一直想见龙逢春和怀良富，但始终没有见到，终于忍不住问了阮大六。阮大六说，这俩孩子总惹事了，为郭先生的事来游击队报告解救，又私自跑回玉田城作弄郑班善的喜宴，被追杀后想跑回这里，路上撞到红英的枪口上，现在被土山街的红英拘押着。眼下，游击队还抽不出时间去解救他们，按理就两个小孩不至于没了命。水莲心里难受，却也没有办法，这些个出生有污点的孩子就是这样的命运，由他们折腾去吧。

龙逢春被红英当作情报人员来培养，他胆大心细，适合做这种事。所以他外出的机会也多。到玉田县城、德化、永春、泉州等地，龙逢春四处收集官军、共军以及土匪的信息，遇有价值的就回土山街去汇报。这样红英就坐在家里都可以大致判断玉田及周边的形势。

眼下，她觉得不是地盘大小的问题，而是势力均衡的问题，共军并不可怕，它对官军可以形成制衡和压力，没有了共军，自己的山寨王也不安宁。从前吴飞在时，也曾接济过红军，保存了自己的实力。龙逢春来报告说城里的初中在罢课、游行示威，声援全国的"反饥饿、反内战"群众运动，公演话剧揭县府裙带关系的老底，惹得警察局出面镇压。红英判断现在国共是打上了。打吧，打得两败俱伤才好。打得没空管土山街的事，她就清闲了。

过一段时间，又有消息说，玉田县府成立民众自卫团，三宝、广平、仙峰、梅山等地的寨主都被收编了去，吃了军饷，她心里不痛快，没吃到军饷，总有被冷落的感觉。此时，南边厦门汇总来消息说，最近战局对国民党十分不利，北方都已经落入共产党之手，希望土山街能助国民党一臂之力。一时红英有了骑墙的烦恼。本来，她一个女子就想在老家过着清净的日子，却因丈夫的死，扛过吴飞的衣钵，带领着百把号兄弟，生活在山里。现在看来，清闲的日子又要起乱了。但对她来说，别的没什么，她来接手这个地盘，更重要的是为丈夫报仇。这些年，没有得到好机会，但一直在等待。

玉田县府像一只羔羊，被各地的势力轮番占领。民国三十八年初，东部德化林友四的部队接管了玉田县府，这个消息让红英大为振奋。她立即下令准备攻打县城，消灭林友四部。对这个昔日曾经深爱自己的男人，现在只有剩下仇恨了。恋爱是结交朋友，而婚姻却是要绝杀朋友，来维护它的唯一性。红英派龙逢春去县城搞侦查。龙逢春进言，现在林部占据县府，实力不可低估，单凭土山街的弟兄，力量不足以攻打县府。

红英问计。手下建议暗中联合共军以及后路的民团，多方掣肘，多管齐下，这样才能置林部于死地。红英觉得这是一箭多雕的妙计，于是，派人去了永春，联络上闽西南地下党。在石仔坑，双方商议组成"解放玉田领导小组"，下设政治、军事、供卫三处，军事处组建永德大游击大队，红英为副主任。地下党方面擅长做策反工作，就由他们派人秘密策反连高铭，协同游击队攻打县城。

择吉日，永德大游击大队三百多人，一夜急行军，抵金溪河南岸，一番准备后，便强攻县府。闽中自卫团临阵起义，钟县长仓皇逃窜。

民国三十八年六月九日，玉田县城便宣告解放。县城大街小巷四处张贴"闽粤赣边纵八支队四团"的安民告示。六月十九日，正式成立玉田县人民政府，上级派来了林县长，主持全面工作。

而永春苏队长也派阮大六带领游击队到九漈。翁道悦慑于永德大游击队的势力，主动放弃了九漈，回到仙峰与屏山交界的地盘。阮大六把队伍开进李家大院。卢迪工、卢跃、卢敏也到了九漈，加入了革命队伍，建立了九漈卫生所。

乐乡长偷偷来了九漈，带了吃住的物品慰劳战士。乐乡长说起游击队走后，九漈电站、京仙电站都停了，天南化工厂因为断电也停产了。林老板因为担心被追捕也回福州去了。如今永德大游击队占领玉田，成立了县政府，天下已经换人了，老百姓可以重新过日子了。阮大六知道乡长说话的意思，想恢复发电，让工厂重新开工。他说："这事首先要把郑冠中找回来，发电的事谁也不懂。工厂的事要把林老板请回来，我们可都是外行。"

说到这些事，阮大六想起黄石的席草行，他说现在可以把水莲他们叫回来，重开席草行。于是阮大六分别写了信、派了人，去请郑冠中和林老板他们回来。

县城解放了，阮大六借助乐乡长的力量，在九漈周边几个乡镇开展了废征兵、废征粮、废征税、废田租、废高利贷、废乡保甲制度的斗争，积极争取国民党基层党政军人员弃暗投明，为人民政府办事。对一些乡长、镇长、保长、甲长和开明士绅，促其觉醒，改邪归正，逐步引导他们投到革命阵营中来，另外派人转化八仙会和土匪人员，一时九漈的队伍壮大起来。九漈的村民也陆续从仙峰村搬回来，游击队给他们分了田地，依农时耕种，重归稼稿，秩序井然。

郑冠中很快就从上京赶过来。整修了个把月时间，九漈和京仙电站也重新发电。之后他又到县城，安排修复城关电站的水渠，人民政府给拨了民工，城关电站也修复发电了。天南化工厂虽然通了电，但是没有技术工人，也没有原材料，只好等待林老板回音。

这头，红英没有达到目的，县城守军只是林部的一个排，枪声一响就缴械投降了，林部的真正实力丝毫未损。而且没有见到林友四，未能亲手杀死他，她觉得就没有报仇的痛快。这些天，她待在县政府上班，觉得很不投机。这些穷苦出身的人大会小会都在宣传灌输他们的主义和思想，定下许多让她觉得没有自由的规矩。她的烟瘾上来了，想吸烟，却被指责说这是腐朽生活，要带头戒毒戒烟。大事小事，累积一段时间下来，红英心里极其不痛快，这在土山街，谁敢说她想做的事？她想现在国民党失了北方，但是南边还是有力量的，县长跑了，他可能还会回来。自己此行不是来争县长职务，也不争地盘，这样耗着不是办法，到时候，还落得个不讨好，索性一走了之，两边不得罪。第七天，她借故老家有事，把自己的队伍拉回土山街去了。

不出一个月，国民党省府就派永安的张伟多为玉田县长。张伟多是带着部队来到玉田上任的，这和以往的赴任县长有大不同，党政军一把抓。一路上张县长还收拾了许多人马，来势汹汹。因为红英临阵撤回，力量悬殊，林县长决定县府人员撤往永春，并请求支援，留下连高铭游击队坚守反击。新诞生的玉田县人民政府，像一棵被拔出土的菜苗，要蔫了。

游击队守城很勇敢，张伟多一时未能得逞，驻扎在城外，又担心被袭击，于是，写信去三宝，请闽中自卫团副团长高云飞入伙，合力攻打县城，事成之后，许诺把团长一职委任予他。高云飞刚刚参加攻打县城的战事，没有分到什么利益，正觉得憋气，这又来了省府的人，自然感兴趣，便率领队伍赶来县城。一时五百人马，朝着县府打去。

连高铭率领的游击队苦苦坚守五个小时，却始终等不来援军，便生疑心，心里猜疑是不是被骗了。林县长撤往永春，一保安全，二搬援兵。这么久了，后援部队不来，是不是找不到援兵呢？没有援兵，自己就死路一条了。这时，手下来报告说白岩山发现大队人马，也不知道何方神圣。连高铭担心腹背受敌，也决定把部队撤往老家四十八都方向，躲一躲再说。

等阮大六带着支援队伍赶到白岩山树林时，县城的枪声已经停了。探报，县城失守了。

全国的形势让守城的张伟多感受到从未有过的压力。四月，解放大军已经越过长江，挥师南下。二野的第十七军五十一师进入福建，解放了南平。闽西北游击队和二野大军会合，如虎添翼，在二野两个连队的配合下，闽西北游击队顺利解放了沙县、顺昌。这种形势往地图上一摆，张心里十分清楚，解放军很快就会逼近玉田。他盘算着自己的兵马力量太弱，只能收编当地及周边的民军，扩充队伍，他向省府报告必须将林友四的部队，派往玉田加强城防。省府准了这个请求，林友四当即派弟弟率兵前来，协助防守玉田县城。加上高云飞、翁道悦以及貌合神离的红英等部，守城兵力也近千人。一时，玉田城看起来固若金汤。但张县长心里很清楚全国的局势以及自己部队的构成，党国已是强弩之末了。于是，他盘算着如何为自己脱身，玉田虽然是闽西北下闽南的必经之路，但尚未有永安这样的战略地位，即使丢了，也不会有大罪。眼下，就权且守着，守不住，就跑，听天由命了。

不久，石有才作为援军指挥被派往玉田。石有才心里有疙瘩，想称病推诿。但是燕江大队长却看透他的心思，指责他大敌当前，临阵退缩，若是不服从命令，就要就地正法。一头牛被摁着头犁地，石有才只好带着队伍来到老家玉田，驻扎在城西白岩山上，为主堵截从西路围攻县城的来敌。

在白岩庵里，他见到了曾雅茹。这个高团长的情人，如今已经削发为尼了。石有才问："敢问师父，高团长把你忘了吗？"师父说："施主前来庵堂净地，必有所求，烧炷香，抽根签吧。"石有才问："你是曾雅茹吧。"师父说："我不认识你说的人，如今世道不太平，见过之人，也只能是过眼烟云。军爷到此处，不问菩萨，却问凡俗之人，却是何意？"石有才说："我想你不必就此出家，高团长就在玉田县城，昔日我和团长也是朋友一场，我可以保护你的平安，再说这山现在是我的军营，也许过不了多久就是战场，哪有净地的清闲。炮火不认人，修道出家，还是回家里去吧。既可出家，当然也可还俗嘛。"师父说："既已出家，岂会还俗！菩萨面前请勿多言刀枪之事，免遭因果。"

石有才想想也是，便不再说什么，烧了香，跪求菩萨保佑平安。

出了庵门，展望县城，开阔平坦。只是几座房子破旧了些，就像窗纸上的苍蝇粪便，星星点点落在山脚下。回望庵堂背后，倒是一处白岩的景致。几十丈高的石头，站立成一处悬崖，阳光照射，熠熠生辉，照亮了庵堂的每个角落。金溪河南岸，遥相呼应的是赤岩，午后的阳光从崖壁上蹚过，红光柔和，也是胜景。县城安静得很，短短的街道没有行人，石有才觉得这样的地方似乎不应该有刀枪。再远处就是自己的老家黄石村，十多年没回家，现在也不必回家去了，当年的防卫队队长最终没能够保护家乡的平安，黄石被时代的刀枪厮杀得鸡零狗碎。土匪把他从黄石抓出来，他从矿山逃脱，又进了土匪窝，在山上他是个出色的土匪，杀人越货的事没有少做，这在黄石，至少在石家的历史上是没有过的。家里出了土匪，那是没脸的事。老爷、父亲和兄弟们肯定为自己蒙受了许多白眼，落下不好的名声。尤其是自己的妻子郭凤，更是可以想象得到的痛苦。可是命运就是这样作弄自己，有家不能回。要是自己好命待在黄石，现在也许就是席草行的掌柜了。

手下总说长官您衣锦还乡了。可是石有才一点都没有衣锦还乡的感觉，倒是要夹着尾巴，躲避那些熟悉的眼神。那庵堂里的女人，也许和自己差不多的感受，从被爱到被抛弃，女人的心肯定是害怕的，因为害怕，所以就选择躲避。当尼姑其实就是要从熟悉的生活里逃跑，从家人、朋友的视线里消失，从俗世的人海中消失，靠近庇佑下的安宁心境，这样才不会害怕，才觉得安静。

几天后，石有才接到命令，把队伍开到县城东边，驻扎在京仙和赤岩，执行一项任务，危急时炸毁天南化工厂和电站。作为国军的军人，不像土匪，他得执行命令。要是换成自己是山上二当家的，他不愿意做这种比杀人越货还狠的事。不过，这个命令明摆着透露了一种信息：国军要跑了。国军跑了，自己跟着跑吗？没有这么简单，自己还要驻扎京仙和赤岩，危急时炸毁天南化工厂和电站的任务。石有才干脆不想这些事，因为这些事烦死人。

乐乡长客气，要尽地主之谊，请石有才吃饭，慰劳部队。酒过三巡，乐乡长说有黄石的人要见石队长，借一步说话。石有才心里明白肯定是张立隆姑丈他们。上了二楼，见到的却是阮大六。

"你个读书人，看天气的，怎么跑到这里来了？"石有才感到惊讶，"张立隆姑丈呢？"

阮大六前后详细说了。石有才说："姑丈是为了我们黄石走的，可惜我不知道，帮不上忙。这辈子亏欠先生、姑丈和有福他们了。"阮大六说："你觉得亏欠，就得还报。在桃源风水格，立隆姑丈给你说过把队伍拉过来，你那时下不了决心。如今，形势很紧，我军大兵压境，已经到了沙县、尤溪。我想你还是要认清形势，和我们在一起。不要怕丢面子义气的事，据说尤溪周师长就要起义了，师长都敢起义，你还怕什么？"石有才说："这事容我想想，别一时逼我，我的妻小还在永安呢，他们不会放过的。"他转了话题问黄石的其他事。阮大六说，如今黄石的男人都参加了游击队，怀玉龙最后一个被黄石的女人骂出来入伍了。

石有才说，那些女人呢？

阮大六想石有才一定牵挂郭凤她们，便说："石振威老爷做主，郭凤成你弟媳了。石有旺退学回家种地，后来进了队伍，郭凤就成石家的顶梁柱，带着你的儿子石良成。石老爷和怀老爷被怀一北打死后，你不知道那些女人有多艰难，你倒好抽身当了二当家，娶妻生子，逍遥快乐。"石有才想说点什么辩解的话，但觉得都是多余的了，黄石的人对他有多少误解、不解，他觉得都没有爷爷、父母和郭凤他们痛苦。他问："水莲、林舒洁她们呢？"

阮大六说："水莲苦撑着席草行，才有你石家这些年的日子过。她有一颗善心，赚了钱，四处帮着人家，我们队伍她也帮。林舒洁虽是土匪家庭出生，最终却是走进我党的队伍。现在就看你的了，你是最后一个了。"石有才说："我做下太多罪不容赦的事情，再说我的老婆孩子还在永安被管着呢。"阮大六说，你派人回去把孩子弄回来。石有才说："怕是难了，试一试回槐南山上吧。往后要是我能活着，再带回玉田来。"阮大六说："你要是一时想不来，我建议你驻扎这里，尽到保护的职责就好，至于炸毁的事，你可千万不能干。"

石有才听了似乎找到一条脚踩两只船的办法。他说，这事好。

一夜难眠，石有才决定采纳阮大六的建议，然后召集骨干人员开会，把阮大六说的形势给大家说了。他说眼下大军当前，谁都无能为力了，大家兄弟一场，还是各自保命去，愿意回家的，脱下军装悄悄回去，愿意留下的，大家一起坚守，电站、工厂是老百姓的，只能保护，不得炸毁。

一时，队伍回去了几十个人，剩下二十多人愿意跟着坚守着。他通过乐乡长把这事转告阮大六，阮大六顺利把游击队员派进电站和工厂。

怀招娣也秘密回到玉田。她受军首长委派，先行和闽西北游击队的部分同志回玉田，筹划玉田解放事宜。阮大六到了文江，听了怀招娣的讲话，对当前的解放形势和工作更加明确。他汇报了县城驻军以及保护电站、工厂的情况。怀招娣布置了眼下要做的几件事：一要策反张伟多部，和尤溪县城一样和平解放；二要保护好工厂、老百姓财产，坚决打击趁火打劫行为；三要抑制市场物价，确保新政府领导后，地方生活安宁、物价平稳。她表扬了阮大六的先见之明，指示一定要保护好工厂和电站。

阮大六还参观了文江训练场地。他说九漈的游击队也要参加解放县城的战斗。怀招娣说，你的游击队伺机而动，编为第五连，主要负责保护重点部位和打击不法分子，预防德化土匪反扑。

尤溪县城已经和平解放。这对张伟多来说又是一个压力，他从戎以来，不论为匪还是收编后从良，都没有过投降的事。可是高云飞却动了私心，他把自己的队伍悄悄拉回三宝，说是要上山去革命。一时，城里就只有自己和林荣春的兵了。张伟多站在城墙上，看着四周黑黢黢的群山，心被堵得紧紧的，好像已经被解放军包围了。东西南北，路路都通，县府蛰伏在凤凰山下，像一只鸡，无奈地等待着一种命运、一种结束。虎鼻埼的山影，被黄昏的夕阳抛下后，一下就把县城遮住了，黑夜的来临，让每个人都裹着一身的害怕。南城门早被骆县长拆除了，护城河外一片空旷的田地，没有庄稼，此时的县城看起来就是缺角崩盘的土堆，那么不经事。

得知玉田县城得而复失，中共南平军分区司令员林同众根据形势需要和玉田人民的强烈要求，决定以党员、群众和烈士子女为主体，组建金溪游击大队，从速再次解放玉田，让玉田真正回到人民的怀抱。他命令老游击队员老林为大队长，党代表老马兼副大队长，下设五个连，调拨四百支长短枪，三挺机枪，统一印发"玉田县金溪游击队"胸徽。八月底在文江集中整训。九月五日，兵分三路向县城进发。

早有探报，游击队要攻打县城。

张伟多和林荣春商议，决定弃城。按照原定计划，走前要把重点部位炸毁。他亲自下令石有才提前动手，然后一同回兵永安。可是，手下回报说石有才始终没有动静。张这才觉得黄石的这个石有才可能有变，就下令到赤岩将郑冠中抓来，并亲自带兵到了京仙天南化工厂。面对张伟多的逼迫，石有才只好亲自出面料理。他从工厂里走出来，对着县长喊道，县长大人，现在是不是到了炸毁的时候，解放军不是还没有进城吗？张伟多也喊，叫你炸，你就炸。石有才说："这些生钱的地不能留给解放军，我想还是让主人自己来把它炸了吧。你带来的那个人，就是主人，这厂是他和人合办的。叫他过来，让他自己炸，免得说我们国军不仁道。"张伟多听了石有才这么说，也有理，国军、县府犯下的事太多了，于是就同意叫郑冠中过去，自己把厂子炸了。

石有才走过厂前的操场，把郑冠中押着走回来。

半途上，张某突然发现有诈，便下令立即开枪。石有才一把将郑冠中推倒在地，拔出短枪回击。厂里的工事背后，阮大六也立即组织射击。张伟多一时难以招架，后退百来米，双方继续交战。

石有才死在了工厂的操场上。

战斗持续到夜里，东边杨树林方向亮起了火把，探哨来报有大队共军人马朝县城开进。张派林荣春前往东门阻击。林带了人马去东门，在杨树林与解放军交火。坚持半小时后，林荣春觉得这是解放军大队人马，自己势单力薄，肯定抵挡不住，保命重要，于是，也没有报告，独自拉着队伍回德化去了。张伟多得知林荣春临阵逃跑，甚是无奈，也觉得大势已去，就不做无用的抵抗，只好带着队伍，出西门，往宋京、长溪方向，跑回永安。

1949 年 9 月 6 日，金溪游击大队占领了玉田城，玉田真正宣告解放。

游击大队进城后，出示了布告，登记了各单位的财产，封存了档案，然后开展街头宣传，安定民心。居民得知游击队解放了玉田，陆续开门，街头渐渐热闹起来。

当天夜里很不平静，四面都有零星的枪声在响起。游击队不得不闻风而动，疲于应对。凌晨三点，县府的档案馆突然燃起熊熊烈火，木头烧出哔哔剥剥的声响，然后是柱子断了，瓦片成堆溜下来。林大队长闻信赶来，立即组织扑火救火工作，西门黄家的百姓提着木桶赶来帮忙，大家从水井打水，一桶一桶地往火堆里倒，没有别的办法。水井快见底了，火势差不多控制住了，但档案材料损失了大半。林大队长下令彻查火灾原因，后档案馆的馆员老范提供了一个情况，说警察局黄局长派人到馆里，来查阅档案，并把管理人员都支回家去，当夜就发生了火灾。游击队立即抓捕警察局长，却得知他们不在岗位也不在家。抓了一个涉事相关的警员，突审之后，案情明了。警察局长得到上级命令，以免日后新政府秋后算账，立即将县府的所有档案材料付之一炬，片甲不留。林大队长下令严惩这些元凶，并加派人员守卫县府重要部位，以防不测。不久，县里成立了维持会，设立秘书股、民政股、文教股，维持社会治安，开始开展剿匪和恢复城乡农业生产工作。

自 7 月开始，泉州就没有再来拉货了。黄伯对水莲说，不能再进货了，衙府可能吃不下了。经黄伯一说，水莲心里开始担心，可能又要出事了。这么多年，水莲有了经验，凡是要出事，之前肯定有征兆。8 月中旬，她吩咐黄伯把仓库的存货一半盘到外地。黄伯问什么地点。水莲坚决地说永春，让黄伯到华侨永大德路汽车有限公司租了五辆汽车，装满麻料连夜运往永春。

车辆来回要七八天，等到车辆回到泉州，情况发生了变化，衙府派兵到商贸行，强行把麻料仓库烧了。对这件事，水莲不闻不问，就带着孩子和黄伯及时躲开。等到浓烟散尽，水莲他们回来，仓库已经是一片狼藉。怀良军看着母亲哀伤无助的样子，过来牵着水莲的手，紧紧地握住。这是孩子最常用的安慰方式，每每这时，水莲都会从孩子的手劲中得到力量，更重要的是这会让水莲从一种愤怒的情绪中冷静下来。水莲说，烧了就烧了，我们还有一半的货成功保存好了。

黄伯说，眼下紧要的是要找个住的地方，到黄家村暂时过几天吧。

月底，听说顺济桥被烧了。泉州通往福州方向的路断了。黄伯判断这回肯定有解放军从福州方向来，大战就要来了。日子总是在慌里慌张的等待中度过的。次月初的一天，泉州城热闹起来，黄家村的人敲锣打鼓，大家都朝着城中心走去。怀良军去凑了一天的热闹，回来说泉州解放了，现在大街小巷都是解放军。

水莲说，她要去天后宫烧香。

红英回到济阳，暂时继续过起悠闲的日子。但是县城被金溪游击大队解放后，她感觉到接下来被解放的就是自己了。解放军的剿匪工作队已经到了各个乡镇，这是一个明显的信号。这些天，红英浑身难受，吃睡、喜怒无常。龙逢春见状，就进言说与解放军讲和吧。

红英想了一夜，第二天把龙逢春枪毙了，然后组织队伍杀到济中，大肆清洗。手下对她的这一举动也是大为不解，但是没人敢再说什么。红夫人就是这样的一个人，想杀就杀。当然，红英也对自己的冲动感到后悔，因为这出手一杀，把自己完全孤立起来。果然，金溪游击大队立即派兵追剿，她不得不放弃吴飞苦心经营了几十年的地盘。开弓没有回头箭，她下令炸毁兵工厂，带着手下人马转移到屏山，另立山头。

龙逢春的死太突然，红英就是一个念头便把他杀了，她觉得龙逢春和永春游击队有关联，劝和就是要她投降，那么龙逢春就是那时红英心中的叛徒。叛徒就该杀了干净。

怀良富因为龙逢春的事激愤，他斗胆对炸毁兵工厂的事提出反对意见。

结果他被红英绑在兵工厂的门柱上，炸毁兵工厂的炸药夺走了他的双腿，那根石头柱子却留下了他的生命。

当怀良富醒来时，黑夜已经过去，朝阳被早霞捧着，像止血的棉球，慢慢地升起。

尾 声

终于可以回家了。星夜兼程，水莲带着孩子们从下府回到玉田，途中经过永春，见到了怀良富。

石有旺救了他。怀良富永远失去了双腿，他变得沉默，似乎在默默承受命运对他的安排。这孩子从出生到长大，就没有好运过，他就像一棵长在草丛里的菜、稻谷中的稗草，终究是山野的东西，没有正宗鲜美的味道，也进不得正经人家的厨房餐桌。水莲初见怀良富，痛哭一场，她打心眼里可怜他，更放心不下他。上山为匪，成了红英部的人，这是水莲怎么都没想到的事，父亲是匪，他也成了匪，这是因果吗？做母亲的，真是难忍这坏种脾性，要不是他失了双脚，水莲还想敲断他的双腿。

龙逢春死了，后来的岁月，没有人会说起怀良富失去双腿的真正原因。怀良富想对亲生母亲说，却又把话吞了回去。他平静地看着自己的母亲，也许他的经历告诉自己，这一切并不值得说起。

水莲问："龙少爷呢？"怀良富说："死了，被红英当作叛徒枪毙了。阿妈，龙逢春其实是为了苏队长的，他劝土匪向苏队长投降。我们待在土匪那里，龙逢春说是要转化他们的。结果……"

水莲愿意相信孩子说的话，她也愿意相信龙逢春心里记着游击队的好、苏队长的好。一个孩子，却要做这么大的事情。这不该叫自不量力，水莲相信龙少爷从大人那里看到了榜样，真心要去做的。但如今孩子死了，这一切也就没有人会去理会和追究是还是不是了。泥土和时间共同掩埋了尸骨，同样掩埋了人在世间所作所为的真诚与虚假。

水莲雇了辆车拉着怀良富回到县城，花了不少时日。玉田县城如今安静了许多，仿佛大病初愈，每个旮旯都被杂草占据了。绿色的草棵，伸出头来，打探消息和动静似的。去了旧地，却不见自己的席草行。过去自己席草行的那块地，已经盖了新楼。在这里，水莲见到了曾雅茹，白岩庵被烧毁了，曾雅茹就回到家中修行。见到水莲母子，曾雅茹放下手中的佛珠，起身来搀扶怀良富。水莲发现这个当日说话不停的女人，如今没了言语，其中定是遭遇了大不幸，换了内心。

曾雅茹只是陪着怀良富，水莲便知道她唯一的依靠走到眼前，是不会再放弃了。爱屋及乌，对怀良富的爱，就是对林开水的爱。这个寨主的儿子，就是她压寨夫人唯一的亲人。从她落脚县城遇见怀良富起，她就是这么想，也是这么做了。要不是尤溪林家不认，怀良富现在就是林家的公子了。时隔多年，眼下怀良富再次出现在她的面前，也许就是缘分吧。果然，曾雅茹开口哀求说："水莲，你让良富留下吧，我孤苦一人，没个依靠，他现在只能坐着，行走不便，我就做他的双脚吧。"

为什么是哀求？水莲揣测现在怀有福走了，怀家没人会对良富吹胡子瞪眼了，另外水莲毕竟是他的亲生母亲，如今怀良富回家是很正常的事情了。干娘能够如此倾出自己的爱，也是难得。水莲想这个从出生就被说三道四的孩子，如今断了双脚回家去，自然也是被人说七说八，雅茹话说到这份上，就看怀良富的意思了。水莲拿眼看着怀良富，等待他自己开口。怀良富顿了好久，说你们都是我的亲人，我这样会给你们添累的。曾雅茹说，干娘愿意。她的意思很浅显，情感很迫切，情理很需要，水莲手里还有孩子，怀良富是她要定的人了。她说，这宅基地原是水莲的，后来被特务科烧了房子，她通过田一丹把地买下，用高团长的钱盖了房子。她说，只要水莲说一句要，素雅楼就还给她。水莲说："没有这个道理，这宅基地从前是石路养兄弟置下的，要说还，要还他的养子去。这孩子打小就可怜，有人疼爱是好事，我想他要留就留，来来往往也是可以的。我暂住几时，料理好事情就回黄石去。"曾雅茹说："看他这样子，留在城里有医院，照顾方便，身体好了，再回去陪你住去。"水莲说："也罢，手头事情不少，加上这些个孩子，怕是管顾不过来。良富，你就安心在干娘这里住些日子，不久我再来接你。"

怀良富缄默，没说话。他心里觉得，母亲可能会永远忘了来接他。

水莲要料理的是怀有福的事。她还不知道怀有福到底埋在什么地方。她去了南门外姑婆怀珠花的家，想探听一下，可是怀珠花早已经被杀害了，她拿出自己的生命支持了男人的事业。有个邻居告诉她好像是剃头铺的人把他们的尸体给收了。说到剃头铺，水莲知道是石路生。她折回南门街找到石路生。这个瘸脚的男人，还是从前的那副老样子，只是现在头上增添了一绺白发。石路生一眼就看出水莲，他赶忙把水莲让进铺里，端茶上水。

水莲问："立隆姑丈他们呢？"石路生说："放心，他们还算舒坦，家人们都在一起，有伴。杨树林，田会员大墓的上边，好风水。不过现在形势还是很紧的样子，我看不透，就不放心。你也别急，等过些日子安定了，再为他们回家的事费点神。明日，我领你去，你带上些吃的喝的，和有福说说话去。"水莲觉得，石路生也是个有情义的男人，说到死去的人，像是说活着的兄弟。

翌日，石路生领着水莲去了墓地。说是墓，其实也就几抔土，这些被官兵枪毙的人那时是不配有墓的。水莲跪着和土堆里的人说了一整天的话，认识的、不认识的，酒从地里进去，喝干了。那些干品，水莲把它揉碎，撒在一排新土上，有一排的蚂蚁已经招呼了队伍前来搬运。水莲舍不得，想把蚂蚁的归路断了，心里却又想这蚂蚁会不会是他们请来化斋的，便由着它去。不一会儿，干品也被吃完了。想说的话，大多化着泪水流落了。水莲觉得自己有些对不起怀有福，但现在说对不起，也不知道那头的他听得到听不到？死去的人，谁都有些委屈在心头，可这个时代不会对他们说抱歉的。死者长已矣！

怀一北的儿子没有取名，在九漆和永春，大家都叫他阿弟。水莲也跟着叫阿弟。她想把阿弟带回永宁堡，让他的爷爷给他取名。县城的事理完了，水莲就带着怀良军和怀一北的儿子回黄石。这天，天气十分晴朗，阿弟比他的父母幸福，清宣统三年的那个雷雨交加的天气没有出现。可是，永宁堡却是紧闭大门。水莲敲响门环，许久没有人开门。

从菜地里回来的蒲氏见有人来，赶来看热闹，见是水莲他们回来，吃惊得不得了，便请到家里。蒲氏一阵一阵地，嘴里说个不停，直讲黄石阴气十足，怀振兴不在了，邓太太走了阴间，男人们都跑到外面去了，就剩下苏树三这个硬疙瘩，棒槌敲不响的。

水莲觉得蒲氏的脾气始终没改，敢说些荤话，见她凌乱的头发，破旧打洞的衣裳遮盖不住丰满的前胸，水莲替她感到幸福，即使日子艰难，但她的心始终充满青春，充满对生活、生命的渴望。

水莲问，永宁堡的人呢？蒲氏说，廖毛回家去了，永宁堡就没人了。水莲说，今天我带回永宁堡的少主人，这孩子是怀一北的儿子，还没取名，也不知道怀老爷什么时候回家。蒲氏听了水莲的话，吃惊地看了阿弟一眼，嘴里啧啧地赞真像真像，然后又骂那个死鬼一辈子不离村，待孙子回来了，他却走了，永宁堡就是个没风水的地，当年那少奶奶都说，台湾雨每年都来，可是怀振兴就是不回来。水莲知道怀振兴是替怀玉龙去顶壮丁的，如今县城都解放了，那些壮丁也不知道被解到哪里？兴许打战死了。既然这样，阿弟就只好叫阿弟了，怀阿弟，也就是永宁堡的主人了。蒲氏说："我也没有个后，村长之前虽是好了许多女人，却是和我最般配。他死了老婆之后，都是我伺候他的。这回他走了，孙子回来了，这孙子就我来养吧。"

水莲说："这也是石路养的干儿子，交与你，也算是合适。他年，怀老爷要是回来，再做计较吧。不过眼下阿弟与你不熟，还是与我一起，长到成人，按规矩成家立业去。这是我对苏队长的承诺。"

水莲回到自家的铳楼。景象凄惨，杨氏过着有顿没餐的日子，老得厉害。她许久没有见到孙子，嘴角撇出一点笑容，却并没有其他亲昵的举止，这让怀良军见了面就有了隔阂。杨氏对水莲，并不打招呼，拿眼瞧一下，便不理了。这让水莲心凉了一大截，胸中那股定式的苦水一下子又要冒出来。这么多年了，吉不吉利，都回不到做新娘那会儿了。重新住在了黄石的家里，起初还是很不习惯，毕竟太破旧太简陋了，但过了些日子，就好了。水莲觉得人一生也许就是这样，随遇而安是最好。眼下，最要紧的是，怀良军要去上学，不知道云林有没有办学。

石有旺到了县武装部参加工作，还有许多追剿残匪的事要做，他托人回来把郭凤、柳莲、石良成、石良圆都带进城去了。送行时，水莲说了许多感谢郭凤的话，因为这些年是郭凤坚守在黄石，照顾着两家的长辈。郭凤说，她会回来走动的。水莲说，回来之前，她去见过怀有福、石有才他们。郭凤一时落了泪。

怀招娣和一个南下干部结婚，回了趟黄石。水莲热情招待，苏树三觉得结婚是大事，要按照礼数来办。怀招娣却说都免了，这次回家只是告诉家里一声，往后她要到均小去当老师。水莲说："真替你高兴，先生、阿公和老爷他们也会为你高兴，做女先生，是你从小就定下的事，这么多年，总算成了。如今大家都喜欢新式婚姻，老调就不提了，妈年纪大了，以后得空常回家来走走看看。要说读书，怀良军真是需要去读书了。云林要是没有学校，还得去均小，到时候免不了麻烦你这个姑姑关照。"怀招娣说："只要你舍得，我这就带军儿一起去。"水莲想让苏树三的孩子一起去读书，便问，苏四五去哪儿了？苏树三说，老婆生病，儿子回家去照顾母亲去了。水莲说，如今怀家已不是从前，她劝苏树三也一起回去，别让女人孤单伤心。

吴氏来看水莲，一坐下来，就像主人一样吃着水莲从泉州带回来的特产果品。阿弟看不过去，就笑她是贪吃的人。吴氏说，这孩子真敢说，上次怀良富也是这么笑她的。水莲不好意思地说，别与孩子计较。吴氏问起石路养和石有才。水莲说，大男人都走了。吴氏一下哇哇大哭起来。水莲被这一哭触痛了，也陪着哭起来。吴氏说，石路养爱要孩子，却折腾不出什么来。石有才他怎么不回来呢？水莲知道，吴氏心中就装着这两个男人，所以始终没有问怀玉龙。

水莲说，怀玉龙可能要过一段才回来。吴氏说，不回来最好，现在没有生意可跑，赚不来钱，在家里生一群孩子，吃什么，养不起。水莲笑起来，天养，地养，难道你当妈的不养？吴氏说，我怕他没混出个名堂，回家来又被人耻笑。

郑冠中被石有才救下以后，就留在赤岩继续做他的事，后来发明水轮泵，调往省城福州。卢迪工、怀玉英和卢跃、卢敏，去了九漈游击队当医生，后来到了泉州医院去工作了。他们都成了拿钢笔穿皮鞋的干部，让人羡慕。

石路生带着剃头行当回到黄石。他说，陈四八死在县城，他的女儿进了供销合作社上班。水莲问他为什么不留在城里继续剃头的行当。石路生说，想老家了。想家是真的，但石路生还是恶心县城那些杀人喷血的事，他想回到黄石来，以宁静的日子去消除那种恶心的感觉。

阮大六最后回到黄石，他受了枪伤，痊愈后才把妻子儿子从尤床接回来，重新生活在瓦坑。每天出门，他都要戴一顶斗笠，身子明显驼了。有一天，他说梦见自家的瓷公鸡打鸣了，当他想去看看瓷公鸡的时候，它却没了。这让他想起怀一北的手下苟队长，一副永远的丑相。看着媳妇熬成婆，他想瓷公鸡的鸣叫也许是要告诉他，好日子慢慢来了。一次，说到阿弟的事，阮大六突然想起石有才的孩子，他说他得去一趟槐南，把石有才的孩子接回来："石有才这可是为了保护电站和工厂去死的，别人把他忘了，我可忘不了。他就死在我和郑冠中的面前。"

春天一个过了又一个，很多年以后，阿弟长大了，他搬进了永宁堡，成了堡主人。他走在永宁堡老辈走过的路上，看花开花谢，看阴晴圆缺，沉浮在普通人的生活轨迹里。

怀玉龙和石有旺在剿匪中牺牲了，郭凤她们还住在县城；阮大六终究没有把石有才这个二当家的儿女家眷找回来。再后来，吴氏和儿子怀有地，就住进了石义堡，没有人有异议。

水莲花钱重修了铳楼，和杨氏一起搬进去住，做起了长辈。这种迭代替换的感觉，有点心乱，日子过了，也就自然。做了长辈的水莲，除了给邻居和外乡来的人看锁病，她最愿意做的事情，就是待在麻坊的旧址上晒着太阳，整理着被烧焦、烧黑的纺具，一年又一年，永远做不完。她的心里无法消除命里带邪的暗示。

怀良军读了几年书，依了母命，就回家来伺候自家的几分地。

新政府在县城东郊修建了革命烈士纪念碑。那些死去的黄石男人、女人的名字都被刻进了石头。名字很大个，刻的地方很高，需要仰头才能看见。怀良军仰着头第一次找到了张立隆、怀有福、郭得益、卓越颖、怀玉龙、石有旺等一长串的亲人。后来每年清明去扫墓，水莲他们都知道了自己的男人、亲人在哪个位置上了。

在水莲心里，黄石也是立该建一座纪念碑的。但是她现在没有那个财力，她把这个想法跟村里人说，大家都支持，于是因陋就简，在水尾廊桥的南端，竖了一块碑，把怀老爷、石老爷以下对保卫黄石有功的人的名字都写上去了。她不知道为什么大碑上没有石路养、李阿妹的名字。所以，她将大碑上的黄石人和黄石的亲人名字全部抄下来，并擅自做主加上石路养、李阿妹、石有才、怀珠花、龙逢春的名字。这些人，有许多故事值得后人传说，但石头也就只能写出个名字，他们身上还带着什么、心里想着什么、还有什么遗憾、他们都给玉田留下了什么等等，都省略了。水莲觉得他们有共同的地方，他们都不是为自己而死——他们有足够的资格上碑的。最难办的是怀振兴，不知生死，不好刻他的名字。偶尔也想起怀有义和林瑞，不知道他们现在的情况，水莲觉得他们应该抽空回来黄石一趟，看看还活着的长辈以及刻在碑上的亡人。

后来，这块碑移到寨尾山，安置在宫家的场院里，那里地势更高，如今也不设防卫队了，更加安静。碑上的人，经历了轰轰烈烈的时代，这里的安静适合也应该给予他们。

水莲把自己过去的事全都搁置起来了，她变得不爱说话。泉州的黄伯临终前给她寄了一封信，凭他一生的坎坷经历告诫水莲，安静于村野生活，一定不能去搅动过去的点滴时事风雨。水莲一直珍藏着这些笔墨字迹，逢年过节，她会把这封信恭敬地请上几桌，配享祖宗的祭品。很多时候，她看到信笺，就想到陈秉德帮她填写的那份登记国民党党员的表格，心里有一种隐忧在刺痛。她祈求这封信能保佑她此生平安，期望那份违心的表格早已在水火中泯灭。

后来，水莲一直平安无事地活着，直到鲐背之年。

台湾雨还是每年都来光顾，宫庙的香火照常。草从地里长出来，绿遍了黄石的每个角落。来到黄石的人也渐次老去，像一茬一茬的草木。他们也慢慢地解开了悬挂在黄石人心中的那根井绳。

后　记

　　我喜欢闲时读读县志、史料什么的，看看自己的家乡在过去到底发生了什么，想想祖辈在过去的岁月里到底在做什么。读累了就抬眼看看阳台的植物，初冬的阳光从对面的楼顶照射下来，带着尘埃，感觉就像一道明亮的往事，把那些植物的叶片描绘得通体亮堂、嫩黄翠绿。于是我就觉得往事是最美的，往事像一杯茶，往事是一杯酒。

　　大田在戴云山脉西侧，据说是八闽的地理中心。不论什么时候，中心总是好事。但事实上，大田的这个地理中心却是另一种边缘，大山环绕，交通信息闭塞。所以，这里在过往的岁月里，没有发生惊天动地的事情，安宁的生活在延续。从志书里，我更多地看到人们和自然的相顺相容。到了民国，这种安宁不断被搅扰，外来的事物像汹涌的水波，让人惊慌，尤其是枪声，让人从生命的倒下中思考思想的站立。

　　于是，我就想以小说的方式记录下这段历史。之前没有尝试过小说写作，2012年对着电脑写，两年的时间，写后自己读，读后再写。写的时候，心中就想把闽中大田的一些历史事件、民风民俗串起来，反映民国时期大田的政治、经济、文化、军事、商贸、农业以及与周边县市的交往联系，反映大田人民的生活、抗争和他们的思考。小说情节和人物、事件纯属虚构。女性人物不少，但她们大多没有爱情只有婚姻，或者说她们追求的是以婚姻为载体的实体爱情。现实高于一切，时代把她们裹进漩涡，婚姻比爱情重要，因为她们需要活着。

　　全书以石家、怀家三代人的遭遇为线，一席一布，从光复到解放，从平静到不平静再到平静，其中的坎坷是生存的挣扎、时代的缩影。苎麻和席草，摇曳在民国时期的大田，温和的农业文化见证了那段历史。锁医、金蚕、瓷公鸡，闽中神秘的民间文化，嵌入文中，暗示一点拯救和俗世命运的意思。这一群人，本可以安稳不变的，但时事所逼，他们做出变的反应，只是方向不同而已，有人跟随中国共产党走向正义之路，有人却反之。虽是虚构，创作时却觉得是在写自己的亲人，甚至没有想到要人物形象刻画、性格描写，而是用文字码一码日常生活，感觉故事太咸、手法太拙。从动笔到收笔，历经 10 年之久。借用《诗经·大田》的诗句"大田多稼"，表达春种秋敛、祈求未来福祉的意思，书名初定为《大田稼穑》。朋友帮忙，请书法大家刘京闻题写了书名。后改书名为《稼穑记》。今得以付梓，感谢众人相助。

癸卯年正月于福建大田